영웅소설의 활용과
게임 스토리텔링

영웅소설의 활용과 게임 스토리텔링

안기수 지음

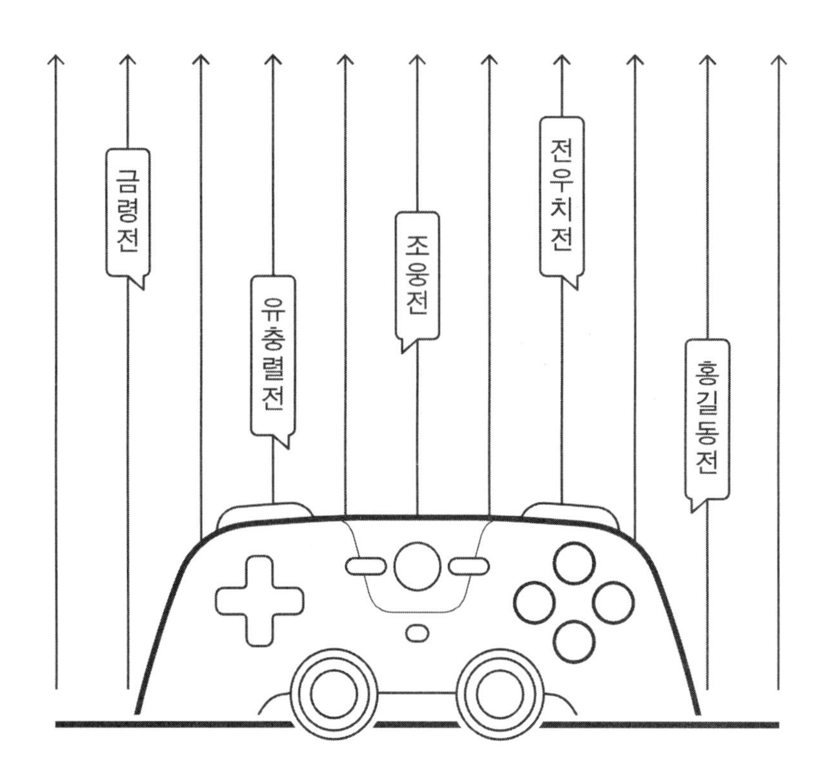

보고사
BOGOSA

머리말

『영웅소설의 수용과 변화』(2004)라는 단행본이 출간된 지 19년 만에 『영웅소설의 활용과 게임 스토리텔링』의 책을 출간하게 되었다. 전자에서 다루었던 내용들이 영웅소설의 창작방법, 성격과 지향, 모티프의 기능, 모형과 변모, 향유층, 서사세계 등을 수용과 변모의 측면에서 다루었다면, 이 책에서는 멀티미디어 시대에 다양한 매체환경에 따른 게임 스토리텔링 관점에서 영웅소설의 활용방법을 융복합적으로 모색해 보았다. 예컨대 기존의 단행본이 조선시대 영웅소설의 소설사적 가치와 시각의 쟁점에 중점을 두고 살펴본 것이라면 이 책은 영상미디어 시대에 접목할 수 있는 학문 간의 융복합적인 연구의 성격이라 할 수 있다.

따라서 이 책은 우리 영웅소설을 현대의 독자로 하여금 여러 번 쉽게 접할 수 있는 매력을 가진 문화콘텐츠 매체로 재가공되길 바라는 마음으로 연구 방법을 모색하고자 하였다. 즉 멀티미디어 환경 속에서 영웅소설을 감동, 공감, 흥미, 이해라는 스토리텔링의 기능을 다매체에 활용해 보고 싶었다. 그 일련의 스토리텔링 방법으로 다양한 시각에서 각색 스토리텔링의 가능성을 시도해 보았다. 즉 영웅소설의 활용방법으로 게임, 영화, 드라마, 만화 등 원 소스(One Source)에 의한 멀티 유즈(Multi Use)를 적용해 보는 것이다. 특히 이 중에서 우리가 디지털 정보화 사회에서 영상세대의 젊은이들이 매체에 손쉽게 접할 수 있기에 먼저 역동적인 게임으로 재해석을 시도해 볼 가치가 있다고 보았다.

게임은 경쟁을 통한 승자와 패자가 뚜렷하게 존재하며, 이를 통해서 더욱 일탈의 욕망을 충족시켜나갈 수 있다는 점에서 영웅소설이 게임으로 재해석될 수 있는 가장 적절한 문학양식이라 판단하였다. 전통적으로 우리 인간의 보편적인 욕망은 상승적인 꿈의 실현에 있으며, 그것을 달성하기 위한 부단한 투쟁과 갈등의 연속선상에 놓여있다. 이러한 욕망의 구조와 비슷한 매체가 영웅소설과 게임이라 할 수 있다.

일반적으로 영웅소설이 전달하는 메시지는 '영웅의 뛰어난 활약상'이다. 영웅소설은 주인공이 비정상적으로 태어나서 온갖 죽을 고생을 겪고 난 뒤에 탁월한 능력을 발휘하여 영웅 인물이 되어가는 상승적인 욕망의 이야기를 서사구조의 핵심으로 하고 있다. 따라서 영웅소설은 작품 내에서 펼쳐지는 주인공의 뛰어난 활약상과 전투장면을 활용한 게임 콘텐츠로 재해석이 가능하다고 하겠다. 나아가 영웅소설의 게임화를 통해 현대인들에게 우리의 옛 소설을 쉽고 재미있게 감상할 수 있게 해주는 것은 물론, 자신으로 하여금 일탈의 욕망을 맛볼 수 있으며, 외세와의 치열한 싸움을 통해 자신이 최후의 승리자로 형상화되면서 민족의 자긍심을 고취시키고, 교육 콘텐츠로의 활용가치를 높일 수 있다고 하겠다.

따라서 정보화시대를 살아가면서 기존에 우리 영웅소설은 있는 그대로 독자에게 읽혀지는 것이 아니라, 그것을 다양한 문화콘텐츠로 재해석하여 유통하고, 영웅소설의 가치를 폭넓고 깊게 탐색해서 현대인에게 새롭게 향유될 수 있게 해야 한다. 더욱이 디지털기술이 발달할수록 전통문화의 계승과 보존이 어려운 현실을 감안할 때 우리 문화를 원천자료로 한 다양한 문화콘텐츠를 개발하는 것이 필요하다고 하겠다. 이러한 필요성을 바탕으로 하여, 일반적인 영웅소설의 성격에 나타난 다양한 특성과 요소들을 게임으로 전환시키는 데 따른 가능성을 염두해두고 그 방안을 모색하는 연구 시안임을 밝혀둔다. 이에 연구물 간의 중복된 문장이나 비슷한 문구들이 반복적으로 언급될 수 있음을 미리 밝혀두고 양해를 바란다.

이 책의 내용은 제5부로 나뉘어 20편의 소논문 형식으로 집필하였다. 영웅소설과 게임 스토리텔링, 영웅소설과 모티프 스토리텔링, 영웅소설과 게임 공간 스토리텔링, 영웅소설과 치유 스토리텔링, 영웅소설 작품별 게임 스토리텔링으로 서사체계를 구성하였다. 특히 연구자에 따라서 영웅소설을 다양하게 활용할 수 있지만 이 책에서는 '게임 스토리텔링'에 중점을 두고 살펴본 것이다.

지금까지 영웅소설을 공부하면서 이 방면에 많은 분의 선행 연구가 크게 도움이 되었다. 나의 게으름으로 혹여 중요한 이론과 정치한 연구물이 참조되지 못한 옥고들이 있을 수 있다. 넓은 아량으로 이해를 구한다.

무엇보다 이 책의 출간은 개인적으로 감회가 새롭고 큰 의미가 있다. 환갑을 맞이한 해에 재직하고 있는 대학에서 귀하게 1년 동안 연구년을 갖게 되었고, 그동안 공부해온 분야의 연구물과 지내 온 시간을 회고하면서 원고들을 정리할 수 있는 시간적인 여유가 나에게 주어져서 감사할 따름이다. 모든 것이 하나님이 부여해 주신 차고 넘치는 축복과 은혜임을 고백한다. 그리고 지금까지 묵묵히 기도와 간구로 격려하며 동고동락해준 사랑하는 아내 김은향과 세 자녀 영실, 영현, 영은이에게도 고마움을 표한다. 또한 나의 글을 책으로 편찬해준 도서출판 보고사 김흥국 사장님께도 심심한 감사를 드린다.

2023. 12.
화정관 연구실에서
저자 씀

차 례

제2부 영웅소설의 모티프 활용과 게임 스토리텔링

제3부 영웅소설의 게임 공간 스토리텔링

제4부 영웅소설과 치유 스토리텔링

제1부

영웅소설과 게임 스토리텔링

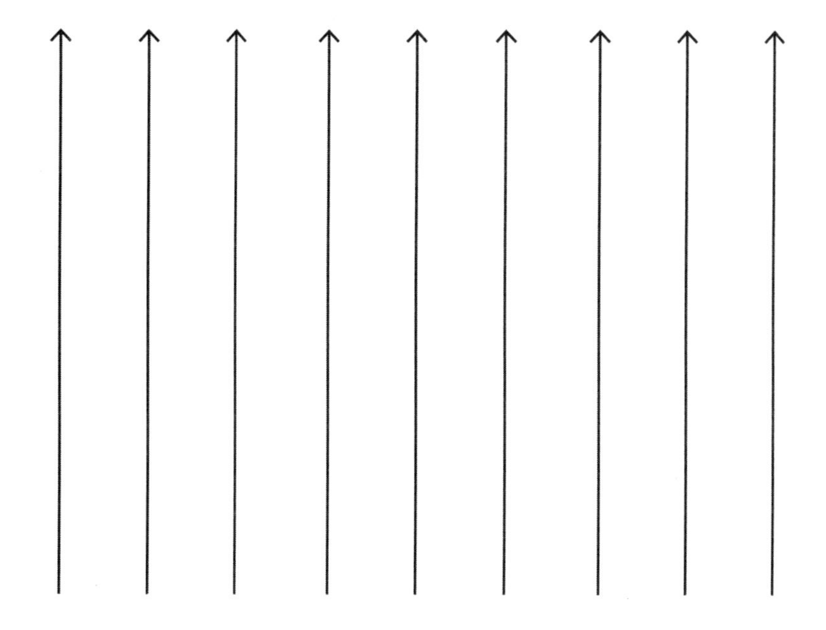

영웅소설의 게임 콘텐츠 스토리텔링

1. 서론

21세기 지식기반사회에서 중요한 것은 저장되고 축적된 지식이 아니라 기존의 지식을 새롭게 가공하고 재배열할 수 있는 능력, 즉 새로운 콘텐츠를 개발하고 가공하여 유통시키는 능력이 필요한 시대이다. 앞으로는 새로운 문화콘텐츠[1]를 개발하고 유통시키기 위하여 방대한 정보를 수집하여 정리하고 분석할 수 있는 종합적 사고능력이 필요한 것이다.

멀티미디어 환경 속에서 우리의 고소설이 새롭게 향유될 수 있는 방식을 모색하는 연구들은 그리 많지 않았다.[2] 그러므로 매체 환경의 변화에

---

1 문화콘텐츠라는 개념은 일반적으로 문화적인 요소와 창의성에 기초한 문화상품 또는 정보상품을 총칭하는데, 구체적인 산업으로는 방송영상, 영화, 애니메이션, 출판(e-Book), 게임, 음반, 캐릭터 및 만화 등의 분야가 대표적이라 할 수 있다.

2 지금까지 고소설 연구는 고소설 자체의 내적 연구와 미의식을 천착하는 데에 연구의 동향을 보여주었다면 2000년 이후의 고소설 연구자들은 다매체 환경 속에서 고소설을 어떻게 활용하고 읽게 할 것인가에 초점을 두고 연구가 진행되었으나 만족할만한 성과를 이루지 못했다.
김용범, 「문화콘텐츠 창작소재로서의 고전문학의 가치에 대한 연구」, 『한국언어문화연구』 22, 한국언어문학회, 2002; 「문화콘텐츠 산업의 창작소재로서의 고소설의 활용 가능성에 대한 연구」, 『민족학연구』 4, 한국민족학회, 2000; 「고전소설 심청전과 대비를 통해 본 애니메이션 황후 심청 내러티브분석」, 『한국언어문화연구』 27, 한국언어문학회, 2005.

따른 영웅소설 연구도 발상의 전환이 필요하며, 영웅소설을 매체에 따라 다양한 문화콘텐츠로 만들 필요가 있다. 따라서 이 글에서는 우리의 고소설 중에서 영웅소설에 한정하여 현대의 디지털 환경에 맞도록 재가공하여 게임콘텐츠의 리소스를 제공하는 방안을 모색하고자 한다.

그동안 고소설을 바라보는 시각은 대체로 부정적인 요소가 많았다. 그것은 고소설이 가진 판타지적인 특성에서 비롯된다.[3] 고소설 작품에 흔히 설정되는 천상계나 도술의 등장은 대표적인 판타지 요소로 간주하고 있다. 그런데 21세기에 들어서 서구의 판타지 소설이 유행하면서 옛이야기가 새롭게 조명되었다. 그것이 영화나 게임으로 전환되면서 오히려 우리 고소설이 판타지의 요소들과 맞닿을 수 있는 가능성이 제기되어 왔다.

따라서 이 글에서는 우리 영웅소설을 현대의 독자로 하여금 여러 번 쉽게 접할 수 있는 매력을 가진 매체로 재가공되길 바라는 마음으로 새로운 연구 방법을 모색하고자 한다. 즉 멀티미디어 환경 속에서 영웅소설을 게임으로 재창조할 필요가 있다는 것이다. 재창조의 방법으로는 영화, 게임, 드라마, 만화 등 원 소스(One Source)에 의한 멀티 유즈(Multi Use)의 영역으로 생각해 볼 수 있다. 특히 이 중에서 우리가 디지

김탁환, 「고소설과 이야기문학의 미래」, 『고소설연구』 17, 한국고소설학회, 2004.
신선희, 「고전서사문학과 게임 시나리오」, 『고소설연구』 17, 한국고소설학회, 2004.
조혜란, 「다매체 환경 속에서의 고소설 연구전략」, 『고소설연구』 17, 한국고소설학회, 2004.

3 판타지는 경험적 현실 속에서 만나게 되는 모든 역사적 사실이나, 물리적인 대상이나 또 그러한 것들의 근거라고 할 수 있는 경험적 현실세계의 물리법칙을 초월하여 벗어나고 있으며, 오히려 이것을 역전시키거나 왜곡시키고 있는 그런 상상적인 것이다. 판타지는 개인이 설정하고 있는 특징에 따라서 창조되는 걷잡을 수 없고 종잡을 수 없는 자유분방한 세계라는 점에서 사실주의 문학과는 전혀 다른 미학을 가지고 있다고 말할 수 있다.

털 정보화 사회에서 손쉽게 할 수 있는 게임으로 재해석을 시도해 볼 수 있다. 게임은 경쟁을 통한 승자와 패자가 존재하며, 이를 통해서 더욱 인간의 욕망을 충족시켜나갈 수 있다는 점에서 영웅소설이 게임으로 재창작할 수 있는 가장 적절한 문학양식이라 판단된다.

일반적으로 영웅소설이 전달하는 메시지는 '영웅의 뛰어난 활약상'이다. 영웅소설은 주인공이 비정상적으로 태어나서 온갖 죽을 고생을 겪고 난 뒤에 탁월한 능력을 발휘하여 영웅 인물이 되어가는 상승적인 욕망의 이야기를 서사구조의 핵심으로 하고 있다. 따라서 영웅소설은 작품 내에서 펼쳐지는 주인공의 뛰어난 활약상과 전투장면을 활용한 게임 콘텐츠로의 재해석은 가능하다고 하겠다. 나아가 영웅소설의 게임화를 통해 현대인들에게 우리의 옛 소설을 쉽고 재미있게 감상할 수 있게 해주는 것은 물론, 외세와의 치열한 싸움을 통해 최후의 승리자로 형상화되면서 민족의 자긍심을 고취시키고, 교육 콘텐츠로의 활용가치를 높일 수 있다고 하겠다.[4]

따라서 정보화시대를 살아가면서 기존에 우리 고소설은 있는 그대로 독자에게 읽혀지는 것이 아니라, 그것을 다양한 문화콘텐츠로 재해석하여 유통하고, 고소설의 가치를 다양하게 탐색해서 현대인에게 새롭게 향유될 수 있게 해야 한다. 더욱이 디지털기술이 발달할수록 전통문화의 계승과 보존이 어려운 현실을 생각할 때 우리 문화를 원천자료로

---

4 영웅소설의 영웅이야기는 우리의 역사적 인물도 있으며, 가상의 영웅인물이 대부분이다. '임경업'과 같은 안타깝게 죽은 불운의 영웅이야기도 있다. 그러나 이들 이야기는 행운의 주인공, 출세한 영웅으로 치환하여 다시 재창조할 수 있는 것도 게임이 주는 매력이다. 플레이어들이 놀이의 흥미만이 아니라 민족에 대한 자긍심, 승리한 역사를 플레이어 자신이 만들어 낼 수 있다는 쾌감까지 느낄 수 있게 한다. 이 점은 영웅 군담소설에서 패배한 전쟁을, 승리한 전쟁으로 허구화했던 일군의 작품에서 보여준 민중의 보상심리를 더욱 적극적으로 이끌어낼 수 있다.

한 다양한 문화콘텐츠를 개발하는 것이 필요하다. 이러한 필요성을 바탕으로 하여 이 글에서는 영웅소설의 한 편을 연구 대상으로 하기보다 일반적인 영웅소설의 성격에 나타난 다양한 특성과 요소들을 게임으로 전환시키는 데 따른 가능성을 염두해 두고 그 방안을 모색하는 연구 시안임을 밝혀둔다.

2. 영웅소설의 게임 콘텐츠화 가능성

영웅소설을 게임으로 만들 수 있는가에 대해서는 이미 서두에서 언급한 바 있다. 그동안 고소설의 게임화를 논하는 과정에서 부분적으로 영웅소설을 언급한 선행 연구들이 축적되었다.[5] 그러나 어떠한 게임 스토리텔링으로 재해석할 것인가에 대해서는 구체적으로 연구되지 못하고 있다. 게임에도 방식이 있고, 이에 따라 게이머는 어떤 게임을 선택할 것인가가 정해지기 때문이다.

우선적으로 영웅소설을 게임으로 만드는 선행조건으로 어떠한 방식을 선택하는 것이 바람직한가를 살펴볼 필요가 있다. 이를 위해서 현재 가장 많은 사람이 즐기는 게임 중에서 〈스타크래프트〉와 〈디아블로〉[6]를 살펴볼 필요가 있다.

---

5 일찍이 고소설의 문화콘텐츠화 방안은 여러 경로를 통해서 발표한 바 있다.
김용범, 앞의 논문(2000).
신선희, 앞의 논문(2004).
김탁환, 앞의 논문(2004).

6 일반적으로 두 가지 게임 중에서 스타크래프트는 전략시뮬레이션 게임이고, 디아블로는 롤플레잉 게임이다.

여기에서 스타크래프트는 전략시뮬레이션 게임으로서 다른 사람과 게임을 할 때마다 새롭게 느껴진다는 장점이 있다. 과거에 컴퓨터가 조종하는 적과 게임을 할 경우 단순한 게임으로 느껴지는 반면 스타크래프트는 다른 사람과 게임을 할 경우 플레이를 하는 사람의 스타일과 전략에 따라 게임이 전혀 색다르게 진행되기 때문에 플레이어에게 색다른 흥미를 유발시킨다. 이 게임은 고도의 전략과 전술을 필요로 하는 게임이며 어떤 유닛을 얼마나 빠른 시간 안에 생산하느냐, 그리고 어떤 유닛을 어떻게 사용하여 어떤 방식으로 공격을 하느냐에 승부가 갈리게 된다.

이러한 특성 때문인지 스타크래프트는 정해진 결과가 없고, 스토리가 그렇게 중요하지 않다. 이 게임의 스토리는 단지 게임 유닛의 사용방법을 익히기 위한 에피소드라는 게임 일부분에만 있으며, 실지로 게임은 스토리에 따라 진행되지 않는다. 이러한 측면에서 볼 때 영웅소설의 게임화는 주인공이 펼치는 치열한 전투 장면만 선별하여 만든다면 가능할 수도 있다. 그러나 영웅소설의 서사 방식을 게임 방식으로 온전하게 바꾸어 재해석하는 데에는 무리가 따른다.

반면에 디아블로는 롤플레잉 게임(Role Playing Game)으로서 철저하게 역할을 분담하여 몇 명의 사람이 공동의 목표를 향하여 게임을 진행시키는 특성 때문에 붙여진 이름이다. 역할을 분담하는 데 있어서 한 사람은 싸움만을 전문으로 하는 전사이고, 다른 한 사람은 마법을 공격하는 마법사이며, 다른 사람은 성스러운 힘으로 동료를 위해 치료마법을 전수해주는 스승이 함께 동행하면서 펼쳐지는 역할 게임이다. 그리하여 서로의 힘을 합하여 모험을 벌이는 뒤에 목적을 달성해 내는 게임이다.

그러므로 롤플레잉을 하는 게이머는 자신이 조종하는 캐릭터를 점진적으로 성장시켜야 게임에서 승리할 수 있다는 단서가 따른다. 캐릭터의 성장은 훈련과 경험의 축적에 의해 인위적으로 이루어지게 된다. 이

점이 게임으로서 흥미를 유발할 수 있다. 게임의 단계적 구성은 게임 스토리에 따르게 되며, 캐릭터는 스토리에 따라 구성된 단계를 지나면서 탁월한 영웅적 능력가치를 가진 인물로 성장하게 된다. 용사들이 처음에는 아주 약한 능력을 가지고 있으나 계속 적과 싸우고 단계를 하나씩 넘어가면서 캐릭터의 능력이 더욱 강해진다.

이러한 롤플레잉 게임의 형태로 우리의 영웅소설을 게임으로 재해석할 경우에 큰 어려움 없이 할 수 있다. 영웅소설이 가지고 있는 각 인물의 캐릭터는 각기 다른 능력을 지녔으며, 이들이 사용하는 아이템도 다양하고 능력에 따라 다르게 사용할 수 있기에 캐릭터에 따른 적절한 배치가 가능하게 된다.

이러한 측면에서 볼 때, 어떠한 소설보다 영웅소설을 게임으로 재창작할 수 있는 가능성은 매우 크다. 특히 〈금령전〉, 〈조웅전〉, 〈유충렬전〉, 〈소대성전〉, 〈현수문전〉, 〈전우치전〉, 〈장경전〉, 〈장풍운전〉 등은 비교적 분량이 많은 영웅소설로서 주인공이 영웅화되어 가는 과정에 많은 스테이지들이 설정되어 있다. 이 경우에 많은 스테이지의 이동이 쉬울 뿐만 아니라 다양한 스테이지별 공간을 만들어 주인공의 영웅담을 전략적으로 펼쳐나갈 수 있고 이에 따른 게임의 흥미를 유발시킬 수 있다.

비록 영웅소설 속의 주인공이 현실적인 인물과 별반 차이가 없이 태어난다고 하지만 태몽을 통해서 미래를 예견해 볼 수 있고, 더욱이 그에게 닥쳐온 죽을 고비와 온갖 고난과 역경은 그가 특별한 계기를 통해서 선택받은 자로서 능력을 자각하게 된다. 그 후 능력을 배가할 수 있는 수학 과정을 단계적으로 거치게 되고, 전란을 통해 입공을 세우면서 이야기 구도는 영웅화되고, 그 사이 사이에 다양한 영웅담들이 조각 조각 끼워 맞추어져 있어서 흥미를 배가시켜줄 수 있다.

이는 〈반지의 제왕〉에서 볼 수 있는 영웅 구도와 유사한 방법을 가지고 있다. 작품의 주인공인 프로도를 도와주는 많은 영웅들이 조력자로 등장하면서 이들이 모험을 떠나 온갖 역경을 헤치고 마침내 세상을 악에서 구원한다는 내용을 고스란히 담고 있다. 판타지라는 특성이 강하게 작용하면서 영웅담의 일부는 수정되고 변형되었지만 세부적인 요소는 그대로 유지되고 있다.

또한 영웅소설은 작품 내에서 다양한 게임의 소재를 찾을 수 있다는 점에서 가능성을 찾을 수 있다. 영웅소설은 영웅이라는 주인공을 축으로 하여 상승적인 삶의 과정을 따라 서사가 진행되고 있지만 서사 공간에 많은 인물이 등장하며, 각기 서로 다른 성격을 가진 인물로 설정되어 게임에서 다양한 캐릭터로 활용할 수 있다. 게임을 구성하기 위해서는 많은 캐릭터가 필요하다. 영웅소설 작품은 특별히 상상에 의해 허황된 캐릭터를 만들 필요가 없으며, 작품에 나오는 인물만으로도 게임 구성이 충분하다고 할 수 있다. 한편 영웅소설은 게임에서 아이템으로 사용할 수 있는 무기나 여러 가지 장신구들이 있어서 능력을 증가시켜주는 게임으로 활용하는 데 유용하다고 할 수 있다.

이처럼 두 가지의 게임 형태 중에서 롤플레잉 게임은 게임 자체가 스토리를 따라가는 구성방식으로 진행되기 때문에 전략시뮬레이션 게임에 비해서 영웅소설을 게임으로 재창작하는 데 좋은 방식이 될 수 있다. 나아가 영웅소설의 원전 텍스트를 최대한 반영하여 하나의 과정과 결과를 도출해 낼 수 있는 장점이 있다. 그리고 이를 온라인 게임으로 활용할 때도 틀이 바뀌지 않는다. 무엇보다 영웅 인물이 시간적인 경과에 따라 영웅화되어 가는 것처럼 일정 캐릭터의 성장 과정을 게임으로 보여줄 수 있다는 점에서 롤플레잉 게임이 영웅소설의 게임콘텐츠를 만드는 데 적절한 방식이 될 수 있다고 하겠다.

3. 영웅소설의 게임 콘텐츠 방안

1) 캐릭터

우리나라 전체 문화산업을 100이라 했을 때, 영화, 애니메이션, 게임, 음반, 방송, 캐릭터 중에서 가장 비중이 높은 것은 방송이 48%를 차지하고 바로 뒤를 이어 캐릭터가 32%를 차지한다.[7] 이처럼 캐릭터(인물창조)의 성공은 스토리를 기반으로 하는 것이라는 점을 감안하더라도 전체 문화산업 구도에서 상당한 비중을 차지할 정도로 중요하며, 멀티미디어 산업과 긴밀한 관련이 있다.

그러므로 영웅소설을 멀티미디어 게임으로 구현할 때 중요한 것은 캐릭터를 어떻게 창조할 것인가에 있다. 특히 게임을 하는 과정에서 개인은 하나의 캐릭터를 만들어 그 안에 자신의 정체성을 투영시키면서 게임에 참여하기 시작한다. 자신의 아이디와 패스워드를 통해 캐릭터를 사용하면서 사용자는 캐릭터의 성장과 더불어 자신도 성장하고, 캐릭터의 죽음과 자신의 죽음을 동일시하게 되는 현상을 경험하게 된다. 즉 사이버 세계에 자신을 동화시켜 사회화하게 되는데, 이는 고차원적으로 나가고자 하는 인간의 선천적인 욕구에 의해 추구된다.[8] 작품을 게임화하는 데 먼저 중요시한 것은 캐릭터를 어떻게 창조할 것이며, 레벨에 따라 캐릭터의 다양한 행동과 변용을 어떻게 만들어 낼 것인가에 있다. 이러한 작업이 진행되어야 게임시나리오를 만들 수 있기 때문이다. 여기에서는 먼저 캐릭터를 만드는 문제를 다루어 보기로 한다.

특히 게임 캐릭터 창조는 다른 서사 장르에서 인물 창조 방식과 다르

---

7 『비즈니스』, 한국경제신문, 2003(4월호). 49쪽.

8 크리스 브래디·타다 브레디, 『게임의 법칙』, 안희정 옮김, 북라인, 2001, 41쪽.

다. 소설처럼 서술과 묘사를 통해서 성격을 창조하고, 영화처럼 배우의 연기를 통해서, 만화처럼 그림으로 이루어지는 것이 아니다. 컴퓨터 그래픽 디자이너, 프로그래머와 애니메이터, 패션, 헤어스타일리스트까지 합동으로 캐릭터의 역할과 성격을 창조하여 생명력을 불어 넣어주어야 하며, 게임의 종류에 따라 게임의 특성에 맞는 시나리오 작성 방법에 따라야 한다.[9]

캐릭터 창조는 몇 가지 방법으로 가능하다. 즉 인물과 성격, 외모, 행동, 환경, 언어 등에 의해 다양한 형태의 캐릭터를 창조할 수 있다. 우리는 이야기 속에서 다양한 형태의 인물을 만나게 된다. 그러나 그 속에서 만나게 되는 인물은 우리가 경험적 현실에서 만날 수 있는 인물과 다르다. 이야기 속에서 만나게 될 인물은 현실 속 군상들과 달리 각각의 요소에 절묘하게 부합되도록 작가에 의해 선택되는 것이므로 인물의 출생지나 학력, 성품 등은 말씨를 통해 캐릭터의 성격이 드러나게 되고, 인물의 행동 등은 사건과 사건의 전후 과정의 개연성을 부여할 수 있도록 한다. 특히 인물의 습관적인 행동을 잘 만들어 주어야 한다. 캐릭터의 행동은 일종의 버릇과 같은 반복적인 행위를 하게 되고, 행동은 반복, 대조, 유사를 통해서 인물의 특성을 드러내기도 하기 때문이다.

다음으로, 영웅소설에 등장한 인물을 다양하게 분류하고 연구하여 게임 캐릭터로 유형화시켜야 한다. 게임이 아닌 영웅소설에서 캐릭터와 관련된 부분은 등장인물에 대한 연구라고 해도 과언이 아니다. 영웅소설의 등장인물에 대한 접근은 주로 주인공과 주변 인물, 혹은 악인형 인물, 선인형 인물 및 매개자 등의 몇 가지 방향에서 이루어진다. 그러나 이러한 몇 가지 인물 유형을 가지고도 유형의 세분화 및 단계화가 필요하다.[10]

---

9 신선희, 앞의 논문(2004), 77쪽.

같은 선인형 인물이라 하더라도 선의 단계를 세분화하여 제시하거나 각 인물군이나 인물을 구성하는 요소들을 추출하여 변별성이 부각 될 수 있도록 다양하게 구체적인 정보들을 제시할 필요가 있다.

따라서 게임화하는 데 앞서 우선적으로 영웅소설의 각 작품에 나타난 인물을 변별적으로 수치화할 수 있도록 이른바 인물 사전과 같은 인물 프로필을 만들어 두는 것이 좋은 캐릭터를 만들 수 있는 유용한 방법이 된다. 즉 캐릭터를 찾고 적용하는 기준과 규정을 만들어 놓은 것이다. 이른바 영웅을 다 집합시켜 인물군을 이룬 후 각 인물이 지닌 특징을 시각화 정보, 성격, 능력, 약점, 주보 등을 상술하는 방식이다. 따라서 영웅 인물의 포트폴리오를 작성해 두는 것이 중요하다. 인물별 프로필 구축과 포트폴리오 작성을 통한 캐릭터 개발은 문화콘텐츠에서 매우 중요한 작업이다. 특히 아무것도 없는 불완전한 주인공이 세상에 태어나서 수련을 통해 힘을 얻어간다는 설정은 게임 속에서 처음 만들어지는 캐릭터가 하나하나 단계를 거쳐 레벨을 올려가는 단계 설정으로 영웅소설의 게임화를 가능케 하는 중심축이 될 수 있다.

게임의 가장 기본적인 재미는 레벨을 올리거나 게임을 하는 시간에 따라 얻게 되는 결과에 대한 보상이라 할 수 있다. 그러므로 게이머는 점점 자신의 캐릭터가 다른 사람의 캐릭터보다 힘을 얻게 되거나 우위에 점하게 될 때 느끼는 기쁨의 코드를 획득하기 위해 온 힘을 다해 게

---

10 영웅소설에 등장인물들은 차별화된 캐릭터의 이미지를 창출할 수 있다. 선과 악이라는 단순화된 주제를 가지고 권선징악이라는 가장 보편적인 결말을 보여주고 있는 영웅소설의 서사 전개에서 캐릭터의 설정은 의외로 쉽게 설정할 수 있다. 영웅소설의 해당 작품에 등장하는 인물이 지니는 능력, 성격, 약점 등을 수치화 할 수 있을 정도로 DB화를 해 놓는다면 다양한 정보를 활용하여 게임의 성격에 맞는 캐릭터를 설정할 수 있을 것이다.

임에 집중하기 마련이다.[11] 영웅소설이 이러한 게임의 오락적 장치에 잘 들어맞는 서사구조를 가지고 있다는 점에서 캐릭터의 창조는 중요하다 하겠다. 이러한 인물 분석 작업은 메타데이터 단계에서 다시 배경과 인물, 소품, 주제, 사건, 원문 등으로 나누고, 이들은 다시 구체적인 세부 항목으로 나눌 필요가 있다. 또한, 각 인물도 성별, 나이, 신체, 복식, 소지품, 성격, 능력 등을 분석하여 캐릭터를 작성하는 자료로 확보해 두면 유용한 게임 콘텐츠 개발이 가능하다.[12]

게임은 시간의 제한이 없기 때문에 게이머가 게임의 스토리텔링을 만드는 데 필요한 다양한 캐릭터들이 필요하다. 따라서 게이머의 흥미를 이끌어낼 수 있는 선한 이미지의 캐릭터와 악한 이미지 캐릭터의 조화로운 배치가 무엇보다 중요하다. 게임에서 캐릭터의 창조는 능력, 역할, 외양 등을 통하여 인물의 성격을 결정하게 된다. 최근 인기 게임의 하나인 〈리니지Ⅱ〉에 등장한 캐릭터들은 근력, 지능, 체력, 민첩성, 정신력, 재치 등의 6가지 능력치를 가지고 있는 것으로 창조되었다. 게이머는 이들의 다양한 캐릭터를 비교하여 자신의 캐릭터를 선택하여 게임을 하게 되는 것이다.

영웅소설 캐릭터는 〈리니지Ⅱ〉처럼 능력치를 중심으로 나눌 수도 있겠지만 크게 4가지 역할과 능력에 따라 인물 유형을 나누어 볼 수 있다. 나아가 같은 인물 유형 내에서도 다양한 캐릭터를 창조해 낼 수 있다. 첫째는 탁월한 영웅 능력을 가진 정의의 전사자인 주인공, 둘째는 주인공의 배필인 사랑의 전사자 여인, 셋째는 영웅 인물의 능력을 배가시켜

---

11 백승국, 『문화기호학과 문화콘텐츠』, 다할미디어, 2004. 50쪽.

12 함복희, 「설화의 문화콘텐츠화 방안 연구」, 『어문연구』 134, 어문연구학회, 2007, 147쪽.

주는 탁월한 신성 인물인 도사나 승려, 넷째는 영웅 인물과 끊임없이 대적하다 패배하는 적장 등을 창조할 수 있다.

여기에서 첫 번째 주인공 캐릭터는 게임에서 가장 중요한 인물이다. 따라서 주인공의 외모와 옷차림은 물론 표정과 능력을 배가시켜 줄 수 있는 최고성능의 캐릭터로 만들어야 한다. 당연히 체력과 지략이 탁월한 인물로 선정될 수 있다. 아주 많은 수의 적과 싸워서 이길 수 있는 탁월한 싸움 능력을 단계별 능력치를 통해 부여해 주면서 탁월한 능력자로 상승할 수 있도록 캐릭터를 만들어야 한다. 실질적인 게임에서 주인공은 마법을 부리는 사람이 아니고, 자신의 아이템을 가지고 탁월한 체력을 바탕으로 한 전사자로 묘사할 수 있다.

두 번째 캐릭터인 주인공의 아내에 대해서는 영웅소설이 보여주는 로맨스의 확장과 주인공의 영웅담을 최적화시켜주는 역할을 부여해 준다. 여주인공은 애정을 성취하기 위해 주체적으로 사건을 해결할 수 있는 이미지를 부각시켜 준다. 여성은 물리적인 공격력이 남성보다는 떨어지고 자신을 보호할 수 있는 힘도 떨어진 연약한 존재이기 때문에 체력이 약한 부분을 채워주기 위해서는 마법을 사용할 수 있는 아이템을 부여해 주면서 점진적으로 강해지는 여성상으로 형상화한다.

세 번째 캐릭터는 게임에서 검술과 마법에 뛰어난 인물로 '도사나 승려'를 들 수 있다. 도사의 캐릭터는 주인공의 영웅성을 키워주기 위해서 훈련을 통해 길러주고, 싸움에서 주인공의 위기를 단번에 극복할 수 있도록 도와주는 판타지적인 인물이기에 물리적 공격력과 마법 공격력을 비교적 강하게 설정해 준다. 이 경우의 캐릭터는 신비함과 탁월함을 겸비한 인물과 성격을 가진 캐릭터로 형상화하면 된다.

넷째의 적장 캐릭터는 주인공의 캐릭터와 크게 차이가 나지 않을 정도로 설정해 준다. 이들에게는 물리적인 공격력만 사용할 수 있도록 한다. 그렇기 때문에 체력이 강하고 민첩한 인물로 설정하되 싸움에서 뛰어난 능력을 가진 인물로 묘사하면서 마법에 쉽게 빠져들 수 있도록 한다. 따라서 주인공의 탁월한 능력에 결국은 적장이 패배하는 인물로 설정한다.

이와 같이 각각의 캐릭터는 작은 수준의 레벨에서 출발하여 한 단계의 레벨을 올려가면서 일정량의 탁월성이 높아지게 만든다. 레벨이 오를 때마다 체력과 마법력과 민첩성을 올릴 수 있는 기회를 주어지게 하고, 마법 능력을 향상시킬 기회도 아울러서 부여해 주게 되면 게이머들에게 긴장감과 흥미를 유발시켜 줄 수 있다. 결국 게임에서 가장 중요한 요소인 캐릭터의 창조와 게임 유형에 따른 적절한 설정은 게임화에 중요한 요인이 된다고 하겠다.

2) 아이템

일반적으로 영웅소설과 게임에서 폭력성과 선정성이 많이 나타난다. 격렬한 폭력과 상대에 대한 치명적인 패배를 주기 위해서 주인공의 탁월한 능력이 따라야 되고, 탁월한 능력 발휘의 수단으로는 빼어난 도구가 필요하기 마련이다. 이러한 폭력성과 선정성은 요즘의 소설, 영화, 드라마, 만화 등 모든 이야기 예술에 공통적으로 존재하는 요소이다. 본질적으로 스토리는 사건을 띠고 있는 경험이며, 사건은 사물의 정상적인 상태가 흔들리면서 생겨나는 비상하고 일탈적인 상황이기 때문이다.

게임에서 아이템이란 캐릭터가 사용하는 도구나 게임에서 필요로 하는 모든 것을 말한다. 칼이나 갑옷 같은 것들이 대표적인 예라 할 수 있다. 게임에서 아이템은 캐릭터의 능력을 더해 주거나 체력을 보호해 주는 일을 하는데 얼마나 좋은 아이템을 가지느냐에 따라서 캐릭터의 능력이 차이가 있다. 또한 게임의 진행을 원활하게 해주는 아이템도 있는데 이것은 게임을 하는 시간을 단축시켜 주기도 한다.

주지하다시피, 영웅소설은 잔인한 전투 장면이 서사 곳곳에 많이 등장한다. 이러한 영웅소설에 유난히 전투 장면을 많이 형상화한 것은 작품 내적으로 보면, 한 평범한 인물이 탁월한 영웅으로 성장해 가는 과정에서 겪어야 할 통과의례이자 소설적 개연성을 제공해 주는 방법이다. 또한 작품 외적으로는 전란과 내란을 많이 겪었던 우리의 역사를 바탕으로 영웅소설이 창작되었기 때문으로 볼 수 있다. 그러므로 영웅소설의 전편을 바탕으로 살펴보면, 여기에 등장한 주인공의 면면이 획일화된 캐릭터로 형상화할 수 있을 정도이며, 영웅적인 활약과 여기에 사용한 아이템 하나하나가 개별화될 수 있는 가능성을 가지고 있다.

따라서 영웅소설의 각 편에 나타난 인물들의 복장과 무기, 전법 등을 구체적으로 묘사하고, 이에 따른 능력치를 부과하는 것이 필요하다. 이러한 관점에서 게임에서 아이템화 할 수 있는 영웅소설에 나타난 각 작품의 도구를 살펴보면 다음과 같이 정리될 수 있다.

작품	주인공	아이템
〈金鈴傳〉	장해룡	금방울
〈金弘傳〉	김홍	청창검, 자운갑, 구슬
〈玉珠好緣〉	최완	도사에게 무술 습득
〈張伯傳〉	장백	용천검, 풍운경옥주
〈蘇大成傳〉	소대성	보검, 갑주, 천리총마 획득
〈張景傳〉	장경	천리토산마, 전쟁기계
〈張風雲傳〉	장풍운	검
〈趙雄傳〉	조웅	삼척신검, 갑주, 보검
〈劉忠烈傳〉	유충렬	일광주, 장성검, 신화경, 옥함, 천사마, 갑주, 홍선, 책 등

〈玄壽門傳〉	현수문	일척검, 병서, 갑옷투구, 삼척보검, 환약, 자룡검
〈龍門傳〉	용문	손오병서, 궁마지, 옥지환, 용마, 황금갑주, 쌍용마구, 용천검
〈李大鳳傳〉	이대봉	손오병서, 육도삼략, 갑주, 운무갑, 철갑투구, 청룡도, 오초마
〈黃雲傳〉	황운	둔갑술, 진법, 검술습득

영웅소설에서 찾아볼 수 있는 아이템을 게임으로 진행할 때에 어떻게 활용할 것인가는 서사진행 과정에서 적절하게 적용할 수 있다. 주인공으로 하여금 공격력과 적으로부터 방어력을 향상할 수 있는 아이템은 용마, 삼척장검, 황금갑주, 여의봉, 철갑투구, 백마, 병서, 천문도, 부채 등등의 보조도구가 여기에 해당된다. 또한 체력과 마법력 향상에 따른 아이템은 환약, 힘의 물약, 마법의 물약 등을 통해서 탁월한 능력을 위해 보강해 주는 아이템으로 활용할 수 있다. 이러한 아이템들은 등장인물에 따라, 싸움의 중요도에 따라, 주인공의 능력 여부에 따라 다르게 설정할 수 있다.

여성인 경우, 마법을 사용하면 할수록 힘이 떨어지는 부분을 채워주기 위해서 다량의 적을 살상할 수 있도록 부채나 한약 같은 아이템을 설정할 수 있다. 일반적인 영웅소설은 여성으로서 약한 부분을 채워주고 주인공을 도와주는 내조자로서 최고치의 능력을 발휘하도록 한다. 뿐만 아니라 특히 〈박씨전〉과 같이 주인공이 후대에 나타난 여성을 주인공으로 한 여성영웅소설의 경우, 주인공은 남성 못지않은 강인한 아이템을 설정하여 게임에서 탁월한 능력을 발휘할 수 있도록 만들어 줄 수 있다.

〈스타크래프트〉나 〈리니지Ⅱ〉와 같은 게임은 외계인화 된 종족을 창조하기 위해서 캐릭터와 아이템을 환상적인 아이템을 활용하고 있으나 우리의 영웅소설을 게임화 하는 데 있어서 한국적인 아이템을 충분히 활용할 수 있다. 신비한 마력을 지닌 철퇴, 반지, 부채, 용검 등을 사실적인 그림으로 제시하며 능력치를 배가시켜 줄 수 있다.

3) 신화적 공간

영웅소설이나 게임의 세계는 총체적인 세계를 제시하고 있다. 즉 이성적인 글쓰기의 세계가 아닌 비일상적인 세계, 반이성적인 세계를 의미한다. 이러한 세계는 곧 게임을 공간별로 나누어 펼쳐지게 함으로써 공간이동에 따른 캐릭터의 능력치를 상승시켜 나가고, 플레어들이 자유롭게 공간을 선택하여 이동할 수 있도록 만들어 준다.

신화적 공간은 인간이 세속 속에서 살면서 신성세계를 꿈꾸는 신화적 상상력의 결과물이라 할 수 있다. 신화적 공간은 인간적인 삶의 영광과 인간존재의 무한한 가능성, 인간의 마음이 지닌 선함과 아름다움이 그들의 초현실적인 형상을 통해 표현되는 곳이다. 신화적 공간에 등장하는 개체들은 그만큼 현실 세계의 '사실감'이라는 구속으로부터 자유로울 수 있다. 미래의 공간을 서사에 도입하는 것도 마찬가지 측면에서 이해할 수 있다. 고소설이 지니는 비근대적인 상상력이 새로운 이야기 문학에 크게 기여할 수 있다고 볼 수 있다. 그 상상력의 대표적인 특징을 보면, 하나는 현실과 비현실을 넘나드는 총체적인 세계의 구현이며, 하나는 공간의 필연에 따른 이야기 만들기이다.[13]

신화적 공간은 단순히 과거의 공간이 아니다. 그것은 본질적으로 완전한 상상적 공간에 해당된다. 신화적 공간은 실재하는 공간이 아니라 환상적 공간이라 할 수 있다. 이러한 환상의 공간적 구도는 영웅소설의

13 김탁환, 「고소설과 이야기문학의 미래」, 『고소설연구』 17, 한국고소설학회, 2004, 5-6쪽.

서사기법에서 자주 빈번하게 사용하고 있는 꿈의 장치와 마법의 장치를 활용하면 현실과 환상의 통로를 자연스럽게 연결해 줄 수 있는 방법이 되었던 것이다.

디지털 매체의 발달로 세상은 점점 속도 경쟁의 시대로 접어들고 있다. 그러나 역설적이게도 창조적인 상상력과 그 상상력에 기초한 이야기는 점점 더 고갈되고 있다. 오히려 〈반지의 제왕〉에서 볼 수 있는 바와 같이 최근의 상업화된 환상적인 판타지 문학이나 영상물이 저급하고 통속적이란 일부의 비판에도 불구하고 대중화되어 상업적으로 크게 성공한 예를 볼 때, 마치 우리의 사고가 옛날로 회귀하고 있는 듯한 느낌을 지울 수 없다.[14]

이처럼 게임, 영화, 소설을 아우르는 거대한 서사물은 대부분 경전이나 신화에 기댄다. 영화 〈스타워즈〉는 아더왕 이야기를 바탕으로 했고, 영화 〈매트릭스〉는 성경, 불경을 비롯한 다양한 경전을 근거로 사건을 전개시켜 나갔다. 오히려 인간의 상상력은 근대 이전으로 나아가고 있는 것이다.[15] 영화 〈반지의 제왕〉 제3편에 등장하는 수십 만 명의 전투장면이나 심형래 감독의 〈D, War〉에서 설정하고 있는 첨단의 현대화 사회의 가상공간에서 볼 수 있듯이 이제 디지털 기술은 현실에 존재하는 세계뿐만 아니라 가상의 세계까지도 충실히 담아낼 수 있기에 신화적 공간을

---

14 캐스린 흄은 환상과 관련하여 환상 충동은 권태로부터의 탈출, 놀이, 환영, 결핍된 것에 대한 갈망, 독자의 언어습관을 깨뜨리는 은유적 심상 등을 통해 주어진 것을 변화시키고 리얼리티를 바꾸려는 욕구이며, 환상이란 사실적이고 정상적인 것들이 갖는 제약에 대한 의도적인 일탈이라고 하였다. 〈반지의 제왕〉이 북유럽의 신화와 기독교의 신화를 나름대로 재해석하여 환상적인 모티프를 중심으로 창작을 하여 크게 인기를 끌었다는 점이 현대적 회귀와 맥을 같이한다고 하겠다.
최기숙, 『환상』, 연세대학교출판부, 2003, 22쪽.

15 김탁환, 앞의 책(2004), 15쪽.

창조하는 것은 그리 어려운 방법이 아니다. 컴퓨터그래픽에 의한 어떠한 판타지 공간도 얼마든지 상상을 통해 쉽게 묘사해 낼 수 있다.

영웅소설을 게임화할 경우, 영웅담은 한결같이 신화적 공간의 전쟁을 통해서 형상화된다. 이때 신화적 공간은 신화적 세계를 가지고 있는 환상의 세계라 할 수 있다. 이 공간에서 펼쳐지는 전쟁은 현실보다 더 실감 나는 전투의 장면으로 묘사할 수 있다. 신화적 공간에서 전쟁은 인간의 본성에 대한 궁극적인 의문을 불러일으키는 극적인 스토리를 만들어낸다.

천상계의 개입이 가능하도록 고안되어 있는 영웅소설의 공간은 애초부터 황당한 임팩트 요소로 개연성 있게 느껴질 수 있는 공간으로 설정되어 있다. 천상계의 의지에 따르는 영웅소설 서사의 공간은 단지 환상적 성격의 사건이 한두 번 불쑥 등장하는 것이 아니라 서사질서 자체가 공간의 우연성이 매우 높을 수 있도록 고안되어 있다. 영웅소설 서사와 디지털 매체는 바로 이 공간의 우연성이라는 점에서 접점을 찾을 수 있다.[16] 그러므로 영웅소설에서 주인공이 펼치는 싸움공간은 다양한 공간스테이지, 사건스테이지로 이동과 반복을 통해 극대화시킬 수 있다. 실지로 〈리니지Ⅱ〉에서는 '노래하는 섬', '말하는 섬', '글루디오영지', '캔트영지', '오크요새영지', '윈다우드영지', '용의 계곡', '기란영지', '하이네영지', '화룡의 둥지', '오렌영지' 등으로 명명된 공간이 있고, 다섯 개의 종족이 있어 사건의 전개가 종족과 공간별로 진행된다는 점에서 볼 때, 게임 공간의 설정에 따라 사건의 중요성과 능력치가 극대화되면서 게임을 더욱 흥미롭게 진행하고 있다.

영웅소설에서 보여주는 신화적 공간은 지상과 천상과 지하, 수중까

---

16 조혜란, 앞의 논문(2004), 36쪽.

지 널리 아우른다. 역사의 시공간에 존재하는 등장인물들도 천상과 지상을 자유롭게 오가며, 어느 쪽도 합리적이지 않다는 이유로 배제되지 않는다. 지상의 사건은 자연스럽게 천상의 사건과 연결되고 지상에서 어려움을 겪고 있는 주인공이 수중세계를 지나면서 새로운 전기를 마련하기도 한다. 이미 죽은 인물들을 천상에서 만난다거나 인간이 아닌 괴물과 지하에서 맞서는 것도 고소설의 상상력에서는 얼마든지 가능하다. 천상-지상-지하를 아우르는 3차원의 세계에서 인간 / 비인간이 등장하여 박진감 넘치는 사건을 전개시켜 나간다면 〈반지의 제왕〉이나 〈스타워즈〉를 능가하는 한국적인 새로운 영웅 이야기를 소재로 한 게임도 만들 수 있다.

이처럼 소설이나 게임에서 신화적 공간 설정은 매우 중요한 역할을 하게 된다. 공간의 이동에 따라 만나는 새롭고 신비한 경험을 바탕으로 하여 다양한 게임이 펼쳐지는 계기가 될 수 있다. 톨킨의 〈반지의 제왕〉에서 보면, 사건의 시간적인 전개뿐만 아니라 공간적 전개에 주목해 볼 필요가 있다. 사건이 전개됨에 따라 등장인물을 새로운 공간으로 옮겨 이야기의 흥미를 지속시켜나가는 방법을 통해 흥미를 배가시켜 주고 있다. 물론 이 공간은 이전 공간과 전혀 다른 곳이며 그곳에서 만나는 이들도 그전에 만났던 이들과 다른 차원의 인물이다.

영웅소설에서도 광활한 중국의 중원을 배경으로 하여 낯선 공간이동이 자주 눈에 띈다. 결혼 약속을 맺는 후에도 당사자들은 사방으로 흩어져 다양한 공간에서 다양한 사건들이 병치되어 전개된다. 이때 많은 우연들이 개입하게 되는데, 그것은 각 공간이 지닌 특징을 등장인물이 지나면서 우연히 접하게 되기 때문이다.

따라서 영웅소설에 등장하는 중국이라는 서사공간도 벌써 어떤 상상의 산물이다. 중국이라는 공간 위에 천상계라는 공간을 덧붙이면 공간 확장은 더욱 거대해진다. 주인공의 입장에서 보면, 우연의 남발이지만 공간의 입장에서 보면 필연적인 전개일 수도 있다. 게임의 경우도 광활한 중국의 지역들을 미리 공간으로 설정하여 제시해 주고, 게이머는 그 설정을 통해 자신이 이번 게임에서 모험을 벌일 대륙과 해양을 한눈에 살필 수 있도록 거대한 공간을 미리 스토리텔링 해 줄 수 있다. 게임은 시간의 순차적인 전개에서 벗어나 공간의 응집과 확산을 통해 게임 세계의 이야기를 얼마든지 확대하게 된다. 여기에서 주인공의 능력치가 배가될 수 있는 과정별로 다양한 공간설정과 능력치의 단계별 수행을 통해서 원하는 공간으로 이동할 수 있도록 설정해 주면 게임에서 가상공간은 무한대로 확대 가능한 것이다.

이 점에서 영웅소설의 공간설정은 유리한 지점을 확보하고 있다. 대부분의 영웅소설 작품에 형상화된 경험세계는 기본적으로 초월계의 개입이 가능한 공간으로 우연성이 높은 공간이다. 즉 초월계가 개입해서 벌어지는 상황은 현실계에서 우연한 사건으로 받아들여질 수 있다. 이 우연이란 지상에 사는 인간의 시점에서 본 것으로 만약 천상계에 속한 인물의 시점에서 바라본다면 필연적일 수밖에 없는 사건 전개인 것이다. 영웅소설의 서사공간에는 경험세계에서 기대 가능한 뜻밖의 사건일 뿐만 아니라 비경험적인 요소에까지 언제든지 출현가능하다. 이러한 영웅소설의 서사공간은 게임의 신화적 공간으로 얼마든지 치환이 가능하다고 하겠다.

4) 스토리텔링

스토리텔링이란 사실에 의거한 기록, 혹은 기록문학적인 논픽션이나 꾸며낸 이야기인 픽션이나 모두 그것을 전달하는 과정에서 이야기하기를 말한다. 즉 지식과 정보를 단순히 나열한다거나 논증, 설명 혹은 묘사의 양식을 취하는 것이 아니라, 사건과 등장인물, 배경이라는 구성요소를 지니고 시작과 중간과 끝이라는 시간적 흐름에 따라 기술해 가는 양식이 이야기이다.[17] 특히 문화콘텐츠 소재 개발에서 가장 중요한 요소 중의 하나는 이야기, 즉 서사(Story)이며 스토리텔링이란 용어를 사용하고 있다.[18] 스토리텔링은 모든 사건의 종합체이며 모든 문화콘텐츠 산업의 근원을 형성한다고 할 수 있다. 즉 스토리텔링이야말로 각종 콘텐츠를 창조하는 기본 틀이자 텍스트가 되는 것이다. 그러므로 영웅소설 중에서 다양한 소재를 찾고, 또 가공하며, 이를 게임으로 재창조할 때에 원천 서사를 게임콘텐츠 매체에 맞는 시나리오로 각색하는 것이라 할 수 있다. 그러므로 게임은 스토리텔링을 통해 재탄생하는 것이다.

기술이 발달하고 미디어가 다양한 감각적 체험을 가능하도록 고도화되면서 문자서사에서는 불가능했던 표현방식이 다양해졌다. 예를 들면, 카메라와 다채널 입체음향 장치 등은 전쟁터의 어지럽고 급박하며 정신을 차릴 수 없을 정도로 혼란스러운 상황을 표현하는 데에 대단한 효과를 발휘하게 된다.[19] 이러한 새로운 촬영기법으로 인하여 게임에서도 문자서사에서는 생각할 수 없는 다선형 서사구조를 통하여 게이머

---

17 최예정·김성룡, 『스토리텔링과 내러티브』, 도서출판 글누림, 2005, 14-15쪽.

18 여기에서 스토리란 작가가 일정한 소재를 통하여 표현하고자 한 내용을 독창적으로 풀어나간 서사구조, 즉 내러티브를 말한다. 일반적으로 내러티브는 시간과 공간에서 발생하는 인과관계로 엮어진 실제 혹은 허구적인 사건들의 연결을 의미한다. 소설에서는 문자로만 이루어지지만 영상 분야에서는 이미지, 대사, 문자, 음향, 그리고 음악 등으로 이루진 것을 포함한다. 흔히 이를 '스토리텔링'이라고 하는데 본고는 이 용어를 사용하고자 한다.

19 강현구 외 2인 공저, 『문화콘텐츠와 인문학적 상상력』, 글누림 문화콘텐츠 총서2, 2005, 118-119쪽.

들에 의하여 얼마든지 선택이 가능하게 된다. 이것은 다른 방식의 서사적 상상력을 촉발하고 나아가 새로운 서사가 또 다른 서사에 영향을 주게 된다.

일반적으로 우리나라의 문화콘텐츠를 평가할 때에 스토리가 약하다고 이야기한다. 그러나 우리의 영웅소설의 경우에는 한국적 스토리가 풍부하게 보유하고 있으므로 작품 속에서의 스토리 개발은 가능하다고 하겠다. 기존에 영웅소설에서 스토리는 서사단락으로 제시하여 이야기를 전개하는 것이 일반적이었다. 특히 구조주의적인 영웅의 일대기 과정을 따르거나 혹은 시간의 선후관계에 따른 간략한 형태로 서술되었던 것이 대부분이다.

그런데 이러한 영웅소설의 서사단락을 멀티미디어에 의한 스토리에는 적합하지 않다. 오히려 구체적인 정보를 제시할 수 있는 스토리가 필요한 것이다. 영웅소설의 공간설정이 여기에 해당한다. 즉 영웅소설의 공간은 우연성이 높은 공간이고, 고소설의 서사방식은 텍스톤화 될 수 있다는 특징을 지니며. 또 디지털 스토리텔링은 이야기를 설계하는 과정에서 텍스톤을 포함한 하이퍼텍스트방식의 공간설계가 중요하다는 특징을 지닌다. 이렇게 본다면, 작품에서 서사단락의 제시 외에 에피소드의 제시 같은 시도들이 필요할 것으로 보인다. 특히 영웅소설의 주요 장면들을 주제별로 묶어서 각 작품에 따른 다양한 경우들을 구체적인 정보와 함께 제시한다면 이는 디지털 스토리텔링의 경우의 수를 확장시키면서 이야기를 풍성하게 하는 데 기여할 것으로 보인다.[20]

무엇보다 게임을 즐기는 게이머에게 흥미를 유발하기 위해서는 스토리텔링이 중요한 장치가 된다. 왜냐하면 레벨이 올라갈수록 유저는 더

---

20 조혜란, 앞의 논문(2004), 44쪽.

욱 탄탄한 게임을 원하게 된다. 유저에게 긴장감을 줄 수 있는 게임 장치는 서사구조 속의 스토리텔링이 담당하고 있다.[21] 격렬하게 게임이 진행되고 있는 상황에서 대규모의 인파가 공간의 여기저기로 이동하며 움직이고, 이에 따른 사물의 변화가 끊임없이 역동적으로 펼쳐지는 상황에서 서사는 단조로우면서도 핵심적인 메시지만을 전달해야만 게임을 효과적으로 진행해 나갈 수 있기 때문이다.

이처럼 게임에서 시간과 공간은 스토리텔링에 의해 새롭게 창조된다. 게임은 직접적인 참여자의 행위에 의해 진행됨으로 게이머가 시작에서부터 선택과 판단에 의해 이루어짐으로 영웅소설의 서사가 컴퓨터 게임의 환경에 스토리텔링 기법으로 변환되는 것이다.

이 지점에서 영웅소설의 서사방식과 디지털 스토리텔링이 조우할 수 있는 가능성이 있다. 고소설에서는 텍스톤[22]으로의 전환이 쉬이 일어날 수 있는 서사적 요건들이 있기 때문이다. 특히 영웅소설은 주인공이 해결해야 할 과제가 늘 등장한다. 어린 시절 힘든 성장과정을 거친 주인공은 일정한 임무를 수행해야 가족도 재회하고 출세도 가능한데, 이 또한 과제의 연장이기도 하다. 영웅소설에서 주인공에게 부여되는 문제 즉, 나라를 구하고 가족이나 연인을 찾는 임무는 게임에서 줄곧 등장하는 임무(퀘스트: quest 혹은 미션: mission)로 치환이 가능하다. 서양의 판타지나 중국의 무협이 수많은 임무를 부여하듯 영웅소설에서도 해결해야 할 임무들이 전개된다. 이 사건들의 전개는 반드시 선후관계나 인과

21 백승국, 앞의 책(2004), 50쪽.

22 텍스톤이란 서사의 어떤 국면에서 선택 가능한 다양한 경우의 수를 예상하여 마련된 각 선택 요소들이다. 예를 들면, 게임의 경우 장면 장면에서 게이머가 선택해야 하는 다양한 경우의 수들이 텍스톤이다. 그리고 그중 한 가지를 선택하여 게임을 지속시켜 나갈 때 게이머가 경험하게 되는 그 선택의 경로들이 스크립톤이다.

관계의 필연적으로 묶이지 않는 서술방식을 택하고 있다.[23]

게임에서 스토리텔링은 전제되는 사건의 조건 내지 단초, 목표가 뚜렷하도록 하고, 게임의 처음과 끝은 기존 서사의 처음과 끝이 다른 기능을 하는 경우가 많다는 사실을 염두해 두어야 한다. 행위자가 극복해야 할 난관은 어렵게 하되 극복 가능한 것으로 설정해야 한다.

이와 같이 게임에서 스토리텔링은 영웅소설과 같은 기존의 문자시대의 텍스트 속에서 분명히 구분되어지고 공고한 틀을 지니고 있던 스토리의 관습이 완전히 해체될 수밖에 없다. 따라서 디지털을 바탕으로 한 게임에서의 스토리텔링은 차원을 달리하는 새로운 종류의 다중적 상상력을 필요로 한다. 선형적 플롯전개의 기본적 틀을 배제할 수는 없지만 디지털 시대의 게임은 상호작용을 기본적 특징으로 하고 있는 만큼 그 진행과정과 결말이 개방되어 있다. 게임 속의 등장인물, 소품, 사건, 장소 이런 하나하나의 요소들이 하이퍼텍스트적인 연결구조를 가질 수 있다. 따라서 게임은 스토리텔링이 비선형구조를 지니며 이러한 끝없이 보이는 가지치기 구조 속에 무엇이 원래의 주된 플롯인지 원래 무슨 이야기를 하려고 했던 것인지를 잊게 해줄 수도 있다.

게임콘텐츠에서 하이퍼텍스트가 중요한 이유는 자료의 조합과 확장이 무한하게 가능하다는 점이다. 하이퍼텍스트는 순차적인 서사구조나 인과관계를 고려하지 않고 사용자의 관심이나 필요에 따라 선택이 가능하도록 서사구조가 해체되어 유형별, 단위별로 구성된다. 사용 목적에 따라 항목의 선택과 자유로운 조합이 가능하며, 이에 따라 새로운 시나리오가 가능해 진다는 점이다.

따라서 게임에서 주인공이 펼치는 전투가 반드시 어떤 싸움 뒤에 배

---

23 조혜란, 앞의 논문(2004), 37쪽.

치되어야 하는 것은 아니다. 즉 영웅소설의 중요 등장인물이 해결해야 하는 임무는 반드시 필연적인 인과관계 혹은 사건의 선후관계 속에서의 필수적인 것이 아닐 수도 있다는 것이다. 영웅소설에서도 이러한 서술방식이 게임으로 변환시킬 때 텍스톤적으로 변용될 가능성이 높다고 하겠다. 그러므로 영웅소설은 소재를 원천자료로 활용할지라도 게임에서는 성격에 따라 원천서사를 달리 각색하여 스토리텔링을 만들 수가 있다. 다시 말하면, 게임에서는 모티프별, 또는 사건 한가지만으로도 게임으로서 흥미를 가져올 수 있다. 이처럼 디지털 미디어에 가장 알맞은 표현양식을 개발하고 활용하는 스토리텔링의 방식은 게임에서 상상을 초월할 수 있는 말하기 방식이 될 수 있다.

5) 게임 시나리오

게임은 중세적 서사내용을 바탕으로 한 환상성과 최첨단 기술을 바탕으로 한 사실성이 맞물린 장으로서, 특히 컨텐츠와 테크놀로지의 상보성을 입증해 볼 수 있는 영역의 하나이다.[24] 게임 시나리오는 서사의 시나리오와 달리 기본 시나리오에다 게임에 참여하는 게이머의 선택에 따라 다양한 시나리오가 생겨날 수 있기 때문에 나무뿌리처럼 형성된 고난도의 제작 테크닉을 필요로 한다.

전통적인 서사가 시작에서부터 결말까지 작자에 의해 일방적으로 서술되고 작가의 의도대로 마련한 한 가지의 서사전개가 제공되는 데 반해, 게임 시나리오는 게이머의 선택과 능력에 따라 서사의 방향을 다양하게 전개시킬 수 있음에서 비롯된다. 그러나 선택이 자유로운 듯하지

24 신선희, 앞의 논문(2004), 76쪽.

만 자신이 택한 캐릭터의 능력치가 확보되지 못하면 새로운 세계로의 진행은 사실상 불가능하다.

우리의 영웅소설을 게임으로 재창작하는 데 있어서 무엇보다 중요한 것은 단선형의 시나리오를 다선형의 시나리오로 다변화시키는 것이 중요하다. 게이머들은 대체로 하나의 시나리오를 선택하여 게임화하기 때문인데, 여기에 따른 영웅소설은 몇 가지 유형의 게임시나리오로 창작하는 것을 가정해 볼 수 있다.

제1유형으로는 영웅소설의 개별 작품이 갖는 일반적인 해석과 단선형 시나리오, 제2유형으로 영웅소설의 개별 작품을 재구성한 시나리오, 제3유형으로 두 가지 이상의 개별 작품을 합성하여 새롭게 재구성한 시나리오, 제4유형으로 영웅소설을 모티프별로 차용하여 텍스톤적으로 변용한 다선형 시나리오 등으로 분류할 수 있다.

영웅소설은 이러한 몇 가지의 유형의 시나리오를 재창작하여 직접 게임화할 수 있다. 이 중에서 어느 유형을 게임의 맵으로 설정할 것인가는 창작자의 의도와 게이머들의 취향과 관심의 영역이라 하겠다. 대체로 제1유형이 가장 기본적인 것으로 원작에 충실한 단선형 시나리오를 통한 게임화 방법이며, 제 4유형으로 내려올수록 작가의 독창적인 맞춤형 게임시나리오라 할 수 있다.

게임시나리오의 맵 구성과 영웅소설의 시공간이 내포하고 있는 세계관의 연계는 가능하다. 즉 영웅소설에서는 서구의 판타지 문학에서 핵심을 이루는 무용담과 로맨스 외에도 이승/저승, 전생/차생을 넘나드는 세계이동과 재생/환생이라는 삶과 죽음의 순환론적인 인식기반을 가지고 있다.

따라서 영웅소설의 이원론적 세계관을 중심축으로 하여, 가상세계와 현실세계의 뒤섞임과 주인공의 입공과정과 전투장면 등을 퀘스트(임무)로 서사화하여 게임의 시나리오를 작성할 수 있다. 그러나 게임 시나리오는 게임상에서 시놉시스와 유사할 정도의 간략한 틀, 게임 스토리로 제공할 뿐 시나리오 전체를 공개하지 않는다. 다만 게이머들에 의해 선택된 시나리오를 조합해 가면된다.

게임 시나리오는 컴퓨터게임 개발 및 제작에 필요한 시나리오를 일컫는다. 시놉시스를 통해 게임 전체 내용을 함축적으로 제시한 후 장르를 정하고 그래픽처리와 프로그램 방식 3D/2D, 탑뷰/쿼터뷰/ 1인칭시점/ 3인칭시점 등의 게임 시점을 확정한 후에 캐릭터와 아이템을 그래픽 디자이너들이 이해하여 그려낼 수 있게 명시해야 하고, 화면과 게임진행 중에 나타나야 하는 점수, 체력치수, 아이템 박스 등의 기본 능력치수를 각각 설정한다. 그 후에 세부 시나리오 작성에 들어가게 된다.[25]

영웅소설을 게임화하는 데 있어서 이야기의 서사전개에 따라 주인공의 행위중심이 이동하기 때문에 서사구성이 중요하게 대두된다. 주인공이 주어진 목표나 임무를 수행하기 위해서 거쳐야 하는 여러 개의 관문통과는 주인공의 능력과 적대세력의 대결구조로 연결되고 승리와 패배가 뚜렷이 결정되므로 중간 중간의 난이도에 따라 거듭되는 주인공의 배가된 능력을 삽입할 수 있다. 게임 시나리오의 서사는 적대자를 물리치고 장애물을 제거하는 고난과 고난해결, 목표설정과 달성과정을 반복해서 흥미를 배가시켜 나간다.

전통적인 서사전개와 달리 개임의 서사는 게이머에게 캐릭터와 서사진행의 선택권이 있기 때문에 시나리오도 단선형보다는 비선형으로 읽힌다. 그러므로 분산형 다중플롯 구조를 통해 다양한 변수의 게임을 진행할 수 있도록 설정해 주는 것이 게임화하는 데 중요한 방법이라 할

25 신선희, 앞의 논문(2004), 79쪽.

수 있다.

4. 결론

이 글은 영웅소설을 중심으로 하여 멀티미디어 환경 속에서 매체를 달리하여 새롭게 향유될 수 있는 방식을 모색하는 방법으로 영웅소설의 게임화 방안을 살펴보았다. 즉 디지털 환경에 맞도록 재가공하여 게임콘텐츠의 리소스를 제공하는 방안을 찾아보고자 하였다. 따라서 영웅소설의 게임 콘텐츠 가능성을 제기한 후에 다섯 가지의 콘텐츠 방안을 검토하였다.

먼저 캐릭터는 영웅소설을 게임으로 구현할 때 가장 중요한 요소이기에 캐릭터를 창조하는 데에 있어서 다양한 행동을 변용하여 데이터베이스로 만들 필요가 있다. 인물군에 따라 배치하고 적용하고, 인물과 성격, 외모, 행동, 환경, 언어 등을 통한 캐릭터를 창조할 수 있다. 특히 영웅소설에 등장하는 인물군이 뚜렷하게 구분된다는 점을 감안해서 주인공과 적대자를 중심으로 한 캐릭터 설정이 가능하다고 하겠다.

아이템은 게임에서 사용한 도구를 말하는데 영웅소설의 싸움이야기에 등장하는 다양한 무기나 신비한 도구 등이 주인공으로 하여금 탁월한 능력을 발휘할 수 있도록 보조해 줄 수 있도록 입체적으로 창조할 수 있다.

신화적 공간은 게임이 진행되는 가상공간으로 창조할 수 있다. 즉 영웅소설에서 주인공이 펼치는 스테이지별로 등장하는 공간을 환상적으로 형상화하여 경험세계에서 기대 가능한 세계를 얼마든지 치환할 수 있다.

또한 게임에서 스토리텔링은 시간적 흐름에 따라 서술된 소설의 서사구조를 게임으로 변환하게 되면 모티프별로 또는 사건 한 가지만으로도 게임으로서 흥미를 줄 수 있기 때문에 디지털 미디어에 알맞은 스토리텔링의 방식을 개발할 수 있다고 하겠다.

한편 게임 시나리오는 소설에서 볼 수 있는 단선적인 시나리오만을 변환시키는 것이 아니라 영웅소설을 모티프별로 차용하여 텍스톤으로 변용한 다선형 시나리오를 창작하여 게임으로 전환할 수 있을 것으로 본다.

이상에서 살펴본 바와 같이 영웅소설은 게임의 다섯 가지의 방안을 적용하여 충분히 변용이 가능하며, 게임 콘텐츠로서의 가능성이 있다고 하겠다.

영웅소설의 게임 캐릭터 스토리텔링

1. 서론

이 글은 영웅소설에 수용된 다양한 캐릭터군을 분석해서 캐릭터가 가지고 있는 내외형의 스토리텔링 양상과 그 의미를 살펴보는 것을 목적으로 한다. 특히 영웅소설은 다른 소설과 달리 영웅 인물의 일대기를 다루면서 상승적인 욕망의 축을 서사구조로 스토리텔링하고 있다. 따라서 주인공과 적대자를 중심으로 자신의 가치실현을 위해 다양한 주변 인물이 형상화되어 있고, 그들의 치열한 갈등과 해결의 과정을 낭만적으로 보여주고 있다는 점에서 캐릭터의 형상화와 의미를 살펴보는 것은 영웅소설의 미의식과 스토리텔링의 의미를 이해할 수 있다. 이를 통해 영웅 서사의 캐릭터를 게임을 비롯한 다양한 문화콘텐츠로 활용할 수 있을 것으로 본다.

일반적으로 소설에서 캐릭터와 서사의 관계는 매우 밀접한 관계에 놓여있다. 캐릭터가 서사를 이끌고 가는 엔진이라고 한다면, 서사는 인물이 발현될 수 있는 마당이라고 할 수 있다. 영웅소설은 여타의 고소설과 달리 캐릭터가 강한 전형성을 가지고 있는 것이 특징이다. 주인공과 적대자의 욕망이 강하면 강할수록 욕망의 달성을 위한 현실이 부정적이며, 인물의 성품이 부정적일수록 서사에 분명하게 드러나는 것을 특징으로 한다. 인물의 성품이 드러나면 드러날수록 서사는 더욱 극적인 성격을 갖게 된다. 주인공 캐릭터가 맡은 역할과 임무를 통해서 성품이 발현되는 경우에 영웅 스토리나 신화 등을 바탕으로 한 영웅 서사의 인물이 가장 많이 등장한다.

영웅소설이 조선시대 대중소설로 많은 인기를 끌었던 것은 여타의 소설 인물군과 달리 영웅소설에 형상화된 캐릭터의 강한 개성에 있다고 볼 수 있다. 즉 영웅소설의 스토리텔러가 기존에 내려온 문학 관습과 달리 당시대의 사회상과 향유층이 영웅소설의 창작에 욕망의 기대 지평을 소설에 잘 녹여냈다는 점에서 찾을 수 있다. 이 중에서 영웅소설에 등장하는 세 캐릭터군의 인물이 전개해 나가는 스토리 라인을 따라 배경과 사건을 통하여 절대 선의 추구, 영웅적 행위, 반영웅의 반격에 의한 좌절, 영웅의 재기, 절대 선의 승리 등의 서사적 축을 통하여 영웅의 위대한 삶의 과정을 상승적으로 보여주고 있다. 이러한 점에서 좌절을 딛고 오뚝이처럼 일어서 꿈을 성취해 낸다는 긍정의 힘과 꿈은 이루어진다는 비전이 대중성을 확보할 수 있었다. 따라서 여기에서는 영웅소설에 수용된 캐릭터를 네 가지 캐릭터 군으로 나누어서 그 캐릭터가 지향하는 지향 가치와 스토리텔링의 양상과 의미를 살펴보기로 한다.

2. 영웅소설과 캐릭터 스토리텔링

일찍이 스타니슬라브스키는 모든 이야기 예술의 창작은 '만약에…이라면' 하는 상황의 가정에서 시작한다고 하였다. 즉 어떤 종류의 일도 다 일어날 수 있다는 가정에서 '매직이프'라는 말을 사용하였다. 이 단어는 콘텐츠 창작의 아이디어를 실현할 최초의 과정이며, 창조적인 스토리텔링을 구현해낼 수 있기 때문이라고 보았다.[1] 이는 곧 매직이프를 설정하고 스토리텔링을 구현할 때 아이디어를 창조할 수 있다고 본 것이다. 여기에 우리 인간의 기본적인 욕망이[2] 담긴 모티프를 기반으로 변형을 하면서 다양한 이야기를 설정하여 스토리텔링할 수 있다. 이것을 영웅소설에 적용해 보면, 가문, 사랑, 입공, 명예, 권력 등으로 설정할 수 있다. 따라서 영웅, 적대자, 주변 인물 등 모든 캐릭터의 유형과 성격 및 행동의 묘사도 이와 관련성을 갖는다고 할 수 있다.

영웅소설에서 주된 요소라 할 수 있는 캐릭터와 다양한 몬스터를 섬세하게 묘사하는 것을 캐릭터 스토리텔링이라 할 수 있다.[3] 캐릭터는 작품의 스토리에 의하여 독특한 개성과 이미지가 부여되는 존재이다. 특히 영웅소설에서 핵심 캐릭터로서 영웅 인물은 액션을 하는 가장 중요한 존재이다. 스토리를 이끌어 가는 책임을 지닌 주인공이 핵심 캐릭터에 속한다.

특히 핵심 캐릭터는 긍정적인 면을 가진 경우가 있는가 하면 부정적인 면을 가진 경우도 있다. 영웅소설에서 영웅 인물은 여타의 소설과 성격이 다르다. 소설 독자층의 정서를 사로잡기 위한 역할을 수행하기 위해서라면 영웅 캐릭터가 독특한 역할을 수행할 수 있도록 다양하게 스토리텔링 되어야 한다. 때로는 극적인 대립 관계를 스토리텔링하기 위해 모든 게임의 핵심 캐릭터에 적대역을 설정해 줄 필요가 있다.[4] 영

1 변민주, 「콘텐츠 제작을 위한 스토리텔링과 이미지텔링의 창작방법론」, 『디지털디자인학연구』 9, 한국디지털디자인협의회, 2009, 188쪽.

2 인간의 다섯 가지 욕망은 돈, 사랑, 권력, 명예, 영생 등으로 불교에서 말하는 재욕, 색욕, 음식욕, 명욕, 수면욕과도 상통한 인간의 욕망이다. 변민주, 앞의 논문(2009), 189쪽.

3 안기수, 『문화콘텐츠와 스토리텔링의 이해』, 도서출판 보고사, 2014, 96쪽.

4 이재홍, 「게임스토리텔링 연구」, 숭실대 박사학위논문, 2009, 129쪽.

웅소설에서 선악 캐릭터의 창조가 매우 전형적이고 분명하게 스토리텔링되고 있는 것이 가장 큰 서사구조의 특징이라 하겠다.

또한 영웅소설에 등장한 인물은 게임과 같은 문화콘텐츠의 강한 캐릭터로 시각화되어 다양한 콘텐츠로 이용되기도 하고, 그 의미는 크게 확장되기도 한다.[5] 이것은 캐릭터의 속성[6]이 가지고 있는 특성이 여러 개의 매체에서도 유용하게 활용될 수 있음을 보여주는 것이다. 일반적으로 캐릭터의 성공 요소는 디자인, 시대성, 친밀성, 역사성, 스토리, 사회성 등으로 나누어 볼 수 있다. 캐릭터는 캐릭터 구현의 과정에서 이야기를 통해 만들어지게 되므로 서사는 캐릭터를 구체화하는 과정이라 할 수 있다. 나아가 캐릭터는 서사를 통해 정체성을 부여받게 되므로 캐릭터와 서사는 상호보완적인 불가분의 관계에 놓인다고 하겠다.

낭만적인 영웅소설에서 캐릭터는 가장 중요한 역할을 담당한다. 특히 판타지 공간이라 할 수 있는 허구 공간 안에 강력한 서사 잠재력을 가진 캐릭터를 새롭게 창조하는 일은 매우 중요한 요소라고 할 수 있다. 특히 주인공 캐릭터는 사건의 최후 승자이기 때문에 다른 인물에 비해 탁월성과 우월성을 더욱 돋보이게 창조해야만 한다.

특히 영웅소설을 창작하는 과정에서 작가는 하나의 캐릭터를 만들어

---

5 캐릭터 산업에서 캐릭터는 만화나 애니메이션, 게임 등에서 생겨나거나 상품, 기업의 창조적인 활동에 의해 생겨난 가공의 인물, 동물, 의인화된 동물 등을 일러스트로 시각화한 것이다. 특정한 관념이나 심상을 전달할 목적으로 의인화나 우화적인 방법을 통해 시각적으로 형상화되고 고유의 성격 또는 개성이 부연된 가상의 행위 주체를 말한다. 일정한 이미지를 줌으로써 상품에 대한 인센티브를 높일 수 있는 것들의 총체라고 할 수 있다.

6 캐릭터의 속성은 대중문화 콘텐츠와 소비자를 매개하는 매개체이자 독립된 형태로도 존재하고, 애니메이션, 게임, 만화, 출판물, 완구, 드라마, 영화, 대중가요 등을 공통분모로 매개할 수 있는 결정적 기능을 수행하고 있다. 또한 상품을 전제로 무형의 가치를 지속적으로 생산하면서 상품에 대한 인센티브, 감성 소비를 촉진해 주고 있다.

그 안에 자신의 정체성을 투영시키면서 이야기를 전개시켜 나간다. 마치 게임에서 사용자가 자신의 아이디와 패스워드를 통해 캐릭터를 사용하면서 캐릭터의 성장과 더불어 자신도 성장하고, 캐릭터의 죽음과 자신의 죽음을 동일시하게 되는 현상을 경험하게 된다. 즉 사이버 세계에 자신을 동화시켜 사회화하게 된다. 이는 고차원적으로 나가고자 하는 인간의 선천적인 욕구에 의해 추구된다.[7] 이에 영웅소설의 스토리는 영웅 캐릭터를 중심으로 진행되기 때문에 어떤 캐릭터가 선택되었는가에 따라 세부적인 스토리가 다르게 진행될 수 있어서 다양한 결과를 얻을 수 있다. 상세하고 다양한 캐릭터를 제공함으로써 선택의 폭을 크게 하고 캐릭터를 중심으로 사건이 연결되어 전개의 속도에 맞추어 캐릭터가 변화하며 성장할 때 풍성한 스토리를 구성할 수 있게 되고 몰입의 효과가 뛰어나게 된다.[8]

무엇보다 영웅소설에서 캐릭터 형상화는 스토리 밸류와 그것의 의미 있는 변화를 자기 안에 구현해야 한다. 즉 캐릭터는 사건의 변화과정에서 예측불허의 사건이 발생할 수 있는 신비로운 가능성, 즉 은유적 복합성을 가져야 하기 때문이다. 그러므로 스토리에서 레벨에 따라 캐릭터의 다양한 행동과 변용을 어떻게 만들어 낼 것인가가 중요하다. 여기에서는 영웅소설의 주인공을 대상으로 캐릭터를 만드는 문제를 다루어 보기로 한다. 영웅소설의 주인공은 전형적인 인물에 가깝다. 탁월한 능력과 입공을 통한 상승적인 삶을 살아가는 존재이기 때문에 범인과 다른 인물의 형상을 보여주고 있다. 영웅소설의 각 작품마다 형상화한 주인공의 외형과 성격묘사는 서로 다르며, 다양한 작품군에 형상화된 인

---

7 크리스 브래디·타다 브레디, 『게임의 법칙』, 안희정 옮김, 북라인, 2001, 41쪽.
8 김미진·윤선정, 『추계종합학술대회논문집』 3(2), 한국콘텐츠학회, 2005, 418쪽.

물을 통해 캐릭터를 데이터베이스화하면 게임스토리텔링에서 캐릭터를 창조하는 데 좋은 자료가 될 수 있다.

먼저 영웅소설 작품과 핵심 캐릭터, 그리고 구원자와 보조도구를 유형화하여 정리해 보면 다음과 같다.

작품명	핵심 캐릭터	신이한 인물(구원자)	신물(보조도구)	태몽
〈금령전〉	장해룡	금방울의 도움으로 능력발휘	금방울	청룡의 꿈
〈김홍전〉	김홍	칠보산 신령	청창검, 자운갑, 구슬, 무술	홍문선관이 될 꿈
〈옥주호연〉	최완 삼형제	진원도사	무술습득	보옥셋을 받음
〈장백전〉	장백	천관도사	용천검, 풍운경 옥주	천상 추성의 꿈
〈소대성전〉	소대성	노승, 화덕진군	보검, 갑주, 천리총마	전생의 동해용왕의 아들
〈장경전〉	장경	도사, 노승	천리토산마, 전쟁기계	부처가 귀자를 점지해 줌
〈장풍운전〉	장풍운	백발노승	검	선관이 귀자를 점지해 줌
〈유충렬전〉	유충렬	광산도사, 철관도사, 월경대사	일광주, 장성검, 옥함, 천사마	천룡선관
〈현수문전〉	현수문	일광도사 칠보암노승	일척검, 삼척보검, 환약, 검	상서로운 구름
〈용문전〉	용문	연화산도사, 천관도사, 노승	황금갑주, 청룡도, 오초마	청룡이 모친의 허리를 감음
〈황운전〉	황운	사명산도사, 도승, 대사	둔갑술, 진법, 검술습득	황룡의 꿈

영웅소설에서 주인공을 중심으로 스토리텔링한 핵심 캐릭터를 보면 신이한 인물, 보조자, 태몽, 다양한 아이템 등이 있다. 이것은 스토리텔

링할 때 캐릭터로 개발하는 중요한 단서가 된다. 주인공은 공격력과 적대자로부터 방어력을 향상할 수 있는 아이템이나 또한 체력과 마법력 향상에 따른 아이템으로 탁월한 능력을 위해 보강해 주는 상승된 캐릭터의 전형적 인물로 창조할 수 있다.

신이한 인물과 영웅에게 주어지는 신물은 영웅 캐릭터가 지향하는 가치를 실현하기 위해 동원되어 주인공 캐릭터로 하여금 최고의 영웅상으로 스토리텔링이 가능하다. 그리고 신비한 마력을 지닌 철퇴, 반지, 부채, 용검 등은 사실적인 그림으로 제시하여 캐릭터의 능력치를 배가시켜 줄 수 있다. 기존의 텍스트인 영웅소설에서 찾아볼 수 있는 영웅 창조의 부수적이 요소는 문자적으로 인물상을 형상화해 줌으로써 캐릭터를 독자의 상상력에만 의존케 하였지만 영웅소설과 달리 게임에서는 영웅 캐릭터의 성격을 역동적으로 창조하고, 생명력을 불어 넣어 줄 수 있다. 따라서 게임의 종류에 따라서 특성에 맞는 시나리오 작성 방법이 달라질 수 있다.[9] 영웅소설에서 스토리텔링을 진행해 가는 과정에서 캐릭터 간의 긴박한 대화나 레벨업에 따라 성장해 가는 캐릭터의 변화된 모습은 스토리의 핵심이라 할 수 있는 치열한 전투를 함으로써 스토리의 목적을 찾아 나서게 된다.[10] 이러한 점에서 영웅소설의 주인공을 고정된 캐릭터의 영웅상에서 변화된 캐릭터 영웅상으로 레벨업에 따라 창조해야 나가야 한다.

---

9 신선희, 「고전서사문학과 게임 시나리오」, 『고소설연구』 17, 한국고소설학회, 2004, 77쪽.

10 스타크래프트와 같은 유형의 전략 시뮬레이션은 다원적 캐릭터 설정을 기본으로 한다. 롤플레잉 게임의 경우, 게이머가 마음에 든 단 하나의 캐릭터를 설정해 게임으로 진행하는 것과는 다르다. 따라서 본고는 롤플레잉 게임의 경우와 같이 이용자가 캐릭터를 스스로 성장시켜나가면서 벌이는 게임을 의미한다.

일반적으로 영웅 캐릭터를 창조하는 방법은 몇 가지로 가능하다.[11] 즉 세계관의 생명체 설계, 종족의 설계, 직업군 설계, PC와 NPC의 설계, 몬스터의 설계, 성격 설계, 갈등 설계, 주인공의 목표 설계, 외형 이미지 설계, 생과 사의 설계 등으로 요소를 설정하여 창조할 수 있다. 나아가 인물과 성격, 외모, 행동, 환경, 언어 등에 의해 다양한 형태의 캐릭터를 창조할 수 있다. 우리는 이야기 속에서 다양한 형태의 인물을 만날 수 있도록 스토리텔러가 잘 녹여낼 수 있다면 가장 이상적인 캐릭터를 만들 수 있다고 본다. 그 속에서 만나게 되는 인물은 우리가 경험적 현실에서 만날 수 있는 인물과 다르다. 이러한 인물은 현실 속의 인물군상과 달리 각각의 요소에 절묘하게 부합되도록 스토리텔러에 의해 선택된 것이므로 인물의 출생지나 학력, 성품 등은 말씨를 통해 캐릭터의 성격이 드러나게 된다. 그리고 인물의 행동은 사건과 사건의 전후 과정에 개연성을 부여할 수 있도록 한다. 특히 인물의 습관적인 행동을 잘 만들어 주어야 한다. 캐릭터의 행동은 일종의 버릇과 같은 반복적인 행위를 하게 되고, 행동은 반복, 대조, 유사를 통해서 인물의 특성을 드러내기도 하기 때문이다.

또한, 영웅 캐릭터를 다양하게 분류하고 연구하여 영웅 캐릭터를 유형화하여 영웅인물이 추구하는 욕망의 양상을 세분화하여 살펴볼 필요가 있다. 게임이 아닌 영웅소설에서 캐릭터와 관련된 부분은 등장인물에 대한 연구라고 해도 과언이 아니다. 영웅소설의 등장인물에 대한 접근은 주로 주인공과 주변 인물, 혹은 악인형 인물, 선인형 인물 및 매개자

---

11 이재홍은 캐릭터를 창조할 때 외형보다 게이머의 정서를 움직일 수 있는 스토리텔링이 필요하다고 전제하고, 캐릭터 스토리텔링의 필요 요소로 10가지를 들어서 살펴본 바가 있다. 이재홍, 「게임 캐릭터 스토리텔링의 필요 요소 연구」, 『Journal of Game Society』, 한국게임학회, 2017, 169-178쪽.

등의 몇 가지 방향에서 이루어진다. 그러나 이러한 몇 가지 인물 유형을 가지고도 유형을 세분화 및 단계화가 필요하다.[12] 같은 선인형 인물이라 하더라도 선의 단계를 세분화하여 제시하거나 각 인물군이나 인물을 구성하는 요소들을 추출하여 변별성이 부각될 수 있도록 구체적으로 다양한 정보를 제시할 필요가 있다. 우선적으로 영웅소설의 각 작품에 나타난 인물을 변별적으로 수치화할 수 있도록 이른바 인물 사전과 같은 인물 프로필을 만들어 두는 것이 좋다. 그리고 캐릭터에 따른 스토리텔링을 만들면서 구조를 유형화할 수 있다. 즉 캐릭터를 찾고 스토리텔링을 적용하는 기준과 규정을 만들어 놓아야 한다. 이른바 작품에 등장한 영웅들을 모두 집합시켜 인물군을 만든 후에 각 인물이 지닌 특징을 상세하게 스토리텔링하는 방식이다. 이러한 인물 분석 작업은 메타데이터 단계에서 다시 배경과 인물, 소품, 주제, 사건, 원문 등으로 나누고, 이들은 다시 구체적인 세부 항목으로 나눌 필요가 있다.

또한, 각 인물도 성별, 나이, 신체, 복식, 소지품, 성격, 능력 등을 분석하여 캐릭터를 작성하는 자료로 확보해 두면 유용한 게임 콘텐츠 개발이 가능하다.[13] 이러한 방법과 규정을 통해 소위 영웅 인물의 포트폴리오를 작성해 두는 것이 중요하다. 인물별 프로필 구축과 포트폴리오 작성을 통한 캐릭터 개발은 문화콘텐츠에서 매우 중요하다. 특히 아

12 영웅소설의 등장인물들은 차별화된 캐릭터의 이미지를 창출할 수 있다. 선과 악이라는 단순화된 주제를 가지고 권선징악이라는 가장 보편적인 결말을 보여주고 있는 영웅소설의 서사전개에서 캐릭터의 설정은 의외로 쉽게 설정할 수 있다. 영웅소설의 해당 작품에 등장하는 인물이 지니는 능력, 성격, 약점 등을 수치화 할 수 있을 정도로 DB화를 한다면 다양한 정보를 활용하여 게임의 성격에 맞는 캐릭터를 설정할 수 있을 것이다.

13 함복희, 「설화의 문화콘텐츠화 방안 연구」, 『어문연구』 134, 어문연구학회, 2007, 147쪽.

무것도 없는 불완전한 주인공이 세상에 태어나서 수련을 통해 힘을 얻어간다는 설정은 작품 속의 캐릭터가 불완전한 단계에서 하나하나 완전한 단계를 거쳐 레벨을 올려가는 방법으로 영웅소설의 게임화를 가능케 하는 중심축이 될 수 있다.

영웅소설 캐릭터는 〈리니지Ⅱ〉처럼 능력치를 중심으로 나눌 수도 있겠지만 이야기에서 역할과 부여된 임무에 따라 크게 4가지 인물 유형으로 나누어 볼 수 있다. 나아가 같은 인물 유형 내에서도 능력치를 중심으로 세분화하면 다양한 캐릭터를 창조해 낼 수 있다. 첫째는 탁월한 영웅 능력을 가진 정의의 전사자인 영웅 인물, 둘째는 영웅 인물의 능력을 배가시켜주는 탁월한 신성한 도사나 승려, 셋째는 영웅 인물과 끊임없이 대적하다 패배하는 적장, 넷째는 요괴의 형상화와 흥미 등을 들 수 있다.

여기에서 첫 번째 주인공 캐릭터는 게임에서 가장 중요한 인물이다. 주인공의 외모와 옷차림은 물론 표정과 능력을 배가시켜 줄 수 있는 최고 성능의 캐릭터로 만들어야 한다. 당연히 체력과 지략이 탁월한 인물로 선정될 수 있다. 아주 많은 수의 적과 싸워서 이길 수 있는 탁월한 싸움 능력을 단계별 능력치를 통해 부여해주면서 뛰어난 능력자로 상승할 수 있도록 스토리텔링을 만들어야 한다.

3. 영웅소설에 수용된 캐릭터의 형상화와 의미

1) 영웅 캐릭터의 형상화와 욕망

일반적으로 조선시대 영웅소설은 매우 전형적인 인물로 스토리텔링하고 있다. 전형적인 인물이란 특정 집단이나 부류의 사람을 가장 일반적이고 본질적으로 나타내주는 인물의 재현을 말한다. 주어진 상황, 즉 시공간적인 특수성에서 그 전형성이 강조되어 서사가 진행된다. 전형적인 영웅 인물을 통해서 독자나 관객이 쉽게 이해되고 판단하거나 평가할 수 있는 근거가 될 수 있기에 인물 유형 중에서 영웅 인물의 영웅성 창조가 중요하다고 하겠다.

우리의 신화나 조선시대 영웅소설에 등장한 인물은 매우 전형성이 강하게 형상화되어 있어서 문화콘텐츠에서 전형적인 인물 창조는 가능할 수 있다. 전형성이 강하다는 의미는 이와 같은 이야기가 오랫동안 읽히고 창작되면서 가장 보편적인 캐릭터 아이디어로 창조되었다는 것을 의미한다. 영웅 서사의 전통적인 영웅 캐릭터는 캐릭터 스토리라 할 수 있다. 이 단순한 패턴이 모든 영웅 이야기의 근본이라 할 수 있다. 영웅 인물이 중심이 되어 갈등이 만들어지고 영웅에 의해 해결해나가는 패턴을 보여주고 있다. 그러므로 조선시대 영웅소설에서 영웅 인물을 형상화하는 방법과 영웅 인물이 추구하는 욕망이 무엇이고, 서사 세계에서 좌절과 성취가 보여주는 의미가 무엇인가를 스토리텔링할 경우에 영웅소설의 캐릭터가 가지고 있는 미의식이 찾아질 것이다.

주인공인 영웅 캐릭터가 맡은 역할과 임무를 통해서 인물의 성품이 발현되는 경우는 영웅 스토리, 신화, 전설 등을 바탕으로 하는 영웅서사의 인물이 가장 많이 등장한다. 영웅상의 스토리텔링이 후대로 오면, 남성 중심의 영웅 인물에서 영웅으로서의 여성상이 등장하게 된다. 그동안 고소설 작품에서 여성 캐릭터의 형상화에 대한 논의는 대체로 페미니즘적 시각을 바탕으로 하면서 주로 남성 작가나 남성 중심의 가부장적 지배이념에 의해 왜곡된 전형적 여성 형상에 대한 비판적 이해나 능동적이고 적극적인 여성 형상의 발굴과 긍정적인 수용이라는 측면에서 이루어져 왔다.[14]

이러한 연구는 지금까지 잘못 읽혀온 여성상에 대해 올바른 이해를 할 수 있게 해 주었다. 그리하여 여성은 〈박씨전〉, 〈홍계월전〉, 〈옥주호연〉과 같이 여성 영웅소설을 창작할 수 있도록 자극을 주었으며, 마침내 여성이 기존의 수동적인 여성상에서 벗어나 적극적인 여성상으로 변모하였다. 오히려 무능한 남성 중심의 사회체계를 비판하거나 외세의 침입을 막지 못한 무능한 남성을 비판하면서 외적의 침입을 막아 나라에 큰 공을 세우는 여성 영웅 인물을 형상화함으로써 남성적인 사회질서뿐만 아니라 여성적 정체성의 틀도 뛰어넘는 이상적인 인간으로 형상화되고 있다.[15]

일반적으로 남성과 여성 캐릭터는 생래적으로 태어난 탁월한 영웅 기질을 가지고 있어서 잠재된 능력을 적극적으로 개발하면서 능력이 향상된다. 이 경우 캐릭터는 신비함과 탁월함을 겸비한 인물과 성격을 가진 캐릭터로 형상화된다. 이와같이 주인공 캐릭터는 어린 시절에 잠재된 예비능력은 있지만 작은 수준의 레벨에서 출발하여 한 단계의 레벨을 올라가면서 일정량의 탁월성이 높아지게 된다. 레벨이 오를 때마다 체력과 마법력과 민첩성을 올릴 수 있는 기회가 주어지게 되고, 마법 능력을 향상시킬 기회도 아울러 부여해주면 영웅소설 향유자들에게 긴장감과 흥미를 준다.

먼저 〈홍길동전〉에 나타난 영웅 인물의 욕망과 캐릭터 형상화를 살펴보기로 한다. 영웅 인물을 스토리텔링하는 기술 중에 많은 사람에게 주목받은 인물은 영웅 인물의 캐릭터일 것이다. 영웅의 일생에 대한 스

---

14 팸 모리스, 『문학과 페미니즘』, 강희원 옮김, 문예출판사, 1999, 31-67쪽.

15 이유경, 「고소설의 전쟁 소재와 여성영웅 형상」, 『여성문학연구』 10, 한국여성문학학회, 2003, 149쪽.

토리텔링은 서사의 전체적인 흐름에 재미있는 사건을 동반한 긴장과 이완의 반복을 통해서 영웅들의 이야기는 역동적인 인물로 다양하게 형상화되고 있다. 〈홍길동전〉의 경우 모두 주인공 캐릭터가 서사의 중심으로 부각된다. 〈홍길동전〉에서 인물의 성격이나 특징은 작가, 시대, 계층, 사상과 많은 연관이 있지만 전형화된 영웅형 인물의 형태로 나타난다. 주로 선악의 인물로 형상화되는 것이 일반적이다. 〈홍길동전〉은 의(義)에 죽고 참에 살고자 한 영웅형 인물 창조를 하고 있다. 홍길동은 영웅이자 선인(善人)으로서 서사 공간에서 여러 사건을 해결하는 과정에 선악의 이미지를 그대로 가지고 일관된 인물의 유형으로 결말에 이른다. 〈홍길동전〉은 주인공이 평면적 성격의 인물, 단편적 성격의 인물로 등장함에 따라 전형적인 영웅소설에 가까운 면모를 보인다. 홍길동은 의인과 불의한 사람, 선인(善人)과 악인(惡人)의 대결 내지 충돌하는 인물과 이를 저지하는 인물의 형태 등으로 그 캐릭터의 이미지는 굳어져 있다.

이러한 영웅 캐릭터의 스토리텔링은 아마 작가의 의도에 따라 주인공의 성격과 영웅성을 어느 정도 굳혀 놓고 스토리텔링을 한 것으로 보인다. 서사문학 속의 이러한 전형적인 영웅 캐릭터의 형상화 방법은 영웅적인 캐릭터를 찾는다면 신화적 주인공으로부터 고소설의 주인공에 이르기까지 무수히 많다. 그중에서도 가장 먼저 영웅 캐릭터를 뽑으라고 하면 홍길동을 떠올리게 된다. 홍길동은 최초의 국문소설에 등장한 대중적인 의적 영웅이라는 점, 최근까지 다양한 문화콘텐츠로 활용되면서 홍길동 캐릭터는 어떠한 영웅상보다 도술 화소에서 뛰어난 인물로 각인되고 있다.

〈홍길동전〉의 도술 화소는 홍길동의 영웅적 능력을 표현하는 부분에서 많이 나타난다. 영웅은 보통 사람과 다른 탁월한 능력을 가진 인물이다. 〈홍길동전〉에서 홍길동의 특별한 능력은 도술로 나타난다. 홍길동은 초란이 보낸 특재라는 자객의 습격을 받는다. 그러나 홍길동은 둔갑법과 같은 법술에 능통한 인물이기에 까마귀가 우는 소리를 듣고 점을 쳐서 자신의 위험을 예견하고 도술을 행하여 자객을 처치한다.

홍길동전의 출생담에서 율도국 건설까지 영웅 캐릭터를 형상화하고 있는 과정을 살펴보면 다음과 같다.

> "공이 길동을 낳기 전에 한 꿈을 꾸었는데, 갑자기 우레와 벽력이 진동하며 청룡이 수염을 거꾸로 하고 공을 향해 달려오거늘……"[16]
>
> "옥동자를 낳았는데 생김새가 비범하여 실로 영웅호걸의 기상이었다 …… 길동이 8세가 되자 총명하기가 보통을 넘어 하나를 들으면 백 가지를 알 정도였다."[17]
>
> "길동이 몸을 감추고 주문을 외니 홀연 한줄기의 음산한 바람이 일어나면서 집은 간 데 없고 첩첩산중 풍광이 굉장하였다…… 또 주문을 외니 홀연히 검은 구름이 일어나며 큰비가 물을 퍼붓듯이 쏟아지고 모래와 자갈이 날리었다."[18]
>
> "큰 돌을 들어 수십 보를 걸어가니 그 무게가 천근이었다."[19]
>
> "길동이 초인 일곱을 만들어 주문을 외며 혼백을 불렀다. 일곱 길동이 한꺼번에 팔을 뽐내며 소리치고 한곳에 모여 야단스럽게 지껄이니 어느 것이 길동인지 알 수 없었다. 여덟 길동이 팔도에 다니며 바람과 비를 마음대로 불러오는 술법을 부려 각 읍 창고에 있던 곡식을 하룻밤 사이에 종적 없이 가져가며……"[20]

---

16 〈홍길동전〉, 『한국고전문학전집』 25, 고려대 민족문화연구소, 1996, 15쪽.

17 〈홍길동전〉, 위의 책, 17쪽.

18 〈홍길동전〉, 위의 책, 27쪽.

19 〈홍길동전〉, 위의 책, 33쪽.

> "길동이 한번 몸을 움직이자, 쇠사슬이 끊어지고 수레가 깨어져, 마치 매미가 허물 벗듯 공중으로 올라가며, 나는 듯이 운무에 묻혀 가 버렸다."[21]

이러한 홍길동의 영웅 캐릭터는 신화를 기본으로 하는 영웅 스토리텔링 기법을 활용하고 있다. 특히 신체적 외모, 성격, 능력, 그리고 후천적 능력 등을 신비하고 탁월한 존재로 형상화하고 있다. 이것은 전통적인 신화의 영웅상이 보여주고 있는 영웅 스토리의 원형이라 할 수 있다. 그 원형이 인간에게 공통적인 상징으로 남아 영웅 이미지 체계를 형성하여 일종의 우리 서사문학에서 영웅의 모델화가 가능할 수 있다. 이는 게임의 영웅 캐릭터로 형상화하는 데 원천자료를 제공해 줄 수 있다고 하겠다.

그러나 이러한 영웅 홍길동은 단시일에 창조되는 것이 아니다. 오랜 문학의 전통과 창작기법이 후대로 전승되면서 자연스럽게 만들어진 영웅인물에 대한 창조라 할 수 있다. 중세로 넘어오면서 〈삼국사기〉, 〈삼국유사〉, 〈수이전〉에 나타난 '온달', '조신', '최치원'과 같은 인물도 뛰어난 영웅 캐릭터였으며, 작품 내에서도 판타지적인 영웅 인물로 활동한 캐릭터들이다. 이러한 전통적인 영웅 캐릭터와 수많은 고소설 속의 영웅 인물은 공통적으로 거대한 힘을 가지고 있다는 점에 주목할 필요가 있다. 고소설 〈홍길동전〉에서 홍길동은 스스로 터득한 도술과 문무지략에 의해 모든 일을 혼자서 해결하는 초인적인 능력을 발휘한다.

영웅소설은 영웅 인물의 일대기를 통해 욕망을 구현해 나가야 하기에 영웅 캐릭터를 범인과 다른 탁월한 능력을 가진 전형적인 영웅상으

---

20 〈홍길동전〉, 위의 책, 39쪽.

21 〈홍길동전〉, 위의 책, 57쪽.

로 스토리텔링할 때 당시대인의 영웅에 대한 대망 의식에 부합했을 것이다. 또한 이러한 영웅 인물의 활동에 의해 정의롭고 선이 승리한다는 가치를 표방함으로써 영웅이 추구하는 욕망이 성취되는 것이며, 독자들은 소설 탐독을 통하여 일탈의 욕망을 경험할 수 있는 것이다.

2) 적대 인물 캐릭터의 형상화와 좌절

영웅소설에서 적대 인물 캐릭터는 앞에서 살펴본 영웅 캐릭터와 다르게 스토리텔링하고 있다. 대표적인 적대 캐릭터는 적대적 인물과 요괴 등으로 볼 수 있다. 작품의 서두에서 적장 캐릭터는 주인공 캐릭터와 능력 면에서는 크게 차이가 나지 않을 정도로 스토리텔링을 하고 있다. 다만 이들에게는 물리적인 공격력만 사용할 수 있도록 한다. 그렇기에 체력이 강하고 민첩한 인물로 설정하되 싸움에서 뛰어난 능력을 가진 인물로 묘사하면서 마법에 쉽게 빠져들 수 있도록 한다. 따라서 주인공의 탁월한 능력에 결국은 적장이 패배하는 인물로 설정한다. 영웅소설에 등장하는 적대자는 영웅 캐릭터에 맞서는 대립자로서 주인공의 목표나 임무 수행을 방해한 인물이다. 적대 캐릭터는 작품 전체에서 주인공 캐릭터와 갈등을 빚으며 대립한다. 이 대립자에게도 우호적인 보조 캐릭터가 존재할 수도 있다. 이들의 목표 역시 주 캐릭터의 목표나 임무를 방해하는 것이다.

적대 인물 캐릭터는 주인공과 적대 혹은 라이벌 관계로 주인공에게 반대나 반발, 방해를 계속하는 인물이다. 고통을 부과하는 인물, '이유 있는 악인', '인간적인 악인' 등 적대자는 인간만이 아닌 폭풍과 같은 자연의 힘으로 나타날 수 있고, 어려운 장애물을 하나하나씩 극복해나가는 육체적 도전이나 거미, 뱀, 맹수, 괴물, 외계인, 화재, 지진, 폭풍

등 다양하게 나타난다. 이처럼 적대자나 몬스터 캐릭터를 무섭고 강한 능력자로 형상화할 때 긴장하게 하며, 더욱 몰입하게 만든다.

[표1] 적대 인물의 형상화 방법

부위별	외형묘사
눈	푸르다, 사목, 불빛같음, 화경, 구리로 생김
얼굴	쌍두, 범의 머리, 검다, 먹장을 갈아 부은 듯, 수레바퀴, 흉악함, 옷칠한 듯, 검붉음, 수묵을 끼친 듯, 제비턱, 구룡의 수염, 범의 입, 주사를 바른 듯, 주홍을 찍은 듯
가슴	매가슴, 열아름, 요대는 십이요, 곰의 허리
음성	웅장, 우레, 벽력같음, 바다를 울리는 듯
기골	십척, 구척, 팔척, 집동, 단산 봉, 곰의 등, 늠름함, 당당함, 항우에 배승

적대 캐릭터의 부위별 묘사를 보면, 얼굴은 샛별 같은 눈과 주홍을 찍은 듯한 입술 또 구룡의 수염과 구리같이 단단한 이마, 그리고 제비턱과 먹장을 갈아 부은 듯 검은색을 띤 모습이다. 몸매는 구척이 넘는 기골과 벽력같은 음성, 범의 머리와 곰의 허리, 그리고 집동 같은 몸을 지닌 늠름하고 당당한 풍채를 지녔다. 적대자의 인물 모습은 가장 못생기고 흉악하며, 중장하게 생긴 전쟁 영웅의 모습을 지녔다고 할 수 있다.

한편, 괴물과 같은 요괴 캐릭터의 형상화와 좌절 양상을 보면, 작품마다 다양하게 형상화하고 있다. 영웅소설에서 요괴의 등장은 〈홍길동전〉, 〈금령전〉, 〈김원전〉 등에 나타난다. 이들은 한결같이 변신의 정체를 가지고 있다. 주인공은 신분 상승을 위한 통과의례적인 과정으로 작용한다. 이러한 요괴퇴치 이야기는 동굴 공간에서 주로 주인공과 대적하는 것으로 설정되어 있다. 이러한 요괴자 같은 동물과 싸움 모티프는 후대에 군담 모티프로 변모해갔다고 볼 수 있다. 요괴가 등장하는 이야기는 매우 강력한 힘과 변신을 꾀하기 때문에 주인공도 대적하기가 어려울만큼 강력한 존재로 형상화하고 있다.

이들 소설에 등장한 주인공은 우연한 사건에 의하여 산에서 요괴를 만나 동굴로 들어가는 것으로 시작된다. 〈홍길동전〉은 주인공이 가지고 있는 힘으로 요괴퇴치에 성공하였으나 〈김원전〉과 〈금령전〉에서는 제3자의 힘을 빌려서 요괴퇴치에 성공할 수 있었다. 〈김원전〉은 동자에게서 받은 부채가 큰 역할을 하였고, 〈금령전〉은 금돼지라는 커다란 돼지를 만나 힘겨운 싸움을 벌인다. 길이가 열 척이나 넘고, 머리가 아홉 개 달린 '구두장군'이라고 서술되어 있다. 특히 〈금령전〉에서는 요괴 금돼지가 금령을 삼키기 직전에 갑자기 아홉 머리 가진 것으로 변신하였다는 사실에 주목할 필요가 있다. 여기에서 머리가 아홉 개라는 사실은 꼬리가 아홉 개인 구미호와 관련지어 인지할 필요가 있다. 우리나라 곳곳에서 구룡연, 구룡골, 구룡동과 같이 용과 아홉을 연결하는 비명 및 관련 설화가 전승되는 것을 보면 호국신인 용을 상징한다고 할 수 있다. 〈금령전〉에 형상화된 요괴의 모습을 구체적인 인용문을 통해 살펴보기로 한다.

> "해룡이 변시 집을 떠나 남다히로 가거니… 어디로 향할줄을 몰라 지음의 금룡이 굴러 갈길을 인도하는지라…여러 고개를 넘어갈새 층암절벽 사이에 프른 잔디와 암석이 격천하여 뵈거늘 생이 셕상의 안저 잠간 쉬더니 문득… 고이란 금갓튼 터럭 돗친 짐승이 주홍가튼 입을 벌리고 다라드러 자가 해하려 하는지라 급히 피코저 하더니 금농이 고을노 내달아 막으니 그 짐생이 몸을 흔드러 변하여 아홉머리 가진 거시 되어 금룡을 집어 삼키고 드러가거늘…"
>
> "그 요괴의 가슴을 무슈히 질으고 보니 금터럭 돗친 염이 블으돗고 흉악한 돗치거어늘 이 즘승은 본대 천년을 산즁에 오래잇셔 득도하엿기로 사람

의 형용을 쓰고 변해 무궁한지라…"

이러한 형상은 용자 구출담을 수용한 요괴의 형상화라고 하겠다. 용궁으로 가기 위한 물과 관련이 있어 수중 공간과도 연관지어 거대한 적대적 요괴의 형상화를 통하여 결국 이를 퇴치해 나가는 영웅인물의 뛰어나 영웅상을 돋보이게 하는 장치로 활용되고 있다.

3) 주변 인물 캐릭터의 형상화와 대망

영웅소설과 게임에서 보조 캐릭터는 다양한 인물 군상으로 나누어 살펴볼 수 있으나, 이 장에서는 주인공의 욕망성취를 위해 도와주는 신성한 인물군과 적대자를 보조해주거나 요괴의 형태로 형상된 몬스터를 중심으로 형상화 방법과 의미를 살펴보고자 한다.

영웅소설에서 주변 인물은 주인공을 도와주는 캐릭터로 주인공이 혼자서 목표를 달성하기 힘든 장애물이 많기 때문에 주변 인물의 도움과 지원을 받게 된다. 영웅소설에서 주변 인물은 주인공의 선택을 도와 활력을 주거나 어려운 상황에 봉착한 주인공에게 조언하여 영향력을 보이는 캐릭터를 말한다. 때로는 주인공이 힘들어하는 일을 나누어 해결하는 역할도 주변 인물의 몫이다. 서사의 진행 과정에서 긴장의 깊이를 더해가는 캐릭터는 스토리 분위기와 주인공의 주변 분위기를 상황에 따라 적절하게 바꾸어주는 인물이 등장한다. 여기에서 영웅 인물의 능력개발에 일조한 인물이 신성한 인물이다. 캐릭터는 영웅소설에서 검술과 마법에 뛰어난 인물로 '도사나 승려'를 들 수 있다. 도사의 캐릭터는 주인공의 영웅성을 키워주기 위해서 훈련을 통해 길러주고, 싸움에서 주인공의 위기를 단번에 극복할 수 있도록 도와주는 인물이기에 물리적 공격력과 마법 공격력을 비교적 강하게 설정해 준다.

주변 인물은 주인공을 중심으로 하여 사건과 사건에 등장하며, 주인공의 지향가치를 옹호해 주기도 하고 대립되기도 한 인물이다. 이러한 인물은 작가의 의도적인 방법에 의해 긍정과 부정의 인물로 역할과 그 의미를 부여 받는다. 이 유형의 주변 인물은 주인공을 제외한 다양한 인물 군상들을 포함하는 성격을 갖는다. 주인공을 중심으로 한 주변 인물의 행동 양식 혹은 삶의 양식이라 할 수 있는 부분들이 내재되어 형상화된다. 이러한 주변 인물은 작중의 주인공과 더불어 하나의 사건에서 다른 또 하나의 사건으로 옮아가면서 유형적 특성을 이루고, 사건을 유기적으로 이끌어 나가는 인물이라 할 수 있다. 독자는 사건이 확대되면서 주인공과 주변 인물이 하나씩 해결해가는 데에 흥미를 갖게 되지만 유기적 사건의 진행 과정 속에 주변 인물의 욕망 실현이 성취된다는 점에서 이들의 의식을 고찰할 수 있다. 주변 인물이라 함은 많은 인물군상을 포괄하는 용어이기에 여기에서는 작품에 나타나는 여러 인물 중에서 역할이 비교적 많이 나타나는 초월적 구원자, 권력을 가진 또는 몰락한 양반, 그리고 단순한 민중층 등의 세 부류만으로 분류하고자 한다.

먼저 영웅소설의 개별 작품에서 초월적 구원자를 보면 〈소대성전〉의 청룡사 노승, 〈조웅전〉의 화산도사와 철관도사, 〈유충렬전〉의 백룡사 노승, 〈황운전〉의 사명산 도인 등이 여기에 해당된다. 이들 초월적 구원자는 당시대인의 의식지향과 관련하여 이해할 필요가 있다. 당시대인은 오늘날의 관념과는 달리 이원론적인 세계관을 가지고 있었다. 그들은 지상에서 의미 있는 삶의 방식이 천상의 질서대로 따르는 데 있는 것으로 인식하고 있었다. 이러한 이유 때문에 천상과 지상을 매개하는 중간적 존재를 당대인들은 절실히 필요로 했다. 지상에서의 불가능한 일들은 천상계는 해결해 줄 수 있다는 인식 때문에 초월적 구원자가 등장하여 소설에 수용됨으로써 주인공의 능력배양 역할은 물론, 지상의 질서를 천상의 질서로 이끌어 들임으로써 당대의 소설 담당층은 욕망의 꿈을 여기에다 표출했던 것이다.

당대인들은 작품 외적 세계와 내적 세계를 별개의 세계로 인식하지 않고 동일한 세계로 인식했기 때문에 시공을 초월한 주인공과 여러 초월적 도사들의 행각을 이상스럽게 생각하지 않았다. 오히려 신비한 삶을 살아가는 이들을 동경했던 것이 이들의 인식된 사고였다.

영웅소설에 등장한 초월적 인물의 실례를 보면 다음과 같다.

[표2] 주변인물의 현황

작품	주인공	초월적 인물
〈옥주호연〉	최완	진원도사
〈장백전〉	장백	천관도사
〈소대성전〉	소대성	노승 화덕진군
〈장경전〉	장경	도사, 노승, 전직고관
〈장풍운전〉	장풍운	백발노승
〈조웅전〉	조웅	광산도사, 철관도사, 월경대사, 청의동자, 노승
〈유충렬전〉	유충렬	노승, 혼령
〈현수문전〉	현수문	일광도사, 칠보암 노승
〈용문전〉	용문	연화산도사, 천관도사, 영보산 노승
〈이대봉전〉	이대봉	수중용왕, 백발노인, 노승
〈황운전〉	황운	도승, 대사, 노승

영웅소설에서 초월적 구원자는 도교에서 말하는 도사, 선동, 불교에서의 승려, 그리고 전대에 뛰어난 인물의 혼령 등으로 평범한 일상인과 구별되는 인물을 총칭한다. 작중에서 이들은 한결같이 주인공의 능력을 배양시켜 주며 결말에서 주인공의 지향가치를 실현해 준다.

4) 요괴 캐릭터의 형상화와 흥미

영웅소설은 동굴이나 수중계에서 생존하는 요괴가 많이 등장한다. 요괴는 요사스럽고 괴물의 형상을 가진 기괴한 동물로서 우리의 서사문학인 대적퇴치담에 등장한 것이 영웅소설의 화소에도 등장하여 영웅인물과 대결한다. 요괴는 주인공의 영웅성을 배가시켜주는 역할을 담당하면서 독자에게 긴장과 호기심을 주는 흥미 요소로서 기능을 담당한다고 할 수 있다.

먼저 세계적으로 영웅 서사에 등장한 요괴의 정체성과 형상화 방법을 살펴볼 필요가 있다. 〈금령전〉에 등장한 요괴인 금돼지가 금령을 삼키기 직전에 갑자기 '아홉 머리를 가진 것'으로 변신하였다는 사실이 요괴의 정체를 이해할 수 있다. 여기에서 요괴가 아홉 머리를 가진 캐릭터라는 우리의 설화 곳곳에 '구룡연'이나, '구룡골'과 같이 용과 아홉을 연결하는 지명 및 관련 설화들이 전승되고 있는 점을 고려해 볼 때 요괴는 '용'을 암시한다고 하겠다.

뿐만 아니라, 〈금령전〉에서 주목해야 할 캐릭터는 요괴라 할 수 있다. 작품에서 요괴는 영웅 인물과 대적할 수 있는 캐릭터이자 엄청난 힘과 괴력을 가진 존재로 형상화되고 있다.

> "본디 여러 천년을 산중에 오래있어 득도하였기로 사람의 형용을 쓰고 변화무궁한 요괴"[22]
>
> "이름을 알 수 없으나 장이 십 척이 넘고 머리가 아홉이 되는 요괴…… 문득 고이한 금같은 터럭 돋친 짐승이 주홍같은 입을 벌리고 달라들어 자가를 해하려 하는지라. …… 금령이 고을로 내달아 막으니 그 짐승이

---

22 〈금령전〉, 287쪽.

몸을 흔들어 변하여 아홉 머리가진 것이 되어 금령을 집어 삼키고 드러가거늘…… 그 요괴의 가슴을 무수히 지르고 보니, 금터럭 돋친 염이 돋고 흉악한 돗치거늘, 이 짐승은 본대 여러 천년을 산중에 오래 있어 득도하였기로 사람의 형용을 쓰고 변화무궁한 지라"[23]

영웅소설 〈금령전〉 속에 등장하는 인물 중에서 주목해 볼 수 있는 캐릭터는 해룡과 금령, 그리고 요괴로 한정된다. 특히 이들이 가지고 있는 캐릭터의 성격과 활약, 그리고 인물 형상화 방법을 통해 볼 때, 게임으로 전환 가능성을 탐색하고자 한다.

우선적으로 캐릭터를 분석하는 데 살펴보아야 할 것은 이야기의 가장 중심에 서 있는 영웅 인물이다. 영웅소설 주인공은 현대소설 주인공과 달리 탄생의 과정에서부터 비범성을 부여받고 있다. 이러한 성격 창조의 형상화는 고소설이 지니고 있는 로망스의 속성에 기인한다.[24]

영웅은 보통 사람과 달리 신명의 의지에 따라 천부적으로 타고 난다. 그러한 영웅의 일생은 미래가 예견되어 있다는 운명론이 인정되었다.[25] 그러므로 영웅 인물의 활동공간은 초자연적인 세계로서 영웅뿐만 아니라 마법사, 마녀, 현자, 신성한 동자 등의 매체를 통해서 목적에 도달할 수 있고, 적대자와의 싸움에서 무난히 승리할 수 있다. 이러한 주인공을 중심으로 한 캐릭터는 판타지의 공간을 더욱더 환상적으로 만드는 데 일조하고 있다.

〈금령전〉에서 가장 주목해야 할 부분은 해룡의 영웅화 과정이라 할

23 〈금령전〉, 290쪽.

24 김용범, 『도교사상과 영웅소설』, 문학아카데미, 1991. 76쪽.

25 박종익, 「삼국유사의 설화의 인물 소고」, 『한국언어문학』 33, 한국언어문학회, 1994, 147쪽.

수 있다. 그리고 영웅화 과정 속에 빈번히 구원자로 등장하여 도와주고 있는 금방울의 존재이다. 금령은 집을 떠나온 해룡을 지하 굴로 인도하다가 요괴에게 잡혀서 먹히지만 다시 뱃속에서 나와 계속 해룡을 돕다가 드디어 16세 때에 사람으로 변하여 해룡과 결혼하게 된다. 특히 재생 이후 혼인과 부귀영화, 장남 출산, 승천으로 이어지는 일련의 이야기는 영웅의 일생 과정을 그대로 보여주고 있다.

먼저, 금령이란 캐릭터는 탄생부터 알로 태어난 괴물로 형상화하고 있다. 비정상적으로 태어난 금령을 버려서 죽이려는 여러 가지의 과정 속에 살아남은 탁월한 존재이다. 금령의 탄생부터 시련과 능력의 형상화 방법은 다양하게 묘사하고 있다.

> "불을 때며 방울을 아궁이에 넣고 있었더니 조금도 기미가 없으매… 빛이 더욱 생생하고 향취도 진동하거늘…… 그 속의 실 같은 것으로 온갖 것을 다 묻혀 오거늘 그 털이 단단하여 무시하지 못할만 하더라… 방울이 점점 자라매 산에 오르기를 평지같이 하고 마른 데 진 데 없이 굴러다니되 흙이 몸에 묻지 아니하더라.[26]

금령은 금방울로써 빛이 생생하게 빛나고, 실 같은 철을 가진 존재로 매일 매일 조금씩 성장하는 생물로 형상화하고 있다. 또한 금방울의 능력은 산을 자유롭게 오르내릴 수 있다. 굴러다녀도 흙이 묻지 않은 신비스러운 요물로 형상화하고 있다. 뿐만 아니라 자신을 해치는 존재와는 맞서 싸우는데 도저히 이겨낼 수 없는 괴물로 그려지고 있다.

---

26 〈금령전〉, 286쪽.

> "나졸로 하여금 철퇴를 가지고 깨치라 명하니 군사가 힘을 다하여 치는 것이더라. 방울이 망 속으로 들어가다가 도로 뛰어나오는데 할 수 없어 이번에는 다시 도로 집어다가 돌에다 놓고 도끼로 찍으니 방울이 점점 자라. 크기가 길이 넘는 것이 되더라"[27]

오히려 금방울을 해치려고 할 때마다 크기와 힘이 더해지는 존재로 형상화하고 있다. 또한, 금령은 해룡이 추운 겨울에 양모인 변씨에게 학대를 받자, 금방울이 나타나 여름과 같이 덥게 해주며, 방앗간에 가서 못다 찧은 곡식을 다 찧어 주는 협력자이며, 눈도 대신 쓸어주며, 변씨의 흉계로 해룡이 깊은 산 속으로 들어갈 때, 날은 저물고 호랑이가 달려들어 위태로울 때 홀연 금령이 나타나 한 번씩 받아 달아나게 하고 연이어 받아 거꾸러지게 하면서 해룡을 인근에서 도와준 조력자로서 기능을 담당하기도 한다.

이렇게 본다면, 주인공을 도운 금령의 캐릭터는 요물이며, 모든 것과 상대해서 반드시 이길 수 있다는 몬스터이자 훌륭한 도구가 되는 것이다. 범과 싸워 이길 수 있는 존재요. 용과 싸움에서도 이길 수 있고, 화광을 극복할 수 있는 전천후 캐릭터로 스토리텔링 되고 있다.

4. 결론

지금까지 영웅소설에 수용된 다양한 캐릭터를 분석해서 스토리텔링의 양상과 그 의미를 살펴보았다. 특히 영웅소설은 다른 소설과 달리

---

27 〈금령전〉, 287쪽.

영웅 인물의 일대기를 다루면서 상승적인 욕망의 축을 서사구조로 스토리텔링되고 있다는 점에서 주인공과 적대자를 중심으로 자신의 가치 실현을 위해 다양한 주변 인물을 형상화하고, 그들의 치열한 갈등과 해결의 과정을 낭만적으로 보여주고 있다.

이러한 영웅소설에서 캐릭터의 형상화와 의미를 세 가지로 살펴보았다.

첫째, 영웅 인물의 형상화와 욕망에 대하여 살펴보았다. 영웅소설은 영웅 인물의 일대기를 통해 욕망을 구현해 나가야 하기에 영웅 캐릭터를 범인과는 다른 탁월한 능력을 가진 전형적인 영웅상으로 스토리텔링할 때 당시대인의 영웅에 대한 대망의식에 부합했을 것이고, 또한 이러한 영웅 인물의 활동에 의해 정의롭고 선이 승리한다는 가치를 표방함으로써 주인공의 일생과정을 통한 상승의 욕망구현을 스토리텔링하고 있음을 알 수 있었다.

둘째, 영웅소설에서 적대 캐릭터는 영웅 캐릭터와 다르게 스토리텔링하고 있다. 대표적인 적대 캐릭터는 적대적 인물과 요괴 등으로 볼 수 있다. 작품의 서두에서 적장 캐릭터는 주인공 캐릭터와 능력 면에서 크게 차이가 나지 않을 정도로 스토리텔링을 해 주지만 이들은 물리적인 공격력만 사용할 수 있도록 스토리텔링하고 있다. 그렇기 때문에 체력이 강하고 민첩한 인물로 설정하되 싸움에서 뛰어난 능력을 가진 인물로 묘사하면서 마법에 쉽게 빠져들 수 있도록 한다. 따라서 주인공의 탁월한 능력에 결국은 적장이 패배하는 좌절된 인물로 설정하고 있다.

셋째, 영웅소설에서 주변 인물인 보조 캐릭터는 주인공을 도와주는 캐릭터로 주인공이 혼자서 목표를 달성하기 힘든 장애물이 많기 때문에 주변 캐릭터의 도움과 지원을 받게 된다. 영웅소설에서 보조 캐릭터는 주인공의 선택을 도와 활력을 주거나 어려운 상황에 봉착한 주인공에게 조언하여 영향력을 보이는 캐릭터를 말한다. 때로는 주인공이 힘들어하는 일을 나누어 해결하는 역할도 보조 캐릭터의 몫이다. 서사의 진행 과정에서 긴장의 깊이를 더해가는 캐릭터는 스토리 분위기와 주인공의 주변 분위기를 상황에 따라 적절하게 바꾸어주는 인물로 등장하여 독자들에게 흥미와 몰입감을 주는 감초 같은 인물상으로 스토리텔링하고 있다.

영웅소설의 흥미 요소와 스토리텔링

1. 서론

이 글에서는 수많은 고소설 작품 중에서 다양한 이본과 독자층이 두터웠던 영웅소설을 대상으로 하여, 이러한 유형의 작품들이 지속적으로 대중에게 인기를 끌 수 있었던 흥미 요소가 무엇인가를 스토리텔링의 관점에서 살펴보는 데 목적이 있다. 통속성이 강한 영웅소설이 많은 작품 중에서 치열한 경쟁을 통하여 긴 생명력을 가지고 현존해 올 수 있었던 것은 서사구조에 일정한 공식과 유사한 흥미 요소를 가진 패턴이 존재하여 당대인들에게 욕망의 지향가치를 지속적으로 확장시켜 온 대표적인 소설 장르라고 보기 때문이다.

이것은 영웅소설의 작가가 이미 대중성이 검증된 영웅소설의 익숙한 서사구조를 창조적으로 통합하여 변형시키면서 수많은 작품을 창작했다고 볼 수 있다. 이처럼 당대인에게 가장 흡입력 있게 향유되었을 영웅소설이 가지고 있는 흥미 요소를 찾아서 분석하고, 이러한 요소를 작품에 따라 어떻게 스토리텔링하고 있는가를 살펴보는 것은 영웅소설이 가지고 있는 텍스트 내적 흥미 요소를 통해서 문학적 기능과 스토리텔링의 의미까지 파악할 수 있다는 점에 의의가 있다. 또한 영웅소설의 흥미요소가 게임으로 스토리텔링 될 때 다양하게 활용할 수 있는 원천자료가 될 수 있다고 하겠다.

주지하다시피, 영웅소설의 가장 큰 특징은 영웅성과 환상성이라 하겠다. 이 두 가지는 영웅소설과 게임에서 공통적으로 가지고 있는 특징이기도 하다. 영웅성은 작품에 등장하는 다양한 인물관계에서 탁월한 외모와 능력을 발휘하는 방법이고, 환상성은 공간창조, 모티프, 구조의 측면에서 스토리텔링한 비현실적인 창작기법이다. 이에 영웅성과 환상성의 관점에서 호기심, 몰입, 욕망성취 등을 살펴보는 것은 당시대의 향유층이 가지고 있는 의식과 오늘날 영웅소설의 스토리텔링을 심도 있게 이해하는 방법이 될 수 있다.

따라서 이 글에서는 신화적 세계관을 가지고 있는 영웅소설이 신화와 구별되면서 다른 고소설과 어떤 차이점이 있는가. 그리고 영웅소설의 서사가 현대의 영화나 게임과 같은 다매체로 영향을 주었을 흥미요소가 무엇인가를 살펴보고자 한다. 이러한 의도는 영웅소설의 서사에서 볼 수 있는 흥미 요소를 영웅소설 작품에서 발굴하여 그것을 게임콘텐츠로 재해석하는 작업이 필요하다는 점에서 시작하였다. 예컨대 신화에서 영웅 인물을 탄생시키기 위해 밟아가는 스토리의 진행 절차와 순서를 영웅소설 주인공이 밟아가는 통과의례의 일생과 차이점을 찾아 영웅소설이 가지고 있는 독특한 정체성을 살펴보고자 한다.

영웅소설을 장르로만 스토리텔링의 정체성을 밝혀낸다는 것은 어려운 일이다. 영웅소설의 창작이라는 것이 기계적인 법칙을 통해 일률적으로 만들어지기보다 스토리텔러의 의도와 목적, 그리고 당시대의 향유층을 둘러싸고 있는 독서의 욕구와 성향에 많은 영향을 받고 창작하였기 때문이다. 따라서 영웅소설이 당시대에 대중성을 가진 성공한 소설이라는 점에서 영웅소설의 정체성을 밝혀줄 공통의 흥미 요소를 스토리텔링하고 있다는 것은 사실이기에 그 미의식을 밝혀보고자 한다.

지금까지 영웅소설의 미의식은 신화와 관계, 영웅소설의 구조, 인물, 세계관 등 다양한 측면서 연구해 왔다. 특히 조셉 캠벨에 의한 영웅 스토리의 일반적인 12가지 단계[1]의 이론이 제기된 이후, 조동일에 의해 영웅의 일생구조[2]를 대입하여 우리나라 영웅 이야기의 일반적인 서사 구조나 특징이 밝혀진 바 있다. 그동안 이 두 가지 영웅의 단계별 특성과 일생구조에 대한 설명은 신화와 영웅소설의 구조적인 유사점을 설명하는 유용한 도구로 활용해 왔다. 그러나 영웅소설은 신화와 구분된 장르이고, 현대의 게임 콘텐츠와 관련성이 있는 스토리라는 점에서 영웅소설의 특징적인 흥미 요소를 살펴볼 필요가 있다. 따라서 영웅소설의[3] 흥미 요소를 통해 다른 장르와 달리 조선시대 소설 독자들이 소설 읽기에 몰입할 수 있는 이유를 찾아보고자 한다. 또한 기존 영웅소설의 구조를 수용하면서 흥미 요소를 호기심 유발을 위한 동기유발 전략 스토리텔링, 몰입과 감정이입을 위한 스토리텔링, 욕망성취를 위한 스토리텔링 등의 세 가지로 스토리텔링의 의미를 찾고자 한다.

2. 영웅소설의 흥미 요소와 스토리텔링의 의미

모든 문학 작품이나 현대의 영상 콘텐츠에서 스토리텔링이 추구하는

---

1 J. Campbell, The Hero with a Thousand Faces, Bollingen, 1972.

2 조동일, 「영웅의 일생 그 문학사적 전개」, 『동아문화』 10, 서울대 동아문화연구소, 1971.

3 본고의 연구 범위는 『고소설판각본전집』 1-5집에 수록된 영웅소설을 대상으로 한정하였다. 이 작품들은 영웅소설군으로 포함되며, 일반적인 영웅소설의 흥미요소를 공통적으로 가지고 있다는 전제하에서 작품을 분석하고자 한다.

본질적인 기능 요소는 공감, 감동, 흥미, 이해라고 할 수 있다. 이러한 스토리텔링의 기능 중에서 흥미는 인간사의 모든 것들이 놀이라는 점에서 곧 놀이의 본질이라 하겠다.[4] 그리고 이러한 놀이는 인간의 본능적인 욕구와 관련되어 있으며, 희, 노, 애, 락, 애, 오, 욕(喜怒哀樂愛惡欲)의 욕망을 작품에 수용하여 인간의 동기적 욕구로 구현하고 있다. 이러한 놀이가 영웅소설에서 흥미라는 보편적인 미적 경험에 어떻게 변주되고 확장되는지를 규명해낼 수 있다면 영웅 서사를 게임 서사로 전환할 때 마주하는 스토리텔링의 한계를 극복할 수 있다고 본다.

이처럼 영웅소설의 기저에 흐르는 흥미 요소는 스토리의 본질에 내재되어 있다. 당시대에 구전을 통해 전해져 내려온 신화적 영웅담의 경험치를 바탕으로 그들이 느끼고 체험하는 스토리가 영웅소설이란 매체에 적용되면서 후대로 전해 내려왔을 것이기 때문이다. 이에 그 흥미 요소를 분리하여 살펴볼 때 영웅소설의 본질적인 미의식을 찾아볼 수 있을 것이다. 조선시대 영웅소설이 가지고 있는 이러한 요소가 일반 대중들에게 선호되었다는 것은 작품 안에 대중이 원하는 그 무엇인가를 가지고 있다는 것을 의미한다. 대중소설은 독자로 하여금 끊임없이 향유할 수 있도록 하는 무엇인가를 스토리텔러가 제공하고 있고, 일정하게 향유층과 성공적으로 교감하고 있다는 것을 의미한다. 따라서 스토리텔러는 향유층과 관계를 유지하기 위해서 흥미와 긴장을 지속적으로 제공함으로써 향유층과 정서적인 공감대를 만들어가도록 끊임없는 창작에 노력해야 했을 것이다.

현대소설과 달리 조선시대 영웅소설은 수 세대를 걸쳐 내려오면서 원형 그대로가 아니라 일정하게 변형과정을 겪으면서 발전적으로 전승

---

4 요한 호이징하, 『호모 루덴스, 놀이와 문화에 관한 연구』, 도서출판 까치, 1981.

해 왔을 때는 이와 같은 끊임없는 독자들과 교감이 소설 창작에 일정한 변모를 재촉했을 것이다. 이것은 각 작품별 이본의 현황[5]을 통해서도 알 수 있다. 당시대에 강담사나 강독사, 그리고 이야기 주머니라고 불리는 낭독자, 그리고 몰락 양반으로 작가층을 한정해 보았을 때 영웅소설의 흥미 요소는 배가되기도 하고, 생략되기도 하고, 부분적으로 개작되기도 했을 가능성도 배제할 수 없다.

따라서 조선시대 영웅소설이 다른 유형의 소설과 달리 흥미 유발을 위한 첨가된 내용은 무엇이고, 어떠한 서사구조의 변용이 이루어지면서 정착되었는가에 대한 검토와 대중에게 검증된 영웅소설의 흥미 요소를 어떻게 전략적으로 배치하여 유기적으로 스토리텔링하여 구조화하고 있는지를 세 가지 측면에서 살펴보기로 한다.

1) 호기심 유발을 위한 전략 스토리텔링

영웅소설이 독자에게 호기심을 유발시킨 요소는 스토리를 만들어가는 작품의 서사성에 있다고 하겠다. 요컨대, 영웅소설이 대중에게 호기심을 줄 수 있어야 독자층을 확장시킬 수 있었다. 그 호기심이 단순 삽입이 아닌 독자에게 연속적으로 유발시키기 위한 스토리텔러의 일정한 서사 전략 스토리텔링이 개입되었다는 의미이다. 즉 영웅소설의 서사세계가 탁월한 주인공의 일생을 통해 펼쳐지는 탐색과 모험이라는 삶의

---

5 인기 있는 영웅소설은 대부분 판각본을 통해서 유통되었는데 판각 작품수를 보면 16작품 62종에 이른다. 이중에서 〈금방울전〉, 〈김홍전〉, 〈백학선전〉, 〈쌍주기연〉, 〈옥주호연〉, 〈장백전〉, 〈정수정전〉, 〈현수문전〉, 〈황운전〉 등 9작품은 경판으로만 간행되었고, 〈유충렬전〉, 〈이대봉전〉은 완판으로만 간행되었으며, 〈소대성전〉, 〈용문전〉, 〈장경전〉, 〈장풍운전〉, 〈조웅전〉 등 5 작품은 경판과 완판으로 간행되었다. 이본 현황은 김동욱, 「방각본에 대하여」, 『동방학지』 11, 연세대 국학연구원, 1970, 106쪽.

노정을 통해 고난 극복과 승리감을 얻는 상승적인 욕망구조가 큰 틀에서 설계되어 있다고 하겠다. 이에 따라 주인공이 범인과 다르게 태어난 출생담, 자라서 고아가 되는 불완전한 고난의 삶, 죽을 고비에서 구원자를 만나 잠재능력을 발휘하는 수학의 삶, 전쟁터에 나아가 입공하는 낭만적인 영웅의 삶, 입공을 통해 배우자를 만나고 가문을 재건하는 가문회복의 삶 등 통시적 서사 전략이 독자에게 궁금증과 간접체험을 통한 대망의 호기심으로 스토리텔링하여 많은 독자에게 사랑을 받았다고 하겠다. 이렇게 볼 때 영웅소설 독자는 신화적 영웅의 일생이라는 경험을 바탕으로 영웅소설이 가지고 있는 낭만적인 이야기를 쉽게 받아들일 수 있었다. 이를 바탕으로 영웅에 대한 스토리텔링은 인간의 상징과 이미지 체계, 그 원형의 의미를 모델화하여 흥미 있는 이야기의 질을 높이고 모험과 호기심을 채우기 위한 확장적인 사건을 전략적으로 첨가해가면서 향유자의 몰입과 성취를 높이는 스토리텔링의 기법을 활용하고 있다.

이처럼 영웅 인물이 마주하는 하나하나의 장애물은 스토리의 전개 과정에서 독자에게 주인공의 모험과 다채로움을 주는 요소가 호기심의 대상이 되면서 그 비밀이 하나씩 풀리고 해결되는 방법을 활용하고 있다. 영웅소설 작가는 마치 소설 작가가 플롯을 창작해 나가듯이 곳곳에 당대인의 보편적인 관심거리를 장애물로 형상화하고 그 단서를 곳곳에 배치함으로써 독자의 관심을 계속적으로 경험하도록 호기심을 유발하게 되는 것이다.[6] 그중 하나가 낭만적인 애정 에피소드를 스토리텔링한 경우이다. 후대로 오면서 남성의 일방적인 영웅담에서 소외된 여성의

---

6 영웅소설의 이러한 사건배치와 해결방식은 오늘날 게임의 사건 스테이지로 전환되어 단계별로 난이도가 높은 사건을 배치함으로써 그것을 탁월한 능력과 인내함으로 극복해나가면서 성취감을 맛보게 하는 것과 유사한 서사성을 볼 때 향후에 게임시나리오로 전환하는 방법이 가능할 것으로 본다.

애정욕구와 남성 영웅과 사랑의 에피소드를 첨부하면서 애정담의 삽입을 통한 남녀의 낭만적인 결연 이야기를 보편적인 사랑 이야기로 스토리텔링한 점을 들 수 있다.

이것은 신화와 같은 영웅 서사가 남주인공의 일방적인 일대기를 다루고 있는 데에서 갈등 없이 밋밋하고 가벼운 스토리를 남주인공과 여성의 애정갈등을 삽입함으로써 애정소설의 인기 요소를 일정하게 차용하는 전략적 스토리텔링이라 할 수 있다. 따라서 후대로 올수록 남녀 결연의 플롯을 첨가하여 갈등을 확대했다는 것을 들 수 있다. 이러한 영웅소설은 후대로 내려오면서 남성 영웅 이야기와 〈박씨전〉, 〈백학선전〉, 〈홍계월전〉, 〈옥주호연〉과 같은 여성 영웅 이야기가 전쟁을 소재로 한 〈군담〉으로 스토리텔링하면서 남녀주인공이 군담을 통해서 입공하는 과정을 긴박하게 스토리텔링하는 것이 독자에게 또 다른 호기심을 갖게 하는 흥미 요소라 하겠다.

특히 여성 영웅의 등장이 처음에는 자신이 주체가 되지 않고 남편을 출세시키는 보조적인 인물에서 대등한 위치로 위상을 높여 놓았다. 그리고 여화위남을 통한 여성의 우월성을 발현하는 이야기로 스토리텔링하면서 여성 독자에게 새로운 자아실현에 대한 자각과 가문회복에 여성의 역할, 국가적 위기로부터 여성의 공헌담 등을 강조하였다. 군담은 외부적인 고난으로 주인공이 위험을 기회로 삼을 수 있는 모티프이며, 출세와 신분 상승의 계기가 되었다. 그리고 전쟁을 수행하는 주인공과 적대자의 경쟁을 통해서 선악의 대결로 형상화한 점은 독자에게 긴장감과 대중적 흥미와 호기심을 불러일으키는 역할을 하기도 하였다.

또한 영웅소설에서 호기심을 자극하는 요소 중에 아이템의 창조와 시의 적절한 사용법에 대한 스토리텔링이 중요한 서사 전략이라 하겠다. 이것은 주인공의 영웅성을 부각시켜주는 신성한 초월적 구원자와 신물의 보조도구를 의미한다. 아이템은 영웅소설이나 게임에서 주어진 도전에 맞붙기 위한 선택의 문제라 하겠다. 일련의 주인공이 적대자와 대결을 위해 필요한 능력을 사용하기 위한 것으로 영웅 능력의 발현을 도와주는 필요한 보조도구라 할 수 있다. 영웅 주인공이 아이템을 소유하느냐 마느냐에 따라 서로 다르게 전략적 스토리텔링이 가해지게 되는 것이다.[7] 아이템은 현장의 리얼리티를 극대화시켜주는 도구라고 볼 수 있다. 주인공이 힘겨운 고난을 좀 더 쉽게 극복할 수 있게 도와주는 부가적인 기능을 담당하게 된다. 그리고 향유자는 주인공이 사용한 아이템이 어떠한 기능을 하는가, 적대자와 싸움에서 어떠한 승리 도구로 활용하는가에 대한 호기심을 불러일으키며, 가장 큰 흥미요소로 이용하고 있다.

영웅소설에 형상화한 신이한 아이템을 작품별로 살펴보면 다음과 같다.

작품명	주인공	신이한 인물(초월적 구원자)	신물(보조도구)
〈금령전〉	장해룡	없음	금방울
〈김홍전〉	김홍	칠보산 신령	청창검, 자운갑, 구슬, 무술
〈옥주호연〉	최완 삼형제	진원도사	무술습득
〈장백전〉	장 백	천관도사	용천검, 풍운경 옥주
〈소대성전〉	소대성	노승, 화덕진군	보검, 갑주, 천리총마
〈장경전〉	장 경	도사, 노승	천리토산마, 전쟁기계
〈장풍운전〉	장풍운	백발노승	검
〈유충렬전〉	유충렬	광산도사, 철관도사, 월경대사	일광주, 장성검, 옥함, 천사마
〈현수문전〉	현수문	일광도사 칠보암노승	일척검, 삼척보검, 환약, 검
〈용문전〉	용 문	연화산도사, 천관도사, 노승	황금갑주, 청룡도, 오초마
〈황운전〉	황 운	사명산도사, 도승, 대사	둔갑술, 진법, 검술습득

7 영웅소설에 수용한 다양한 아이템은 이미 만들어진 도구를 활용하는 방법으로 영웅성을 키워주는 기법이지만 게임에서 아이템은 노력과 연습을 통해 성장시키는 방법으로 활용하고 있는 점이 구별된다.

영웅소설의 대표적인 아이템은 삼척보검, 둔갑술, 구슬, 환약 등을 많이 사용하고 있다. 또한 주인공의 영웅성을 배가시켜주는 다양한 싸움 도구와 전쟁에 출전하는 신적인 말(馬) 등을 들 수 있다. 주인공이 착용하고 있는 검은 대개 바위를 두부처럼 자르거나 쇠나 옥도 단숨에 자르는 신비한 보검을 가진 존재로 형상화하고 있다. 또 갑옷은 도검불침의 기능을 지닌 방탄복이며, 하루에 천리를 달릴 수 있는 천리마는 싸움터를 종횡무진할 수 있는 탁월한 능력의 동물로서 주인공의 영웅성을 높여주는 수단이 되는 것이다.

독자는 주인공이 우수한 아이템을 능력배양에 따라 하나씩 소장해 가면서 탁월한 능력이 배가되는 영웅상을 보게 된다. 독자는 주인공을 자기와 동일시하기도 하고, 작품 안에서 더욱 흥미를 갖게 만든다. 영웅소설의 스토리텔러는 영웅이 아무리 뛰어난 능력을 가졌다 할지라도 인간인 이상 초능력을 발휘하는 데는 능력발휘에 필요한 신비한 전쟁 도구가 필요했을 것은 당연한 방법이라 여겼을 것이다. 이렇게 함으로써 독자는 현실적으로 변신이 불가능한 자신의 초라함을 보면서 도술을 통한 영웅의 탁월한 변신과 영웅담, 그리고 그가 사용한 다양한 몬스터와 아이템을 사용하면서 전쟁에서 낭만적으로 승리하는 대리만족을 경험하게 되는 것이다.

그러므로 영웅소설에서 독자에게 흥미를 높여주는 요소는 주인공과 거의 대등한 적대자의 능력과 아이템으로 명명되는 보조도구를 어떻게 형상화하며 사용하는가에 관계가 있을 수 있다. 즉 적대 캐릭터를 영웅 캐릭터와 다른 양상으로 호기심을 극대화하기 위해 스토리텔링을 전략적으로 변형해 가면서 독자를 몰입하게 하는 것이 중요하다는 의미이다. 또한 주인공은 능력을 배가하는 과정에서 탁월한 아이템을 획득하여 영웅 능력을 증폭시켜주는 단계이기 때문에 아슬아슬한 장면 묘사를 가장 많이 스토리텔링한 부분이기도 하다. 아이템을 통한 흥미로운 요소를 만들어낼 때 애독자는 일탈의 욕망을 만끽할 수 있는 것이다. 아이템을 가지고 영웅성을 발휘한 예를 〈백학선전〉을 통해 살펴보면 다음과 같다.

> 조낭자가 경사로 나올새 일 노인이 나타나 서관을 지어 글을 보는지라. 조낭자를 알아보고 두어낫 환약을 준다. 이 환약을 먹으면 배우지 않는 병법과 익히지 않는 검술을 알게 되고 낭군을 구할 수 있다.[8]
>
> 조낭자의 재주를 시험하니 손오병서며 칼 쓰는 무재가 무불통재라 조은하를 대원수로 출전하게 한다. 조원수가 하늘에 제사를 지내는데 문득 선녀가 내려와 조원수 가지고 있는 백학선을 부치면 자연풍우조화가 무궁하게 변한다. 조은하는 백학선을 부쳐 적진을 파한 후에 가달이 항복한다.[9]

주인공이 어느 한 노인에게 환약을 받고, 배우지 않았는데도 병법과 검술을 알게 되는 장면이다. 그리고 백학선을 부치면 자연풍우조화를 마음대로 조정해서 적을 물리칠 수 있다는 것은 거대한 판타지라 할 수 있다. 이러한 것은 도교적 산물이라 할 수 있는데 방술과 도술, 방사 혹은 술사와 도사라는 명칭으로 등장하여 이들에 의해 부려지는 마술 같은 술수[10] 등은 적과 싸움을 통해 위기 극복을 위해 신처럼 나타나

---

8 〈백학선전〉, 〈전집〉 1, 406쪽.

9 〈백학선전〉, 〈전집〉 1, 410쪽.

10 술수란 천문, 역법, 점술, 의술이 때로 나뉘고 합쳐지곤 했지만, 생명체로써 또한 사회체로서의 인간과 자연에 대한 관찰과 경험을 통하여 그 속에 담긴 수리를 해석하고 계산 가능한 형태로 조작하여, 이미 일어난 현상의 메카니즘을 이해하고 대처하며 앞으로 일어날 일을 예측하는 방법과 기술 전반을 지칭한다고 할 수 있다. 김지현, 「도교와 술수」, 『철학사상』, 서울대 철학사상연구소, 2014, 65쪽.

도와주거나 신비한 무기 같은 것을 건네주면서 사건을 하나씩 해결해 나감으로써 독자는 연속적인 긴장상황을 맞게 된다.

주인공이 환약이나 부채를 사용하여 어떤 조화를 부리게 될지, 환약을 먹으면 어떤 힘이 생기고 적을 무찌르는 도구로 쓰일지 등 소설 향유자의 호기심을 일으킬만한 물건으로 작용하게 된다. 일반인은 예지할 수 없는 이러한 술수를 부릴 수 있다는 것은 선망의 대상이 되며 두려움의 존재가 될 수 있다. 술수가 인간사와 자연사의 전개양상에 있어서 중요한 변화의 지점을 읽어내는 것인데 천문과 역법으로 천체운행과 시간의 질서를 파악한다든지 왕조의 교체기를 예언한다는 것 등은 독자에게 호기심의 대상이 될 수 있다고 하겠다.

다음으로 영웅소설의 흥미 요소로 주목해야 할 부분은 서사전략상 공간창조와 배치의 환상성이다. 이것은 영웅소설의 서사세계에서 의도적인 가상세계의 허구가 비현실이 아니라 중세인의 초월주의적 세계관의 표현일 수도 있다. 오늘날 현대인이 비현실적인 환상의 가상공간인 게임의 세계가 가상인줄을 알면서도 푹 빠져 흥미에 취한 것과 같다. 오히려 이러한 공간을 창조하고 즐기는 그 이면에 주목할 필요가 있다. 그 당시대인이나 현대인은 과학적이고 이성적인 현실 세계가 답답하고 단조로운 현실로 인식하였다. 물질지상주의에 매몰되어 세속화되어가는 현실 속에서 향유층은 일탈의 욕망을 꿈꾸면서 즐길 수 있는 창조된 공간이 환상적인 가상공간이라 판단했을 것이다. 이러한 환상공간을 이용하여 마음껏 활보해 보는 것은 카타르시스를 위한 좋은 방법이자 서사전략에 의한 의도된 스토리텔링의 훌륭한 기법일 수 있는 것이다. 당시대인은 이러한 가상공간이 허구임을 전제하고 환상 공간을 받아들임으로써 환상 공간에서 주인공과 적대자가 펼칠 경쟁과 영웅담이 어떤 결과를 가져올지 소설 독자에게 호기심의 창고가 되는 것이다. 독자를 더욱 매혹시키고 강열한 동일시를 유발하며 서사에 몰입할 수 있게 만든 것이다.

마지막으로 치밀하게 구조화된 사건의 나열을 퍼즐식 수수께끼 같은 스토리텔링의 기법으로 활용하고 있는 것이다. 영웅소설의 시작은 주인공에게 미지의 사건을 통하여 가문이 몰락하고, 적대자가 발생하며, 미제의 사건과 함정을 모험과 탐색을 통해 스스로 해결해나가야 하는 큰 과제를 부여받게 된다. 이른바 퍼즐을 풀어가는 것을 말한다. 주인공이 자신에게 부여된 사건을 해결해 가는 과정을 미스터리하게 구성하는 것이 대부분이다. 영웅소설 주인공은 퍼즐식의 함정과 임무를 해결해가면 사건의 진실에 한걸음 나아가도록 스토리텔링하고 있다. 다양한 스토리라인을 가진 인물이 교차적으로 진술되고 서사가 지향하는 가치를 이루어 가는 상승적인 과정이 효과적으로 제시될 때, 서사에 몰입하게 되는 극적이고 낭만적인 서술방법이 연쇄적인 호기심을 불러일으키는 전략적인 스토리텔링 기법이라 하겠다.

2) 몰입과 감정이입을 위한 스토리텔링

영웅서사의 진행과정에서 수용자가 작품에 몰입하는 것은 남주인공의 영웅성을 배가시켜주는 여러 장치가 있기 때문이다. 그것은 향유자가 보편적으로 이해할 수 있도록 공감과 감동을 줄 수 있는 흥미 요소여야 한다. 그렇게 하면 평범한 주인공이 영웅으로 비약할 수 있는 서사구조의 정당성이 입증될 수 있고, 평범한 독자가 스스로 남주인공의 감정에 이입하여 작품을 즐길 수 있는 것이다.

일반적으로 영웅소설의 여러 요소 중에서 감정이입에 따른 가장 강한 몰입은 생사를 좌우하는 전쟁터에서 주인공과 적대자가 보여주는 치열한 싸움이라 할 수 있다. 이것은 주인공과 적대자의 사생결단을 의미하는데 영웅소설의 클라이막스 부분에 해당된다. 주인공 캐릭터는 불완전하고 결핍된 인물로 태어났으므로 자신의 목표를 이루기 위해서 치열하게 노력하는 존재여야 했다. 주인공은 살아남기 위해 인간 한계점을 넘어 끝까지 추구해 나갈 강한 의지와 영웅 능력을 가지고 있어야 한다. 이러한 영웅인물과 적대자가 서사의 공간에서 퍼즐을 완성하기 위한 온갖 지략과 계획을 세워가면서 빠르게 경쟁을 펼쳐가는 다양한 사건의 연쇄적 반응과 해결은 독자의 감정이입을 통해 작품에 몰입하게 하는 충분한 요소라 할 수 있다. 다시 말하면, 주인공과 독자 간의 공감과 감정이입을 위해 결핍이 있는 주인공이 힘든 목표를 치열하게 추구해 나간 끝에 결국 욕망을 성취해 가도록 캐릭터가 변화해 가는 것이 몰입을 위한 스토리텔링의 전략적인 방법이라 하겠다.

모든 인류문화는 남녀, 상하, 좌우, 앞뒤, 높낮음, 빠르고 느림 등과 같은 이항대립적인 특징들로 구성하고 있다. 그리고 이와 같은 이항대립 요소는 독자적으로 존립하기보다는 서로 충돌하고 접합하면서 새로운 의미나 양상을 만들어 낸다. 양쪽의 간극이 크면 클수록 대립의 깊이는 깊어지고, 더 많은 갈등과 긴장을 불러일으키게 되는데 그것이 바로 경쟁이다.[11] 그리고 이러한 경쟁은 조선조 영웅소설에서 볼 수 있는 스토리의 기본 형식이기에 영웅과 적대자가 무엇 때문에 서로 경쟁하는지 그 욕망의 유형이 무엇인가를 밝혀내는 작업[12]이 수용자로 하여금

---

11 이동은, 「게임과 영화의 스토리텔링 융합 요소에 대한 연구」, 『Journal of Digital Contents Society』 8(3), Sept. 2007, 303쪽.

12 소설의 인물을 프로타고니스트와 안타고니스트로 대별할 수 있듯이 실제 인간들을 대상으로 하여 선과 악, 소극적인 것과 적극적인 것, 비관적인 것과 낙관적인 것, 사색적인 것과 행동적인 것, 지적인 것과 정적인 것 등과 같은 이항 대립의 시각을

몰입할 수 있는 요인이 되는 것이다.

이 때에 영웅소설 독자가 작품에 감정이입을 하는 데는 작품을 읽어주는 방법과 실감나는 연기가 필요했다. 강담사가 영웅소설을 낭독해 준 시간은 독자에게 잊혀진 시간이다. 그 시간이 작품 속의 주인공이 지향하는 시간이 되어버린 것이다. 독자는 적어도 영웅소설 한 편을 모두 낭독하는 시간 내내 자신이 처한 현실, 심지어 많은 사람과 섞여져서 이야기를 경청하고 있다는 사실을 잊어버리고 자아를 버린 채 이야기 속 세계로 들어가게 된다. 그리고 독자는 이야기 속 영웅 인물에게 자신의 감정을 몰입하여 영웅소설을 감상하게 된다.

이처럼 스토리텔러는 작품에서 감정이입을 극대화시키기 위해 스토리텔링을 변형시키면서 독자를 끌어들이는 낭독기술과 낭독할 수 있도록 시나리오를 스토리텔링하는 능력이 필요했다. 영웅소설이 창작되고 애독되었던 시기는 강담사나 이야기 주머니를 통한 구전의 방법으로 대중에게 전달되었다. 따라서 이야기를 전해주는 강담사의 이야기 솜씨에 따라 감정이입이 되면서 흥미가 배가되기도 한다. 강담사에 따라 영웅소설의 흥미 요소가 배가되기도 하고 상실되기도 한다는 점에서 흥미 소재는 낭독자에 따라 조금씩 변형되고 윤색도 했다. 때로는 판소리계 소설에서 볼 수 있는 부분의 독자성처럼 서사가 확대되어 전달되기도 했다.

이것은 오늘날 하나의 콘텐츠가 성공하면 그것을 통해서 다양하게 트랜스미디어 스토리텔링이 이루어지고 있는 현상과 비슷하다. 강담사나 강독사는 온갖 인물 군상의 성격과 역할, 심리묘사까지 생생한 감정으로 표출해서 들려주기 때문이다. 이는 조선시대 수많은 영웅소설의

취하는 것은 가장 오래되고 상식화된 유형론이라 할 수 있다. 조남현, 『소설신론』, 서울대 출판부, 2008, 236쪽.

출현과 그에 따른 캐릭터, 그리고 적대자와 치열하게 경쟁하는 사건 등을 통해 살아남기 위한 노력이다. 나아가 제목을 달리하여 다른 유형의 영웅소설 쓰기가 계속되는 것이다. 특히 대중의 인지도가 큰 〈유충렬전〉, 〈조웅전〉과 같은 영웅소설은 한 인물이 심각한 위기에 처했을 때, 그 인물에 대한 서사를 연속적으로 진행시키지 않고 다른 인물에 관한 서사로 넘어가는 서사전략을 사용해서 독자의 긴장을 극대화시키고 흥미를 지속시키는 데 성공하고 있다. 그리하여 다양한 소설을 모아놓고 그들의 공통점을 유형화해 보니 도덕지향적, 가정지향적, 애정지향적인 영웅소설이 유형에 따라 약간의 모티프만 달리하여 특성에 맞게 스토리텔링을 변형시켜가면서 창작하는 것이다.[13]

또한 영웅소설 스토리텔러는 몰입을 위한 감정이입을 전환시키는 방법으로 최고의 위기를 조성하고 긴장이 최고조에 이르게 한 다음, 의도적으로 별책의 권을 바꾸는 방법으로 감정이입을 활용하고 있다. 예컨대 1권에서 2권으로 넘어가는 단계에서 멈추고, 새 권에서 새롭게 시작하는 방법을 말한다. 오늘날 일일 드라마의 서사가 시청자에게 감정이입을 최대한 높여놓고 엔딩하며 내일을 기다리게 하는 작가의 연출기법과 상통한다고 하겠다.

〈유충렬전〉을 통해서 보면 황제가 역적에게 항복하려고 옥쇄를 가지고 나오는 장면에서 앞 권이 멈추는 것을 볼 수 있다.

"이제 쳔자 할릴업셔 옥새를 목의 걸고 향셔를 손의 들고 항복하랴하고 나올 적의 중군 조졍만과 명진의 나문 구사 엇이 안이 한심하고 실푸리오.

---

13 안기수, 「영웅소설 연구」, 중앙대 박사학위논문, 1995에서는 영웅소설의 서사세계를 도덕지향적, 가정지향적, 애정지향적으로 나누어 살펴보았다.

> 천자의 울음소리 명원셩이 떠나가게 방셩통곡하며 항복하러 나오더라 …… 각설 잇때 유충렬이 금산성하에서 망긔하다가 채질하야 밧비 즁군소의 드러가 조죵만을 보고 셩명을 올려 싸오기를 청한대 ……"[14]

이처럼 극적이고 긴박한 상황을 의도적으로 설정하고 독자의 긴장감을 고조시킨 후에 서사를 단절시킴으로 하권을 읽지 않을 수 없도록 만드는 것이다.[15]

영웅소설은 다양한 사건이 플롯으로 구성해서 반복적으로 변형되어 나타나기 마련이다. 그런데 비슷한 플롯이 반복적으로 나타난다면 소설 독자는 지루하게 생각하게 될 것이다. 단계적으로 올라가는 사건과 경쟁, 그 사건을 영웅 능력으로 해결하고 또 다른 큰 사건과 부딪치는 과정에서 레벨이 상승할수록 어려운 갈등 구조를 야기해야만 독자의 감정이입이 쉽게 되며 이야기의 몰입도가 높아지기 마련이다. 영웅소설에서 최고의 몰입도는 영웅과 적대자가 절정의 단계에서 싸움을 통해 나타난 긴장감이다. 이 단계가 갈등의 최고조에 닿는 부분이고, 스토리텔러는 이 부분을 통해서 독자에게 전달하고자 한 의도가 표출되는 곳이다.[16]

---

14 〈유충렬전〉, 354쪽.

15 임성래, 「영웅소설의 유형 연구」, 연세대 박사학위논문, 1986, 91쪽.

16 이 부분은 곧 게임에서 긴장감으로 재창조된다. 게임에서 스펙터클과 함께 중요한 것은 긴장감이다. 긴장은 게임의 문학적인 속성인 서사에서부터 촉발된다. 게임의 기본 서사구조는 발단 단계에서 시작되어 진행단계를 거치고 결과단계로 이어진다. 기본적인 서사의 틀 안에 회피와 수락의 조건이 따르는 룰에 의해 승리나 패배가 부여되는 패턴은 게임의 서사가 가지는 구조적인 특징이다. 내러티브의 개입이 약한 보드게임, 슈팅게임, 액션게임 등의 경우에는 대개 '기-승-전-결'의 4단계 서술구조를 갖게 된다. 기는 주인공이 등장하여 스토리를 이끌어가는 과정이다. 그리고 사건이 시작되고, 주인공 캐릭터가 등장되고, 갈등이 시작되는 시점이며, 동기가 발생하는

특히 수많은 향유층을 모아놓고 영웅소설을 낭독하는 과정에서 낭독자와 향유자가 서로 감정이입으로 몰입하는 장면에서 잘 알 수 있다.

"옛날에 어떤 남자가 종로의 담배 가게에서 어떤 사람이 稗史 읽는 것을 듣다가 영웅이 가장 실의하는 대목에 이르러서는 갑자기 눈을 부릅뜨고 입에 거품을 물고서는 담배 써는 칼로 稗史읽는 사람을 찔러 죽였다."[17]

"서울에 오가 성을 가진 사람이 있었다. 그는 고담을 잘하기로 두루 재상가의 집에 드나들었다. 그는 식성이 오이와 나물을 즐기기 때문에 사람들이 그를 오물음이라고 하였다."[18]

"전기수는 언과패설을 구송하는데 〈숙향전〉, 〈소대성전〉, 〈심청전〉, 〈설인귀전〉 등이다. 월초에 하루는 첫째 다리 아래에 앉고, 이틀날은 둘째 다리 아래에 앉고, 사흘째는 배오개에 앉고, 나흘째는 교동 입구에 앉고, 닷새 째는 대사동 입구에 앉고 엿새째는 종루 앞자리 잡는다. 읽는 솜씨가 훌륭하기 때문에 주위에 사람들이 많이 모여든다. 가장 긴요해서 꼭 들야 할 대목에 이르면 문득 소리를 멈춘다. 그 다음 하회가 궁금하여 사람들은 다투어 돈을 던진다.[19]

과정이다.

17 "古有一男子 鐘街煙肆 聽人讀稗史 至英雄最失意處 忽裂 噴沫 提載煙刀 擊讀史人立斃之", 이덕무, "銀愛傳", 『雅亭遺稿』 三.

18 이우성·임형택, 『이조한문단편집』 상, 일조각, 1973, 189쪽.

19 "傳奇搜 搜居東門外 口誦諺課稗設 如淑香傳, 蘇大成傳, 沈淸傳, 薛仁貴傳, 月初一日坐一橋下 二日坐二橋下 三日坐梨峴 四日坐校洞入口 五日坐大寺洞入口 六日坐鐘樓前 以善讀故傍觀 圍 夫至最喫緊 可聽之句節 忽黙而無聲 人欲聽其下回 爭以錢投之 曰此乃邀錢法云", 조수삼, 『秋齊集』 券七, "紀異"

이러한 기록에서 보면 어떤 사람이나 오씨의 성을 가진 사람, 그리고 전기수와 같은 직업적인 낭송자나 이야기꾼은 당시의 영웅소설 작가층이다. 이들은 단순히 이야기를 전달해 주는 자가 아니라 기존에 전해오는 소설에다 독자에게 관심과 흥미를 주기 위해서 이야기를 실감나게 해줌으로써 많은 독자와 감정이입을 통한 교류를 할 수가 있었다. 낭송자나 이야기꾼이 마음대로 기존 사설을 첨가하거나 삭제하여 사설을 윤색함으로서 독자에게 소설을 읽혀준 것이라고 본다면 이들 전문적인 낭송자나 이야기꾼도 몰입을 위한 감정이입의 중요한 역할을 담당한 인물이다.

실지로 영웅소설 독자가 작품에 얼마나 몰입했으면 허구와 현실을 구별하지 못하고 행동으로 나타날 수 있을까 의문이 든다. 당시대의 독자는 〈소대성전〉을 낭독하던 중에 소대성이 실의에 빠졌을 때 독자 중의 한 사람이 칼을 들고나와서 강담사를 칼로 찔렀다는 기록을 볼 때 그 감정이입에 대한 몰입의 정도가 오늘날의 게임[20]이나 영화[21]에 몰입하는 관객의 정도와 별반 차이가 없다는 점을 알게 된다. 영웅소설 독자도 강담사를 통하든 본인이 읽던 소설 속에 깊이 몰입해서 읽는 내내 자신이 처한 현실도 잊어버리고 소설 세계에 들어가서 자신의 감정이입을 전이시킨 채 영웅소설의 스토리텔링을 향유하게 되는 것이다. 이처럼 소설 향유자인 대중은 자신을 선한 인물과 동일시하면서 대리만

---

20 게임에서 몰입은 대부분 명확한 목표, 정확한 규칙, 신속한 피드백이라는 활동을 할 때 생겨나는 그것이다. 게임은 플레이어가 메인 캐릭터 그 자신이 되는 현상을 빚어내면서 몰입상태를 유지한다고 할 수 있다.

21 영화에서 몰입은 미디어를 향유하고 있는 동안 현전감을 강화시키는 것으로 관람객이 스크린이라는 물질적 매체를 잊어버리게 하는데 그 초점이 맞춰져있다. 미디어를 사라지게 하고 영화 속 이야기를 진짜 현실의 이야기처럼 느끼게 함으로써 몰입에 이르게 하는 것이다.

족을 느끼게 한다. 적대자가 강력한 존재로 부각되어 적대자와 주인공의 갈등 양상을 심화시키고 지속될수록 자신을 주인공에게 이입시키며 서사의 진행과정에 감정을 몰입할 수 있게 한다.

마지막으로 영웅소설만이 가지고 있는 사건의 점층적 배치에 따른 독서삼매경에 빠지게 만든 것도 소설에 내재된 흥미요소 때문이라 할 수 있다. 소설과 게임 서사에서 스토리는 사건의 연속성과 인과적 관계에 의해서 엮어나간다. 그러므로 사건은 독자에게 보편적인 정서에 부합해야 하며, 복합적이고 신비스러운 것이어야 한다. 사건 하나에 대한 내용은 호기심을 유발하는 전략적 스토리텔링이라 하겠지만, 몰입을 위한 감정이입의 스토리텔링은 사건의 점층적이고 연쇄적 전개의 스토리텔링 방법을 의미한다. 일반적으로 서사문학의 특성은 '문제 → 해결 → 문제 → 해결'의 형태인 문제발생과 이의 해결이 반복되는 순환구조의 형태를 가진다. 사건 단락을 통한 서사구조는 작품 속에서 사건의 진행방향으로서 독자의 관심을 집중시키고 긴장과 이완의 반복을 통해 정서적 반응을 끌어내는 것이라 한다. 이러한 서사의 사건은 선과 악의 대립, 영웅의 등장과 임무, 합당한 보상 등 중세의 신화적 성격[22]을 내포하고 있다. 개성적인 캐릭터를 선택하고 갈등을 축으로 시간적·공간적 배경설정, 사건발생, 등장인물 간의 갈등을 통해 스토리를 엮어나간다. 이처럼 영웅소설 흥미소는 사건의 순차적인 전개와 이에 따른 영웅의 활약상이라 할 수 있다.[23] 영웅소설의 순차구조를 얼마나 다양하고

---

22 온라인 게임에 중세 판타지가 자주 등장하는 이유에 대해 "중세는 역사상 가장 계급구조가 확실했던 사회였고, 이것은 게임의 레벨 디자인을 하는 데 있어 상당한 편리함을 제공한다"고 말한다. 이화여대 디지털스토리텔링 R&D 센터, 〈한국형 스토리텔링 전략로드맵-게임, 가상세계, 에듀테인먼트〉, 한국문화콘텐츠진흥원, 2008, 205쪽.

23 게임은 플레이어가 조종하는 캐릭터를 통해 만들어가는 사이버 세상이다. 드라마와

풍부하게 표현해서 독자에게 흥미와 즐거움을 제공하느냐가 주요 과제라 하겠다.

영웅소설도 게임처럼 단순히 한 가지의 사건을 해결하는 것으로 끝나는 것이 아니라 수십 개 단위의 사건이 발단, 진행, 결과 단계로 만들어져 퀘스트 형식으로 이어진다.[24] 반면에 서사의 사건이 많고 갈등구조가 많이 반복되어 나타나도록 형상화한 이야기 구조는 본고에서 활용한 발단-전개(전개1-전개2-전개3---전개n)-위기-절정-결말식으로 진행된다.[25] 영웅소설과 같은 대중소설은 서스펜스, 감정이입, 설득력 있는 가상세계의 창조가 보장되어야 한다. 서스펜스는 소설에 등장하는 인물의 불확실한 운명을 걱정하면서 일시적으로 우리 내부에 야기되는 긴장감을 말하는데 주인공이 위기에 처했을 때, 일시적으로 긴장을 느낀 것처럼 주인공에 대한 독자의 감정이입은 예술적 차원을 견지하게 된다.[26] 이러한 영웅소설의 서사구조 속에 주인공이 겪게 되는 사

같은 스토리텔링을 가지고 있으면서 만화나 영화가 가지는 시각적인 구성을 표현하고, 적절한 효과음과 아름다운 선율을 통해 시각, 청각, 촉각을 느끼고 체험할 수 있으면서 그 속에서 갈등과 안정성을 맛보는 복잡한 동적구조를 가진다. 그러므로 틀에 짜여진 구조를 따라 진행하지 않고, 전혀 다른 공간구조를 랜덤하게 제공할 수도 있으나 캐릭터의 성장과정에서 보여주는 상승적인 욕망의 축은 영웅서사의 축과 맥을 같이 한다고 할 수 있다.

24 이재홍은 내러티브의 개입이 약한 보드게임, 슈팅게임, 액션게임 등의 경우에는 대개 '기-승-전-결'의 4단계 서술구조를 갖게 된다고 보았다. 이재홍, 「World of Warcraft의 서사 연구」, 『한국 게임학회 논문집』 8(4), 한국게임학회, 2008, 49쪽.

25 소설에서 사건의 순차적인 해결과 달리 게임에서는 레벨업에 따라 캐릭터의 능력치가 성장해 가기 때문에 사건 발생에 따른 이야기 전개방식을 가져갈 수 있다. 게임상에는 일관된 스토리가 있다할지라도 다양한 캐릭터들이 게임상에 존재하면서 각각의 캐릭터마다 고유의 이야기를 전개해 나가며, 사건 발생에 따라 에피소드식 이야기를 구성해나가기 때문에 상황에 따라 사건이 뒤바뀌거나 혼재해서 나타날 수 있다.

26 J. G 카웰티, 「도식성과 현실 도피의 문학」, 『대중예술의 이론들』, 박성봉 역, 동연, 1994, 89쪽.

건의 난이도는 초급에서 단계별로 최고의 전투로 연결되는 상승적인 궤도를 따라가게 된다. 이러한 5단 구조는 다양한 사건이 창조적으로 끼어 들어갈 여지가 있다. 영웅소설도 이러한 형태의 순차적인 사건이 많이 나타난다.

3) 욕망성취를 위한 스토리텔링

인간은 욕망, 오만, 공격성과 같은 원형적 심성이 충족되지 못할 경우, 그것이 서로 충돌하고, 원형적 문제의 조건과도 상충되어 주인공 개인과 집단에 큰 상처를 입힌다. 영웅소설은 가문을 파괴하는 자, 애정에 장애를 주는 자, 국가를 전복시키는 자에게 주인공의 이러한 원형적 심성이 서로 충돌하도록 스토리텔링하고 있다. 즉 서로 상대방의 욕망이 충돌하면 그 욕망이 좌절되면서 자신이 마음에 상처를 입거나, 아니면 비정상적인 방법으로 욕망을 추구하여 상대방의 욕망을 좌절시키고 상처를 입히게 되면서 이러한 서사체계는 독자에게는 흥미를 주고, 주인공을 향한 대리체험을 하게 된다.[27]

일찍이 포스터(Edward Morgan Forster)에 의하면 스토리는 사건 서술의 계기성을 의미하고 플롯은 사건 서술의 인과성을 의미한다. 플롯이 인과성에 의해 서술되는 사건의 구조라는 것을 밝히고 있듯이[28] '지하국대적퇴치담'의 사건 전개를 숲속, 동굴, 수중으로 이어지는 사건의 인과적 흐름에 따라 다양한 인물을 창조할 수 있으며, 공간에 따른 주

27 이민용, 「영웅서사시와 원형적 심서, 치유의 문제」, 『인문과학연구』 53, 강원대학교 인문과학연구소, 2017, 12쪽.

28 Edward Morgan Forster, 『Aspects of the Novel』, London, 1927.; 한국현대소설연구회, 『현대소설론』, 평민사, 1994, 74쪽.

인공의 욕망 양상과 개개의 성취과정을 낭만적으로 스토리텔링할 수 있다. 주인공이 차례차례 싸워서 승리할 수 있는 탐색과 모험의 과정은 영웅소설의 흥미 요소이자, 큰 인기의 요인이 되었다고 하겠다.

조선시대에 창작한 영웅소설이 대중에게 큰 인기를 끌 수 있었던 이유는 이처럼 인간의 다양한 욕망을 표출하고 그것의 성취를 낭만적으로 스토리텔링하는 데 있다. 이러한 세속적인 욕망 성취를 위해 판타지를 활용한 현실도피, 상승적인 욕망 성취, 어려운 상황과 여건 속에서도 꿋꿋하게 극복해서 성공적으로 마무리 짓는 주인공의 영웅담을 통해 독자에게 일탈의 욕망을 충족시켜주는 흥미 요소를 많이 수용하고 있다는 점이다. 익명의 주인공, 도피 공간, 자유와 환상, 해소, 여가, 꿈 등 주인공이 작품에서 추구해야 할 목표나 가치가 서로 다를 수 있지만 바람직한 이상을 성취한다는 긍정적인 결말을 통해 대리 체험함으로써 기대감을 성취감으로 얻을 수 있는 긍정의 스토리텔링을 들 수 있다. 또한 조선시대의 이념을 긍정적으로 지향하는 주인공을 통해서 이상적인 삶의 가치와 행복의 추구를 욕망으로 스토리텔링하는 것을 흥미 요소로 볼 수 있다.

영웅소설에서 사건의 상승적인 전개 요소가 일탈의 욕망을 충족시켜주고 몰입도를 높이게 해주는 스토리텔링이라 할 수 있다. '지하국대적퇴치담'에서 볼 수 있는 사건의 점층적인 배치를 퀘스트별로 공간에 따른 사건 서술을 흥미 요소로 살펴볼 수 있다. 영웅 인물의 영웅적 능력을 부여해주는 능력치의 공간으로서 '숲속에서 짐승과 싸움', '동굴에서 요괴와 싸움', '수중에서 용과 싸움' 등으로 흥미의 요소를 확장시켜 스토리텔링해 나갈 수 있다.

여기에서 다루고 있는 지하국에서 대적 퇴치는 지상이 아닌 숲속 혹은 지하공간에서 대적으로 상징된 요괴를 퇴치하는 것이 가장 큰 흥미

요소라고 할 수 있다. 개별 작품에 형상화한 요괴 퇴치는 결국 주인공이 상층계급으로 올라가서 출세하기 위한 큰 계기, 즉 통과의례적 성격을 갖는다고 볼 수 있다. 이처럼 요괴퇴치가 통과의례적 성격을 갖는다는 것은 요괴퇴치 모티프가 등장하는 영웅소설 각 작품에 일반적으로 나타난 공통요소이므로 사건의 흥미소를 얼마나 재미있게 형상화하고 확장하느냐가 흥미를 위한 중요한 스토리텔링이라 하겠다.

'지하국대적퇴치담'에 나타난 몰입을 위한 사건의 흥미요소를 퀘스트별로 유형화하여 그 내용과 예를 도표화해보면 다음과 같다.

퀘스트의 유형	내용	퀘스트의 예
공주 구출 작전	어느 날 숲에서 공주가 사라짐	공주구출
숲속	공주구출을 위해 숲속에서 괴물을 만나 싸워 이김	호랑이, 사자, 여우, 늑대
지하국으로의 진출	구멍으로 들어가 지하국에서 공주를 발견	지하 별세계를 발견, 납치해 온 많은 여성을 발견(보물)
동굴	동굴 속에서 괴물을 만나 싸움	공주(보물) 및 납치여성 구출
수중	물속에서 괴물 용과 싸움	감추어진 수중 보물쟁탈
지상으로 귀환	공주를 구해 지상으로 복귀	공주와 보물을 가지고 귀환

'지하국대적퇴치담'의 흥미 요소는 앞에서 살펴본 바와 같이, 지하국에 사는 요괴에게 납치당한 공주를 영웅적 힘을 가진 인물이 구출함으로써 공주와 혼인한다는 사건설정이다. 각 편에 따라 조금씩 변모와 차이를 보이지만 구출자가 지하국으로 들어간다는 점과 그곳에서 귀인을 구출하여 지상으로 돌아온다는 점은 공통으로 나타난다.

〈유충렬전〉과 〈조웅전〉 등은 충을 매개로 한 국가적 도덕 윤리를 회복한 것이고, 〈소대성전〉, 〈장풍운전〉은 가문 회복의 욕망을, 〈백학선전〉, 〈홍계월전〉 등은 남녀 간의 애정성취 욕망을 스토리텔링하고 있다.[29] 따라서 이러한 영웅소설 주인공은 처음부터 끝까지 무엇을 추구하는 사건으로 스토리텔링하여 반복적으로 전개해 간다. 작품에서 주인공이 추구하는 가치마다 관련된 사건이 일어나면서 주인공은 삶의 균형이 깨지고, 이로 인해서 주인공은 자신의 욕망 성취를 방해하는 모든 적대 세력에 맞서가면서 욕망의 대상을 성취해 나가는 주제의식이 인기의 요인이라 하겠다.

이러한 인간의 욕망성취에 방해 인물을 설정하여, 서로의 가치가 치열하게 충돌하고 경쟁하는 과정이 흥미를 유발하게 해준다. 여기에서 적대 세력은 주인공의 욕망성취를 방해하거나 맞서는 존재로 형상화하면서 초능력을 소유하는 형상으로 묘사하고 있다. 적대자에게 비인간적인 힘이나 장애물이 적대역의 형태로 제공되면서 더 극적인 상황을 연출하도록 스토리텔링 된다. 따라서 적대자에게 지각이 뛰어나고 논리적이며, 전략적인 전술 능력을 가진 적대자일수록 더 무섭고 위협적이기 때문에 적대자의 캐릭터를 주인공 못지않게 스토리텔링할 필요가 있다. 적대자는 이야기 속에서 주인공과 갈등을 더 격화시키고 장애물을 제공하며 쉽게 돌파할 수 없는 역경으로 상황을 몰아가기 때문에 스토리에 깊이와 풍부함을 더해주면서 독자에게 흥미를 제공해 준다.

당시대는 국가나 사회적으로 어렵고 힘든 현실을 도피하고 싶은 민중의 탈출구가 필요했을 것인데 영웅출현에 대한 대망의식이 영웅소설의 흥미소로 수용된 것으로 볼 수 있다. 오늘날 영상세대는 디지털 게임을 통해 현실을 잊고 일탈의 욕망을 간접체험하고 싶은 비슷한 욕구를 가지고 있다. 또한 일탈의 욕망을 스토리텔링함으로써 육체와 마음

29 안기수, 앞의 논문(1995).

의 치유라는 관점에서 독서 치유를 위해 영웅이야기를 활용한 치유기능을 한 것으로 볼 수 있다. 수용자는 영웅서사와 같은 낭만적인 이야기를 직접 듣거나 읽을 때나 영화나 드라마로 스토리텔링한 작품을 감상할 때 즐거움을 느끼고 감동과 흥미를 맛볼 수 있다는 점에서 인간의 다양한 일탈의 욕망을 스토리텔링해야 했고, 이것을 통해 위로와 치유를 받을 수 있었다.

영웅소설의 욕망구현을 위한 또 다른 흥미요소는 역동적인 스토리의 구조에 있다고 할 수 있다. 영웅소설의 스토리 구조는 크게 영웅의 통시적 영웅담의 구조와 시공간구조의 창조라 할 수 있다. 영웅소설의 영웅담은 출생에서 시작해서 수학능력과 군담을 통한 입공의 구조까지이다. 영웅의 일생 과정을 통해 형상화한 고난과 이별, 군담에서 펼쳐지는 영웅이야기가 다양한 스테이지를 설정하여 적대자와 대결하고, 사건을 하나씩 해결하면서 나아가는 영웅의 상승적인 삶의 과정이 낭만적으로 펼쳐진다. 마치 게임에서 스테이지가 진행될수록 그 난이도가 더 높아지는 것과 같다. 이는 드라마틱한 내러티브에서 주인공이 해결해야 하는 문제의 무게가 점점 무거워지면서 절정을 향해가는 것과 같은 맥락을 가지고 있다. 영웅서사가 가지고 있는 기본적인 형식은 유지한 채 플롯만 바꿔서 당시대인에게 필요한 다양한 욕망의 양상을 수용해서 제재나 모티프로 스토리텔링을 하면 비슷한 작품이나 콘텐츠가 만들어질 수 있는 유연적인 서사성을 가지고 있는 것이 영웅소설이기도 하다.

주인공은 현대인이 가보지 못한 이원론적인 판타지 공간의 세계를 모험으로 마음껏 탐정하고 임무를 완성하면서 주인공은 욕망을 성취하게 되고, 독자는 대리만족을 통해 카타르시스를 느끼게 해준다는 점에서 중요한 흥미 요소라 할 수 있다.[30] 가보지 않는 미지의 땅이나 가상공간은 모든 독자층이 가보고 싶은 체험의 욕망 공간이다. 인간이 가보지 못한 공간은 곧 인간이 죽어서 가고 싶은 천국의 공간과 같다고 할 수 있다. 이러한 상상을 구체적으로 형상화한 과정에서 도선사상, 불교사상, 유교사상, 무속사상 등이 작동하고, 시대성과 작가 및 독자의식이 작동하여 영웅소설의 판타지 공간이 더욱 흥미를 갖게 하는 스토리텔링의 서사전략적인 창작방법이라 할 수 있다. 마치 영화 〈반지의 제왕〉이 북유럽의 신화를 바탕으로 중간계를 설정해서 이원론적인 가상공간으로 창조하여 그 공간에서 펼쳐지는 영웅의 신화적 영웅담이 호기심의 공간이자 그 미지의 공간에서 펼쳐지는 다양한 사건의 갈등과 해결 과정이 호기심 천국이기 때문이다.

이처럼 영웅소설에서 비현실적인 공간창조는 판타지 공간에서 펼쳐지는 대리만족, 놀이 등 당대인에게 욕망을 해소시켜주는 흥미 요소라 하겠다. 하늘이라는 천상의 공간 속에서 신성한 존재가 살아가는 삶의 공간은 일원론적인 인간의 사고를 뛰어넘는 상상의 공간이며, 지상에서도 중국이라는 넓은 미지의 공간을 작품에 수용하여 독자에게 낭만적인 이국풍을 이야기할 수 있다는 점을 들 수 있다. 이러한 신화적 판타지 공간은 과학과 이성의 사유체계로 관습화된 현대인에게 평가 절하되었던 것이 과학기술의 정교한 기법으로 이미지와 상상력을 가능하게 만들었으며, 상상의 공간을 실감나게 펼칠 수 있게 만들어낼 수 있어서 가능했다. 여기에서 한 걸음 나아가 디지털 게임의 발전이 신화적 세계의 재현을 보다 구체화시키며 보다 큰 역할을 수행하게 되었다. 이

---

30 일찍이 자넷 머레이는 스토리텔링의 새로운 미학으로 몰입, 에이전시(Agency), 변형 등 세 가지로 특성을 들고 있다. 이 때 몰입에서의 키워드는 환상의 공간으로 들어가기가 하나이며, 에이전시의 키워드는 미로이야기, 변형에서는 만화경적 서사가 키워드의 하나로 제시되고 있다. 자넷 머레이, 『사이버 서사의 미래: 인터렉티브 스토리텔링』, 한용환·변지연 공역, 안그라픽스, 2001, 113-180쪽.

러한 기법은 우리의 보편적 사유를 뛰어넘어 일탈의 욕망을 체험할 수 있게 함으로써 현실과 초현실의 공간 경계를 모호하게 만들어버렸다.

영웅소설의 흥미 요소는 단순히 낭만적인 이야기라는 인식을 뛰어넘어 영웅소설만이 가질 수 있는 특징으로 만들었다. 이에 영웅소설이 보여주는 가장 큰 변별적인 요소로 호기심을 유발하는 사건이나 소재가 무엇이며, 이러한 요소들을 영웅소설 스토리텔러들은 어떻게 형상화하고 있는가에 따라 작품의 대중화가 결정되었을 것은 당연하다. 당시대 사람의 호기심을 유발하게 한 이미지 창작기법과 상상, 신화적 세계의 재현 등은 영웅소설의 호기심을 만들어내는데 시청각적이고 공감각적인 세계로 구조화시키는 데 일조하고 있기 때문이다. 주인공과 적대자가 펼치는 경쟁과 대립의 역동적인 서사를 통해 낭만적으로 이끌어가는 매커니즘은 연쇄적인 사건의 출현과 탁월한 능력으로 국가적 위기를 해결해 가는 주인공의 능력발휘라 할 수 있다. 영웅소설이 신화적 사유를 바탕으로 하고 있다는 것은 가상현실을 바탕으로 한 일탈의 욕망을 형상화한다는 것이다. 따라서 이원론적 공간 안에서 펼쳐지는 다양한 사건 속에 당시대인에게 보편적인 흥미 요소를 어떻게 창조하느냐가 영웅소설의 흥행을 좌우했을 것이다. 탁월한 영웅 인물이 펼치는 영웅담은 곧 신화적 모티프의 재생산이라 할 수 있기 때문이다.

다른 유형의 소설과 달리 영웅소설 독자는 사회에 대한 참여의식이 강했다. 주로 난세기에 영웅소설을 많이 창작했을 것인데 대중 독자는 버거운 현실의 억압으로부터 벗어나고자 특별한 능력을 가진 영웅적 인물이 나타나 항거할 힘이 없는 자신을 대신하여 사회적 모순을 타개해 주길 원했다. 이렇게 본다면, 영웅소설의 출현은 무력한 자아로부터 해방감을 느끼게 해주고 영웅이 처한 극적이고도 흥미진진한 상황에서 자기 동일시를 가능케 하였다. 이를 통해 독자는 주인공의 낭만적인 운명에 참여할 뿐아니라 그의 특권적 지위를 자신의 것으로 상상함으로써 자신의 초라한 삶을 위로한다.[31] 즉 영웅소설의 독자는 억압된 현실을 회피하고자 하는 심리와 그러한 현실의 극복을 바라는 염원을 영웅소설을 통해서 충족하고자 한 것이다. 영웅소설 독자는 서사의 주인공이 자신의 힘만으로 극복할 수 없는 현실세계가 너무 힘겹고 버거워하는 갈등의 모습을 보면서 영웅의 인간적인 면모에 연민과 동질감을 느끼기도 하지만 영웅 인물이 자신과 같은 고통과 시련을 겪을 수 있는 존재라는 사실을 느끼게 함으로써 현실에서 그들의 고된 삶도 언젠가는 치유될 것이라는 욕망 의식을 낙관적으로 갖게 된다.

특히 소설 〈전우치전〉의 경우를 보면, 전우치는 초월적, 비현실적 도술을 습득하여 사리사욕에 눈먼 위정자와 악인을 응징하고 훗날 서화담과 대결에서 패한 후 신선의 도를 배우기 위하여 태백산으로 들어가면서 도술이란 재주를 이용하여 입신출세하려는 욕망의 인물로 그려지고 있다. 관노의 아들로 태어난 전우치가 도적의 상장군이 되어 황제를 속여 재물을 탈취하고 황제의 부마가 된 이후에 연왕이 된다는 상승적인 성취욕망을 스토리텔링하고 있다.[32] 이후에 〈전우치전〉은 전우치의 도술 사용이 많이 첨가되면서 대중성을 확대시켜나가고 있음을 알 수 있다.

〈전우치전〉의 이본 가운데 판매를 목적으로 가장 먼저 간행된 경판 37장본에서 전우치의 도술담이 포함된 삽화가 대폭 추가된 것은 대중인 독자층의 취향과 욕망에 대한 흥미를 고려한 출판업자의 의도가 담긴

---

31 진경환, 「영웅소설의 통속성 재론」, 『민족문학사연구』 3, 민족문학사연구소, 1993, 108쪽.

32 〈전우치전〉을 연구한 선행연구를 참조하면 이본이 네 개의 계열로 나누어지고 있으며, 이본 계열마다 삽화가 조금씩 다르게 구성되어 있다. 본고에서는 『나손본 필사본 고소설자료총서』 55권을 참조하였다.

부분으로 간주할 수 있다. 전우치가 도술을 부려서 꿈과 현실 세계를 넘나들고, 사람을 짐승으로 변모시키고, 그림 속으로 들어가거나 그림 속의 인물을 불러내는 행동 등은 현실세계에서 결코 일어날 수 없는 사건이지만 이것이 전우치의 욕망구현을 위한 소설적 사건이다. 이것은 곧 수용자의 의도적인 일탈의 욕망을 표현한 스토리텔링이라 할 수 있다.

이러한 욕망 스토리텔링은 판매이윤을 극대화하고자 했던 당시대의 출판업자가 의도적으로 하는 창작방법이지만 신분과 계급이 다양한 독자를 확보하고자 책장의 수를 줄이는 과정에서 웃음을 유발하거나 감각을 자극하는 내용을 위주로 편집을 단행하여 작품의 해학성과 관능성을 부각시킴으로 인해[33] 소설 독자의 현실적인 욕구를 긴장과 이완의 소설 읽기를 통해 감정이입과 흥미를 유발하는 스토리텔링이었다고 본다. 영웅소설 중에서도 가장 인기를 모았던 작품들에서 찾을 수 있는 공통점은 스토리텔러가 흥미 요소를 어떻게 설정하고 서사에 배치하였는가에 따라 좌우된다. 예컨대 영웅소설에서 주인공에게 발생할 수 있는 최악의 사건은 무엇인가. 어떻게 하면 이러한 최악의 사건을 최고의 사건으로 스토리텔링할 수 있는가. 그리고 이러한 사건이 결말에서 어떻게 바뀌고 최고의 목표점을 성취하면서 결말을 맺는가. 사건의 전개 과정에서 주인공과 맞서는 적대자가 강하면 강할수록 강도를 더해서 갈등이 심화되는데 따른 긴장과 몰입을 어떻게 처리하는가에 따라 향유자는 일탈의 욕망을 경험하게 되는 것이다.

이러한 일탈의 욕망성취를 위한 스토리텔링의 의도는 구체적으로 영웅서사에 나타난 도식화된 구조에 인류의 보편적인 속성이 담긴 인간

33 서혜은, 「경판 방각소설의 대중성과 사회의식 연구」, 경북대 박사학위논문, 2007, 46쪽.

의 욕망 이야기를 통해 공감대를 이루면서 대중화로 발전된 서사장르가 조선시대 영웅소설의 흥미 요소로 정착되었다고 할 수 있다. 그러므로 이러한 영웅이야기를 창작하고 독자에게 인기리에 감상할 수 있는 것은 당시대의 출판업과 상업적인 유통과정이 스토리텔러의 의도와 맞아떨어진 것이 한 시대를 풍미했던 영웅소설의 흥미 요인이라 하겠다.

3. 결론

지금까지 이 글에서는 영웅소설을 대상으로 대중의 인기를 끌 수 있었던 흥미 요소가 무엇인가를 스토리텔링의 관점에서 세 가지 요소로 의미를 살펴보았다. 이는 통속적인 영웅소설이 조선시대에 풍미했던 많은 작품 중에서 치열한 경쟁을 통하여 긴 생명력을 가지고 현존해 올 수 있었던 것은 서사구조에 일정한 공식과 유사하지만 전략적인 흥미요소를 가진 패턴이 존재했을 것으로 보기 때문이다. 본고는 당시대인에게 가장 흡입력 있게 향유되었을 영웅소설이 가지고 있는 흥미 요소를 찾아서 분석하고, 이러한 흥미 요소가 작품에 따라 어떻게 스토리텔링되고 있는가를 몇 가지로 살펴보았다.

첫째는 호기심 유발을 위한 전략적 스토리텔링을 들 수 있다. 영웅소설이 독자에게 호기심을 유발시키는 요소는 스토리를 만들어가는 작품의 서사성에 있다고 하겠다. 즉 영웅소설의 서사세계가 탁월한 주인공의 일생을 통해 펼쳐지는 삶의 노정기에서 모험과정, 애정담, 장애물, 아이템, 이원론적 판타지 공간을 통해 고난을 극복하고 승리감을 얻는 상승적인 욕망의 구조에 있다고 하겠다. 이에 따라 주인공이 범인과 다르게 태어난 출생담, 자라서 고아가 되는 불완전한 고난의 삶, 죽을 고비에서 구원자를 만나 잠재능력을 발휘하는 수학의 삶, 전쟁터에 나아가 입공하는 낭만적인 영웅의 삶, 입공을 통해 배우자를 만나고 가문을 재건하는 가문 회복의 삶 등이 독자들에게는 궁금증과 대망의 호기심을 유발하기 위한 전략적 스토리텔링이며, 많은 이들에게 사랑을 받았다고 하겠다.

둘째는 몰입과 감정이입을 위한 스토리텔링을 들 수 있다. 영웅소설의 스토리텔러는 몰입을 위한 감정이입을 전환시키는 방법으로 최고의 위기를 조성하고 최고조로 긴장에 이르게 한 다음, 책의 권을 바꾸는 방법을 활용한 경우를 들 수 있다. 예컨대 1권에서 2권으로 넘어가는 단계에서 멈추고, 새 권에서 새롭게 시작하는 방법을 이용하여 극적이고 긴박한 상황을 설정하고 독자에게 긴장감을 고조시킨 후에 서사를 단절시킴으로 하권을 읽지 않을 수 없도록 만드는 것이다. 이처럼 영웅소설은 다양한 사건을 플롯으로 구성해서 반복적으로 변형되어 나타나게 함으로써 소설 독자를 지루하게 생각하지 않게 해주는 것이다. 또한 단계적으로 올라가는 사건과 경쟁, 그 사건을 영웅 능력으로 해결하고 또 다른 사건과 부딪치는 과정에서 레벨이 상승할수록 어려운 갈등 구조를 야기해야 독자의 몰입도가 높아지기 마련이므로 연쇄적이며 상승적인 사건 설정을 통해 영웅과 적대자가 절정의 단계에서 숙명적으로 만나 싸움을 통해 나타난 긴장감이자 중요한 감정이입과 몰입을 위한 스토리텔링이라 하겠다.

셋째는 욕망 성취를 위한 스토리텔링을 들 수 있다. 조선시대에 창작한 영웅소설이 대중에게 큰 인기를 끌 수 있었던 이유는 인간의 다양한 욕망을 표출하고 그것의 성취를 낭만적으로 스토리텔링하는 것이다. 이러한 세속적인 욕망 성취를 위해 판타지를 활용한 현실도피, 일탈의 욕구를 충족시켜주는 요소를 많이 수용하고 있다. 익명의 주인공, 도피

공간, 자유와 환상, 해소, 여가, 꿈 등 주인공이 작품에서 추구해야 할 목표나 가치가 다르다는 의미다. 〈유충렬전〉과 〈조웅전〉 등은 충을 매개로 한 국가적 도덕 윤리를 회복하는 것이다. 〈소대성전〉, 〈장풍운전〉은 가문회복의 욕망을, 〈백학선전〉, 〈홍계월전〉 등은 남녀 간의 애정성취욕망을 스토리텔링하고 있다. 이러한 영웅소설 주인공은 처음부터 끝까지 주인공이 무엇인가를 추구하는 이야기만 사건으로 스토리텔링하여 반복적으로 전개해 간다. 작품에서 주인공이 추구하는 가치마다 관련된 사건이 일어나면서 주인공의 삶에 균형이 깨지고, 이로 인해서 주인공은 자신의 욕망성취를 방해하는 모든 적대 세력에 맞서가면서 욕망의 대상을 성취해 나간다는 전략적인 일탈의 욕망성취를 위한 스토리텔링은 영웅소설 향유자의 욕망을 사로잡는 하나의 흥미 요인으로 작용하였다고 하겠다.

영웅서사의 게임 시나리오 스토리텔링

1. 서론

이 글은 영웅서사와 게임 시나리오의 상호관련성을 살펴서 서사의 3요소를 중심으로 문화콘텐츠로의 매체 전환에 따른 원형자료[1]의 공유 가능성을 제시하는 것을 목적으로 한다. 이는 현대의 게임 스토리텔링이 일정한 서사를 가지고 있으며, 그 원형은 신화적 사유를 바탕으로 한 우리의 옛이야기에서 차용하여 서사의 구성과 표현양상을 디지털 기술과 결합시킴으로써 시공간의 제한을 넘어 무제한적으로 상상력을 표출할 수 있는 방향으로 발전하고 있기 때문이다. 이에 우리의 고전 영웅서사문학의 이야기 형식과 흥미요소가 게임 시나리오에서는 어떠한 양상으로 수용되어 새롭게 재생산되고 있는가를 살펴보는 것은 의미 있는 작업이 될 것이다.

주지하다시피, 영웅서사에서 하나의 스토리는 캐릭터, 사건, 배경으로 이루어진다. 이것은 모든 서사문학에서 중요한 요소인데 게임에서

1 일반적으로 시나리오는 영화의 대본이나 문학에서 작품성을 강조한 용어이며, 글로 된 대본을 말한다. 본고는 영웅서사와 게임서사를 작품으로 만드는 작업으로써 주제와 이야기를 구성하는 인물, 사건, 배경 등의 요소가 일정한 패턴을 가지고 있다는 점에서 세 요소를 중심으로 스토리텔링의 의미를 살펴보기로 한다.

도 그대로 활용하고 있다.[2] 이처럼 상호작용성을 특성으로 한 게임에서도 스토리가 중요한 근간을 이루고 있다는 것은 영웅서사와 게임서사가 중요한 공유점이 존재하고 있다는 것을 의미한다. 영웅소설에 스토리텔링되고 있는 재미있는 이야기가 게임으로 전환할 때 게임시스템의 요소를 게임 시나리오로 어떻게 기획하고 설계하느냐에 따라 사용자로 하여금 느끼는 재미가 달라진다.

일반적으로 게임 산업에 있어서 진화된 디지털기술과 함께 중요시되는 것이 스토리의 구조이다. 첨단기술을 이용해 눈에 띄는 그래픽과 동작으로 게임을 만들어도 그 속에 스토리가 없다면 사용자는 관심을 갖지 않기 때문이다. 이에 등장하는 것이 디지털스토리텔링 혹은 게임스토리텔링이라는 장르이다.[3] 이처럼 게임스토리텔링은 사용자의 오락성을 충족시켜주기 위해서 이미 존재하는 이야기 원형에 새롭게 창작한 이야기를 기획성과 서사성을 갖추어 설계하는 각색의 행위라고 할 수 있다.

모든 서사는 캐릭터를 중심으로 하여 사건과 배경으로 이루어진다. 즉 주인공과 적대자 간의 사건에 대한 갈등을 중심으로 발단, 전개, 위기. 절정, 대단원이란 통시적인 시간의 흐름을 시작과 중간과 종결에 따라 스토리의 핵심적인 요소들이 녹아들어 가게 된다. 이러한 구성요소가 시간적인 흐름에 따라 갈등과 해결의 과정을 극적으로 담아낼 때 좋은 시나리오라고 할 수 있다. 성공한 문화콘텐츠는 그 요인을 감동과

---

2 이재홍은 게임스토리텔링 연구에서 게임스토리텔링의 이론적 배경을 고찰한 후, 사건, 캐릭터, 세계관 등을 통한 실무형 게임스토리텔링의 전반적인 창작원리를 밝혔다는 점에서 유의미한 연구물이라 하겠다. 숭실대 박사학위논문, 2009.

3 조석봉, 「디지털스토리텔링 통한 게임콘텐츠 개발에 관한 고찰」, 『조형미디어학』 19, 한국일러스아트학회, 2016, 256쪽.

공감과 흥미 있는 스토리텔링에서 찾고 있다. 소설 독자나 게임과 같은 디지털콘텐츠를 향유하는 사람들은 흥미를 끌고 즐길 수 있는 여건을 만들기 위해서 탄탄한 이야기 구조가 필요한 것이고[4] 이러한 두 장르가 체계적으로 공유한 점이 있다면[5] 영웅과 게임서사의 시나리오가 가지고 있는 일정한 공유점, 즉 캐릭터, 사건, 배경 등이 알고리즘으로 연결될 수 있을 것으로 보인다.[6] 그리하여 두 매체에서 흥미 요소를 추출하고 그것을 일정한 규칙으로 정교하게 체계를 만들 수 있다면 신뢰성 높은 패턴들이 생성될 것이다. 그것을 화소로 해서 확장되고 공감을 갖게 되면 콘텐츠를 즐기는 향유자들의 몰입을 유도하는 중요한 흥미 요인이 될 수 있다.

정보화시대에 영웅소설 텍스트는 더이상 일반 독자들에게 관심을 줄

---

4 물론 영웅서사가 특정한 사건과 사건의 연쇄과정을 통해 하나의 플롯을 구성하며 전개되는 것과는 달리, 게임 서사는 복수의 수용자가 동시에 인터넷상의 게임에 접속하여 유저의 선택에 따라 매우 다양한 서사가 전개 가능한 특징을 지닌다. 장성규, 「게임서사와 영상 매체의 결합 가능성」, 『스토리앤이미지텔링』 12, 건국대 스토리앤이미지텔링연구소 편, 2016, 199쪽.

5 서사예술의 시나리오 창작을 연구한 결과물에 의하면 기존의 서사예술이 창작자 개인의 독창성에 의존해 오던 것이 컴퓨터 테크놀러지의 발달과 함께 서사창작 과정이 DB화, 규칙화, 패턴화, 추출화의 단계로 공식화할 수 있게 됨으로써 기존의 이야기들이 일정한 규칙에 따라 데이터로 구축되고 구축된 데이터베이스에서 패턴이 추출된 후 일정한 알고리즘에 따라 서사구조로 짜여가는 일련의 과정이 가능해진 것으로 보았다. 이용욱 외, 「게임 스토리텔링의 재미요소와 기제분석에 대한 기초연구」, 『인문콘텐츠』 18, 인문콘텐츠학회, 2010, 7-29쪽.

6 게임서사를 영웅서사와 이질적인 것만 비교해서 논의할 필요는 없다고 본다. 게임서사로 전환할 경우에 기본적인 서사에서 제시되지 않는 특정한 퀘스트를 다양하게 설정하거나 일정한 법칙을 만들 수 있고, 경우의 수를 많이 창조하여 N개의 서사를 존재하게 할 수 있다는 점도 가능하다고 하겠다. 한혜원 외, 「구조주의 서사이론에 기반한 MMORPG 퀘스트 분석」, 『한국콘텐츠학회논문지』, 한국콘텐츠학회, 2009, 143-150쪽.

수 없다. 이제 매체환경에 맞추어 다양한 게임 콘텐츠로 재가공하여 유통하고, 영웅소설의 가치를 다양하게 탐색해서 현대인들에게 새롭게 향유될 수 있게 만들어야 한다. 더욱이 디지털 기술이 발달할수록 전통 문화의 계승과 보존의 현실을 감안해 볼 때, 우리 이야기 문화를 원천자료로 한 다양한 콘텐츠를 개발하는 것이 절실히 필요하다. 따라서 두 매체의 서사를 비교하여 시나리오를 작성하는 작업이 필요하다. 영웅소설에서 창작 소재 및 시각적 이미지 자료를 추출하여 게임 시나리오로 만드는 작업의 일환으로 창작배경, 창작내용, 활용가치 등을 살펴볼 필요가 있다. 창작 소재로는 영웅소설의 작품별 줄거리, 활용된 다양한 모티프 등을 들 수 있고, 시각 자료로는 캐릭터, 판타지 공간, 사건 등의 흥미소를 찾아서 분석해 볼 필요가 있다.

영웅서사가 일방향적 담화방식이고 게임이 쌍방향적인 담화방식을 가지고 있다는 점에서 이용하는 방식은 다르다. 대체로 컴퓨터를 이용한 게임에는 스토리가 포함되어 있으며 게임의 종류에 따라 스토리의 복잡함과 구조의 정도는 달라지고 스토리의 중요성도 달라진다고 볼 때, 게임과 스토리는 공통의 원리를 가지고 있다고 볼 수 있다. 특히 문학과 영화에 기본적으로 나타난 공동의 스토리 형식이 존재한다고 하겠는데 영웅서사와 게임 시나리오가 여기에 해당된다고 할 수 있다.[7] 특히 영웅을 탄생시키기 위해 밟아가는 스토리의 진행절차와 순서를

---

7 영웅서사와 게임서사라는 두 매체 간의 변환은 단순한 하나의 소스를 옮기는 것이 아니라 각각의 매체가 지지고 있는 고유의 특성에 따라 원작을 미학적으로 재구성하는 작업이기 때문에 그 특성을 고려하여 스토리텔링 할 필요가 있다. 즉 문학 텍스트의 경우에는 인물의 내면에 대한 직접적인 진술이 가능하나 게임의 경우에는 특수한 영상이나 이미지를 통해서 상징적 의미의 표출과 시각성에 근거한 간접적 방식의 인물이나 사건을 표현한다는 데에 차이점이 있을 수 있다. 장성규, 앞의 논문, 205쪽.

볼 때 영웅서사와 게임서사의 인물창조는 물론, 주인공과 적대세력의 대결구도 그리고 감정이입에 따른 몰입성을 스토리텔링하는 것이 중요한 방법일 수 있다.

게임 시나리오 서사에서 주인공이 적대자를 물리치고 장애물을 제거하면서 고난과 고난해결, 목표설정과 달성과정의 반복 등을 보면 난이도에 따라 거듭하는 영웅서사의 구성과 흡사함을 발견할 수 있다. 물론 플레이어는 항상 고난을 해결하고 성공하는 것이 아니다. 그 반복의 과정 또한 플레이어마다 다르며 실패와 승리의 단계도 각각 다르다. 무엇보다 서사문학이나 게임 서사에서 중요한 것은 이야기에 내재된 흥미요소가 향유자들에게 감동과 공감과 보편적인 이해를 줄 수 있어야 한다. 따라서 다른 것과 차별화가 돋보이는 독창성이 확보된 시나리오가 구성되었을 때 비로소 소설이든 게임이든 상품가치가 높을 것이다. 무엇보다 소설이나 게임에서 스토리텔링[8]이 부실하면 콘텐츠로서 실패하기 때문에 두 장르가 가지고 있는 공통점으로 캐릭터의 영웅성, 사건의 몰입성, 배경의 환상성이란 관점에서 영웅소설의 구성요소를 게임 시나리오로 스토리텔링하는 것을 살펴보기로 한다.

2. 영웅과 게임 서사의 시나리오 스토리텔링 양상과 의미

서사문학과 게임 시나리오의 유사성은 게임 콘텐츠에 해당하는 서사

8 스토리텔링이야말로 각종 콘텐츠를 창조하는 기본 틀이자 텍스트가 되는 것이다. 그러므로 영웅소설에서 다양한 소재를 찾고, 또 가공하여 이를 게임으로 재가공할 때에 원천 서사를 게임 콘텐츠 매체에 맞는 시나리오로 각색하는 것이 중요하다 할 수 있다.

문학적 요소에서 확인된다. 그리고 그 차이는 과학기술의 발전에 따른 구현 매체의 차이에서 드러난다고 할 수 있다.[9] 서사문학에서 스토리는 선형적인 특성을 가지고 있지만 콘텐츠에서는 제작자의 손을 거치는 순간, 독자에게 전달된 스토리는 비선형적인 속성을 갖게 된다. 그러므로 선형적인 이야기와 비선형적인 이야기의 간극을 얼마만큼 통일성 있게 좁혀 가느냐에 따라 게임스토리텔링의 서사성은 좌우된다.[10] 게임과 영웅서사는 서사를 동반한 스릴과 서스펜스를 통해 이용자의 감각을 극도로 몰입하게 한다는 공통점이 있다. 이 두 장르가 발생되는 시간차이는 많이 있어도 현대인들에게 강도 높은 정서적 영향력을 지니고 있다는 점에서 시나리오에서 공통적인 요인을 찾아볼 수 있을 것이다. 서사문학이 이용자에게는 단순한 관찰자에 머물지만 게임은 행위자로 참여한다는 점에서 보면 서로 이질적인 매체인 것은 분명하다. 그러나 한편으로는 온라인 게임이나 영웅소설이 이용자에게 무엇인가 중

---

9 물론 유사점과 다른 차이점도 간과할 수는 없다. 게임 시나리오는 그 구현 매체가 지니는 시청각적 요소와 몰입성, 상호작용성으로 인하여 고전 서사물과 다른 특성을 보인다. 동영상과 3D의 기술혁신에 따른 시각과 청각을 자극하는 컴퓨터그래픽의 발전은 플레이어들의 게임 선택 선호도를 결정짓는 중요 변수가 된다. 입체적이고 사실적인 움직임과 음향 등을 갖출수록 게임의 생명력이 확보된다. 스토리를 구현하는 기술적인 환경이 플레이어의 관심을 끄는 것이다. 플레이어들은 종족과 주인공 캐릭터를 직접 선택하고 ID를 부여받아 자신이 선택한 캐릭터와 자신을 동일시하는 몰입과정을 체험한다. 캐릭터가 경험치와 능력치를 높여갈수록 플레이어 자신의 승리감과 만족도는 상승하고, 자신이 게임 시나리오를 만들어 간다는 착각에 빠지게 된다. 즉 게임 제작자가 여러 가지의 경우의 수를 마련하게 숨겨둔 과정을 탐색해갈 때마다 플레이어는 자신이 새로운 세계를 체험하고 그 세계를 만들어 가는 주체자라고 느끼게 된다. 신선희, 「고전 서사문학과 게임 시나리오」, 『고소설연구』 17, 한국고소설학회, 2004.

10 이재홍, 「문화원형을 활용한 게임스토리텔링 사례 연구」, 『한국문학과 예술』 7, 숭실대 한국문학과 예술연구소, 2011, 265쪽.

독성이 있다는 점에서 공통점을 찾을 수 있다.

서사란 하나 혹은 일련의 사건에 질서를 부여한 담론형식으로 인간이 세계를 이해하고 구성하는 매개로 작용한다. 허구 서사는 인간 삶의 다양한 경험을 이해 가능한 형식으로 변형함으로써 인간으로서 자신의 삶과 세계를 구성하고 타자와의 의미를 공유하도록 한다.[11] 그러므로 영웅 서사를 중심으로 시나리오를 스토리텔링 할 때 서사 구성은 서사적 환상을 요구한다. 이것은 인간이 겪는 경험적 사실의 부조화를 이해하기 위해 실재와 환상적 세계 간의 변증법적 관계를 모색하게 되는데, 두 매체가 지향하는 가치와 부합할 수 있다.

따라서 영웅 인물을 중심으로 펼쳐지는 영웅 서사의 구성요소를 분석하여 시나리오의 구성요소로 해체하고, 다음으로 이것으로써 다중 서사 경로를 가진 게임 시나리오가 만들어질 수 있도록 틀을 만들 필요가 있다. 우리의 영웅소설을 게임으로 재창작하는 데 있어서 무엇보다 중요한 것은 단선형의 시나리오를 다선형의 시나리오로 다변화시키는 것이다. 게이머들은 대체로 하나의 시나리오를 선택하여 게임화하기 때문인데, 여기에 따른 영웅소설은 몇 가지 유형의 게임 시나리오로 창작하는 것을 가정해 볼 수 있다.

제1유형: 영웅소설의 개별 작품이 갖는 일반적인 해석과 단선형 시나리오

제2유형: 영웅소설의 개별 작품을 재구성한 시나리오

제3유형: 두 가지 이상의 개별 작품을 합성하여 새롭게 재구성한 시나리오

---

11 김혜영, 「서사의 본질」, 『서사교육론』, 우한용 외, 동아시아, 2001, 91쪽.

제4유형: 영웅소설을 모티프 별로 차용하여 텍스톤적으로 변용한 다선형 시나리오

영웅소설은 이러한 몇 가지의 유형의 시나리오를 재창작하여 직접 게임 스토리텔링으로 활용할 수 있다. 이 중에서 어느 유형을 게임 맵으로 설정할 것인가는 창작자의 의도와 게이머들의 취향과 관심의 영역이라 하겠다. 대체로 제1유형이 가장 기본적인 것으로 원작에 충실한 단선형 시나리오를 통한 게임화 방법이며, 제4유형으로 갈수록 작가의 독창적인 맞춤형 게임 시나리오라 할 수 있다. 시나리오의 유형이 정해지면 시놉시스로 구성해서 기승전결에 따른 플롯의 조건이 어떻게 설정되어야 하고, 단계별로 인물과 사건이 어떠한 과정을 통해서 해결되어 가는가를 구성하는 것이 필요하다.

그리고, 시놉시스가 구성되면 영웅 서사를 단계별로 인물, 사건, 배경에 따라 시나리오의 틀을 만들어 간다. 영웅소설의 구성은 신화에서 계승하여 신화의 주인공인 '영웅의 일생',[12] 또는 'H-R-L-C'[13]라는 영웅을 중심으로 한 공통적 서사구조를 계승하고 있으므로 이러한 서사문학의 흐름으로 볼 때 신화와 영웅소설의 구조가 일정한 틀로 공존한다는 점에 주목하여 게임에서 주인공 캐릭터도 능력치의 확대를 통해 상승적인 과정을 밟아가는 구조로 설정해야 한다. 이처럼 인물의 일대기를 영웅 서사에 적용시켜 본다면[14] 비록 신화적 인물이 국가를 건국

---

12 조동일, 「영웅의 일생 그 문학사적 전개」, 『동아문화』 10, 서울대 동아문화연구소, 1971.

13 김열규, 「민담과 이조소설의 전기적 유형」, 『한국민속과 문학연구』, 일조각, 1975.

14 조동일(1971)은 신화적 주인공의 영웅의 일생을 서사무가, 영웅소설, 신소설에 이르기까지 광범위하게 살핀 다음 문학사적 계기성을 살핀 바 있다.

하는 확장의 삶으로 일관하고 있는 것과 달리 영웅 서사에서는 당대의 사회적 의미를 문제 삼고 있다는[15] 점에서 차이를 보이나 주인공이 일대기적 삶의 궤를 상승적으로 밟는다는 영웅 서사와 게임의 유사점을 발견할 수 있다.

게임의 서사구조[16]가 기존의 신화와 같은 중세문학의 서사구조를 활용하고 있음을 알 수 있다. 먼저 신화와 영웅서사에서 볼 수 있는 소재의 유사성, 유형성, 그리고 소재 간의 결합과 배열에서 확인되는 일정한 양식의 패턴에 주목해보면 두 장르 간에 영웅 서사에 대한 시나리오의 공유점도 찾아갈 수 있다.

일반적으로 영웅소설은 두 가지 방향으로 시나리오를 상정해 볼 수 있다. 하나는 〈적대자〉와 경쟁을 통한 영웅성 확보 라인인데 "절대선의 추구 → 영웅적 행위 → 반영웅의 반격에 따른 좌절 → 영웅의 재기 → 절대선의 승리"라는 도식을 따르고 있다.[17] 두 번째는 〈괴물퇴치〉의 라인인데 "추방 → 시련 → 괴물퇴치 → 보검획득 → 공주와의 결혼 (입공)"의 시나리오로[18] 조금의 차이를 보이지만 영웅이 추구하는 욕망의 구조

---

15 여기에서 신화적 주인공은 탁월한 주인공이 영웅화되면서 국가를 건국하는 확대지향적 삶을 보여주고 있는 것과는 달리, 영웅소설의 주인공은 탁월한 주인공이 영웅이 된 이후 다시 돌라와 자신이 겪었던 고난을 해결하고 자신의 욕망을 성취하는 것으로 형상화되어 당대의 사회적인 의미와 관련되고 있음을 살펴보았다. 안기수, 「영웅소설연구」, 중앙대 박사학위논문, 1995.

16 온라인 게임서사는 가상현실(VR)을 놀이의 형태로 재현하는 서사양식이라고 보기도 한다. 가상공간 속에서 실존하지 않는 이미지와 상호작용을 통해 자신의 이미지를 구체화시키고, 그 과정은 가상과 현실의 빗금을 지우는 몰입을 통해 이루어진다는 것이다. 이용욱, 『온라인 게임 스토리텔링의 서사시학』, 글누림, 2009, 41쪽.

17 이와 같은 시나리오를 따르는 〈유충렬전〉, 〈조웅전〉, 〈황운전〉 등 창작 영웅소설의 대부분이 여기에 해당된다.

18 여기에 해당되는 작품으로는 '지하국대적퇴치담'을 모티프로 가지고 있는 〈김원전〉, 〈금령전〉, 〈최고운전〉, 〈소대성전〉 등이 해당된다.

는 비슷하다고 볼 수 있다.

이러한 영웅의 욕망구조를 중심으로 한 중세 판타지 세계관은 게임 스토리텔링의 기반 서사와 퀘스트 스토리, 캐릭터 설정 등에 많은 영향을 끼치고 있는데 자연과 초자연의 공존이라는 이중구조를 설정하게 된다.[19] 영웅소설에 수용된 이러한 일대기의 물리적 시간 구조는 게임 시나리오로 변형시킬 경우, 비선형적 진행의 분산형 다중 플롯 구조로 만들어 이용자들의 선택권을 존중하고 다양한 서사 경험을 맛보게 해야 한다. 이러한 영웅 서사의 시나리오 변형기법을 예로 보면 '대적퇴치담'을 활용할 수 있을 것으로 본다. 영웅 서사의 전형적인 틀을 가장 잘 보여주고 있는 것은 세계적으로 분포된 '대적퇴치담'이라 할 수 있다. 일반적으로 우리의 고전 설화에 등장한 '대적퇴치담'은 납치된 공주를 영웅 주인공이 홀로 지하국으로 들어가 대적을 물리치고 공주를 구출한다는 공통적인 서사구조로 되어 있다. 예컨대, 지하국에 사는 대적 요괴에게 납치당한 공주를 영웅적 힘을 가진 인물이 구출함으로써 구출자와 공주가 혼인하는 구조를 가진다.[20]

이것은 '대적퇴치담'에서 주인공의 일대기적 선형 서사구조를 디지털 게임에서는 비선형 구조 내지 다중 플롯 구조로 해체하여 시나리오를 재구성할 때 호기심과 흥미를 끌 수 있는 게임으로 스토리텔링할 수 있다. '대적퇴치담'과 게임이 탐색을 통한 욕망의 성취라는 서사성을 공

---

19 〈반지의 제왕〉에서 보면, 공동의 적을 설정하고 여행을 통해 플레이어가 모험을 경험하도록 하기 위한 에피소드와 스토리 라인을 연결하고 전투, 이동, 우정의 활동들을 할 수 있도록 플레이어의 이동경로를 설정하고 제한적인 자원, 아이템을 획득하도록 설계되었다.

20 각 작품에 따라서는 구출자를 지하국으로 인도해주는 삼자가 등장하기도 하고, 또는 공주를 구한 구출자가 신하들에게 배신당하여 공주구출의 공을 빼앗기는 경우도 있지만 거의 공통적인 서사구조를 갖는다는 점에서는 어느 정도 정설로 인정하고 있다.

통으로 갖는다는 점에서 시나리오의 전환 가능성을 가지고 있다. 그리고 주인공이 지하국에 들어가서 요괴를 퇴치한다는 환상성의 설정은 영웅 서사와 게임 서사에서 형상화하고 있는 중요한 의미를 갖게 된다고 할 수 있다. 이러한 서사적 환상이 용인될 때, 독자들은 상상의 초월을 통한 욕망을 충족할 수 있다. 현실과 초현실적 세계의 상호교류를 통한 새로운 삶의 질서를 창조하게 되고 새로운 삶으로의 비전을 마련할 수 있는 것이다.[21] 따라서 서사적 환상이 작가의 상상력에 의해 의도적으로 생산되고, 비현실적인 세계에 또 하나의 리얼리티를 창출하는 심리작용으로 볼 수 있으므로 영웅 서사의 구조분석을 통해 다시 게임 시나리오로 스토리텔링을 하기 위한 중요한 서사 장치가 될 수 있다고 하겠다.

먼저, 게임 시나리오를 스토리텔링하기 위해서 '대적퇴치담'의 일반형 영웅 서사의 구조[22]를 살펴보기로 한다.

① 부와 권력을 가진 공주(여성)가 괴물에게 납치된다.
② 왕(아버지)이 재물과 딸을 현상금으로 걸고 용사를 찾는다.
③ 미천한 남성이 용사로 등장한다.
④ 용사가 부하와 함께 납치된 여성을 찾아 떠난다.
⑤ 용사가 괴물이 거처하는 지하국을 알아낸다.
⑥ 용사는 좁은 문을 통해 지하국에 도착한다.
⑦ 용사가 물을 길러 나온 여성의 물동이에 나뭇잎을 뿌려 구원자가 왔음을 알린다.

---

21 선주원, 「서사적 환상의 내용 구현 방식과 서사교육」, 『청람어문교육』 35, 청람어문학회, 2007, 205쪽.

22 '지하국대적퇴치담'은 전국적으로 분포된 이야기로 유사한 서사구조로 되었다. 본고의 대상 작품은 한국정신문화연구원에서 간행한 『한국구비문학대계』, 1979-1988, 82책에 수록된 이야기 중에서 일반형 서사구조를 제시하고자 한다.

⑧ 용사가 납치된 여성의 도움으로 괴물의 집 대문을 통과한다.
⑨ 공주(여성)가 용사의 힘을 시험하기 위해 바위를 들게 하였으나, 용사는 실패한다.
⑩ 공주(여성)가 용사에게 힘내는 물을 먹인다.
⑪ 공주(여성)의 지혜로 괴물을 죽인다.
⑫ 용사가 납치된 사람을 구하나 부하들이 용사만 지하에 남겨둔 채 공주(여성)를 가로챈다.
⑬ 용사가 조력자의 도움을 받고 지상으로 나온다.
⑭ 용사가 부하들을 모두 처벌하고 구출된 공주(여성)와 혼인하여 잘 산다.

'대적퇴치담'은 지하계로 공주납치 → 구출용사 등장 → 동굴탐색 → 요괴와의 싸움 → 공주구출 → 지상세계로의 귀환 등으로 통시적 탐색담이 구조화되어 있다. 이 이야기는 한 편의 설화구조이지만 후대의 영웅소설로 이행과정을 거치면서 서사의 폭이 확장되고 당시대의 시대상과 사회적 욕망이 첨가되면서 서사 세계가 넓어지고 있음을 보여주고 있다. 특히 '대적퇴치담'은 우리 옛이야기의 대표적인 탐색담으로써 주인공이 동굴 안으로 위험한 모험을 떠나 공주를 찾는다는 서사구조를 가지며, 영웅소설에 한정되어 여러 편에 걸쳐 다양한 서사로 수용되고 있다. 따라서 각 작품을 같은 유형으로 통합한 다음, 이를 게임으로의 가능성을 살펴볼 필요가 있다. 주인공의 삶은 '집 떠남 – 시련 – 만남'이 거듭되는 복합적 서사구조를 가지고 게임 시나리오를 스토리텔링하는 데 매우 유용한 자료가 될 수 있다. 주인공의 시련은 현실로부터 오는 시련이자, 영웅적 능력을 발휘해야만 극복할 수 있는 기회 공간이기도 하다. 따라서 기회 공간이 되는 지하 공간이 영웅능력을 발휘해야 하는 시험대가 되는 것이다. 이는 여타의 영웅소설이 전쟁터에 출정하여 군담을 통해서

영웅화되어 가는 과정과 일치한다.[23]

따라서 게임 서사는 현실과 가상세계를 넘나드는 환상성이 중심을 이룬 만큼, 풍부한 문학적 상상력이 디지털 스토리텔링 기법으로 녹아 들어야 감동과 흥미를 줄 수 있다. 온라인 게임의 이야기 방식이 가진 특징은 전달자와 수용자의 뚜렷한 구분이 없다는 것, 즉 상호작용을 통한 이야기 만들어 가기라는 점이다.[24] 게임 서사는 일반적으로 사건의 인과성과 시간의 연속성에 의해 발전해 나간다. 가상공간에 어떠한 사건을 어떻게 배치하고, 연결시켜 나가느냐에 따라 게임은 달라지기 때문이다. 게임에서 발생되는 사건은 스토리 내부에서 일직선으로 진행되기도 하고, 사슬처럼 연결고리로 이어져서 진행되기도 하고, 엉킨 실타래처럼 숱하게 중첩되어 진행되기도 한다. 이와 같은 사건의 진행은 주제와의 통일성을 배려하여 서사적인 연속성으로 유지되는데 내러티브의 근간을 이루는 큰 줄기의 사건은 미션의 골격을 갖추며 메인 스토리를 주도한다.

또한 시나리오를 창작하는 데 있어 영웅서사와 게임에서 중요하게 여긴 것은 긴장감을 어떻게 스토리텔링 할 것인가에 있다. 특히 긴장은 게임의 문학적 속성인 서사로부터 촉발된다.[25] 게임의 기본 서사구조는 발단 단계에서 시작되어 진행 단계를 거치고 결과단계로 이어진다. 기

---

23 온라인 게임은 드라마나 소설처럼 관찰자의 시점이 아니라 행위자의 시점으로 전쟁이 치러진다는 점에서 훨씬 강도 높은 정서적 영향력을 지니고 있다. 예컨대, 현대인의 삶이 권태와 정체된 것이라면 게임의 시계는 긴장과 속도감으로 무장되어 있다는 점에서 게임이 더욱 확장성을 가지고 있다고 할 수 있다. 정여울, 「온라인 게임의 전쟁코드, 그 문화적 의미」, 『동양정치사상사』 5(2), 한국동양정치사상사학회, 2006, 172쪽.

24 박동숙, 「커뮤니케이션 현상으로서의 온라인 게임 연구를 위한 소고」, 『사회과학연구논총』 1(4), 이화여자대학교 사회과학연구소, 2000, 93쪽.

25 Andrew Darley, 『디지털 시대의 영상문화』, 김주환 옮김, 현실문화연구, 2003, 197쪽.

본적인 서사의 틀 안에 회피와 수락의 조건이 따르는 규칙들에 의해 승리나 패배가 부여되는 패턴은 게임 서사가 기지는 구조적인 특징이다. 내러티브의 개입이 약한 보드게임, 슈팅게임, 액션게임 등의 경우는 대개 '기-승-전-결'의 4단계 서술구조를 갖게 된다. 기는 주인공이 등장하여 스토리를 이끌어가는 과정이다. 그리고 사건이 시작되고, 주인공 캐릭터가 등장되고, 갈등이 시작되는 시점이며, 동기가 발생하는 과정이다. 작가의 이야기는 선형적인 속성을 가지고 있지만 제작자의 손을 거치는 순간, 독자들에게 전달되는 이야기는 비선형적인 속성을 갖게 된다. 선형적인 서사 이야기와 비선형적인 게임 이야기의 간극을 얼마만큼 통일성 있게 좁혀 가느냐에 따라 게임 스토리텔링의 서사성은 좌우된다.

긴장감을 시나리오로 스토리텔링하는 데 중요한 또 하나는 경쟁의 설정이다. 게임에 적용할 수 있는 경쟁 요소는 어드벤처 장르의 게임에서 두드러지게 나타난다. 모든 어드벤처 게임은 싸워야 하는 대상인 적대자가 존재하게 된다. 그 적대자는 플레이어가 퀘스트를 푸는 것을 방해하기도 하고 때로는 그 자체가 직접 퀘스트로 분하기도 하며 플레이어의 골을 향한 행위를 저지한다. 플레이어는 그의 액션을 방해하는 위협적인 캐릭터인 안타고니스트와 대결, 경쟁을 통해 목적을 성취해 나간다.[26]

소설, 게임, 영화 등 서사를 바탕으로 한 콘텐츠에서 공통적으로 나타나는 현상이 작품 내적인 캐릭터들의 사건을 통한 경쟁이라 할 수 있다. 모든 인류는 남/녀, 상/하, 좌/우, 높음/낮음, 빠름/늦음 등과 같은 이항 대립적인 특징을 가지고 있다. 그리고 이와 같은 대립의 요소

26 이동은, 앞의 논문(2007), 304쪽.

들은 독자적으로 존립하기보다는 서로 충돌하고 접합하면서 새로운 의미나 양상을 만들어낸다. 양극의 간격이 크면 클수록 대립의 깊이는 깊어지고, 더 많은 갈등과 긴장을 불러일으키게 되는데 그것이 바로 경쟁이다. 그리고 그 갈등으로 인한 경쟁은 가장 보편적인 게임 형식임과 동시에 고전적인 스토리의 기본형식이 그 사건을 해결해 가는 과정을 미스테리하게 구성하는 것이 대부분인데 주인공은 혹은 플레이어는 치밀하게 짜여진 퍼즐식의 함정과 퀘스트들을 풀면서 사건의 원인과 사건의 진실에 한 걸음 더 가까워진다.[27]

이때에 영웅서사의 긴장감과 경쟁을 게임의 퀘스트나 돌발 서사로 스토리텔링할 경우 유용하게 활용될 수 있는 서사구조를 창조할 필요가 있다. 예컨대 주인공과 적대자의 대립구도 속에 희비가 엇갈리는 욕망의 서사구조를 스펙터클하게 만들어야 한다. 예컨대 주인공의 욕망–좌절–죽을 위기–조력자의 등장–영웅능력 함양–대결–승리 등이 극적인 서스펜스를 연출할 수 있는 드라마적인 구조를 가지고 있음으로 인하여 영웅서사의 게임스토리텔링으로 전환이 가능하다고 할 수 있다. 이처럼 영웅소설의 서사구조와 게임의 서사구조가 연장선상에서 유사한 서사구조로 볼 때,[28] 게임 시나리오 스토리텔링은 문학적 서사를 활용한 게임의 상호작용성 내러티브에 활용될 수 있음을 의미한다. 이것은 사용자의 엔터테인먼트를 충족시켜주기 위해 이미 존재하는 이야기나 새롭게 창작된

---

27 이동은, 앞의 논문(2007), 304–305쪽.

28 영웅서사가 게임 같은 영화서사에도 유사한 시나리오의 구도를 보여주고 있다. 〈어메이징 스파이더맨〉 등에서 보면 강력한 영웅과 그에 못지않은 강력한 악인 사이의 대결구도에 흥미를 느끼고, 악인이 영웅을 핍박하는 과정을 보며 긴장하다가 결국 영웅이 악인을 물리치고 정의를 회복한다는 플롯의 구도가 유사함을 볼 수 있다. 게임 스토리텔링도 이와 비슷한 영웅서사 방법을 스토리텔링으로 활용하고 있다.

이야기를 담화형식으로 창작하는 행위라고 정의할 수 있다.[29] 즉, 기-승-전-결 구조로 작성하여 스토리텔링을 연구도표 형식으로 작성하여 게임 시나리오 스토리텔링으로 변환할 수 있을 것으로 본다.

3. 영웅과 게임 시나리오의 스토리텔링 양상과 의미

우선적으로 두 매체 간에 스토리텔링의 양상을 이해하기 위해서는 영웅소설의 스토리 형식과 내용이 게임 시나리오에서 어떠한 양상으로 수용되어 새롭게 생산, 제작되고 있는가를 살펴볼 필요가 있다.[30] 한국을 게임스토리 배경으로 하여 만들어진 게임들이 많이 나온 것을 보면 전략 시뮬레이션 장르가 지배적이며, 한국의 역사와 역사 속의 영웅 이야기를 토대로 한 것이 특징이다.[31] 온라인상에서 게임 스토리텔링은 스토리텔러가 만든 기본 스토리를 바탕으로 사용자의 주관적인 의지에 따라 다양하게 변화한다. 특히 아케이드 게임이나 PC용 패키지 게임과는 달리 온라인 게임의 경우 주된 스토리를 바탕으로 하며, 사용자의 플레이를 바탕으로 여러 가지 이야기 구조가 만들어진다.[32]

---

29 이재홍, 「게임 스토리텔링 연구」, 숭실대 박사학위논문, 2009.

30 이는 한국 고전서사문학, 나아가 한국의 역사와 문화가 디지털 매체의 여러 장르와 연계되는 특성을 보여주고 있다. 우리나라의 역사와 인물, 그리고 지형지물과 문화를 소재로 한 시나리오를 보면, 〈巨商〉, 〈충무공전〉, 〈충무공전2〉, 〈태조왕건〉, 〈천년의 신화〉, 〈장보고전〉, 〈바람의 나라〉 등을 들 수 있다.

31 이점은 〈스타크래프트〉, 〈워크래프트〉 등으로 대변되는 전략 시뮬레이션 게임이 우주 공간의 행성 또는 중세적인 판타지 공간에서 펼쳐가는 가상전쟁으로 지역, 종족, 주변 환경 등이 모두 허구로 이루어진 점과 크게 다르다.

32 조석봉, 앞의 논문(2016), 257쪽.

한편 게임 시나리오는 일반 드라마, 영화, 애니메이션처럼 관객이나 일반인에게 작가의 의도가 일방적으로 보여지는 것이 아니라, 오히려 플레이어들의 시나리오 참여를 유도하며 상호작용 즉, 인터렉티비티가 요구되는 장르이다. 플레이어들의 선택에 따라 여러 개의 시나리오가 생성되기 때문에 플레이어들은 기본 시나리오만을 게임 시나리오 작가나 기획자가 만드는 것이라는 생각을 하기 쉽다. 그러나 게임 시나리오는 기본 시나리오에 다양한 변수가 나무뿌리(mission tree)처럼 형성된 고난도의 제작 테크닉을 필요로 한다.[33]

사용자가 게임을 하면서 감동하고 흥분하는 요인은 컴퓨터의 기계적이고 기술적인 설계에서 자극되는 것이 아니며, 스토리의 서사적이고 서정적인 설계에서 유발되는 것이다. 즉 스펙터클이 중심이 되는 그래픽적 예술성과 모니터에서 재현되는 프로그래밍적인 상호작용적인 기술들은 게임의 내용과 주제를 메시지로 전달하는 기술에 불과하다는 의미이다. 정작 사용자들이 감동하고 몰립하는 것은 스토리텔링에 의해 하나하나 제시되는 서사적인 요소에 젖어드는 감동에 있다.[34] 이에 영웅소설의 서사성을 어떻게 시나리오로 스토리텔링할 것인가를 서사 요소별로 살펴볼 필요가 있다.[35]

---

33 신선희, 앞의 논문(2004), 77쪽.

34 이재홍, 「구비문학을 활용한 게임의 인문학적 상상력에 관한 고찰」, 『디지털정책연구』 10(2), 한국디지털정책학회, 2012, 282-283쪽.

35 물론 게임에서는 틀에 짜여진 시나리오보다 장르에 따라 다른 양상을 띤다. 예를 들면, RPG장르 외의 게임 장르에서는 역할과 성격이 거의 유사한 캐릭터가 등장하기 때문에 한 장르의 게임을 경험한 플레이어들은 시나리오의 서사적 내용이 궁금한 것이 아니라 빠르게 자신의 능력치를 높여 영토를 확보하고 다른 지역으로 이동하느냐에 관심을 둔다. 즉 기존 서사문학에서 중요시되는 사건과 갈등, 인물의 성격보다는 캐릭터, 몬스터, 아이템, 유닛의 개별적인 능력치에 더 큰 관심을 둔다.

이처럼 게임에서 시나리오는 플레이어들에게 필수적인 요건이 아니라 부차적인 요소로 인지될 수 있지만 캐릭터의 영웅성, 사건의 몰입성, 배경의 환상성 등을 게임 시나리오에서 중요한 요소로 살펴보기로 한다.

1) 영웅성 확장을 통한 능력의 극대화

영웅 서사나 게임 시나리오에서 주인공의 영웅성을 만들어내는 캐릭터 창조는 매우 중요한 형상화 방법을 필요로 한다. 작품에 따라 잘 만들어진 캐릭터는 작품 간에 차별성을 가져오는 중요한 요소가 되고, 작품에 충실한 캐릭터는 예술적 가치를 드러냄으로써 상업화가 가능하기 때문이다. 일반적으로 캐릭터를 중심으로 한 게임 스토리텔링에서는 사건과 배경이 캐릭터를 중심으로 상호작용하면서 만들어진다는 점에서 수십 개의 캐릭터가 제시되며,[36] 이들은 모두 다른 세계관과 그에 따른 특수한 능력치를 지닌다. 캐릭터가 지향하는 각각의 세계관에 따라 게임 서사에서 추구하는 목적이 다르게 변용될 수 있어서 스토리가 어떻게 다양하게 전개될 것인지는 예측하기 어렵다. 영웅 서사와 달리 게임에서 캐릭터는 특성화된 인물들, 의인화된 동식물들, 움직이는 기계장치 등도 포함하여 게임의 진행을 이루어 나가는 데 보여진 동적 이미지 등은 모두 캐릭터로 지칭할 수 있다.

영웅서사에서 가장 중심에 있는 영웅 인물은 주인공이기에 영웅성 확장을 통한 욕망구조가 어떻게 극대화되고 있는가를 살펴볼 필요가

---

36 영웅소설에는 영웅을 중심으로 한 수많은 캐릭터가 등장한다. 우리의 일상에서 상식이 통하는 인물부터 초자연적인 세계에 존재하는 마법사, 마녀, 현자, 신성한 인물, 신성한 동물 등과 같은 캐릭터들을 말한다. 이러한 캐릭터들은 영웅소설을 더욱 판타지로 만든다.

있다. 대체로 영웅은 탄생 과정부터 비범성을 부여받았고, 성격창조부터 로망스적인 신화적 인물 창조의 형태와 유사하게 스토리텔링되고 있다. 영웅은 탄생뿐만 아니라 전 생애에 걸쳐 신명의 음조가 뒤따르는 것이 일반적이다. 이러한 현상을 보면 조선 시대 사람들은 영웅이 노력과 배움을 통해 창조될 수도 있지만 생래적으로 타고난 인물이라는 이미지를 제시하고 있다. 따라서 영웅소설의 주인공을 형상화한 방법을 보면 과학적으로 증명할 수도 없고, 논리적으로 설명할 수 없는 범인과 비교할 수 없는 탁월성과 신통한 영웅상으로 극대화하여 스토리텔링하고 있다.

영웅서사에서 사건은 주인공이 감당하기에는 힘겨운 목표를 부여하고 장시간의 긴장과 몰입과정을 통해 게이머가 이를 해소해가는 기대감을 주게 된다. 이처럼 사건을 풀어가는 방식과 해결양상, 그리고 닫힌 엔딩구조를 갖는 형식을 가진 게임 요소는 일정하게 영웅소설의 영웅 서사와 융합할 가능성을 보여주는 것이다. 그러므로 영웅소설에서 주인공을 형상화하는 방법을 적극적으로 활용한다면 이상적인 영웅 캐릭터가 만들어질 수 있다고 본다. 영웅 캐릭터를 활용한 이야기는 다양해서 캐릭터를 유형화할 수 있으며, 또한 판타지적인 사건을 사이버 공간에 창조해 낼 수 있다. 영웅소설의 캐릭터를 게임 콘텐츠로 활용할 경우, 작품에 등장하는 다양한 캐릭터도 그 속성이나 성격적 특성을 변형하여 새로운 게임에 맞는 분위기로 캐릭터를 창출할 수 있다. 있는 그대로의 캐릭터가 아닌 정서나 분위기를 통한 인문학적 상상력을 바탕으로 현대적으로 재해석할 수 있을 것이다.[37]

대부분의 롤플레잉 게임은 각각의 캐릭터마다 고유한 세계관을 부여

---

37 양민정, 「디지털 콘텐츠 개발을 위한 고전소설의 활용방안 시론」, 『외국문학연구』 19, 한국외대 외국문학연구소, 2005, 239쪽.

하고 이를 토대로 하여 디테일한 능력치와 외모, 특수 기능 등을 창작하고 있다. 이것은 캐릭터가 단순한 퀘스트 수행에 머무는 존재가 아니고, 유저들의 자아 정체성을 반영해주는 중요한 존재가 되고, 캐릭터에게 특수한 능력치를 부여하면서 성장해가는 과정에 영웅성 확장을 통해 몰입을 극대화하기 때문이다. 게임에서 주어진 캐릭터는 직업군에 따라 다르고, 성장하면서 능력치의 성장과 유저가 선택한 캐릭터 간의 상호작용에 따라 얼마든지 변수가 일어날 수도 있는 가변성을 가지고 있다. 일반적인 콘솔게임에서 보면 외모와 액션을 통해서 캐릭터를 구축한다. 롤플레잉 게임에 등장하는 캐릭터들은 만들어지는 캐릭터들이라 할 수 있다. RPG에서는 대개 게임을 시작하기 전에 자신의 캐릭터를 만든다. 플레이어는 종족과 직업을 선택하고 힘, 지능, 민첩성 등 다양한 능력치를 조절해 자신만의 캐릭터를 만들 수 있다. 이렇게 완성된 캐릭터의 성격적 특성과 행동 양태에 의해 다양한 형태로 표출되는데 이러한 성격적 특성과 행동 양태의 시각적 조형 이미지는 성장하는 모습으로 그 영웅성을 확장시켜 나갈 수 있다.

일반적으로 게임 캐릭터는 상업적 캐릭터와 그 의미를 조금 다르게 부여한다. 게임 캐릭터는 표현방법에 있어서 많은 컴퓨터의 기술력이 발전하므로 인하여 점점 유저들이 요구하는 시각적인 요소가 확대되어 가고 있는 실정이다. 그러므로 게임 스토리텔링에 있어서 시각적 표현이 게임 캐릭터의 조형성과도 연관을 갖는다.[38] 그리고 창조적이고 풍부한 스토리를 가진 영웅 캐릭터는 플레이어들이 게임에 몰입할 수 있게 한다. 특히 게임에서 캐릭터 창조는 다른 서사 장르의 인물 창조 방

38 오현주, 「게임 캐릭터의 조형성에 관한 연구」, 『한국콘텐츠학회 2004 추계종합학술대회 논문집』 2(2), 한국콘텐츠학회, 109쪽.

식과 다르다. 소설처럼 서술과 묘사를 통해 성격을 창조하고, 영화처럼 배우의 연기를 통해서, 만화처럼 그림으로 이루어지는 것이 아니라, 컴퓨터 그래픽 디자이너, 프로그래머와 애니메이터, 패션, 헤어스타일리스트까지 합동으로 캐릭터의 역할과 성격을 창조하여 생명력을 불어넣어 주어야 하며, 게임의 종류에 따라 게임의 특성에 맞는 시나리오 작성 방법을 따라야 한다. 이처럼 게임 시나리오에서 서사문학과 다른 문화 장르와 연계는 필수적이며, 컨텐츠 구성과 테크놀로지의 상보성은 빛과 그림자처럼 친밀하고도 강렬하다고 할 수 있다.[39] 특히 멀티미디어 기술의 한계를 뛰어넘는 상세하고 현실감 있게 묘사된 캐릭터들은 게임의 유저들에게 몰입을 극대화해 줄 수 있다.

특히 게임에서 주인공인 메인 캐릭터는 스토리의 중심에 있으므로 메인 캐릭터가 자신의 역할을 수행하면서 게임플레이를 이끌어나가는 것이 연결되어 스토리 라인을 구성하게 된다. 또한 메인 캐릭터는 목표를 위해 배경 스토리에서 정해진 행동의 제한을 받으며 주어지는 사건을 해결해 나가며, 메인 캐릭터를 행동을 방해하는 적대자에 의해 대립 구도가 구성되면 메인 캐릭터가 목표의식을 갖고 더 강렬하게 움직이게 하는 요소가 된다.[40] 영웅소설에서 메인 캐릭터는 무엇보다 영웅성을 발휘하는 주인공은 스토리의 중심에 있는 인물이다. 메인 캐릭터는 자신의 역할을 수행하면서 게임 플레이를 이끌어 나가는 것이 연결되어 스토리 라인을 구성하게 된다. 또한 메인 캐릭터는 목표를 위해 배경 스토리에서 정해진 행동의 제한을 받아 주어진 사건을 해결해 나가며, 메인

---

39 신선희, 앞의 논문(2004), 77쪽.

40 김미진 외, 「캐릭터 중심 관점에서 본 게임 스토리텔링 시스템」, 『한국콘텐츠학회 2005 추계종합학술대회 논문집』 3(2), 한국콘텐츠학회, 417쪽.

캐릭터의 행동을 방해하는 적대자에 의해 대립 구도가 구성되면 메인 캐릭터가 목표의식을 갖고 더 강렬하게 움직이게 하는 요소가 된다.[41]

텍스트로 존재하는 영웅소설과 달리 게임에서는 창조적인 영웅 캐릭터가 필요하다. 풍부한 스토리를 가지거나 멀티미디어 기술의 한계를 뛰어넘은 상세하고 현실감 있게 묘사된 캐릭터들은 게임에 몰입하게 해 주는 큰 역할을 하기 때문이다. 여러 가지 게임 장르 중에서 가장 스토리 중심적인 RPG 게임 장르에서 캐릭터는 다양한 종족과 직업군별로 나누어지고 게이머가 선택한 캐릭터에 따른 인터렉션에 의해 서로 다른 이야기 흐름을 전개하는 주체이므로 게임 스토리텔링의 중심요소라 할 수 있다. 많은 온라인 게임의 캐릭터는 레벨을 높이는 방법으로 영웅성을 극대화해 나간다. 게임 세계에서 신분이 점점 상승하며, 최고 레벨이 되었을 경우 "영웅", "최고의 기사" 등의 칭호를 받게 된다. 영웅소설에서 영웅성을 극대화하기 위한 방법으로 영웅 캐릭터에 대한 외형 묘사를 살펴보기로 한다. 먼저 영웅 인물의 형상화는 인체의 부위별로 외형을 묘사해 줌으로써 캐릭터를 통한 영웅상을 최고의 캐릭터로 상상할 수 있게 하였다.

영웅소설에 형상화된 영웅 캐릭터의 부위별 외형묘사를 살펴보면 다음과 같다.

부위별	외형묘사
얼굴	비범함, 학, 용, 용의 얼굴, 옥같음, 선동같음, 용안, 형산백옥, 제비턱, 산천정기어림, 백설 같은, 달 같은 귀밑, 진주같음, 범의 머리, 표범

41 김미진 외, 앞의 논문, 417쪽.

몸통	명월같이 넓음, 천지조화품수, 대장성이 박힘, 검은 점이 칠성을 응함, 붉은점 일곱, 눈썹은 와잠미, 입은 단사, 코는 높음, 수염은 흰털이 섞임, 산이 선 듯, 이리허리, 북두칠성 박힘, 잔납의 팔, 기골장대, 팔척, 구척, 칠척, 여덟 검은 점, 곰의 등, 삼태성 박힘, 이십팔수 흑점, 일곱 점, 두 줄로 박힘, 산천정기, 품수, 봉안, 일월광채, 새별, 봉목, 효성쌍안, 벽안, 용안, 두목지, 태을선관, 영웅호걸, 온화함, 늠름함, 만고영웅상, 용의기상, 준수함, 준일함, 장군기상
음성	웅장함, 종고울림, 북소리, 뇌성, 쇠북소리, 성같음, 낭낭함, 단산봉황, 뇌성같음

위의 분석에 나타난 영웅 인물의 안면, 몸통, 음성 등의 특징을 종합해 보면 얼굴은 새별같은 봉의 눈과 범의 머리 그리고 일월정기를 품수한 미간과 방원한 턱을 가진 관옥같이 잘생긴 용의 얼굴이다. 몸매는 곰의 등과 이리의 허리 그리고 잔납이의 팔을 가진 장대하고 웅위한 골격을 지녔을 뿐만 아니라 백설같은 피부와 쇠북을 울리는 듯한 웅장한 목소리 그리고 천지조화와 산천정기 등을 품수한 가슴마저 지닌 모습이다. 머리는 표두이고, 눈은 봉의 눈, 팔은 잔납이의 팔, 팔은 팔구척, 음성은 종고를 울리는 인물로서 상당히 험악하고 위엄이 넘치며 우락부락한 최고 영웅상의 모습을 연상케 된다.

이러한 모습에서 풍기는 전반적인 인상은 준수한 만고영웅의 기상과 선풍도골(仙風道骨)의 아름다운 풍채를 지닌 천신이 하강한듯한 모습, 즉 남주인공은 훤칠한 키에 당당한 몸매를 지닌 아주 잘생긴 미남자이자 천하 기남자의 모습을 지녔다고 할 수 있다. 집중적인 묘사의 순위는 전반적인 인상을 보여주는 종합적인 평가–풍채–기상, 그리고 부위별로는 얼굴–눈–음성–기골–머리–허리–팔–등–미간–골격–가슴–턱–귀–미우(이마)–어깨–배–수염–눈썹–이빨–몸 등의 순서로 묘사되어 있다. 외형묘사에 주로 사용된 비유의 대상에서 인물은 두목지, 이적선, 적송자, 반악, 옥당선관, 관장, 초왕이며, 동물로는 봉, 용, 학, 백호, 기린, 제비이고, 기타 천신, 형산백옥, 명월, 태산 등으로 다양하게 형상화하고 있다.

이러한 주인공의 외형묘사를 영웅소설에 수용된 〈요괴퇴치담〉을 중심으로 영웅상의 극대화 장면을 살펴보면 다음과 같다.

작품	캐릭터	캐릭터 묘사
요괴 캐릭터의 형상	요괴	오래된 금돼지로 풍우를 부를 수 있는 동물 키가 십장이고, 몸이 집채만하고, 대풍과 운무를 부를 수 있는 동물
		사슴 가죽을 몸에 붙이면 즉사하는 동물 대적의 목에 재를 뿌리면 즉사하는 동물
〈대적퇴치이야기〉	요괴	집채만한 거물
	영웅	용사, 신물을 먹고 탁월한 힘을 발휘한 인물
〈금령전〉	요괴	머리가 아홉 개가 달리고, 금터럭 돋힌 고이한 짐승 황금같은 터럭이 돋친 아귀
	영웅	해룡은 동해 용왕의 아들
〈홍길동전〉	요괴	해괴한 동물
	영웅	도술에 의해 둔갑술에 능한 인물

〈금령전〉의 캐릭터는 금령과 해룡, 그리고 요괴의 인물을 중심으로 스토리텔링되고 있음을 볼 수 있다. 금령은 알로 태어났고 더구나 16년 동안을 그 속에서 지내야 하는 모진 시련을 감내해야 했지만, 반면에 해룡이 갖지 못한 비범한 영웅적 능력을 부여받았다. 즉 청의 선관에게 하루에 천리를 간다는 부채를, 백의 선관은 바람과 안개를 마음대로 부를 수 있는 홍선을, 흑의 선관에게 무한한 힘을, 그리고 홍의선관에게 춘하추동을 조절할 수 있는 힘을 제공받은 인물로 스토리텔링되었다. 이처럼 금령은 청의, 홍의, 백의, 흑의, 황의 신선으로부터 차용한 능력을 가진 해괴한 방울의 형태인 변화무쌍한 영웅 캐릭터로 극대화되어

스토리텔링 하고 있다.

여기에서 영웅은 신이한 태몽과 몽조 및 사마귀 칠성이라는 신성한 징표를 가지고 태어나 신성한 능력을 가진 비범한 존재로 스토리텔링 되고 있다. 또한 요괴의 정체는 금돼지로 되었는데 이 금돼지는 본래 여러 천년을 산중에 오래 있어서 득도하였으며, 사람의 모습을 쓰고 변화가 무궁한 요괴로 형상화하고 있다. 즉 산에 오래 살며 도를 닦는 결과 사람과 같은 모습을 지니게 된 짐승으로 묘사되고 있다. 또한 요괴는 오랜 금돼지로 키가 십장이고, 몸이 집채만하고 대풍과 운무를 부를 수 있는 동물 캐릭터로 극대화되어 있다. 그러나 결국 요괴는 피를 토해 쇠약해지며, 결국 도술의 능력을 가진 주인공에 의해 격퇴된 캐릭터로 퇴출되고 있다. 여기에서 주인공의 도술은 범인들이 해낼 수 없는 능력을 도술가는 보여줄 수 있다고 생각하기 때문에 가능했고, 사람들은 도술가의 초인적인 능력을 상상해 봄으로써 현실에서 이룰 수 없는 꿈을 만족시켜준다는 점에서 초인적 영웅 캐릭터의 도술적 형상화 방법이 개연성과 설득력을 갖게 해 준 것이라 하겠다.

2) 사건의 단계적 확장을 통한 몰입성

소설이나 게임에서 사건은 인물의 행위라 할 수 있다. 이는 인물이 세계와 갈등하고 대립하며 진행된다. 사건은 영웅소설의 서사방식과 디지털 게임스토리텔링이 조우할 수 있는 가능성을 가장 많이 가지고 있다. 영웅소설은 텍스톤으로 전환이 쉽게 일어날 수 있는 서사적 요건들이 많이 있기 때문이다. 특히 영웅소설은 주인공이 해결해야 할 과제가 늘 사건을 통해서 등장한다. 게임은 소설에서 형상화된 하나의 사건이 가지고 있는 스토리 밸류가 있다면 서브 플롯을 통해 사건을 세분화하거나 스테이지를 확장시켜 더욱 흥미를 배가시켜 게이머들을 몰입시킬 수 있다. 또한, 주인공과 대립하는 세계도 역시 인물로 표현될 수 있다. 게임 서사는 일반적으로 사건의 인과성과 시간의 연속성에 의해 발전해 나간다. 가상공간에 어떠한 사건을 어떻게 배치하고, 어떻게 연결시키느냐에 따라서 게임은 달라진다. 게임에서 발생되는 사건은 스토리 내부에서 일직선으로 진행되기도 하고, 사슬처럼 연결고리로 이어져서 진행되기도 하고, 엉킨 실타래처럼 숱하게 중첩되어 속도감[42] 있게 진행되기도 한다.

이와 같은 사건의 속도감 있는 진행은 주제와의 통일성을 배려하여 서사적인 연속성으로 유지되는데 내러티브의 근간을 이루는 큰 줄기의 사건은 미션의 골격을 갖추며 메인 스토리를 주도하게 된다. 그러므로 이용자가 사건에 몰입하도록 사건의 리스트를 작성할 필요가 있다. 사건 리스트의 작성은 게임의 전체적인 시나리오를 구체화시키는 작업이다. 창의적인 발상으로 이야기를 생산하는 초기의 단계만큼 계기성에 중심을 둔 섬세한 스토리텔링이 필요하다. 사건1-사건2-사건3-사건n의 방식으로 사건이 주제에 벗어나지 않으면서 영웅 서사의 사건들을 연쇄적으로 배치함으로써 속도감 있는 사건의 연쇄적인 창조와 배치는 게임 시나리오를 촘촘하고 체계적으로 구성하거나 사용자를 몰입하게 해준다.

〈조웅전〉을 중심으로 단계별 사건의 시나리오를 보면 다음과 같다.

---

42 문자 텍스트와 온라인 게임의 차이점은 사고의 속도라고 할 수 있다. 문자 텍스트를 읽는 독자는 몰입과 이완의 완급을 조절할 수 있지만 온라인 게임은 몰입 효과가 극대화되어 있기에 이용자가 자제력을 발휘하기가 어렵다.

단계	전투명	등장인물	능력치(레벨)
1	도적의 난과 전투	도적의 침입과 소수 마을	20
2	위국의 전투	위국의 병사와 장수 등장	30
3	번국의 전투	번국의 병사와 장수 장수 그 외 번졸, 번장, 미녀 마법사	40
4	서주의 전투	황진의 병사, 황진의 장수, 서주자사 위길대	50
5	관산의 전투	뛰어난 영웅 장덕의 등장 마법에 영웅능력치를 부과하여 더욱 강한 전투력을 부여함	60
6	삼대와의 전투	황진의 장수 삼대(일대, 이대, 삼대)가 등장. 삼대는 마법력이 강함	80
7	최후의 혈전	황진 병사, 황진 장수, 마력을 쓰는 간신 이두병이 등장, 이두병을 따르는 간신의 무리들이 수없이 등장하며, 조웅이 등장하여 최후의 혈전을 벌이며 승리함	100

〈조웅전〉을 게임으로 변환할 경우, 게임에서 사건은 비록 동일한 사건일지라도 다양한 형태의 이야기를 전개시킬 수 있는 다변수 서사 플롯을 구상하고, 쌍방향적인 서사를 구상하여 플레이어와 교감을 형성하도록 할 수 있다. 게임은 플레이어에게 즐거운 휴식을 제공하기 위한 놀이의 속성이 강하기 때문에 무엇보다도 플레이어들을 감동시킬 수 있는 쾌락과 유희성이 필수적으로 스토리텔링되어야 한다.[43] 이처럼 게임은 플레이어에게 휴식과 놀이를 제공하는 유희적인 기능을 갖추고 있다.

지그문트 프로이드(Sigmund Freud)가 제시하는 성격 구조의 가장 원초적인 자아라고 할 수 있는 이드(id)는 쾌락의 원리에 의해 작동하기 때문에 현실이나 도덕성에 대한 고려 없이 쾌락만을 추구한다.[44] 일반

43 이재홍, 「문화원형을 활용한 게임 스토리텔링 사례 연구」, 『한국문학과 예술』 7, 숭실대 한국문학과 예술연구소, 2011, 266쪽.

44 노안영 외, 『성격심리학』, 학지사, 2004, 73쪽.

적으로 오늘날의 게임은 교훈적인 측면보다 유희적인 측면이 훨씬 강화되어 있다. 이러한 현상은 인간의 본능적인 대결의식과 성취욕에서 비롯되는 원초적인 쾌감이 게임에서 중요시되기 때문이다.

따라서 스토리텔러는 게임에서 사건의 리스트를 세밀하게 작성하여 단계적으로 스테이지를 높여가는 상승적인 방향으로 배치할 필요성이 있다. 게임에서 사건리스트의 작성은 게임의 전체적인 스토리를 구체화시키는 작업이다. 창의적인 발상으로 이야기를 생산하는 초기의 단계인 만큼 계기성에 중심을 둔 섬세한 스토리텔링이 필요하다. 따라서 사건1-사건2-사건3-사건n으로 연결되는 점층적인 사건 리스트의 목록을 만들고 캐릭터의 활동에 따라 쉼 없이 사건이 연쇄적으로 펼쳐나가게 되며, 사용자는 몰입을 통해 즐기게 된다.

게임스토리텔링은 영화나 애니메이션의 전개방식과는 달리 개방형 스토리 전개방식을 택하고 있으며, 플레이어 캐릭터의 선택에 따라 무한개의 사건을 가진 스토리를 만들어 낼 수 있다.[45] 다양한 스토리 밸류를 가지고 전개된 게임의 사건들이 밀접한 연관성을 가지고 특정한 목적을 가진 게임으로 전개해 나가는 것이다. 게임에서 극적인 상황이나 강한 서사적 잠재력을 가진 가상의 사건이 시나리오의 중요한 요소로 작용할 수 있다.[46] 이러한 가상의 사건에 인문학적인 이야기를 바람직한 방향으로 덧입혀지고 구현해 나가면서 캐릭터의 엔진 역할로써 사건이 시대와 문화를 초월한 보편적인 정서를 가진 것이 될 때 향유자들에게 공감을 얻게 될 것이다.

---

45 김미진 외, 앞의 논문, 416쪽.

46 게임의 이러한 특성 때문에 특히 청소년들에게 미치는 영향은 크다고 이야기하고 있다. 즉 게임의 폭력성, 사행성, 선정성, 중독성 등 같은 역기능적인 부분들이 게임의 산업적 가치나 문화적 가치보다는 역기능이 부각되고 있는 실정이다.

일반적으로 게임에서 서두는 극단적인 사건으로 시작된다. 이는 게임의 출발을 통하여 캐릭터에게 일어날 수 있는 관심을 끌만한 대상이 되는 것이며, 이러한 사건의 발생을 통하여 캐릭터는 목표를 세우고 인터렉션에 따라 게임이 전개된다. 따라서 게임 스토리텔러는 게임의 시작과 동시에 강한 스토리 라인을 제공하면서 스테이지를 설정하고 각각 다른 능력치를 가진 주인공을 중심으로 한 캐릭터들에게 임무를 수행하게 된다. 그리하여 캐릭터들은 다양한 몬스터와 대결을 펼치면서 게임의 스테이지를 하나하나 클리어를 할 때마다 수수께끼의 비밀이 풀려나간다. 게임의 스테이지는 진행될수록 그 난이도가 더 높아진다. 이는 드라마틱한 내러티브에서 주인공이 해결해야 하는 문제들의 무게가 점점 무거워지면서 절정에 다가가게 되는 서사구조를 갖게 되는 것이다.

영웅소설에서 독자를 몰입시키는 사건은 전쟁이라는 소재일 것이고, 다양한 전쟁의 양태들을 진행하면서 전쟁 영웅의 활약을 선악의 대결로 형상화하여 긴장감을 유발하고 대중적 흥미를 불러일으키는 역할을 하기도 한다. 그런데 영웅소설에서 인간의 선악 문제는 인간의 존엄성과 비인간성의 문제 등을 고발하며 전쟁의 비극성과 인간에 대한 깊이 있는 통찰을 제공하는 것과 달리 주인공의 욕망을 좌절시키는 배경으로서 성격이 강하다고 하겠다.[47] 이처럼 영웅소설에서 전쟁 소재는 독자들의 경험적인 바탕 위에 수용되고 이해되는 사건들이기에 사건의 긴박함과 영웅의 활약상이 낭만적으로 펼쳐지기 때문에 타 유형의 소설과 달리 사건이 비현실적이며 환상적인 요소들이 작품 곳곳에 형상

---

47 이유경은 고소설에서 전쟁소재와 여성 영웅상을 다루면서 전쟁보다는 여성영웅의 활약상에 방점을 두고 살펴본 바가 있다. 「고소설의 전쟁소재와 여성영웅 형상」, 『여성문학연구』 10, 한국여성문학학회, 2003, 142쪽.

화되고 있다. 이러한 사건의 비현실적 전개는 주인공의 영웅성을 부각시켜주고, 신이한 능력을 통한 입공의 정당성을 부여해 주기 위한 유용한 방법이 될 수 있다. 이러한 사건의 비현실성은 영웅소설의 주인공에게 한 집단이 추구하는 공공의 번영과 이익을 실현시켜 주기 위한 주인공의 영웅성에 초점을 두고 형상화한 것이라고 할 수 있다.

〈전우치전〉을 중심으로 사건의 단계적 배열을 보면 다음과 같다.

<table>
<tr><th colspan="3">단계적인 사건</th><th>도술 행각</th></tr>
<tr><td>가정 위기
관노의 아들로 태어남</td><td>사건1</td><td>발단</td><td>천서를 보며, 몸을 흔들어 선관이 됨</td></tr>
<tr><td>황금들보 사건</td><td>사건2</td><td rowspan="11">전개1
전개2
전개3
↓
전개n
(7개의
공간이동
활용)</td><td>도술로 선관이 됨</td></tr>
<tr><td>누명쓴 이가를 구출</td><td>사건3</td><td>선관이 되어 도술을 벌임</td></tr>
<tr><td>제두를 빼앗는 관리를 놀램</td><td>사건4</td><td>선관이 되어 도술을 벌임</td></tr>
<tr><td>소생과 설생의 성기를 없앰</td><td>사건5</td><td>선관이 되어 도술을 벌임</td></tr>
<tr><td>돈을 갚지 못한 장계창을 도와줌</td><td>사건6</td><td>선관이 되어 도술을 벌임</td></tr>
<tr><td>선전관들과의 싸움</td><td>사건7</td><td>선관이 되어 도술을 벌임</td></tr>
<tr><td>반역한 강도와의 싸움</td><td>사건8</td><td>벌레로 변함</td></tr>
<tr><td>모해를 받아 싸움</td><td>사건9</td><td>그림 속으로 들어감, 그림 속의 나귀를 타고 도망</td></tr>
<tr><td>왕연희와의 싸움</td><td>사건10</td><td>구미호로 변함</td></tr>
<tr><td>오생의 부인과 싸움</td><td>사건11</td><td>구렁이로 변하게 함</td></tr>
<tr><td>양봉안의 상사병을 고쳐줌</td><td>사건12</td><td>모습이 같은 다른 여인을 데려다 주어 치료함</td></tr>
<tr><td>서화담과의 싸움</td><td>사건13</td><td>결말</td><td></td></tr>
</table>

〈전우치전〉에서 볼 수 있듯이 주인공의 활약과 신이한 위력의 초현실적 모습들이 독자들에게 통속적 흥미를 각인시켜 줌으로써 작품의 사건마다 현실을 초월한 충격적인 사건의 연결에서 흥미를 주고자 한

의도가 단계적으로 스토리텔링된 것이라 하겠다. 사용자는 계속되는 단계별 사건을 통해 승리로 이끌어가는 주인공의 상승적임 욕망과 의식을 같이하면서 몰입하게 하는 것이다.

3) 배경의 환상성을 통한 일탈의 욕망

영웅 서사는 판타지적인 요소를 서사 전략으로 빈번하게 활용한다는 점이 다른 고소설과 차이점을 보인다. 즉 불가항력적인 천상공간을 적극적으로 의미화하여 현실을 초월한 바람직한 세계를 지향하면서 난세기의 혼란한 사회를 살아가는 대중들에게 낭만적인 서사적 욕망을 구현해줌으로서 대중들에게 호소력을 갖게 해주고, 작가는 대중들에게 일탈의 욕망을 제공해 준 것이다.

영웅 서사에서 환상의 공간은 이원론적인 신화의 공간을 의미한다. 현실 세계가 아닌 상상의 세계, 초월적 세계를 의미하며, 주인공이 활동하는 영웅의 영역 공간이다. 단군신화의 신시, 가락국기의 구지봉은 단순한 장소가 아니라 영웅이 탄생하고 그 영웅이 역사를 창조하는 엄숙하고도 장엄한 공간이다. 영웅의 영역에서 인간의 영역으로 바뀌면 전설 공간이 된다. 전설 공간은 절대적이기보다 상대적이고 초경험적이기보다 경험적인데 상대적이고 경험적인 공간에서 인간의 사고, 행동, 운명이 전개된다, 신화에서 주인공이 탁월한 능력을 가지고 과업을 완수하지만 전설은 그렇지 못한다.[48] 이 점에서 신화나 영웅소설의 주인공은 올라서기를 위한 욕망의 공간창조라 할 수 있다.

---

48 신태수, 「고소설의 공간에 대하여」, 『한민족어문학』 28, 한민족어문학회, 1995, 253쪽.

따라서 영웅소설에서 이상공간이 게임이라는 가상공간에 어떻게 작동하는지, 그리고 게임에서 유저가 가상공간에서 무엇을 통해 즐기는지를 찾아가는 것이 영웅 서사와 게임이 가지고 있는 가상공간의 미학을 탐색하는 방법이 될 것이다. 영웅 서사에서는 각 작품의 주인공이 비록 꿈이라는 매개를 통해서 가상세계를 이야기하고 있지만 게임공간에서 캐릭터와 사건을 통해 게임 공간에서 활동이 전개된다. 영웅 서사에서 이상공간은 항상 주인공에게만 열려있듯이 주인공이 위기에 처하거나 죽을 고비에 이르러서도 탁월한 능력을 부어 주는 해결방법을 가르쳐주는 지혜의 공간이기도 하다. 때로는 신선의 가르침을 통해서 때로는 영특한 꿈을 통해, 때로는 신비로운 보조도구를 받으면서 예전과 다른 영웅성이 키워지는 것이다. 이것은 게임의 공간에서 유저가 가상공간에서 캐릭터를 통해 일정한 사건을 해결하면서 흥미를 느끼듯이 게임 안에서 조정하고 그 해결 과정에 몰두하면서 즐기는 콘텐츠로 전환될 수 있는 것이다.

우선적으로 영웅 서사와 게임 서사에서 환상성을 스토리텔링하는 궁극적인 이유부터 살펴볼 필요가 있다. 그래야 수용자들이 환상 공간의 설정에 대하여 이해할 수 있으며 영웅 서사의 궁극적인 스토리텔링의 의미를 찾을 수 있다. 영웅소설의 독자는 주인공이 어떠한 서사 과정을 거쳐서 영웅이 되길 갈망했는가의 관점에서 보면 독자들도 자신처럼 평범한 그들에게 적합한 영웅적 이상형은 매우 평범한 인간이었을 것이므로 보통 인간이 영웅으로 거듭나는 구조적 서사 패턴을 선망했을 것이다. 그래서 자신들의 처지와 소망을 함께 담아낼 수 있는 주인공이 필요했다고 하겠다. 그러나 실지로 영웅소설에서 갑작스런 가문 몰락과 유리걸식으로 부족한 주인공이 영웅으로 비약한다는 것은 현실적으로 가능하지 않으므로 환상 공간이 요청되는 것이다. 산속의 사찰이라는 이계(異界)의 공간에서 신승을 만나 수학하는 대목을 스토리텔링의 장치로 필요했던 것으로 이해할 수 있다.

이러한 환상적인 배경은 게임 시나리오에서 허구적 가상공간이며 판타지적인 분위기를 제공하는 방법이다. 하나의 주제를 갖고 진행해 가는 스토리의 중심축이 되기 때문에 환상적인 배경에 대한 창조는 게임의 장르를 결정하는 중요한 요소이자, 위에서 언급한 모든 사건이 펼쳐지는 세계관이기에 중요한 요소라고 할 수 있다. 그동안 가상공간에서의 복잡하고 리얼한 세계가 게임의 몰입에 장애가 된다는 의견들도 있었지만, 현대의 게임 유저들은 게임 속에 가상공간이나 캐릭터에 자신의 감정을 개입하고 스토리를 바탕으로 한 다양한 퀘스트를 즐기고 있다. 이러한 점을 의식해서 다양한 게임을 양산하고 있지만 아직은 국내 게임개발 현황에 비해 탄탄한 스토리를 배경으로 하는 게임의 수가 많다고는 할 수 없을 것이다.[49]

수많은 컴퓨터 게임의 공간이라 할 수 있는 가상공간이 판타지적인 영웅소설과 같은 스토리텔러의 상상력에서 비롯되기 때문에 이 허구적 공간에 현실적으로 발생할만한 개연성 있는 사건들을 통하여 가치 있고 풍부한 게임스토리로 창조되는 것이다.[50] 따라서 게임 서사의 공간은 게이머들이 다른 삶에 대한 구현 의지를 표현하는 방법으로 단단한 현실 세계에서 억압된 자신의 욕망을 표출하는 일종의 대안적 시공간으로 가능할 수도 있기에[51] 영웅소설에 수용된 환상적인 가상공간이 게임으로 변환될 때 새로운 다중 공간을 창조하는 데 가장 적합한 요소라

---

49 조석봉, 앞의 논문(2016), 258쪽.

50 이재홍, 『게임시나리오 작법론』, 도서출판 정일, 2004.

51 장성규, 「게임서사와 영상 매체의 결합 가능성」, 『스토리앤이미지텔링』 12, 건국대 스토리앤이미지텔링연구소 편, 2016, 208쪽.

고 하겠다.[52]

일반적인 영웅 서사가 시간의 개념을 중심으로 전개되는 것이라면 게임은 공간의 개념을 활용하여 전개되므로 캐릭터가 선택하고 탐색한 공간들이 횡적으로 전개될 때 이야기가 구성되는 것이라고 할 수 있다.[53] 게임의 배경은 하나의 주제와 연관되어 있으면서 방대한 공간이 하나로 통합된다. 그러므로 모든 게임에 등장하는 캐릭터들은 배경에 근거하여 전개됨으로써 리얼리티를 확보하게 되면서 현실감 있고 보편적인 감성을 통하여 게임에 몰입할 수 있게 한다.

게임의 환상공간은 영웅서사의 천상계를 차용할 수 있다. 영웅서사에서 천상계는 지상계가 인간의 경험세계이자 향유층이 경험하는 현실공간 세계이며, 천상계는 비현실적인 이상공간이라 할 수 있다.[54] 여기에서 이상공간은 현실공간과 전혀 다르지만 주인공의 생을 이원적으로 연결시켜주는 주인공만이 도달할 수 있는 공간이 된다. 즉 지상계에 항상 명령과 조정을 할 수 있는 공간이 되는 것이다. 즉 천상계라는 환상의 공간에서는 항상 천상 선인이 등장해서 주인공을 수동적으로 이끌어가는 기법을 활용하고 있다. 태몽에서 주인공이 죽을 위기에 처해서도 전쟁터의 싸움에서도 방황하고 혼돈할 때에도 꿈을 통해 어김없이 아바타를 조정하듯이 주인공에게 메시지를 전달하게 된다. 마치 게임에서 유저

52 주로 가상세계를 배경으로 하는 롤플레잉 게임은 특히 시나리오가 중요하며 비슷한 시스템을 가진 게임이라고 해도 시나리오에 따라 그 게임성이 완전히 차별화되는 경우도 많다.

53 전경란, 「디지털 내러티브에 관한 연구」, 이화여대 박사학위논문, 2003.

54 현실계는 공간과 시간이 분화되는 세계이므로 현실계의 존재는 공간성을 가지고 있어서 유형의 존재이고, 비현실계는 일상적 경험으로 실증할 수 없는 상상의 세계로 공간과 시간이 미분화되어 있어 무공간, 무시간이다. 최운식, 「금방울전의 구조와 의미」, 『고전문학연구』, 1985, 411쪽.

가 자신의 의도대로 캐릭터를 성장시키고 조정해서 게임의 승리자가 될 수 있도록 능력을 발휘하는 일련의 과정이 환상공간에 해당된다.

다음으로, 영웅 서사의 환상공간을 창조하는 방법으로 도술과 변신을 활용한 공간 창조를 들 수 있다.[55] 도술 자체가 인간의 환상적 산물이고 시련극복이나 욕구실현의 방편 내지 수단에서 비롯된 것이기 때문에 현실적으로 불가능한 환상공간이나 공간이동을 도술이라는 방법을 통하여 자유자재로 공간을 만들고 이동하는 방법을 활용한 것이다. 도교적 사유의 시각적 재현을 통하여 이미지 스토리텔링을 구현해내고 있다. 이러한 도술로 죽은 사람이 환생하기도 하고, 선인이 되기도 하며, 꽃이나 짐승 또는 물건이 사람으로 형태를 바꾸기도 한다. 그리고 변신은 현실과 비현실을 순환하면서 고난과 행운의 순환과 맞물려 나타나면서[56] 욕망을 성취하는 것으로 스토리텔링 되고 있다. 이러한 기법은 당시대에 도교 사상에 영향을 받아 향유층에게 개연성을 줄 수 있었기에 가능한 것이다. 마치 현대의 문화콘텐츠에서 활용하고 있는 판타지물을 컴퓨터 그래픽을 이용하여 구현하는 것과 같은 기법으로 이해할 수 있다.

현대사회에서 이러한 환상성은 문학의 범위를 뛰어넘어 다양한 매체에 매력적인 주제로 활용되고 있다. 환상성의 가치는 자유로운 상상력과 현실의 구속에서 벗어난 성격을 가진다. 이러한 특징은 연대기적 서술과 삼차원성을 제거하고, 생명이 있는 대상과 생명이 없는 대상, 자

---

55 영웅소설에서 도술은 초월적 인간상을 보여주는 상징적 언어로써 도술, 환술, 둔갑술을 이용하고 있다.

56 〈금방울전〉은 사건이 진행되면서 그 배경이 비현실계에서 현실계로, 현실계에서 다시 비현실계로 바뀐다. 그리고 주인공에게는 고난과 행운이 바뀌어 나타난다. 용녀가 금방울로 태어나고, 금방울이 다시 여인으로 변신을 한다. 이처럼 하나의 현상이 있는 그대로의 상태로 지속되지 않고 그것이 다른 상태로 변해 돌아가는 순환의 과정을 통해서 욕망이 성취되는 것으로 스토리텔링되고 있다.

아와 타자, 삶과 죽음 사이의 엄격한 구별을 무력화시키면서 시간, 공간, 인물 간의 통일성을 따르는 것을 거부해 왔다.[57] 그렇다고 해서, 환상성이 현실도피나 단순한 쾌락원칙으로만 받아들여서는 안 된다.

이러한 배경은 서사적 환상을 창조하게 되는데 현실 세계를 떠나 환상세계를 경험하고, 환상체험이란 현실 공간이 아닌 초현실적 공간에서 겪게 되는 다양한 체험들 혹은 초현실적 공간에서 습득하였거나 생래적으로 가지고 있는 신이한 능력을 현실 공간에서 발휘하는 일들을 통틀어 발한다. 환상체험을 하고 싶은 사람에게 현실 세계의 구속에서 벗어나 수직적 전망을 가지고 미래 삶에 대한 비전을 갖게 해준다는 점에서 매우 유용한 시나리오 창작방법이 될 수 있는 것이다. 환상은 우리가 경험하는 사실과는 반대된 조건을 사실 자체로 변형시키는 서사적 결과물이기 때문에 당대의 현실이 어떠한가에 대한 역동적인 개념으로 이해할 수 있다. 환상의 세계 중에서 인간 삶의 이야기를 허구서사를 통해 구현한 환상이 서사적 환상이라 할 수 있다.

〈홍길동전〉에서 보면, 길동이 가정에서 자신을 죽이려는 특재와 관상녀를 도술로써 죽이는 장면이 도술에 의한 환상의 공간이라 하겠다. 길동은 진언을 통하여 주위환경을 변화시켜 상대자로 정신을 어지럽혀서 이 상황을 이용하여 자객인 특재와 관상녀를 죽인다. 위기에서 벗어난 길동은 부모를 하직하고 집을 나와 후에 도적의 우두머리가 되는 합천 해인사로 향한다.

> "비슈를 들고 완완히 방문을 열고 드러오는지라 길동이 급히 몸을 감추고 진언을 념하니 홀연 일진 진동이 니러나며 집은 간데업고 첩첩한 산중의

---

57 로즈메리 잭슨, 『환상성』, 서강여성문화연구회 역, 문학동네, 2001, 10쪽.

풍경이.... 네 무삼일노 나를 죽이려한다.... 진언을 념하니 홀연 일진 흑운이 니러나며 큰 비 붓드시오고... 특재의 머리 방중의 나려지난지라 길동이 분긔를 이기지 못하여 이밤의 박긔상녀를 잡아 특재 죽은 방의 드리치고..."[58]

"그대 등은 나의 재조를 보라하고 즉시 초인 일곱을 맨드러 진언을 념하고 혼백을 붓치니 일곱 길동이 일시의 팔을 뽐내며 크게 소래하고... 슈작하니 어늬거시 졍길동인지 아지 못한지라... 여덥 길동이 팔도에 다니며 효풍환우하난 술법을 행하니... 셔울 오는 봉물을 의심업시 탈취하나 팔도 각읍이 쇼오하여..."[59]

이러한 길동의 변화무쌍한 모습과 행동은 활동영역의 확대와 그들에게 우월성을 보여주기 위한 환상의 공간 스토리텔링이라 하겠다.

영웅소설을 게임화할 경우, 영웅담은 한결같이 신화적 시공간에서 전쟁으로 형상화된다. 이때 신화적 시공간은 신화적 세계를 가지고 있는 환상의 세계라 할 수 있다. 이 공간에서 펼쳐지는 전쟁은 현실보다 더 실감나는 전투의 장면으로 스토리텔링을 만들 수 있다. 즉 신화적 시공간에서 전쟁은 인간의 본성에 대한 궁극적인 의문을 불러일으키는 극적인 스토리텔링을 만들어낼 수 있다.

게임에 있어서도 영웅 서사에서 볼 수 있는 환상의 활동공간에서 사건의 스토리텔링이 연쇄적으로 전개되는 것이다. 이것은 온전히 게임 시나리오의 창작기법에도 적용이 된다. 게임에서 스토리는 기본이고 중심이 되는 설계도의 원천이 된다. 그러므로 영웅소설의 원형 스토리인 인물, 사건, 배경 등을 게임으로 변형 또는 각색, 패러디 등으로 첨

---

58 〈홍길동전〉, 한남본, 6-7장.

59 〈홍길동전〉, 한남본, 11장.

삭하여 새로운 내용을 담아 시나리오로 만들어 새로운 일탈의 욕망을 맛볼 수 있게 해야 한다.

4. 결론

지금까지 영웅 서사와 게임 시나리오와의 상호관련성을 통해 매체전환에 따른 원형자료의 공유 가능성을 살펴보았다. 이는 현대의 게임 스토리텔링이 일정한 서사를 가지고 있으며, 그 원형은 신화를 중심으로 한 우리의 옛 이야기하기의 표현양상을 디지털 기술과 결합시킴으로써 시공간의 제한을 넘어 무제한으로 상상력을 표출할 수 있는 방향으로 발전하고 있기 때문이다. 이에 우리의 고전 영웅 서사문학의 이야기 형식과 내용이 게임 시나리오에서는 어떠한 양상으로 수용되어 새롭게 재생산될 수 있는가를 다음과 같이 세 가지로 살펴보았다.

첫째, 영웅성 확장을 위한 욕망구조의 극대화를 들 수 있다. 영웅소설에서 우선 가장 중심에 있는 인물은 영웅 즉 주인공이기에 탄생의 과정부터 비범성을 부여받았고, 성격창조부터 낭만적인 신이한 인물 창조의 형태와 유사하게 스토리텔링되고 있다. 영웅은 탄생뿐만 아니라 전 생애에 걸쳐 신명의 음조가 뒤따르는 것이 일반적인데, 이러한 현상을 보면 영웅이 노력과 수학에 의해 창조된 것이 아니라 생래적으로 타고난 인물이라는 이미지를 제시하고 있다. 영웅소설의 주인공을 형상화한 방법을 보면 과학적으로 증명할 수도 없고, 논리적으로 설명할 수 없는 신통한 영웅상으로 스토리텔링하고 있다.

둘째, 사건의 연쇄적 확장을 통한 몰입성을 들 수 있다. 게임의 서사는 일반적으로 사건의 인과성과 시간의 연속성에 의해 발전해 나간다.

가상공간에 어떠한 사건을 어떻게 배치하고, 어떻게 연결시켜가느냐에 따라서 게임은 달라진다. 게임에서 발생되는 사건은 스토리 내부에서 일직선으로 진행되기도 하고, 사슬처럼 연결고리로 이어져서 진행되기도 하고, 엉킨 실타래처럼 숱하게 중첩되어 속도감 있게 진행되기도 한다. 이와 같은 사건의 속도감 있는 진행은 주제와의 통일성을 배려하여 서사적인 연속성으로 유지되는데 내러티브의 근간을 이룬 큰 줄기의 사건은 미션의 골격을 갖추며 메인 스토리를 주도하게 된다. 그러므로 사용자가 사건에 몰입하도록 사건의 리스트를 작성할 필요가 있다. 사건리스트의 작성은 게임의 전체적인 스토리를 구체화시키는 작업이다. 창의적인 발상으로 이야기를 생산하는 초기의 단계만큼 계기성에 중심을 둔 섬세한 스토리텔링이 필요하다. 사건1-사건2-사건3-사건n의 방식으로 사건이 주제에 벗어나지 않으면서 영웅서사의 사건들을 연쇄적으로 배치함으로써 속도감 있는 사건의 연쇄적인 창조와 배치는 사용자를 몰입하게 해 준다.

셋째, 배경의 환상성을 통한 일탈의 욕망을 들 수 있다. 영웅소설에서는 주로 도술이나 변신을 통해 서사적 환상을 창조하게 된다. 현실세계를 떠나 환상세계를 경험하고 싶은 사람은 현실세계의 구속에서 벗어나 수직적 전망을 가지고 미래 삶에 대한 비전을 갖게 해준다는 점에서 매우 유용한 시나리오 창작방법이 될 수 있는 것이다. 이처럼 환상은 우리가 경험하는 사실과는 반대된 조건을 사실 자체로 변형시키는 서사적 결과물이기 때문에 당대의 현실이 어떠한가에 대한 역동적인 개념으로 이해될 수 있다. 환상의 세계 중에서 인간 삶의 이야기를 허구 서사를 통해 구현한 환상이 서사적 환상이라 할 수 있다.

제2부

영웅소설의 모티프 활용과 게임 스토리텔링

'도술'의 게임 스토리텔링

1. 서론

이 글에서는 조선조 영웅소설에 수용한 도술 모티프를 분석하여 현대의 디지털 게임 매체로 스토리텔링할 수 있는 방안을 살펴보고자 한다. 특히 영웅소설에 수용한 '도술'과 게임의 '판타지'는 신화적 사유와 보편성이라는 일정한 공유점이 있다는 점에 착안하여 진행하였다.

이를 위하여 조선조 영웅소설 중에서 도술 모티프를 수용한 〈홍길동전〉[1]과 〈전우치전〉[2]을 연구 대상으로 살펴보았다. 이들 작품은 주인공이 실존했거나 혼란한 사회상을 극복할 수 있도록 영웅의 탁월한 능력을 형상화하는 방법으로 도술 모티프를 중요하게 활용했다는 공통점이 있다. 따라서 이 두 작품에서 도술을 활용한 스토리텔링을 캐릭터, 공간적인 배경, 그리고 단계적인 사건별로 정리하여 게임 콘텐츠로 활용 가능성을 살펴보는 것은 인문학과 공학의 융복합적 활용이라는 점에서 매우 의미 있는 일이라고 본다.

일반적으로 도술(道術)[3]은 섬세하게 설명할 수 없지만 도가의 방술(方

---

1 〈홍길동전〉, 경판 30장본 〈홍길동전 권지단〉, 『고소설판각본전집』 5, 연세대학교, 1975.

2 〈전우치전〉, 경판 37장본, 『고소설판각본전집』 5, 연세대학교, 1975.

術)이란 용어에서 사용된 것으로 타고난 인간 능력을 초월하려는 욕망의 소산이며, 동시에 상상으로 실현할 수 있는 하나의 환술이다. 대체로 조선시대 영웅소설에 수용한 도술의 종류는 승운(乘雲), 변신(變身), 변물(變物), 분신(分身), 축지(縮地), 주술(呪術), 신통력(神通力) 등을 형상화하고 있다. 이처럼 문학에 형상화한 도술은 다양한 방법으로 이야기를 흥미롭게 해주며, 독자에게 여러 가지 신비한 체험을 판타지로 만끽할 수 있는 인간의 신화적 사유가 개입되어 있다.

이미 소멸된 것으로 생각했던 신화적 사유가 현대에 문학적 상상력과 첨단 디지털 기술이 융합되어 본격적으로 부활하게 되었다. 디지털 기술은 신화적 세계의 재현을 디지털 기술의 발전으로 구체화시키는 데 큰 역할을 수행하였다.[4] 게임 제작에 필요한 그래픽 이미지와 프로그래밍 기술은 상상과 이미지의 신화적 세계를 시청각적이고 공감각적인 세계로 구조화시키는 데 일조하고, 게임의 기호 체계들은 신화적 사고의 연장선상에서 상징적 의미생성을 발생시킨다.[5]

도술(道術)은 범인이 해낼 수 없는 능력을 도술가(道術家)는 보여줄 수 있다고 생각하기 때문에 사람들이 도술가의 초인적인 능력을 상상해

---

3 도술은 도경과 술수를 의미하며, 술수와 도교는 각기 방내와 방외에 속한 것으로 표면적으로는 구별가능한 범주로 존재했다. 그 때의 술수란 천문, 역법, 점술, 의술이 때로 나뉘고 합해지곤 했지만, 생명체로서 또한 사회체로서의 인간과 자연에 대한 관찰과 경험을 통해 그 속에 담긴 수리를 해석하고 계산 가능한 형태로 조작하여, 이미 일어난 현상의 메커니즘을 이해하고 대처하며 앞으로 일어날 일들을 예측하는 방법과 기술전반을 지칭한다고 할 수 있다. 김지현, 「도교와 술수」, 『철학사상』 53, 서울대 철학사상연구소, 2014, 65쪽.

4 김대진, 「게임서사에 대한 구조주의 신화론적 고찰」, 『한국게임학회 논문지』 9(3), 한국게임학회, 2009.

5 이동은, 「신화적 사고의 부활과 디지털게임 스토리텔링」, 『인문콘텐츠』 27, 인문콘텐츠학회, 2012, 107쪽.

봄으로써 현실에서 이룰 수 없는 꿈을 대리 만족시킬 수 있다고 믿고 있다. 그러므로 영웅소설에서 도술에 의한 주인공의 영웅 행각은 매우 흥미 있는 스토리 밸류가 될 수 있다. 이러한 도술이 영웅소설에서 흥미 있는 스토리의 소재가 되었듯이 게임에서도 유용하게 활용될 것으로 본다. 특히 문학작품에 수용한 다양한 도술 모티프는 인문학적 상상력과 공학적 기술이 융합되어 다매체로의 활용성을 더욱 가능하게 한다.

지금까지 문학은 매체의 존재 양식에 따라 다양한 형태로 변용되어 왔다.[6] 고소설이 만화, 영화, 드라마, 게임 등으로 전환 스토리텔링이 되고 있다는 사실이 이를 증명한다. 영웅소설과 디지털 게임은 시대나 매체 등 존재 양식이 다르나 수용자의 입장에서 보면 당대 독자의 성향과 현대 향유자의 성향이 서로 동일한 측면이 있다. 조선조 시대의 대중문화를 향유하는 보편적인 양식이 영웅소설이라 한다면 오늘날은 문화콘텐츠로 제작하여 영상매체를 통해 다양하게 전환되고 있다. 그중에서도 게임은 이 시대의 첨단종합예술인 만큼 복잡한 구조를 띠고 있으며, 다양한 매체의 요소들과 결합된 종합디지털문화 콘텐츠라고 하겠다.

이러한 점에서 볼 때 인문학적 상상력과 공학적 기술이 융합될 때 다양한 콘텐츠를 창조해낼 수 있다. 이러한 두 영역의 융합은 반드시 스토리텔링의 작업으로 완성되는 것이다.[7] 게임의 원천자료로서 조선조 시대에 창작되고 향유되면서 상상력을 부여해 주는 가장 대표적인 문학 장르는 영웅소설과 같은 대중문학이라 할 수 있다. 특히 조선조의 사회성이 강하게 형상화되고 대중을 상대로 신분 상승과 전쟁을 통한

---

6 월터 J. 옹, 『구술문화와 문자문화』, 이기우·임명진 역, 문예출판사, 2003.

7 이재홍, 「게임의 인문융합 스토리텔링 연구」, 『korean society for computer game』 27(3), 한국컴퓨터게임학회, 2014, 62쪽.

환상적인 일탈의 욕망을 맛보게 한다는 점에서 목적성이 강하게 투영된 영웅소설이 가장 좋은 게임의 원천자료가 될 수 있다.

그동안 영웅소설에 수용된 도술 모티프는 게임의 원천자료로 많은 가치를 가지고 있으나 여타의 영웅 이야기에 비해서 주목받지 못하였다. 그 이유는 게임 연구가 기술적인 측면과 스토리 측면의 연구로 서로 분리해서 연구함으로써 실제로 게임 스토리텔링에 대한 구체적인 연구와 성과를 이루지 못한 것도 기술과 스토리의 분리라는 측면 때문이라 지적한 바 있다.[8] 게임이 예술의 범주에 속하고, 게임 스토리텔링 자체가 문학적인 관점에서 이해되며,[9] 게임의 서사적 사고[10]가 인간의 삶을 배경으로 그려지는 허구적인 세계인만큼 문학과 게임은 일정한 서사적 공유점이 있다. 주인공과 주변 인물, 테마, 내러티브, 환상적 가상공간, 초월적 시간, 몬스터와 보조도구 등이 영웅소설과 게임의 중요한 요소라고 한다면 두 장르 간의 습합점이 존재한다는 의미다. 비록 게임에서 플레이어가 상호 작용에 의해 이야기에서 또 다른 이야기를

---

8 배주영·최영미, 「게임에서의 '영웅 스토리텔링' 모델화 연구」, 『한국콘텐츠학회논문지』 6(4), 한국콘텐츠학회, 2006. 이 논문에서는 인문학과 공학을 연구하는 연구자의 공동연구를 통해 기존의 문제점을 지적하고 영웅 스토리텔링에 기반 한 게임 스토리텔링의 확장 가능한 모델을 찾고자 하였다. 그러나 보다 구현 가능한 모델을 만드는 데까지 나아가지는 못했다.

9 현대에서 게임은 하나의 놀이의 차원을 넘어서 하나의 문화 영역으로 발전하였다고 해도 과언이 아니다. 간단한 놀이에서부터 시작해서 복잡한 시스템과 다양한 인물의 등장에 이르기까지 텍스트인 게임에서 게임음악, 게임 동영상, 게임 원작 소설, 만화라는 출판물에 이르기까지 매우 방대한 영역으로 거대화되었다. 그에 따라 문학작품의 게임화 역시 긍정적인 방향으로 시도되고 있는 상황이다.

10 게임의 서사적 사고는 인물의 문제, 사건의 문제, 정서의 문제, 상황과 환경의 문제 등과 같이 플레이어가 경험할 수 있는 게임의 모든 것을 통합시켜주고, 특정한 경험을 쌓아 나가는 맥락 속 인식의 틀을 의미한다. 이재홍, 「게임 스토리텔링 연구」, 숭실대 박사학위논문, 2009, 41쪽.

무한하게 작용한다 해도 소설과 게임의 주제를 향한 서사적 맥락은 공유된다고 할 수 있다.

지금까지 고소설을 문화콘텐츠로 전환하는 연구 작업은 지속적으로 진행되어 왔으며,[11] 영웅소설만을 대상으로 하여 게임으로 전환 가능성을 검토하기도 하였다.[12] 또한 본고에서 연구 대상으로 삼은 〈홍길동전〉과 〈전우치전〉도 다양한 문화콘텐츠 유형으로 전환 스토리텔링이 된 바 있으며, 그 의미를 연구한 몇몇 결과물이[13] 발표되기도 하였다.

특히 〈홍길동전〉과 〈전우치전〉은 역사적으로 실존했던 인물을 문학적으로 수용했다는 점에서 소설사적인 의의가 있으며, 주인공 모두 비범한 능력을 지닌 자로서 도술을 통하여 욕망을 성취해 나가는 대중소설이다. 이 두 작품은 가장 낭만적인 도술 모티프가 형상화되어 있다는

---

11 지금까지의 고소설연구는 고소설 자체의 내적 연구와 미의식을 천착하는 데에 연구의 동향을 보여주었다면 2000년 이후의 고소설연구자들은 다매체 환경 속에서 고소설을 어떻게 활용하고 읽게 할 것인가에 초점을 두고 연구가 진행되었으나 만족할만한 성과를 이루지 못했다.
김용범, 「문화콘텐츠 창작소재로서의 고전문학의 가치에 대한 연구」, 『한국언어문화연구』 22, 한국언어문학회, 2002; 「문화콘텐츠 산업의 창작소재로서의 고소설의 활용 가능성에 대한 연구」, 『민족학연구』 4, 한국민족학회, 2000; 「고전소설 심청전과 대비를 통해 본 애니메이션 황후 심청 내러티브분석」, 『한국언어문화연구』 27, 한국언어문학회, 2005.
김탁환, 「고소설과 이야기문학의 미래」, 『고소설연구』 17, 한국고소설학회, 2004.
신선희, 「고전서사문학과 게임 시나리오」, 『고소설연구』 17, 한국고소설학회, 2004.
조혜란, 「다매체 환경 속에서의 고소설 연구전략」, 『고소설연구』 17, 한국고소설학회, 2004.

12 안기수, 「한국 영웅소설의 게임 스토리텔링 방안 연구」, 『우리문학연구』 29, 우리문학회, 2010; 「영웅소설 〈조웅전〉의 게임 스토리텔링 연구」, 『어문논집』 46, 중앙어문학회, 2011; 「영웅소설 〈유충렬전〉의 게임 스토리텔링 연구」, 『어문논집』 51, 중앙어문학회, 2012.

13 유기영, 「홍길동전과 전우치전의 비교연구」, 명지대 대학원 석사학위논문, 1995.

점에서 게임 매체로 각색 스토리텔링해 보는 것은 매우 의미 있는 연구가 될 것이다.

2. 영웅소설에 수용한 '도술'의 의미와 게임 스토리텔링 가능성

영웅소설은 객관적인 현실 세계에 대한 강한 대결의식을 느꼈던 소설 담당층이 소설 속에서 객관적인 질서에 반항하는 주인공을 강조함으로써 나타난 낭만적인 작품의 문학 형태라 할 수 있다. 뿐만 아니라, 게임과 같은 디지털 스토리텔링의 기술 중 특히 많은 사람에게 회자되는 것은 주인공인 영웅 캐릭터에 대한 각색 스토리텔링이다. 이른바 영웅 서사의 대표적인 영웅담은 주인공이 욕망을 성취하기 위해서 다양한 변이를 겪게 된다. 특히 영웅의 다양한 변이 중에서 능력치를 배가시켜주는 가장 좋은 방법 중 하나는 도술을 이용하여 고난을 극복하고 영웅성을 탁월하게 획득해 주는 방법이라 하겠다.

두 작품에 나타난 도술 모티프를 도술의 습득과 방법, 그리고 도술의 성격을 도표로 정리해보면 다음과 같다.

작품	도술의 습득	도술의 방법	도술의 성격
〈홍길동전〉	* 병서를 읽고 도술을 습득	둔갑법	* 주위의 환경을 변화시켜 상대자로 하여금 정신을 혼돈케 하여 죽임 * 초인 일곱을 만들어 자신과 같은 모습으로 변화시킴
		축지법	* 자신을 작게 변화시켜 가죽부대 속에 들어감

〈전우치전〉	* 여우의 호정이나 천서를 얻어 도술을 습득	둔갑법	* 선관, 선동으로 둔갑됨 * 수리로 변함 * 바람으로 변함 * 중으로 변함 * 은자가 청개구리로 변함 * 돈이 뱀으로 변함 * 쌀이 벌레로 변함 * 해물이 생선으로 변함 * 족도리가 금가마귀로 변함 * 창고의 쌀이 버러지로 변함 * 나뭇잎을 병사로 둔갑시킴
		축지법	* 병속으로 들어감
		방술(方術)	* 병을 고침
		환술(幻術)	* 밥알을 내품어 흰 나방으로 변함 * 술사가 구경꾼들에게 천도(天桃)따옴

일반적으로 〈홍길동전〉의 도술 화소는 홍길동의 영웅 능력을 표현하는 부분에서 많이 나타난다. 홍길동은 범인과 다른 탁월한 능력을 가진 영웅 인물이다. 홍길동의 특별한 능력은 도술을 통해서 나타난다. 홍길동은 초란이 보낸 특재라는 자객의 습격을 받지만 둔갑법과 같은 법술에 능통한 인물이기에 까마귀가 우는 소리를 듣고 점을 쳐서 자신의 위험을 예견하고 도술을 행하여 자객을 처치한다. 이것은 게임에서 홍길동이 불우한 서자로 태어나서 영웅 능력을 배양하여 차례로 자객과 요괴를 퇴치하면서 보여준 영웅성을 단계적으로 설정해야 한다. 이러한 상승적인 영웅 캐릭터의 형상화 방안은 전문가에 의한 전략적인 게임 기획과 연출에 의해 새롭게 각색되어 만들 수 있는 가능성을 많이 가지고 있다. 또한 두 장르 간 향유자의 심리적 욕구의 형상화와 그 해결의 도구로써 공통점을 갖는다는 점에서 〈홍길동전〉의 게임화 가능성을 충분히 생각해 볼 수 있다.[14]

〈전우치전〉의 경우는 작품의 30% 이상이 도술을 습득하는 과정으로 장황하게 나열되어 있다. 전우치가 행하는 변신을 비롯한 여러 가지 도술을 살펴 볼 때 그 의미를 추출하는 것은 쉽지 않다. 전우치는 남자와 여자의 성기를 없애거나 위치를 옮겨 놓기도 하여 남자와 여자의 구별을 파괴하기도 하며, 선비잔치에서는 사계절 음식을 만들어 냄으로써 계절을 파괴하기도 한다. 또 관리의 부인들을 창기로 만들어서 신분파괴를 하기도 하고, 시간적 질서나 인간의 질서, 사회적 신분 질서 등을 모두 파괴하여 해체시키는 도술을 부리기도 한다. 또한 전우치가 한자경이란 사람을 도와주는 방법으로 족자에서 나온 은자는 호조의 곡간에서 나오는 것이며, 평면 입체, 거리의 파괴 등이 나타난다. 이러한 행동을 하다가 역모의 누명을 쓰고 임금에게 붙잡히게 되지만 국왕 앞에서도 산수화 속에 들어가는 축지법을 사용하기도 한다. 이러한 전우치의 도술 행각은 자기 신체의 철저한 파편화와 같은 도술에서 흥미와 희열을 느끼게 되는 것이다.

이와 같이 〈홍길동전〉과 〈전우치전〉의 도술 모티프는 게임의 좋은 소재가 될 수 있다. 일반적으로 소설이라는 텍스트에서 소재를 획득할 경우, 인물만을 차용할 수도 있고, 시공간의 배경이나 별도의 사건만을 차용할 수도 있다. 도술 모티프에 대한 문학적 상상력만 획득할 수만

---

14 게임과 〈홍길동전〉은 유사점이 많이 존재하고 있다. 〈홍길동전〉을 중심으로 한 고소설이라는 장르가 현실의 불만족, 부조리 등에 의한 반영의 발로였다고 볼 때, 게임이라는 매체도 그 맥락을 같이 한다고 하겠다. 게임에도 사회성을 담은 것들이 존재하고, 사회를 담아내는 충실한 거울이라고 볼 수 있기에 그 생성배경 자체가 비슷하다고 볼 수 있고, 과거에 고소설의 주 독자층을 생각해 보아도, 국문소설의 도입으로 하층민과 여성들을 중심으로 퍼져나갔다는 것을 보면, 현실에 대한 불만족을 대리만족시켜주는 하나의 욕망의 분출구로 작용했음을 알 수 있다. 게임 역시 욕망의 분출구이고, 당대인들이 스트레스를 해소하기 위한 수단으로 쓰이고 있다.

있다면 도술은 게임 내러티브에 중요하게 활용될 수 있는 원천자료가 될 수 있을 것이다.

3. 도술 모티프의 서사구조와 특성

문학을 게임으로 스토리텔링하는 과정에서 기존 연구들은 문학에 등장한 모티프만을 대상으로 하여 게임에 어떻게 적용할 수 있는가에 주목하였다. 세계관을 중심으로 비교 분석하거나 게임에 등장하는 주인공의 서사가 문학작품 속의 영웅 서사와 얼마나 유사한 구조로 이루어졌는가를 분석하는 경우가 일반적이었지만 게임의 역동적인 스토리텔링의 본질을 밝히는 데에는 일정한 한계가 있음을 알 수 있다.

영웅소설은 서사구조와 장면의 특징을 모두 가지지만 게임이 서사구조보다 장면의 전개에 더욱 비중을 둔다는 점에서 차이점을 보인다. 이는 문학이라는 장르가 가지는 일반적인 특질이라고 보아야 할 것이다. 문학 작품 중에서도 소설은 사건, 갈등의 개별적 장면이나 상황에 머물지 않고 그 의미를 확대하는 영역과 연결이라는 서사의 연결고리를 가지고 있기 때문이다. 특히 시간의 연속성에 의한 구성은 고소설에서 일관된 특질로 나타난다.

본고에서 연구 대상 작품으로 삼고 있는 두 작품의 스토리를 시간의 흐름에 따라 서사구조화하면 다음과 같다.

① 주인공은 결손의 집안에서 태어난다.(출생담)
② 주인공은 집을 나가 병서를 읽거나 무술을 습득한다.(수학 및 도술 습득)

③ 사회적 혼란과 무질서한 세계가 도래한다.(도술행각)
④ 도술로써 빈민을 구제하거나 또는 위기에 나아가 도술을 부린다.(도술내기)
⑤ 사회의 질서를 바로잡고 국가를 위기에서 구하여 영웅이 된다.(입산 및 종말)

〈전우치전〉을 보면, 전우치는 조선조 초기 본래 송도에서 집안 대대로 벼슬을 지낸 집이었으나 세조의 왕위찬탈에 협조하지 않았다는 이유로 전우치 대에 이르러 집안이 몰락하여 초야에 묻혀 글이나 읽는 산중 처사로 지내다가 일찍이 높은 스승을 따라 신선의 도를 배웠다. 전우치는 파진산(破鎭山) 암자에서 종종 글을 읽었는데 그곳에서 산신을 만나 비결을 배워 도술로 세상에 이름을 날렸다. 전우치는 재주가 몹시 뛰어나 오묘한 이치를 통하고 신기하였다. 이때 남쪽 해안 여러 고을에 해적들의 노략이 심하였고, 무서운 흉년과 질병으로 백성들의 참혹한 형상은 말할 수 없었다. 그러나 조정의 관료들은 사화를 일으켜 서로 죽이던 판이라 권세를 다투기만 하고 백성의 질고는 모른 채 내버려 두니 전우치도 참지 못하여 뜻을 결단하고 집을 버리며 세간을 헤치고 천하를 집으로 삼고 백성으로 몸을 삼으려 하였다.

전우치는 도술로 관료들을 놀라게 하고 빈민을 구제하려는 목적으로 몸이 변하여 선관이 되기도 하고, 머리에 쌍봉금관을 쓰고, 몸에 홍포를 입고, 허리에 백옥 띠를 띠고 손에 옥홀을 쥐고 천의동자 한 쌍을 데리고 구름을 타고 안개를 멍에 삼아 대궐위에 이르러 궁중에 머물러 왕과 대신들을 훈계하였다. 전우치는 황금 들보를 들어 올려 채운에 싸여 남쪽 땅으로 향하여 십만 빈호에 나누어 주고 당장 굶어 죽은 어려움을 해결해주는 데 자신의 탁월한 도술을 활용하기도 한다.

한편 <홍길동전>에서 길동은 천비소생으로 서자이기 때문에 받은 사회적인 불평등과 불이익을 극복하기 위하여 스스로 병서와 무예를 익혀 도술을 습득한다. 길동에게서 도술 습득은 신분의 변화를 가져오는 중요한 계기가 된다. 길동은 경성으로 가서 몇 번의 죽을 고비를 맞기도 하고, 스스로 도술을 발휘하며 위기에서 탈출하는 모습을 보여줌으로써 평생의 소원을 이룬 뒤에 조선을 떠나 농업과 무예에 힘쓰고 율도국이라는 이상 국가를 세우고 스스로 왕이 된다.

게임도 시간의 역전 현상은 잘 나타나지 않고, 대부분 게임의 장면 혹은 이벤트의 진행이 시간의 흐름에 따른 순차적인 진행을 따른다. 결국 영웅소설과 게임은 시간의 전개 방식을 스토리텔링하는 데 있어서 나름의 유사성을 가진다고 할 수 있다. 예컨대, 게임의 여러 장르를 보면, 시뮬레이션 게임, 액션 게임, 어드벤처 게임, MMORPG 게임, 스포츠 게임 등 대부분 게임이 시간의 흐름에 따른 사건이나 갈등, 문제해결의 진행을 그대로 타고 흐르는 구성을 하고 있다. 일반적으로 영웅소설이 시간의 역전을 허용하지 않고 사건 전개의 유사성을 지니고 있다. 물론 게임에서 타임머신, 영웅소설에서 꿈으로 전환은 새로운 시간성을 가지지만 이 역시 그 전환된 부분에서 시간의 흐름을 따르며 꿈, 비현실의 세계에서 빠져나온 이후는 다시 시간적 흐름의 순차적 구성에 따르고 있어 전체적으로 시간의 흐름에 따르고 있다.

'도술 모티프'를 기본 공식으로 게임의 형식에 따라 도표로 제시해 보면 다음과 같다.

구분	게임	서사단락	내용
배경	에필로그	신이한 인물탄생	결핍설정
캐릭터(영웅)의 여행	사건전개 (사건N)	부족한 능력치	초기의 캐릭터
		모험의 소명	소명부여
		도술습득	도술습득의 과정과 방법
		적대자와 대결1-N	도술유형에 따른 능력치 부여
		소명 완수	승리
		귀환	보상
결말	대단원	행복	결핍해결

이처럼 영웅소설과 게임의 서사구조를 보면, 캐릭터와 주인공의 영웅성에 관한 스토리이다. 따라서 도술이 행해지고 있는 통시적 서사구조에서 인물, 배경, 사건을 흥미 있는 소재로 선택하는 것이 우선적으로 중요하다고 하겠다. 도술에 형상화된 시공간적인 배경은 이원론적인 세계관에 바탕을 두고 있다는 점에서 어느 정도 신화적 배경 속에서 획득되는 스토리텔링을 고려해 볼 수 있다. 이에 따른 주인공에게 부여된 다양한 퀘스트를 창조하여 게임으로 활용하는 일과 주인공의 영웅적인 활약상, 조정과 제도권에 속한 인물과의 대립과 반목을 거듭하는 다양한 캐릭터, 그들이 사용한 화려한 도술적인 마법과 독특한 아이템 같은 구성 요소들을 게임으로 전환하는 데 서사 전개상의 흥미로운 소재가 될 수 있다고 할 수 있다.

4. 도술 모티프의 게임 스토리텔링 방안

1) 도술에 형상화한 캐릭터 스토리텔링

무엇보다 영웅소설이나 게임 스토리텔링의 기술 중에 많은 사람에게 주목받은 것은 영웅 인물의 캐릭터일 것이다. 특히 디지털 콘텐츠에서 영웅의 일생에 대한 스토리텔링은 서사의 전체적인 흐름에 재미있는 사건을 동반한 긴장과 이완의 반복을 통해 영웅들의 이야기는 역동적인 인물로 다양하게 형상화하고 있다.

〈홍길동전〉과 게임의 경우를 보면, 모두 주인공 캐릭터가 서사의 중심으로 부각 된다. 〈홍길동전〉에서 인물의 성격이나 특징은 작가, 시대, 계층, 사상과 많은 연관을 가지고 있지만 정형화된 영웅 인물의 형태로 나타난다. 주로 선악의 인물로 형상화하는 것이 일반적인데 〈홍길동전〉에서는 의(義)를 위해 살고자 한 영웅형 인물 창조의 방법으로 도술을 부리는 영웅형 인물로 형상화하고 있다.[15] 홍길동은 영웅이자 선인(善人)으로서 서사 공간에서 여러 사건을 해결하는 과정에 선악의 이미지를 그대로 가지고 결말에 이른다. 〈홍길동전〉는 주인공이 평면적이고 단편적인 성격의 인물로 등장함에 따라 오히려 게임과 가까운 공통적인 면모를 보이고 있다.

〈전우치전〉의 경우는 전우치의 출생담과 수학, 도술습득의 경위를 통한 주인공의 인물형상화가 제시되고 있다. 태몽은 전우치가 선계에

---

15 허균은 〈홍길동전〉을 집필하면서 한문소설 전에 등장시켰던 이인을 그대로 영웅화시킨 것이며, 거기에 도술적 영웅의 형태로 변모시켰고, 이는 허균의 도선사상에서 발상된 영웅이요, 막연한 공상이나 민담의 유형에서 발전된 영웅이 아니라고 하였다. 최삼룡, 『한국초기소설의 도선사상』, 형설출판사, 1996, 523쪽.

거하던 영주산 선동으로 암시하고 있으며, 천상에 득죄하여 인간세계로 하강한 것으로 형상화하고 있다. 또한 스승인 윤공은 도사적 인물로 전우치가 수학 도중 맹씨녀로 둔갑한 여우의 꾐에 빠진 것을 알고 전우치에게 여인의 입속에 든 구슬을 빼앗아 오라고 지시한다. 전우치는 호정(狐精)인 구슬을 그냥 삼켜버림으로써 천문지리와 변화하는 재주를 익힐 것이며, 장차 진사시에 합격할 것을 예언하면서 이미 여우와 교합하였음으로 천지조화의 이치에 통할 수 있는 도술인의 길이 내재되어 있다고 말한다. 윤공은 전우치가 호정을 삼켜버렸기 때문에 나중에 여우처럼 환술로 세상을 요란하게 할까 두려워 은근히 걱정하는 인물로 형상화되고 있다. 이러한 전우치의 영웅상은 태몽을 통해서 더욱 자세히 볼 수 있다.

무엇보다 게임은 캐릭터의 창조가 매우 중요하다. 캐릭터의 창조는 게임 스토리텔링의 출발점이 된다. 게임의 가장 기본적인 재미는 레벨을 올리거나 게임을 하는 시간에 따라 얻게 되는 결과들에 대한 보상이기 때문에 게이머는 점점 자신의 캐릭터가 다른 사람의 캐릭터보다 힘을 얻게 되거나 우위에 점하게 될 때 느끼는 기쁨의 코드를 획득하기 위해 온 힘을 다해 게임에 집중하기 마련이다.[16] 특히 아무것도 없는 불완전한 주인공이 세상에 태어나서 수련을 통해 영웅의 힘을 얻어간다는 설정은 게임에서 처음 만들어지는 캐릭터가 하나하나 단계를 거쳐 높은 레벨로 올라간다는 설정으로 영웅 스토리의 게임화를 가능케 하는 중심축이 될 수 있다. 특히 서사성이 강한 게임 캐릭터라면 먼저 작품의 세계관과 사건에 자연스럽게 젖어들 수 있는 통일성의 문제를 생각하며, 외형적인 모습을 갖추어야 한다. 그리고 스토리 라인에 따른

16 백승국, 『문화기호학과 문화콘텐츠』, 다할미디어, 2004, 50쪽.

캐릭터의 행동을 관찰하며, 그에 따른 성격 및 심리, 갈등 묘사의 문제를 구현해야 한다.[17] 문학 작품에서 영웅 캐릭터를 찾는다면 신화적 주인공부터 고소설의 주인공에 이르기까지 무수히 많다. 그중에서도 가장 먼저 영웅 캐릭터를 뽑는다면 홍길동을 떠올리게 된다. 홍길동은 최초의 국문소설에 등장한 대중적인 의적 영웅이라는 점, 최근까지 다양한 문화콘텐츠로 활용되면서 홍길동 캐릭터는 어떠한 영웅상보다 뛰어난 인물로 각인되고 있다. 홍길동은 스스로 터득한 도술과 문무지략에 의해 모든 일을 혼자서 해결하는 초인적인 능력을 발휘한다.

특히 〈홍길동전〉의 도술 화소는 길동의 영웅적 능력을 표현하는 부분에서 많이 나타난다. 영웅은 보통 사람과 다른 탁월한 능력을 가진 인물이다. 〈홍길동전〉에서 영웅 캐릭터인 홍길동의 특별한 능력은 서사의 곳곳에서 도술로 나타난다. 홍길동은 초란이 보낸 특재라는 자객의 습격을 받는다. 그러나 길동은 둔갑법과 같은 법술에 능통한 인물이기에 까마귀가 우는 소리를 듣고 점을 쳐서 자신의 위험을 예견하고 도술을 행하여 자객을 처치할 정도로 탁월한 예지의 능력을 가지고 있는 인물로 형상화하고 있다. 홍길동의 인물됨과 영웅성은 가정에서 활빈당으로, 활빈당에서 국가로 연결되는 상승적인 캐릭터의 성장 과정을 따라 욕망의 축이 만들어지고 캐릭터의 성장도 이와 비례하고 있다.

한편 〈전우치전〉에서 전우치 캐릭터는 출생담과 수학, 도술습득의 경위를 통한 형상화가 이루어지고 있다. 먼저 전우치의 출생과 탄생 장면을 보면 다음과 같다.

"과연 그날부터 태기가 있었다. 그러나 열 달이 지나도 해산 기미가

17 이재홍, 앞의 논문(2014), 65쪽.

없어서 첨사 부부는 매일 염려를 하였다. 그렇게 열다섯 달이 차매 하루는 부인이 몸이 불편하여 침석에 의지하고 있다가 혼미 중에 아기를 낳았다. 첨사를 청하니 첨사가 들어와 본즉 과연 사내 아이여서 너무나 기뻤다. 아이를 살펴보니 골격이 비범하고, 이가 바로 나되 다 각각 나지 않고 울타리 두른 듯 이어져 있기에 첨사가 기특히 여겨 이름을 우치라 하고 자는 뇌공이라 하였다. 우치 나은지 제 일 삭 만에 행보를 능히 하고 오십일만의 언어를 능통하니 첨사 보고 너무 영민 숙성함을 염려하더라"[18]

이처럼 전우치는 태몽을 통해 볼 때 전생의 선계에서 살았던 영주산 선동임을 알 수 있다. 전우치는 정상적으로 열 달 만에 태어나야 할 아이가 다섯 달을 더해 열다섯 달 만에 태어났으며, 갓 태어난 아이에게 이(齒)가 나 있다고 하니 평범한 출생은 아니다. 나아가 한 달 만에 걷고, 오십일 만에 언어를 부리는 데에 능통했다고 하는 것으로 보아 영웅이 될 만한 기본적인 자질을 갖춘듯하다. 또한 전우치가 호정(狐精)을 얻고 나서 다시 세금사라는 절로 공부하러 갔다가 과부로 둔갑한 구미호를 만난 점, 구미호에게 천서를 세 권 얻고 놓아줬다는 점, 부적을 붙여준 책을 통해서 도술을 익혔다는 점 등은 전우치가 장차 환술로 세상을 떠들썩하게 하여 자신의 능력을 세상에 과시할 수 있다는 점을 암시해주고 있다.

이러한 주인공의 영웅 캐릭터는 신화를 기본으로 하는 영웅 스토리텔링이라 할 수 있으며, 신화적 영웅상이 영웅 스토리의 원형이라 할 수 있다. 그 원형이 인간에게 공통적인 상징으로 남아 영웅 이미지 체계를 형성하여 영웅의 모델화가 가능할 수 있고, 이는 게임 콘텐츠에서 영웅 캐릭터로 형상화하는 데 원천자료를 제공해 줄 수 있다고 하겠다.

---

18 〈전우치전〉, 나손본, 『한국고전문학전집』 25, 김일렬 역주, 201쪽.

2) 도술의 공간적 배경과 스토리텔링

도술과 디지털 게임이 유사한 시간성을 보여주고 있는 것처럼 공간의 활동 영역도 많은 부분에서 공통점을 가지고 있다. 디지털 게임 공간은 다양한 층위에서 논의가 가능하다. 데이터베이스로서 공간, 인터페이스로서 공간, 월드로서 공간,[19] 그리고 스토리텔링으로서 공간 등이 바로 그것이다. 물질적 시간은 아니지만 컴퓨터 그래픽 기술로 만들어진 자연, 지형지물, 그리고 가상의 건축공간이며, 플레이어가 들어가 놀 수 있고, 플레이어가 적극적 개입을 통해 게임의 사건을 만들어가는 공간, 즉 경험과 감성을 나눌 수 있는 장소적 맥락의 공간이 바로 게임 공간이다.[20]

이처럼 영웅소설과 게임 공간은 신화적 판타지 공간이다. 신화적 공간은 인간이 세속 속에서 살면서 신성 세계를 꿈꾸는 상상력의 결과물이다. 신화적 공간은 인간적 삶의 영광과 인간존재의 무한한 가능성, 인간의 마음이 지닌 선함과 아름다움이 그들의 초현실적인 형상을 통해 표현되는 곳이다. 따라서 플레이어가 마주하는 게임 세계의 공간은 새롭게 창조된 세계로 중세 판타지 세계관을 그 배경으로 삼고 있는 경우가 많다. 실지로 톨킨이 실존하지 않는 중간 세계라는 공간을 창조해 낸 것처럼 중세의 판타지 특성으로 존재하지 않는 세계를 창조하여 낯설음의 미학을 제공하며, 디지털 게임 안에서 중세풍의 갑옷을 걸친 채 용과 싸우는 기사나 비현실적인 복장을 한 초자연적인 생명체들이 가상공간을 활보하며 마법과 주술을 자유자재로 사용하는 게임의 세계는 신화적 상상의 공간을 보여주는 좋은 예라 하겠다.

---

19 이재현 편저, 『인터넷과 온라인 게임』, 커뮤니케이션북스, 2001, 99쪽.

20 이동은, 「신화적 사고의 부활과 디지털게임 스토리텔링」, 『인문콘텐츠』 27, 인문콘텐츠학회, 2012, 111쪽.

신화의 공간에 등장하는 개체들은 그만큼 현실 세계의 '사실감'이란 구속으로 자유로울 수 있다. 미래의 공간을 서사에 도입하는 것도 마찬가지 측면에서 이해할 수 있다. 영웅 스토리가 지니는 비근대적인 상상력이 새로운 이야기 문학에 크게 기여할 수 있다고 볼 수 있다. 그 상상력의 대표적인 특징을 보면, 하나는 현실과 비현실을 넘나드는 총체적인 세계의 구현이며, 하나는 공간의 필연에 따른 이야기 만들기이다.[21]

이처럼 게임, 영화, 소설을 아우르는 거대한 서사물은 대부분 판타지 공간을 형상화하고 있는 경전이나 신화에 기댄다. 영화 〈스타워즈〉는 아더왕 이야기를 바탕으로 했고, 영화 〈매트릭스〉는 성경, 불경을 비롯한 다양한 경전을 근거로 사건을 전개시켰다. 오히려 인간의 상상력은 근대 이전으로 나가고 있는 것이다.[22] 이제 디지털 스토리텔링은 현실에 존재하는 세계뿐만 아니라 가상의 세계까지도 충실히 담아낼 수 있기에 영웅 스토리의 서사 공간을 게임의 신화적 시공간으로 창조하는 것은 그리 어려운 방법이 아니다. 컴퓨터그래픽에 의한 어떠한 상상의 공간도 스토리텔링의 방법을 통해 얼마든지 쉽게 묘사해 낼 수 있다.

게임은 항상 유저에게 환상의 공간을 펼쳐놓고 그 공간 속을 탐험하도록 만든다. 유저들이 게임을 통해 허구의 공간을 탐험하도록 만든다. 그 공간 속에 들어가서 영웅 스토리를 경험하게 만드는 판타지의 공간을 의미한다. 스토리텔러는 이러한 판타지 공간을 상승적으로 사건의 난이도에 따라 공간배치가 이루어지도록 한다. 이는 영웅 스토리의 변형과 확대 가능성을 열어놓은 것인데 스테이지의 단계에 따른 변화 가

---

21 김탁환, 「고소설과 이야기문학의 미래」, 『고소설연구』 17, 한국고소설학회, 2004, 5-6쪽.

22 김탁환, 앞의 논문(2004), 15쪽.

능성이 곧 스토리의 풍부함을 낳을 수 있는 방법이 되는 것이다.

〈홍길동전〉의 시공간이 신이성과 환상성의 특징이라면 게임의 경우 비현실성, 초월계, 상상계가 그 특징이라고 할 것이다. 〈홍길동전〉의 꿈, 비현실적 도술, 능력 등은 모두 서사 구조상에 등장하는 요소이다. 이는 현실과 거리를 두고 있다는 것과 비현실계에 대한 반영의 하나이다. 눈에 보이는 현상의 세계만이 존재하는 것이 아니라 현상과 질료의 세계를 넘어선 또 다른 차원의 세계를 인정하고 있다는 것이다. 게임 경우도 마찬가지여서 굳이 꿈이라는 것이 아니어도 공간과 시간의 이동, 환생 등의 장치를 통해 용, 신, 천계, 영혼의 세상 등의 시공간의 신이한 공간을 가지고 있다. 이외에도 텍스트의 내적 공간에 등장하는 도구나 아이템에서도 신이한 특성, 인물, 캐릭터의 이미지 등을 찾을 수 있다. 도구 역시 특정한 의미를 가지고 사용되며 사건이나 인물의 갈등, 문제의 해결이나 연결에서 열쇠의 기능을 가지기 때문이다.

두 개의 작품에서 도술의 서사 공간을 살펴보면 다음과 같다.

작품명	서사 공간	도술의 유형
〈홍길동전〉	가정 공간	* 주위의 환경을 변화시켜 어지럽게 함. * 도술을 부려 자객을 죽임.
	지하굴 공간	* 도술을 통해 요괴를 퇴치시킴.
	활빈당 공간	* 둔갑법을 통하여 자신의 몸을 여러 개로 나누어 분리시킴.
	율도국 공간	* 도술로서 율도국 정벌.
〈전우치전〉	가정 공간	* 수리로 변함. 은자를 청개구리로, 돈을 뱀으로, 쌀을 벌레로, 해물은 생선으로, 족도리는 금가마귀로 변화시킴.
	마을공간	* 죽은 생물을 살아나게 함, 나뭇잎을 병사로 변신시킴. 중을 자신의 모양으로 변심시킴, 축지법을 통해 병 속으로 들어감.
	산속 공간	* 학을 타고 공중에 남, 선관이 됨, 바람으로 변함.
	관청공간	* 선전관들의 부인을 기생으로 변신시킴, 전우치가 왕연희로 변하고, 왕연희가 구미호로 변하게 함.

〈홍길동전〉의 서사 공간은 가정, 지하굴, 활빈당, 율도국 등으로 상향적인 공간이동을 부챗살처럼 펼쳐 보여주고 있다. 이는 파노라마처럼 장면을 순차적으로 넘기면서 볼 수 있는 순차 공간으로 형상화하고 있다. 〈홍길동전〉은 몇 가지의 공간적인 이동에 따라 사건을 전개해 낼 수 있는 장점이 있다. 먼저 주인공 홍길동을 중심으로 벌어진 갈등 구조를 살펴보면 ①가정에서의 갈등 ②지하국에서의 요괴퇴치 ③활빈당에서의 갈등 ④율도국 건설과정에서의 갈등으로 나누어 공간을 스토리텔링으로 창조할 수 있다. 예컨대 초인 일곱을 팔도의 도적패로 바꾸어 표현한다든지, 이러한 도적들이 길동의 무예와 위용에 이끌려 단합하여 활동한다는 설정은 오늘날 게임을 즐기는 사람에게 흥미 있는 사건 전개가 될 수 있다. 홍길동이 적굴에 들어가 수괴가 되는 과정에서 치열한 투쟁과 승리과정을 단계적인 사건으로 만들 수 있다.

〈전우치전〉에서 전우치는 몰락한 가정에서 관노의 아들로 태어난 결핍된 출생의 이력을 가지고 있다. 당시대의 혼란한 사회에서 흉년과 질병으로 민심이 흉흉하고 벼슬아치들이 사화를 일으켜 서로 죽이던 판이라 현실사회가 결핍된 모순이다. 그러나 전우치는 비록 관노의 아들로 태어났으나 훗날 총명한 영웅이 될 것을 출생담으로 암시받는다. 태어나면서 치아가 나고, 점점 자라 수개월 만에 걷게 되자, 후에 국가와 가정에 큰 재앙적인 존재가 될 것을 염려한 부친에 의해 전우치를 죽이려고 하였으나 어머니의 도움으로 집을 나가게 된다.[23]

23 이러한 서사는 일찍이 〈아기장수 설화〉와 유사한 부분이 있으며, 여러모로 〈홍길동전〉과 흡사한 점이 많다. 또한 〈최고운전〉이나 창작 군담소설의 영향을 많이 받은 흔적이 두드러지게 나타나고 있다. 나손본은 〈홍길동전〉에서처럼 도술 영웅의 일대기를 그리고 있다. 최삼룡은 이러한 측면에서 〈전우치전〉도 도술이라는 환상의 무기로 인간의 부귀영화를 얻고자 하는 세속적 욕망의 표현을 형상화하고 있다고 하였다.

전우치는 더 이상 가정에 머물 수 없어 자신을 죽이려고 했던 주변 사람을 떠나 위기에서 벗어난다. 그리고는 가정이라는 공간을 떠나 탁월한 능력을 기르게 된다. 전우치의 두 번째 활동공간은 도술을 습득하는 과정이자 산속의 공간이다. 이 공간은 둔갑한 여우에게 천서를 얻어 술법을 통달하게 되는 영웅화 과정이 펼쳐지고 있다. 전우치는 가정, 산속, 국가 등 세 가지의 커다란 서사 공간으로 이동하면서 활동을 하는 것으로 형상화하고 있다. 이러한 소설 속에서 전우치의 활동공간은 ①가정 공간 ②산속 공간 ③마을 공간 ④관청 공간 등 4개의 공간창조를 통하여 사건이 크게 확대되면서 게임으로 스토리텔링을 할 수 있다.

3) 도술의 단계적 사건과 스토리텔링

소설이나 게임에서 사건의 형상화는 작가의 창의적인 발상이 돋보이는 부분이다. 사건을 어떻게 구상하고 설계하느냐에 따라 게임의 성격이 달라지기 때문이다. 사건은 인류의 다양한 행동반경들이 묘사되고 있으며, 당시대의 사회성이 가장 잘 반영된 것이기도 하다. 특히 판타지적인 요소를 서사에 끌어들일 수밖에 없는 게임은 플레이어의 상상력을 자극하는 우연적인 사건이 중심을 이루어 몰입하게 만든다. 사건은 플롯이 반복되면서 변형되어야 한다. 즉 사건의 레벨이 상승할수록 어려운 갈등구조를 스토리텔링해야 독자의 몰입도가 높아진다는 의미다. 사건이 레벨에 따라 흘러가면서 갈등이 상승하는 구조를 통하여 최고조의 게임을 맛보게 된다. 성공한 게임은 여러 가지 조건이 수반되겠

최삼룡, 「〈전우치전〉의 도교사상 연구」, 『도교와 한국문화』, 아세아문화사, 1991, 340쪽.

지만 그중 하나가 사건에 대한 스토리텔링이라 할 수 있다.

〈홍길동전〉에 나타난 특정 사건의 등장과 게임에서 이벤트의 등장은 기본적으로 차이점이 있다. 〈홍길동전〉에서 사건이나 문제의 발생은 인과관계가 분명한 경우가 대부분이다. 서자의 자식으로 태어났기에 신분 상승을 할 수 없으며, 천한 대접을 받아야만 했고, 이러한 적서차별로 인해 뒤에 그 대가를 크게 치러야만 굴레를 벗어날 수 있기 때문이다. 게임의 경우도 마찬가지이다. 사건이나 이벤트는 시스템 내지 후행 사건의 전사건, 이벤트에 의해 이어지고 그 이벤트 사건의 원인 또한 전적으로 인과관계에 의한 것이지 결코 우연에 의한 것이 아니다. 사건에 철저한 인과관계를 갖는 방식에 있어서 게임은 영웅소설과 많은 유사성을 보여준다.

사건은 스토리 속에 내재된 주인공의 행위구조라고 할 수 있다. 즉 주인공이 목표를 향해 나아가는 인과적인 플롯이다. 이때 사건은 스토리 전체에서 볼 때 큰 주제를 향해 나열된 인과적인 의미망이며, 앞과 뒤에 의미가 연결되는 계기성을 중요시해야 한다. 그러므로 영웅소설이 가지고 있는 서사적 특성 중에 우연성보다는 필연성의 스토리 전개가 이루어져야 한다. 너무 우연성에 치우친 스토리텔링이 이루어지면 게임의 신뢰성에 큰 문제가 대두되기 때문에 사건의 흐름이 정교하게 진행될 수 있도록 탄탄한 사건구조가 만들어져야 한다.

대체로 하나의 게임은 단순한 한 가지의 사건을 해결하는 것으로 끝나는 것이 아니라 수십 개 단위의 사건이 발단, 진행, 결과단계로 만들어져 퀘스트 형식으로 이어진다.[24] 반면에 서사의 사건이 많고 갈등 구

24 이재홍은 내러티브의 개입이 약한 보드게임, 슈팅게임, 액션게임 등의 경우에는 대개 '기-승-전-결'의 4단계 서술구조를 갖게 된다고 보았다. 이재홍, 「World of

조가 많이 반복되어 나타나도록 형상화된 이야기 구조에서는 발단-전개-위기-절정-결말로 진행된다. 이러한 서사구조 속에 주인공이 겪게 되는 사건의 난이도는 초급에서 단계별로 최고의 전투로 연결되는 상승적인 궤도를 따라가게 되며, 이러한 5단 구조는 다양한 사건들이 창조적으로 끼어들어 갈 여지가 있다. 롤플레잉 게임의 서사구조에서 이러한 형태의 순차적인 사건이 많이 나타난다.

일찍이 포스터(Edward Morgan Forster)에 의하면 스토리는 사건 서술의 계기성을 의미하고 플롯은 사건 서술의 인과성을 의미한다고 말하며, 플롯이 인과성에 의해 서술되는 사건 구조라는 것을 밝히고 있다.[25] 그러므로 〈홍길동전〉을 게임으로 전환할 때 홍길동이 살아간 일대기의 구조 속에서 펼쳐지는 영웅적인 의적의 활약상이 일정한 사건의 흐름에 따라 배치되고, 사건의 연속성을 통해 보편적인 주제를 이끌어가야 한다.

〈홍길동전〉의 경우를 보면 홍길동을 중심으로 벌어지는 단계적인 사건을 유희적으로 창조하면 된다. 특히 〈홍길동전〉의 갈등 구조가 창조되어 시퀀스가 늘어날 경우는 아래와 같이 전개 부분의 사건 1에서 사건 22까지의 부분을 스테이지의 전개형식으로 나누어 사건을 확장시켜 전개할 수 있다.

Warcraft의 서사 연구」, 『한국 게임학회 논문집』 8(4), 한국게임학회, 2008, 49쪽.

25 Edward Morgan Forster, 『Aspects of the Novel』, London, 1927.; 한국현대소설연구회, 『현대소설론』, 평민사, 1994, 74쪽.

단계적인 사건			적대자	사용도구
가정 사건	사건1	발단	계모와의 싸움	몸
	사건2		이웃과의 싸움	나무
	사건3		자객과의 싸움	칼
산속 사건	사건4	전개1 전개2 전개3 ↓ 전개n	구원자를 만남	진법, 검술습득, 병서터득
	사건5		도적과의 싸움	갑주, 홍선
	사건6		힘센 도적과의 싸움	책, 일척검, 병서
활빈당 사건	사건7		활빈당 졸병	손오병서, 궁마지, 옥지환
	사건8		활빈당의 여러 적수와 만남	손오병서, 육도삼략
	사건9		활빈당 괴수와의 전투	옥주, 갑주, 천리마
요괴굴 사건	사건10		곰과의 전투	보검, 청룡도
	사건11		뿔이 둘인 괴물과 전투	장성검, 신화경
	사건12		힘센 요괴와의 전투	자룡검
해인사 사건	사건13		해인사의 탐관오리1과 전투	환약, 용마
	사건14		해인사의 탐관오리 2와 전투	갑주, 운무갑
	사건15		해인사의 탐관오리 대장과 전투	일광주, 천사마
포도대장과의 전투 사건	사건16	위기	병사들과의 전투	철갑투구, 청룡도, 오초마
	사건17		팔도대장과의 전투	갑옷투구, 삼척보검
	사건18		포도대장과의 전투	황금갑주, 쌍용마구, 용천검
왕실의 최고 군사와의 전투 사건	사건19	절정	왕궁병사들과의 전투	삼척신검, 보검
	사건20		병조판서 무리와의 전투	옥함, 둔갑술
	사건21		왕과의 담판	용천검, 풍운경
율도국 정벌전투 사건	사건22	결말	율도국 괴수와 전투 승리	천리총마획득, 천리토산마, 전쟁기계

또한 〈전우치전〉에 등장하는 도술 모티브는 독자의 상상력을 자극하여 흥미를 유발하기 위한 특별한 장치이다. 도술이 여러 문제를 해결

하는 열쇠로 사용되고 있으며, 이것은 환상적 장치를 통해 독자로 하여금 작품 속으로 흡인하게 하는 중요한 기능을 한다. 〈전우치전〉은 문헌설화에서 생략되거나 한두 편에 불과했던 도술 행각의 설화가 소설화하면서 허구적인 사건을 창출시켜 온갖 도술을 행하며 플롯을 전개해 간다. 사건의 구성도 몇 개의 도술담의 일화로 엮어져 도술가의 에피소드를 한군데 모아 놓은 느낌을 준다.[26] 이는 시대를 내려오면서 얼마든지 도술 화소가 덧붙여질 가능성이 많다.

〈전우치전〉의 (일사본)에 나타난 도술삽화를 순서대로 나열하고 이를 종합하여 주인공의 도술 행각에 대한 서술자의 태도를 사건별로 정리해보면 다음과 같다.

단계적인 사건			대상	변신의 내용
변신의 사건	사건1	발단	전우치	도술로 선관이 됨
	사건2	전개1 ↓ 전개n	선전관의 부인	기생으로 변신
	사건3		전우치	수리로 변신
	사건4		전우치	중으로 변함
	사건5		전우치	왕연희로 변신
	사건6		시기하던 도승지 왕연희	구미호로 변신
환생의 사건	사건7		죽은 생물	살아나게 함
	사건8		나뭇잎	병사로 변신
관리를 혼내주는 사건	사건9		백발노인의 아들	도술로서 구해줌
	사건10		돼지머리를 빼앗아간 관리	도술로서 혼내줌
	사건11		잔치에서 교만한 자와 창기	도술로 혼내줌

26 김일렬, 「〈홍길동전〉과 〈전우치전〉의 비교연구」, 『어문학』 30, 한국어문학회, 1974.

등운의 사건	사건12		학을 타고 공중을 낢	새처럼 날아다님
	사건13		호서땅 역모 사건에 휘말려	그림속의 나귀를 타고 도망침
축지의 사건	사건14		전우치	병속으로 들어감
	사건15		가난한 한자경에게	신비한 족자를 줌
이물변이 사건	사건16		은자	청개구리로 변신
	사건17		시기심 많은 민씨부인	구렁이로 변하게 함
	사건18		돈	뱀으로 변신
	사건19		쌀	벌레로 변신
	사건20		해물	생선으로 변신
	사건21		족도리	금가마귀로 변신

이상의 21개 사건의 도술 행각을 4개의 공간으로 이동하면서 전우치가 도술을 통하여 자기에게 피해를 주는 자와 의협심에서 약한 자를 도와주거나 지배계층의 부조리한 것을 바로잡기 위한 목적으로 도술을 행하고 있음을 볼 수 있다. 〈전우치전〉의 이러한 모습은 〈홍길동전〉처럼 부조리한 사회제도나 현실을 개조해 보겠다는 각오나 그것을 쟁취하기 위한 집단적 행동은 보이지 않는다.[27]

〈홍길동전〉과 〈전우치전〉의 사건을 융합하여 게임의 사건으로 전환하는 스토리텔링의 방법으로 두 작품에 형상화된 도술의 사건들을 스테이지별로 변환 설정하는 방법이 필요하다. 예컨대, 〈홍길동전〉의 상승적인 서사 축에 〈전우치전〉의 삽화적인 도술 이야기를 삽입하는 방법으로 게임화하는 방법이다.

---

27 그러나 신문관본 〈전우치전〉의 경우에는 구한말의 어지러운 정치실현을 비판하고 도술로써 이를 응징하려는 사회의식을 나타내고 있으며, 나아가서는 기울어가는 민족의 자주정신을 재생시켜서 국권을 회복하려는 의도에서 쓰여진 작품이라 할 수 있다.

게임의 경우, 게임 초반에는 검술학교, 마법학교와 같은 일정한 학습기관을 통해 기본적인 스킬을 습득하는 과정이 필요하고 더욱 상위 스킬을 익히려면 일정한 조건을 만족해야만 가능하게 된다. 또한 본고에서 주목하고자 한 것은 MMORPG이기 때문에 시간과 노력을 통해 캐릭터의 레벨을 올려야 하는 게임의 속성상 한곳에서 지속적으로 머물기보다는 돌아다녀야 하고, 일정 퀘스트를 수행하기 위해서는 이동해야 하기 때문에 도술 행위를 통한 경험치를 습득하고 사건의 레벨을 올려야 한다.

5. 결론

본고는 조선 시대의 대중소설이라 할 수 있는 영웅소설의 두 작품, 예컨대 〈홍길동전〉과 〈전우치전〉을 대상으로 하여 작품에 수용된 도술 모티프를 게임으로 전환할 수 있는 방안을 고찰하였다. 특히 고전의 다양한 원형자료들이 다매체로 전환되고 있다는 현실에서 영웅소설과 게임의 관련성을 찾고자 하였다. 한 시대는 전통적인 문화양식을 일정하게 수용하면서 또 다른 양식의 문화가 창조되기 마련이다. 정보화 시대를 살아가는 요즘에는 소비자의 문화향유 방식이 예전과 차원이 다르게 변모하여 다양한 매체가 존재하고, 그것을 향유하는 방식도 다양하다. 즉 예전과 문화의 패러다임이 완전히 다른 것이다. 소비자의 기대치가 높아지고 다양해졌으며, 일탈의 욕망이 강해지고 있다. 이제는 우리의 옛 이야기를 재창조하여 새로운 영상 게임 콘텐츠로 전환시켜야 한다.

따라서 본고는 〈도술〉을 게임으로 창작하여 다른 매체를 통해 향유할 필요성이 있다는 의도에서 출발하였으며, 그 가능성 있는 방안으로

〈홍길동전〉, 〈전우치전〉과 게임의 서사구조를 살펴보았다. 본고는 소설의 3요소인 인물, 사건, 배경을 게임의 요소와 비교하여 전환 가능성을 세 가지로 살펴보았다.

첫째, 주인공의 영웅적인 캐릭터는 신화를 기본으로 하는 영웅 스토리텔링이라 할 수 있으며, 신화적 영웅상이 영웅 스토리의 원형이라 할 수 있다. 그 원형이 인간에게 공통적인 상징으로 남아 영웅 이미지 체계를 형성하여 일종의 소설과 게임에 등장하는 영웅의 모델화가 가능할 수 있다고 하겠다.

둘째, 〈도술〉의 시공간은 눈에 보이는 현상의 세계만이 존재하는 것이 아니라 현상과 질료의 세계를 넘어선 또 다른 차원의 세계를 인정하고 있다는 것이다. 게임 경우도 이는 마찬가지여서 굳이 꿈이라는 것이 아니더라도 공간이나 시간의 이동, 환생 등의 장치를 통해 용, 신, 천계, 영혼의 세상 등의 시공간의 신이적 공간을 가지고 있어 유사점을 보여주고 있다.

셋째, 대체로 하나의 게임은 단순한 한 가지의 사건을 해결하는 것으로 끝나는 것이 아니라 수십 개 단위의 사건이 발단, 진행, 결과단계로 만들어져 퀘스트 형식으로 이어진다. 반면에 서사의 사건이 많고 갈등구조가 많이 반복되어 나타나도록 형상화된 이야기 구조에서는 발단-전개(전개1-전개2-전개3---전개n)-위기-절정-결말식으로 진행되며 주인공이 겪게 되는 사건의 난이도는 초급에서 단계별로 최고의 전투로 연결되는 상승적인 궤도를 따라 다양한 사건들이 창조적으로 끼어들어 갈 여지가 있다는 점에서 게임화의 가능성을 살펴보았다.

'요괴 퇴치담'의 게임 스토리텔링

1. 서론

이 글은 우리나라 고전 서사인 영웅 스토리에 수용된 '요괴 퇴치담'의 모티프에 주목하여, 이를 게임으로 전환 스토리텔링하는 방안을 살펴보고자 한다. 특히 우리 옛이야기 중에서 영웅 인물을 주인공으로 한 '대적퇴치담'[1]과 〈금령전〉,[2] 〈홍길동전〉[3]에 수용된 '요괴 퇴치담'을 중심으로 살펴보고자 한다.

주지하다시피, '요괴 퇴치담'은 전 세계적으로 널리 분포된 탐색과 변신이라는 모티프를 통해 영웅 스토리에 많이 수용되어서 이야기마다 유사한 구조를 가지고 있는 것이 특징이다. 특히 요괴가 살아가고 있는 곳은 지하 공간으로써 지상 공간과 구별을 통해 인간의 탐욕과 성취를 이루어가는 감추어진 공간으로 상징화되고 있다. 이러한 공간창조는 인간의 현실로부터 일탈과 판타지의 공간이며, 자연스러운 당시대인의 사유와 맞닿아 있다. 특히 그들의 사유체계는 이원론적인 세계관에 바

---

1 〈대적퇴치설화〉는 『한국구비문학대계』, 한국정신문화연구원, 1979-1988. 총 88책에 다량의 이야기가 채록되어 전하고 있고, 공통된 서구조를 활용하고자 한다.

2 〈금령전〉은 『고소설판각본전집』에 수록된 〈금령전〉 경판본 16장을 참고하였음.

3 〈홍길동전〉은 『고소설판각본전집』에 수록된 경판본 24장을 참고하였음.

탕을 두고 있다. 그들의 사유방식은 고대인의 순환론적인 사고에서 비롯된 것이지만 천상, 지상, 지하, 수궁이라는 별세계의 존재에 대하여 믿었으며, 특히 지하계는 어둡고 칙칙하며, 요괴와 같은 여러 괴물이 살아가는 두려운 공간으로 인식된 곳이다.

일반적으로 '요괴 퇴치담'은 지하계라는 별천지의 이야기로써 지하계의 괴물에 의해서 인간이 공격이나 기습을 당하는 것으로 시작한다. 그러자 기습적으로 공격을 당한 인간이 영웅을 통해 다시 지하계의 요괴(괴물)를 있는 힘을 다하여 알아내고 처치한다는 영웅 스토리이다. 특히 인간이 요괴를 찾아내는 과정에서 주로 외적인 공격을 가하는 이물(異物)의 몸과 지상이 명주실로 연결되거나 지상계와 지하계가 밧줄로 연결된다. 그리고 이물을 찾아 나서는 과정에서 입사과정의 하나인 굴이나 구멍을 통과한다.

여기에서 지하계의 요괴들은 지상에 사는 인간을 괴롭히자 천상의 하나님이 내려와 지하계의 악한 무리를 쳐부수고 지상계의 통치질서를 확립시켰다.[4] 이처럼 지하계의 요괴는 인간에게 선(善)을 베푸는 선신(善神)이기 보다 악(惡)을 가하는 악신(惡神)으로 나타난다. 이러한 요괴들은 초인적인 능력을 가진 이물임에 틀림없으나 인간의 의지와 상관없는 자신의 전횡을 행사하는 악한 면이 부각된다. 이처럼 서로 다른 공간에서 존재하는 대상의 욕망은 자연스러운 충돌을 유발하며, 싸움을 통한 승리자의 영웅화와 행운은 곧 오늘날 우리의 욕망과 다를 바 없다.

그동안 '요괴 퇴치담'은 삽입 설화나 고소설을 연구하는 과정에서 단편적으로 고찰하여 주인공의 능력을 성장시켜주고 확인시켜주는 입사의 과정으로만 파악하였다. 그러나 본고는 기존 선행 연구의 결과물을 수용

4 최남선, 『조선상식문답』, 삼성미술문화문고16, 1972, 146쪽.

하여 콘텐츠의 원천자료로 유용하게 활용하고자 한다. 이것은 '요괴 퇴치담'이 수많은 게임을 즐기고 몰입하는 현대인에게 재미있게 게임으로 전환시킬 수 있는 중요한 스토리의 원천자료가 될 수 있기 때문이다.

본고는 지하계에서 벌어지는 '요괴 퇴치담'의 모티프를 오늘날 여러 가지 게임 방법에 맞게 스토리텔링이 가능하다는 점을 전제로 '요괴 퇴치담'에 등장하는 중요 인물의 캐릭터와 공간, 사건의 단계적 전개와 주어진 미션에 따른 난이도의 확장, 보조도구로 대변되는 아이템의 창조와 배치 등을 통해 요괴와 영웅의 대결을 게임으로 전환시킬 수 있는지를 살펴볼 것이다.

2. '요괴 퇴치담'의 서사와 게임의 스토리텔링 구조

우리의 고전 서사 중에서 '요괴 퇴치담'은 구비 및 문헌설화에서 다양한 유형으로 스토리텔링하여 오늘까지 전해지고 있다.[5] 이러한 스토리가 설화에서는 완전한 한편의 이야기로 전해지다가 소설시대로 접어들면서 소설 창작의 모티프로 수용되었다. 특히 '요괴 퇴치담'은 영웅 스토리의 중요한 모티프로 수용되어 주인공의 탁월한 활약과 영웅성을 보장해주기 위한 가장 유용한 스토리텔링 방법으로 활용하였다. 따라서 '요괴 퇴치담'은 오랜 시간과 수많은 사람에게 회자되어 당시대에 이미 대중성

---

5 '요괴퇴치 이야기'는 '지하국대적퇴치 이야기'와 같은 개념으로 볼 수 있으며, 우리나라 전 지역에 광범위하게 분포되고 있음을 선행 연구를 통해 파악해 볼 수 있다. 한국정신문화연구원, 『한국구비문학대계』, 1979-1988. 총 88책에 다량의 이야기가 채록되어 전하고 있다.
손진태, 『한국민속설화의 연구』, 을유문화사, 1987중판에 수록되어 전한다.

을 확보하였으며, 일정한 인물의 전형성과 사건의 도식화가 이루어지면서 일정한 이야기의 틀이 광범위하게 고착된 것으로 볼 수 있다.

따라서, 영웅 스토리를 수용하고 있는 세 편의 서사문학에서 '요괴 퇴치담'을 게임으로 스토리텔링하는 데 있어서 중요한 것은 '요괴 퇴치담'의 전형적인 스토리의 틀을 어떻게 설정하느냐와 후대의 소설로 수용된 모티프의 서사성을 뽑아서 게임으로 전환할 때 어떠한 형태로 스토리텔링할 것인가가 중요한 문제다. 예컨대 '영웅의 일생'[6]이란 구조에 인물, 사건, 배경이 갈등구조로 얽혀있으며, 유기적인 순서에 따라 순차구조로 스토리가 진행된다. 이러한 서사구조는 일반적인 우리나라 '요괴 퇴치담'의 서사문학이 가진 큰 틀이라 할 수 있다.

먼저, '요괴 퇴치담'의 서사구조를 보면 천상계의 선(善)한 인물과 지상계 인간들의 세속적(世俗的)인 인물의 삶, 그리고 지하계 요괴들의 악(惡)한 인물로 형상화되어 갈등과 반목으로 진행된다. 주인공은 지상에서의 결핍된 욕망을 채우기 위하여 위험을 무릅쓴 입사식의 일환으로 지하계를 다녀오게 된다. 여기 지하계는 주인공이 치러야되는 요괴와 대적이 설정되고, 치열한 투쟁과 영웅적 활약을 통해 잃어버린 여성을 찾아 지상계로 돌아와 부귀영화를 누린다. 이처럼 게임 같은 주인공의 여정은 여러 번에 걸친 생사(生死)의 투쟁이 단계적으로 펼쳐지며 사건의 해결이 역동적으로 펼쳐지도록 설정되어 있다.

먼저, '지하국대적퇴치담'에 수용된 '요괴 퇴치담'의 사건 전개 양상

6 영웅의 일생은 ①고귀한 혈통으로 출생 ②잉태와 출생이 비정상 ③범인과는 다른 탁월한 능력 ④어려서 기아가 되어 죽을 고비를 맞음 ⑤구출양육자를 만나 위기에서 벗어남 ⑥자라서 다시 위기를 맞음 ⑦위기를 투쟁으로 극복하여 승리자가 된다는 구조방식이다. 조동일, 「영웅의 일생 그 문학사적 전개」, 『동아문화』 10, 서울대동아문화연구소, 1971.

을 사건 중심으로 정리하여 '요괴 퇴치담'의 일반형 서사구조[7]를 살펴보면 다음과 같다.

① 부와 권력을 가진 공주(여성)가 괴물에게 납치된다.
② 왕(아버지)이 재물과 딸을 현상금으로 걸고 용사를 찾는다.
③ 미천한 남성이 용사로 등장한다.
④ 용사가 부하와 함께 납치된 여성을 찾아 떠난다.
⑤ 용사가 괴물이 거처하는 지하국을 알아낸다.
⑥ 용사는 좁은 문을 통해 지하국에 도착한다.
⑦ 용사가 물을 길러 나온 여성의 물동이에 나뭇잎을 뿌려 구원자가 왔음을 알린다.
⑧ 용사가 납치된 여성의 도움으로 괴물의 집 대문을 통과한다.
⑨ 공주(여성)가 용사의 힘을 시험하기 위해 바위를 들게 하였으나, 용사는 실패한다.
⑩ 공주(여성)가 용사에게 힘내는 물을 먹인다.
⑪ 공주(여성)의 지혜로 괴물을 죽인다.
⑫ 용사가 납치된 사람을 구하나 부하들이 용사만 지하에 남겨둔 채 공주(여성)를 가로챈다.
⑬ 용사가 조력자의 도움을 받고 지상으로 나온다.
⑭ 용사가 부하들을 모두 처벌하고 구출된 공주(여성)와 혼인하여 잘 산다.

이 작품의 이야기 전개 방식은 여성이 지상에서 지하로 납치되고,

---

7 지하국대적퇴치이야기는 전국적으로 분포된 이야기로 유사한 서사구조로 되었다. 본고의 대상 작품은 한국정신문화연구원에서 간행한 『한국구비문학대계』, 1979-1988, 초 82책에 수록된 이야기 중에서 일반형 서사구조를 제시하고자 한다.

용사는 납치된 여성을 구출하기 위하여 지하로 찾아 떠난다. 그리고 요괴를 퇴치하고 납치된 여성을 데리고 지상으로 올라와 혼인하고 부귀영화를 누린다는 서사로 전개하고 있다. 따라서 크게 세 부분으로 나누어 볼 때, 첫 번째는 지상을 중심으로 사건이 진행되고, 둘째는 지하를 중심으로 사건이 진행되며, 셋째로는 다시 지상에서 벌어진 사건의 결말로 이루어진다. 특히 두 번째인 지하를 중심으로 벌어진 사건 스토리의 구조를 게임구조로 전환하는 방안에 주목하고자 한다.

다음은 소설로 수용된 '요괴 퇴치담'을 〈금령전〉의 서사구조[8]를 통해 정리해 보면 다음과 같다.

① 해룡의 탄생
② 난리 중에 버려지나 도적에게 구출된다.
③ 신통한 재주로 살아나 모친께 효도하고 사라진다.
④ 금선공주가 탄생한다.
⑤ 10세 때에 요괴에게 납치당한다.
⑥ 해룡이 양부모 밑에서 자라나 13살 때 양부가 죽고 양모의 괴롭힘을 당하자 집을 떠난다.
⑦ 집을 떠나 동굴 속에 들어가 요괴와 싸워 승리하고 공주를 구출하고 결혼한다.
⑧ 전쟁에 나가 금령의 도움으로 승리한 다음 금령이 사라진다.
⑨ 금령이 사람으로 변한다.
⑩ 해룡이 친부모를 만나고 금령과 결혼하고 잘 살다가 셋이서 승천한다.

8 본고의 텍스트로는 『고소설판각본전집』 제4권에 수록된 〈금령전〉 경판본 16장을 대상으로 하였다.

〈금령전〉의 스토리 전개방식을 보면, 금령과 해룡은 천상에서 내려온 인물이다. 혼인의 날에 금령은 죽고 해룡은 자기 세계를 떠나 다른 차원의 세계로 도피한다. 이때 금선공주가 10세에 요괴에게 납치당하여 동굴 속으로 끌려간다. 그리고 해룡은 계모 막씨와 함께 살면서 온갖 고생을 겪고 집을 나와 구원자를 만나 길러진다. 해룡은 동굴 속으로 들어가 요괴와 싸움을 통해 승리하고 공주를 구출하여 결혼한다. 이들의 공간이동은 천상계와 지상계, 그리고 지하계와 다시 지상계로 이어지는 크게 네 부분으로 설정할 수 있다. 여기에서 해룡이 집을 떠나 동굴 속으로 들어가 요괴와 싸워 승리하고, 공주를 구출하는 사건을 게임으로 전환하는 방안을 살펴보고자 한다.

또한 〈홍길동전〉에 수용된 '요괴 퇴치담'의 서사구조를 정리해 보면 다음과 같다.

① 대대로 명문거족에서 시비 춘섬을 어머니로 하여 서자로 태어났다.
② 태몽에 용이 나타났으며, 점점 자라 8세가 되어 총명이 과인하였다.
③ 재주가 비범하여 나라와 가문이 위태로울까 자객을 시켜 죽이려 했다.
④ 자객과 싸움을 통해 승리하였다.
⑤ 집을 떠나 도적의 무리를 이끌고 탐관오리와 싸웠으며, 나라에서 보낸 포도대장과 싸워 이긴다.
⑥ 아버지와 형이 잡혀가고 길동은 조선을 떠날 수밖에 없게 된다.
⑦ 백룡의 딸을 납치해간 요괴와 싸워 승리한다.
⑧ 율도국 왕과도 싸워 이기고 승리자가 된다.
⑨ 요괴를 죽이고 백룡의 딸과 혼인한다.
⑩ 헤어졌던 가족과 다시 만나 부귀영화를 누리며 살다가 죽었다.

홍길동은 현실세계의 결핍된 가정 공간에서 집을 떠나 능력을 길러서 백룡의 딸을 납치해간 지하국 요괴와 싸워 승리하고 율도국의 국왕과 싸워 승리하여 왕이 된다는 점에 주목하여 게임으로의 가능성을 찾아보고자 한다.[9]

물론 각 서사 스토리와 게임구조가 유사하거나 같은 방식으로 전개된다고 보지 않는다. 게임이 기존의 선형적 플롯전개가 가지고 있는 기본적 틀을 배제할 수 없지만 디지털 매체로 만든 게임은 상호작용을 기본적인 특징으로 한 만큼 그 진행 과정과 결말이 개방될 수밖에 없다. 게임 속의 등장인물, 소품, 사건, 장소 등 하나 하나의 요소가 하이퍼 텍스트적인 연결 구조를 가지고 있다. 따라서 게임의 스토리텔링이 비선형구조를 지니며 이러한 끝없이 보이는 가지치기 구조 속에 무엇이 원래의 주된 플롯인지 원래 무슨 이야기를 하려고 했던 것인지를 잊게 해줄 수도 있다.[10] 그러므로 디지털을 바탕으로 한 게임에서 스토리텔링은 차원을 달리하는 새로운 종류의 다중적 상상력을 필요로 한다.

영웅 이야기를 게임으로 각색 스토리텔링할 경우, 기존의 원천자료를 활용하여 게임 서사에 맞게 독창적이고 개성적인 새로운 스토리텔링으

---

9 본고에서 인용한 영웅 스토리의 서사구조와 달리, 게임 서사는 짜여진 시간의 흐름에 따라 진행되는 것이 아니라 이용자가 공간을 자유롭게 배회하며 사건을 만들어낸다는 점에 차이가 있을 수 있다. 게임에서 스토리텔링은 영웅이야기와 같은 기존 문자시대의 텍스트 속에서 분명히 구분되고 공고한 틀을 지니고 있던 영웅의 일생 같은 스토리 관습이 완전히 해체될 수 있다는 가능성도 염두해 두고자 한다.

10 컴퓨터 게임에서는 텍스트 자체가 이용자에게 공간으로 제공되며, 그 공간에서 이용자가 직접 움직이고 돌아다니면서 사건을 유발하고, 다양한 존재물들을 선택, 조작하기 때문에 공간성의 경험이 필수적이다. 예컨대, 〈디아블로2〉나 〈워크래프트3〉에서 이야기의 진행은 시간의 흐름이 아니라 공간의 연결에 의한 것이다. 게임의 저자는 이야기의 한 조각이라 할 수 있는 다양한 장소들로 이루어진 방대한 체계를 조직하여 이용자로 하여금 그 이야기를 탐색할 수 있도록 이야기를 확장해 가는 것이 컴퓨터 게임구조의 독특한 스토리텔링 방식이라 하겠다. 이인화 외, 『디지털스토리텔링』, 황금가지, 2008, 70-71쪽.

로 만들어야 하겠지만[11] 각색 스토리텔링의 과정에서 문학의 원천자료에서 추출한 이야기를 가지고 게임으로 만들 경우, 이야기가 가지고 있는 개연성과 보편성으로 확보된 창의적인 스토리로 창작이 가능하다고 할 수 있다. 이처럼 게임의 스토리를 영웅소설 원천자료에서 추출하여 만들 때, 특히 영웅 이야기를 게임으로 전환하는 데 있어서 향유자가 전환 전후의 작품으로부터 동일한 정체성을 느낄 수도 있지만 핵심적인 모티프만을 차용하거나 사건과 배경을 새롭게 확장하거나 시대적 상황에 맞추어 독립적인 스토리텔링을 구사함으로써 새로운 게임으로 흥미를 창출할 수 있다고 하겠다. 즉 두 작품이 동일한 정체성을 유지하면서도 매체의 특성을 적극 반영하여 장르적 변별성이 확보되고, 재미가 깃든 흥미성과 독창성이 확보된 스토리가 구성되었을 때 상품 가치가 좋은 게임이 탄생될 수 있으며, 마침내 원소스멀티유즈가 가능한 것이다.

'요괴 퇴치담'과 같은 영웅 스토리의 경우, 한국적 스토리텔링이 매우 풍부하게 내재되어 있으므로 게임에 적용할 스토리 개발이 얼마든지 가능하다고 하겠다. 영웅 서사는 단락으로 제시하여 이야기를 전개하는 것이 구조주의적인 영웅의 일대기 과정을 따르거나 혹은 시간의 선후 관계에 따른 간략한 형태로 서술된다. 반면에 게임은 서사 자체가 유동적이다. 주인공은 필수임무를 우선 수행할 수도 있고, 다른 지역을 탐험하며 하부 게임에서 사건의 연결을 자유롭게 할 수도 있다.

---

11 일반적으로 게임 스토리텔링은 사용자의 엔터테인먼트를 충족시켜주기 위하여 이미 존재하는 이야기나 새롭게 창작된 이야기를 담화형식으로 창작하는 행위라고 정의한다. 또한 쌍방향적인 내러티브를 만드는 창작기법으로 게임의 모든 설계 및 설정에 따른 연출적인 방법론이다. 그러므로 문학적 상상력을 게임 이야기로 전환하는 데 기존의 스토리를 독창적으로 창작하는 일련의 이야기 과정을 의미한다. 이재홍, 「게임 스토리텔링 연구」, 숭실대 박사학위논문, 2009, 26쪽.

영웅 서사와 달리 게임구조는 이용자가 게임 공간을 자유롭게 탐험할 수 있기 때문에 '요괴 퇴치담'에 형상화된 세부 사건의 발생순서는 매번 달라질 수 있다. 시퀀스를 할 수 있고, 그 사건의 연결을 임의대로 조정함으로써 다양한 하부 이야기를 만들어 낼 수 있다. 다양한 서브플롯의 가능성을 열어두어 이용자의 선택을 반영할 수 있다는 점에서 '요괴 퇴치담'의 사건구조와 차이를 보일 수 있다. 그러나 전체 이야기의 하부 게임은 스토리를 이용자가 조절할 수 있지만, 전체적인 스토리 구성은 미리 구조화된 틀을 따라 진행한다면 '요괴 퇴치담'도 재미있는 게임 스토리텔링[12]으로 전환이 가능하다.

이처럼 스토리텔링[13]은 모든 사건의 종합체이며 모든 문화콘텐츠 산업의 근원을 형성한다고 할 수 있다. 즉 게임 스토리텔링이야말로 게임 콘텐츠를 창조하는 기본 틀이자 텍스트가 되는 것이다.[14] 그러므로 영

---

12 일반적으로 게임 스토리텔링이란 매체상에서 이루어지는 다선형 구조에 따른 이야기 방식을 의미한다. 이야기에서는 사실에 의거한 기록, 혹은 기록문학적인 논픽션이나 픽션 등 모두 그것을 전달하는 과정에서 이야기하기를 말한다. 즉 지식과 정보를 단순히 나열한다거나 논증, 설명 혹은 묘사의 양식을 취하는 것이 아니라, 사건과 등장인물, 배경이라는 구성요소를 지니고 시작과 중간과 끝이라는 시간적 흐름에 따라 기술해 가는 이야기이다.
최예정·김성룡, 『스토리텔링과 내러티브』, 도서출판 글누림, 2005, 14-15쪽.

13 여기에서 스토리란 작가가 일정한 소재를 통하여 표현하고자 한 내용을 독창적으로 풀어나간 서사구조, 즉 내러티브를 말한다. 일반적으로 내러티브는 시간과 공간에서 발생하는 인과관계로 엮어진 실제 혹은 허구적인 사건들의 연결을 의미한다. 소설에서는 문자만으로 이루어지지만 영상분야에서는 이미지, 대사, 문자, 음향, 그리고 음악 등으로 이루진 것을 포함한다. 흔히 이를 '스토리텔링'이라고 하는데 본고는 이 용어를 사용하고자 한다.

14 그렇다고 해서 이야기 서사와 게임의 서사가 반드시 일치하지는 않는다. 문학 작품에서 이야기는 선형적인 속성을 가지고 있지만 게임 제작가의 손을 거치는 순간, 독자에게 전달되는 이야기는 비선형적인 속성을 갖게 될 수 있다. 선형적인 이야기와 비선형적인 이야기의 간극을 얼마만큼 통일성 있게 좁혀 가느냐에 따라 게임 스토리

웅 스토리에서 다양한 소재를 찾고, 또 가공하며, 이를 게임으로 재가공할 때 원천 서사를 게임콘텐츠 매체에 맞는 시나리오로 흥미 있고 독창적으로 각색하는 것이 게임 스토리텡의 중요한 방법이라 할 수 있다.[15] 예컨대 〈홍길동전〉에서 홍길동이 수괴가 되는 과정에서 단계적 투쟁과 승리 과정을 난이도별로 창조하여 배치하는 스토리텔링 기법을 활용하거나 포도대장 이홉과 대결하여 승리하고, 왕이 길동의 부친과 형을 위협하여 생포하거나 탈출과 활약상의 단계적 사건 전개 및 승리, 초인을 만들어 팔도에 배치하여 도략과 다양한 병술 게임 등은 우리의 옛이야기를 가공하여 다양하고 재미있는 게임 스토리텔링을 통해 재탄생할 수 있는 것이다.

3. '요괴 퇴치담'의 게임화 방안

1) 요괴 캐릭터의 형상화 방법

캐릭터는[16] 소설이나 게임에 있어서 매우 중요한 요소 중의 하나이다. 캐릭터의 성공은 스토리를 기반으로 하는 것이라는 점을 감안해도

텔링의 서사성은 좌우된다.

15 매체에 따라 스토리텔링의 특성이 다를 수 있다. 그러나 영웅소설과 게임의 유사한 패턴은 몇 가지 면에서 찾을 수 있다.
첫째, 영웅소설 중심의 선악대립이 분명한 스토리텔링이란 점
둘째, 성장서사가 중심인 인물중심의 스토리텔링이란 점
셋째, 모험중심의 스토리텔링이라는 점에서 영웅소설의 게임화 방안을 가능케 해준다.

16 우리나라 전체 문화산업을 100이라 했을 때, 영화, 애니메이션, 게임, 음반, 방송, 캐릭터 중에서 가장 비중이 높은 것은 방송이 48%를 차지하고 바로 뒤를 이어 캐릭터가 32%를 차지한다. 「비즈니스」, 『한국경제신문』, 2003(4월호), 49쪽.

전체 문화산업 구도에서 상당한 비중을 차지할 정도로 중요하며, 멀티미디어 산업과 긴밀한 관련이 있다.

'요괴 퇴치담'을 게임으로 전환할 때 중요한 것은 영웅 인물과 요괴의 캐릭터를 어떻게 창조할 것인가에 있다. 특히 게임을 하는 과정에서 개인은 하나의 캐릭터를 만들어 그 안에 자신의 정체성을 투영시키면서 게임에 참여하기 시작한다. 사용자는 캐릭터를 사용하면서 캐릭터의 성장과 더불어 자신도 성장하고, 캐릭터의 죽음과 자신의 죽음을 동일시하게 되는 현상을 경험하게 된다. 즉 사이버 세계에 자신을 동화시켜 사회화하게 된다. 이는 고차원적으로 나아가고자 하는 인간의 선천적인 욕구에 의해 추구된다.[17] 따라서 '요괴 퇴치담'을 수용하고 있는 작품을 게임으로 만드는 데 있어서 무엇보다 중요한 것은 캐릭터를 어떻게 창조할 것이며, 레벨에 따라 캐릭터의 다양한 행동과 변용을 어떻게 만들어 낼 것인가에 있다.

여기서는 우선적으로 영웅 인물과 요괴 캐릭터를 만드는 문제로 한정하여 다루어 보기로 한다. 특히 게임 캐릭터 창조는 다른 서사 장르에서 인물 창조 방식과 다르다. 소설처럼 서술과 묘사를 통해서 성격을 창조하고, 영화처럼 배우의 연기를 통해서, 만화처럼 그림으로 이루어지는 것이 아니다. 컴퓨터 그래픽 디자이너, 프로그래머와 애니메이터, 패션, 헤어스타일리스트까지 합동으로 캐릭터의 역할과 성격을 창조하여 생명력을 불어 넣어주어야 하며, 게임의 종류에 따라 게임의 특성에 맞는 시나리오 작성 방법에 따라야 한다.[18]

---

17 크리스 브래디·타다 브레디, 『게임의 법칙』, 안희정 옮김, 북라인, 2001, 41쪽.

18 신선희, 「고전서사문학과 게임 시나리오」, 『고소설연구』 17, 한국고소설학회, 2004, 77쪽.

일반적으로 게임의 캐릭터 창조는 몇 가지의 방법으로 가능하다. 즉 문자로 형상화된 인물과 성격, 외모, 행동, 환경, 언어 등에 의해 다양한 형태의 캐릭터를 창조할 수 있다. 세 작품의 영웅 스토리에 등장하는 인물들은 차별화된 캐릭터로 이미지를 창출할 수 있다. 선과 악이라는 단순화된 주제를 가지고 권선징악이라는 가장 보편적인 결말을 보여주고 있는 영웅 스토리의 서사 전개에서 캐릭터 설정은 의외로 쉽게 설정할 수 있다. 영웅 스토리의 해당 작품에 등장하는 인물이 지니는 능력, 성격, 약점 등을 수치화하여 DB화를 해 놓는다면 다양한 정보를 활용하여 게임 성격에 맞는 캐릭터를 설정할 수 있고, 다양한 캐릭터로 유형화해 놓으면 게임을 만드는 데 중요하게 사용할 수 있다.

세 편의 영웅 스토리에 나타난 캐릭터를 묘사하고 있는 것을 정리해 보면 다음과 같다.

<table>
<tr><th>작품</th><th>캐릭터</th><th>캐릭터 묘사</th></tr>
<tr><td rowspan="2">일반적인 요괴 캐릭터</td><td rowspan="2">요괴</td><td>* 오래된 금돼지로 풍우를 부를 수 있는 동물
* 키가 십장이고, 몸이 집채만하고, 대풍과 운무를 부를 수 있는 동물</td></tr>
<tr><td>* 사슴 가죽을 몸에 붙이면 즉사 하는 동물
* 대적의 목에 재를 뿌리면 즉사하는 동물</td></tr>
<tr><td rowspan="2">〈대적퇴치이야기〉</td><td>요괴</td><td>* 집채만한 거물</td></tr>
<tr><td>영웅</td><td>* 용사, 신물을 먹고 탁월한 힘을 발휘한 인물</td></tr>
<tr><td rowspan="2">〈금령전〉</td><td>요괴</td><td>* 머리가 아홉 개가 달리고,
* 금터럭 돋힌 고이한 짐승
* 황금같은 터럭이 돋친 아귀</td></tr>
<tr><td>영웅</td><td>* 해룡은 동해 용왕의 아들</td></tr>
<tr><td rowspan="2">〈홍길동전〉</td><td>요괴</td><td>* 해괴한 동물</td></tr>
<tr><td>영웅</td><td>* 도술에 의해 둔갑술에 능한 인물</td></tr>
</table>

이처럼 영웅 스토리에 등장한 영웅 인물은 한결같이 비범한 인물상으로 형상화하고 있다. 이들은 전생의 신분이 용왕의 아들이거나 어릴 때부터 도사나 대사를 통해 수학하여 탁월한 영웅 능력을 길러지기도 한다. 세 편의 영웅 스토리에 형상화한 주인공의 경우는 인물을 변별적으로 수치화하는 방법으로 공통점과 차이점을 파악하여 캐릭터를 찾고 적용하는 기준과 규정을 만들어 놓는다면 영웅 캐릭터에 대한 윤곽이 드러날 수 있다. 뿐만 아니라 모든 영웅 이야기에 등장하는 영웅 인물의 특성과 외모를 모두 집합시켜 영웅 캐릭터 인물군을 이룬 후 각 인물이 지닌 특징을 시각화 정보, 성격, 능력, 약점에 따라 형상화하는 방식이다. 따라서 영웅 인물의 포트폴리오를 작성해 둠으로써 영웅 캐릭터의 다양한 창조는 가능하다고 할 수 있다.

무엇보다 게임은 캐릭터 창조가 매우 중요하다. 게임의 가장 기본적인 재미는 레벨을 올리거나 게임을 하는 시간에 따라 얻게 되는 결과에 대한 보상이기 때문에 게이머는 점점 자신의 캐릭터가 다른 사람의 캐릭터보다 힘을 얻게 되거나 우위에 점하게 될 때 느끼는 기쁨의 코드를 획득하기 위해 온 힘을 다해 게임에 집중하기 마련이다.[19] 특히 아무것도 없는 불완전한 주인공이 세상에 태어나서 수련을 통해 영웅의 힘을 얻어간다는 설정은 게임 속의 처음 만들어지는 캐릭터가 하나하나 단계를 거쳐 레벨을 올려가는 설정으로 영웅 스토리의 게임화를 가능케 하는 중심축이 될 수 있다.

이러한 인물 분석 작업은 메타데이터 단계에서 다시 배경과 인물, 소품, 주제, 사건, 원문 등으로 나누고, 이들은 다시 구체적인 세부 항목으로 나눌 필요가 있다. 또한 각 인물도 성별, 나이, 신체, 복식, 소지

19 백승국, 『문화기호학과 문화콘텐츠』, 다할미디어, 2004, 50쪽.

물, 성격, 능력 등을 분석하여 캐릭터를 작성하는 자료로 확보해 두면 유용한 게임 콘텐츠 개발이 가능하다.[20]

게이머의 흥미를 이끌어낼 수 있는 선한 이미지 캐릭터와 악한 이미지 캐릭터의 조화로운 배치가 무엇보다 중요하다. 게임에서 캐릭터의 창조는 능력, 역할, 외양 등을 통하여 인물의 성격을 결정하게 된다. 예컨대 〈리니지Ⅱ〉에 등장한 캐릭터들은 근력, 지능, 체력, 민첩성, 정신력, 재치 등의 6가지 능력치를 가지고 있는 것으로 창조되었다. 게이머는 이들의 다양한 캐릭터를 비교하여 자신의 캐릭터를 선택하고 게임을 즐기게 되는 것이다.

특히 주인공 캐릭터는 게임에서 가장 중요한 인물임으로 외모와 옷차림은 물론 표정과 능력을 배가시켜 줄 수 있는 최고성능으로 만들어야 한다. 당연히 체력과 지략이 탁월한 인물로 선정될 수 있다. 아주 많은 수의 적과 싸워서 이길 수 있는 탁월한 싸움 능력을 단계별 능력치를 통해 부여해주면서 탁월한 능력자로 상승할 수 있도록 캐릭터를 만들어야 한다. '요괴 퇴치담'에서 공주의 경우, 물리적 공격력이 남성보다 떨어지고 자신을 보호할 힘도 떨어진 연약한 존재이기 때문에 체력이 약한 부분을 채워주기 위해서는 마법을 사용할 수 있는 아이템을 부여해주면서 점진적으로 강해지는 여성상으로 형상화한다.

한편, 요괴 캐릭터는 주인공 캐릭터보다 훨씬 강하게 설정해 주는 것이 상대적으로 영웅 인물의 탁월성을 높여주는 방법이 될 수 있다. 다만 이들은 물리적 공격력만 사용할 수 있도록 한다. 체력이 강하고 민첩한 동물로 설정하되 싸움에서 뛰어난 능력을 가진 동물로 묘사하

---

20 함복희, 「설화의 문화콘텐츠화 방안 연구」, 『어문연구』 134, 어문연구학회, 2007, 147쪽.

면서 마법에 쉽게 빠져들 수 있도록 한다. 주인공의 탁월한 능력에 결국은 요괴가 패배하는 동물로 설정하는 것이다.

〈금령전〉에 수용된 요괴 캐릭터의 형상화 양상을 통해 보면 다음과 같다.

> '금령을 따라 여러 고개를 넘어가니 절벽 사이에 푸른 잔디와 암석이 저윽히 편하였다. 해룡이 돌 뒤에 앉아 쉬는데 문득 벽력소리가 진동하며, 금터럭 돋힌 고이한 짐승이 주홍같은 입을 벌리고 달려들어 해룡을 물려하였다. 해룡이 급히 피하려 하였는데 금령이 내달아 막으니 그것이 몸을 흔들어 변하여 머리 아홉 가진 것이 되어 금령을 집어 삼키고 골짜기로 들어갔다.'[21]

이와같이 요괴 캐릭터는 상상을 초월한 엄청난 동물로 형상화하고 있으므로 처음부터 강인한 캐릭터로 만드는 것보다 작은 수준의 레벨에서 출발하여 한 단계씩 레벨을 올려가면서 강력한 능력을 키워가는 방식의 스토리텔링이 필요하다. 또한 '요괴 퇴치담'에 수용된 남주인공은 결말에서 영웅성을 인정받지만 매우 평범하거나 능력이 탁월하지 않는다. 영웅성을 키워주기 위해 조력자를 만나거나 능력을 크게 확장시켜 줄 약물이 필요한 인물로 형상화하고 있다. 따라서 주인공은 "고난-역경-연단-영웅성 획득"의 단계로 진행되면서 영웅소설의 외형적인 모습도 변모해 가는 것으로 묘사할 필요가 있다. 나아가 주인공은 레벨이 오를 때마다 체력과 마법력과 민첩성을 올릴 수 있는 기회를 갖는다. 나아가 마법 능력을 향상시킬 기회도 아울러 부여해주게 되면

---

21 〈금방울전〉, 53쪽.

게이머에게 긴장감과 흥미를 유발시켜줄 수 있다. 결국 게임에서 가장 중요한 요소인 캐릭터 창조와 게임 유형에 따른 적절한 설정은 게임화에 중요한 요인이 된다고 하겠다.

2) 지하공간의 스테이지화 방법

일반적으로 영웅 스토리와 게임 공간은 신화적 판타지 공간이다. 그러므로 신화적 공간은 인간이 세속 속에서 살면서 신성 세계를 꿈꾸는 상상력의 결과물이다. 신화적 공간은 인간적 삶의 영광과 인간 존재의 무한한 가능성, 인간의 마음이 지닌 선함과 아름다움이 그들의 초현실적인 형상을 통해 표현되는 곳이다. 신화적 공간에 등장하는 개체들은 그만큼 현실 세계의 '사실감'이란 구속으로부터 자유로울 수 있다. 미래의 공간을 서사에 도입하는 것도 마찬가지 측면에서 이해할 수 있다. 영웅 스토리가 지니는 비근대적이고 비과학적인 상상력이 새로운 이야기 문학에 크게 기여할 수 있다. 그 상상력의 대표적인 특징을 보면, 하나는 현실과 비현실을 넘나드는 총체적인 세계의 구현이며, 하나는 공간의 필연에 따른 이야기 만들기이다.[22]

따라서 '요괴 퇴치담'의 서사 기법에서 자주 사용하고 있는 꿈과 마법의 스토리텔링을 활용하면 현실과 환상의 스토리 공간을 자연스럽게 연결해 줄 수 있다. 또한 신화적 환상 공간은 단순한 미래 세계나 우리가 알 수 없는 설화 세계의 판타지 공간만은 아니다. 합리적인 것, 그리고 실재적인 공간에서 이룰 수 없어 보이는 또는 이루고 싶은 그 모든

---

22 김탁환, 「고소설과 이야기문학의 미래」, 『고소설연구』 17, 한국고소설학회, 2004, 5-6쪽.

것을 넓게 보면 환상의 공간이라고 할 수 있다.[23]

그중에서도 요괴퇴치 이야기의 중심 무대는 지하 공간으로서 요괴와 영웅이 싸움을 펼치는 전투 공간이기도 하다. 여기에서 지하 공간은 동굴을 의미하며, 동굴 속의 세계는 현실 세계와 사뭇 다른 환상의 공간이다. 경치가 아름답고, 진기한 보물이 즐비하고, 선경의 분위기마저 자아낸다. 이러한 동굴 속에 요괴가 사는 공간이라는 점에서 의아심을 자아낼 수 있다. 대체로 요괴가 사는 소굴은 어두컴컴하고 아비규환의 지옥 같은 공간이 펼쳐지리라 예상되는데 전혀 그렇지 않다는 데에 문제가 있다.

게임으로 스테이지를 만들기 위해 먼저 동굴 속에 형상화된 공간묘사를 살펴보기로 한다.

> ① 주인공이 납치된 공주를 찾기 위해 지하굴로 들어간다.
> ② 어느 정도 들어가니 홀연히 천지가 밝아지고 해와 달이 고요하다.
> ③ 구름 같은 석교 위에 만장폭포가 흐르고, 구중궁궐이 하늘과 땅에 닿아있다.
> ④ 여인들의 안내를 받아 들어가니 중문은 첩첩하고, 전각은 반공에 솟아있다.
> ⑤ 공주가 준 보검으로 요괴의 가슴을 찔러 죽이다.

이처럼 '요괴 퇴치담'의 중심 서사는 지하 공간의 세계이다. 일반적인 서사문학의 공간설정은 천상, 지상, 지하, 수중으로 설정되는데 동굴이라는 공간설정은 지하라는 공간에 한정된다. 요괴들의 삶의 공간

---

23 환상성이란 기본적으로 인간의 충족되지 못한 욕망이 움직이는 몽상이고, 이 몽상은 인간이 가지지 못한 것을 채워주는 힘을 가지고 있다. 즉 환상이란 인간의 잠재의식에 바탕을 두고 일어난 것이므로 인간의 본질과 연관이 되어 있는 것이다. 캐스린 흄, 『환상과 미메시스』, 한창연 옮김, 푸른나무, 2000, 258쪽.

이자, 영웅 인물이 능력을 발휘하고 활동하는 결핍을 해결하는 공간으로 소설과 게임에서 매우 중요한 공간이다.

이때 '요괴 퇴치담'을 게임으로 전환할 경우, 크게는 지상과 지하의 공간 스테이지를 만들어서 스테이지마다 하부구조로 서브 스테이지를 다선형으로 만들 수 있다. 지하 공간만을 대상으로 다양한 유형의 스테이지를 만들 수도 있다. 또는 서사의 이야기처럼 단선형 스테이지로 시간의 흐름에 따라 그리고 미션의 중요도에 따라 단계적으로 전투의 장을 만들 수 있다.

요괴가 사는 지하 공간은 단순히 하나의 공간 의미로만 볼 것이 아니라 요괴가 사는 공간으로써 입구부터 구름 같은 석교가 배치해 있고, 만장폭포가 흐르며, 복잡하고 다양한 형태의 중문은 층층히 만들어져 있으며, 전각은 반공에 솟아있는 판타지 공간으로 형상화되고 있다. 여기에 창조적인 공간을 만들어 설정해보면 전술적인 집과 도깨비가 살아가는 습지와 날짐승이 살아가는 나무들과 동굴 곳곳에 요새들을 만들어 배치하는 것도 서브 공간으로 좋은 방법이 될 수 있다. 지상에서 지하계로 들어가는 통로를 발견하는 순간부터 지상 공간과 지하 공간의 접점이 시작되는데 궁극적으로 찾는 자와 잃은 자가 서로 만나는 단서이자 공간의 접점이기도 하다. 그리고 공간의 접점은 대부분 이들이 만나는 장소로써 〈반지의 제왕〉에서 중간계나 〈해리포터〉의 판타지 공간처럼 산밑의 굴, 산속 돌 틈, 산속 바위 밑, 흰 조개껍질로 덥힌 굴, 절벽 아래 굴, 큰 바위 사이 등 지상과 지하를 연결하는 통로로 형상화할 수 있다. 〈금령전〉의 서사구조를 통해 공간을 살펴보면, 금령과 해룡, 그리고 금선공주의 세 이야기가 존재하는 공간이 다르게 형상화된다. 따라서 이야기 순서가 시간의 순서를 따르는 것이 아니라 시간이 다시 되돌아가는 역전현상이 나타나는 구조로 되어 있다.

또한 시간 순서에 따라 공간 이동이 나타난다. 금령과 해룡은 천상계에서 내려온 인물이다. 이들은 지상에 내려와 살다가 요괴가 사는 지하의 굴로 내려갔다가 다시 지상계에서 부귀영화를 누리다가 천상계로 편입된다. 신행길에서 요괴를 만나 신부는 죽임을 당하고 신랑은 달아나다가 인간 세상에 오게 된다는 전생담을 통해 볼 때, 이들은 혼인의 날에 금령은 죽고, 해룡은 자기 세계를 떠나 다른 차원의 공간(세계)으로 도피한다. 대부분의 영웅 스토리에서 주인공이 단절과 과도기를 거쳐 기성사회에 편입되는 입사식의 단계를 거치고 있는 구조이다. 입사의 과정에서 시련이라는 통과제의의 과정을 주인공이 거쳐야만 하는 관문이다.

〈금령전〉은 신행 때 죽은 용녀가 옥황상제에게 발원하여 인간 세상에 태어났는데 방울로 태어난다. 그러므로 〈금령전〉의 서사적 시공간은 한결같이 허구적인 신화 공간이며 환상의 세계 공간이다. '요괴 퇴치담'은 최초의 극적인 상황에서 필연성을 증대시키는 시간 스토리텔링으로 진행하지만 게임은 우연성을 증대시키는 공간 스토리텔링을 증대시킨다. 이러한 공간 스토리텔링은 시간 스토리텔링보다 더 많은 우연성이 개입되기 때문에 오히려 더 핍진한 재미와 절박한 실감과 강한 감동을 창출할 수 있다. 게임 스토리텔링이 요구하는 허구적 시공간은 많은 우연성이 창출될 수 있어야만 사용자가 게임의 재미와 스릴을 맛볼 수 있다.

즉 '요괴 퇴치담'의 서사 공간은 영상매체 안에서 볼 수 있는 게임 공간과 별로 다를 것이 없다. 이러한 동질적 현상은 영웅 스토리나 게임 세계가 총체적인 세계를 제시하고 있다는 의미다. 즉 이성적인 글쓰기 세계가 아닌 비일상적인 세계, 반이성적인 세계를 의미한다. 이러한 세계는 곧 게임을 공간별로 나누어 펼쳐지게 함으로써 공간이동에 따른 캐릭터의 능력치를 상승시켜 나가고, 플레어가 자유롭게 공간을 선택하여 이동할 수 있도록 만들어 준다는 장점이 있다.

이처럼 게임, 영화, 소설을 아우르는 거대한 서사물은 대부분 판타지 공간을 형상화하고 있는 경전이나 신화에 기댄다. 영화 〈스타워즈〉는 아더왕 이야기를 바탕으로 했고, 영화 〈매트릭스〉는 성경, 불경을 비롯한 다양한 경전을 근거로 사건을 전개시켰다. 오히려 인간의 상상력은 근대 이전으로 나가고 있는 것이다.[24] 영화 〈반지의 제왕: 왕의 귀환〉 3편에 등장하는 수십만 명의 전투 장면이나 심형래 감독의 〈D, War〉, 그리고 제임스 카메론 감독의 〈아바타〉 등에서 설정하고 있는 첨단의 가상 공간에서 볼 수 있듯이 이제 디지털 스토리텔링은 현실에 존재하는 세계뿐만 아니라 가상의 세계까지도 충실히 담아낼 수 있기에 영웅 스토리의 서사적 공간을 게임의 신화적 시공간으로 창조하는 것은 어려운 스토리텔링 방법이 아니다. 컴퓨터그래픽에 형상화한 어떠한 상상의 공간도 스토리텔링의 방법을 통해 얼마든지 쉽게 묘사해 낼 수 있다.

'요괴 퇴치담'을 게임화할 경우, 요괴 퇴치의 영웅담은 한결같이 지하계 동굴이라는 별세계의 신화적 시공간에서 투쟁으로 형상화된다. 이때 신화적 시공간은 환상의 세계라 할 수 있다. 이 공간에서 펼쳐지는 전쟁은 현실보다 더 실감 나는 전투 장면으로 스토리텔링을 만들 수 있다. 즉 신화적 시공간에서 전쟁은 인간의 본성에 대한 궁극적인 의문을 불러일으키는 극적인 스토리텔링을 만들어 낼 수 있다.

따라서 '요괴 퇴치담'의 시공간은 애초부터 황당한 임팩트 요소로 개연성 있게 느껴질 수 있게 판타지가 설정되어 있다. 영웅의 의지에 따라 서사 공간은 단지 환상적 사건이 한두 번 불쑥 등장하는 것이 아니라 서사 질서 자체가 공간의 우연성이 매우 높을 수 있도록 고안되어 있다. 영웅 스토리의 서사와 디지털 매체는 바로 이 공간의 우연성이라는

---

24 김탁환, 앞의 책(2004), 15쪽.

점에서 접점을 찾을 수 있다.[25] 그러므로 '요괴 퇴치담'에서 주인공이 펼치는 지하의 싸움 공간은 다양한 공간 스테이지, 사건 스테이지로 이동과 반복을 통해 극대화할 수 있다. 마치 〈리니지Ⅱ〉에서 창조된 공간 예컨대 '노래하는 섬', '말하는 섬', '글루디오영지', '캔트영지', '오크요새영지', '윈다우드영지', '용의 계곡', '기란영지', '하이네영지', '화룡의 둥지', '오렌영지' 등으로 명명된 공간이 있고, 다섯 개의 종족이 있어 사건의 전개가 종족과 공간별로 진행된다는 점에서 볼 때 게임 공간의 설정에 따라 사건의 중요성과 능력치가 극대화되면서 게임 스토리텔링은 더욱 흥미롭게 진행된다.

이처럼 〈금령전〉에서 보여주는 신화적 공간의 스토리텔링은 지상과 천상과 지하, 수중까지 널리 아우른다. 역사의 시공간에 존재하는 등장인물도 천상과 지상을 자유롭게 오가며, 어느 쪽도 합리적이지 않다는 이유로 배제되지 않는다. 지상 사건은 자연스럽게 천상 사건과 연결되고 지상에서 어려움을 겪고 있는 주인공이 수중세계를 지나면서 새로운 전기를 마련하기도 한다. 이미 죽은 인물을 천상에서 만난다거나 인간이 아닌 괴물과 지하에서 맞서는 것도 영웅 이야기의 상상력에서는 얼마든지 가능하다.

'요괴 퇴치담'이나 게임에서 신화적 공간 설정은 매우 중요한 역할을 하게 된다. 공간 이동에 따라 만나는 새롭고 신비한 경험을 바탕으로 하여 다양한 게임이 펼쳐지는 계기가 될 수 있다. '요괴 퇴치담'에 등장하는 지하라는 서사 공간도 벌써 어떤 상상의 산물이다. 지하라는 공간 위에 천상계, 수중계의 공간을 덧붙이면 공간 확장은 더욱 거대해진다.

---

25 조혜란, 「다매체 환경 속에서의 고소설 연구전략」, 『고소설연구』 17, 한국고소설학회, 2004, 36쪽.

또한 지하 공간 내에서도 거대하고 싸우기 어려운 요괴와 대면전에 여러 가지의 미션을 주고, 싸움도 쉬운 전투에서 다섯 가지 정도의 상승적인 전투 공간을 만들어 준다. 이처럼 허구적 공간은 현실적으로 발생할 개연성이 사건을 통하여 가치 있고 풍부한 게임 스토리텔링으로 창조되는 것이다. 게임 세계에서 이야기는 시간의 순차적인 전개에서 벗어나 공간의 응집과 확산을 통해 얼마든지 확대하게 된다. 이처럼 게임에서 가상공간은 무한대로 확대 가능한 것이다.

이점에서 '요괴 퇴치담'의 공간설정은 유리한 지점을 확보하고 있다. '요괴 퇴치담'의 지하세계는 기본적으로 초월계의 개입이 가능한 공간으로 우연성이 높은 공간이 된다. '요괴 퇴치담'의 서사 공간은 경험 세계에서 기대 가능한 뜻밖의 사건뿐만 아니라 비경험적인 요소까지 언제든지 출현이 가능하다. '요괴 퇴치담'의 서사 공간은 게임의 신화적 공간으로 변환이 가능한 것이다.

수많은 컴퓨터 게임의 배경 공간은 판타지적인 '요괴 퇴치담'과 같이 창작자의 상상 과정에서 탄생하고 게이머의 인터렉션에 따라 변형되어 가는 특성이 있다. 특히 '요괴 퇴치담'의 중요 장면도 주제별로 묶어서 각 작품에 따른 다양한 경우를 구체적인 정보와 함께 제시한다면 이는 디지털 스토리텔링에서 경우의 수를 확장시키면서 이야기를 풍성하게 하는 데 기여할 것으로 보인다.[26] 무엇보다 게이머의 흥미를 유발하기 위해서는 다양한 스토리텔링이 중요한 장치가 된다. 왜냐하면 레벨이 올라갈수록 유저는 더욱 탄탄한 게임을 원하게 된다. 유저에게 긴장감을 줄 수 있는 게임 장치는 서사구조 속의 스토리텔링이 담당하고 있다.[27]

---

26 조혜란, 앞의 논문(2004), 44쪽.

27 백승국, 앞의 책(2004), 50쪽.

이처럼 게임 공간은 스토리텔링에 의해 다양하고 새롭게 창조된다. 게임은 직접적인 참여자의 행위에 의해 진행됨으로 게이머가 시작에서부터 선택과 판단에 의해 이루어짐으로 영웅 스토리가 컴퓨터 게임 환경에 스토리텔링 기법으로 바꿀 수 있게 되는 것이다.

3) '요괴 퇴치담'의 단계적 사건설정

상황이 창안되고 캐릭터가 만들어지면 다음 단계로 캐릭터의 행동이 구현되고 행동에 따라 의미가 부여되는 요괴가 살고 있는 공간이 만들어진다. 또한 의미심장한 우연성이 창출될 수 있는 허구적 공간구축이 이루어지면 사건을 스테이지별로 구축하여 단계적인 욕망 성취단계로 만들 수 있다. 이때 사건의 스토리텔링은 사용자에게 흥미를 유발시켜 주는 중요한 단계라고 할 수 있다.

'요괴 퇴치담'의 서사 방식과 디지털 스토리텔링이 조우할 수 있는 가능성은 많다. '요괴 퇴치담'은 텍스톤[28]으로 전환이 쉽게 일어날 수 있는 '요괴 퇴치담'의 서사적 요건이 많이 있기 때문이다. 특히 '요괴 퇴치담'은 지하 공간에서 영웅이 해결해야 할 과제가 사건을 통해 단계적으로 등장한다. 지상에서 어려운 삶을 살아온 주인공은 출세하기 위한 전제조건으로 일정한 미션을 수행해야 한다. 이 또한 주인공에게 부여된 과제의 연장이기도 하다. '요괴 퇴치담'에서 주인공에게 부여되는 문제 즉, 지하국에 납치된 공주나 여인을 구하는 임무는 게임에서 줄곧

---

28 텍스톤이란 서사의 어떤 국면에서 선택 가능한 다양한 경우의 수를 예상하여 마련된 각 선택 요소들이다. 예를 들어 설명하자면, 게임의 경우 장면 장면에서 게이머가 선택해야 하는 다양한 경우의 수들이 텍스톤이다. 그리고 그 중 한 가지를 선택하여 게임을 지속시켜 나갈 때 게이머가 경험하게 되는 그 선택의 경로들이 스크립톤이다.

등장하는 임무(퀘스트: quest 혹은 미션: mission)로 치환이 가능하다. 서양의 판타지나 중국의 무협이 수많은 임무를 부여하듯 '요괴 퇴치담'에도 해결해야 할 임무들이 전개된다. 이 사건 전개는 반드시 선후 관계나 인과관계에 필연적으로 묶이지 않는 서술방식을 택하고 있다.[29] 게임은 소설에서 형상화된 하나의 사건이 가지고 있는 스토리 밸류가 있다면 서브플롯을 통해 사건을 세부화하거나 스테이지를 확장시켜 더욱 흥미를 배가시킬 수 있다.

'요괴 퇴치담'은 사건을 게임으로 치환할 수 있는 요소로 극적인 상황이나 강한 서사성을 가지면서 잠재력을 가진 가상의 사건을 많이 만들 수 있다. '요괴 퇴치담'의 사건은 주인공이 지향하는 가치가 무엇인가에 따라 사건의 성격과 유형이 나누어진다. 이러한 영웅 스토리에서 볼 수 있는 다양한 사건을 게임으로 만들 때 게임의 출발에서부터 주인공 캐릭터에게 관심을 끌만한 극적이고 흥미 있는 사건으로 시작해서 만들 수 있다.

반면, 게임 스토리텔링에서 사건은 순차적인 스토리가 아닌 사건 발생에 따른 이야기 전개방식을 가진다. 소설이나 영화 애니메이션은 캐릭터가 스토리를 이끌어 가면서 시간의 흐름에 맞게 일관되게 진행해 나가지만 게임은 일관된 스토리가 있다할지라도 다양한 캐릭터가 게임상에 존재하면서 각각의 캐릭터마다 고유의 이야기로 전개해 가면서 사건 발생에 따라 에피소드식 이야기를 구성한다. 게임에서 스토리텔링은 '요괴 퇴치담'의 서사와 다른 배경 이야기, 공간, 독립되면서 이질적인 인상을 주는 사건과 그에 따른 아이템 등의 이야기가 큰 비중을 나타낸다. 이러한 이야기 요소는 큰 주제의 틀 안에서 조합을 통해 생성되는 편파적인 사건을 연결하고 조합함으로써 다양한 이야기를 구성

29 조혜란, 앞의 논문(2004), 37쪽.

해 낼 수 있는 가능성을 가지고 있다.

이처럼 게임은 사건의 조합과 확장을 무한하게 스토리텔링이 가능하다. 이는 게임이 가지고 있는 하이퍼텍스트의 성격 때문이다. 하이퍼텍스트는 순차적인 서사구조나 인과관계를 고려하지 않고 사용자의 관심이나 필요에 따라 선택이 가능하도록 사건이 여러 개로 해체되어 유형별, 단위별로 구성될 수 있다. 사용 목적에 따라 사건 항목의 선택과 자유로운 조합이 가능하며, 이에 따라 새로운 사건을 가진 시나리오가 가능해진다는 점이다. 이것은 디지털 매체가 보여주는 상호작용성 때문이다. 상호작용성은 서사의 변화를 가능하게 한다. 나아가 서사의 범위를 확장함은 물론 새로운 유형의 표현물을 창출해 낸다.

따라서 게임은 주인공이 펼치는 요괴와 전투가 반드시 어떤 싸움 뒤에 배치되어야 하는 것은 아니다. 즉 "요괴 퇴치담"에서 주인공이 해결해야 하는 임무가 반드시 필연적인 인과관계 혹은 사건의 선후 관계 속에서 필수적인 것이 아닐 수도 있다는 것이다. '요괴 퇴치담'의 이러한 서술방식이 게임으로 변환시킬 때 텍스톤적으로 변용될 가능성이 높다.

게임은 '요괴 퇴치담'에서 소재를 취합하여 원천자료로 활용할지라도 성격에 따라 원천서사인 동굴 안에서의 사건을 달리 각색하여 스토리텔링을 만들 수 있다. 다시 말하면, 게임은 모티프별, 또는 한 가지 사건만으로도 게임으로서의 흥미를 가질 수 있다. 이처럼 디지털 미디어에 가장 알맞은 표현양식을 개발하고 활용하는 스토리텔링 방식은 게임에서 상상을 초월할 수 있는 말하기 방식이 될 수 있다. 게임에서 사건이 발생하면 주인공 캐릭터는 목표를 설정하고 움직이기 시작하며 캐릭터의 인터렉션에 따라 게임이 전개되는 과정이나 결과가 다르게 스토리를 구성하게 된다. 게임은 강한 스토리 라인을 구성하게 되는데 종족별로 각각 다른 능력치를 가진 주인공 캐릭터에게 일어나는 극적인 사건이나 난관들을

극복해 가는 과정이 전체적인 게임의 목적이 되고 스토리가 된다.[30]

특히 '요괴 퇴치담'에서 주인공이 요괴와의 단계적인 사건해결 과정에서 잔인한 전투 장면을 많이 형상화할 수 있다. 전투 장면을 많이 형상화한 목적은 작품 내적으로 보면, 한 평범한 인물이 탁월한 영웅으로 성장해 가는 과정에서 겪어야 할 통과의례이자 영웅으로 반전되는 소설적 개연성을 제공해 주는 유용한 방법이 될 수 있다. 게임에 등장한 각각의 캐릭터마다 보편적인 성격이 존재하고 관심을 가질만한 스토리 밸류가 있으므로 어떤 사건을 단계별로 탁월하게 만들 것인가, 얼마나 흥미 있고, 주제에 맞는 사건으로 형상화할 것인가에 따라 강한 스토리 밸류를 가진 게임으로 만들 수 있게 되는 것이다.

단계적인 사건			단계적 전투	사용도구
지하동굴	사건1		공주가 요괴에 납치됨	몸, 나무
	사건2			
	사건3			
	사건4		공주를 찾아나섬	진법, 검술습득, 수학
	사건5	전개1	동굴 입구에서 싸움	갑주, 홍선
	사건6	전개2	동굴 위병대와의 싸움	일척검, 병서
	사건7	전개3 ↓	동굴 첫 관문에서의 싸움	손오병서, 궁마지, 옥지환
	사건8	전개n	요괴의 부하들과 만남과 싸움	손오병서, 육도삼략
	사건9		중문을 통과하여 곰과의 싸움	옥주, 갑주, 천리마
	사건10		뿔이 둘인 괴물과 전투	보검, 청룡도
	사건11		힘센 요괴와의 전투	장성검, 신화경
	사건12		주인공의 위기	환약

30 김미진·윤선정, 앞의 논문(2005), 419쪽.

	사건13		주인공의 생환과 전투	자룡검, 용마
	사건14		요괴 괴수와 싸움 승리	갑주, 운무갑
	사건15		지상으로의 귀환	일광주, 천사마

이와 같이 사건을 순차적으로 설정하거나 서브플롯의 형태로 원전에 나오지 않는 사건을 창조할 수 있다. 이렇게 만들어진 당양한 사건은 주인공이 영웅화 과정에서 힘들고 어려운 전투 장면으로 활용하여 능력치를 높여가는 방법으로 활용할 수 있다.

4) 아이템 설정과 스토리텔링

일반적으로 게임은 폭력성과 선정성을 많이 스토리텔링 한다. 격렬한 폭력과 상대에 대한 치명적인 패배를 주기 위해서 주인공의 탁월한 능력이 실현되어야 하고, 탁월한 능력발휘의 수단으로 빼어난 보조도구로 명명되는 아이템이 필요하기 마련이다. 이러한 폭력성과 선정성은 요즘의 소설, 영화, 드라마, 만화 등 모든 이야기 예술에 공통적으로 존재하는 요소이다. 본질적으로 스토리는 사건을 띠고 있는 경험이며, 사건은 사물의 정상적인 상태가 흔들리면서 생겨나는 비상하고 일탈적인 상황이기 때문이다.

게임에서 아이템이란 캐릭터가 사용하는 도구나 게임에서 필요로 하는 모든 것을 말한다. 칼이나 갑옷 같은 것들이 대표적인 예라 할 수 있다. 게임에서 아이템은 캐릭터의 능력을 더해 주거나 체력을 보호해 주는 기능을 하는데 얼마나 좋은 아이템을 가지느냐에 따라서 캐릭터의 능력 차이가 있다. 또한 게임의 진행을 원활하게 해주는 아이템도 있는데 이것은 게임을 하는 시간을 단축시켜 주기도 한다.

세 작품에 나타난 주인공의 면면을 보면, 처음에는 평범한 인물로 등장한다. 그러나 고난을 당하면서 위기로부터의 탈출을 위한 능력개발과 보조자의 도움, 보조도구의 획득 등으로 인하여 영웅의 능력을 발휘하게 된다. 각 작품에 형상화된 주인공을 획일화된 캐릭터로 형상화할 수 있을 정도이며, 영웅적인 활약과 여기에 사용한 아이템들의 하나하나가 개별화될 수 있는 가능성을 가지고 있다.

따라서 영웅 이야기 각 편에 나타난 인물들의 복장과 무기, 전법 등을 구체적으로 묘사하고, 이에 따른 능력치를 부과하는 것이 필요하다. 이러한 관점에서 게임에서 아이템으로 활용할 수 있는 각 작품의 보조도구를 살펴보면 다음과 같이 정리될 수 있다.

작품	아이템의 성격	아이템의 유형	아이템
〈요괴퇴치담〉, 〈금령전〉, 〈홍길동전〉 영웅이야기에 수용된 아이템	(캐릭터가 지니는 아이템)	장비 아이템	삼척신검, 갑주, 보검, 장성검, 신화경, 천사마, 갑주, 일척검, 병서, 갑옷투구, 삼척보검, 자룡검, 손오병서, 궁마지, 옥지환, 용마, 황금갑주, 쌍용마구, 용천검, 갑주, 운무갑, 철갑투구, 청룡도, 오초마, 검술습득, 용천검, 풍운경옥주, 보검, 갑주, 천리총마 획득, 천리토산마, 전쟁기계, 금방울
	(힘을 향상시켜주는 아이템)	회복 아이템	환약, 신비한 과일, 힘의 물약, 마법의 물약일광주, 옥함
	(캐릭터의 능력함양의 아이템)	보조 아이템	홍선, 책, 손오병서, 육도삼략, 둔갑술, 진법

영웅 이야기에서 찾아볼 수 있는 아이템을 게임으로 전환할 때 어떻게 활용할 것인가는 중요한 문제이다. 이러한 아이템은 보조도구로서 서사 진행 과정에서 적절하게 적용할 수 있다. 주인공은 공격력과 적으

로부터 방어력을 향상할 수 있는 아이템으로 용마, 삼척장검, 황금갑주, 여의봉, 철갑투구, 백마, 병서, 천문도, 부채 등의 보조도구를 사용한다. 또한 체력과 마법력 향상에 따른 아이템은 환약, 힘의 물약, 마법의 물약 등을 통해서 탁월한 능력을 위해 보강해 주는 아이템으로 활용할 수 있다. 이러한 아이템은 등장인물에 따라, 싸움의 중요도와 주인공의 능력 여부에 따라 다르게 설정할 수 있다.

여성인 경우는 마법을 사용하면 할수록 힘이 떨어지는 부분을 채워주기 위해서 다량의 적을 살상할 수 있도록 부채나 한약 같은 아이템을 설정할 수 있다. 〈금방울전〉은 금방울이라는 독특한 도구가 엄청난 괴력과 능력을 발휘해 주지만, 일반적인 여성 영웅 스토리는 여성의 약한 부분을 채워주고 주인공을 도와주는 내조자로서 최고치의 능력을 발휘하도록 다른 아이템을 창조하여 배치할 수 있다. 뿐만 아니라, 〈박씨전〉과 같이 주인공이 후대에 나타난 여성을 주인공으로 한 여성 영웅소설의 주인공은 남성 못지않은 강인한 아이템을 설정하여 게임에서 탁월한 능력을 발휘할 수 있도록 만들어 주기도 한다.

〈스타크래프트〉나 〈리니지Ⅱ〉와 같은 게임은 외계인과 같은 종족을 창조하기 위해서 캐릭터와 아이템을 환상적인 아이템으로 활용하고 있으나 우리의 영웅 스토리를 게임으로 만드는 데 있어서 한국적인 아이템을 충분히 활용할 수 있다. 신비한 마력을 지닌 철퇴, 반지, 부채, 용검 등을 사실적인 그림으로 제시하며 능력치를 배가시켜 줄 수 있다.

4. 결론

이 글에서는 고전 서사인 영웅스토리에 수용된 '요괴 퇴치담'의 모티프에 주목하여, 이를 게임으로 전환시키는 방안을 살펴보았다. 특히 우리의 옛이야기 중에서 영웅 인물과 요괴퇴치를 형상화한 〈대적퇴치설화〉, 〈금령전〉, 〈홍길동전〉을 중심으로 한 캐릭터, 사건, 공간, 아이템의 형상화 방법을 통해서 게임으로의 전환 가능성을 살펴보았다. 여기에서 고찰한 내용을 몇 가지로 정리해 보면 다음과 같다.

'요괴 퇴치담'에 등장하는 중요 인물과 요괴의 캐릭터를 게임의 캐릭터로 전환하는 데는 인물과 성격, 외모, 행동, 환경, 언어 등에 의해 다양한 형태의 캐릭터를 창조할 수 있다. 세 작품의 영웅 스토리에 등장하는 요괴와 영웅 인물은 차별화된 캐릭터로 이미지를 창출할 수 있다. 영웅 스토리의 해당 작품에 등장하는 인물이 지니는 능력묘사, 성격묘사, 약점 등을 수치화하여 게임의 성격에 맞는 캐릭터를 설정할 수 있고, 다양한 캐릭터로 유형화해 놓으면 게임을 만드는 데 중요하게 사용할 수 있다.

다음으로 공간 스테이지의 창조는 '요괴 퇴치담'의 서사 공간을 영상매체 안에서 게임 공간으로 치환이 가능하다. 이러한 동질적 현상은 영웅 스토리나 게임 세계가 총체적인 세계를 제시하고 있다는 의미다. 즉 이성적인 글쓰기 세계가 아닌 비일상적인 세계, 비과학적인 세계는 게임을 공간별로 나누어 펼쳐지게 함으로써 공간이동에 따른 캐릭터의 능력치를 상승시켜 나가고, 플레어가 자유롭게 공간을 선택하여 이동할 수 있도록 만들어 줄 수 있다.

또한 사건의 단계적 전개는 주어진 미션의 난이도에 따라 사건을 확장할 수 있다. '요괴 퇴치담'은 사건을 게임으로 전환할 수 있는 요소로 극적인 상황이나 강한 서사성을 가지면서 잠재력을 가진 가상의 사건들을 무한대로 만들 수 있다. 반면, 게임 스토리텔링에서 사건은 순차적인 스토리가 아닌 사건 발생에 따른 이야기 전개방식을 가진다. 영웅이야기가 스토리를 이끌어 가면서 시간의 흐름에 맞게 일관되게 진행해 나가지만 게임에는 일관된 스토리가 있다 할지라도 다양한 캐릭터가 게임상에 존재하면서 각각의 이러한 이야기 요소들은 큰 주제의 틀 안에서 조합을 통해 생성되는 편파적인 사건들을 연결하고 조합함으로써 다양한 이야기를 구성해 낼 수 있다.

마지막으로 영웅 이야기에 수용된 보조 도구는 게임에서 아이템의 창조와 배치 등을 통해 요괴들과 영웅의 대결을 게임으로 전환시킬 수 있다. 게임에서 아이템이란 캐릭터가 사용하는 도구나 게임에서 필요로 하는 모든 것을 말한다. 칼이나 갑옷 같은 것이 대표적인 예라 할 수 있다. 게임에서 아이템은 캐릭터의 능력을 더해 주거나 체력을 보호해 주는 일을 하는데 얼마나 좋은 아이템을 가지느냐에 따라서 캐릭터의 능력이 차이가 있다. 세 작품에 나타난 주인공의 면면을 보면, 고난을 당하면서 위기로부터의 탈출을 위한 능력개발과 보조자의 도움, 보조도구의 획득 등으로 인하여 영웅의 능력을 발휘하게 됨으로써 영웅적인 활약과 여기에 사용한 아이템들의 하나하나가 개별화되어 게임으로의 전환 가능성을 가지고 있다고 볼 수 있다.

'대적퇴치담'의 게임 스토리텔링

1. 서론

이 글은 영웅소설에 수용된 '대적퇴치담'의 게임 스토리텔링을 고찰하는 데 있다. 특히 영웅소설의 흥미 요소 중에 하나인 '지하국대적퇴치담'을 대상으로 하여 인물, 사건, 배경의 서사를 활용한 게임콘텐츠로 전환 가능성을 살펴보고자 한다. 본고에서 영웅소설에 주목하고자 한 이유는 여타의 소설에 비해서 탁월한 영웅 캐릭터[1]가 다양하게 존재하고, 또한 영웅캐릭터를 통하여 공공의 유익과 번영을 점층적으로 성취해 나가는 서사 전개가 게임의 구조와 맥을 같이하고 있기 때문이다.

일반적으로 영웅소설 주인공은 '영웅의 일대기 구조'의 틀을 충실히 따르면서 서사의 곳곳에 다양한 흥미를 가진 모티프가 수용되고 있다. 개인적인 사사로운 욕망부터, 가정문제, 사회문제, 나아가 국가적인 문제를 갈등의 요소로 형상화하여 당시대인의 영웅에 대한 대망의식이 무엇인지를 여실히 표출해주고 있다. 뿐만 아니라, 소설에 구현된 다양

---

1 영웅이란 용어는 그리스의 신화에서 반신반인의 인간과 신적인 존재를 동시에 갖춘 형상을 지칭하는 것으로 영웅인물은 신적인 지혜를 지녔으면서도 인간적인 조건을 모두 갖추었으므로 온갖 시련을 극복하고 대중들의 우러름과 신적인 추앙을 받은 존재라고 할 수 있다.

한 흥미 요소로서 서사적 환상은 낭만적인 꿈과 욕망성취를 통해 현실에서 불가능한 작중 인물의 욕망 충족이 가능하기에 소설과 게임의 흥미 요소[2]를 찾아서 매체에 따른 스토리텔링이 이루어질 때 매체융합이 가능하다고 하겠다.

일찍이 노드럽 프라이(Northrop Frye)는 우리의 영웅소설과 같은 로망스 문학이 모든 문학의 형식 중에서 욕구충족의 꿈에 가장 가까운 것이며, 탐색과 해결의 구조를 가진다고 하였다.[3] 뿐만 아니라, 도정일은 20세기 대표적 마법담인 〈반지의 제왕〉, 〈해리포터〉 등에서 주인공은 무언가를 추구하기 위해 모험 길에 오르고, 적대세력과 싸워서 이기고 목표를 달성하는데 이것은 로망스 문학에 기반한 추구서사(quest narrative)의 구조라 하였다. 그리고 추구서사는 대체로 목표설정→모험과 투쟁→목표달성으로 이어지는 3단계 구조를 갖는다고 하였다.[4] 이러한 구조는 마법담 판타지가 가진 모든 극적인 요소들, 선과 악의 갈등과 대립, 선의 궁극적인 승리와 선한 세력의 구원 등 대중적 상상력을 휘어잡을 메뉴들이 다 들어있다. 이렇듯 중세 판타지 게임에서 기사의 모험담을 중심으로 한 퀘스트 스토리가 빈번하게 등장한 것은 이들 게임이 대부분 롤플레잉 게임이기 때문이다. 롤플레잉 게임은 이기는

---

2 사람마다 재미를 느끼는 요소가 다르지만 다양한 사람들의 재미를 충족하는 게임을 개발해야 하는 입장에서는 어떤 요소들이 더 많은 사용자에게 몰입하게 하는 재미요소인가를 분석해야 한다. 개임에 재미를 제공해서 유저에게 몰입하게 하는 요소에는 여러 가지가 있다. 화려한 그래픽을 제공하는 환상적인 배경, 흥미진진한 스토리, 유저의 마음을 대변하는 캐릭터, 다양한 아이템, 인공지능을 지원하는 NPC, 박진감 넘치는 액션과 전투, 사이버공간의 끈끈한 길드 등을 가진 게임만의 독특한 시스템들이 게임 유저들에게 다가온다. 앤드류 롤링스·어니스트 아담스, 『게임기획개론』, 제우미디어, 2004; 이재홍, 『게임시나리오작법론』, 정일출판사, 2004.

3 Northrop Frye, 『비평의 해부』, 임철규 역, 한길사, 2000.

4 도정일, 「신화와 판타지 열풍에 관한 몇 가지 질문들」, 비평, 2002년 가을호, 2002.

것이 목표가 아닌 캐릭터를 성장시키고 발전시키는 것이 목표이기 때문에 스토리를 사용하는 사람이 역할놀이를 위한 구조적 틀로 이야기를 사용하기 때문이다. 이러한 MMORPG 게임의 특성을 구현하는 데 있어서 모든 문학 중에서 낭만적인 로망스 문학이 가장 욕망 충족의 꿈에 가까운 것으로 평가받고 있다.[5] 이렇게 볼 때, 우리나라의 영웅소설이 훌륭한 구조적 틀을 제공할 수 있다고 볼 수 있으며, 판타지가 빈번하게 등장할 수 있는 유사한 구조적 틀을 가지고 있다고 하겠다.

따라서 여기에서는 영웅소설의 각 작품에 수용된 영웅성이 작품에 따라 다양한 모습으로 나타나고 있는 점을 간과하지 않으면서 영웅소설만이 가지고 있는 보편성을 고려하여 비슷한 '대적퇴치담' 모티프를 수용한 영웅소설의 작품군을 묶어서 살펴보고자 한다.[6] 영웅소설에 수용된 재미있는 스토리가 게임으로 전환할 때 게임시스템의 요소를 어떻게 기획하고 설계하느냐에 따라서 유저로 하여금 느끼는 재미가 달라진다는 점을 고려하여 살펴보게 될 것이다.

일반적으로 '대적퇴치담'은 요괴퇴치의 이야기를 지하 공간으로 설정하여 스토리텔링한 것으로 세계적으로 분포된 설화가 우리의 영웅소설에 수용된 것이다. 기존 연구는 영웅소설 작품별로 '지하국대적퇴치' 유형을 가지고 있는 각 편의 하나로 다루기도 하였고, 나아가 이 모티프가 소설에 수용된 양상, 소설화 양상, 소설 속에서 가지는 기능 등이

---

5 서성은, 「중세 판타지 게임의 세계관 연구」, 『한국콘텐츠학회논문집』 0(9), 2009, 120쪽.

6 일반적으로 영웅성은 인간의 다양한 형상으로 묘사되고 있으며, 상황에 따라 출생, 성장과정, 죽음을 통하여 그 시대 사회가 요구하는 영웅상을 달리 표현하고 있음을 인정한다. 다만 여기에서는 영웅의 통시적 전개와 능력에 주목하기 보다는 유사한 '모티프'를 수용하는 작품 군에서 영웅성이 어떻게 표현되고 있으며, 이는 다른 매체 제작에 수용가능성이 얼마나 있는가를 살펴보고자 한다.

고찰되었다.[7] 이러한 기존 연구물에서도 지하국에서 요괴를 퇴치하는 모티프는 주인공으로 하여금 신분 상승을 위한 큰 계기가 된 것으로 보았다. 여기에서 주인공의 초인적이고 신통한 힘을 판타지적으로 형상화한 것이 게임의 요소를 가지고 있다고 할 수 있다.

본고는 '대적퇴치담'을 수용하고 있는 작품으로 〈금령전〉,[8] 〈소대성전〉,[9] 〈홍길동전〉,[10] 〈김원전〉[11]을 연구 대상으로 하였다. 특히 이들 작품에 공통적으로 수용하고 있는 '지하국대적퇴치담'의 서사구조를 먼저 살펴서 게임 스토리텔링의 흥미 요소와 의미가 무엇인지를 고찰하고자 한다.

2. '대적퇴치담'의 구조와 의미

영웅의 서사구조는 영웅을 등장시키는 많은 게임에서 비범한 탄생, 낯선 세계로의 이입, 탐험, 모험, 영웅의 탄생, 귀환의 순서로 널리 활용되고 있다. 이러한 영웅의 순차적인 진행은 디지털 판타지 가상세계에서도 그대로 적용되어 게임으로 변환되고 있는 것이다. 대부분 온라인 게임 서사는 선과 악의 대립, 영웅의 등장과 임무, 합당한 보상 등 중세의 신화

---

7 김순진, 「지하국대적퇴치설화와 이조전기소설의 구조대비 분석」, 『구비문학』 3, 한국 정신문화연구원, 1980; 박일용, 「영웅소설의 유형변이와 그 소설사적 의의」, 서울대 석사학위논문, 1983; 송진한, 「한국설화의 소설화 연구 – 지하국대적퇴치설화와 고전소설의 구조분석을 중심으로」, 전남대 석사학위논문, 1984. 등이 있다.

8 〈금령전〉, 『고소설판각본전집』 4, 연세대학교 인문학연구소, 1975.

9 〈소대성전〉, 『고소설판각본전집』 4, 연세대학교 인문학연구소, 1975.

10 〈홍길동전〉, 『고소설판각본전집』 5, 연세대학교 인문학연구소, 1975.

11 〈김원전〉, 『고소설판각본전집』 4, 연세대학교 인문학연구소, 1975.

적 성격을 내포하고 있다. 개성적인 캐릭터를 선택하고 갈등을 축으로 시간적, 공간적 배경 설정, 사건의 발생, 등장인물 간의 갈등을 통해 스토리를 엮어 나간다. 여행의 모험, 미지의 세계를 향한 모험의 심리를 자극할 수 있는 소재를 활용하고, 비밀통로, 지하감옥, 밀실, 어두운 하늘, 우물 속의 하강, 지하수, 함정, 이중의 방 등을 시각 장소로 활용한다.

이처럼 게임의 서사구조[12]가 기존 신화와 같은 중세 문학의 서사구조를 활용하고 있음을 알 수 있다. 중세 판타지 세계관은 게임 스토리텔링의 기반 서사와 퀘스트 스토리, 캐릭터 설정 등에 많은 영향을 끼치고 있는데 자연과 초자연의 공존이라는 이중구조를 설정하게 된다.[13]

일반적으로 '지하국대적퇴치담'은 영웅 인물이 납치된 공주를 지하국으로 들어가 구출한다는 공통적인 서사구조로 되어 있다. 예컨대, 지하국에 사는 요괴에게 납치당한 공주를 영웅적 힘을 가진 인물이 구출함으로써 구출자와 공주가 혼인하는 구조를 가진다.[14] 여기에서 '지하국대적퇴치담'은 단순한 삽입 모티프에 국한하지 않는다. 이 이야기가 소설 각 편에 수용되어 작품 전체에 흐르는 서사의 축과 밀접하게 관련

---

12 온라인 게임서사는 가상현실(VR)을 놀이의 형태로 재현하는 서사양식이라고 보기도 한다. 가상공간 속에서 실존하지 않는 이미지와 상호작용을 통해 자신의 이미지를 구체화시키고, 그 과정은 가상과 현실의 빗금을 지우는 온몸 몰입을 통해 이루어진다는 것이다. 이용욱, 『온라인 게임 스토리텔링의 서사시학』, 글누림, 2009, 41쪽.

13 〈반지의 제왕〉에서 보면, 공동의 적을 설정하고 여행을 통해 플레이어가 모험을 경험하도록 하기 위한 에피소드와 스토리 라인을 연결하고 전투, 이동, 우정의 활동들을 할 수 있도록 플레이어의 이동경로를 설정하고 제한적인 자원, 아이템을 획득하도록 설계되었다.

14 각 작품에 따라서는 구출자를 지하국으로 인도해주는 제삼자가 등장하기도 하고, 또는 공주를 구한 구출자가 신하들에게 배신당하여 공주구출의 공을 빼앗기는 경우도 있지만 거의 공통적인 서사구조를 가진다는 점에서는 어느 정도 정설로 인정하고 있다.

되고 있다는 사실을 간과해서는 안 된다. 주인공이 지하국에 들어가서 요괴를 퇴치한다는 설정은 소설 서사와 게임 서사의 중요한 의미를 갖게 된다고 할 수 있다.

먼저, '대적퇴치담' 일반형 서사구조[15]를 살펴보면 다음과 같다.

① 부와 권력을 가진 공주(여성)가 괴물에게 납치된다.
② 왕(아버지)이 재물과 딸을 현상금으로 걸고 용사를 찾는다.
③ 미천한 남성이 용사로 등장한다.
④ 용사가 부하와 함께 납치된 여성을 찾아 떠난다.
⑤ 용사가 괴물이 거처하는 지하국을 알아낸다.
⑥ 용사는 좁은 문을 통해 지하국에 도착한다.
⑦ 용사가 물을 길어 나온 여성의 물동이에 나뭇잎을 뿌려 구원자가 왔음을 알린다.
⑧ 용사가 납치된 여성의 도움으로 괴물의 집 대문을 통과한다.
⑨ 공주(여성)가 용사의 힘을 시험하기 위해 바위를 들게 하였으나, 용사는 실패한다.
⑩ 공주(여성)가 용사에게 힘내는 물을 먹인다.
⑪ 공주(여성)의 지혜로 괴물을 죽인다.
⑫ 용사가 납치된 사람을 구하나 부하들이 용사만 지하에 남겨둔 채 공주(여성)를 가로챈다.
⑬ 용사가 조력자의 도움을 받고 지상으로 나온다.
⑭ 용사가 부하들을 모두 처벌하고 구출된 공주(여성)와 혼인하여 잘 산다.

15 '지하국대적퇴치담'은 전국적으로 분포된 이야기로 유사한 서사구조로 되었다. 본고의 대상 작품은 한국정신문화연구원에서 간행한 『한국구비문학대계』, 1979-1988, 초 82책에 수록된 이야기 중에서 일반형 서사구조를 제시하고자 한다.

먼저 이야기 전개방식은 여성이 지상국에서 지하국으로 납치되고, 용사는 납치된 여성을 구출하기 위하여 지하국을 찾아 떠난다. 그리고 많은 시험과 이를 극복하고 영웅성을 기른 후에 요괴를 퇴치하고 납치된 여성을 데리고 지상국으로 올라와 혼인하고 부귀영화를 누린다는 서사로 전개되고 있다.

'대적퇴치담'의 서사를 크게 세 부분으로 나누어 볼 때, 첫 번째는 지상국을 중심으로 사건이 진행되고, 둘째는 지하국을 중심으로 사건이 진행되며, 셋째로는 다시 지상국에서 벌어진 사건의 결말로 이루어진다. 특히 둘째인 지하국을 중심으로 벌어진 사건 스토리의 구조를 크게 확장하여 다양한 사건창조와 전략을 세우고, 이에 따른 주인공의 영웅성을 확장시켜 나가는 스토리텔링을 통하여 게임구조로 전환하는 방안에 주목하고자 한다.

'대적퇴치담'은 단순히 한 편의 설화에서 소설로 이행과정을 거치면서 서사의 폭이 확장된 구조를 보여주고 있다. 특히 '대적퇴치담'은 영웅소설에 한정되어 여러 편에 걸쳐 수용되고 있음을 확인하였다. 본고에서 연구대상으로 삼고 있는 작품들이 여기에 해당된다. 여기서는 영웅소설의 각 편에서 형상화되고 있는 '지하국대적퇴치담'의 이야기를 살펴보고, 각 작품을 같은 유형으로 통합한 다음, 이를 게임으로의 가능성을 살펴보고자 한다.

연구대상 작품들이 보여주는 주인공의 삶의 궤적은 '집 떠남 – 시련 – 만남'이 거듭되는 복합적 서사구조를 가지고 있다. 주인공의 시련은 현실로부터의 시련이자, 영웅적 능력을 발휘해야만 극복될 수 있는 기회의 공간이기도 하다. 따라서 기회의 공간이 되는 지하의 공간이 영웅 능력을 발휘해야 하는 시험대가 되는 것이다. 이는 여타의 영웅소설이 전쟁터에 출정하여 군담을 통해서 영웅화되어 가는 과정과 일치한다.[16]

먼저 〈금령전〉은 '대적퇴치담'의 영웅적 인물이 해룡으로 등장한다. 해룡은 계모 변씨의 집을 떠나 갈 곳 없이 돌아다니고 있었을 때, 산중에서 갑자기 요괴가 나타나 동행하던 금령을 삼키고 도망간다. 해룡은 금령을 구하기 위해 산을 찾기 시작한다. 산중의 어떤 궁궐에 도착한 해룡은 그 궁궐 속에 요괴가 살고 있고, 또 그 요괴에게 납치된 금선공주가 갇혀 있다는 사실을 알게 된다. 해룡이 궁궐 안에 들어가 요괴를 발견하니 요괴는 이미 피를 토하면서 쇠약해진 상태였다. 해룡은 공주에게 받은 칼로 요괴를 죽인다. 그러니 요괴의 가슴 속에서 금령이 뛰어 나온다. 해룡은 공주를 구출한 공로로 부마도위가 된다.

〈김원전〉은 남자 주인공 김원이 등장하여 지하국에서 용녀를 구해주는 영웅담을 형상화하고 있다. 김원은 수박의 모습으로 태어나 10살 때 탈곡한다. 김원은 산에 들어가 도술을 닦고 있을 때 공주들이 요괴에게 납치당하는 모습을 목격한다. 그는 공주들을 구하려 요괴와 싸웠으나 요괴는 지하국으로 도망간다. 김원은 한 번은 산을 내려오는데, 공주가 납치되었다는 사실을 알게 된 황제가 김원에게 명하여 공주를 구하게 한다. 요괴퇴치를 위해 지하국으로 내려간 김원은 동자에게 받은 부채의 도움으로 요괴를 퇴치하고, 구출한 공주를 지상으로 보낸다. 그러나 김원은 신하들의 모계로 인하여 지하국에 갇힌다. 김원은 지하국 요괴에게 잡힌 동해 용왕의 아들을 구출하여 용궁으로 가서 용녀와 혼인한다. 수년을 용궁에서 살다가 지상으로 돌아왔을 때 김원은 죽임

---

16 온라인 게임은 드라마나 소설처럼 관찰자의 시점이 아니라 행위자의 시점으로 전쟁이 치러진다는 점에서 훨씬 강도 높은 정서적 영향력을 지니고 있다. 예컨대, 현대인의 삶이 권태와 정체된 것이라면 게임의 시계는 긴장과 속도감으로 무장되어 있다는 점에서 게임이 더욱 확장성을 가지고 있다고 할 수 있다. 정여울, 「온라인 게임의 전쟁코드, 그 문화적 의미」, 『동양정치사상사』 5(2), 한국동양정치사상사학회, 2006, 172쪽.

을 당한다. 그러나 고양이로 변신한 용녀와 지하국에서 신표를 준 셋째 공주의 도움으로 환생한다. 김원은 셋째 공주와 정숙 공주로 봉해진 용녀 두 여인과 혼인한다.

〈김원전〉은 앞에서 살펴본 〈금령전〉에 비하여 사사의 폭이 확대되고 있음을 알 수 있다. 곧바로 지상으로 돌아오지 못하게 함으로써 지하국에서의 또 다른 서사의 폭을 확장하고 있는 점, 끝내 주인공이 죽어서 공주의 도움으로 환생을 한다는 점 등이 〈김원전〉이 가지고 있는 서사의 확장과 변주라 하겠다.

또한 〈홍길동전〉의 주인공은 요괴퇴치의 주요 인물로 등장한다.

홍길동이 약을 캐러 산에 들어가니 우연히 한 곳에 불빛이 비치고 여러 사람이 떠드는 모습을 보게 된다. 잘 보니 그들은 모두 짐승이며, 홍길동은 그 가운데 장수로 보이는 짐승을 향해 활을 쏘았다. 다음날 홍길동이 활로 쏜 짐승의 피를 따라가니 짐승들이 사는 큰 집에 도달한다. 그 집에 사는 짐승들은 홍길동에게 대왕이 활을 맞아 상처를 입었으니 도와달라는 부탁을 한다. 홍길동은 대왕의 상처를 고치는 척하며 약으로 대왕을 죽인다. 대왕을 모시던 여러 짐승들이 원수를 갚으려 홍길동과 싸운다. 그러나 짐승들은 홍길동의 요술로 인해 모두 죽게 된다. 홍길동은 짐승에게 납치당한 세 여자를 구출하여 그 여자들과 혼인한다.

〈홍길동전〉의 도적굴에 대한 생생한 지하 동굴공간 묘사를 보면 다음과 같다.

> "ᄒᆞᆫ 곳에 다다르니 경개절승한지라 인가를 차자 점점 들어가니 큰 바위 밑에 석문이 닫혔거늘 ᄀᆞ만이 그 문을 열고 들어가니 평원광야의 수백호 인가 즐비하고 여러 사람이 모다 잔치하여 즐기니 이곳은 도적의 굴혈이라"[17]

한편 율도국 공간은 홍길동이 앞으로 정벌하여 왕이 되고자 하여 조선왕과 본격적으로 대항하기 위한 계책과 분비를 하는 공간으로 형상화되고 있다.

> "내 임의 됴션을 하직ᄒᆞ직 ᄒᆞ여스니 이곳의 와 아직 은거ᄒᆞ여다가 대ᄉᆞ를 도모ᄒᆞ리라"[18]
>
> "길동이 매양 니곳을 유의ᄒᆞ여 왕위를 앗고져 ᄒᆞ더니 이제 삼년샹을 지내고 귀운이 활발ᄒᆞ려 셰상의 두릴 ᄉᆞ롬이 업는지라 일일은 길동이 제인을 불너 의논왈 내 당쵸의 ᄉᆞ방으로 단닐제 율도국을 유의ᄒᆞ고 이곳의 머무더니 이제 마음이 자연 대발ᄒᆞ여 운쉬 녈니물 알지라 그대등은 나를 위ᄒᆞ여 일군을 죠발ᄒᆞ면 족히 율도국 치기는 두리지 아니리니 엇지 대ᄉᆞ를 도모치 못ᄒᆞ리오"[19]

여기에서 고려해야 할 것은 게임에서 공간 스테이지가 소설의 서사공간과 다르게 창조될 수 있는 가능성이다. 각 공간에서 전투가 끝나갈 무렵에 가장 강력한 적을 만나게 되고, 강력한 적과 전투하여 승리하는 캐릭터에게 강력한 힘을 심어주거나 다음 단계로의 진입을 허용하여 또 다른 공간에서 전투를 예견해 준다. 여기에서 한 장소, 한 사건을 통과할 때마다 아이템을 획득하게 하여 플레이의 즐거움을 더해준다.

〈소대성전〉은 몇 차에 걸친 주인공의 고난과정을 보여주고 있는데 대적퇴치 이야기는 3차 고난에 해당된다. 3차 고난의 스토리를 보면 소대성은 북흉노와 서선우가 기병하자 호왕을 물리치고 천자를 구해주

---

17 〈홍길동전〉, 14장.

18 경판 30장본 〈홍길동전 권지단〉, 『고소설판각본전집』 5, 연세대학교, 1975, 1012쪽.

19 경판 30장본, 앞의 책, 1015쪽.

는 사건과 요괴를 물리쳐 공주를 구하고, 북노 천달이 침입하자 물리치고 돌아오는 이야기, 서번과 가달이 기병하자 대원수가 되어 출전하여 이들을 물리침으로써 북초왕, 석상왕 등의 반란을 물리치고 최종적으로 천자를 위기에서 구한다는 이야기이다.

이처럼 냉혹한 현실 속에서 홀로 모든 고난을 극복해야 하는 주인공은 이제 잠재된 능력을 개발하여 자아실현의 도구로 삼아야 하는 과정을 겪게 된다. 현실적으로 존재하는 구원자를 만나 경제적인 해결은 이룰 수 있었으나 신분의 사회적 층위는 극복될 수 없었던 것이다. 주인공 소대성은 1차적인 고난을 감수하고 이후 적극적인 극복 의지를 보여줌으로써 현실을 극복할 수 있었다. 이러한 주인공의 적극성은 처가를 떠나 산사의 도사를 찾아 무예를 스스로 닦는 과정에서 볼 수 있는 바와 같이 주인공은 능력배양을 통한 신분 상승을 1차적인 과제로 추구하게 된다. 특히 주인공과 구원자의 만남이 가진 의미는 이러한 계기를 통해 주인공의 현실적인 가치가 전환된다는 의미에서 주목된다. 즉 주인공에게 부여된 온갖 시련과 고난이 극복되는 계기이며 초월적 능력완수라는 이른바 능력이 변신되는 전환점이 되는 것이다.

이와 같이 영웅적 능력을 배양한 주인공에게 요괴들이 살고 있는 지하공간은 무공의 획득은 당연한 결과이며 경험세계의 모순을 해결할 수 있는 장치가 되는 것이다. 여기에 필연적인 소설적 장치가 영웅담인 것이다. 따라서 영웅담에서 적대자가 누구이든 고난을 주인공이 평정한다는 것은 곧 무공으로 인한 신분 상승이며 정상적인 입신 과정인 것이다.

이처럼 '지하국대적퇴치담'의 서사구조를 수용하고 있는 영웅소설의 공간은 요괴를 물리쳐 공주를 구한다는 것은 무공을 통한 입신의 한 방법으로 활용되고 있어 국가적 외적을 물리친다는 상승적인 영웅활약이 뒤를 따른 서사 전개로 이루어진다.

3. '대적퇴치담'의 게임 스토리텔링 요소와 의미

1) 공간배치와 환상성

인간이 살아가는 현실 세계는 시공간이 분화되어 있는 세계이다. 따라서 현실 세계를 살아가는 인간이란 존재는 시간과 공간의 제약을 받으며, 현실 세계가 주는 수평적 삶의 질서들에 구속받는다. 이 구속받음에 의해 인간 존재는 끊임없이 욕구의 좌절을 경험하면서 초월적 세계를 꿈꾸는 환상을 갖게 된다. 이때 환상은 작가의 상상력에 의해 의도적으로 생산되고, 비현실적인 세계에 또 하나의 리얼리티를 창출하는 심리작용이다. 따라서 환상은 현실 세계의 원칙과 관련되어 생성되고 그 의미를 지닌다. 즉 환상은 현실 세계의 원칙들이 갖은 한계를 보여주면서 이를 뛰어넘고자 하는 작가의 상상력을 보여줌으로 터무니없고 무질서한 공상과는 구분된다.[20]

현실 세계를 떠나 환상세계를 경험하고 싶은 인간의 욕망은 인간의 삶이 시작된 이래 지속적으로 존재해 왔다. 이 욕망은 인간에게 현실 세계의 구속에서 벗어나 수직적 전망을 가지고 미래 삶에 대한 비전을 갖게 해 준다. '대적퇴치담'을 수용하고 있는 영웅소설에서 환상의 세계를 형상화한 방법을 보면, 매우 다양하나 숲속공간, 동굴공간, 수중 및 해도공간[21] 등을 활용하고 있다.

---

20 선주원, 「서사적 환상의 내용 구현 방식과 서사교육」, 『청람어문교육』 35, 청람어문학회, 2007, 206쪽.

21 고소설에서 수중 및 해도(섬)공간은 대체로 도적들의 근거지로 형상화하고 있다. 〈홍길동전〉, 〈허생전〉, 〈김학공전〉, 〈서해무룽기〉 등은 현실세계에서 욕망의 좌절을 겪거나 소외된 사람들의 활동공간이자 현실로부터의 도피공간이기도 하며, 요괴들의 기거공간이기도 하다.

이와 같은 공간창조는 현실의 제약 속에서 자유스럽지 못하게 살아가는 인간은 그 자유함을 꿈꾸기 위해서 자연히 현실과 반대되는 상상의 세계 즉 환상의 세계를 추구하게 되고, 결국은 그 방법을 통해서 일탈의 욕망을 실현하게 되는 것이다. 환상이란 객관적 경험 현실에서 일어날 수 없는 사건 및 그 사건을 목도한 사람의 심리를 일컫는다. 환상적 사건이란 경험적 현실 세계의 시공간적 제약이나 인과적 필연을 벗어나 발생한 사건이다. 환상은 가능한 것으로 받아들여지는 것에 대한 명백한 위반에 기반하고 또 그것에 의해 지배되는 이야기이다.[22] 즉 환상은 사실에 반대되는 조건을 오히려 '사실' 자체로 변형시키는 서사적 결과물이다.[23] 여기에 자연스럽게 활용되고 있는 것이 이원론적 신화의 세계관이다. 신화는 새로운 가상세계를 창조하고 거기에 의미를 부여해야 하는 게임 제작에 있어 필수불가결한 요소였고, 또한 특유의 환상성으로 인해 판타지 공간을 창조하는 데 유용한 모티프라고 하겠다.

영웅소설에서 서사적 환상의 내용구성 방식들은 지하국이라는 환상세계에 대한 형상화라 할 수 있다. 작가는 지하국이라는 상상적 초월공간을 통한 욕망의 충족, 현실과 초현실적 세계의 상호교류를 통한 새로운 삶의 질서창조, 그리고 환상적 세계의 인식과 다층적 삶의 존재성 인식 등을 제공해 주고 있다.

영웅소설에 수용된 환상 서사의 이원론적 세계관을 게임으로 스토리텔링할 경우 '숲속 공간', '동굴 공간', '수중 공간'의 설정할 수 있다. 이러한 허구 서사에 구현된 환상은 현실 세계를 모방하고 재생산하는

22 선주원, 앞의 논문(2007), 203쪽.

23 로즈메리 잭슨, 『환상성-전복의 문학』, 서강여성문학연구회 역, 문학동네, 2001, 24쪽.

것이 아니라, 세계의 의미를 새롭게 구성하려는 적극적이고 능동적인 상상력이 표현된 것이라 할 수 있다. 낯설음과 경이로운 상상의 세계를 보여줌으로써 적극적인 의미구성을 촉진하게 된다. 대체로 디지털 게임의 배경 공간이 판타지적인 소설과 같이 창작자의 상상 과정에서 탄생하고 게이머의 인터렉션에 따라 변형되어가는 특성을 가지고 있어 허구의 공간은 게임 스토리텔링에 중요한 요소라고 할 수 있다. 이 허구의 공간에 현실적으로 발생할 만한 개연성이 있는 사건을 통하여 가치 있고 풍부한 게임 스토리로 창조되는 것이다.[24]

영웅소설의 서사가 시간 개념을 중심으로 전개되는 것이라면 게임은 공간의 개념을 활용하여 전개되므로 캐릭터가 선택하고 탐색한 공간이 횡적으로 전개될 때 이야기가 구성되는 것이다.[25] 이때 공간은 합법적으로 창조한 전쟁터가 되는 곳이다. 이곳을 통해 주인공이 느끼는 쾌락의 핵심은 신성의 대리체험이라 할 수 있다. 주인공은 신성을 가진 탁월한 능력으로 적대자를 수월하게 무찌르고 욕망을 성취하는 것으로 게이머는 일상에서 체험 불가능한 절대적인 속도와 폭력의 집행자가 될 수 있음[26]에 열광하게 된다.

특히 조선조 영웅소설의 군담은 국가와 국가의 전쟁담이며, 영웅 인물은 전쟁에 나아가 승리함으로써 무공을 세우고 왕으로부터 공로를 인정받아 신분이 크게 상승하는 구조로 되어 있다. 그러므로 전쟁 모티프를 게임으로 전환할 때 중요한 것은 얼마만큼 전쟁 이야기를 재미있게 다양하게 감동적으로 스토리텔링할 수 있는가에 있다. 전쟁은 국가

---

24 이재홍, 『게임시나리오 작법론』, 도서출판 정일, 2004.

25 전경란, 「디지털 내러티브에 관한 연구」, 이화여대 박사학위논문, 2003.

26 정여울, 「온라인 게임의 전쟁코드, 그 문화적 의미」, 『동양정치사상사』 5(2), 한국동양정치사상사학회, 2006, 173쪽.

가 공식적으로 폭력을 사용할 수 있는 기회다. 개개인의 폭력이 행사될 수 있는 유일한 합법적인 공간이 전쟁인 것이다. 유사시의 전쟁을 일상적 욕망분출의 공간으로 구조화시킨 것이 바로 전쟁 게임이다. 전쟁의 폭력을 멀티미디어 동영상 속에서 일상적으로 경험하는 현대인은 오히려 실제 전쟁을 바라볼 때 일종의 미학적 거리감을 느끼게 한다. 이 거리감의 양상이야말로 전쟁을 미학시키는 전쟁 게임의 정서적 메카니즘이다.[27]

그러므로 '대적퇴치담'에 수용된 환상의 내용구성도 실지로 작품 속에 형상화된 서사의 폭을 확장시킬 필요가 있다. 작가가 지하 공간에서 전쟁 이야기를 다양하게 감동적으로 스토리텔링할 때 게이머의 체험공간이 될 수 있을 것이다. 본고는 환상성을 가지고 있는 지하국의 다층 공간을 게임 스토리텔링의 세 가지 방식, 즉 '숲속 공간', '동굴 공간', '수중 공간'으로 설정하고자 한다. 이러한 상상적 초월공간을 통한 주인공의 욕망충족은 물론, 환상적 세계의 인식과 다층적인 삶의 인식, 현실과 초현실적 세계의 상호교류를 통한 변증법적인 삶의 질서 등을 이해할 수 있다.

① 숲속 공간

'숲속 공간'은 영웅 인물의 영웅적 능력을 부여해주는 능력치의 공간으로써 숲속에서 짐승과 싸움을 설정해 볼 수 있다. 특히 중세인에게 숲은 현실적인 공간이자 신성한 공간으로 인식하였다. 그러므로 숲속 공간은 환상적인 사건이 벌어지는 공간으로 인식되었고, 실질적으로 게임 공간에서 활용된 바 있다. 〈WOW〉, 〈리니지〉 등 대부분의 MMORPG

---

27 정여울, 앞의 논문(2006), 173쪽.

에서는 인간과 함께 엘프, 드워프, 오크 등의 다양한 종족들이 등장하며 살아 움직이는 나무, 기이한 새, 자유자재로 변신한 인간, 초현실적인 괴물로 가득하다. 인간과 비슷한 모습을 했다고 해서 인간도 아니다. 게임 속 인간은 칼, 화살 등과 함께 마법과 같은 초인적인 능력을 가진 존재로 그려진다. 이러한 초자연과 자연의 공존은 톨킨이 〈반지의 제왕〉에서 창조한 중간계에서 영향을 받은 것이며, 더 거슬러 올라가면 중세 로망스 문학에서 그 원류를 찾을 수 있다.[28]

이처럼 숲속 공간은 현실의 공간이면서 동시에 환상적인 존재가 살고 있고, 환상적인 사건이 벌어지는 공간이었다. 숲은 눈앞의 현실이면서 동시에 상상의 세계였다. 숲은 사람들이 전혀 없는 공간이자 가공할 동물, 약탈적인 기사들, 도깨비와 마녀가 출현하는 공간이었다.

이러한 중세의 신화적 세계관은 게임 시나리오의 기반 서사와 퀘스트 스토리, 캐릭터 설정 등 각기 요소에 막대한 영향을 미치고 있는데, 이러한 배경은 이원론적 세계관에 바탕을 둔 중세적 세계관에서 비롯된다, 이는 현대인의 전근대에 대한 탈출과 동경 때문이며, 현대를 살아가는 우리는 전근대적 세계로 탈출하여 신과 인간의 혼연일체에서 오는 신비함과 집단적 안정감을 통하여 정체성을 회복하려고 했다. 이것이 낭만적인 영웅소설과 디지털 게임 속에서 중세적 세계관으로 표출되고 있어 게임 서사에서 사건을 다양하게 창조할 수 있는 공간으로 유용하다.

② 동굴 공간

영웅 인물의 영웅적 능력을 부여해주는 능력치의 공간으로써 '동굴에서 요괴와 싸움'을 설정할 수 있다. '대적퇴치담'의 서사 공간에서 동

28 서성은, 앞의 논문(2009), 117쪽.

굴은 영웅 인물이 영웅의 능력치를 발휘할 수 있는 절대치의 공간이며, 요괴가 살아가는 생활공간으로 영웅이 대적을 상대해야만 하는 필연적인 만남의 공간이자 싸움의 공간이다. 즉 주인공과 대적이 욕망성취를 위한 대결의 공간인 것이다.

따라서 동굴 공간은 신화적 세계관의 개연성을 부여하는 곳이자, 주인공이 싸움전략을 세우는 곳이며, 영웅 인물이 통과해야 하는 통과제의적 공간이기도 하다.

〈금령전〉의 경우, 요괴가 사는 곳은 산속에 홀연 다른 세계가 있다고 서술되고 있다. 즉 직접적으로 지하 공간이 서술되지 않았다는 것인데 돌문이 있는 것으로 보아 지상계와 지하계가 나뉘고 있음을 알 수 있다.

〈김원전〉에서 요괴는 어떤 구멍으로부터 들어가 돌문으로 경계 지어져 있는 지하국이며, 김원은 줄을 따라 진입하게 된다.

〈홍길동전〉은 길동이 약을 캐러 산에 들어가니 우연히 한 곳에 불빛이 비치고 여러 사람이 떠드는 모습을 보게 되는데 자세히 보니 그들은 모두 짐승이며, 홍길동은 그 가운데 장수로 보이는 짐승을 향해 활을 쏜 것으로 묘사되고 있다. 다음날 길동이 활로 쏜 짐승의 피를 따라가 보니 짐승들이 사는 큰 집에 도달한다. 즉 큰 집이 지하 공간이 되는 셈이다. 그 집에 사는 짐승은 길동에게 대왕이 활을 맞아 상처를 입었으니 도와달라는 부탁을 받는다. 홍길동은 대왕의 상처를 고치는 척하며 약으로 대왕을 죽이게 된다. 대왕을 모시던 여러 짐승이 원수를 갚으러 길동과 싸우나 짐승은 길동의 도술로 인해 모두 죽고 만다. 길동은 납치당한 세 여인을 구출하여 그 여인과 혼인을 한다.

③ 수중 공간

영웅 인물의 영웅적 능력을 부여해주는 능력치의 공간으로서 '수중에서 용과 싸움'을 설정할 수 있다. 용은 물을 관장하고 지배할 수 있는 신수이며 용과의 싸움을 통해 승리할 수 있다는 설정은 영웅 인물의 탁월한 능력을 부각시켜주는 방법일 수 있다. 이처럼 흥미적 요소를 확장시켜 점진적인 승리로 전개해 나간다는 것은 게임의 전략과 능력치의 향상을 길러주는 판타지 공간이 될 수 있다. 이처럼 '수중 공간'은 주인공이 지하국의 대적을 만나기 위한 점층적인 단계로 설정될 수 있다. 대표적인 대적자는 물을 관장하는 신수인 용을 등장시켜 주인공과 치열한 싸움을 설정할 수 있다.

또한 '수중 공간'은 대적을 만나기 위한 여러 단계의 스테이지를 단계적으로 창조할 수 있고, 단계적인 전략과 능력치를 성장시켜 나가는 공간이 될 수 있다. 다양한 몬스터와 주변인물과 단계적인 싸움을 창조해서 마지막으로 대결하는 대적인 용을 설정하여 주인공과 최후의 전투신을 만들어낼 수 있다. 영웅소설의 주인공이나 게임의 기사가 되면 모든 무기와 싸움에 필요한 탁월한 도구를 가질 수 있기 때문에 기사가 능력치를 향상시키기 위한 다양한 모험과 공간을 종횡무진하게 활동할 수 있도록 스토리텔링할 수 있다. 영웅의 모험 과정에서 캐릭터의 성장을 경험하게 되면서 마치 보상 아이템을 얻은 성취감과 그 아이템으로 인해 점점 더 근사하게 변화하는 자신의 캐릭터를 보는 재미 때문에 험난한 레벨업 과정을 견디어 내는 것으로 게임 스토리텔링을 할 수 있을 것이다.

수중 공간을 더욱 확장시킬 경우는 해도의 공간을 창조하여 해적과 싸움, 〈홍길동전〉에서 볼 수 있는 율도국의 건설과 같은 새로운 섬왕국을 건설하는 단계로까지 스토리텔링할 수 있다.

2) 캐릭터의 형상화와 영웅성

영웅소설에서 메인 캐릭터는 무엇보다 영웅성을 발휘하는 주인공에 주목할 필요가 있다. 뿐만 아니라 게임에서 영웅 캐릭터는 게이머가 가장 먼저 만난 대상이며, 게이머에 의해 선택된 캐릭터는 허구적 공간을 횡적으로 탐색하고 목표를 향해 나아가야 되기 때문에 스토리를 구성해 나가는 존재이기도 하다.

특히 영웅소설에서 주인공은 스토리의 중심에 있음으로 메인 캐릭터가 되며, 자신의 역할을 수행하면서 게임 플레이를 이끌어 나가는 것이 연결되어 스토리 라인을 구성하게 된다. 또한 메인 캐릭터는 목표를 위해 배경 스토리에서 정해진 행동의 제한을 받으며 주어진 사건을 해결해 나간다. 메인 캐릭터의 행동을 방해하는 적대자에 의해 대립 구도가 구성되면 메인 캐릭터가 목표의식을 갖고 더 강렬하게 움직이게 하는 요소가 된다.[29]

〈김원전〉의 주인공 김원은 요괴퇴치를 위해 지하국으로 내려가 동자에게 받은 부채의 도움으로 요괴를 퇴치하고, 구출한 공주를 지상으로 보내게 되고, 김원은 지하국에서 요괴에게 잡힌 동해 용왕의 아들을 구출하여 용궁에 가서 용녀와 혼인을 하게 된다.

이처럼 텍스트로 존재하는 영웅소설과 달리 게임은 창조적인 캐릭터가 필요하다. 풍부한 스토리를 가지거나 멀티미디어 기술의 한계를 뛰어넘는 상세하고 현실감 있게 묘사된 캐릭터는 게임에 몰입하게 해 주는 큰 역할을 하기 때문이다. 여러가지 게임 장르 중 가장 스토리 중심적인 RPG 장르에서 캐릭터는 다양한 종족과 직업군별로 나누어지고

---

29 김미진 외, 「캐릭터 중심 관점에서 본 게임 스토리텔링 시스템」, 『한국콘텐츠학회 2005 추계종합학술대회 논문집』 3(2), 한국콘텐츠학회, 417쪽.

게이머가 선택한 캐릭터에 따른 인터렉션에 의해 서로 다른 이야기 흐름을 전개하는 주체이므로 게임 스토리텔링의 중심 요소라 할 수 있다.

많은 온라인 게임에서 캐릭터는 레벨이 높아짐에 따라 게임 세계에서 신분이 점점 상승하며, 최고 레벨이 되었을 경우 "영웅", "최고의 기사" 등의 칭호를 받게 된다. 그동안 조선조 영웅소설에서 볼 수 있는 영웅 인물의 형상화는 인체의 부위별로 외형을 묘사해 줌으로써 캐릭터를 통한 영웅상을 상상할 수 있게 하였다.

영웅소설에 형상화된 영웅 캐릭터의 부위별 외형묘사를 살펴보면 다음과 같다.

부위별	외형묘사
골격	비상함, 웅위함, 비범함 굵음, 비상함, 영풍쇄락, 준수함, 학, 용, 풍영함
얼굴	용의얼굴, 옥같음, 관옥같음, 준수함, 선동같음, 웅위함, 비범함, 목모영풍, 반악의 고움, 비범함, 준수함, 용안, 형산백옥, 백옥조탁,제비턱, 지각이 방원함, 광활, 얽음, 천지조화와 일월광채 어림, 산천정기 어림, 백설같은, 달같은 귀밑, 진주같음, 범의 머리, 표범
몸통	명월같이 넓음, 천지조화품수, 대장성이 박힘, 검은 점이 칠성을 응함, 붉은 점 일곱, 만고흥망품수, 눈썹은 와잠미, 입은 단사, 코는 높음, 수염은 흰털이 섞임, 산이 선 듯, 이리허리, 잔납의 팔, 북두칠성 박힘, 기골장대, 팔척, 구척, 칠척, 여덟 검은 점, 곰의 등, 삼태성 박힘, 이십팔수 흑점, 일곱 점, 두 줄로 박힘, 산천정기, 품수, 봉안, 일월광채, 봉안이 효성같음, 강산정기 띰, 새별, 봉목, 효성쌍안, 봉안, 벽안, 봉복이 새별같은, 용안, 효성, 광활함, 산천정기를 띰, 만월, 액광전이 넓음, 산천정기품수, 일월정기, 강산수기, 산천정기, 광활함, 일월정기 품수
기상	웅장함, 엄숙함, 두목지, 태을선관, 상설같은, 영웅호걸, 온화함, 늠름함, 용, 봉, 태각대신, 청아함, 총혜영민, 비범함이 과인함, 만고영웅상, 용의기상, 준수함, 준일함, 장군기상, 엄정씩씩, 비상함, 표일함
음성	웅장함, 종고울림, 북소리, 뇌성, 쇠북소리, 성같음, 낭낭함, 단산봉황, 뇌성같음
풍채	준수함, 준일함, 한림풍채, 선풍도골, 절윤함, 찬란함, 초패왕 항적, 적선의 풍채, 선풍옥골, 늠름함, 준수함, 반악의 고움, 헌앙함, 두목지 풍채, 관장부생, 아름다움, 당당함, 적송자 백학탄 듯, 옥당선관 청초를 탄 듯, 옥골영풍, 용준일각, 천하기남자

위의 분석[30]에 나타난 부위별 특징을 종합해 보면 다음과 같다.

얼굴은 샛별 같은 봉의 눈과 범의 머리 그리고 일월정기를 품수한 미간과 방원한 턱을 가진 관옥같이 잘생긴 용의 얼굴이다. 몸매는 곰의 등과 이리의 허리 그리고 잔납이 팔을 가진 장대하고 웅위한 골격을 지녔을 뿐만 아니라 백설같은 피부와 쇠북을 울리는 듯한 웅장한 목소리 그리고 천지조화와 산천정기 등을 품은 듯한 가슴마저 지닌 모습이다. 머리는 표두이고, 눈은 봉의 눈, 팔은 잔납이 팔, 팔은 팔구척, 음성은 종고를 울리는 인물로서 상당히 험악하고 위엄이 넘치며 우락부락한 모습을 연상케 된다.

이러한 모습에서 풍기는 전반적인 인상은 준수한 만고영웅의 기상과 선풍도골(仙風道骨)의 아름다운 풍채를 지닌 천신이 하강한 듯한 모습, 즉 남주인공은 훤칠한 키에 당당한 몸매를 지닌 아주 잘생긴 미남자이자 천하 기남자의 모습을 지녔다고 할 수 있다. 집중적인 묘사의 순위는 전반적인 인상을 보여주는 종합적인 평가–풍채–기상, 그리고 부위별로는 얼굴–눈–음성–기골–머리–허리–팔–등–미간–골격–가슴–턱–귀–미우(이마)–어깨–배–수염–눈썹–이빨–몸 등의 순서로 묘사되어 있다. 외형묘사에 주로 사용된 비유의 대상에서 인물은 두목지, 이적선, 적송자, 반악, 옥당선관, 관장, 초왕이며, 동물로는 봉, 용, 학, 백호, 기린, 제비이고, 기타 천신, 형산백옥, 명월, 태산 등으로 다양하게 형상화하고 있다.

이러한 영웅소설에 형상화된 영웅상을 통해서 '지하국대적퇴치담'에 한정하여 작품의 영웅캐릭터의 묘사현황을 살펴보면 다음과 같다.

---

30 김수봉, 「영웅소설 남주인공의 외형묘사 연구」, 『우암어문논집』 5, 부산외대, 1995, 88–91쪽.

작품	캐릭터	캐릭터 묘사
일반적인 요괴 캐릭터의 형상	요괴	* 오래된 금돼지로 풍우를 부를 수 있는 동물 * 키가 십장이고, 몸이 집채만하고, 대풍과 운무를 부를 수 있는 동물
		* 사슴 가죽을 몸에 붙이면 즉사 하는 동물 * 대적의 목에 재를 뿌리면 즉사하는 동물
〈대적퇴치이야기〉	요괴	* 집채만한 거물
	영웅	* 용사, 신물을 먹고 탁월한 힘을 발휘한 인물
〈금령전〉	요괴	* 머리가 아홉 개가 달리고, * 금터럭 돋힌 고이한 짐승 * 황금같은 터럭이 돋친 아귀
	영웅	* 해룡은 동해 용왕의 아들
〈홍길동전〉	요괴	* 해괴한 동물
	영웅	* 도술에 의해 둔갑술에 능한 인물

〈금령전〉에서 요괴의 정체는 금돼지로 되었는데 이 금돼지는 본래 천년을 산중에 오래 있어서 득도하였으며, 사람의 모습을 쓰고 변화가 무궁한 요괴로 형상화하고 있다. 즉 산에 오래 살며 도를 닦는 결과 사람과 같은 모습을 지니게 된 짐승으로 묘사되고 있다. 그러나 결국 요괴는 피를 토해 쇠약해지며, 주인공에 의해 격퇴된 캐릭터로 퇴출되고 있다.

〈김원전〉에서 요괴는 이름을 알지 못하나 길이가 십척이나 되고 머리가 아홉이라고 묘사되고 있다. 또한 〈홍길동전〉에서 길동이 만난 요괴는 이름이 을동이며 짐승이되 사람같이 생겼다고 하였다. 그들은 수만 년을 산에서 살아 요괴가 된 것이다, 그들의 거처는 지하국이 아니라 깊은 산속으로 형상화되고 있다.

3) 사건의 점층적 배치와 흥미성

소설과 게임 서사에서 스토리는 연속적 사건이면서 인과적 관계에 의해 엮어나간다. 그러므로 사건은 독자나 게이머의 보편적인 정서에 부합해야 하며, 복합적이고 신비스러운 것이어야 한다. 일반적으로 서사문학의 특성은 '문제 → 해결 → 문제 → 해결'의 형태인 문제 발생과 이의 해결이 반복되는 순환구조의 형태를 가진다. 사건 단락을 통한 서사구조는 작품 속에서 사건 진행 방향으로서 독자의 관심을 집중시키고 긴장과 이완의 반복을 통해 정서적 반응을 끌어내는 것이라 한다. 이러한 서사적 사건을 온라인 게임 서사로 전환하면 선과 악의 대립, 영웅의 등장과 임무, 합당한 보상 등 중세의 신화적 성격[31]을 내포하고 있다. 개성적인 캐릭터를 선택하고 갈등을 축으로 시간적·공간적 배경설정, 사건 발생, 등장인물 간의 갈등을 통해 스토리를 엮어나간다.

반면에 게임은 소설적 서사의 주인공이 성취해가는 목표는 같지만 서사의 진행방향은 극적인 방법을 사용하고 있다. 사건이 발생하면 캐릭터는 목표를 설정하고 움직이기 시작하며, 캐릭터의 인터렉션에 따라 게임이 전개되는 과정과 결과가 다르게 나타나 다양한 스토리를 구성하게 된다. 캐릭터는 자신에게 부과된 어려운 난관을 하나 하나 극복해 가면서 능력치는 커지고, 결말에는 문제를 해결해 나간다.

이렇게 보면, 영웅소설의 서사구조와 게임의 서사구조가 연장선상에서 비슷한 이론을 정립할 수 있을 것으로 본다. 이처럼 유사한 서사

31 온라인 게임에 중세 판타지가 자주 등장하는 이유에 대해 "중세는 역사상 가장 계급구조가 확실했던 사회였고, 이것은 게임의 레벨 디자인을 하는 데 있어 상당한 편리함을 제공한다"고 말한다. 이화여대 디지털스토리텔링 R&D 센터, 〈한국형 스토리텔링 전략로드맵-게임, 가상세계, 에듀테인먼트〉, 한국문화콘텐츠진흥원, 2008, 205쪽.

구조로 볼 때, 게임 스토리텔링은 문학적 서사를 활용한 게임의 상호작용성 내러티브에 활용될 수 있음을 의미한다. 게임 스토리텔링은 사용자의 엔터테인먼트를 충족시켜주기 위해 이미 존재하는 이야기나 새롭게 창작된 이야기를 담화형식으로 창작하는 행위라고 정의할 수 있다.[32] 즉, 기-승-전-결 구조로 작성하여 스토리텔링을 연구도표 형식으로 작성할 수 있다.

영웅소설과 게임의 흥미소는 사건의 순차적인 전개와 이에 따른 영웅의 활약상이라 할 수 있다.[33] 영웅소설의 순차구조를 게임의 동적구조로 얼마나 다양하고 풍부하게 표현해서 유저에게 흥미와 즐거움을 제공하느냐가 주요 과제라 하겠다.

따라서 영웅소설에 사건의 상승적인 전개 요소와 의미를 살펴볼 필요가 있다. '지하국대적퇴치담'에서 볼 수 있는 사건의 점층적인 배치는 앞에서 살펴본 바와 같이 세 가지의 공간에 따른 사건의 서술로 살펴볼 수 있다. 영웅 인물의 영웅적 능력을 부여해주는 능력치의 공간으로 '숲속에서 짐승과 싸움', '동굴에서 요괴와 싸움', '수중에서 용과 싸움' 등으로 흥미적 요소를 확장시켜 스토리텔링해 나갈 수 있다.

여기에서 다루고 있는 네 작품의 공통점은 지하국에서 대적 퇴치담이다. 특히 지상이 아닌 숲속 혹은 지하 공간에서 대적으로 상징된 요

---

32 이재홍, 「게임 스토리텔링 연구」, 숭실대 박사학위논문, 2009.

33 게임은 플레이어가 조종하는 캐릭터를 통해 만들어가는 사이버 세상이다. 드라마와 같은 스토리텔링을 가지고 있으면서 만화나 영화가 가지는 시각적인 구성을 표현하고, 적절한 효과음과 아름다운 선율을 통해 시각, 청각, 촉각을 느끼고 체험할 수 있으면서 그 속에서 갈등과 안정성을 맛보는 복잡한 동적구조를 가진다. 그러므로 틀에 짜여진 구조를 따라 진행하지 않고, 전혀 다른 공간구조를 랜덤하게 제공할 수도 있으나 캐릭터의 성장 과정에서 보여주는 상승적인 욕망의 축은 영웅 서사의 축과 맥을 같이 한다고 할 수 있다.

괴를 퇴치하는 것이 가장 큰 흥미요소라 할 수 있다. 개별 작품에 형상화된 요괴퇴치는 결국 주인공이 상층계급으로 올라가서 출세하기 위한 큰 계기, 즉 통과의례적 성격을 갖는다고 볼 수 있다. 이처럼 요괴퇴치가 통과의례적 성격을 갖는다는 것은 요괴퇴치 모티프가 등장하는 영웅소설 각 작품에 일반적으로 나타난 공통요소이므로 사건의 흥미소를 얼마나 재미있게 형상화하고 확장하느냐가 게임콘텐츠로서 중요한 스토리텔링이라 하겠다.

'지하국대적퇴치담'에 나타난 사건의 흥미 요소를 퀘스트별로 유형화하여 그 내용과 예를 도표화 해보면 다음과 같다.

퀘스트의 유형	내용	퀘스트의 예
공주 구출 작전	어느 날 숲에서 공주가 사라짐	공주구출
숲속	공주구출을 위해 숲속에서 괴물을 만나 싸워 이김	호랑이, 사자, 여우, 늑대
지하국으로의 진출	구멍으로 들어가 지하국에서 공주를 발견	지하 별세계를 발견, 납치해 온 많은 여성을 발견(보물)
동굴	동굴 속에서 괴물을 만나 싸움	공주(보물) 및 납치여성 구출
수중	물속에서 괴물 용과 싸움	감추어진 수중 보물쟁탈
지상으로 귀환	공주를 구해 지상으로 복귀	공주와 보물을 가지고 귀환

대적퇴치담의 흥미 요소는 앞에서 살펴본 바와 같이, 지하국에 사는 요괴에게 납치당한 공주를 영웅적 힘을 가진 인물이 구출함으로써 구출자와 공주가 혼인한다는 사건설정이다. 각 편에 따라 조금씩 변모와 차이를 보이지만 구출자가 지하국으로 들어간다는 점과 그곳에서 귀인을 구출하여 지상으로 돌아온다는 점은 공통적으로 나타난다. 이때 게임에서 사건을 스토리텔링할 경우, 귀인이나 공주 대신에 보물이나 인

간의 현실적 욕망을 성취할 수 있는 다른 것으로 대체할 수도 있다.

대체로 하나의 게임은 단순히 한 가지의 사건을 해결하는 것으로 끝나는 것이 아니라 수십 개 단위의 사건이 발단, 진행, 결과단계로 만들어져 퀘스트 형식으로 이어진다. 반면 서사의 사건이 많고 갈등 구조가 많이 반복되어 나타나도록 형상화된 이야기 구조는 발단-전개(전개1-전개2-전개3---전개n)-위기-절정-결말식으로 진행된다.[34]

이러한 서사구조 속에 주인공이 겪게 되는 사건의 난이도는 초급에서 단계별로 최고의 전투로 연결되는 상승적인 궤도를 따라가게 된다. 이러한 5단 구조는 다양한 사건들이 창조적으로 끼어 들어갈 여지가 있다. 롤플레잉 게임의 서사구조에서 이러한 형태의 순차적인 사건이 많이 나타난다.

일찍이 포스터(Edward Morgan Forster)에 의하면 스토리는 사건 서술의 계기성을 의미하고 플롯은 사건 서술의 인과성을 의미한다고 말하며, 플롯이 인과성에 의해 서술되는 사건의 구조라는 것을 밝히고 있듯이[35] '지하국대적퇴치담'의 사건전개를 숲속, 동굴, 수중으로 이어지는 사건의 인과적 흐름에 따라 다양한 인물군상을 창조할 수 있다. 즉 공간에 따른 주인공의 욕망양상과 개개의 성취과정을 낭만적으로 스토리텔링할 수 있다. 주인공으로 하여금, 차례차례 싸워서 승리할 수 있는 게임으로의 전환이 가능하다고 하겠다.

---

34 소설에서 사건의 순차적인 해결과 달리 게임에서는 레벨업에 따라 캐릭터의 능력치가 성장해 가기 때문에 사건 발생에 따른 이야기 전개방식을 가져갈 수 있다. 게임상에는 일관된 스토리가 있다할지라도 다양한 캐릭터들이 게임 상에 존재하면서 각각의 캐릭터마다 고유의 이야기를 전개해 나가며, 사건 발생에 따라 에피소드식 이야기를 구성해나가기 때문에 상황에 따라 사건이 뒤바뀌거나 혼재해서 나타날 수 있다.

35 Edward Morgan Forster, 『Aspects of the Novel』, London, 1927.; 한국현대소설연구회, 『현대소설론』, 평민사, 1994, 74쪽.

4. 결론

이 연구는 영웅소설 중에서 '대적퇴치담'을 모티프로 가지고 있는 네 작품만을 대상으로 하여 게임으로 전환할 수 있는 방안을 모색한 것이다.

한 시대는 전통적인 문화양식을 일정하게 수용하면서 또 다른 양식의 문화가 창조되기 마련이다. 정보화 시대는 소비자의 문화향유 방식이 예전과 차원이 다르게 변모하여 다양한 매체가 존재하고, 그것을 향유하는 방식도 다양하다. 즉 예전과 문화의 패러다임이 완전히 다른 것이다. 소비자의 기대치가 높아지고 다양해졌으며, 일탈의 욕망이 강해지고 있다. 이러한 문화의 한 복판에 엉뚱하게도 게임이라는 공통분모가 존재하고 있다. 불과 몇 년 전만 해도 게임은 특정한 사람의 전유물로만 치부하고 말았다. 그러나 이제는 우리의 옛것을 재해석하여 새로운 영상 콘텐츠로 전환하여 각색 스토리텔링을 해야 한다.

따라서 본고는 '대적퇴치담'을 게임으로 창작하여 다른 매체를 통해 향유할 필요성이 있다는 의도에서 출발하였다. 그 가능성 있는 방안으로 게임 스토리텔링을 살펴보았다. 본고는 소설의 3요소인 인물, 사건, 배경을 게임의 요소와 비교하여 전환 가능성을 세 가지로 살펴보았다.

첫째는 공간배치와 환상성을 게임 스토리텔링할 수 있음을 살펴보았다. 즉, 영웅소설에 수용된 환상 서사의 이원론적 세계관을 게임으로 전환할 경우 '숲속 공간', '동굴 공간', '수중 공간'으로 설정하여 디지털 공간에서 판타지적인 풍부한 게임 스토리로 창조할 수 있다고 하겠다.

둘째는 캐릭터의 형상화와 영웅성을 게임 스토리텔링할 수 있음을 살펴보았다. 영웅소설에 나타난 영웅 인물의 부위별 외형묘사를 게임의 주요 캐릭터로 활용할 수 있으며, '지하국대적퇴치담'에 한정하여 볼 때, 주인공과 요괴의 캐릭터를 스토리텔링할 수 있다고 할 수 있다.

셋째는 하나의 게임은 단순한 한 가지의 사건을 해결하는 것으로 끝나는 것이 아니라 수십 개 단위의 사건이 발단, 진행, 결과 단계로 만들어져 퀘스트 형식으로 이어진다는 점을 기반으로 하여 세 가지 공간 안에서 다양한 사건을 흥미 있게 만들어 낼 수 있다고 보았다. 영웅소설과 같은 낭만적인 서사의 사건이 많고 갈등구조가 많이 반복되어 나타나도록 형상화된 이야기 구조에서는 발단-전개(전개1-전개2-전개3---전개n)-위기-절정-결말식으로 진행되며 주인공이 겪게 되는 사건의 난이도는 초급에서 단계별로 최고의 전투로 연결되는 상승적인 궤도를 따라 다양한 사건들이 창조적으로 끼워들어 갈 여지가 있다는 점에서 게임화의 가능성을 살펴보았다.

영웅소설의 이미지 스토리텔링

1. 서론

이 글은 조선조 영웅소설을 서사 구성의 3요소인 사건, 공간, 인물을 중심으로 이미지 스토리텔링의 관점에서 살펴보는 것을 목적으로 한다. 주지하다시피, 영웅소설은 신화의 이원론적인 사고체계를 바탕으로 하여 창작된 조선시대의 대중소설이자 판타지 소설이다. 또한, 영웅소설은 현대의 게임콘텐츠를 스토리텔링하는 다수의 사람에게 일탈의 욕망을 마음껏 펼칠 수 있는 원형자료의 창고가 될 수 있다. 따라서 조선시대의 영웅소설을 이미지 스토리텔링의 관점에서 소설의 구성요소를 살펴서 그 속에 내재된 의미와 인간 본연에 내재된 욕망의 유형과 가치가 어떻게 이미지로 스토리텔링하고 있는가를 살펴보고자 한다.

영웅소설은 영웅 인물에 대한 낭만적인 스토리텔링이라 할 수 있으므로 전통적인 영웅소설을 이해하기 위해서는 무엇보다 이 소설의 변별적 요인이 가지고 있는 스토리텔링의 모델을 찾아볼 필요가 있다. 본고는 이것을 이미지(묘사)라는 용어로 사용하고 한다. 동서고금을 막론하고 영웅은 허구로 창조된 이야기이든지 실존 인물이든지 우리 곁에 항상 존재해 왔다. 이것은 인류의 보편적인 이야기가 영웅 이야기라는 의미다. 특히 실존 인물은 평범한 인간과 큰 차이가 없고, 유한자로서 역사 속에 사라져버린 것에 대한 실망감과 난세기마다 영웅에 대한 대망의식을 가지고 있었던 조선시대 민중이 추구하고 있는 일탈의 욕망을 감동적인 이미지 스토리텔링을 통해서 해소시켜준 것이다.

영웅에 대한 갈망과 기대감을 가지고 당대의 문화의식 속에 참여했던 소설 독자에게는 영웅 이야기가 비현실적이며 논리적 사고로 이해할 수 없는 일이지만 무의식 속에 내재한 인간의 본질적인 욕망까지 거부할 수는 없었을 것이다. 낭만적인 영웅 신화가 존재하는 이유가 여기에 있다. 신화는 영웅 이야기의 원형이며, 인간 심리의 원형이 되는 기초적인 형태를 가지고 있다. 영웅 이야기에 원형이 있다면 그것은 아마도 신화가 될 것이다. 오랜 시간 동안 신화는 우리 인류와 국가, 민족의 구성원에게 공통적인 상징으로 남아 그 사회 구성원에게 정신적인 원형이 되었다.

그러므로 신화에서 발달된 영웅 이야기의 의미체계를 이미지 스토리텔링으로 살펴보는 것은 유의미한 작업이 될 것이다. 지금까지 신화적 영웅 이야기는 크게 변하지 않고 전해오고 있는데 모든 이야기가 감동과 공감과 흥미, 그리고 이해라는 과점에서 소수만 존재하고 사라져버렸을까! 라는 문제 제기를 할 수 있다. 현존하는 세계의 영웅 이야기는 분명히 일정한 이미지의 모델화가 가능한 패턴과 구조가 있을 것이라는 전제하에서 출발하였다.

영웅 인물은 우리나라뿐만 아니라, 전 세계적으로 수많은 사람에게 염원과 희망을 불러일으키는 존재였다. 그동안 서구에서 전통적인 영웅 이미지는 다분히 신화적인 이미지에 가깝다고 볼 수 있다고 한다면 우리나라의 영웅 이미지는 유교적인 사상관념이 구비되어 있는 존재라고 할 수 있다. 그러므로 조선시대의 영웅 인물은 가문을 대표하는 인물상과 관련이 많고, 고난과 역경도 가문의 몰락과 회복에 맞추어 형상화되어 있다. 그러므로 우리나라 영웅소설의 담론도 소시민적인 영웅 이미지상이 아닌 거대한 사상과 이념을 구현하는 선구적 영웅상으로 새롭게 조명해 볼 필요가 있다고 하겠다.

그동안 영웅 인물을 형상화한 방법도 서양의 소설이론 담론에 맞추어 다양하게 분석해 왔다. 일찍이 프로프는 모든 민담에서 주인공을 중심으로 하여 이야기의 모티프를 31개로 나누어 살피면서[1] 모든 주인공은 위의 과정을 거쳐서 진정한 영웅이 되는 것이라고 하였다. 나아가 이러한 구조를 한층 더 발전시킨 것은 조셉 캠벨인데 그는 영웅 신화의 단계를 12 가지로 유형화하여 제시하고 있다. 조셉 캠벨은 심리학자 융을 원용하면서 “영웅 스토리는 주체 성장 과정의 집단 무의식을 반영한다”고 하여 심리적 성장 과정을 반영한다고 하였다. 즉 영웅 이야기는 단순한 영웅 이야기의 전개가 아니라 우리 인간의 보편적인 일생 과정의 일부이며, 당시대의 인간의 무의식을 사로잡는 이야기라고 하였다.[2]

본고는 서사의 중요한 요소라 할 수 있는 사건, 배경, 인물의 이미지를 대상으로 조선시대 영웅소설에 나타난 영웅 인물의 이미지 스토리텔링을 분석하고자 한다. 영웅소설의 소설적 특성을 주인공의 이름이나 영웅 캐릭터가 가지고 있는 이미지를 통해서 판단할 수 있으며, 나아가 작품의 주요 인물의 등장 원인, 활동무대, 캐릭터의 특징에 따라 이미지를 추출할 수 있다. 영웅소설뿐만 아니라 대부분 고소설이 가지고 있는 특성이 의성어와 의태어가 발달되어 있어 독자가 소설을 읽음과 동시에 시각적인 이미지화가 가능하다. 그만큼 영웅소설은 사건, 배경. 인물을 통해 이미지 스토리텔링의 분석이 가능하다고 하겠다.

---

1 블라드미르 프로프 저, 『민담형태론』, 유영대 역, 새문사, 1983.

2 조셉 캠벨, 『신화의 힘』, 고려원, 1992.

작품 내에서 주인공의 영웅적 활동을 보면 폭력성과 선정성이 짙은 장면이 많이 형상화되었다. 이는 영웅소설이 주는 부정적 인식으로 생각할 수 있으나 오히려 오늘날 게임과 같은 콘텐츠로 활용 가능성을 높여주는 원형자료가 될 수 있을 것이다. 그렇다고 해서 그 이미지를 스토리텔러의 영감에만 의존해서 만드는 것이 아니라 영웅소설의 다양한 작품을 분석해서 그 소설에 등장하는 주인공의 외형, 능력치를 중심으로 다양한 인물군상을 분석하고 통계를 내고 분석된 이미지를 비교해서 캐릭터로서 가장 완성도가 높은 캐릭터상을 만들어 낼 필요가 있다. 이것은 곧 우리의 옛이야기를 통해서 찾아낸 캐릭터를 현대의 문화콘텐츠에 녹여내는 문화원형의 발굴 작업이기도 하다.

문학 작품에서 작가가 작품을 창작할 때는 독자들이 읽을 것이라고 예상되는 그 무엇인가를 찾아야 하고, 어떤 기대치를 가지고 작품을 읽는가를 예측하기 위해 동시대 독자의 정서 구조를 파악하려고 노력한다는 것이다.[3] 따라서 작가가 작품을 쓸 때 당시대인의 정서 구조를 파악해야 보편적인 대중성을 갖게 되며, 독자의 문학적 요구나 기호 등을 대중소설 내에서 상상세계와 동일화되며 긴장감을 불러일으키게 된다. 요즘의 영상매체와 다른 언어적 표현방법으로 스토리텔링될 수밖에 없는 조선시대에는 이미지 묘사를 통해 작가와 독자가 서로 반응하게 된다.

일반적으로 이미지(image)란 우리말의 영상 혹은 심상과 가까우며 사전적 의미는 기억하고 있는 것, 또는 대상이 눈앞에 없을 경우 등에 생각해 내서 다시 표현하는 것, 시각적, 청각적, 촉각적 이미지 등과 같이 지각대상이 재생된 직관적인 상을 뜻하기도 하지만, 어떤 생각, 태도, 개념 등과 같이 한층 추상적인 뜻으로 쓰이는 경우도 있다.[4]

---

3 이정옥, 「대중소설의 시학적 연구」, 서강대 박사학위논문, 1998, 54쪽.

일찍이 프라이는 이미지의 순환적인 상징을 네 개의 주된 양상으로 보았다. 일 년 4계절(봄-여름-가을-겨울), 하루의 4시기(아침-정오-저녁-밤), 물의 4주기(비-샘-강-바다), 인생의 4시기(청년-장년-노년-죽음) 등과 같은 양상을 서로 대응시켜 짝을 맞추다보면, 내러티브의 시간적인 상징성을 충분히 유추해 낼 수 있다고 하였다. 봄과 여름, 아침과 정오, 청년과 장년이라는 식으로 상승적인 이미지의 짝을 맞추게 되면, 희극적 움직임을 지향하는 로맨스와 순진무구를 유추 해석할 수 있게 된다. 그 반면에 가을과 겨울, 저녁과 밤, 노년과 죽음이라는 식으로 하강적인 이미지의 짝을 맞추게 되면 비극적인 움직임을 지향하는 리얼리지즘과 경험을 유추 해석해 낼 수 있게 된다.[5] 가령 살인 장면을 연출할 경우, 밝은 낮시간보다 어두운 밤시간인 암흑의 공간에서 발생하도록 스토리텔링하는 것이 효과적일 수 있다. 그리고 매우 희망적인 꿈을 갖게 되는 씬을 표현하기 위해서는 밤이라는 어두운 시간보다 밝은 태양이 솟구쳐 오르는 아침 시간을 스토리텔링하는 것이 더 효과적인 연출이 될 수 있다. 기술되는 사건의 순서에 따른 시간, 사건이 지속되는 시간, 빈도에 따른 시간 등의 문제는 게임에 서술되는 시간의 의미를 좀 더 섬세하게 들여다 볼 수 있는 방법론들이다.[6] 이처럼 시간 문제는 작품의 배경적인 측면에서 매우 큰 비중을 차지한다. 특히 가상공간의 이미지와 사건의 배열에 맞물린 영웅소설에서 시간의 상징성 문제는 스토리텔링에서 중요하게 작용 된다.

특히 허구적 서사물인 영웅소설에서 사건, 배경, 인물의 요소는 이야

---

4 백승국, 「캐릭터 이미지 모형과 스토리텔링」, 『한국문화기술』 21, 한국문화기술연구소, 2016, 69쪽.

5 Northrop Frye, 『비평의 해부』, 임철규 역, 한길사, 1982, 223-228쪽.

6 Jeremy Tambling, 『서사학과 이데올로기』, 이호 역, 예림기획, 2000, 209-212쪽.

기의 사실성을 부여해주는 가장 중요한 요소라고 하겠다. 영웅소설의 서사 구성과 치밀한 묘사, 역동적인 사건 묘사와 같은 이미지는 영웅소설이 그렇듯이 생동감과 현장감을 불어 넣어준다. 이때 이미지(묘사)는 허구인 소설을 단순히 작가적 상상력의 산물이 아닌 현실의 공간이자 현실의 사건으로 읽도록 유도한다. 그런 리얼리티의 효과를 위해 묘사는 소설의 핍진성을 확보하는 역할을 한다고 할 수 있다.[7] 그래서 영웅소설 독자가 영웅소설을 읽고 나서 사실적이라고 느끼게 되는 것은 허구세계의 요소가 그러한 생각을 가능하도록 구성했기 때문이고, 그 허구세계는 서사적 장치를 극대화함으로써 어떤 면에서는 실제보다 더욱 실제적인 효과를 일으키기도 한다. 이는 소설이 가지고 있는 사건, 배경, 인물에 대한 이미지를 어떻게 스토리텔링하느냐에 달려있다고 하겠다.

따라서 본고는 영웅소설에 나타난 선조들의 보편적인 이야기를 '영웅'이란 관점에서 그를 중심으로 형상화된 사건, 공간, 인물 등으로 나누어 이미지 스토리텔링의 의미를 살펴보고자 한다.

2. 창작 영웅소설의 이미지 스토리텔링과 의미

1) 모험적 사건의 이미지 스토리텔링

사건은 인물의 구체적인 행위라 할 수 있다. 이는 인물이 세계와 갈등하고 대립하며 진행된다. 또한, 주인공과 대립하는 세계도 역시 인물로 표현될 수 있다. 이는 '인물'이란 개념이 어떤 특정한 개체만을 지칭

---

7 황혜숙, 「1920년대 단편소설의 묘사 연구」, 서강대 석사학위논문, 1998, 1쪽.

하는 것이 아니고, 사건과 관련되어 이미지화된다는 것이다. 그러므로 사건의 설계부터 촘촘하게 체계적으로 스토리텔링해야 한다. 영웅소설에서 서사는 일반적으로 사건의 인과성과 시간의 연속성에 의해 발전해 나간다. 서사 공간에 어떠한 사건을 어떻게 배치하고, 어떻게 연결시키냐에 따라서 스토리는 달라진다. 영웅소설에서 사건은 스토리 내부에서 일직선으로 진행되기도 하고, 사슬처럼 연결고리로 이어져서 진행되기도 하고, 엉킨 실타래처럼 숱하게 중첩되어 진행되기도 한다. 이와 같은 사건의 진행은 주제와 통일성을 배려하여 서사적인 연속성으로 유지되는데 내러티브의 근간을 이룬 큰 줄기의 사건은 미션의 골격을 갖추며 메인 스토리를 주도해 나간다.

영웅소설에서 사건은 영웅 인물을 중심으로 펼쳐지는 모험과 함께 이벤트를 의미한다. 이는 대화나 행동을 통해서 구체적으로 묘사하고 있다. 영웅소설 한 편의 내용은 주인공을 중심으로 일대기의 과정을 통시적으로 보여주고 있다. 따라서 주이공이 걸어가는 모험과정은 시간의 흐름에 따라 다양한 사건이 파노라마처럼 전개되므로 시간적인 사건의 연쇄반응에 따라 살펴보는 것이 영웅소설의 이미지를 쉽게 이해할 수 있는 방법이 될 수 있다. 즉 영웅소설의 주인공과 적대자의 갈등관계를 첨예하게 설정함으로써 서사를 전개시키는 원동력을 확보하고 갈등이 심화될수록 사건은 절정에 이르게 된다. 영웅소설의 작가는 독자에게 익숙하고도 친근한 사건을 전개하여 읽는 과정에서 지속적인 안정감을 부여하면서도 작품 내적 구성원리에 다양한 변형을 가함으로써 독자에게 흥미를 유발시키게 된다. 그리고 사건의 창조와 이미지 묘사는 작은 것에서부터 절정에 이르기까지 상승적으로 스테이지가 확대되며, 가장 큰 욕망의 실현을 통하여 악인은 죽고 선인이 승리하는 결말을 맺게 된다.

일반적으로 소설의 이미지 묘사는 핵심적인 것은 아니지만 장식으로서 다루어져 왔다.[8] 그러나 영웅소설에서 사건의 장면 이미지 묘사나 인물의 감정 이미지 묘사는 작품을 구성하는 데 중요한 것으로 역동적이며, 현장을 생생하게 표출해줌으로써 공간을 상상하고 재구성할 수 있도록 해준다. 이렇게 스토리텔링함으로 독자는 작품 안에서 본인이 들어와 활동하고 있다는 느낌을 갖게 해준다.

조선시대 대중에게 큰 인기를 모았던 영웅소설을 온전히 작품별로 나열해 놓고 분석해보면 이러한 이미지 묘사를 비슷하게 형상화하고 있음을 알 수 있다. 공통적인 소재나 연쇄적인 사건이 유사한 이미지로 나타난 것이다. 심지어 주인공의 이름만 바꿔서 리텔링해도 작품의 큰 차이가 없을 정도로 유사한 사건으로 이미지화된 패턴의 소설이 많이 있다. 이러한 현상은 초기의 작품을 통하여 영웅소설의 향유자가 스토리의 변형과 확대를 의도적으로 시도했을 가능성을 배제할 수 없다. 영웅소설이 유사한 구조이지만 단계에 따른 변화나 인물, 사건, 배경의 변형을 통하여 스토리가 풍부해졌을 것을 가정해야 한다는 것이다.

그중에서도 가장 많은 의도적인 변형은 영웅소설에 나타난 다양한 사건의 변형이라 하겠다. 영웅 주인공이 탁월한 영웅상으로 거듭나기 위해서는 다양한 가문의 수용, 몰락한 양반 가문의 상황, 시련과정의 다양화, 적대자의 유형, 다양한 국가와 왕조의 변이, 시공간을 종횡무진한 군담 등의 스토리텔링이 일어날 수 있는 것이 사건이기 때문이다.

〈조웅전〉을 중심으로 사건의 진행 과정을 도표로 보면 다음과 같다.

---

8 최현무, 「고전소설의 묘사에 대한 몇 가지 관찰」, 『한국문학 형태론』, 일조각, 1993, 182쪽.

단계	전투명	등장인물
1	도적의 난과 전투	도적의 침입과 소수 마을
2	위국의 전투	위국의 병사와 장수 등장
3	번국의 전투	번국의 병사와 장수 그 외 번졸, 번장, 미녀 마법사
4	서주의 전투	황진의 병사, 황진의 장수, 서주자사 위길대
5	관산의 전투	뛰어난 영웅 장덕의 등장 마법에 영웅능력치를 부과하여 더욱 강한 전투력을 부여함
6	삼대와의 전투	황진의 장수 삼대(일대, 이대, 삼대)가 등장. 삼대는 마법력이 강함
7	최후의 혈전	황진 병사, 황진 장수, 마력을 쓰는 간신 이두병이 등장, 이두병을 따르는 간신의 무리들이 수없이 등장하며, 조웅이 등장하여 최후의 혈전을 벌이며 승리함

일반적으로 영웅소설 〈조웅전〉의 전투장면을 7가지 대상으로 사건 진행 과정을 살펴보았다. 이에 최소 단위의 사건을 도출해서 사건 뭉치들을 모아 하나의 소주제로 모듈화하고 그것을 다시 병렬적으로 모듈화하면 영웅소설의 사건에 대한 이미지 묘사를 등장인물과 사건, 배경에 따라 다양하게 스토리텔링하는 것을 볼 수 있다. 기본적으로 서사문학에서 주인공이 하나의 사건과 결부될 때 세 가지의 과정을 내포하게 된다. 즉 사건을 접하면서 "조건, 수행, 보상"으로 이루어져 있으며, 이러한 것이 사이 사이에 서브플롯처럼 끼어서 지엽적인 사건으로 스토리텔링할 수 있다. 이처럼 영웅소설의 이미지 스토리텔링을 위해서는 사건 단위로 묶어서 이해하는 것이 게임 스토리텔링으로 전환할 때도 유용하게 활용될 수 있을 것이다. 사건을 점층적으로 배치하는 것은 독자들에게 흥미와 몰입을 가능케 해주는 방법이 되기 때문이다.

소설과 게임의 서사에서 스토리는 사건의 연속적이면서 인과적 관계에 의해서 엮어나간다. 그러므로 사건은 독자나 게이머의 보편적인 정서에 부합해야 하며, 복합적이고 신비스러운 것이어야 한다. 일반적으로 서사문학의 특성은 '문제 → 해결 → 문제 → 해결'의 형태인 문제 발생과 이의 해결이 반복되는 순환구조의 형태를 가진다. 사건 단락을 통한 서사구조는 작품 속에서 사건 진행 방향으로서 독자의 관심을 집중시키고 긴장과 이완의 반복을 통해 정서적 반응을 끌어내는 것이라 한다. 이러한 서사적 사건을 온라인 게임의 서사로 전환하면 선과 악의 대립, 영웅의 등장과 임무, 합당한 보상 등 중세의 신화적 성격을 내포하고 있다. 개성적인 캐릭터를 선택하고 갈등을 축으로 시간적·공간적 배경설정, 사건 발생, 등장인물 간의 갈등을 통해 스토리를 엮어나간다.

영웅소설과 게임의 흥미소는 사건의 순차적인 전개와 이에 따른 영웅의 활약상이라 할 수 있다. 영웅소설의 순차 구조를 게임의 동적 구조로 얼마나 다양하고 풍부하게 표현해서 유저에게 흥미와 즐거움을 제공하느냐가 주요 과제라 하겠다. 따라서 영웅소설에 사건의 상승적인 전개요소와 이미지를 살펴볼 필요가 있다. 사건의 배치와 낯설음의 공간배치를 통해 시각적 이미지를 가장 잘 보여준 작품은 '대적퇴치담'을 수용하고 있는 영웅소설이라 할 수 있다. '대적퇴치담'은 세계적으로 분포되어 있는 '지하국대적퇴치설화' 유형이 소설에 수용된 것인데 그동안 각 편을 하나로 다루기도 하였고, 소설에 수용되는 양상, 소설화 양상, 소설 속에서 가지는 모티프의 기능 등 다양하게 고찰된 바 있다.[9] 이 유형의 이야기는 주인공이 요괴퇴치를 통해 상층계급에 올라가

---

9 김순진, 「지하국대적퇴치설화와 이조전기소설의 구조대비분석」, 『구비문학』 3, 한국정신문화연구원, 1980; 박일용, 「영웅소설의 유형변이와 그 소설사적 의의」, 서울대 석사학위논문, 1983; 송진한, 「한국설화의 소설화 연구 – 지하국대적퇴치설화와 고소설의 구조분석을 중심으로」, 전남대 석사학위논문, 1984.

서 출세하기 위한 큰 계기, 즉 통과제의적 성격을 지니는 것으로 볼 때, 주인공이 대적들이 살고 있는 지하 동굴에 들어가면서 보여주는 생소한 지하국의 경개는 사건의 점층적인 배치에 따라 어떻게 펼쳐질지가 독자는 가장 궁금해 하는 미지의 공간 이미지가 되는 것이다. 실지로 작품에 형상화된 지하국 공간 이미지를 살펴보면 다음과 같다.

〈홍길동전〉의 도적굴에 대한 생생한 지하 동굴공간의 이미지를 보면 다음과 같다.

> "ᄒᆞᆫ 곳에 다다르니 경개절승한지라 인가를 차자 점점 들어가니 큰 바위 밑에 석문이 닫혔거늘 ᄀᆞ만이 그 문을 열고 들어가니 평원광야의 수백호 인가 즐비하고 여러 사람이 모다 잔치하여 즐기니 이곳은 도적의 굴혈이라"[10]
>
> "내 임의 됴션을 하직ᄒᆞ직 ᄒᆞ여스니 이곳의 와 아직 은거ᄒᆞ여다가 대ᄉᆞ를 도모ᄒᆞ리라"[11]
>
> "길동이 매양 니곳을 유의ᄒᆞ여 왕위를 앗고져 ᄒᆞ더니 이제 삼년샹을 지내고 귀운이 활발ᄒᆞ려 셰상의 두릴 ᄉᆞ름이 업ᄂᆞᆫ지라 일일은 길동이 제인을 불너 의논왈 내 당쵸의 ᄉᆞ방으로 단닐제 율도국을 유의ᄒᆞ고 이곳의 머무더니 이제 마음이 자연 대발ᄒᆞ여 운쉬 녈니물 알지라 그대등은 나를 위ᄒᆞ여 일군을 죠발ᄒᆞ면 죡히 율도국 치기는 두리지 아니리니 엇지 대ᄉᆞ를 도모치 못ᄒᆞ리오"[12]

〈홍길동전〉에서 율도국 공간은 광야로서 평온한 이미지를 가지고

---

10 〈홍길동전〉, 14장.

11 경판 30장본 〈홍길동전 권지단〉, 『고소설판각본전집』 5, 연세대학교, 1975, 1012쪽.

12 경판 30장본, 앞의 책, 1015쪽.

은거하기에 좋은 천혜의 섬 공간으로 스토리텔링하고 있다. 홍길동이 앞으로 이 섬을 정벌하여 왕이 되고자 하여 조선왕과 본격적으로 대항하기 위한 다양한 계책과 준비를 하는 공간으로 형상화하고 있다.

또한 〈홍길동전〉은 영웅 인물인 홍길동의 영웅적 능력을 부여해주는 능력치의 공간으로서 '동굴에서 요괴와 싸움'을 설정할 수 있다. '지하국대적퇴치담'의 서사 공간에서 동굴은 영웅 인물이 영웅의 능력치를 발휘할 수 있는 절대치의 공간이며, 요괴가 살아가는 생활공간으로 영웅이 대적을 상대해야만 하는 필연적인 만남의 공간이자 싸움의 공간이다. 즉 주인공과 대적이 욕망성취를 위한 대결의 공간인 것이다. 따라서 동굴 공간은 신화적 세계관의 개연성을 부여하는 곳이자, 주인공이 싸움전략을 세우는 곳이며, 영웅 인물이 통과해야 하는 통과제의적 공간이기도 하다. 따라서 작가는 지하국의 세계를 대적이 살아가는 환상의 이미지와 그곳을 주인공이 정벌하기 어려운 상황설정에 대한 이미지 묘사가 독자에게 감동과 공감과 흥미를 줄 수 있어야 한다.

〈금령전〉의 경우, 요괴가 사는 곳은 산속에 홀연 다른 세계가 있다고 서술하고 있다. 즉 직접적으로 지하 공간을 서술하지 않았다는 것인데 돌문이 있는 것으로 보아 지상계와 지하계가 나뉘고 있음을 알 수 있다. 또한 〈김원전〉에서 김원은 수박의 모습으로 태어나 10살 때 탈곡을 한다. 김원은 산에 들어가 도술을 닦고 있을 때 공주들이 요괴에게 납치당하는 것을 목격한다. 그는 공주를 구하려 요괴와 싸웠으나 요괴는 지하국으로 도망간다. 요괴는 어떤 구멍으로부터 들어가 돌문으로 경계 지어져 있는 지하국이며, 김원은 줄을 따라 진입하게 된다. 김원은 지하국에 들어가 동자에게 받은 부채의 도움으로 요괴를 퇴치하고 공주를 구출하게 된다.

〈홍길동전〉의 경우는 길동이 약을 캐러 산에 들어가니 우연히 한 곳에 불빛이 비치고 여러 사람이 떠드는 모습을 보게 되는데 자세히 보니 그들은 모두 짐승이며, 홍길동은 그 가운데 장수로 보이는 짐승을 향해 활을 쏜 것으로 묘사되고 있다. 다음날 길동이 활로 쏜 짐승의 피를 따라가 보니 짐승들이 사는 큰 집에 도달한다. 즉 큰 집이 지하 공간이 되는 셈이다. 그 집에 사는 짐승은 길동에게 대왕이 활을 맞아 상처를 입었으니 도와달라는 부탁을 받는다. 홍길동은 대왕의 상처를 고치는 척하며 약으로 대왕을 죽이게 된다. 대왕을 모시던 여러 짐승이 원수를 갚으러 길동과 싸우나 짐승은 길동의 도술로 인해 모두 죽고 만다. 길동은 납치당한 세 여인을 구출하여 그 여인들과 혼인을 한다.

이와 같이 세 가지의 공간에 따른 단계적인 사건의 이미지 서술을 살펴볼 수 있다. 영웅 인물의 영웅적 능력을 부여해주는 능력치의 공간으로서 '숲속에서 짐승과 싸움', '동굴에서 요괴와 싸움', '수중에서 용과 싸움' 등으로 흥미적 요소를 이미지화하여 확장시키는 방법으로 스토리텔링하고 있다.

이들 작품의 공통점은 지하국에서 대적 퇴치의 모험을 포함한 사건담이다. 특히 지상이 아닌 숲속 혹은 지하공간에서 대적으로 상징된 요괴를 다양한 단계별 사건의 이미지 묘사를 통해 퇴치하는 것이 가장 큰 흥미 요소라고 할 수 있다. 요괴퇴치 모티프는 영웅소설 각 작품에 일반적으로 나타난 공통요소이므로 사건의 흥미소를 얼마나 재미있게 형상화하고 확장하는냐가 게임 콘텐츠로서의 중요한 스토리텔링이라 하겠다.

'지하국대적퇴치담'에 나타난 사건의 흥미 요소를 퀘스트별로 유형화하여 그 내용과 예를 도표화 해보면 다음과 같다.

퀘스트의 유형	내용	퀘스트의 예
공주 구출 작전	어느 날 숲에서 공주가 사라짐	공주구출
숲속	공주구출을 위해 숲속에서 괴물을 만나 싸워 이김	호랑이, 사자, 여우, 늑대
지하국으로의 진출	구멍으로 들어가 지하국에서 공주를 발견	지하 별세계를 발견, 납치해 온 많은 여성을 발견(보물)
동굴	동굴 속에서 괴물을 만나 싸움	공주(보물) 및 납치여성 구출
수중	물속에서 괴물 용과 싸움	감추어진 수중 보물쟁탈
지상으로 귀환	공주를 구해 지상으로 복귀	공주와 보물을 가지고 귀환

대적퇴치담의 흥미 요소는 앞에서 살펴본 바와 같이, 동굴 세계에 대한 숨겨진 신비한 이미지 공간을 상상해 볼 수 있다. 동굴 공간은 지하국에 사는 요괴에게 납치당한 공주를 영웅적 힘을 가진 인물이 구출함으로써 구출자가 공주와 혼인한다는 사건설정이다. 각 편에 따라 조금씩 변모와 차이를 보이지만 구출자가 지하국으로 들어간다는 점과 그곳에서 귀인을 구출하여 지상으로 돌아온다는 점은 공통적으로 나타난다. 이때 게임에서 사건을 스토리텔링할 경우, 귀인이나 공주 대신에 보물이나 인간의 현실적 욕망을 성취할 수 있는 다른 것으로 대체할 수도 있다.

대체로 하나의 게임은 단순히 한 가지의 사건을 해결하는 것으로 끝나는 것이 아니라 수십 개 단위의 사건이 발단, 진행, 결과 단계로 만들어져 퀘스트 형식으로 이어진다. 반면에 서사의 사건이 많고 갈등구조가 많이 반복되어 나타나도록 형상화된 이야기 구조는 본고에서 활용한 발단-전개(전개1-전개2-전개3---전개n)-위기-절정-결말식으로 진행된다.

이러한 서사구조 속에 주인공이 겪게 되는 사건의 난이도는 초급에서 단계별로 최고의 전투로 연결되는 상승적인 궤도를 따라가게 되며, 이러한 5단 구조는 다양한 사건이 창조적으로 끼어들어갈 여지가 있다.

롤플레잉 게임의 서사구조에서 이러한 형태의 순차적인 사건이 많이 나타난다.

일찍이 포스터(Edward Morgan Forster)에 의하면 스토리는 사건 서술의 계기성을 의미하고 플롯은 사건 서술의 인과성을 의미한다고 말하며, 플롯이 인과성에 의해 서술되는 사건 구조라는 것을 밝히고 있듯이 '지하국대적퇴치담'의 사건 전개를 숲속, 동굴, 수중의 이미지로 이어지는 사건의 인과적 흐름에 따라 다양한 인물군상을 창조할 수 있으며, 공간에 따른 주인공의 욕망 양상과 개개의 성취과정을 낭만적으로 스토리텔링할 수 있다. 주인공이 적대자와 차례차례 싸워서 승리할 수 있는 게임으로의 전환이 가능하다고 하겠다.

2) 입공 공간의 이미지 스토리텔링

영웅소설에서 공간의 이미지 묘사는 한 인물의 일대기를 탁월한 영웅성을 다룬다는 점에서 여타의 문학 작품보다 매우 중요한 변별적 요소가 된다. 기존 영웅소설 작품에서 서두는 항상 시간을 표기하기 위해 "차셜 대명년간, 대명시절에, 대송년 간에 등"으로 과거 중국의 연대표시를 하고 있다. 또한 구체적인 장소로서 "남양 땅에, 평강 땅에, 소주 화계촌에, 태원 월봉산 망월사에" 등의 지리적 명칭을 구체적으로 제시해 줌으로써 중국지형의 이미지를 명확하게 제시해 주고 있다. 액자형[13]스토리 구성은 시간의 흐름이 순차적이지 못한 반면, 옴니버스형[14]스토리 구성

13 하나의 스토리 속에 하나 이상의 이야기가 내포되어 내부 스토리와 외부 스토리로 분리되는 구성 방법을 말한다.

14 옴니버스(omnibus)의 원래의 의미는 합승 마차를 의미한다. 한 주제를 중심으로 여러 개의 독립된 스토리를 나열하여 한편의 완성된 스토리를 형성하는 구성 방법이다.

은 순차적인 시간의 흐름에 의해 이미지 사건이 완성된다.

이처럼 영웅소설의 서사적 시간은 시간의 흐름을 범주화하여 스토리텔링하고 있다. 그 시공간 안에서 왕조와 주인공의 영웅담을 평면화하고 있는 것이다. 이와 같은 통시적인 시간의 흐름을 활용하여 이야기의 시작과 중간과 끝을 분명하게 제시해 줌으로써 독자는 보편적인 이해와 개연성 그리고 이국적인 배경과 사상을 이해하면서 영웅소설을 탐독하게 되는 것이다. 이러한 시간의 흐름을 이용한 영웅소설의 사건은 중심플롯과 서브플롯으로 혼용되면서 시간의 흐름에 따라 캐릭터의 활약상이 제시되고 있다.

뿐만 아니라, 영웅 서사는 서사의 세계관 안에서 재미요소에 따라 다양한 소재들이 배치되며, 특히 전쟁에 임해서는 짧고 간단명료하게 결말에 이르는 것으로 형상화하고 있다. 이때 시간의 범위는 주인공의 전생에서 시작해서 출생담, 이별담, 고난담, 수학담, 군담, 재회담, 입공담 등으로 진행되며, 시간의 위치는 단일 주인공을 중심으로 한 서사에서는 순차적인 방법을 이용하고 있다. 그리고 남녀 주인공의 영웅담을 병렬식으로 나열할 때는 병립으로 서술하고 있거나 중복관계에서 서로 엇갈리면서 서술하고 있다.

영웅소설의 작품군[15]에서 시공간의 관념을 이미지로 표현하는 언표를 통해서 구분해 보면 다음과 같다.

---

15 〈소대성전〉: 경판16장, 『전집』 1, 〈백학선전〉: 경판24장, 『전집』 1, 〈쌍주기연〉: 경판32장, 『전집』 4.
〈옥주호연〉: 경판29장, 『전집』 2, 〈용문전〉: 경판33장, 『전집』 2, 〈유충렬전〉: 완판86장, 『전집』 2, 〈이대봉전〉: 완판84장, 『전집』 5, 〈장경전〉: 경판 35장, 『전집』 5, 〈장백전〉: 경판28장, 『전집』 5, 〈장풍운전〉: 경판27장, 『전집』 2, 〈정수정전〉: 경판16장, 『전집』 3, 〈현수문전〉: 경판75장, 『전집』 5, 〈양산백전〉: 경판24장, 『전집』 2, 〈황운전〉: 경판30장, 『전집』 5.

작품	시공간의 범위와 이미지
〈쌍주기연〉	*대명성화년간에 소주 화계촌에... *태원 월봉산 망월사에...*양주땅에 흉년이 들자...
〈백학선전〉	*대명시절에 남경 땅에...*부주 땅에...*남촌에 사는 최국양...*이때에 가달이 강성하여 중원을 침입하니...*수삭만에 기주에 이르러...*이때에 뉴생을 찾으러 청주로 향할새...*뉴장군이 서주로 나아갈 때...
〈장백전〉	*능주땅에...*양주땅에...*일일은 상공이 경치 좋은 곳을 찾아가...*장소저는 소상강에 뛰어들어...
〈용문전〉	*대명성화년 간에 호국 청수 강가에...*장사강가에서 사나운 말을 얻고 암석 사이에서 옥함과 칼을 얻는다. 용천검과 황금 갑옷을 가지고 집으로 돌아온다.
〈황운전〉	*화셜 대송 문종황제 화평년간에 남경 양주땅 응천부에... *한곳에 이르니 빙하로 둘러싸인 곳에 한 노인이 도사의 술법에 황운을 실험한다. 도사의 제자가 되어 팔문둔갑과 진법검술을 배운다.
〈소대성전〉	*대명시절에 해동땅에...*이때에 청주땅에 채봉이 태어나고...*대성은 손오병서 힘써보니...대상은 위풍이 늠늠하고 황홀한지라...*삼경에 자객이 들어오자 둔갑법을 행하여 일신을 감추고 자객을 꾸짖는다.*영보산 청룡사에서 노승과 더불어 병서와 경문을 강론하며 5년간 세월을 보낸지라... *청룡사에서 일일은 천문을 보건대 익성이 자미성을 침범한 것을 안다. 노승이 소생에게 보검을 준다.*한 곳에서 옥포동 선군(노인)을 만나 용마를 얻는다.*천자는 소대성이 자운동에서 화염을 뚫고 살아나오자 데원수를 삼는다.
〈장경전〉	*화셜 송시절에 여람 북촌 설학동에...*이때 선우 마갈이 쳐들어오자, 장원수는 일월용봉 투구를 쓰고, 황금쇄자 갑을 입고 천리 토산마를 타고 출전하여 마갈을 무찌른다.
〈장풍운전〉	*화셜 대송시절에 금능 땅에...*풍운은 연경사로 가던중 소흥땅에서 금산사 노승에게 은자봉을 내어 보시하고 연경사로 떠난다. *광대와 함께 연명하다가...*이때에 가달이 침범하여...*풍운이 장원급제하여 한림학사를 제수받고 천리 토산마를 받는다.
〈양풍전〉	*화셜 한나라 사정년간에...*양녀와 풍은 후토부인, 산신령, 돌부처 등의 도움으로 옥룡전을 찾아가 모친을 만나고 옥제에게 갑주를 받는다. 양풍은 천황보살의 제자가 되어 능력을 완수하고 송태자와 싸우는 방법을 배운다.
〈옥주호연〉	*화셜 오계 서천의 절강부 상계 상님촌에...*한편 강진촌에 삼녀가 태어남...*꿈에 보옥 셋을 받는 꿈을 꿈.*삼자가(채완, 채진, 채경) 십세가 넘어서 관인산 진원도사를 찾아 술법을 익힘. *삼녀가 점점 자라 문견이 통민하고 시세백가를 통달하고 매일 후원에서 칼쓰기와 말달리기를 익히매...*관인산 진원도사에게 6명이 제자되기를 원하고 이들은 병서와 신기한 무예를 닦아 반년만에 무불통재라...

공간의 이미지 묘사는 주인공이 능력을 함양하는 산속을 중심으로 한 수학의 공간이 주를 이룬다. 주로 도술의 과정을 자세히 묘사하고 있는데 중국의 소설들 소위 무협지에 등장한 영웅의 도술은 어디서 배웠는지를 알 수 없는 도술을 마음대로 부리는 것과 사뭇 다르다. 영웅소설의 영웅은 자라면서 산사에 들어가 도승에게 신술을 익히는 것으로 나타난다. 사실 도술 습득은 불사에서 할 수 있는 성질이 아니다. 그런데 우리나라는 선술의 도관이 없었고, 산중에 은거하는 도사를 현실적으로 있다고 표현할 신화의 시대가 아니었기에 부득이 산중의 깊숙한 곳에 자리한 불사에다 결부시킨 것으로 볼 수 있다. 그래서 불승이 신선의 술(術)인 도술을 가르칠 수가 있다고 하였으니 완전한 우리 의식에 자리 잡힌 민간신앙과 결부시킨 방법을 원용하고 있다. 공간의 이미지도 그 범위는 넓게 보면 국가 단위와 왕조를 중심으로 시간의 범주를 한계짓고 있다. 공간의 위치는 국가에서 지역으로, 육지에서 섬으로, 마을에서 산속으로, 산속에서 전쟁터로 범위를 나열하고 있음을 알 수 있다. 특히 중국이라는 광활한 지리를 배경으로 해서는 지방에서 중원의 천자가 있는 곳으로, 다시 중원에서 지방으로 상하좌우면을 활용하여 이미지로 스토리텔링하고 있다.

영웅소설에서 입공 공간에 대한 이미지 묘사를 잘 보여주는 것은 〈전쟁상황〉을 이미지화한 군담 부분이라 할 수 있다. 〈이대봉전〉과 〈유충렬전〉, 〈조웅전〉을 중심으로 살펴보기로 한다. 〈이대봉전〉에서 전쟁상황은 여러 장수와 이대봉이 적군과 대결하는 장면들이 순차적으로 묘사되고 있다.

> “군병을 총독하실새 정병 팔십만을 조발하야 군위를 정제할새 새원수 칠성투고의 용문전포를 입고 요하의 황금인수를 집고 좌수의 홀기를 들고

철이 준총을 빗겨타고 군사를 호령하야 황성박그 십이사장의 진을 치고 군호를 시험할새 용정봉기와 가치창검은 일월을 히롱하고 백모황어전은 추상갓터여 백이를 연속하며 남주작 북현무와 동의 청룡기와 셔의 백호기를 응하고 중앙 황기난 본진기를 삼고 방위를 정제하고... 잇때 후군장 죠션이 장대의 드러가 북을 치니 셔무접으로 고각함셩이 대진하며 양장이 셔문을 깨치고 일만군을 몰아 엄살하고 원수난 주작현무군을 몰아 엄살하니 션우촉담 겨린태 졔장을 몰아 죽기로 싸우거늘..."[16]

〈유충렬전〉을 보면, 원수의 오형적 모습과 적진 장군 간의 일대일 전투장면에 대한 이미지 묘사가 길고 치밀하게 스토리텔링되고 있음을 알 수 있다.

"이때에 마룡이 좌수의 삼천근 철퇴를 들고 우수의 창검을 들고...호통을 지르며 나와 원슈를 마자 싸오더니 일광주의 쏘이여 두 눈이 캄캄하야 정신이 업난지라 장성검이 번듯하며 마룡의 손을 치니 철퇴든 팔이 미자 따의 떨어지니...원수 응성하고 천사마상 번 듯 올라 좌수의 신화경은 신장을 호령하고 우수의 장성검은 일월을 히롱하는지라 적진을 바라보고 나난 다시 드러가 혼신이 일광되어 가난 주를 모를네라 일귀를 마자 싸와 반합이 못하야서 장성검이 번듯하여 일귀의 머리를 베혀 칼끄테 쉬여 들고 본진으로 돌아와..."[17]

공간적 묘사를 잘 형상화하고 있는 장면으로 〈조웅전〉을 통해서 살펴보면 허구적인 공간을 다음과 같이 구체적인 이미지로 묘사하고 있다.

---

16 〈이대봉전〉, 395-396쪽.

17 〈유충렬전〉, 351-355쪽.

> 날이 저물고 밤이 되니 때는 춘삼월이라 백화만발하고 수목이 삼열한대 오두운 밤 적막한 산 산중에 어디로 가리오. 바위를 의지하여 지난ㄹ새 …… 삼경에 뜬 달은 슈음을 내려와 은은히 비추어 천봉만학을 그림으로 그려있고 무심한 잔나비는 슬피 고회를 자아내고 유한 두견새는 회총의 눈물 뿌려 점점이 맺어두고 불여귀를 일삼으니 슬프다 두견소리 내 심새를 생각하니 울리와 갓튼지라…… 부인이 웅을 붓들고 무수히 통곡하니 청산이 욕설하고 초목이 다 슬펴한지라 애통으로 밤을 지내니 …… 을을한 풀우에 기진하여 누엇시니 웅은 비록 어리나 꽂을 가져다가 부인께 드릭늘 부인왈 아무리 배고픈들 이것이 요기되리오 하고 슬퍼하노니 마침 들리는 소리 나거늘 일번 반기며 일변 겁하여 살펴보니 여승 오육안아 오거늘…[18]

이 장면은 조웅 모자에게 비극적인 분위기를 강화하는 역할을 한다. 삼경에 뜬 달은 은은히 비추어 천봉만학을 그림으로 그려있고 무심한 잔나비는 슬피 울며 고독을 자아내고 있다. 두견새는 눈물 뿌려 점점이 맺어두고 불여귀를 일삼으니 슬프다 두견 소리 내 심상을 생각하니 우리와 같다고 묘사하고 있다.

조웅 모자가 간신 이두병을 피해 겨우 도망가는 모습으로 형상화하고 있다. 조웅 모자의 이런 처지가 산속 공간과 아주 잘 어울림으로써 한편의 그림을 보는 것 같은 느낌을 준다. 공간적 묘사가 마치 활동 사진을 보는 듯이 느껴지는 이미지를 스토리텔링하고 있는 것이다. 바위, 백화, 시랑, 호포, 천봉만학, 잔나비, 두견새가 공간을 구성하면서 독자의 마음을 휘어잡고 현장감 있는 묘사를 하는 것이다.

영웅소설에 등장한 공간으로써 바다를 건너 섬(해도)이라는 공간 이미지 창조를 들 수 있다. 바다로 둘러싸인 섬은 육지와 동떨어진 지리적

---

18 〈조웅전〉, 28-29쪽.

위치로써 이상향으로 간주되기도[19] 한다. 〈홍길동전〉의 율도국도 여기에 해당 된다. 기존 연구자들은 율도국을 이상향의 공간으로 설명하고 있지만 〈홍길동전〉과 〈허생전〉의 경우는 도적들의 은거지로 형상화하고 있다. 〈홍길동전〉는 신분에 대한 불만을 품고 도적의 괴수가 된 홍길동이 도적을 데리고 조선을 떠나 정벌한 해외공간이며, 조선 후기 신분제도의 문제를 비판하기 위한 의도된 설정이라 하겠다. 17세기 이후에 해도지역으로 유민이 많이 유입되었는데 진도, 거제도, 남해도 등 큰 섬을 중심으로 대거 유민이 입도된 가운데 도망 노비, 역모 연좌자, 도적들이 포함되어 조선 후기 해도지역을 대체로 범죄자나 도피자들의 근거지로 보는 부정적인 인식이 확산되었다는[20] 점에서 공간 이미지를 상정해 볼 수 있다.

즉 〈홍길동전〉에서 율도국 이미지 묘사로 해도 공간은 도적이 기거하는 공간이며 구체적으로 조선왕조에 대한 대항의 공간으로 조선국과 율도국의 적대적 공간을 형상화하여 서로 징벌의 대상 공간을 설정하여 주인공이 지향하는 가치의 목표가 뚜렷하게 설정되고 있다. 예컨대 홍길동이 율도국을 정벌하여 왕이 되고자 한 계획은 조선왕조와 본격적으로 대항하기 위한 준비과정이라 할 수 있다. 홍길동이 병조판서를 제의받고 조선을 떠났지만 조선사회에 대한 길동의 저항은 끝나지 않고 계속된다는 것을 상징하고 있다. 〈홍길동전〉에서 해도공간은 조선왕조에 대한 대등한 저항공간으로 스토리텔링하고 있음을 알 수 있다. 그러나 율도국은 결국 조선왕조를 무너뜨리지는 못하고 좌절된 공간으로 추락하고 만다는 점에서[21] 해도가 가지고 있는 희망과 좌절의 이미

19 주강현, 『유토피아의 탄생, 섬-이상향/이어도의 심성사』, 돌베개, 2012.

20 변주승, 「10세기 유민의 실태와 그 성격」, 『사총』 40, 고대사학회, 1997, 7-19쪽.

지를 동시에 파악할 수 있다.

공간으로써 배경(背景)은 인물, 특히 주인공을 둘러싼 시·공간적인 환경을 말하는 것이다. 배경이 사건에 영향을 준다고 말할 수도 있다. 그러나 배경이 하는 '더 우선적이고 직접적인 역할'은 인물의 성격과 생각, 행동 등을 제약하거나 견인(牽引)하는 것이다. 여기에, 소설의 인물이 마치 실존하는 인물과 같은 생동감을 갖게 하는 바탕을 마련해 준다는 것도 덧붙일 수 있다. 따라서 배경도 역시 '인물'과 떨어질 수 없는 구성 요소이며, 인물이 없다면 이미지 공간도 큰 의미가 없는 요소이다.

3) 영웅 인물의 이미지 스토리텔링

소설에서 인물이 차지하는 비중이 얼마나 큰가에 대해서는 루카치의 말에서 시사점을 얻을 수 있다. "그 자체가 소설의 내적 형식으로 파악되어 온 소설의 진행은 문제적 개인이 자신을 찾아가는 여행이다"라고 하였다. 이것은 소설의 주인공이라 할 수 있는 문제적 개인을 매우 중요하게 본다는 태도가 나타나 있다. 이러한 '문제적 개인(주인공)'의 설정은 골드만에 의해서 긍정적으로 평가되었고, 이후에도 유의미한 정의로 인식되고 있다.

그러므로 소설에서 캐릭터라는 용어로 인물에 관심은 끊임없이 연구대상이 되었는데 순수한 캐릭터 연구에서부터 캐릭터 유형 분류, 캐릭

---

21 이러한 해도공간을 모티프로 하고 있는 〈김학공전〉의 경우에도 계도섬을 공간으로 도망 노비 도적들의 신분상승에 대한 욕망이 표출은 되었지만 끝내는 좌절되는 것으로 맺는 것을 보면 해도공간이 가지고 있는 의미가 비슷한 것으로 볼 수 있다.

터의 기호학적 모델화 등으로 탐색한 연구가 있다. 백승국은 프로프의 기능 모델을[22] 차용하여 이야기 구조 속에서 정형화된 등장 인물의 기능적 역할을 31가지로 분류하여 체계화시킨 기능 모델을 제시한 바 있다.[23] 여기에서 프로프는 민담의 스토리 구조가 최초에 주어진 균형상태의 결핍이나 손해에 의해 불균형상태를 맺게 되고, 불균형상태가 주인공의 행동에 의해 다시 균형상태를 되찾는 이야기 구조를 갖고 있음을 발견하였다. 또한 프로프의 31가지 기능이론에 영향을 받은 그레마스는 문학 작품의 의미구조를 분석하는 방법으로 '행동자 모델'을 제안하였다. 문장에는 하나의 과정과 행동자, 그리고 상황들로 구성되어 있다고 보고 6개의 행동자 역할로 압축하여 모델로 정리한 바 있다.[24] 행동자 모델은 서사구조 속 스토리 전개에서 등장인물의 역할을 중심으로 도출된 모델로서 주체/대상, 원조자/대립자, 발신자/수신자 등의 세 쌍을 이항대립으로 범주화하고 있다. 이러한 두 개의 선행연구에서 보여준 모델을 적용해서 우리의 영웅소설에 수용된 캐릭터 분석의 특성과 유형을 도출하는 것은 물론 캐릭터들의 이미지를 스토리텔링하는데 좋은 분석방법이 될 수 있을 것으로 판단된다.

소설 구성 요소로서 인물의 중요성은 다른 요소, 곧 사건과 배경의 관계에서도 설명할 수 있다. 일반적으로 영웅 서사에서 인물은 전형적인 인물로 이미지화되어 있다. 선과 악의 이분법적인 특성을 분명하게 드러내는 인간상을 형상화하고 있다. 독자는 이 두 인물의 모습만을 보고도 자신을 선한 인물과 동일시하면서 대리만족을 느끼게 된다. 더욱

---

22 블라드미르 프로프 저, 앞의 책(1983), 참고.

23 백승국, 「스토리텔링 기호학의 이론과 방법론」, 『현대문학이론 연구』 40, 현대문학이론학회, 2010, 29쪽.

24 그레마스, 『의미구조론』, 1966.

이 영웅소설의 주인공은 난세기에 많이 창작되고 유통된 점으로 볼 때 어지러운 세상을 등지고 새로운 세상에 대한 대망 의식이 독자는 기대하는 마음으로 작품을 대하기 때문에 영웅 인물은 절대적으로 독자들의 희망이요, 열망의 대상이 되어야 하기에 스토리텔러는 이러한 점을 염두해 두고 주인공과 다양한 등장 캐릭터에 대한 이미지를 창조해야 했다. 오늘날 캐릭터 창조와 맥을 같이한다고 볼 수 있다.

특히, 스토리 구성에서 캐릭터 유형이나 외형을 생성하기 위해서 캐릭터의 성격을 이미지화하는 작업이 매우 중요하다고 하겠다. 스토리에서 인물의 행동과 성격 및 심리, 갈등에 대한 묘사 등의 문제는 캐릭터의 표정으로 스토리텔링되기 때문에 인물의 외적 이미지의 개성화와 내적 이미지의 감성화를 유도하는 스토리텔링의 방법을 활용해야 할 것이다. 이것은 영웅소설의 향유자가 좋아하는 캐릭터를 만들어내는 유용한 방법이기도 하다.

그런데 영웅소설 캐릭터는 미리 부여된 성격에 따라 일관성을 가지고 행동하는 이미지로 형상화된다. 인물의 행위를 통해 사건이 만들어지고, 사건은 인물에게 행위를 유발시킨다. 이 순환구조가 흥미로운 이야기를 엮어낸다. 대개 멋진 주인공은 독특한 특징이나 성격이 있다. 이런 특징이 잘 드러날수록 과장되어 표현된다.[25] 그러므로 낭만성이 강한 영웅소설처럼 주인공의 영웅성을 돋보이게 하기 위한 방법으로 과도할 만큼 외형 이미지 묘사에 치중하게 되는 것도 이와 무관하지 않다. 그러나 이러한 외형 이미지 묘사는 인물을 묘사하는 유용한 방법 중의 하나일 수 있으나 겉으로 보이는 이미지보다는 행동, 그리고 그 행동을 통해 드러나는 성격에 대한 이미지가 보다 중요하다고 하겠다.

---

25 앤드류 글래스너, 『인터랙티브 스토리텔링』, 커뮤니케이션북스, 2006, 45쪽.

또한 선한 주인공 캐릭터 이미지는 국가에는 충신이요, 가정에는 효자라는 이미지를 부각시켜줌으로써 선하고 성실한 사람은 현실의 고통이 해소되고 하늘도 돕는다는 운명론을 통해서 힘든 상황을 극복하고 희망을 가질 수 있도록 동기를 부여해 줄 수 있다.

[표1] 영웅소설 캐릭터의 이미지 형상과 스토리텔링의 양상

작품명	캐릭터 이미지 형상과 내용
〈소대성전〉	일개 옥동을 생하니 용의 얼굴의 표범의 머리, 곰의 등이요, 이리의 허리요, 잔납이 팔이며 소리 웅장하여....
〈백학선전〉	모친이 북두칠성의 태몽을 얻고, 출산 시 선녀가 와서 배필을 점지해 준다.
〈쌍주기연〉	구슬을 찾아 가연을 맺으라는 태몽을 얻고 태어난다.
〈옥주호연〉	부친이 모옥 셋을 받는 태몽을 꾸고 태어난다.
〈용문전〉	청룡이 모친의 허리를 감는 꿈을 꾸고 태어난다.
〈유충렬전〉	아기를 살펴보니 웅장하고 기이하다. 천정이 광활하고 지각이 방원하야 초상 같은 두 눈썹은 강산정기 써있고, 명월 같은 앞기상은 섭지조회 품었으며, 단산의 봉의 눈은 두 귀밋을 도리보고.....
〈조웅전〉	아들을 낳았는데 활달한 기남자라, 웅의 나이 일곱 살이니 얼굴이 관옥같고, 의기진퇴는 예절에 꼭들어맞아 어른을 압도하는지라.
〈이대봉전〉	봉황 한 쌍이 내려와 봉은 모친에게로 황은 미래의 처가로 가는 꿈을 꾸고 태어난다.
〈장경전〉	부처가 귀자를 점지한다는 태몽을 얻고 태어난다.
〈장백전〉	찬상 추성의 꿈을 얻고 태어난다.
〈장풍운전〉	선관이 귀자를 점지한다는 꿈을 꾸고 태어난다.
〈정수정전〉	벽녀화 한 가지를 얻는 꿈을 얻고 태어나며, 출산 시 선녀가 와서 이름과 배필을 점지한다.
〈현수문전〉	태어날 때, 상서로운 구름이 머문다.
〈황운전〉	천상 하괴성이 득죄하여 황룡으로 변하여 달려드는 태몽을 얻고 태어난다.

영웅소설 주인공이 가지고 있는 영웅적 캐틱터의 이미지는 한결같이 싸움을 잘 하는 전사나 투사의 이미지인 경우가 많다. 주인공이 군담에서 활동하는 동안 착용하는 장신구나 싸움에 도움을 주는 보조도구를 가지고 등장하는 주인공의 외형적인 강한 이미지 모습이 가장 두드러진 만고 영웅상으로 이미지화되어 있다. 주인공이 영웅적 이미지의 부각을 위해 가장 많이 사용하는 장신구는 갑옷 종류의 전투복과 여타의 복식도구가 여기에 해당된다.

이처럼 영웅소설 주인공 캐릭터가 가지고 있는 전사적 영웅상의 특징은 한국적인 충신과 장수형 인물과 같은 고전적 이미지가 대부분이다. 이는 우리 민족 특유의 무의식과 색채 능력을 발휘하여 독특한 애호색이나 고유의 색체 조화를 갖는 것과 무관하지 않다는 것을 의미한다. 이처럼 작품별로 배열된 주인공의 외형과 성격 지표 등을 수합하여 그 공통분모인 특질을 추출하여 이미지화할 경우에 게임이나 영화와 같은 매체에 사용할 수 있는 이상적인 영웅 캐릭터의 이미지를 만들어 낼 수 있다고 하겠다.

영웅소설 캐릭터가 가지고 있는 또 하나의 이미지는 초현실적 이미지를 들 수 있다. 초현실주의는 현실에 대한 파괴나 초월을 시도하려는 것이 아니라, 의식과 무의식의 세계를 다 포함시킬 수 있는 방법으로 현실에 대한 정의를 내리는 것이며, 비합리적이고 비논리적인 것을 배척하는 합리주의 사고에서 탈피하여 인간의 잠재의식 속에 있는 세계를 파악하고자 한 것이다.[26] 영웅 인물의 전생과 후생의 이중적인 삶의 노정을 서두에 형상화함으로써 판타지적인 상황전개를 이미지화하고 있다.

---

26 이효진, 「현대의상의 직물문양에 나타난 초현실주의의 무의식 개념에 관한 연구」, 『한국복식학회지』 22, 한국복식학회, 1994, 5-6쪽.

인간이 태어나기 전은 어떤 존재였는지, 그리고 인간이 죽으면 어떤 존재로 환생하는지 등의 담론 등은 당시대인에게 영혼과 육체의 분리와 영과 육의 자유 왕래에 따라 천상과 지상을 넘나드는 혼의 판타지적인 문제는 캐릭터의 이미지를 극대화시키는 사건들이라 할 수 있다.[27]

이러한 인물의 초현실적 이미지 스토리텔링은 가상공간에서 더욱 잘 나타나고 있다. 게임의 배경과 스토리, 등장 인물의 능력 등 모든 것이 초현실주의적이어서 의상 역시 현실에서는 불가능한 컷팅과 기하하적인 형태를 이루는 것이 많다. 대부분 게임이 초현실주의적인 판타지 세계를 그려내고 있는데 환상적인 몽환, 공상적인 기상천외, 이상하고 야릇한, 멋진, 굉장한 등의 뜻을 가지고 있다. 상상의 세계라고 할 수 있는 현실이 아닌 가상공간에서 만들어진 의상이기 때문에 훨씬 자유로운 상상의 산물이라 할 수 있다. 초현실적 이미지는 대체로 과거지향의 판타지 세계를 배경으로 하는 게임에서 주로 나타나게 된다. 이러한 점들을 고려해 볼 때, 인물과 그 형상을 살펴봄으로써 소설의 사건과 주제, 작가의 문제의식, 주제의 미적(美的) 형상화 등에 대해서 알 수 있다는 결론을 내릴 수 있다. 그렇다면 먼저 영웅형 이미지 인물과 악인형 이미지 인물을 중심으로 살펴보도록 한다.

우리 문학사에서 영웅형 인물이 소설의 주인공으로 제시된 작품은 〈유충렬전〉과 허균의 〈홍길동전(洪吉童傳)〉을 들 수 있다. 최초의 국문소설(國文小說)로서 그 입지를 굳히고 있는 이 작품의 주인공인 홍길동(洪吉童)은 실존 인물을 모델로 삼았으나, 실존 인물의 행적에 의존하지 않고, 작가인 허균에 의해 소설 속 인물로 다시 만들어졌다. 두 작품을 중심으로 주인공의 이미지 스토리텔링을 살펴보기로 한다.

---

27 배영기, 『죽음에 대한 문화적 이해』, 한국학술정보, 2006, 38쪽.

먼저 〈유충렬전〉에서 보면 충렬(忠烈)이라는 이름의 이미지부터 당대의 최고 가치인 충과 열을 수호하는 영웅의 이미지로 형상화하고 있다.

> "주부 공중을 행하야 옥황께 사례하고 아기를 살펴보니 웅장하고 기이하다. 천정이 광활하고 지각이 방원하야 초상갓튼 두 눈썹은 강산 정기 써잇고 명월갓탄 압기상은 천지조화 품엇으며 단산의 봉의 눈은 두 깃밋을 도라보고 칠성의 사인 종학용준 용안 번듯하다 북두칠성 발근 별은 두 팔둑의 박키엇고 두렷한 대장성이 압가심의 박켜스며 산대셩정신 빌리매 상의 써잇난디 주홍으로 사여스데 매명국 대사마 대원수라 은은히 박혀시며 웅장하고 기이하고 만고의 제일이요 천추의 하나로다..."[28]

한편, 악인형(惡人型) 이미지의 인물상을 보면, 소설 주인공이 늘 선하거나 바른 것은 아니다. 오히려 주인공이 악인일수록 그 작품은 더욱 사실적이고 현실에 가까운 것처럼 느껴지기도 한다. 이것은 소설에 등장하는 악인형의 주인공이 현실의 문제를 선명하게 부각시키는 데에 용이하기 때문이다. 악인형 주인공의 등장은 주로 풍자적 내용을 다루는 작품에서 사용하였다. 이는 악인형 주인공이야말로, '비틀어 말하기'의 대상이 되는 문제의 중심에 있는 인물이고, 그 인물 자체가 '문제'이기 때문이다.

악인(惡人)이란 포학(暴虐)하고 인간으로서 도리를 포기하는 사람만을 지칭하는 것은 아니다. 오히려 그보다 넓고 광범위하다. 본고는 '악인'이란 본래 말뜻에서 연상할 수 있는 악인과 당대의 사회 규범에서 일탈되고, 비법(非法)적인 활동을 벌이는 사람도 포함한다. 이러한 악인형 인물이 작품의 주인공으로 전면적으로 부상한 것은 18세기경이다.

---

28 〈유충렬전〉, 336쪽.

사회 구조의 변동 속에서 발생한 문제와 그 문제의 핵심 인물을 통해서, 인물 뒤에 있는 현실 사회의 문제를 비판할 수 있었기 때문이다. 〈유충렬전〉의 정한담이나 〈조웅전〉의 이두병은 장애인물(障礙人物)로서 전형적인 악인형 이미지 인물로 형상화하고 있다.

선과 악인형 이미지 인물에 대한 성격은 문학 작품에서는 서술과 묘사를 통해 창조하고 있는데 영화처럼 배우의 연기를 통해서, 만화처럼 그림으로 이루어지는 것과는 구별된다. 그러나 이것이 문화콘텐츠로 전환 스토리텔링될 때는 창조방법을 달리하는 것이다. 컴퓨터 그래픽 디자이너, 프로그래머와 애니메이터, 패션, 헤어스타일리스트까지 합동으로 캐릭터의 역할과 성격을 창조하여 생명력을 불어넣어 주어야 하며, 게임의 종류에 따라 게임의 특성에 맞는 시나리오 작성 방법을 따라야 한다. 이처럼 게임 시나리오에서 서사문학과 다른 문화 장르와 연계는 필수적이며, 컨텐츠 구성과 테크놀로지의 상보성은 빛과 그림자처럼 친밀하고도 강렬하다고 할 수 있다.[29]

[표2] 남주인공의 외형 이미지

부위별	외형묘사
골격	비상함, 웅위함, 비범함, 굵음, 비상함, 영풍쇄락, 준수함, 학, 용, 풍영함
눈과 미간	눈: 산천정기, 품수, 봉안, 일월광채, 봉안이 효성같음, 강산정기 띰, 새별, 봉목, 효성쌍안, 벽안, 봉복이 새별같은, 용안, 효성 미간: 광활함, 산천정기를 띰, 만월, 액광전이 넓음 산천정기품수, 일월정기, 강산수기, 산천정기, 광활함, 일월정기 품수//천지조화와 일월광채 어림, 산천정기 어림
귀	백설같은, 달같은 귀밑, 진주같음
머리	범의 머리, 표범

29 신선희, 「고전 서사문학과 게임 시나리오」, 『고소설연구』 17, 한국고소설학회, 2004, 77쪽.

부위별	외형묘사
얼굴과 턱	얼굴: 용의얼굴, 옥같음, 관옥같음, 준수함, 선동같음, 웅위함, 비범함, 목모영풍, 반악의 고움, 비범함, 준수함, 용안, 형산백옥, 백옥조탁 턱: 제비턱, 지각이 방원함, 광활, 얽음, 희털이 섞임, 자렴
가슴	명월같이 넓음, 천지조화품수, 대장성이 박힘, 검은 점이 칠성을 응함, 붉은 점 일곱, 만고흥망품수
어깨와 허리	산이 선 듯, 이리허리,
팔	잔납의 팔, 북두칠성 박힘, 잔납의 팔
음성	웅장함, 종고울림, 북소리, 뇌성, 쇠북소리, 성같음, 낭낭함, 단산봉황, 뇌성같음
키	기골장대, 팔척, 구척, 칠척
등	여덟 검은 점, 곰의 등, 삼태성 박힘, 이십팔수 흑점, 곰의 등
배	일곱 점
이빨	두 줄로 박힘
자질	청아함, 총혜영민, 비범함이 과인함
정신	추수같음
눈썹, 입, 코	와잠미, 단사, 높음
기상	만고영웅상, 용의기상, 준수함, 준일함, 장군기상, 엄정씩씩, 비상함, 표일함, 웅장함, 엄숙함, 두목지, 태을선관, 상설같은, 영웅호걸, 온화함, 늠름함, 용, 봉, 태각대신
풍채	준수함, 준일함, 한림풍채, 선풍도골, 절윤함, 찬란함, 초패왕 항적, 적선의 풍채, 선풍옥골, 늠름함, 준수함, 반악의 고움, 헌앙함, 두목지 풍채, 관장부생, 아름다움, 당당함, 적송자 백학 탄 듯, 옥당선관 청초를 탄 듯, 옥골영풍, 용준일각, 천하기남자

위의 도표에 나타난 영웅 인물의 외형적 부위별 이미지의 특징을 종합해 보면 얼굴은 샛별같은 봉의 눈과 범의 머리 그리고 일월정기를 품수한 미간과 방원한 턱을 가진 관옥같이 잘생긴 용의 이미지를 가진 얼굴이다. 몸매는 곰의 등과 이리의 허리 그리고 잔납의 팔을 가진 장대하고 웅장한 골격을 지녔을 뿐만 아니라 백설같은 피부와 쇠북을 울

리는 듯한 웅장한 목소리 그리고 천지조화와 산천정기 등을 품수한 가슴마저 지닌 육체는 만고영웅으로 탁월한 이미지를 스토리텔링하고 있는 모습이다. 머리는 표범의 머리이고, 눈은 봉의 눈, 팔은 잔납의 팔, 팔은 팔 구척, 음성은 종고를 울리는 인물로서 상당히 험악하고 위엄이 넘치며 우락부락한 모습을 연상케 된다.

영웅의 이미지 인물상은 비유를 통해서 표시해주고 있는데 비유의 인물로는 두목지, 이적선, 적송자, 반악, 옥당선관, 관장, 초왕이 많이 등장하고, 동물로는 봉, 용, 학, 백호, 기린, 제비 등이 많이 등장하고 있다. 이러한 모습에서 풍기는 전반적인 영웅의 인상은 준수한 만고영웅의 기상과 선풍도골(仙風道骨)의 아름다운 풍채를 지닌 천신이 하강한 듯한 모습, 즉 남주인공은 헌칠한 키에 당당한 몸매를 지닌 아주 잘생긴 미남자이자 천하 기남자의 모습을 지녔다고 할 수 있다.

집중적인 묘사의 순위는 전반적인 영웅의 이미지상을 보여주는 종합적인 평가–풍채–기상, 그리고 부위별로는 얼굴–눈–음성– 기골–머리–허리–팔–등–미간–골격–가슴–턱–귀–미우(이마)–어깨–배–수염–눈썹–이빨–몸 등의 순서로 묘사되어 있다.

[표3] 악인형 인물 이미지 형상

부위별	외형묘사
눈	푸르다, 사목, 불빛같음, 새별같음, 화경 등 구리로 생김
머리 얼굴	쌍두, 누르다, 범의 머리, 얼굴: 검다, 먹장을 갈아 부은 듯, 수레바퀴, 흉악함, 옷칠한 듯, 검붉음, 무른 대초빛, 수묵을 끼친 듯, 턱: 제비턱
입	두자가 남다, 구룡의 수염 범의 입, 쥬사를 바른 듯, 쥬홍을 찍은 듯
가슴, 허리	매가슴, 열아름, 요대는 십이요, 곰의 허리

부위별	외형묘사
음성	웅장, 우레, 벽력같음, 바다를 울리는듯
키(기골), 등	십척, 구척, 팔척, 등: 곰의 등, 몸: 집동, 단산 봉
풍채	늠름함, 당당함, 항우에 배승

이상의 악인형 이미지 인물상을 부위별 묘사에 따라 보면, 얼굴은 샛별 같은 눈과 주홍을 찍은 듯한 입술 또 구룡의 수염과 구리같이 단단한 이마, 그리고 제비턱과 먹장을 갈아 부은 듯 검은색을 띤 어둡고 사나운 검은 악인 이미지의 모습이다. 몸매는 구척이 넘는 기골과 벽력같은 음성, 범의 머리와 곰의 허리, 그리고 집동 같은 몸을 지닌 늠름하고 당당한 풍채를 지녔다. 악인형 인물의 모습은 가장 못생기고 흉악하며, 중장하게 생긴 호전적인 전쟁영웅의 이미지 모습을 지녔다고 할 수 있다.

이렇게 볼 때, 영웅소설 남주인공과 적대인물의 외형 이미지 묘사는 여타소설 주인공의 묘사에 비해 외형묘사에 좀 더 많은 비중을 두고 있으며, 묘사된 외형도 몸매 등의 묘사를 통해 웅장한 모습을 추가하기도 했다. 이처럼 캐릭터는 작품의 스토리에 의하여 독특한 개성과 이미지가 부여되는 존재이다. 특히 메인 캐릭터는 게임에서 액션을 취하는 가장 핵심적인 인물이다. 게임 스토리를 이끌어가는 책임을 지닌 주인공들이 메인 캐릭터에 속한다. 독자들의 정서를 사로잡기 위한 역할을 수행하기 위해서라면 독특한 역할을 수행해 낼 수 있도록 스토리텔링해야 한다. 때로는 극적인 대립관계를 스토리텔링하기 위해 모든 게임의 메인 캐릭터에게 반드시 적대역을 설정해 줄 필요가 있다.[30]

30 이재홍, 「게임스토리텔링 연구」, 숭실대 박사학위논문, 2009, 129쪽.

3. 결론

지금까지 조선조 영웅소설의 사건, 공간, 인물을 대상으로 이미지 스토리텔링의 의미를 살펴보았다. 영웅소설은 신화의 이원론적인 사고체계를 바탕으로 하여 창작된 조선시대의 대중소설이자 판타지 소설이기에 조선시대의 영웅소설의 이미지 스토리텔링을 살펴보면 그 속에 내재된 선조들의 낭만적인 욕구와 난세기의 영웅에 대한 대망의식, 그리고 인간 본연에 내재된 욕망을 읽어낼 수 있었다.

창작 영웅소설의 이미지 스토리텔링과 의미를 세 가지로 나누어 살펴본 것을 정리해보면 다음과 같다.

첫째는 모험적 사건의 이미지 스토리텔링을 들 수 있다. 영웅소설에서 사건은 영웅 인물을 중심으로 펼쳐지는 모험과 함께 이벤트를 의미한다. 이는 대화나 행동을 통해서 구체적인 이미지로 묘사되고 있다. 영웅소설 한 편의 내용은 주인공을 중심으로 한 일대기의 과정을 통시적으로 보여주고 있다. 따라서 주인공이 걸어가는 모험과정은 시간의 흐름에 따라 전개된다. 따라서 시간적인 사건의 연쇄반응에 따라 살펴보는 것이 쉽게 영웅소설의 이미지를 이해할 수 있는 방법이 될 수 있다. 즉 영웅소설의 주인공과 적대자의 갈등 관계를 첨예하게 설정함으로써 서사를 전개시키는 운동력을 확보하고 갈등이 심화될수록 사건은 절정에 이르게 된다. 영웅소설 작가는 독자에게 익숙하고도 친근한 사건을 전개하여 읽는 과정에서 지속적인 안정감을 부여하면서도 작품 내적 구성원리에 다양한 변형을 가함으로써 독자에게 흥미를 유발시키게 된다. 그리고 단계적인 사건의 창조와 장면에 대한 이미지 묘사는 작은 것에서부터 절정에 이르기까지 상승적으로 스테이지가 확대되며, 가장 큰 욕망의 실현을 통하여 악인은 죽고 선인이 승리하는 결말을 맺게 된다.

둘째는 입공 공간의 배경 이미지 스토리텔링을 들 수 있다. 영웅소설에서 입공 공간에 대한 배경의 이미지 묘사를 잘 보여주는 것은 전쟁상황을 이미지로 형상화한 군담부분이라 할 수 있다. 〈이대봉전〉과 〈유충렬전〉, 〈조웅전〉을 중심으로 살펴보았다.

〈유충렬전〉에서 보면, 원수의 모습과 적진 장군 간의 일대일 전투장면에 대한 이미지 묘사가 길고 치밀하게 스토리텔링되고 있음을 알 수 있다. 공간적 묘사를 잘 형상화하고 있는 장면을 〈조웅전〉을 통해서 보면 허구적인 공간을 구체적인 이미지로 묘사하고 있는 부분이 많았다. 조웅 모자가 간신 이두병을 피해 간신히 도망가는 모습으로 조웅 모자의 이런 처지가 산속의 공간과 아주 잘 어울림으로써 한 편의 그림을 보는 것 같은 느낌을 준다. 공간적 묘사가 마치 활동사진을 보는 듯이 느껴지는 이미지를 스토리텔링하고 있는 것이다. 바위, 백화, 시랑, 호포, 천봉만학, 잔나비, 두견새가 공간을 구성하면서 독자의 마음을 휘어잡고 현장감 있는 이미지 묘사를 하고 있는 것이다.

셋째는 영웅인물의 캐릭터 이미지 스토리텔링을 들 수 있다. 소설 구성 요소로서 인물의 중요성은 다른 요소, 곧 사건과 배경과의 관계에 의해서도 설명할 수 있다. 일반적으로 영웅 서사에서 영웅 캐릭터는 전형적인 인물로 이미지화되어 있다. 선과 악의 이분법적인 특성을 분명하게 드러내는 인간상을 형상화하고 있다. 독자는 이 두 인물의 선과 악인으로서 전형적인 인물 이미지 모습만을 보고도 자신이 악인을 경계하고 선한 인물과 동일시하면서 대리만족을 느끼게 된다. 더욱이 영웅소설 주인공이 난세기에 많이 창작되고 유통된 점을 볼 때 어지러운 세상을 등지고 새로운 세상에 대한 대망 의식이 독자는 갈망하는 마음으로 작품을 대하기 때문에 영웅 인물은 절대적으로 독자의 희망이요,

열망의 대상이 되어야 했다. 작가는 이러한 점을 염두해 두고 주인공과 다양한 등장 캐릭터에 대한 개성적이며 공감할 수 있는 이미지를 창조해야 했다. 오늘날 캐릭터 창조의 기법과 맥을 같이한다고 볼 수 있다.

제3부

영웅소설의 게임 공간 스토리텔링

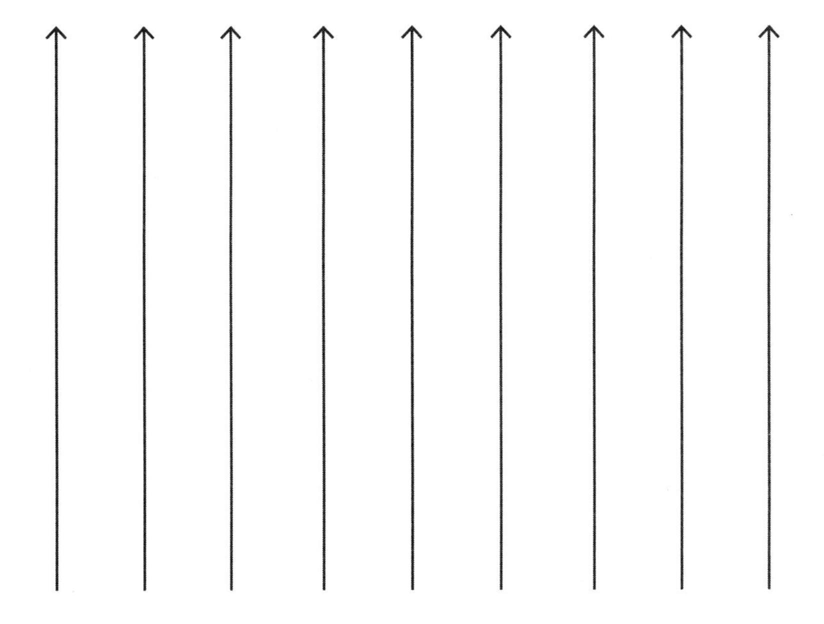

영웅소설의 공간 스토리텔링 양상과 의미

1. 서론

이 글은 조선시대에 대중소설로 인기를 끌었던 영웅소설을 중심으로 하여 작품에 형상화된 공간 스토리텔링의 양상과 의미를 살펴보는 것을 목적으로 한다. 특히 탁월한 영웅 인물의 영웅성을 발현하기 위한 창작방법으로 수직공간과 수평공간, 그리고 수직과 수평공간이 서로 교차하는 공간이동이 빈번하게 일어나고 있기에 그 양상과 의미를 살펴보는 것은 영웅소설의 서사성을 이해하는 중요한 방법이 될 수 있다. 뿐만 아니라, 영웅소설의 공간은 단지 배경이나 장소로서 기능만을 의미하는 것이 아니라, 영웅소설의 구성상 다양한 기능을 효과적으로 스토리텔링하고 있어 창작방식의 한 단면을 이해하는 방법이 될 수 있다.

일반적으로 영웅소설과 같은 문학적 공간은 우리 일상의 물리적 공간과 다르다. 물리적 공간은 상하, 좌우, 전후로 뻗어 있고, 일정한 모양을 갖춘 형체인데 비해 문학적 공간은 독서행위를 통해 상징적 심미적으로 인식되는 형체[1]이기 때문에 이 점을 전제로 삼아서 영웅소설의

1 신태수, 「고소설의 공간에 대하여」, 『한민족어문학』 28, 한민족어문학회, 1995, 215쪽.

공간 스토리텔링의 양상과 의미를 살펴보는 것은 영웅소설의 서사세계를 더욱 확장적으로 이해할 수 있는 방법이 될 수 있다.

주지하다시피, 조선시대 영웅소설은 신화적 세계관을 바탕으로 한 이원론적 세계를 스토리텔링하고 있다. 그러므로 영웅소설은 물리적인 수직공간을 천상에서 지상으로, 그리고 다시 지하나 수중 공간으로 연결되면서 판타지로 형상화하고 있다. 또한 인위적 수직공간으로 임금과 신하의 관계, 부모와 자식의 관계로 연결됨을 볼 수 있다. 그리고 수평공간으로 가정, 산속, 전쟁터, 조정 등의 활동에 따른 시간적 이동공간으로 구분할 수 있다. 영웅소설은 이러한 소설적 공간배치를 통해서 충과 효의 윤리를 구현하기 위해 수시로 수직, 수평공간을 이동하면서 사건이 만들어지고 서로의 치열한 갈등이 일어나고 있다. 그리고 모든 갈등과 고난의 사건은 클라이막스인 군담을 통하여 욕망을 구현해 나가는 상승적인 삶의 노정을 보여주고 있는 것이다. 또한 주인공은 산, 들, 바다, 그리고 가정, 사회, 국가라는 수평적 공간 등 많은 공간 이동을 통하여 영웅적인 활약을 상승적으로 스토리텔링하고 있다.

이처럼 영웅소설이 가지고 있는 스토리의 상징성으로 결부되는 수직공간과 수평공간, 그리고 서로 교차되는 공간의 문제는 영웅소설 장르를 결정하는 데도 영향을 미치게 된다. 하늘, 땅, 지하로 연결되는 수직적인 공간은 신과 인간, 인간과 하등동물로 이어지는 상징적인 의미를 내포하며, 영웅을 반신반인으로 형상화하고 있다. 그리고 산과 들, 그리고 바다로 연결되는 수평적인 공간은 인간과 인간, 혹은 인간과 자연의 교감을 상징적으로 내포하고 있다. 이러한 공간적 특성은 작품 내에서 크고 작은 사건들을 끊임없이 촉발시키는 계기가 되기도 하고, 탁월한 변신이나 무공 같은 소재를 활용하여 거듭남의 공간으로 분위기를 바꿔주기도 한다.

이러한 영웅서사의 공간창조는 구스타프 프라이타크가 제시하는 '발단-전개-위기-절정-결말'과 같은 5단계 서술구조를 갖는다.[2] 발단은 소설의 오프닝 단계이며, 서사의 기초지식을 알려주는 부분이다. 전개는 등장인물들의 갈등과 분규가 복잡하게 뒤엉키는 과정이며, 사건들이 많아질 경우는 전개1, 전개2, 전개3, 전개n 식으로 공간이동을 통한 전개 과정을 늘려나가면서 서사세계를 확장시키고 있다. 위기는 전개부에서 일어나는 갈등이 첨예하게 대립되어 극적인 반전을 유도하는 동기 단계이고, 절정은 갈등과 위기의 최고 정점이며, 테마의 메시지가 드러나는 과정이다. 결말은 사건의 승패가 결정되는 단계를 의미한다.

그래서 영웅소설의 스토리텔링에는 유난히 환상적인 요소가 강하다. 등장인물 배경, 플롯이 현실의 그것과 판이하게 다름에도 불구하고 황당무계하게 느껴지기보다는 재미있게 느껴지는 것은 무엇일까. 그것은 공간탐색이 현실의 논리와 판이하게 다르기 때문이다. 이런 유사 공간체험은 현실공간에서 그것과는 전혀 다른 방식으로 작동하기 때문에 체험자들에게 강한 환상적인 요소를 느끼게 한다. 몸은 가만히 있는데 우리의 의식이 동작을 느끼는 분리감과 몸과 마음의 이분법에 대한 고찰을 새롭게 정립할 필요가 있다.[3] 가상공간에 이야기가 진행되고 있음은 틀림없는 사실이나 매체의 특성상 종이책의 서사방식과 매우 다르다. 이에 가상공간의 스토리텔링의 본질을 파악하기 위해 유사 공간 탐색의 본질을 세밀하게 분석할 필요가 있는데, 그 정초로서 현실공간과 다르게 작동하는 영웅소설의 다양한 공간창조와 형상화방법을 고찰할 필요가 있다.

---

2 한국현대소설연구회, 『현대소설론』, 평민사, 1994, 79쪽.

3 최혜실, 「가상공간의 환상성 연구」, 『인문콘텐츠연구』 8, 인문콘텐츠학회, 2004, 213쪽.

2. 영웅소설의 공간 스토리텔링 양상과 의미

일반적으로 영웅소설은 일대기적 구조로써 연대기적 시간 구성방법을 취하고 있다. 영웅소설은 신화와 유사한 시간성을 보여주고 있는 것처럼 공간의 스토리텔링 형식에 있어서도 많은 부분이 닮아있다. 공간 스토리텔링 양상으로는 지상계와 천상계, 지하계, 수중계 혹은 현실계와 비현실계의 이원론적 구조를 취하고 있다. 스토리텔링으로서의 신화적 공간은 신성성을 보장하는 장치인데 스토리텔러는 사건을 무한적으로 만들어낼 수 있는 창조의 장이자, 경험과 신비, 그리고 감성을 나눌 수 있는 장소적 맥락에서 모험과 도전의 공간이라 하겠다.

따라서 영웅소설의 주인공은 신화적 신성성은 줄었지만 일정하게 천상계와 관련이 되어있고, 주인공이 지닌 일관된 권능은 천상의 질서체계에 의해 보장받아 지상에서의 영웅적인 삶에도 보장되어 있다. 그러므로 지상에서의 영웅 주인공은 탁월한 능력을 가지고 초역사적인 과업을 완성하는 영웅이 되는 것이다. 영웅은 여러 차례 지상과 지하 그리고 수중 공간을 역동적으로 이동하기도 하지만 '대적퇴치담'과 같은 영웅서사는 주인공이 '숲속 공간'에서 '동굴 공간'으로, 다시 '수중 공간'으로 이동하면서 대적을 물리친 후에는 다시 '동굴 공간'을 나와서 '지상 공간'으로 이동하는 경로를 보여주고 있다. 이처럼 여러 공간을 자유자재로 돌아다녀도 공간이 주인공에게는 개별적인 성격을 지니지 않지만 영웅인물이 추구하는 욕망의 축은 공간이동과 같은 라인을 따라 상승적으로 신분상승이 이루어지고 있다.

이처럼 신비적인 다양한 공간을 신성한 영웅인물이 활보하는 것은 영웅소설 독자에게는 개연성을 가지게 되지만 신비적 공간이 퇴색되어 버리면 한갓 전설과 같은 세속적인 인물과 공간이 되어 버리기 때문에

서사문학의 큰 줄기가 변해버릴 수도 있다. 서사문학의 후대적 변모의 한 양상이 신성성의 세속화라고 한다면 영웅소설은 세속화된 사회 안에서 신성한 영웅인물 창조라는 점에서 새로운 공간창조가 반드시 필요하게 되고, 여기에 불교적 세계관이 개입하게 된다. 삼국시대나 고려시대에는 이러한 불교계가 역할을 담당하게 되면서 공간과의 괴리를 불교계의 불심으로 극복하게 만든다. 이에 주인공은 세속을 떠난 공간이 필요하게 되는데 산속의 사찰이 신성한 공간과 신성한 인물 묘사를 가능하게 하는 공간이 되는 것이다.

일반적인 공간창조는 사건의 설계과정에서 커다란 얼개로 만들어지는데 영웅서사의 경우를 보면 사건의 인과성과 시간의 연속성에 의해 상승적인 스테이지로 발전해 나간다. 가상공간에 어떠한 사건을 어떻게 배치하고, 어떻게 연결시켜가느냐에 따라서 갈등과 대결의 강도는 달라진다. 영웅소설에서 발생되는 사건은 스토리 내부에서 일직선으로 진행되기도 하고, 사슬처럼 연결고리로 이어져서 진행되기도 하고, 엉킨 실타래처럼 숱하게 중첩되어 진행되기도 한다. 이와같은 사건의 진행은 주제와 통일성을 배려하여 서사적인 연속성으로 유지되는데 내러티브의 근간을 이루는 큰 줄기의 사건은 미션의 골격을 갖추며 메인 스토리를 주도하기도 한다.

영웅소설은 주관적으로 제시되는 공간도 있고, 객관적으로 제시되는 공간도 있기에 공간 유형을 한꺼번에 살피면서 각 공간의 의의를 찾는 것이 바람직하다.[4] 본고는 감정이입에 따른 공간이 아닌 수직, 수평,

4 신태수는 고소설에서 감정이입 공간을 설정하고, 喜, 怒, 哀, 樂, 愛, 惡, 欲 등에서 喜와 哀의 감정만을 살펴서 공간에 어떻게 이입되는지를 살펴본 바 있다. 신태수, 「고소설의 공간에 대하여」, 『한민족어문학』 28, 한민족어문학회, 1995, 215쪽.

교차 공간의 이동을 통해 공간 스토리텔링의 의미를 살펴보고자 한다.

1) 수직공간의 양상과 의미

영웅소설에서 수직공간은 두 가지로 나누어 볼 수 있다. 하나는 영웅인물의 탁월성을 보장하기 위한 물리적인 공간 즉, 천상계와 지상계의 신과 인간의 상호작용이 일어나면서 주종관계를 보여주면서 공간설정과 그 가운데에서의 영웅적 삶의 공간을 말하며, 다른 하나는 심리적인 공간으로서 충효의 공간을 들 수 있다. 여기에는 천상과 지상, 임금과 신하, 부모와 자식의 수직관계의 공간을 말한다.

먼저 천상공간과 지상공간을 보면, 이 두 공간은 갈등이 없는 질서정연한 공간이다. 이러한 유형의 영웅소설에서는 주인공 인물이 아주 숭고하면서 활동영역이 국내외로 넓어지면서 요구하는 대로 길을 열어준다. 따라서 영웅소설의 주인공은 천상에서 지상으로의 탄생과정에 개입된 공간을 말한다. 모든 영웅소설의 서두는 남주인공 또는 남녀주인공의 출생담이 천상공간의 존재가 지상공간으로 하강한 존재로 형상화되어 있다.[5] 이러한 출생담은 주인공으로 하여금 전생에 천상공간에서 존재했던 신성한 인물이라는 점을 주지시켜주는 환상공간의 소설적 장

5 신이한 존재가 하강하는 태몽은 신화의 천신하강 모티프에서 근원을 찾을 수 있다. 신화시대는 천신이 하강하여 신이한 능력을 발휘하여 큰일을 성취한다고 하는 천신하강 모티프가 자연스럽게 받아들여져 신화를 구성하였던 것이다. 그러나 후대로 내려옴에 따라 천상적 존재가 직접 하강하는 천신 하강 모티프를 설화나 소설 속에 그대로 수용하는 것에 저항을 느꼈을 것이다. 그래서 여러 가지 변이가 일어났는데, 그중의 하나가 신이한 존재가 직접 하강하거나 화현(化現)하는 것이 아니라 꿈을 통해서 화현하는 태몽인 것이다. 최운식, 「〈금방울전〉의 구조와 의미」, 『고전문학연구』, 한국고전문학회 편, 1985, 418쪽.

치인 것이다. 영웅소설의 주인공과 탄생에 따른 서두부분의 스토리텔링 양상을 보면 다음과 같다.

작품명	주인공	태몽의 양상
〈금령전〉	장해룡	청룡의 꿈
〈김홍전〉	김홍	홍문선관이 될 꿈
〈옥주호연〉	최완 삼 형제	삼 형제가 보옥 셋을 받음
〈장백전〉	장백	천상 추성의 꿈
〈소대성전〉	소대성	전생에 동해용왕의 아들, 적강의 인물
〈장경전〉	장경	부처가 귀자를 점지해 줌
〈장풍운전〉	장풍운	선관이 귀자를 점지해 줌
〈유충렬전〉	유충렬	청룡선관의 태몽
〈현수문전〉	현수문	상서로운 구름
〈용문전〉	용문	청룡이 모친의 허리를 감음
〈황운전〉	황운	황룡의 꿈

이처럼 태어날 영웅 주인공이 천상공간에서 지상공간으로 수직 이동한다는 논리는 신화의 신비체계와 불교이념의 세계관이 개입되면서 공간표출의 중요한 한 현상으로 자리 잡게 된다. 인간이 죽어서 동물이나 식물로, 혹은 사물로, 귀신으로 또는 다른 인간으로 다시 태어날 수 있는 환생의 담론은 영웅소설에서 가장 일반적인 스토리텔링의 방법이다. 영과 육이 분리된다는 인식은 영혼이 육체를 자유롭게 왕래할 수 있으며, 혼이 천상과 지상을 넘나들게 된다는 믿음을 갖게 된다. 또한 죽음 이후, 서로 분리되었던 영과 육이 다시 합쳐져 재생되거나, 귀신으로 남는 이야기는 영웅소설이 판타지임을 극대화시킨다.

이와 같이 수직공간에서 천상공간은 태몽으로 형상화되며 잠재적 예비기능으로서의 태몽이 천상공간의 존재로 작용하고 있는 현상을 볼 수 있다. 영웅소설의 서두에는 주인공의 전생과 이승의 삶을 점지해 볼 수 있는 암시적 태몽이 장황하게 형상화된다. 여기에서 출생담은 영웅

인물을 잉태하기 위한 발원과 함께 태몽이 형상화되면서 몽사 중의 이야기가 주인공의 생래적 영웅인물임을 상징해 준다. 이러한 출생담은 전(傳)의 방식을 벗어나지 못한 한계에서 주인공의 일대기가 시작되는 기점이기도 하다. 또한 앞으로 전개될 주인공의 가문과 성격묘사, 그리고 기이한 이야기의 발단이기도 하는 것이다. 말하자면 태몽은 주인공의 과거와 미래에 대한 하나의 정보로서 서사진행의 동인으로 작용하여 서사적 주체의 행동화와 결과에 따른 상황을 알 수 있는 발단 상황적 기능을 확인할 수 있다.

출생은 인간의 의지에 따라 탄생하는 것이 아니듯 주인공에 대한 구체적인 내용을 보여주는 꿈 또한 인간의 의지와 무관한 것이다. 이것을 영험적으로 차용하는 것이 일반적인 특징이다. 그래서 태몽은 본격적인 생애가 드러나기 전 특수한 일화나 상징을 통해 주인공의 전생 내지 미래의 운명에 관한 강력한 통제의 수단이 된다.[6] 태몽이야말로 하늘이 주인공에게 영웅성의 내력을 지시하는 정보의 기능과 함께 서사적 주체의 행동화에 대해 유추적 관계를 갖는다. 요컨대 태몽에는 서사적 주인공의 신화적 세계 곧 과거, 현재, 미래의 순환론적 세계가 응축된 정보로 형상화되어 있기 때문이다.

태몽의 형상화 방법은 영웅 주인공이 천상공간에 존재한 신이한 인물상으로서 초인간화, 신격화하기 위한 의도적인 창작기법으로 범인과 다른 모습을 보여야 한다는 스토리텔링의 필요성에 의해 의도적으로 이루어졌다고 할 수 있다. 그리고 태몽이 천상의 메신저로서 개연성을 갖기 위해 향유층에게 전혀 어색하지 않는 민간신앙적 기복의 방법을 수용하였다. 태몽에 대한 문학관습은 영·정조 시대를 중심으로 한 실학파의

6 박용식, 『고소설의 원시종교사상』, 고려대 민족문화연구소, 1986, 131쪽.

사조와 유학의 철저한 배경하에서 자라난 조선조인의 출생담에도 여전히 태몽만은 찾아볼 수 있는 것처럼 우리 민족에게 뿌리 깊게 박힌 것으로 고소설에서 결코 허무맹랑한 구성법으로만 볼 수 없는 것이다.[7] 이처럼 영웅소설에서 주인공의 출생 시에 형상화된 태몽은 작품의 결말에 다시 천상으로 회기한다는 귀소본능의 의미를 보여주는 것이며, 공간창조와 이동의 관점에서 보면 서사전개상에 중요한 의미를 갖는다.

영웅소설 작품에 형상화된 태몽의 제 양상을 〈유충렬전〉과 〈장백전〉을 통해 보면 다음과 같다.

> "한 꿈을 얻으매 천상으로 오운이 영롱한 중에 일위선관이 청룡을 타고 내려와 소자는 천상 자미원 대장성 차지한 일위선관이옵더니... 백옥루 잔치시에 익성과 대전한 후로 상죄께 득죄하야 인간에 내치심에 갈바를 모르더니 남악한 신령이 부인댁으로 지시하기로 왔사오니 부인은 애휼하옵소서... 하고 부인품에 달려들거늘 놀라 깨달으니 일장춘몽 황홀하다"[8]

> "일일은 부인이 밤이 깊도록 잠을 이루지 못하더니 문득 여승이 부인께 구슬을 드려왈 이것은 천상 유성이라 상죄께 득죄하야 인간에 내치시매 금강산 부처 지시하심이오니 부인은 귀히 길러 후사를 이으소서 하거늘 부인이 그 구슬을 받아 자세히 보니... 이것은 구슬이 아니오 옥동자라 부인이 놀라 깨달으니 침상일몽이라"[9]

태몽에서 꿈의 정보를 인지시켜 주는 안내자는 승려, 거사, 한 노파

---

7 최철, 「이조소설 주인공의 출생담 고」, 『고전소설연구』, 국어국문학회 편, 정음사, 1990, 324쪽.

8 〈유충렬전〉, 완판 86장, 『영인고소설판각본전집』 2권, 이하 『전집』이라 칭한다.

9 〈장백전〉, 『전집』 5권.

등 대체로 불교적 인물이 대부분이다. 그리고 상징물로서 구슬과 같은 것은 유리계(琉璃界)를 말하는 것으로 불교적 인연을 강조하기 위한 불가적(佛家的)인 인생사유로 채용된 꿈의 세계로 탄생의 전조가 되거나 힘이 되는 것이다.[10] 특히 〈유충렬전〉에서 유충렬의 탄생을 점지하는 꿈에서 그 신비체가 청룡으로 나타났다는 것은 그의 영웅적 자질과 능력이 천상계에서 부여받은 존재임을 제시해 준다. 즉 지상계의 인간인 유충렬에게 천상계의 신성성을 매개적 영물인 청룡을 통하여 투사한 것이다. 이는 주인공의 태어남과 위대함을 천상적, 선험적 계시에 두려는 의도라 할 수 있다. 그러므로 영웅소설 주인공의 태몽에 기자(祈者)나 생자(生者)의 요소로 수용된다.

이러한 꿈을 통한 천상공간의 계시는 영웅소설 주인공의 부모에게 늦도록 자식을 두지 못해 명산대천이나 부처님 등에게 지성으로 빌고 그 결과 태몽이라는 천상의 계시를 통해 자식을 잉태하게 해 준다. 신화적 영웅이 하늘에서 곧바로 하강하는 것과는 달리 기자치성과 태몽 및 해산의 과정을 거치면서 보다 사실적인 형상화 방법을 이용하고 있다. 주인공의 부모에게는 자식이 없어 후사를 잇지 못하는 절박한 인식으로 국면을 전환시켜 주며, 새로 태어날 만득자의 소중함과 신비한 능력을 갖게 되는 천상공간에서 예지한 인물임을 암시해 줌으로써 앞으로 전개된 서사진행에서 태어날 아들이 영웅성을 갖는다는 암시를 해 준다.

이러한 현상은 고대의 신화에서 신화 주인공의 탄생과정에서 잘 반영해 주고 있다. 이를 영웅소설의 태몽에서 적극적으로 수용하고 있다. 특히 조선조의 소설은 신화 주인공과 달리 유교 이념이 복합적으로 작용하여 자식을 통한 후사의 필요성을 절실하게 느꼈으며, 태몽은 이의

10 조희웅, 『설화학강요』, 새문사, 1989, 176쪽.

필요성을 적절하게 수용하여 태몽을 통해 앞으로 태어날 주인공의 인물됨과 능력까지를 예비해 주고 있다. 이러한 의식은 태몽이라는 창구로 수용되어 주인공을 향한 기대감과 뒤따를 고통을 동시에 형상화하고 있다. 이처럼 위대한 민족적 영웅이나 고승, 탁월한 문장가 등 비범한 역사적 인물들이 탄생하는 데에는 이러한 '천상 공간'의 실재를 형상화한 신비스러운 형태의 꿈이 부모에게 주어지게 된다.[11] 태몽의 대상을 제시해 줌으로써 태어날 영웅인물의 탄생에는 초월적인 '천상 공간'이 관여했다는 신성 징표적인 의미가 고지된다. 이러한 현상은 소설이 향유되던 시대의 관념이나 습속에 맞는 모습으로 형상화함으로써 고귀한 혈통의 소유자로서의 신성성을 부여하고자 하는 의미가 복합된 것이라 하겠다.

대체로 태몽의 형상화 대상이 되는 것은 '용, 선동, 천상의 선계 인물, 일월성신, 기타 용장과 승려'들로 나타난다.[12] 곧 몽자가 꿈에 용, 용자, 선인 등을 만난다든가 그들이 몽자의 품에 들면 이것이 곧 잉태의 징조를 고지해 주는 몽사가 되는 것이다.[13] 주인공의 출생은 이러한 신비한 인물들의 의지가 강하게 작용하고 있다. 이러한 천상 공간에서 절대자의 의지가 신성성을 띠고 의인화되는 과정이 태몽으로 형상화되고 있다. 주인공은 태몽을 통해서 일상적 인간과는 구별되는 특출한 외모와 능력을 부여받아 영웅적 행위를 수행하게 된다. 즉 태몽부분은 '소설에 있어서의 진실성'[14]을 최대한 확보해 주는 부분이며, 주인공이

---

11 프로이트, 『꿈의 해석』, 을유문화사, 1983, 91쪽.

12 최철(1990)은 고소설 일반을 중심으로 해서 주인공의 태몽에 나타난 대상물로 일월에 관여되는 것이 전체 작품에 16%에 해당된다고 주장하고 있다. 그러나 본고에서 대상으로 한 영웅소설에서는 용과 선인 등이 많이 나타난다.

13 최철, 「이조소설의 주인공에 대한 분석적 연구」, 연세대 석사학위논문, 1965, 25쪽.

그 임무를 수행하기 위해서 '천상 공간'으로부터 능력을 전수받는 입문의 과정이라 할 수 있다. 그동안 태몽에 대해서는 출산을 신성시하기 위한 신성화, 합리화의 좋은 핑계로 보는 견해[15]가 있으나 고대인에게 있어서 꿈은 신의 사자(使者)이고 예언의 중요한 수단이라는 의미를 지니고 있다[16]고 볼 때, 태몽은 태어날 주인공의 구체적인 면을 사전에 고지함으로 차후에 펼쳐질 주인공의 영웅화 과정을 미리 암시해 주는 서사적 기능을 하는 것으로 볼 수 있다.

한편 영웅소설의 또 다른 수직공간으로 왕과 신하, 부모와 자식 간의 관계가 존재하는 공간을 들 수 있다. 이것은 인간의 삶 가운데 인간관계를 통해 맺어지는 인위적인 수직공간을 말하는데 충과 효의 공간이라 할 수 있다. 우리나라 영웅이야기는 의리관계와 충성관계의 영웅상을 그리고 있다. 예컨대 영웅소설의 공간체계를 지배하는 유교이념의 윤리가 충과 효라는 사상체계로 형상화되어 있다고 하겠다. 중국의 영웅서사가 횡적인 관계를 그리고 있는 반면에 우리의 영웅소설은 주종관계를 중요하게 여기고 있다는 점에서 영웅의 행각이 절대권인 왕권에 의하여 완전히 지배당하는 충신형 영웅이라 할 수 있다. 그러므로 작품에서 왕이 신임한 간신에게 피해를 당하기 마련이고, 그래서 때로는 나약해 보이기도 한다. 주종관계에서 왕에 복종하고 왕권을 위해 싸워주면 그것을 가장 대표적으로 내세우는 영웅으로 그려놓았다. 〈유충렬전〉과 〈조웅전〉에서 보면, 표면적으로는 왕을 향한 충신과 반충신과

---

14 소설의 진실성이란 소설 내적 구성에 있어서 일관성을 의미하는 것으로 태몽을 통한 천상적 존재의 적강, 이에 걸맞는 비범한 용모, 비범한 행위 그리고 비범한 최후 등을 말한다.

15 장덕순, 『한국설화문학연구』, 서울대학교 출판부, 1970, 123쪽.

16 이부영, 『분석심리학』, 일조각, 1981, 177쪽.

의 대결구도를 설정해 놓았다. 이들은 선인으로 분류되는 유충렬과 조웅을 설정하고 있고, 정한담과 이두병은 악인으로 설정하여 첨예한 대립구도를 통해서 충신은 선한 인물로서 승리한다는 서사의 플롯을 통하여 서사 밖의 독자들에게 충신, 선인의 승리를 통해 유교적 심성론에 충실한 스토리텔링을 하고 있다.

영웅소설이 창작된 조선시대에 비추어볼 때 이러한 수직공간을 활용하여 왕을 향한 충신형 영웅상을 형상화하고 있다는 것은 너무나 자연스러운 현상이라 할 수 있다. 실지로 동서양의 영웅이야기는 명예중심이나 공명심 위주의 목적을 가지고 행한다면 영웅이라 칭하기에는 문제가 있을 수 있다. 영웅은 개인의 영달보다는 공익의 이익을 위해서 자신을 헌신하고 봉사해야 하기 때문이다. 그러므로 영웅소설에서 가정과 국가는 공통적으로 충효의 윤리를 내세우는 공간이다. 가정은 부모와 자식의 효관계, 국가는 왕과 신하의 충관계가 지켜지는 공간이다. 가정이 가정윤리를 내세우듯이 국가는 국가적 충윤리를 내세운다.

다음은 영웅소설의 지하공간을 스토리텔링한 예를 보기로 한다. 지상계에서 지하계로의 이동하는 것과 다시 수중계로 이동하면서 보여주는 스토리텔링의 의미에 대하여 〈금령전〉을 통해 살펴보기로 한다. 먼저 주인공은 지하 동굴이 있는 산속 공간으로 이동한 후 자연스럽게 산속동굴 공간으로 찾아들어간다. 주인공이 지하계로 들어가는 장면을 보면 다음과 같다.

> 각설 해룡이 변시집을 떠나 남다히로 가더니 한곳에 다다르니 큰 뫼히 압길을 막아거늘 갈길을 몰라 쥬저할드음에 금녕이 구을너 길을 인도하는 지라 문득 벽녁소리 진동하여 한 고이한 금터럭 도친 짐승이 쥬홍갓튼 입을 벌리고 다라들거늘 해룡이 급히 피하려하더니 금녕이 내다라 막으니

그거시 몸을 흔들어 변하여 아홉머리 가진거시 되어 금녕을 집어삼키고 골노 드러가거늘 해룡이 대경하여 금령이 죽도다 하고 아모리 할쥴모르더니 홀연 일진광풍이 일며 구름 속으셔 크게 불너왈 그대 엇지 금녕을 구치 아니하고 저리 방황하는다 하고 간대 업거날 해룡이 생각하되 하늘이 가르치시니 몸에 촌철이 업셔 엇지 대적하리오 그러나 금녕 곳 아니면 내 엇지 사라스리오 하고 장속을 단단히 하고 뛰어들어가니 지척을 분별치 못할너라[17]

해룡이 큰 산이 있는 산속 공간의 한 곳에서 지하 공간으로 들어가는 장면이다. 지하공간에는 금선공주가 납치되어 있으며, 금선공주를 구하면 신분 상승이 가능해지는 기회의 공간이자 산속 어디에 위치해 있는 공간이다. 또한 지하의 공간은 대적과 죄수들이 살아가는 아웃사이더 소외계층의 공간을 상징하며, 주인공에게는 고난과 역경을 실험하는 공간이자, 영웅능력의 발휘공간이 되는 것이다.

또한 〈홍길동전〉의 도적굴에 대한 생생한 동굴공간 묘사를 보면 다음과 같다.

"ᄒᆞᆫ 곳에 다다르니 경개절승한지라 인가를 차자 점점 들어가니 큰 바위 밑에 석문이 닫혔거늘 ᄀᆞ만이 그 문을 열고 들어가니 평원광야의 수백호 인가 즐비하고 여러 사람이 모다 잔치하여 즐기니 이곳은 도적의 굴혈이라"[18]

여기에서 〈홍길동전〉의 동굴공간은 전투가 벌어지는 공간이며 가장

17 〈금령전〉, 경판, 23-24쪽.

18 〈홍길동전〉, 경판 24장, 33쪽.

강력한 적을 만나게 되고, 강력한 적과의 전투에서 승리는 길동에게 강력한 힘을 심어주거나 다음 단계로의 진입을 허용하여 또 다른 공간에서의 전투를 예견해 준다. 여기에서 길동은 한 장소, 한 사건을 통과할 때마다 영웅성 획득에 대한 아이템을 획득하게 하는 공간으로서 흥미와 몰입감을 더해주는 곳이다.

이와 같이 영웅능력을 배양한 주인공에게 요괴들이 살고 있는 동굴공간은 무공의 획득은 당연한 결과이며 경험세계의 모순을 해결할 수 있는 장치가 되는 것이다. 여기에 필연적인 소설적 장치가 동굴공간에서 영웅담인 것이다. 따라서 영웅담에서 적대자가 누구이든 고난을 주인공이 평정한다는 것은 곧 무공으로 인한 신분상승이며 정상적인 입신과정인 것이다. '지하국대적퇴치담'의 서사구조를 수용하고 있는 영웅소설의 동굴공간은 요괴를 물리쳐 공주를 구하는 입공의 공간이자 무공을 통한 입신의 한 방법으로 활용되고 있어 국가적 외적을 물리친다는 상승적인 영웅의 활약이 뒤를 따른다.

이처럼 영웅소설에서 지하계의 동굴공간은[19] 천상계와 지상계와 달리 독자들의 경험세계를 바탕으로 한 스토리텔링이라 할 수 있다. 〈홍길동전〉, 〈김원전〉, 〈금방울전〉, 〈최고운전〉에 나타나는 지하계는 〈지하국대적퇴치설화〉의 구조와 비슷하다는 것을 볼 때 독자들의 경험치인 영웅의 능력발휘와 은혜의 입공과정, 그리고 신분상승의 소설설정이라는 점에서 이해할 수 있다. 소설에서 상하의 수직공간은 영웅인물의 도덕성과 의식수준을 나타내는 경우가 많다. 숭고한 인물은 지형상 높은 곳에 거

---

19 영웅소설에서 지하계는 〈금령전〉, 〈김원전〉처럼 다른 공간과 달리 화려하고 아름다운 공간으로 스토리텔링되어 있다. 대궐의 모습과 아름다운 경치로 이미지화되어 있다. 다만 그곳에서 거처하는 캐릭터가 요괴이고, 악의 표상이기에 부정적 공간으로 상징화된 것으로 볼 수 있다.

처하고, 비속한 인물은 지형상 낮은 곳에 거처한다. 높은 곳에 사는 자는 도덕성, 의식 수준이 높은 반면 낮은 곳에 사는 자는 도덕성, 의식 수준이 낮은 경향이 있다.[20] 여기에서 지하계의 '동굴 공간'은 수직공간으로 볼 수 있다. 그리고 주인공이 이러한 수직공간의 이동을 통하여 다양한 사건을 만들고 해결해 가는 과정이 고난을 물리치고 입공을 성취해 나가는 통과의례적인 공간이동이다. 이는 신분상승의 욕망이 수직공간으로 성취될 수 있다는 상징적 스토리텔링의 의미를 갖는다.

2) 수평공간의 양상과 의미

영웅소설의 주인공은 산, 들, 바다, 그리고 가정, 사회, 국가라는 수평적 공간이 창조되어 있다. 주인공은 공간이동을 통하여 사건을 배치하고, 스테이지별로 사건의 난이도를 스토리텔링한다. 이중에서 지상계인 '가정 공간', '산속 공간', 지하계의 '동굴 공간', 수중계의 '수중 공간'으로 나누어 살펴볼 수 있다. 일반적인 영웅소설의 공간이동은 이와 같은 순서대로 이동하면서 영웅성을 발휘하고 있다.[21]

'가정 공간'은 가정에서 가문으로 확대하면서 범주를 확대하고 있다. '가정 공간'은 단순히 부모와 자식이 생활하는 부자의 관계를 넘어서 가문을 형상화하고 있다. 그리고 '가정 공간'을 통해서 여기에 따른 인물의 수를 확장할 수 있는 바탕이 되며, 유교이데올로기의 이념을 기초에서부터 구축해 나가는 유용한 방법일 수 있다. 그리고 인물의 행동을 통해서 가문의식의 고취와 효사상을 선양할 수 있는 방법이 되기도 한

---

20 신태수, 앞의 논문(1995), 250쪽.

21 〈금령전〉의 경우에는 수중계→지상계→지하계→지상계→천상계로 이동하면서 욕망의 축을 스토리텔링하고 있다.

다. '가정 공간'은 조상숭배와 꿈을 통한 선조 조상의 위기로부터의 피란과 방법을 제시해주는 공간으로 활용되기도 하고 가문의 근거지와 내력을 서술해줌으로써 가문의 뿌리의식을 심어주기도 한다. 또한 작품의 서두에 '가정 공간'을 서술하기에 앞서 작품의 시대적인 배경이 되는 송대나 명대의 왕조사회를 활용해 가문의 근거지와 중국의 광대한 지역을 활용해 주인공의 출생지, 유람지, 부모의 유배지, 군담으로의 출장지 등을 설정할 수 있도록 도와준다.

두 번째는 '산속 공간'을 들 수 있다. '산속 공간'은 영웅인물의 영웅적 능력을 부여해주는 능력치의 공간으로 산속에서의 들짐승과 싸움을 설정하고 있다. 특히 중세인들에게 산속은 현실적인 공간이자 신성한 공간으로 인식하였다. 산속 공간은 환상적인 사건이 벌어지는 공간으로 인식되었고, 실질적으로 영웅소설의 공간에서 주인공의 영웅성을 키워주는 신성한 공간으로 가장 유용하게 활용되는 공간 스토리텔링이다. '산속 공간'은 인간과 함께 다양한 종족들이 등장하며 살아 움직이는 나무, 기이한 새, 자유자재로 변신한 인간, 초현실적인 괴물들로 가득하다. 인간과 비슷한 모습을 했다고 해서 인간도 아니다. 주인공은 칼, 화살 등과 함께 마법과 같은 초인적인 능력을 배우고 함양하는 공간이다.[22]

이처럼 산속 공간은 현실의 공간이면서 동시에 환상적인 존재들이 살고 있고, 환상적인 사건들이 벌어지는 공간이었다. 숲은 눈앞의 현실이면서 동시에 상상의 세계였다. 숲은 사람들이 전혀 없는 공간이자 가공할 동물, 약탈적인 기사들, 도깨비와 마녀가 출현하는 공간이었다. 이러한 중세의 신화적 세계관은 게임시나리오의 기반서사와 퀘스트 스

---

22 서성은, 「중세 판타지 게임의 세계관 연구」, 『한국콘텐츠학회논문집』 0(9), 2009, 117쪽.

토리, 캐릭터 설정 등 요소요소에 막대한 영향을 미치고 있다. 이러한 배경에는 이원론적 세계관에 바탕을 둔 중세적 세계관에 비롯된다, 이는 현대인들의 전근대에 대한 탈출과 동경 때문이며, 현대를 살아가는 우리는 전근대적 세계로 탈출하여 신과 인간의 혼연일체에서 오는 신비함과 집단적 안정감을 통하여 정체성을 회복하려고 했다. 이것이 낭만적인 영웅소설 속에서 중세적 세계관으로 표출되고 있어 서사에서 사건을 다양하게 창조할 수 있는 공간으로 유용하다.

또한 수중계의 '수중 공간'에 대한 공간창조를 들 수 있다. 수중계는 주로 비현실계인 용궁을 이미지화하여 스토리텔링하고 있다. 천상계에는 옥황상제가 있는 반면 주중계는 용왕이 있어 각각 다스린다고 믿는 공간이다. 용왕은 존재와 생명의 힘을 갖는 절대 신성의 존재로 인식되어 왔다. 그러나 수중계는 천상계와 같이 분화 독립되어 있지 않고 미분화되어 있으면서 필요에 따라 어느 한 쪽이 강조되기도 한다. 그리고 용왕은 옥황상제의 지배를 받는 것으로 나타난다.[23] 이처럼 공간과 시간의 제약을 받지 않던 비현실계인 수중계의 존재인 용자와 용녀가 공간과 시간이 전제되는 현실계인 지상계로 와서 활동하는 것을 통해 천상, 지상, 수중의 모든 생물체가 옥황상제의 지배를 받는다는 논리의 질서가 우리 인간의 무의식 속에서 내재되어 있기에 그것을 방해하는 '요괴'를 물리쳐야 되고, 악인은 징치되어야 한다[24]는 의미를 갖게 되는 것이다.

'수중 공간'은 영웅인물의 영웅적 능력을 부여해주는 능력치의 공간으로써 '수중에서의 용과 싸움'을 설정할 수 있다. 물을 관장하고 지배

23 최운식, 앞의 논문(1985), 416-417쪽.

24 수중계를 중심으로 스토리텔링된 영웅소설로는 〈금령전〉을 들 수 있고, 해룡과 금령의 전신과 후신의 묘사가 대표적이다.

할 수 있는 신수와 같은 용과의 싸움을 통해 승리할 수 있다는 설정은 영웅인물의 탁월한 능력을 부각시켜주는 방법일 수 있다. 이처럼 흥미적 요소를 확장시켜 점진적인 승리로 전개해 나간다는 것은 게임의 전략과 능력치의 향상을 길러주는 판타지의 공간이 될 수 있다. 이처럼 '수중 공간'은 주인공이 지하국의 대적을 만나기 위한 점층적인 단계로 설정될 수 있으며, 대표적인 대적자는 물을 관장하는 신수인 용을 등장시켜 주인공과의 치열한 싸움을 설정할 수 있다.

또한 '수중 공간'은 대적을 만나기 위한 여러 단계의 스테이지를 단계적으로 창조할 수 있고, 단계적인 전략과 능력치를 성장시켜 나가는 공간이 될 수 있다. 다양한 몬스터와 주변인물과의 단계적인 싸움을 창조해서 마지막으로 대결하는 대적인 용을 설정하여 주인공과 최후의 전투신을 만들어낼 수 있다. 영웅소설의 주인공이 되면 모든 무기와 싸움에 필요한 탁월한 도구를 가질 수 있기 때문에 기사들이 능력치를 향상시키기 위한 다양한 모험과 공간을 종횡무진하게 활동할 수 있도록 스토리텔링할 수 있다. 영웅의 모험 과정에서 캐릭터의 성장을 경험하게 되면서 마치 보상 아이템을 얻은 성취감과 그 아이템으로 인해 점점 더 근사하게 변화하는 자신의 캐릭터를 보는 재미 때문에 험난한 레벨업 과정을 견디어 내는 것으로 스토리텔링을 할 수 있을 것이다.

'수중 공간'을 더욱 확장시킬 경우는 해도의 공간을 창조하여 해적들과 싸움을 설정할 수 있다. 〈홍길동전〉에서 볼 수 있는 율도국의 건설과 같은 새로운 섬왕국을 건설하는 단계로까지 스토리텔링할 수 있다. 영웅소설에서는 중국으로 공간이동이 종종 나타난다. 그 공간은 주인공이 어렸을 때와 능력을 수학하는 시기와 나누어 볼 수 있다. 주인공에게 가정과 산속은 아직 이념과 사상이 세상에 알려질 정도로 고매하지 못하고 치열한 경쟁자도 아직 나타나지 않는 잠재능력의 공간으로 설정할 수 있다. 숭고한 인물은 가정과 산속 공간보다 아직 열세한 상황이고 경쟁자보다 우세한 위치에 서기 위해서는 가정과 산속을 뛰어넘어야 하는 통과의례의 공간이라 하겠다.

또한 수평공간은 마치 활동적인 공간처럼 느낄 정도로 원근법을 잘 활용하고 있으며 공간적인 요소들을 이리저리 각도를 맞추어 배합함으로써 역동적인 이미지 모습으로 스토리텔링하고 있다. 인기 있는 영웅소설일수록 공간묘사가 특별하고 원근법을 잘 구사한다는 점을 볼 때[25] 하나의 공간보다는 다양한 공간유형을 활용하는 것이 훨씬 뛰어난 주제를 만들어 낼 수 있다고 하겠다.

국외공간으로는 중국의 여러 지면과 지역들을 활용하여 공간을 구성함으로써 작품에 사실성을 부여하는 것뿐만 아니라, 건물에 구체적인 이름을 부여하여 각각의 위치를 섬세하게 알려주며, 그 공간을 사용하는 이에 대해 정보를 제공함으로써 서사세계의 공간을 일상이 살아가는 공간으로 만들고 있다. 주인공에게 국외는 무척 넓은 공간인데 중국이라는 넓은 공간 안에서 활동하는 전천후 인물로 형상화하기에 적합한 스토리텔링의 방법이 될 수 있다. 영웅소설에서 산, 들, 바다는 제도권 밖에 이미지 공간이기에 일정한 윤리나 이념과 사상으로부터 자유로운 공간이라 할 수 있다. 그리고 가정, 사회, 국가는 제도권 안에 있는 대상이기에 지켜야 할 윤리가 있고, 그것에 충실해야만 하는 책임과 의무가 있는 공간이다.

---

25 신태수, 앞의 논문(1995), 232쪽.

3) 수직과 수평공간의 교차 이동과 의미

신화시대 신들의 환상적인 이야기도 인간의 세속 세계로 들어오면 영웅이야기로 변모하는 모습을 보여주고 있다. 영웅상의 본질은 어디까지나 그 수준이 범인을 뛰어넘지만 인간적인 애정을 갖추고 있으며, 가족에게 사랑을 베풀고 인간적인 고뇌가 지속되다가 결국 비극적인 생애를 마감하는 현실적 인간상이 바탕이라 할 수 있다. 여기에 따른 혼인담이나 요괴퇴치담, 이계방문담 등의 초자연적인 화소들은 결국 후대에 첨가된 화소라 할 수 있다. 시련을 극복하는 화소가 어떠한 형태로든 다양하고 강도가 높을수록 영웅성은 강화된다고 할 수 있다.

따라서 영웅서사는 영웅성의 발현과 입공을 위한 수직, 수평의 공간 이동을 자유롭게 활동하게 된다. 대체로 공간과 공간의 이동이 수직이든 수평이든 서로 혼재하면서 영웅이야기를 전개해 가는 양상을 의미한다. 영웅소설에서 물리적인 시간구조를 수직과 수평으로 나누어서 태어남과 위기극복, 능력함양 과정에서 천상계와 지상계가 서로 교차되고, 만남과 헤어짐, 사랑과 이별, 입공과 가정으로의 회귀과정에서 공간적인 이동을 보여주게 된다.

이러한 교차이동을 보여주는 영웅서사는 수직적 관계의 파괴, 곧 가문과의 단절을 형상화하면서 '수직공간'이 파괴되면서 가족과 헤어짐과 다시 돌아옴의 회복과 갱신의 과정을 공간이동을 통해서 보여주고 있다. 〈소대성전〉처럼 가정을 떠난 주인공은 냉혹한 현실세계에 부딪치면서 적응하지 못하고 유랑생활을 하거나 남의 집 외양을 치우면서 끼니를 이어가기도 하고, 관청의 사환으로 고용되어 하루를 연명해가는 비참한 생활을 이어나간다는 설정은 천행으로 구원자를 만나 '가정 공간'에서 처가의 가정 공간으로 '수평공간'의 이동이 쉽지 않다는 것을 의미한다. 다른 처가의 '가정 공간'으로 이동하여 정착하고 싶었지만 그 집에서 살면서 이제는 끼니를 걱정하지 않아도 되는 안정된 삶을 살아가게 된다.

〈소대성전〉의 주인공은 이제 잃어버린 가문을 인식하고 구원자의 딸과 정혼을 거리낌 없이 수용하고 나아가 혼인을 통한 새로운 수평적 가문을 형성하고 '가정 공간'을 연계하려는 소대성의 욕망이 자리 잡게 된다. 주인공이 겪어야 할 시련은 여기에서 멈추지 않고 설상가상으로 자신을 믿었던 구원자는 죽게 되고 처 가족들은 한 '가정 공간'으로 편입을 반대하는 시련을 맞게 된다. 새로운 '가정 공간'으로의 편입을 주장하는 주인공과 이를 거부하려는 처가와 '가정 공간'의 갈등이 첨예하게 대립됨으로써 문제는 심각해진다.

> 왕시 ᄉᆞᆷᄌᆞ다려 왈 쇼ᄉᆡᆼ은 본ᄃᆡ 걸인이라 승샹이 망령되어 ᄃᆞ려ᄃᆞ가 ᄎᆡ봉의 혼ᄉᆞᄅᆞᆯ 정ᄒᆞ여 문호의 욕이되니 ᄂᆞ의 ᄒᆞᆫᄒᆞᄂᆞᆫ ᄇᆡ라 녀등은 쇼ᄉᆡᆼ ᄂᆡ칠계교ᄅᆞᆯ ᄉᆡᆼ각ᄒᆞ라 쟝ᄌᆞ ᄐᆡ경이 ᄃᆡ왈 쇼ᄌᆞ 등도 불합ᄒᆞ오나 ᄆᆡ졔 열졀을 ᄋᆞᄂᆞ니 쇼ᄉᆡᆼ을 보ᄂᆡᆫ후의 뉘우침이 잇을가ᄒᆞᄂᆞ이다. 부인왈 츈광이 ᄎᆞ면 회심ᄒᆞ리니 녀등은 다만 쇼ᄉᆡᆼ ᄂᆡ칠 계교만 ᄉᆡᆼ각ᄒᆞ라[26]
>
> 변시 장삼이 죽은 후로 ᄒᆡ룡을 박ᄃᆡᄐᆡ심ᄒᆞ여 의복음식을 ᄊᆡ에 주지아니ᄒᆞ고 날로 논밭갈기와 소먹이며 나무ᄒᆞ기를 ᄒᆞᆫᄊᆡ도 놀리지 아니ᄒᆞ고 쥬야로 보ᄎᆡ니 ᄒᆡ룡이 더욱 공근ᄒᆞᄆᆡ 자연 용뫼가 초췌ᄒᆞ여 기ᄒᆞᆫ을 이기지 못ᄒᆞ더라[27]
>
> 호시 청ᄑᆞ의 풍운을 자시보니 짐짓 긔남ᄌᆞ라 가마니 헤오ᄃᆡ 경ᄑᆡ의 ᄇᆡ우를 ᄉᆞᆷ으면 졔지식의게 무식ᄒᆞᆯ가ᄒᆞ여 ᄒᆡᄒᆞᆯ 뜻을 두더라... 호시는 몬져 경ᄑᆡ

---

26 〈소대성전〉, 『전집』 4, 405쪽.

27 〈금령전〉, 『전집』 4, 40쪽.

> 롤 업시ᄒᆞ리라ᄒᆞ고 극약을 죽의 너허 소져를 쥬니 소져 밧다가 노쳐 나리치거ᄂᆞᆯ 호시 쓰게 ᄭᅮ짓고 계교 이지못ᄒᆞ믈 ᄒᆞᆫᄐᆞᆫ ᄒᆞ더니[28]
>
> 방시 갈ᄉᆞ록 보치미 심ᄒᆞᄆᆡ 나무도 ᄒᆞ여오라 ᄒᆞ며 거름도 치라ᄒᆞ니 현싱이 ᄀᆡ앙치 아니ᄒᆞ고 공순이 ᄒᆞ니 현싱의 어질미 이갓더라 일일은 노복이 산간의 가 밧흘 갈다가 범을 만나 죽을 번ᄒᆞᆫ 슈말을 고ᄒᆞ니 방시 이말을 듯고 현싱을 그곳희 보ᄂᆡ면 반ᄃᆞ시 범의게 죽으리라ᄒᆞ고 현싱을 거즛 위로ᄒᆞ고 니르ᄃᆡ...[29]

〈소대성전〉의 소대성은 채봉과의 혼인, 장모와 사위라는 수직적·수평적 가정 공간의 혈연관계로서 가족관계의 형성과 파괴라는 중요한 의미의 공간을 갖는 것이다. 특히 소대성의 고난을 당대의 신분구조의 측면에서 본다면 사회구조의 변동이나 무질서한 당대의 필연적인 결과[30]로 볼 수도 있지만 소대성의 부모가 몰락되면서 시작된 자연적인 고난이며, 현실을 인식한 '가정 공간'이 파괴된 것은 유리걸식하던 소대성은 '산속 공간'으로 이동하고, 신이한 능력을 얻은 뒤에 '군담 공간'으로 이동하여 전쟁을 치르게 된다. 이처럼 소대성은 영웅적 능력으로 높은 사회적 신분상승을 이룬 뒤에 다시 '가정 공간'으로 이동하여 결연을 맺음으로써 '가정 공간'의 파괴는 다시 치유된다.

〈금령전〉에서는 주인공 장해룡의 고난이 '가정 공간'의 계모학대에서 비롯된다는 점에서 〈소대성전〉과 유사하다. 장해룡은 뜻하지 않는 전란으로 인해서 부모와 헤어지고, 장삼이란 도적에게 구출되어 그의

28 〈장풍운전〉, 『전집』 2, 533쪽.

29 〈현수문전〉, 『전집』 5, 961쪽.

30 조동일은 소대성의 수난과 몰락을 두고 당대의 통치 질서의 변모나 사회구조의 변동에 따른 필연적인 결과로 보고 있다. 조동일, 「영웅소설 작품 구조의 시대적 성격」, 『한국소설이론』, 1977, 303-315쪽.

양자가 된다. 그러나 장삼의 부인 변씨는 장삼이 죽자 해룡을 박대한다. 장삼은 〈소대성전〉의 이승상이나 〈장풍운전〉의 이통판과 같은 신분이 높은 구원자와 대응되는 인물이고, 변씨는 〈소대성전〉의 장모, 〈장풍운전〉의 호씨, 그리고 〈현수문전〉의 방씨와 유사한 인물들로 한결같이 주인공에게 학대를 가하는 개인적인 인물임을 알 수 있다. 구원자의 아내로 상징되는 개인적인 입장에서 보면 이들 주인공은 한결같이 자신의 의사와 관계없이 외부에서 데려온 인물이며, 심지어 이들에게 딸과 혼인하여 수직적 가족관계로 끌어들인다는 것은 특히 당대에는 용납할 수 없는 현실적인 문제였던 것이다.

〈금령전〉에서 주인공 해룡이 '가정 공간'에서 겪는 고난은 탁월한 능력을 지닌 해룡이 장삼의 가문에 편입하여 수직적 가족관계를 형성하려는 욕망과 장삼의 처 변씨는 해룡이 자신의 가문에 들어와 친자를 제치고 가문의 적통을 차지할까 염려하여 온갖 모해를 가하는 갈등이 대립되면서 당대의 가문형성의 문제를 사실적 성향으로 다루고 있는 것이다. 변씨가 해룡을 박해하는 행위는 탁월한 능력을 지닌 해룡이 자신의 가문으로 편입되면 친자식인 소룡이 적자로 가문을 잇지 못한다는 유교적 가치관의 소산으로 볼 수 있다. 이러한 의식은 지인지감에 의해 주인공을 가문에 편입하여 가문을 빛내고자 한 구원자의 의식과 대조적이라 하겠다.

'가정 공간'에서 주인공에게 학대를 가하는 변씨를 통해 가정내적인 문제와 결부되면서 겪는 고난으로 '산속 공간'으로 이동하게 되고, 이것은 결말에서 주인공이 영웅이 되어 다시 찾았을 때 이들을 처벌하지도 죽이지도 않으며 용서하고 다시 '수직공간'의 관계를 유지하게 된다. 〈소대성전〉과 〈금령전〉처럼 영웅 주인공은 가부장과 이산으로 인해 신분몰락이 장기화되면서 가부장과의 상봉 이전에 새로운 '가정 공간'을 형성하여 사회에 편입하려고 하는 주인공의 욕망과 이를 거부하는 처가족과의 갈등 대립이 첨예하게 형상화되어 나타난다. 즉 수평적 가족관계의 형성과 파괴, 그리고 회복을 위해 신분상승이 필요했던 주인공은 '군담 공간'을 통해 입공을 한 후 다시 '가정 공간'으로 이동하며 잃었던 가족관계를 회복하게 된다. 이미 수직적 관계가 파괴되어버린 주인공이 구원자의 지인지감에 의한 다소 낭만적인 방법에 의해 타 가정에 의탁하게 되고, 그 가문의 편입과정에서 고난을 겪게 되지만 결말에 입공을 통해 모든 갈등이 해결되고 있다.

이처럼 영웅소설에서 볼 수 있는 '수직공간'과 '수평공간'을 교차하면서 보여주는 주인공의 신분상승과 가문회복의 욕망이 당대 수용자들의 삶에 대한 깊은 통찰이 담겨져 있어서 당시대의 이상적인 인간상에 대한 의식을 반영했다는 점에서 역사적인 현실인식을 바탕으로 한 형상화라 하겠다.

3. 결론

지금까지 조선시대에 대중소설로 인기를 끌었던 영웅소설을 중심으로 하여 작품에 형상화된 공간 스토리텔링의 양상과 의미를 살펴보았다. 특히 탁월한 영웅인물의 영웅성을 발현하기 위한 창작방법으로 수직과 수평, 그리고 수직과 수평이 서로 교차하는 공간이동을 통해서 주인공이 추구하는 욕망도 함께 살펴보았다. 뿐만 아니라, 영웅소설의 공간은 단지 배경이나 장소로서 기능만을 의미하는 것이 아니라, 영웅소설의 구성상 다양한 기능을 효과적으로 스토리텔링하고 있어 창작방식의 한 단면을 이해하는 방법이 될 수 있다고 보았다. 영웅소설에서 공간창조는 곧 그것의 배치를 통해 영웅주인공의 영웅담과 입공 과정을 이끌어가는 과정으로 보았다.

영웅소설에서 수직공간은 두 가지로 나누어 볼 수 있다. 하나는 영웅인물의 탁월성을 보장하기 위한 공간 즉, 천상계와 지상계, 수중계로 연결되는 일직선상의 공간설정과 그 가운데에서의 영웅적 삶의 공간을 말하며, 다른 하나는 심리적인 공간으로서의 충효의 공간을 들 수 있다. 여기에는 천상과 지상, 임금과 신하, 부모와 자식의 수직관계의 공간을 말한다.

먼저 천상공간과 지상공간을 보면, 이 두 공간은 갈등이 없는 질서정연한 공간이다. 이러한 유형의 영웅소설에서는 탄생담을 통한 영웅성 확보와 주인공이 아주 숭고하면서 활동영역이 국내외로 넓어지면서 요구하는 대로 길을 열어주는 개연성을 보장해주는 공간이다. 따라서 영웅소설의 주인공은 천상에서 지상으로 탄생과 가정에서 산속으로, 산속에서 국가로 활동영역이 부챗살 모양으로 확대되어 공간이동이 진행된다. 영웅소설의 또 다른 수직공간으로는 왕과 신하, 부모와 자식 간의 관계를 들 수 있다. 이것은 인간의 삶 가운데 인간관계를 통해 맺어지는 인위적인 수직공간을 말하는데 충과 효의 공간이라 할 수 있다. 우리나라의 영웅이야기는 의리관계와 충성관계의 영웅상을 그리고 있다. 예컨대 영웅소설의 공간체계를 지배하는 유교이념의 윤리가 충과 효라는 사상체계로 형상화되어 있다고 하겠다. 중국의 영웅서사가 횡적인 관계를 그리고 있는 반면에 우리의 영웅소설에서는 주종 관계를 그리고 있다는 점에서 영웅의 행각이 절대권인 왕권에 의하여 완전히 지배당하는 충신형 영웅이라 할 수 있다.

두 번째는 수평공간에 대한 스토리텔링을 들 수 있다. 영웅소설의 주인공은 산, 들, 바다, 그리고 가정, 사회, 국가, 외국이라는 수평적 공간이동을 하면서 주인공의 고난과 가출, 그리고 영웅능력 함양과 입공의 공간이 설정되어 있다. 이중에서 지상계인 '가정 공간', '숲속 공간', 지하계의 '동굴 공간', 수중계의 '수중 공간', '국외 공간' 등으로 스토리텔링되고 있다. 주인공의 공간이동은 이와 같은 순서대로 이동하면서 영웅성을 발휘하고 있다.

세 번째는 주인공이 영웅성의 발현과 입공의 과정을 통해서 수직, 수평의 공간이동을 자유롭게 활동하게 되는데 대체로 공간과 공간의 이동이 수직이든 수평이든 서로 혼재하면서 영웅이야기를 전개해 가는 양상을 의미한다. 영웅소설에서 물리적인 시간구조를 수직과 수평으로 나누어서 태어남과 위기극복, 능력함양 과정에서 천상계와 지상계가 서로 교차되고, 만남과 헤어짐, 사랑과 이별, 입공과 가정으로의 회귀 과정에서 공간적인 이동을 보여주게 된다. 이러한 교차이동을 보여주는 영웅서사는 수직적 관계의 파괴, 곧 가문과의 단절을 형상화하면서 '수직공간'이 파괴되면서 가족과 헤어짐과 다시 돌아옴의 회복과 갱신의 과정을 공간이동을 통해서 보여주고 있음을 살펴보았다.

영웅소설 공간의 게임 시나리오 스토리텔링

1. 서론

이 연구는 조선시대 영웅소설에 수용된 서사 공간이 현대의 디지털 게임 공간으로 활용할 수 있다는 것을 전제로 해서 영웅소설에 수용된 공간이 게임 시나리오로 스토리텔링할 수 있는 가능성을 살펴보는 데 목적이 있다. 특히 영웅소설이 신화적 판타지와 맞닿아 있어서 환상성이 서사공간으로 자유롭게 창조가 가능하며, 매체가 다른 디지털 게임 스토리텔링으로 재해석할 수 있는 가능성을 살펴보고자 한다. 이러한 연구는 최근 급속도로 확산되고 있는 모바일 게임 콘텐츠가 조선시대 영웅소설에서 원형 자료를 추출하여 게임 창작에 적극 활용할 필요성이 있다는 인식에서 시작하였다. 특히 조선시대 대중소설로 인기가 많았던 영웅소설은 게임의 서사처럼 주인공과 적대자의 치열한 욕망의 대결구도가 선명하고, 다양한 캐릭터와 매개 변수가 많은 사건의 스테이지 수가 비교적 적어서 모바일 게임으로 전환이 용이하다고 본다. 즉, 스테이지 수행시간이 짧은 콘텐츠를 필요로 하는 단순하고 친근감이 있는 캐릭터와 함께 단순 서사구조의 군담을 가지고 있는 영웅소설이 게임 시나리오 스토리텔링으로 매우 적절할 것으로 보기 때문이다.[1]

주지하다시피, 게임 시나리오는 캐릭터가 가상세계에서 다양한 모험과 시험을 극복하며 목표에 이르는 서사구조를 기본 패턴으로 한다. 영웅서사가 게임 시나리오로 전환하는 데 가장 적절한 게임 장르는 롤플레잉 게임이라 하겠다.[2] 롤플레잉 게임은 일정한 서사적 배경을 기반으로 전개되며, 주인공이 단계별로 이미 설정되어 있는 고난과 역경을 딛고 성장한다는 특징이 있다. 이러한 게임은 현대 인간의 미래형 레저산업으로 발달되었으며, 거대한 디지털 레저파크 산업의 한 영역으로서 디지털화된 생활문화를 대변하는 게임 소프트웨어로 자리 잡고 있다. 이러한 급속한 발전이 계속됨에도 불구하고 스토리텔링의 부재에서 오는 서사의 결핍현상이 게임업계에서 항상 제기되고 있는 실정이다.[3] 즉 스토리가 결핍된 게임은 당위성이나 욕망의 목표가 빈약하여 일탈의 욕망을 꿈꾸고자 했던 플레이어의 정서로부터 멀어질 가능성이 있기 때문에 미래의 건전한 게임산업의 발전을 위해서도 보편성을 가진 우리의 전통적인 옛이야기에서 시나리오 스토리텔링의 원천자료를 찾아서 보다 보편성을 가지고 있는 흥미있고 가치있는 한국형 게임으로 변환하기 위하여 게임 유저들에게 흥미있고 감동을 줄 수 있는 각색과 윤색의 필요성이 더욱 강하게 대두되고 있다.

무엇보다 우리의 옛이야기가 현대의 문화콘텐츠로 각색 스토리텔링

---

1 신선희는 한국의 민담과 대적퇴치담을 활용한 게임 시나리오의 가능성을 살펴본 바가 있다. 신선희, 「고전 서사문학과 게임 시나리오」, 『고소설 연구』 17, 한국고소설학회, 2004, 99-103쪽.

2 롤플레잉 게임에는 캐릭터의 모험과 성장을 바탕으로 한 전통적인 롤플레잉 게임 외에 액션 게임의 구성요소를 기반으로 한 게임, 그리고 전략적 전개를 바탕으로 한 게임이 모두 포함된 용어 개념이다.

3 이재홍은 현대의 게임산업에서 가장 큰 문제점이 서사의 결핍에 있다고 제언하고 우리의 구비문학을 활용한 게임의 문학적 상상력이 필요하다고 보았다. 이재홍, 「구비문학을 활용한 게임의 인문학적 상상력에 관한 고찰」, 『디지털정책연구』 10(2), 한국디지털정책학회, 2012, 279-285쪽.

이 되기 위해서는 향유자에게 우선적으로 전통에 대한 이해는 물론 감동과 공감과 즐거움을 주어야 한다. 이러한 스토리텔링의 기능을 충족하기 위해서 그 원천자료를 우리 민족 고유의 전통과 가치관을 가진 즉 민족 고유의 정서가 진하게 내재되어 있는 설화적인 원형에서 획득할 때 가장 극대화가 된다.[4] 이러한 관점에서 보면 우리의 옛날 영웅 이야기에 주목해 보는 것은 매우 의미 있다고 볼 수 있다.

본고는 먼저 영웅소설의 서사와 게임을 이해하는 방법으로 두 장르 전체를 관통하고 있는 환상성을 토대로 해서 세 가지의 공간창조에 주목하고자 한다. 그리하여 영웅소설에 형상화된 공간이 게임 시나리오로 수용되어 스토리텔링하는 데 유용한 원형 자료가 될 수 있음을 살펴보고자 한다. 따라서 주목하고자 한 것은 영웅 인물이 결핍된 가정 공간에서 어떻게 탄생되고 있는가, 그리고 산속 공간으로 피난하여 어떠한 훈련을 하였으며, 마침내 수학과정을 통해 영웅능력을 어떻게 겸비하게 되었는가를 살펴보기로 한다. 그리고 영웅은 군담 공간에서 탁월한 영웅능력을 어떻게 배워서 입공의 욕망을 성취하고 있는가를 상정해서 게임의 단계별 시나리오로 각색할 수 있는 가능성을 살펴보기로 한다.

영웅서사와 게임서사는 공학과 인문학의 융합이라는 점에서 성격도 다르고 기법도 다른데 그 방법론을 찾아간다는 것은 여러모로 난제일 수 있으나 스토리텔링의 기교로 충분히 융합될 수 있다는 선행연구[5]를 수용하면서 영웅서사와 게임의 공간구조를 융합시켜나가는 작업을 진행하고자 한다. 지금까지 소설에서 서사공간에 대한 연구는 고소설 일

---

4 이재홍, 앞의 논문(2012), 281쪽.

5 일찍이 이재홍은 인문학과 공학의 융합가능성을 제기한 바 있으며, 실지로 게임에 적용하여 그 가능성을 밝힌 바 있다. 이재홍, 「게임의 인문융합 스토리텔링 연구」, 『korean society for computer game』 27(3), 한국컴퓨터게임학회, 2014.

반에 적용하여 살펴본 바 있다. 비현실적 환상공간에 대한 연구,[6] 특정 장소나 지역에 대한 공간배경 연구,[7] 그리고 공간의 가치에 대한 연구가[8] 이미 진행되었다. 이러한 공간에 대하여 다양한 연구가 진행되어 왔음에도 불구하고 영웅소설과 게임을 대상으로 융합한 작품 안에서 공간별 스토리텔링의 형상화 방법과 의미를 게임의 공간에 접목해 보는 데는 부족함이 많았다. 이에 본고는 영웅소설이 신화적 사유를 바탕으로 창작되었지만 개별 작품에서 볼 수 있는 관념적인 공간뿐만 아니라, 현실적인 공간을 같이 살펴서 주인공이 공간별로 어떠한 영웅 활동을 통하여 서사공간을 이동을 하고 있는지, 그리고 그 공간이동을 통해서 영웅성과 욕망구현을 어떻게 표출하고 있는가 등을 다양하게 살펴서 이를 게임 시나리오로 적용하는 문제를 살펴보고자 한다.

주지하다시피, 영웅소설에 형상화된 환상성 안에서 공간창조는 매우 다양하고 자유로운 상상력을 발휘할 수 있다. 영웅과 주변 캐릭터 창조, 몰입성이 강한 연쇄적인 사건창조 등이 이루어지고 있는 것이다. 그래서 판타지에서 중요시해 온 환상성에 대한 선행적인 이해가 필요하다. 영웅소설에서 환상성은 판타지와 동일시하고 있는데 환상성을 주된 특징으로 삼는 영웅서사가 본고에서 다루고자 한 조선시대의 영

---

6 조희웅, 「한국 서사문학의 공간관념」, 『고전문학연구』 1, 한국고전문학연구회, 1971.
6 원대현, 「고소설에 나타난 용궁, 동굴 공간의 양상과 의미 연구」, 건국대 박사학위논문, 2006.
7 경일남, 「고소설에 나타난 사찰공간의 실상과 활용양상」, 『우리말글』 29, 우리말글학회, 2003.
권혁래, 「문학지리학의 관점에서 본 등주」, 『국어국문학』 154, 국어국문학회, 2009.
탁원정, 「고소설 속 관서 관북 지역의 형상화와 그 의미」, 『한국고전연구』 24, 한국고전연구학회, 2011.
8 탁원정, 「17세기 가정소설의 공간연구」, 이화여대 박사학위논문, 2006.

웅소설이라 하겠다. 영웅소설은 신화적 사고에서 시대적으로 발전된 문학장르인데 현실과 비현실적인 관계를 스토리텔링한 대표적인 형상화 방법이 환상성에 대한 허구적인 스토리텔링이라 할 수 있다.

그동안 신화적 사고에 대한 인식은 오늘날 과학과 이성의 논리로 바라보면 너무 우연적이고 터무니없는 존재가 되고 만다. 그러나 이렇게 간주되어 온 판타지가 21세기에 다시 영상 콘텐츠로 부활되고 있다는 역설적인 인식이 주목을 받고 있는 것은 아이러니한 현상이라 하겠다. 인류의 보편적인 문화인식이 상징과 비유라는 신화적 인식방법에 설득력 있게 다가서고 있다. 일찍이 신화학자인 질베르 뒤랑(Gilbert Durand)은 현대인들이 신화적 사고에 주목하게 된 이유가 시청각 기술의 비약적인 발전에서 비롯되었다고 주장한 바 있다.[9] 물론 이러한 시청각적인 컴퓨터 기술이 발전하지 않았다면 이러한 사유는 한갓 허망하고 거짓된 것으로 폄하되었을 것이다.

오늘날 이러한 비현실적인 환상 공간은 미디어, 영상, 문학, 게임 디자인 등 다양한 분야에서 일탈의 욕망을 위한 가장 거대하고 매력적인 서사의 요소로 활용하고 있다. 그 이유는 환상이 자유로운 상상력과 현실을 벗어난 일탈의 욕망을 현대인에게 풍족하게 채워줄 수 있기 때문이다. 특히 영웅소설의 환상 공간은 하나의 작품 안에서 반복적이고 연속적으로 나타난다. 이러한 지속적인 관심은 환상이 내포하는 다의적 해석 영역의 가능성 때문이다. 환상성은 소설이나 게임에서 가장 현실적이지 않은 세계를 그럴듯하게 표현하지만 가장 절실한 현실이 인식의 세계에 드러나도록 설정한 이중적 속성을 지니고 있다.[10] 이처럼 영웅소설의

---

9 질베르 뒤랑(Gilbert Durand), 『신화비평과 신화분석』, 유평근 옮김, 살림, 2002, 19쪽.

서사세계는 조선시대의 독자는 물론 현대인이 즐기고 있는 다양한 영상 매체에서 구현되고 있는 가상세계의 중요한 공간이다. 영웅소설의 주인공은 현대인에게 불가항력적인 영웅 캐릭터이며, 독자나 게임 이용자에게 보상심리를 충분히 충족시켜줄 수 있고 카타르시스를 맛보게 한다. 더욱이 영웅과 강력한 대적이 펼치는 군담의 낭만적인 전투는 도술과 판타지의 가상공간에 몰입하게 하는 커다란 흥미 요소이기도 하다.

본고는 영웅소설에 형상화한 거대한 환상성을 배경으로 그 범주 안에 스토리텔링하고 있는 '가정 공간'과 '산속 공간', 그리고 '군담 공간'으로 나누고, 이 세 공간에서 볼 수 있는 영웅인물의 활동영역을 다양한 서브 공간으로 창조하여 활용할 수 있는 게임 시나리오로 전환하여 스테이지와 퀘스트 스토리텔링이 가능한지의 문제로 접근하고자 한다.

2. 영웅소설 공간의 게임 시나리오 스토리텔링의 양상과 의미

소설은 다른 문학장르와 달리 독립된 서사세계를 가진다. 그러므로 전통적인 영웅서사와 현대의 게임서사가 이질적인 부분이 많은 것도 사실이다. 실제로 게임은 스토리만으로 구현되지 못한다. 아무리 잘 만들어진 스토리에 기반을 둔 게임이라 할지라도 이를 실제로 구현하는 과정에서 요구되는 이미지와 기호의 활용, 적절한 캐릭터 설정, 고유한 서사구성원리의 실현 등이 이루어지지 않으면 수용자들의 반향을 얻기가 힘들다.[11] 반대로 아무리 세련된 영상기술을 활용한 게임이라 하더

10 임영호, 「환상성과 서사구조 특성에 관한 연구」, 『예술과 미디어』 11, 한국영상미디어협회, 2012, 113쪽.

라도 기본 스토리의 구성이나 완결성, 그리고 주제의식, 캐릭터, 사건, 배경들이 잘 갖추어지지 않아도 문제가 될 수 있는 것이다. 이러한 두 매체 간의 이질적인 문제점이 있어도 스토리의 중요성에 대해서는 부정할 수 없다. 이러한 문제제기를 가지고 영웅소설과 게임의 선형과 비선형의 구성을 어떻게 서사공간 속에 재현할 것인가, 그리고 캐릭터와 사건, 공간을 어떻게 스토리텔링할 것인가를 중요하게 인식하고 있어야 한다. 본고는 캐릭터와 사건은 다른 연구의 장에서 살펴보기로 하고, 영웅소설의 배경이 되는 공간에만 주목하고자 한다. 즉 영웅소설에 형상화한 세 공간과 이러한 공간창조를 게임시나리오로 활용하는 방안에 한정해서 논의하고자 한다.

영웅소설에서 서사의 다양한 공간은 사건을 연쇄적으로 만들기도 하고, 영웅소설 공간을 활용하여 캐릭터와 그들이 벌이는 다양한 사건의 실체뿐만 아니라, 캐릭터의 행위에 의미를 부여하기 때문에 서사세계를 구축하는 데 매우 중요하다. 특히 캐릭터의 외향이나 성격묘사 등 캐릭터가 가지고 있는 다양하고 구체적인 이미지 스토리텔링은 주로 공간창조를 통해 환상성의 구현방법에서 흥미롭게 창출하고 있다. 지상계와 천상계, 수중계를 자유롭게 넘나드는 영웅소설의 환상성은 한 시대의 상상력이 아니라 현대문학의 마술적 환상주의로 되살아났다. 이는 나아가 디지털 매체에서 시공간을 초월한 엽기적 환상성으로 계승되었다는[12] 점에서 게임 시나리오로 충분히 스토리텔링될 수 있는 가능성을 가지고 있다.

---

11 장성규, 「게임서사와 영상 매체의 결합 가능성」, 『스토리앤이미지텔링』, 건국대 스토리앤이미지텔링연구소, 2016, 197쪽.

12 양민정, 「디지털 콘텐츠 개발을 위한 고전소설의 활용방안 시론」, 『외국문학연구』 19, 한국외대 외국문학연구소, 2005, 255쪽.

주지하다시피, 영웅소설은 신화적 주인공처럼 주인공의 역동적인 일대기를 통시적으로 다루고 있다. 출생에서부터 고난, 위기, 전쟁, 입공, 신분상승, 죽음에 이르기까지 다양한 공간창조를 통한 사건의 형상화와 해결과정을 상승적으로 스토리텔링하고 있다. 영웅소설은 주인공이 겪게 되는 시대적인 불화와 문제투성이인 개인을 공간별로 갈등구도를 형상화하고 있어서 가정, 가문, 결연, 사회, 국가적인 불합리한 표상들을 최적화하여 서사의 주제로 삼고 있어서 가장 한국적인 정서를 담고 있다고 하겠다. 이러한 옛이야기가 가지고 있는 보편성이 일반 대중들로 하여금 공감할 수 있고, 흥미와 감동적인 스토리텔링을 통해서 오랜 시간 동안 유통되어 온 대중소설이라 하겠다.

본고는 주인공이 활동하는 영웅담을 '가정', '산속', '군담'의 공간별로 나누어 게임 시나리오로 스토리텔링할 수 있는 가능성과 그 의미를 고찰하고자 한다. 작품 전편에서 주인공에게 결핍으로 작용한 충격적인 경험들이 개인의 문제라기보다는 가정, 가문, 사회, 국가라는 공동체의 위기에서 비롯된 된다는 점에 주목하여 '가정 공간'과 '산속 공간', 그리고 '군담 공간' 등으로 나누어 살펴보고, 이러한 공간 창조가 게임 시나리오 스토리텔링으로 전환시킬 때 어떤 양상으로 스토리텔링되고 있는가를 살펴보기로 한다.

1) 결핍을 통한 영웅 캐릭터의 가정 공간

영웅소설에 형상화한 가정 공간은 유교이데올로기의 전형적인 가치의식을 형상화하고 있는 곳이다. 영웅소설의 가문은 대대로 명문거족이었지만 현실은 모든 상황과 여건이 매우 결핍된 몰락 가정의 전형적인 공간이다. 가정이 파괴되어 구성원들이 뿔뿔이 흩어지면서 겪게 되는 위기, 가문이 정적의 모함에 의해 또는 자연적으로 몰락해가는 위기의 극단적인 상황으로 형상화된다. 인간은 현실적으로 부과되는 힘겨운 고난이나 외적인 억압이 강해지면 소극적으로는 초월적인 존재에 의지하여 개인적인 복록을 추구하거나 적극적으로는 민간신앙이 내포하고 있는 혁명성에 의지하여 사회의 변혁을 적극적으로 추구한다.[13] 이러한 사유는 영웅소설의 발생이 18세기경으로 볼 때 당시에 유행했던 미륵신앙과 관련이 깊다고 볼 수 있다. 일반적으로 미륵신앙은 주로 하층민의 위안처이자 현실적으로 이루지 못한 것을 최소한 내세에, 잘하면 현세에서 이룰 수 있다는 적극적인 신앙관이다. 이러한 미륵신앙이 당시대의 민중들에게 희망의 종교였고, 난세기를 극복할 수 있는 영웅의 대망의식이 자연스럽게 발현되어 영웅소설의 창작에 일정하게 영향을 주었을 것으로 볼 수 있다.

이처럼 국가적인 난세기에 기존질서의 질곡에 허덕이던 하층민들은 탁월한 능력을 지닌 인물이 나타나 현실의 질곡에서 자신들을 적극적으로 해방시켜 주기를 갈망하였다. 하층민만이 아니라 경제력을 갖춘 하층민들도 사회적으로나 경제적으로 궁핍한 상태에 있는 것은 마찬가지이다. 이들은 자신의 능력과 신분상의 괴리로 말미암아 당시대의 불합리한 사회제도에 대한 강한 불만이 싹트고 있었기 때문에 현실을 변혁시키고자 한 미륵신앙에 동참했을 것으로 본다. 영웅소설의 주인공도 비록 명문거족 집안에 후예임을 자처하지만 가부장과 이산하였다는 점에서 신분제 사회에서 제대로 기능할 수 없는 하층민으로 이해된다[14]는 측면에서 볼 때, 적어도 영웅소설 향유자의 관점에서 '가정 공간'의

---

13 김연호, 「영웅소설과 불교」, 『우리어문학회』 12, 우리어문학회, 1999, 187쪽.

14 김연호, 앞의 논문(1999), 188쪽.

결핍을 통한 신분과 가문회복의 욕망을 반영하고 있다는 점에서 스토리텔링의 의미를 찾을 수 있을 것이다.

이러한 측면서 볼 때, 영웅인물의 가문과 신분은 대대로 명문거족이었지만 영웅소설의 서두에서는 한결같이 '가정 공간'의 결핍으로 시작된다. 가정 공간은 주인공의 삶의 동태를 진단할 수 있는 단서를 제공하는 공간이다. 따라서 가정은 주인공이 탄생하는 생활공간이자 어린 시절의 고난공간이며, 결핍된 공간이다. 여기에서는 영웅소설의 주인공이 어떻게 태어나고 있는가를 〈탄생담〉을 통해 살펴보기로 한다.[15]

〈김홍전〉: 모친이 홍문선관의 태몽을 얻은 후 김홍을 낳는다.
〈백학선전〉: 모친이 북두칠성의 태몽을 얻고, 출산 시 선녀가 와서 배필을 점지해 준다.
〈쌍주기연〉: 구슬을 찾아 가연을 맺으라는 태몽을 얻고 태어난다.
〈옥주호연〉: 부친이 모옥 셋을 받는 태몽을 꾸고 태어난다.
〈용문전〉: 청룡이 모친의 허리를 감는 꿈을 꾸고 태어난다.
〈유충렬전〉: 청룡선산의 태몽을 얻고 태어난다.
〈이대봉전〉: 봉황 한 쌍이 내려와 봉은 모친에게로 황은 미래의 처가로 가는 꿈을 꾸고 태어난다.
〈장경전〉: 부처가 귀자를 점지한다는 태몽을 얻고 태어난다.
〈장백전〉: 찬상 추성의 꿈을 얻고 태어난다.
〈장풍운전〉: 선관이 귀자를 점지한다는 꿈을 꾸고 태어난다.
〈정수정전〉: 벽녀화 한 가지를 얻는 꿈을 얻고 태어나며, 출산 시 선녀가 와서 이름과 배필을 점지한다.
〈현수문전〉: 태어날 때, 상서로운 구름이 머문다.
〈홍길동전〉: 청룡의 꿈을 얻고 태어난다.
〈황운전〉: 천상 하괴성이 득죄하여 황룡으로 변하여 달려드는 태몽을 얻고 태어난다.

15 인간세계 이외에도 지하국, 저승세계, 천하국, 염라국 등을 구체적으로 설정하고 있다. 차원이 다른 세계의 교감을 토대로 한 무속신화의 세계를 게임 시나리오의 맵으로 설정하고 무속신화의 여러 등장인물과 그들에게 주어진 고난과 고난 극복과정을 세분화시켜 퀘스트로 만든다면 〈반지의 제왕〉과 다른 철학적 세계관이 담긴 시나리오의 작성이 가능할 것이다.

영웅소설에서 탄생담은 주로 가정 공간에서 스토리텔링하고 있다. 주인공은 명문거족 집안이나 가정의 만득자 혹은 귀공자로 태어난다. 국가와 가문을 소개하고 대대로 명문거족의 집안 내력을 피력한 다음 주인공의 비범한 탄생에 관한 섬세한 내용이 자세하게 형상화되고 있다. 대부분 '가정 공간'에서 신이한 꿈을 꾸거나 기이한 현상이 일어난다.[16] 이러한 의도는 주인공이 범인과 다른 운명과 탁월한 영웅능력을 지닌 인물임을 추구하는 스토리텔러의 의도이자, 주인공의 영웅됨을 암시해 주는 복선으로 활용하고 있다. 결국은 가문이 구몰되는 결핍의 공간으로 전개된다.

'가정 공간'의 결핍은 주인공이 일차적으로 고난이 시작되는 시련과 고통의 결핍공간이다. 주인공이 가정에서 고난을 겪는 것은 '가정 공간'이 이미 해체되고 가족 구성원이 이별을 했음을 의미한다. 주인공이 겪는 가정고난의 유형을 보면, 전란으로 부모와 이별하거나 혹은 포로로 잡히는 경우, 부모가 병사하고 주인공이 고아가 되는 경우, 소실의 간계로 고난을 겪는 경우, 정적인 간신과 대립으로 부친이 유배를 가거나 죽고, 모친도 죽어서 가정이 구몰되는 경우 등 다양한 방법으로 스토리텔링하고 있다. 이러한 '가정 공간'의 결핍이 사회적인 큰 문제의식으로 반영하고 있는 것은 유교이념이 국가의 근간을 이루고 있기에 개인, 가정, 국가는 중요한 사회질서와 체계를 유지시켜주는 핵심인 것이다. 따라서 '가정 공간'이라는 근본이 무너진다는 것은 국가의 존폐와 관련

---

16 영웅소설에서 '태몽'은 인간이 탄생과 죽음의 이원적 대립항을 만드는 삶의 공간이자 욕망의 주체자임을 투영하는 또 다른 변신이라 할 수 있다. 일상적 차원에서 또 다른 차원으로의 편입과 전이를 희망하는 인간들에게 하나의 무의식적이고 초경험적인 통로이며, 구체적인 욕망의 양태라고 할 수 있다. 박용식, 「금령전 연구」, 『중원인문논총』 17, 건국대학교 동화와번역연구소, 1988, 2쪽.

된 큰 사회적인 문제인 것이다.

조선조 시대가 유교 이데올로기의 이념적 통제 상황이 사회문화 전반에 강력하게 장악력을 발휘해 왔다고 볼 수 있다. 그런데 갑작스런 이념의 상처와 적대적 이념이 충돌할 때 나타난 심대한 정신적 상처를 유발한 집단적 무의식이 작용된다면 사회적 문제의식은 크고 깊게 나타날 수 있다. 이러한 문제의식이 주인공 당사자가 아니더라도 체제 권력이 자행한 사태에 직면하여 충격을 받은 국민이라면 이에 대응하는 대항 담론을 구성하는 방법을 모색할 수밖에 없을 것이다. 따라서 영웅에 대한 대망의식이 집단 트라우마를 겪는 구성원들의 무의식 속에 자연스럽게 만들어질 수밖에 없을 것이다.

이처럼 영웅의 대망의식 속에 창작된 영웅소설에서 주인공은 기존체제를 유지하려는 체제 지향적 인물로 형상화하고 있다.

출생은 인간의 의지에 따라 탄생하는 것이 아니듯 주인공에 대한 구체적인 내용을 보여주는 꿈 또한 인간의 의지와 무관한 것이다. 이것을 영험적으로 차용하는 것이 일반적인 특징이다. 그래서 태몽은 본격적인 생애가 드러나기 전 신비한 '천상 공간'의 특수한 일화나 상징을 통해 주인공의 전생 내지 미래의 운명에 관한 강력한 통제의 수단이 된다.[17] 태몽이야말로 '가정 공간'의 결핍을 통해 주인공에게 영웅성의 내력을 지시하는 정보의 기능과 함께 서사적 주체의 행동화에 대해 유추적 관계를 갖는다.

결핍된 '가정 공간'에서 태몽의 형상화는 영웅 주인공을 초인간화, 신격화하기 위한 의도적인 방법이며, 범인과는 다른 모습을 보여야 한다는 필요성에 의해 의도적으로 스토리텔링하였다고 할 수 있다. 태몽이

---

17 박용식, 『고소설의 원시종교사상』, 고려대 민족문화연구소, 1986, 131쪽.

'천상 공간'과 밀접하게 관련되었다는 개연성을 갖기 위해서는 향유층에게 전혀 어색하지 않은 민간신앙적 방법을 수용하였다. 영·정조 시대를 중심으로 한 실학파의 사조와 유학의 철저한 배경하에서 자라난 조선조 인의 출생담에도 여전히 태몽만은 찾아볼 수 있는 것처럼 태몽에 대한 영웅소설의 문학관습은 우리 민족에게 뿌리 깊게 박힌 것으로 영웅소설에서 결코 허무맹랑한 구성법으로만 볼 수 없는 것이다.[18] 이처럼 영웅소설에서 주인공의 출생 시에 형상화된 '천상 공간'의 태몽은 서사전개상에 중요한 의미를 갖는다.

영웅소설 작품 중에서 '가정 공간'의 결핍을 배경으로 형상화한 태몽의 제 양상을 보면 다음과 같다.

> "한 꿈을 얻으매 천상으로 오운이 영롱한 중에 일위선관이 청룡을 타고 내려와 소자는 천상 자미원 대장성 차지한 일위선관이옵더니... 백옥루 잔치시에 익성과 대전한 후로 상죄께 득죄하야 인간에 내치심에 갈바를 모르더니 남악한 신령이 부인댁으로 지시하기로 왔사오니 부인은 애휼하옵소서... 하고 부인품에 달려들거늘 놀라 깨달으니 일장춘몽 황홀하다"[19]

> "일일은 부인이 밤이 깊도록 잠을 이루지 못하더니 문득 여승이 부인께 구슬을 드려왈 이것은 천상 유성이라 상죄께 득죄하야 인간에 내치시매 금강산 부처 지시하심이오니 부인은 귀히 길러 후사를 이으소서 하거늘 부인이 그 구슬을 받아 자세히 보니... 이것은 구슬이 아니오 옥동자라 부인이 놀라 깨달으니 침상일몽이라"[20]

---

18 최철, 「이조소설 주인공의 출생담 고」, 『고전소설연구』, 국어국문학회 편, 정음사, 1990, 324쪽.

19 〈유충렬전〉, 완판 86장, 『영인고소설판각본전집』 2권, 이하 『전집』이라 칭한다.

20 〈장백전〉, 『영인고소설판각본전집』 5권.

태몽에서 먼저 꿈의 정보를 인지시켜 주는 안내자가 누구인가의 문제를 먼저 살펴볼 수 있다. 즉 승려, 거사, 한 노파 등 대체로 불교적 인물이거나 상징물로서 구슬 등과 같은 것은 유리계(琉璃界)를 말하는 것으로 불교적 인연을 강조하기 위한 불가적(佛家的)인 인생사유로 채용된 꿈의 세계로 탄생의 전조가 되거나 힘이 되는 것이다.[21] 특히 〈유충렬전〉에서 유충렬의 탄생을 점지하는 꿈에서 그 신비체가 청룡으로 형상화하고 있다. 이것은 그의 영웅적 자질과 능력을 환기시켜주는 복선이다. 즉 지상계의 인간인 유충렬에게 천상계의 신성성을 매개적 영물인 청룡을 통하여 투사한 것이다. 이는 주인공의 태어남과 위대함을 천상적, 선험적 계시에 두려는 의도라 할 수 있다.

그러므로 영웅소설 주인공의 태몽은 '가정 공간'에 존재하는 가족 구성원의 간절한 기자치성(祈者致誠)나 '가정 공간'의 결핍을 해소시켜주길 간절히 바라는 살아있는 자의 간절한 바램의 요소로 수용된다.

이러한 영웅소설의 꿈을 통한 계시는 결핍된 '가정 공간'에서 주인공의 부모로 하여금 늦도록 자식을 두지 못해 명산대천이나 부처님 등에게 지성으로 빌고 그 결과 태몽이라는 계시를 통해 자식을 잉태하게 해줌으로써 일차적인 결핍은 충족된다. 형상화 방법으로는 신화적 영웅이 하늘에서 곧바로 하강하는 것과 달리 부모님의 기자치성과 태몽 및 해산의 과정을 거치면서 보다 사실적인 형상화 기법을 이용하고 있다. 주인공의 부모는 자식이 없어 결핍된 '가정 공간'에 후사를 잇지 못하는 절박한 현실인식으로 국면을 전환시켜 주며, 새로 태어날 만득자의 소중함과 신비한 능력이 이미 천상에 의해 예지된 인물임을 암시해 줌으로써 '가정 공간'의 결핍은 충족되면서 앞으로 전개된 영웅서사의

---

21 조희웅, 『설화학강요』, 새문사, 1989, 176쪽.

영웅행적까지 암시해 준다.

이처럼 태몽은 주인공의 부모가 소원충족하여 얻어진 성취, 그리고 발원의 결과로 이룩된 것이기에 상징과 비유를 다분히 포함하고 있으며, 철저하게 범인의 출생과정과 유별나게 형상화하고 있다. 위대한 민족적 영웅이나 고승, 탁월한 문장가 등 비범한 역사적 인물들이 탄생하는 데는 이러한 신비스러운 형태의 꿈이 부모에게 주어지게 된다.[22] 태몽의 대상을 제시해 줌으로써 태어날 영웅인물의 탄생에는 초월적인 세계가 관여했다는 신성 징표적인 의미가 고지된다.

이러한 '가정 공간'의 사건을 게임 시나리오로 전환할 경우 〈유충렬전〉과 〈조웅전〉처럼 꿈을 통한 천상 공간과 그곳에서 벌어지는 천상인의 갈등과 결투과정을 스토리텔링하고, 〈홍길동전〉, 〈소대성전〉과 같이 가족 구성원들과의 치열한 갈등을 스토리텔링할 수 있다.

대체로 '가정 공간'에서 태몽의 형상화 대상은 '용, 선동, 천상의 선계 인물, 일월성신, 기타 용장과 승려'들로 나타난다.[23] 곧 몽자가 꿈에 용, 용자, 선인 등을 만난다든가 그들이 몽자의 품에 들면 이것이 곧 잉태의 징조를 고지해 주는 몽사가 되는 것이다.[24] 주인공의 출생에는 이러한 신비한 인물들의 의지가 강하게 작용하고 있다. 이러한 절대자의 의지가 신성성을 띠고 의인화되는 과정이 태몽으로 형상화되고 있다. 주인공은 태몽을 통해서 일상적 인간과는 구별되는 특출한 외모와 능력을 부여받아 영웅적 행위를 수행하게 된다. 즉 태몽 부분은 '소설

---

22 프로이트, 『꿈의 해석』, 을유문화사, 1983, 91쪽.

23 최철은 고소설 일반을 중심으로 해서 주인공의 태몽에 나타난 대상물로 일월에 관여되는 것이 전체 작품에 16%에 해당된다고 주장하고 있다. 그러나 본고에서 대상으로 한 영웅소설에서는 용과 선인 등이 많이 나타난다. 최철, 앞의 책(1990), 324쪽.

24 최철, 「이조소설의 주인공에 대한 분석적 연구」, 연세대 석사학위논문, 1965, 25쪽.

에 있어서 진실성'[25]을 최대한 확보해 주는 부분이며, 주인공이 그 임무를 수행하기 위해서 천상으로부터 능력을 받은 입문의 과정이라 할 수 있다. 그동안 태몽에 대해서는 출산을 신성시하기 위한 신성화, 합리화의 좋은 핑계로 보는 견해[26]가 있으나 고대인에게 있어서의 꿈은 신의 사자(使者)이고 예언의 중요한 수단이라는 의미를 지니고 있다[27]고 볼 때, 태몽은 태어날 주인공의 구체적인 면을 사전에 고지하여 차후에 펼쳐질 '가정 공간'의 결핍을 해결시켜줄 인물로서 주인공의 영웅화 과정을 캐릭터 성장 시나리오 스토리텔링으로 가능하다.

예컨대, '가정 공간'은 게임에서 주인공이 캐릭터를 탄생하고, 성장시키며, 다양한 보조도구를 구비하는 준비의 공간으로 활용할 수 있을 것이다.

2) 수학을 통한 능력 배양의 산속 공간

영웅소설의 서사세계에서 공간은 천상계, 지상계, 지하계, 수중계까지 널리 아우르고 있다. 따라서 여기에 등장하는 영웅 캐릭터도 천상계와 지하계, 수중계를 자유롭게 왕래할 수 있는 상제, 신선, 용왕, 귀신, 괴물, 대적 등 초월적 존재들과 마주하기도 하고, 다양한 공간에서 다양한 사건들이 나란히 배치되어 상승적으로 전개되면서 수많은 사건이 우연히 발생하게 된다. 이 중에서 천상계와 소통하고 신성한 인물이 상

---

25 소설의 진실성이란 소설 내적 구성에 있어서 일관성을 의미하는 것으로 태몽을 통한 천상적 존재의 적강, 이에 걸맞는 비범한 용모, 비범한 행위 그리고 비범한 최후 등을 말한다.

26 장덕순, 『한국설화문학연구』, 서울대 출판부, 1970, 123쪽.

27 이부영, 『분석심리학』, 일조각, 1981, 177쪽.

주한다고 믿는 지상계에서 '산속 공간'의 수학과 능력배양의 시나리오 스토리텔링을 살펴볼 필요가 있다.

일반적으로 영웅소설의 '산속 공간'은 주인공의 가정이 몰락한데 따른 고난과 불행의 어쩔 수 없는 도피처이자 피난처로 스토리텔링하고 있다. 그런데 '산속 공간'의 분위기는 불교와 도교의 습합으로 형상화된다. 산속 공간은 '가정 공간'과 달리 단절된 공간이며 신선과 초현실적인 존재가 거처하는 공간으로 이계(異界)의 초월공간으로 명명할 수 있다. '산속 공간'과 인물은 불가적 이념공간으로 묘사하고 있다. 그들이 펼치는 다양한 행위는 도교적 이념구현의 공간으로 형상화하고 있어서 '산속 공간'은 불교와 도교의 우주관에서 설명되어야 할 것이다.

특히 옥황상제가 거주하는 천상은 도교적 우주관이며, 인간의 현세, 그리고 신선들의 선계와 수부로 구성된다.[28] 도교를 믿는 사람들은 선계를 동경하고 거기에서 살기를 희원하는 것이다. 이러한 몽상의 세계가 도교의 이상세계요, 그것이 등장하고 있는 것이 조선시대의 대중소설인 영웅소설이다. 이처럼 영웅소설의 서사공간에서 '산속 공간'이 지향하는 궁극적인 이상향은 많은 인물이 전쟁이나 환난을 피해 산속으로 찾아 들어온 은둔의 사람들이 만든 인위적인 공간이다. 영웅소설에서 주인공의 가정이 해체되고, 죽을 고비를 맞이하여 어쩔 수 없이 집을 떠나갈 곳 없는 상황 속에서 '산속 공간'으로 인도되는 것도 이러한 사상과 무관하지 않다. 산속 공간은 현실세계와 구별된 공간이자 마음만 먹으면 쉽게 현실세계와 접촉할 수 있는 개방의 공간이기에 결말에서 주인공이 난세기를 타개하기 위해 전쟁터로 쉽게 출전할 수 있는 열린공간이자 숨겨진 공간이다.

---

28 김용범, 「최고운전 연구」, 『한국문학의 도교적 조명』, 진성문화사, 1986, 46쪽.

영웅소설에서 '산속 공간'은 다시 '사찰 공간'과 '동굴 공간'으로 나누어 살펴볼 수 있다. '산속 공간'은 매우 특별한 공간으로 형상화되고 있다. 주인공의 피난처요, 구원자와 조우의 공간이자, 영웅능력을 함양하는 심신단련의 공간이며, 판타지 세계관의 공간이기도 하다. '산속 공간'은 사찰이 존재하는 곳이고, 신성한 인물이 도를 닦는 공간으로 속세로부터 유리된 공간이다. 뿐만 아니라, 주인공에게 잠재능력만 있지만 발현될 수 없는 능력치를 도사나 승려 등 신비한 보조인물에 의해 적극적으로 개발시켜주는 공간이 된다. 그리고 주인공이 '가정 공간'에서 이탈해서 새로운 공간으로의 이동을 통해 거듭남의 분리공간이자 이동공간이기도 한다.

그래서 우리의 설화나 영웅소설 작품 중에는 산을 공간으로 활용하고 있는 작품이 많다. 인간은 본래 산을 천계와 통로, 모든 영혼의 귀숙지(歸宿地)요, 신들이 사는 곳이며 인간이 이상화하는 낙원으로 보아왔다.[29] 조선조인에게 산은 신성한 곳이며 단군신화를 비롯하여 대부분의 건국신화의 장소적 배경이 산상이 되어 있는 것을 보아 '산속 공간'은 신성계를 상징하는 공간으로 영웅소설에서도 신선이나 도사가 사는 곳으로 설정된다. 영응소설에서 주인공의 영웅성을 강조하기 위해 어떻게 해서든 천상계와 관련성을 맺게 하는데 전통적인 불교관과 밀접하게 관련을 맺고 있다.[30] 특히 주인공이 고난을 겪으면서 죽을 고비에

29 정재서, 「〈山海經〉 신화와 신선설화」, 『도교와 한국사상』, 범양출판사, 1987, 256쪽.

30 주인공이 영웅성을 선천적으로 타고 났음을 보여주는 방법으로 탄생담을 수용하고 있는 바, 부모가 선행을 한 보답으로 천상계로부터 보답을 받은 점, 산천에 발원하고 있다는 점, 〈소대성전〉처럼 불전에 발원하거나 〈이대봉전〉에서 사찰에 시주한 결과 탄생한 점, 〈현수문전〉처럼 사찰 중수에 큰돈을 내고 점지 받은 점 등은 불교관과 관련성이 깊다.

이를 때면 어김없이 주인공을 구출하고 양육하며, 그가 능력을 배양할 수 있도록 도와주는 존재가 승려나 도사라는 신성한 인물이 개입하게 된다. 이것은 주인공이 소극적으로 고난을 극복하기에는 현실이 너무 힘들고 개연성이 없다고 본 창작자의 의도에서 비롯된 것이라 하겠다. 합리적인 주인공의 영웅성을 부여해주는 방법으로 탄생과정과 수학능력, 그리고 군담에서 승리의 과정까지 깊이 개입하는 것으로 스토리텔링하고 있다.

또한 '산속 공간'은 주인공 스스로가 능력을 함양하기보다는 직접 환상체험[31]을 경험하는 공간이자, 주인공에게 능력배양 전후의 전환점이 되는 공간이다. 사찰의 승려나 도사에게 영웅으로서 뛰어난 재주를 수학하는 공간이며, 이곳에서 주인공은 도술과 병법 등 재주를 배우고 익히는 권토중래의 도장이라 할 수 있다. 특히 불교설화에서 많이 볼 수 있는 승려(중, 도사)는 종이에 글을 써 하늘에 던져 학을 불러오기도 하고, 집파방석을 짜 그것으로 주인공이 간단히 선계에서 인간세상으로 돌아가게 한다. 또 도승은 집 둘레에 백포(白布)를 쳐 주인공이 오랑캐로부터 화를 당하지 않게 구해주기도 한다. 이들은 참 깨달음에 이르기 위해 정진하고 있는 중이라기보다 잡다한 방술을 보여주는 도사에 가깝다.[32] 영웅소설의 주인공들도 이처럼 '산속 공간'에서 도사로부터 게임에서 아이템으로 명명되는 보조도구를 얻게 되는 공간이며, 캐릭터

---

31 영웅소설에서 환상체험을 보면, 남주인공은 지속적으로 초현실적 존재로부터 도움을 받는 양상으로 전개된다. 산신령, 용왕을 비롯한 온갖 천지신령으로부터 도움을 받은 가운데 신갑, 신검, 신마 등 각종의 신비한 장비들도 공급받는 공간이다. 그리하여 이계에서 받은 체험과 능력을 가지고 전쟁의 공간으로 이동하여 싸움에서 탁월한 능력으로 승리를 이끌게 된다.

32 장양수, 「한국 이상향 설화에 나타난 도교사상」, 『인문연구논집』 4, 동의대 인문과학연구소, 1999, 23쪽.

를 성장시키는 공간으로 형상화하고 있다.

영웅소설의 각 작품에서 볼 수 있는 '산속 공간'에서 수학 상황과 능력신장에 대한 스토리텔링한 것을 살펴보기로 한다.

〈조웅전〉: 월경대사에게 수학한 뒤 철관도사에게 병법과 무술을 반복해서 수학함.
〈이대봉전〉: 용왕의 도움으로 금화산 백운암으로 가서 도사에게 재주를 배움.
〈황운전〉: 사 명산 도인의 현몽으로 사명산에서 팔문둔갑과 진법, 검술 등을 배운다.
〈백학선전〉: 산신이 준 환약을 먹고, 배우지 않는 병법과 검술에 능통해짐.
〈소대성전〉: 청룡사에서 노승에게 병법과 무술을 배움.
〈용문전〉: 연화선생을 찾아 무경칠서와 궁검지술, 천문지리, 육도삼략, 검술을 배운다.
〈현수문전〉: 일광도사에게 수학함.
〈장백전〉: 장백이 높은 산에 올라 나무에서 떨어지니 나무하던 초동이 살려내어 사명산 천관도사에게 인도되어 한가지로 재주를 배우게 된다.

이와 같은 영웅소설의 '산속 공간'은 주인공의 능력을 발견하는 공간으로 도승이 수학능력을 함양시켜주는 공간이고, 구원자를 만나 보조도구를 획득하는 공간으로 형상화된다.

> "종일토록 가더니 한곳에 다다르니 앞에 큰 산이 잇스되 천봉만학이 충천한 중에 오색구름이 구리봉에 어엿고 각색화초 만발한지라. 장차 신령한 산이라 하고 차자 들어가니 경개 절승하고 풍경이 쇄락하다... 차츰차츰 들어가니 오색 구름속에 단청하고 휘황한 고루거락이 즐비하야 일주문을 바라보니 황금대자로 서해 광덕산 백용사라 두렷이 부쳤거늘..."[33]

이처럼 '산속 공간'에 거처한 도사는 백용사에서 살면서 주인공에게 무술을 가르치는 것 외에도 무기를 제공하고 출전 시기와 여러 가지

33 〈유충렬전〉, 349쪽.

비책을 알려주어 주인공으로 하여금 능력을 최대한 발휘하도록 해주는 신성한 주변의 도움을 받게 된다. 이러한 소설적 '산속 공간'이 게임으로 전환할 경우, 게임에서는 캐릭터가 일정한 퀘스트를 수행하면 그 보상으로 스킬을 얻어 강해지는 것과는 성격이 비슷하다. 주인공은 공간을 이동하며 능력치를 높이는 것은 영웅소설이나 게임이 비슷하게 보여주고 있다. 게임의 속성상 시간과 노력을 통해 캐릭터의 레벨을 올려야 하는 게임의 속성상 한곳에서 지속적으로 머물러 있기는 어려울 것이다. 사냥하러 돌아다녀야 하기도 하고, 일정 퀘스트를 수행하기 위해서 이동해야 하기 때문이다. 이러한 행동을 통해서만이 경험치를 습득하고 레벨을 올릴 수 있기 때문에 영웅소설에서는 가정을 벗어나야 개연성이 성립되고, '산속 공간'에서 도사와 제자가 지속적인 수학능력을 함양시켜서 거듭날 수 있기 때문이다. 나아가 '산속 공간'은 신선이 살아가는 공간으로 인식되기에 어떠한 상황변화에도 세속과 다른 변화무쌍한 공간으로 확대 해석되어도 향유자들은 믿게 되는 것이다. 예컨대 도는 어떤 공간을 점유하고 멈춰있는 공간이 아니며 동서남북 등 방위개념의 제한을 받지 않는다. 도교에서는 이를 세속적으로 해석해서 그것이 우리의 영웅소설에 수용되면 신선이 자유자재로 날아다니고 인간세상과 선계를 마음대로 내왕하는 것으로 나타나고 있다.

'산속 공간'을 게임 공간으로 전환하여 공간창조를 시나리오로 전환할 경우 영웅인물에게 영웅적 능력을 부여해주는 능력의 배양 공간으로써 '산속'이나 '동굴'에서 괴물이나 짐승과 싸움을 스테이지로 설정해볼 수 있다. 특히 중세인들에게 숲은 현실적인 공간이자 신성한 공간으로 인식하였다. 그러므로 '산속 공간'은 환상적인 사건이 벌어지는 공간으로 인식되었고, 실질적으로 게임의 공간에서 활용된 바 있다.[34]

이처럼 '산속 공간'은 현실공간이면서 동시에 상상의 초월적인 존재들이 살고 있고, 판타지적인 다양한 사건들이 펼쳐지는 신비의 공간이었다. 숲은 눈앞의 현실이면서 동시에 상상의 세계였다. 숲은 사람들이 전혀 없는 공간이자 가공할 동물, 약탈적인 기사들, 도깨비와 마녀가 출현하는 공간이었다. 이러한 중세의 신화적 세계관은 게임시나리오의 기반서사와 퀘스트 스토리, 캐릭터 설정 등 요소요소에 막대한 영향을 미치고 있다. 이러한 배경에는 이원론적 세계관에 바탕을 둔 중세적 세계관에 비롯된다, 이는 현대인들의 전근대에 대한 탈출과 동경 때문이며, 현대를 살아가는 우리는 전근대적 세계로 탈출하여 신과 인간의 혼연일체에서 오는 신비함과 집단적 안정감을 통하여 정체성을 회복하려고 했고, 이것이 낭만적인 영웅소설과 디지털 게임 속에서 중세적 세계관으로 표출되고 있어 게임 서사에서 사건을 다양하게 창조할 수 있는 공간으로 '산속 공간'이 유용하다.

다음으로는 '동굴 공간'을 들 수 있다. 영웅인물의 영웅적 능력을 부여해주는 능력치의 공간으로서 게임에서는 주인공이 '동굴에서 요괴와 싸움'으로 단계별 스테이지를 창조하여 영웅능력치를 확대하여 몰입과 흥미를 끌 수 있도록 스토리텔링이 가능하다. 즉 주인공과 요괴가 욕망성취를 위한 치열한 전투대결이 펼쳐지는 공간이기에 단계적인 서브스테이지를 창조할 수 있는 공간인 것이다. 따라서 '동굴 공간'은 신화적 세계관의 개연성을 부여하는 곳이자, 주인공이 싸움전략을 세우는

---

34 〈WOW〉, 〈리니지〉 등 대부분의 MMORPG에서 살아 움직이는 나무, 기이한 새, 자유자재로 변신한 인간, 초현실적인 다양하고 신비한 괴물들로 형상화하고 있다. 인간과 비슷한 모습을 했다고 해서 인간도 아니다. 게임 속의 인간은 칼, 화살 등과 함께 마법과 같은 초인적인 능력을 가진 범상치 않은 존재로 그려진다. 이러한 초자연과 자연의 공존은 톨킨이 〈반지의 제왕〉에서 창조한 중간계에서 영향을 받았으며, 중세로망스 문학에서 그 원류를 찾을 수 있다. 서성은, 「중세 판타지 게임의 세계관 연구」, 『한국콘텐츠학회논문지』 0(9), 한국콘텐츠학회, 2009, 117쪽.

곳이며, 영웅인물이 통과해야 하는 통과제의적 공간이기도 하다.

이러한 '동굴 공간'을 요괴 퇴치 이야기의 단계적 사건으로 게임시나리오 스토리텔링을 할 수 있다. '요괴퇴치담'에서 주인공이 요괴와의 단계적인 사건해결 과정에서 잔인한 전투장면을 많이 형상화할 수 있다.

이와 같은 '산속 공간'을 세분화하여 사건을 순차적으로 설정하거나 서브플롯의 형태로 원전에 나오지 않는 사건을 창조하여 주인공이 영웅화 과정에서 힘들고 어려운 전투장면으로 활용하여 능력치를 높여가는 방법으로 다양한 사건을 설정하는 것이 가능하다고 하겠다.

〈홍길동전〉의 경우, 길동이 약을 캐러 산에 들어가니 우연히 한 곳에 불빛이 비치고 여러 사람들이 떠드는 모습을 보게 되는데 자세히 보니 그들은 모두 짐승이며, 홍길동은 그 가운데 장수로 보이는 짐승을 향해 활을 쏜 것으로 묘사되고 있다. 〈홍길동전〉에서 큰 집이 지하 '동굴 공간'이 되는 셈이다. 그 집에 사는 짐승들은 길동에게 대왕이 활을 맞아 상처를 입었으니 도와달라는 부탁을 받는다. 홍길동은 대왕의 상처를 고치는 척하며 약으로 대왕을 죽이게 된다. 대왕을 모시던 여러 짐승이 원수를 갚으러 길동과 싸우나 짐승들은 길동의 도술로 인해 모두 죽고 만다. 길동은 납치당한 세 여인을 구출하여 그 여인들과 혼인을 한다는 이야기이다. 이 모티프를 게임시나리오 스토리텔링으로 전환할 경우, 주인공과 '동굴 공간'에서의 사건1, 사건2, 사건3, 사건N 등으로 확대하여 주인공의 수학과 능력배양을 스토리텔링이 가능하다.

3) 입공을 통한 욕망 성취의 군담 공간

'군담 공간'은 영웅소설에서 영웅의 입공에 필요한 중요한 화소로 사용되고 있다. 전쟁화소가 문학에 수용하게 된 계기는 임진, 병자란을 겪고 난 뒤에 인식의 변화가 사회전반에 영향을 미치게 되면서 전쟁을 기록한 실기문학의 등장과 전쟁을 소재로 한 창작 영웅소설이 등장하면서 문학에서 본격적으로 스토리텔링하기 시작하였다. 전쟁에 대한 실기문학이 등장한 것은 전쟁패배에 대한 반성 및 그로 인해 실추된 민족적 자존심의 회복을 그린 것이라면[35] 창작영웅소설은 허구의 전쟁소재를 통해 주인공에게 입공의 수단이나 통과의례적 과정으로만 수용하여 군담자체의 흥미와 주인공의 영웅성을 키워주는 기능으로 활용하고 있다는 점에서 차이를 보인다.

영웅소설에서 '군담 공간'은 전쟁의 형태로 나타난다. 유사시의 전쟁을 일상적 욕망분출의 공간으로 구조화시킨 것이 바로 영웅소설에서는 군담을 통한 입공 공간이라 볼 수 있다. 특히 영웅소설에서 군담은 문학적 흥미차원에 영웅소설에 수용되면서 관습화되고 정형화되어서 전쟁의 상세한 내용전개나 특징과 의미를 부여할 수 없는 영웅소설의 필수적인 모티프로서 주인공의 입공을 위한 통과의례적 차원에서 창작요소로만 삽입되고 있다. 이러한 군담스토리는 현대의 모든 게임에서 수용하여 치열하고 흥미있는 싸움으로 게임 스토리텔링하고 있다.

이러한 '군담 공간'은 영웅소설을 창작하는 데 있어서 가장 필수적으로 스토리텔링하게 되는데 군담과 이별, 그리고 입공 후 재회의 이야기가 확장된다. 이는 독자들이 '군담 공간'을 통해 박진감 있고 강렬한 체험의 세계로 빠져들고 싶은 욕구를 가지고 있었다는 것을 드러내는 것이다. 그리고 이러한 '군담 공간'은 상업성을 바탕으로 하여 당시대 독자들의 기호와 맞았다고 볼 수 있다. 조선후기에는 전쟁을 주요 소재로

---

35 대표적인 작품이 〈임진록〉과 〈박씨전〉을 들 수 있다. 이유경, 「고소설의 전쟁 소재와 여성영웅형상」, 『여성문학연구』 10, 한국여성문학학회, 2003, 141쪽.

하는 군담소설이 많이 등장한다는 점에서 소설 창작에 큰 변화가 오게 된다. 주인공은 공적인 영역에서 자신의 탁월한 능력을 드러내고 인정받을 수 있는 계기와 합리적인 수단이 필요했다. 물론, 작품에 따라 주인공이 추구하는 가치가 조금씩은 다르고, 지향하는 가치가 차이를 보이지만 '군담 공간'의 형상화방법은 크게 다르지 않다.[36]

전쟁이라는 소재가 문학적으로 형상화된 것은 동서양이 마찬가지이지만 전쟁을 치르고 난 이후 체험을 바탕으로 많은 이야깃거리가 나오면서 그 영향을 받아 영웅소설에 전쟁소재가 수용되는 것이 일반화되었을 것으로 본다. 이것은 마치 베트남 전쟁의 영화화가 유행하면서 전쟁의 이미지는 〈람보〉 시리즈와 같은 다양한 오락산업의 콘텐츠로 소비되기 시작한 것과 같다. 대중문화를 통해 소비되는 전쟁의 이미지는 점점 전쟁 자체를 엔터테인먼트로 탈바꿈시켜서 전쟁을 놀이 또는 오락으로 인식하는 것과 유사하다고 하겠다. 영웅소설의 전쟁소재는 역사적 사실성을 강조한 역사군담소설과 허구성이 강조된 창작군담소설에 주로 수용되었다. 역사군담소설은 두 차례에 걸친 전쟁에서의 패배에 대한 반성 및 그로 인해 실추된 민족적 자존심의 회복을 그린 것으로 볼 수 있다. 이에 비해서 창작군담소설은 전쟁소재를 주인공의 입신양명을 위한 수단이나 통과의례의 과정으로서 수용하여 군담자체의 흥미와 주인공의 영웅성을 강조하는 것이 일반적이다.[37]

---

36 필자는 영웅소설 18편을 대상으로 서사성을 유형화한 바 있는데 〈유충렬전〉, 〈조웅전〉 등은 도덕지향적 소설로, 〈소대성전〉, 〈장경전〉 등은 가정지향적 소설로, 〈백학성전〉, 〈쌍주기연〉 등은 애정지향적 영웅소설로 나누어 서사세계를 살펴보았다. 안기수, 영웅소설 연구, 중앙대 박사학위논문, 1995, 참고,

37 박명순, 「고소설에 나타난 전쟁의 구현양상」, 조선대 박사학위논문, 1998.
김경남, 「한국고소설의 전쟁소재 연구」, 건국대 박사학위논문, 2000.

영웅소설의 전쟁소재가 문학적으로 관습화되고 정형화되어 있는 것이 특징일지라도 영웅소설에서 '군담 공간'을 설정하여 치열한 싸움을 통한 생사의 결단을 형상화한 이유는 작품이 지향하는 관점과 주된 향유층의 성향에 따라 의미가 다르게 나타난다. 그리고 극단적인 전쟁소재를 끌어들여 군담으로 스토리텔링한다는 것은 그만큼 한 인물의 상승적인 욕망실현이 어렵다는 것을 반증하는 것이며, 국가적 위기라는 절대 절명의 상황에서 싸움을 통한 해결이 유일한 방법일 수 있고, 주인공이 온갖 위기를 극복하고 출세의 가장 빠른 방법일 수 있다는 작가의식에서 비롯된 것이라 하겠다.

따라서 영웅소설에서 필수적으로 형상화한 '군담 공간'은 주인공이 탁월한 영웅성으로 싸움에서 승리하며 그 대가를 통한 입공의 공간을 말한다. '군담 공간'을 통해서 전쟁일반의 문제 상황을 형상화함으로써 주인공은 가족과 친지가 생사의 갈림길에 서는 상황을 직접 목도하는 것만으로도 충격이지만 그런 상황으로 내몬 이가 또 다른 가족이나 친지라면 그 충격은 헤아리기 어려울 만큼 커질 수 있다. 주인공이 지향하는 입공의 형태는 새로운 왕조를 세우거나 왕조에 도움을 주는 형태, 반역을 물리치고 공을 세워서 입공을 하는 형태로 형상화하고 있다. 대체로 영웅소설에서 주인공과 적대관계의 캐릭터와 큰 싸움이 벌어지는 공간으로서 대규모 퀘스트가 발생하고 그것을 해결함으로써 새로운 입공으로 변신하는 공간이기도 하다.

이러한 전쟁이란 '군담 공간'을 게임 시나리오로 스토리텔링할 경우에 싸움의 장면과 사건을 스테이지별로 세분화하여, 난이도에 따라 주인공과 적대자가 치열한 싸움을 하는 것으로 설정하고 메인 플롯 사이에 소소한 서브 플롯을 배치하여 연속적인 긴장과 몰입을 갖게 해주고, 여기에 따른 능력치의 설정, 몬스터의 등장, 아이템의 창조 등을 통하여 게임으로 전환시켜서 흥미로운 게임시나리오를 만들어낼 수 있을 것이다.

이 과정에서 캐릭터와 그들이 거주하고 활동하는 공간 배경과 주변 환경을 한국의 전통문화와 접맥시키고 섬세하게 가시화한다면 고전 서사물의 부가가치를 높이는 산업화의 활로를 열리라고 본다. 최근 영화와 게임을 동시에 출시하는 경향, 그리고 장르 변환 방향의 역류현상을 고려해본다면 영웅소설과 유난히 전란이 많았던 우리 역사를 바탕으로 하되 획일화된 캐릭터, 즉 영웅의 모습과 활약상이 거의 동일하게 제시되는 영웅소설의 등장인물 하나하나를 개별화시킨 복장과 무기, 전법을 통해 구체화하고 그들의 능력치를 세분화한다면 역사상의 인물과 허구의 인물 모두의 형상이 가시화될 것이다.[38]

'군담 공간'을 통해 입공과 욕망성취를 가장 많이 수용한 창작 영웅소설로는 가장 대중성이 강한 〈유충렬전〉과 〈조웅전〉, 〈장백전〉 등을 들 수 있다. 유충렬은 필마 단창으로 십만의 적군을 몰살시켜서 적대자를 굴복시키는 장면을 볼 수 있다.

> "이 밤 삼경의 한담이 선봉장 극한을 불러 군사 십만 명을 주어 금산성을 치라 하니 극한이 명을 받고 금산성으로 달려들어 호통 일성의 십만병을 나열하여 군문을 밧비 헛쳐 군중의 들어 좌우를 충돌하며 군사를 지쳐들어 가니... 원수 대경하야 금산성 십이 뜰의 나는 듯이 달려들어 병역갓치 소래하며 적진을 헛쳐 중균우ㅏ 들어거셔 조정만을 구원하야 장대에 안치고 필마단창으로 성화갓치 달려들어 장성검 지닌곳에 천극한의 머리를 베히고 천사마닷는 곳에 십만군병이 팔공산 초목이 구시월만난 듯이 다시

---

38 신선희, 앞의 논문(2004), 99-103쪽.

순식간에 업서지니..."[39]

한편 〈장백전〉에서도 보면 원황제는 풍악으로 세월을 보내 정사를 돌보지 않으므로 천하 인심이 흉흉하다가 장원수의 침입을 받고 이백만 군사로 친히 대결한다. 장원수는 이정과 더불어 제 장군으로 원의 군사를 무찌르고 원황제에게 항복을 받는다. 원황제는 옥쇄를 목에 걸고 항복하고, 장원수는 원황제를 꾸짖어 안평공을 봉하고 장안으로 향한다.[40]

또한 주원수는 군 30만으로 제성을 항복받고 예주에 있다가 황성이 비었다는 말을 듣고 급히 군사를 몰아 장안으로 향한다. 궁중에 들어가 황후와 비빙을 원참하고 주원수는 황제 지위에 올라 국호를 대명이라 칭하고 제신의 벼슬을 높여 국정을 이끌어 간다[41]는 판타지적인 이야기이다. 비록 '군담 공간'이 중국을 배경으로 하여 황제와 반역자들을 갈등으로 한 황당한 스토리일 수 있으나 현실세계를 떠나 환상세계를 경험하고 싶은 것이 당연할 것이다. 이러한 일탈의 욕망으로 말미암아 문학 작품을 통해서 상상의 공간을 설정하고 미래의 삶에 대한 비전을 갖게 되었다고 할 수 있다.

이러한 인간 본연의 욕망이 '군담 공간'을 활용하여 낭만적인 영웅소설을 창작할 수 있었고, 이러한 영웅소설의 흥미 요소가 영화나 게임의 시나리오로 재해석을 통하여 '가정 공간'에서 '산속 공간'으로, 그리고 '군담 공간'의 스테이지를 이동하면서 영웅의 욕망을 역동적으로 스토리텔링할 수 있다. 이와 같이 영웅소설과 디지털 게임이 유사한 공통점을

39 〈유충렬전〉, 완판본.
40 〈장백전〉, 『전집』 5, 763쪽.
41 〈장백전〉, 『전집』 5, 764쪽.

보여주고 있는 것처럼 공간적 형식에 있어서 많은 부분이 각색스토리텔링으로 재해석될 수 있다. 디지털 게임의 공간은 문학 작품보다 다양한 층위에서 공간창조에 대한 논의가 가능하다. 데이터베이스로서의 공간, 인터페이스로서의 공간, 월드로서의 공간, 그리고 스토리텔링으로서의 공간 등이 바로 그것이다. 물질적 세계는 아니지만 컴퓨터 그래픽 기술로 만들어진 자연적, 지형적, 지물적, 그리고 건축적 가상의 공간이며, 플레이어들이 들어가 놀 수 있고, 플레이어가 적극적 개입을 통해 게임에 필요한 다양한 사건을 만들어 갈 수 있는 장, 즉 경험과 감성을 나눌 수 있는 장소적 맥락에서의 공간이 바로 게임에서의 공간이다.[42]

이러한 경우, 게임에서는 초반에 일정한 학습기관이 설정된다. 예컨대 마법학교나 검술학교 등에서 기본적인 스킬을 키우고 습득한 후에는 상위 스킬을 얻기 위해 일정한 조건을 만족해야 하는 퀘스트의 임무를 수행하게 된다. 게임의 특성상 시간과 노력을 통해 캐릭터의 레벨을 올려야 하므로 특성상 한 곳에서 지속적으로 머물러 있기는 힘들다. 따라서 공간과 공간을 이동하며, 이때마다 스테이지를 설정하고 난이도에 따른 긴장감을 부여하면서 유저들을 게임에 몰입하게 만들 수 있다.

주지하다시피, 마치 영웅소설의 '군담 공간'을 〈반지의 제왕〉에서 중간계(중간 땅)로 설정하고, 그 중간계는 시공간적으로 까마득한 상상의 과거, 즉 옛날 옛적에를 표방하는 과거의 세계로 형상화하여 중간이라는 공간으로 이동하여 영웅들의 전쟁담이 사건별로 무한대로 스토리텔링되고 있는 것과 같다. 우리의 신화나 영웅소설에서는 '천상 공간'에서 죄를 짓고 '지상 공간'으로 내려와서 과업을 완수한 후에 다시 '천상

---

42 이동은, 「신화적 사고의 부활과 디지털게임 스토리텔링」, 『인문콘텐츠』 27, 인문콘텐츠학회, 2012, 111쪽.

공간'으로 공간이동을 하는 서사구조의 패턴을 활용할 수도 있고, 전쟁이 화소가 되는 '군담 공간'을 크게 확대하여 긴장감과 몰입과정의 흥미적인 사건을 창조할 수도 있다.

군담의 공간이동을 다양하게 설정하여 다른 능력을 소유한 다양한 캐릭터들끼리 모여 동료가 되어 임무를 수행하기도 하고 이를 통해 능력을 상승시키는 것은 물론 영웅 캐릭터를 중심으로 한 주변의 보조인물의 관계를 공고히 하는 것이다. 특히 공간이동에서 조력자의 역할론이 중요한데 주인공에게 무술, 병법, 도술 등을 가르쳐주는 신선이나 도승과 같은 존재들을 말하는데 이들은 주인공의 삶에 정당성을 부여해주는 역할을 담당하게 된다.

이렇게 해서 주인공은 결핍된 '가정 공간'을 떠나 '산속 공간'의 수학능력을 함양하는 곳으로 이동한 후 탁월한 영웅능력을 발휘하여 입공의 장소인 '군담 공간'에서 적대자를 무찌르고 최후의 승자가 된다는 시나리오의 설정이 가능하다. 이러한 시나리오는 오늘날 게임 콘텐츠로 활용하여 현대인의 현실에 대한 일탈의 욕망을 맛보게 해주는 원천자료가 될 수 있다고 하겠다.

3. 결론

이 연구는 영웅소설의 공간 스토리텔링이 게임의 공간과 상통할 수 있다는 가능성을 전제로 해서 영웅소설의 공간이 게임 시나리오로 스토리텔링할 수 있음을 세 가지로 나누어 그 양상과 의미를 살펴보았다. 특히 영웅소설이 신화적 사유와 맞닿아 있어서 자유로운 판타지 공간 창조가 가능하다는 것과 이것이 디지털 게임 스토리텔링으로 활용할 수 있는 가능성을 제기해 보았다. 조선시대 대중소설로 인기가 많았던 영웅소설은 주인공과 적대자의 대결구도가 선명하고, 판타지 공간이 존재하며 캐릭터와 스테이지의 수가 적어서 모바일 게임으로 전환이 용이하다고 보고, 세 공간으로 나누어 살펴보았다.

첫째는 '가정 공간'의 결핍과 영웅탄생의 스토리텔링을 들 수 있다. 영웅소설에서 가문이나 가정의 배경은 비록 대대로 명문거족이었지만 현실적으로는 결핍된 공간이다. 대대로 가문을 유지하기 위한 부모의 노력과 달리 자손번성이 끊어지는 위기라든지 가문이 정적이나 또는 부모의 구몰로 인하여 자연적으로 몰락해가는 결핍된 상황으로 형상화된다. 그러나 출생담을 통해 영웅이 탄생할 수 있는 가능성을 열어놓고 개연성 있는 것으로 합리화시켰으며, 타고난 영웅상으로 잠재된 능력을 통하여 다시 가정과 가문회복이 가능함을 스토리텔링하고 있다. 이것은 게임에서 유저에 의해 영웅 캐릭터를 만들어가는 캐릭터 창조공간과 유사하다고 볼 수 있다.

둘째는 '산속 공간'의 수학과 영웅의 능력배양을 들 수 있다. 영웅소설에서 '산속 공간'은 주인공이 가정해체에 따른 고난과 불행의 피난처로 묘사되고 있다. '산속 공간'의 분위기는 불교와 도교의 습합으로 형상화된다. 공간과 인물은 불교적 이념공간인데 행위는 도가적 이념구현의 공간으로 형상화하고 있는 것이다. 그래서 '산속 공간'은 불교와 도교의 우주관에서 설명되어야 할 것이다. 특히 도교적 우주관이 지배하고 있는데 옥황상제가 거주하는 천상과 인간의 현세, 그리고 신선들의 선계와 수부로 구성된다. 이야기 속의 이상향은 상당수가 전쟁이나 환난을 피해 그곳을 찾아 들어온 사람들이 만든 공간이기에 영웅소설에서 주인공의 가정이 구몰되고, 죽을 고비를 맞이하여 집을 떠나갈 곳 없는 상황에서 '산속 공간'으로 인도되어 신성한 인물을 만나고 능력을 배양하며 보조도구를 부여받아 싸움에 나갈 준비를 완료한 공간이다. 이것은 게임에서 아이템의 획득과 배양을 통해서 영웅 캐릭터의 능력치를 높여주고 다양한 아이템에 능력치를 부여하여 전투 장비를 갖춘 전사의 모습을 길러주는 '산속 공간'에서 다양한 사건 창조와 스테이지를 확장하여 긴장감과 몰입을 스토리텔링할 수 있다.

셋째는 '군담 공간'과 욕망성취를 들 수 있다. 영웅소설에서 '군담 공간'은 전쟁의 형태로 나타난다. 이 유사시의 전쟁을 일상적 욕망분출의 공간으로 구조화시킨 것이 바로 영웅소설에서는 군담 공간이라 볼 수 있다. 영웅소설에서 군담은 문학적 흥미차원에 영웅소설에 수용되면서 관습화되고 정형화되어서 전쟁의 상세한 내용전개나 특징과 의미를 부여할 수는 없는 영웅소설의 필수적인 창작요소로만 삽입되고 있다. 따라서 영웅소설의 '군담 공간'을 게임으로 수용할 때는 영웅 캐릭터가 가진 아이템을 가지고 전쟁에서 적과 싸워서 승리하는 공간으로, 가상 세계에서의 싸움공간으로, 스테이지별로 창조하여 점진적으로 사건을 단계별로 설정하여 전투력을 상승적으로 밟아가며 싸워서 승리하는 영웅 캐릭터로 치환이 가능하다고 본다.

영웅소설의 공간구조와 스토리텔링의 의미

1. 서론

이 글에서는 조선조 영웅소설의 창작기법에 수용된 공간 스토리텔링의 양상과 의미를 살펴보기로 한다. 조선조 영웅소설 작품에 설정된 공간은 연구 방법에 따라 다양할 수 있으나 여기에서는 관념적인 담론 공간, 지리적 공간, 환상 공간으로 나누어 살펴보고자 한다. 이러한 공간은 주인공이 일대기 동안 영웅적 삶의 일대기 속에 촘촘히 연관되어 있어서 현실과 이상의 세계가 중첩되어 나타나는 것이 특징이라 하겠다.

인간은 공간 안에서 살아가고, 공간 속에서 우리 인생을 투영하며, 공간에 감성의 끈으로 묶여있다. 이러한 공간은 비어 있는 것이 아니라 인간의 의도와 상상, 그리고 공간 자체의 특성, 이 양쪽에서 비롯된 내용과 실체들로 채워져 있다. 모든 사람은 태어나고, 자라고, 지금도 살고 있는 또는 감동적인 경험을 가졌던 장소와 깊은 관련을 맺고 있으며 그 장소를 의식하고 있다.[1]

작가는 이러한 다양한 공간을 활용하여 문학적으로 감동적인 스토리텔링을 하고 있다. 영웅소설은 영웅의 상승적인 일대기의 삶을 낭만적

---

1 에드워드 렐프, 『장소와 장소상실』, 김덕현·김현주·심승희 옮김, 논형, 2005, 104쪽.

으로 형상화하고 있는 것이다. 이러한 공간창조는 큰 틀에서 보면 조선시대라고 하는 시대적 공간과 그 시대를 살아간 구성원들의 사상과 이념의 공간이며, 그 범주에서 살아가는 한 영웅인물의 욕망성취를 위한 몸부림의 공간이라 할 수 있을 것이다. 영웅소설 작가는 이런 한 시대의 영웅에 대한 대망의식을 영웅소설 작품에 스토리텔링하면서 당시대의 거대한 창작기법을 활용하여 웅장한 영웅서사가 만들어진 것이다.

따라서 작가는 무엇보다 당시대인에게 보편성을 확보해 주기 위한 간절한 향유층의 욕구를 영웅소설 작품에 구현할 수밖에 없었을 것이다. 그 원류사상은 유교사상이다. 유교이념은 충효사상을 가장 도드라지게 선양하였으며, 여기에 따른 권선징악의 도덕윤리이념을 주창하는 다량의 영웅소설을 창작을 할 수 있었다. 이러한 작가의식에서 효에 대한 윤리는 펼쳐야 하고 충에 대한 윤리는 모아야 한다는 인식이 공간체계를 원심적으로 만들기도 하고 구심적으로 만들기도 하였다.[2] 이러한 관점은 신성한 효윤리와 몰아적 충윤리로 말미암아 개인의 정체성을 마비시킨 원인이 되었다고도 볼 수 있다.

일찍이 영웅소설의 공간을 연구한 경향을 보면, 〈임호은전〉을 대상으로 원심적 공간과 구심적 공간의 개념으로 살펴본 연구가 있었다.[3] 그러나 본고는 관념적인 이념 공간, 영웅이 활동하는 물리적 공간이 연대하여 주인공 인물이 상승적으로 이동하는 모습을 포착하여 공간 스토리텔링을 논의하고자 한다. 공간이동을 통해 주인공의 능력이 발현

---

2 신태수는 개별 작품이지만 〈임호은전〉을 대상으로 공간체계를 효윤리를 원심적, 충윤리를 구심적 공간으로 나누고, 그 구성과 미학적 특징을 살펴본 바가 있다. 신태수, 「〈임호은전〉의 공간 구성과 그 미학적 특징」, 『국학연구론총』 20, 택민국학연구원, 2017.

3 신태수, 위의 논문(2017).

되는 양상을 공시적으로 이해하면서 그 의미를 살피려고 한다. 이러한 선행 작업을 통하여 영웅소설의 공간창조가 게임 콘텐츠의 공간창조의 원형자료로 활용할 수 있는 기반을 만들고자 함에 있다. 다만 영웅소설의 공간창조의 이면에 흐르고 있는 효와 절대적인 충이라는 윤리가 조선시대에 담론을 지배하고 있다는 점과, 소설 외적으로 형상화된 인물, 사건, 배경이 충효관념과 밀접하게 관련되어 스토리텔링되어 있다는 점에서 공간담론을 이해하고자 한다.

따라서 본고는 영웅소설의 공간창조를 세 가지로 나누어 살펴보고자 한다. 즉 영웅소설 전체를 싸고 있는 사상체계의 담론을 통한 이념의 공간과 전체 공간의 인물 배열방식에 따른 영웅의 활동 공간, 그리고 순환구조를 통한 낭만적인 환상의 공간을 창조하게 된 의미를 살펴서 영웅소설에 스토리텔링한 공간의 미의식을 찾아보고자 한다.

2. 영웅소설의 공간구조와 스토리텔링의 양상

1) 담론을 통한 이념의 공간

영웅소설의 미의식을 이해하기 위해서는 무엇보다 작품에 수용된 향유자의 욕구와 창작의식, 그리고 창작기법과 주제의식을 통해서 이해할 수 있다. 다시 말하면, 영웅소설을 통해서 이들이 추구하고자 하는 이념의 욕망을 소설 공간에 어떻게 스토리텔링하고 있는 지를 살펴보는 것이다. 그동안 영웅소설의 향유층은 사대부층, 몰락양반층, 부녀자층 등으로 파악해왔다. 그런데 적극적으로 영웅소설을 탐독하고 이것을 통해서 일탈의 욕망을 맛보고자 했던 적극적인 계층으로 일반대중을 간과해온 것도 사실이다. 따라서 이 장에서는 난세기에 사회규범이 나 특정한 정치세력에 의해 주인공의 사회참여가 억압당하고, 도덕과 윤리가 무너져가는 현실에 회의감을 느끼면서 새로운 세계상을 희구하는 적극적인 일반인들의 영웅출현에 대한 대망의식을 통해 담론을 통한 이념공간을 이해할 필요가 있다.

일반적으로 영웅소설에서 담론의 주체자는 결핍된 사람의 욕망을 충족시켜주기 위한 영웅소설 작가층의 의도된 스토리텔링이라 할 수 있다. 이들은 당시대의 정신을 읽을 줄 아는 사람이며 사회적으로 문제의식을 가진 비판적인 인물일 가능성이 많다. 이들이 주창하는 관심거리는 개인, 가정, 사회, 국가의 문제의식과 보편적인 사랑이야기가 주류를 이룬다. 그러나 이러한 관심거리에 욕망이 충족되지 않을 때 문제가 발생되는 것인데 가정(가문), 사회, 국가적인 문제를 스토리텔리하고 있다.

영웅소설에서 가문이나 가정의 배경은 비록 대대로 명문거족이었지만 현실적으로는 결핍된 공간이다. 자손번성이 끊어지는 위기라든지 가문이 정적이나 또는 자연적으로 몰락해가는 결핍된 상황으로 형상화된다. 인간은 현실적으로 부과되는 힘겨운 고난이나 외적인 억압이 강해지면 소극적으로는 초월적인 존재에 의지하여 개인적인 복록을 추구하거나 적극적으로는 민간신앙이 내포하고 있는 혁명성에 의지하여 사회의 변혁을 적극적으로 추구한다.[4] 이러한 의식은 영웅소설의 발생을 18세기경으로 볼 때, 당시에 유행했던 미륵신앙과 관련이 깊다고 볼 수 있다. 미륵신앙은 주로 하층민의 위안처이자 현실적으로 이루지 못한 것을 최소한 내세에, 잘하면 현세에서 이룰 수 있다는 적극적인 신앙이다. 이러한 미륵신앙이 당시대의 민중에게 희망의 종교였고, 난세기를

4 김연호, 「영웅소설과 불교」, 『우리어문학회』 12, 우리어문학회, 1999, 187쪽.

극복할 수 있는 영웅의 대망의식이 자연스럽게 발현되어 영웅소설의 창작에 영향을 미쳤을 것으로 볼 수 있다.

이러한 난세기에 기존질서의 질곡에 허덕이던 하층민들은 탁월한 능력을 지닌 영웅인물이 나타나 현실의 질곡에서 자신을 해방시켜주기를 갈망하였다. 사회적으로나 경제적으로 궁핍한 상태에 있는 하층민만이 아니라 경제력을 갖춘 하층민들도 자신의 능력과 신분상의 괴리로 말미암아 사회제도에 대한 강한 불만이 있었기 때문에 현실을 변혁하고자 한 미륵신앙에 동참했을 것으로 본다. 영웅소설이 비록 양반의 후예임을 자처하지만 가부장과 이산하였다는 점에서 신분제 사회에서 제대로 기능할 수 없는 하층민으로 이해된다[5]는 측면에서 볼 때, 적어도 영웅소설을 향유자의 관점에서 스토리텔링의 의미를 찾을 수 있을 것이다.

영웅소설의 작가, 독자, 향유자의 취향을 종합해 보면 크게 충, 효, 선, 악의 이념과 가문, 애정, 출세 등 다양한 욕망의 결합체로 이루어졌다. 이에 영웅소설의 주요 담론도 당시대의 윤리관과 밀접한 유교이념의 공간이 세계관으로 표출되어 있다. 따라서 영웅소설에서 인물의 공식은 보편성을 지녀야 하기 때문에 전형적인 인물의 기본형은 선과 악으로 양극화된다. 선한 인물과 악한 인물의 뚜렷한 양극화는 도덕적인 보상과 연결되어 있고 소설 향유자는 자신과 동일시를 통해서 대리만족을 느끼게 된다. 그리고 선이 결말에서 반드시 악을 이기고 승리한다는 것을 알기 때문에 현실적인 낙관을 갖게 된다. 영웅소설의 담론 공간도 이러한 인물을 이야기판에 올려놓고 도덕지향적 욕망을 맛보는 서사의 장이라 하겠다.

영웅소설의 향유자는 곧 영웅소설 담론의 당사자라 할 수 있다. 영웅

---

5 김연호, 앞의 논문(1999), 188쪽.

소설 작가가 몰락양반이든 부녀자층이든 평민계층이든 공통적으로 드러나는 시대적 배경은 조선시대이고, 사회적으로는 혼돈의 난세기이며, 가문이라는 뿌리의식이 강한 공동체문화를 공유한 세계관을 가지고 있다고 하겠다. 따라서 조선조라는 시대적 공간과 한반도라는 지형적인 공간, 유교이념의 구현공간 속에서 스토리텔링된 캐릭터나 사건과 배경의 로드맵을 쉽게 설정할 수 있다.

조선시대 영웅소설은 충과 효로 대변되는 가문과 왕조사회의 이상향을 주제화시켜놓은 대중소설로서 〈유충렬전〉과 〈조웅전〉이 대표적인 작품이다. 충효사상이 주제를 뒷받침해준 핵심적인 윤리의식이므로 자연스럽게 문학작품의 내면에 흐르는 욕망구조가 이러한 유교이념의 가치를 실현하는 데 초점이 있다. 유교적 심성인 충과 효는 선과 악의 인물을 스토리텔링하여 권선징악의 윤리관을 선양하기 위한 계획된 의도가 담겨있다. 〈유충렬전〉이나 〈조웅전〉 같은 영웅소설을 대상으로 선악대결 구조의 특성에서 볼 수 있는 바와 같이 〈유충렬전〉을 읽고 악의 화신인 정한담의 비참한 결말을 보는 것과 〈조웅전〉에서 이두병이란 적대자를 서사 내에 등장시켜 권선징악을 권면하고 있다. 이러한 선악의 구도는 동아시아의 전통적인 유가의 심성론인데 아무리 당시대의 세계가 주인공에게 횡포를 가해도 충의 종속으로 맺게 된다.

문학은 이러한 현실을 작품에 반영하면서도 현실에서 채울 수 없는 소망과 이상을 함께 제시함으로써 우리가 현실세계에서 경험하는 결핍을 메우고 보충한다.[6] 영웅소설의 담론공간도 이처럼 소설향유자의 경험과 상상으로 창작된 소설이라는 점에서 이해해야 한다. 또한 영웅소

---

6 이유경, 「고소설의 전쟁소재와 여성영웅 형상」, 『여성문학연구』 10, 한국여성문학학회, 2003, 152쪽.

설이 이러한 가치실현의 내면에 뿌리 깊은 가문주의 중심의 서사성을 보여주고 있다는 점에서 표면적인 가치를 주창하면서 내면적인 욕망을 추구하는 지향가치를 형상화하고 있다. 특히 가정파괴와 가문몰락, 왕권붕괴가 하나의 사회적 트라우마로 형상화되어 있다. 어떠한 반대의 세력에 의한 폭력과 왕권탈취, 정적으로 인하여 또는 가문단절로 인한 몰락한 현실은 온전히 주인공이 목도한 경험세계이고, 이를 정상적인 질서체계로 회복시키는 것이 온전한 치유의 목적이라는 문학적 형상화가 영웅소설이라 하겠다. 주지하다시피, 트라우마는 전쟁이나 폭력에 의해서 대학살의 참극을 목도하거나 그 현장에서 실제적으로 외상을 입어 죽을 위기에 처할 정도로 고통을 당한 이들의 이야기이다.

이러한 난세기의 트라우마가 문학적으로 스토리텔링되었다는 것은 적어도 이러한 보편적인 사회문제가 당시대에 수없이 발생했다는 징표이며, 영웅소설 작가층은 이를 문학적 담론으로 적극 수용하였다. 시간이 흐르면서 단순히 인간의 보편적인 사랑 이야기에만 관심을 가질 수 없는 것이고, 가문의 이야기에만 한정할 수 없는 노릇이다. 성리학이 국가의 사상으로 정착되어 있는 한 유교이념이라는 거대한 이념논리의 담론이 기저에 자리잡게 되고, 이것이 말문을 통한 외형적인 문학으로 계략을 구사하게 되었다고 하겠다. 충과 효라는 이데올로기의 고착을 위한 집권세력과 반대세력 간의 사회적 문제 상황을 조장하고 그로 인해 고통받은 이들의 정신적 치유의 문학적 형상화 담론이 텍스트 이념 공간으로 대두하게 된 것이다. 상대적으로 강박을 조장하는 이데올로기 책략에 대응하여, 말문을 터줌으로써 고통스런 기억을 공유하는 이들 서로가 연민하고 감성이 어우러지면서 연대의식을 강조하게 된다.

조선시대의 〈유충렬전〉과 〈조웅전〉 같은 창작 영웅소설은 전체의 고소설 중에서 가장 대중적 인기를 끌었던 소설이었고, 가장 강렬한 충격

방법을 통하여 대중들에게 자극적으로 인식되는 스토리텔링 기법을 활용했다는 점을 들 수 있다. 예컨대, 〈유충렬전〉은 주인공의 이름 석자가 암시해주듯 충과 열을 표상하는 상징적인 이름이고 당시대의 대표적인 영웅소설 작품인데 주인공이 하늘에서 죄를 짓고 인간 세상에 태어난 유충렬이 적대자인 정한담과 위기에 처해서 가정과 국가를 구하고 부귀영화를 누리면서 천상으로 다시 복귀한다는 이야기이다. 이처럼 천상계와 지상계라는 이원론적 세계를 통하여 천상의 죗값을 지상에서 치유하고, 다시 천상으로 회귀한다는 구도는 마치 선한 사람에게는 하늘이 복으로써 갚아준다는 유교적 심정론을 그대로 활용하고 있다.

이렇듯 조선시대 영웅소설은 당시대 이데올로기에 체제순응적인 담론이라 할 수 있으며, 주인공의 삶의 노정도 여기에 맞추어져 있다. 따라서 주인공→결연→가정→가문→국가라는 상승적인 서사구조의 축을 따라 영웅적 능력이 구현되는 서사공간의 배열로 스토리가 만들어졌다. 주인공 개인의 일생을 서사단위로 삼아 어느 한 군데로 생애를 편중시키는 법 없이 전 시간대를 골고루 보여줌으로써 읽고 난 후 생의 종합적 재구를 가능케 해 준다. 작품 요소로서의 공간창조도 이와 같은 맥락에서 만들어지고 있으며 대체로 작가의 의도된 공간창작방법에 따라 활용된다. 따라서 자연스럽게 이야기 담론도 이러한 공간노선을 따라 스토리텔링되고 있는 것이다.

이러한 충효윤리의 이상적 지향가치에 대한 의지는 그대로 영웅소설에 수용되고, 가정과 가문의 유지와 그렇지 못한 것, 그리고 효행의 중요함과 단절의 상황설정, 후사의 존재와 단절의 문제, 충신으로서 군신관계와 반역의 문제 등을 대립구도로 설정하고 있다. 이러한 상반된 대립구도를 통하여 손상된 상처를 치유해 나가는 방식은 단면이나 단방향일 수는 없으므로 다양한 주인공을 중심으로 한 인물군상들과 체계적인 사건과 배경을 설정하여 다각도로 모색해 나가는 치유방식의 담론을 활용하고 있다.

또한 영웅소설은 작품의 서두부터 가정과 가문의 문제의식을 중요하게 다루고 있다. 자식이 없는 결핍의 문제는 가문 단절의 의미를 넘어 후사가 없어 조상향화할 수 없음으로 조상에 대한 죄라고 인식하고 있다는 것이다. 자식이 없는 서두에 무자근심과 기자모티프는 적강구조와 결합하여 형상화되고 있다. 즉 자식이 없다는 것은 가문의 단절을 의미하며, 가문의 쇠락은 천상계에서 하강한 신이한 존재, 즉 만득자로 해소되는 것이다. 만득자로 태어난 영웅소설의 주인공은 자기 개인적인 삶보다는 가문의 운명에 따른 삶을 살고 있다.

이러한 조선조라는 한 왕조사회에서 가문의 중요성은 가장 중요시해 온 프레임이었다. 일찍부터 소위 가문소설이라는 소설 유형이 많이 쓰이고 읽힌 것도 이 때문이다. 이수봉에 의하면 이미 1676년에 〈한강현전〉과 같은 가문소설이 등장하였으며,[7] 이 소설의 경우 영웅소설에 가까운 구성방식을 가지고 있다. 이렇게 본다면 가문소설의 주인공은 가문창달자로서 영웅의 군담화소가 뒤에 나타난 영웅소설에 이행되었다고 볼 수 있을 것이다. 민중소설의 주류를 이루고 있는 영웅소설에 이러한 가문의 문제를 중요하게 다루고 있다는 것은 조선조 때 가문의 중요성이 일반서민 또는 몰락양반에 이르기까지 두루 인식되고 있음을 의미한다.

그러므로 영웅소설의 향유층이 추구하는 담론은 당시대인의 보편적인 유교이념의 가치인 충효에 대한 인식이며 구성원들의 치열한 담론을 형상화한 것이라 하겠다. 작품의 서두에서부터 효윤리에 대한 언급부터 시작되는데 영웅소설의 서두 부분에 구체적으로 묘사하고 있다.

---

7 이수봉, 『한국가문소설연구논총』, 경인문화사, 1992, 17쪽.

명산대찰의 공간은 만득자를 얻는 공간이요, 저물어가는 한 가문의 구원의 공간이다. 대대로 명문거족의 명망을 지켜오던 집안이 후손이 없어 몰락해 간다는 설정은 절박함의 표상이자, 가문구원의 복선이다.

다음은 충윤리에 대한 담론을 들 수 있다. 이 유형의 작품은 한결같이 국운쇠퇴를 언급하고 있고, 여기에 간신들의 불충과 부도덕한 충윤리관이 부각되고 있다. 이러한 국운쇠퇴가 극대화된 영웅소설의 작품으로는 〈유충렬전〉, 〈조웅전〉, 〈황운전〉, 〈이대봉전〉 등을 들 수 있다. 여기에서 주인공이 겪는 고난은 한결같이 당대의 부도덕한 간신들의 횡포와 모함을 통해서 국가적인 혼란이 시작되며, 난세기에 부모의 구몰과 가정이 파괴되고 몰락되는 과정을 보여주고 있다. 이들 간신은 개인적인 적대자라기보다는 이들로 인해서 왕권과 국가의 질서가 무너져 가는 것으로 형상화하고 있다. 즉 고난의 성격으로 볼 때 소설 작가층이나 향유층의 의식은 당대의 윤리규범이 무너지는 현실을 비판하고 도덕성이 바로 서는 태평성대의 세계상을 욕망하고 있다.

국운이 쇠퇴된 작품의 공통점은 서두에서 적나라하게 형상화된다.

> "대명국 영종황제 즉위 초에 명나라 황실이 미약하고 법령이 불행한 중에 남만북적과 서역이 강성하야 모반할 뜻을 두매, 이런고로 천자 남경에 머물러 있을 생각이 없고, 다른 곳으로 도읍을 옮길 생각을 하시더라 …… 이 때 조정에 두 신하 있으되, 하나는 도총대장 정한담이요 또 하나는 병부상서 최일귀라는 자였는데 …… 이들은 자기의 실력에 교만해져서 언제나 천자를 도모할 어둑한 모반의 마음을 갖고 있더라. 정언주부의 유심의 직간을 꺼리고, 그런가하면 다른 상소들을 음밀히 배척하기도 하더라. 이러구러 하던 중 이들의 기회는 온 것만 같았더라"[8]

> "송문제 즉위23년이라 이 때 시절이 태평하여 사방에 일이 없고, 백성들

은 격앙가를 일삼고 있을 뿐이더라…… 그러나 이런 때일수록 간실들은 암약하는 법이어서 우승상 이두병의 참소를 보고 고결한 성품의 조정인은 그만 음약하여 죽어버리니"[9]

〈유충렬전〉과 〈조웅전〉의 서두는 주인공의 경험세계가 태평하지 못하고 국운이 쇠퇴되어 있음을 보여준다. 현직 고관인 부친이 간신의 횡포때문에 유배를 당하거나 죽는 것으로 처리하여 경험세계의 부도덕한 횡포가 적나라하게 형상화된다. 즉 충신으로 표상된 부친이 간신들과 첨예한 대립을 통해 몰락해 가는 원인이 분명하게 제시된다. 이에 주인공은 선과 명분이라는 도덕적 당위를 내세워 이들을 처벌하게 된다. 결국 개인과 국가의 고난이 당대 유교윤리의 타락에서 비롯되었다는 점을 강조하면서 주인공을 통해 국가적 충을 부각시켜주고 있다.

이러한 충효윤리의 담론공간은 〈소대성전〉과 〈장풍운전〉에서도 볼 수 있다. 장풍운은 새로운 가문의 형성 내지 가문의 번성과 관련된 만득자로 태어났으며, 이렇게 태어난 주인공은 작품 내에서 가문 구성원의 하나로서 가문의 이익과 영화를 위해서 모든 행위를 하며, 항상 가문의 존재의미를 의식하고 있다. 그런 의식은 세대가 교체되어도 변함없이 유전된다. 가문은 인물의 단순한 총합 그 이상의 의미를 갖는 초개인적인 실체이며, 그것을 지탱하고 있는 이데올로기가 가문주의인 것이다. 뿐만 아니라 가문주의는 개별적으로 행동하는 것처럼 보이는 구성원들의 사고와 행위를 지배하고 통제하는 초개인적인 의식인 것이다.[10]

---

8 〈유충렬전〉, 『영인 고소설판각본전집』 2, 연세대 인문과학연구소, 1973, 335-337쪽. 이하 〈유충렬전〉이라 칭한다.

9 〈조웅전〉, 『영인 고소설판각본전집』 3, 연세대 인문과학연구소, 1973, 103쪽. 이하 〈조웅전〉이라 칭한다.

조선시대 가족제도는 철저한 가부장제였다. 수직적 가치관을 근간으로 하는 가부장적인 가족제도에서 부모는 효를 내세워 자식에게 복종을 강요하였으며, 자식은 어쩔 수 없이 부모의 모든 명을 거역할 수가 없었다. 가부장은 사법적·도의적 권리를 가지고 가족원을 엄격하게 통제하였으며, 가족원은 가부장에 대하여 절대 복종의 의무를 지니고 있었기[11] 때문에 부모의 존재가 중요한 역할을 담당했던 것이다. 부모가 존재하지 않는다는 것은 곧 가문의 와해를 의미하며, 부모의 구몰상태에서 주인공 혼자서 혹독한 경험세계를 살아갈 수밖에 없다는 것은 가문이 결핍된 주인공에게 가문형성이라는 큰 과제와 욕망이 존재하게 된다. 즉 주인공에게는 가문의 형성과 번영이 큰 지향가치라 할 수 있다.

2) 영웅활동을 통한 입공의 공간

주인공의 영웅적인 활동공간은 '가정', '산속', '전쟁'으로 연결되는 순차적인 구조로 스토리텔링된다.

담론의 공간에서 서술한 바와 같이 당시대인에게 존재하는 이념적 트라우마의 치유는 여러 방법으로 이야기할 수 있다. 영웅소설은 거대한 사회적 패러다임의 치유를 수단으로 했기에 국가적인 전란을 형상화하고 있고, 개인적으로는 해결하기 어려운 난제를 영웅이라는 인물을 통해 해결하여 집단무의식 속에 내제된 트라우마를 치유한다는 점에서 주인공이 군담이라는 공간 안에서 영웅적인 활동을 통해 입공을 실현할 수

10 조용호, 「삼대록 소설의 인물연구」, 『고소설연구』 2, 한국고소설학회, 1996, 205-206쪽.

11 최재석, 『한국가족연구』, 민중서관, 1970, 250쪽.

있는 전쟁 모티프가 가장 어울릴 수 있는 공간이라 하겠다. 작가는 이러한 모티프를 수용하면서 주인공의 영웅적인 활동이 전개되는 입공에 합리성을 부여하기 위해 싸움의 군담 공간이 필요했다고 볼 수 있다.

사건의 배경이자 영웅인물의 활동이 이루어지는 입공 공간은 매우 다양하게 스토리텔링되고 있다. 등장인물 각자의 행동이 이루어지는 입공의 공간을 연결해 가면 그들만의 활동 영역이 된다. 그 영역에서 개인 또는 집단적 삶과 죽음이 집중적으로 이루어진다. 입공 공간에서 영웅활동이 최고로 정점에 이르게 되며 적대인물과 사생결단의 투쟁이 첨예하게 스토리텔링됨으로써 효과를 극대화하고 있는 것이다. 일반적으로 활동공간은 주인공의 노정과 관련되어 파노라마처럼 펼쳐진다. 마치 작가가 관찰자 시점에서 한 작품의 전경화를 펼쳐보이듯 서술하는 기법을 활용하고 있다. 주인공이 태어난 어린 시절의 외형과 고난, 가정환경, 가출과 방황, 구원과 수학, 군담과 입공, 가정으로 회귀 등이 통시적으로 공간이동을 보여주고 있다.

첫째는 영웅의 활동공간으로 가정 공간을 들 수 있다. 주인공의 탄생부터 어린 시절 고아가 되고 가족과 흩어져 집을 나갈 때까지 머무른 공간을 말한다. 영웅소설의 서두에 해당되는 탄생담은 주로 주인공의 가정을 설명하고 있다. 국가와 가문을 소개하고 대대로 명문거족의 집안 내력을 피력한 다음 주인공의 비범한 탄생에 관한 섬세한 내용이 자세하게 형상화되고 있다. 대부분 가정 공간에서 신이한 꿈을 꾸게 되거나 기이한 현상이 일어난다. 이는 이 가정에서 태어난 주인공이 범인과 다른 운명과 탁월한 영웅능력을 지닌 인물임을 추구하는 스토리텔러의 의미부여이자 주인공이 어린 시절부터 영웅됨을 암시해주는 복선으로 활용하고 있는 것이다. 또한 가정 공간은 주인공이 1차적인 고난을 겪는 공간이기도 한다. 주인공이 가정에서 고난을 겪는 현상은 가정 공간의 해체와 이별을 의미한다. 고난의 유형을 보면, 전란으로 부모와 이별하거나 혹은 포로로 잡히는 경우, 부모가 병사하고 주인공이 고생하는 경우, 소실의 간계로 고난을 겪는 경우, 정적인 간신과 대립으로 부친이 정배를 가거나 죽고, 모친도 죽어서 가정이 구몰되는 경우 등이 있다.

영웅소설에서 주인공은 기존체제를 유지하려는 체제지향적 인물로 형상화하고 있다. 그 방법으로 출생에서 죽음에 이르기까지 철저하게 체제와 이념을 지키기 위한 체제순응적 인물로 형상화하고 있다. 가장 먼저 보여준 가정에서 출생담과 어린 시절 가정에서 겪게 되는 문제의 발견과 인식이라 하겠다. 영웅소설에서 이러한 출생담은 전(傳)의 방식을 벗어나지 못한 한계에서 주인공의 일대기가 시작되는 기점이기도 하다. 또한 앞으로 전개될 주인공의 가문과 성격묘사, 그리고 기이한 이야기의 발단이기도 하는 것이다. 말하자면 태몽은 주인공의 과거와 미래에 대한 하나의 정보로서 서사진행의 동인으로 작용하여 서사적 주체의 행동화와 결과에 따른 상황을 알 수 있는 발단 상황적 기능을 확인할 수 있다.

두 번째는 산속 공간에서 주인공의 활동공간을 들 수 있다. 영웅소설에서 산속 공간은 주인공이 가정해체에 따른 고난과 불행의 피난처로 묘사되고 있다. 산속 공간의 분위기는 불교와 도교의 습합으로 형상화된다. 공간과 인물은 불가적 이념공간인데 행위는 도가적 이념구현의 공간으로 형상화하고 있는 것이다. 그래서 산속 공간은 불교와 도교의 우주관에서 설명되어야 할 것이다. 특히 도교적 우주관이 지배하고 있는데 옥황상제가 거주하는 천상과 인간의 현세, 그리고 신선들의 선계와 수부로 구성된다.[12] 도교를 믿는 사람들은 이중 선계를 동경하고 거

---

12 김용범, 「최고운전 연구」, 『한국문학의 도교적 조명』, 진성문화사, 1986, 46쪽.

기에서 살기를 희원하는 것이다. 이러한 몽상의 세계가 도교의 이상세계요 그것이 등장하고 있는 것이 조선시대 대중소설인 영웅소설이다. 이야기 속의 이상향은 상당수가 전쟁이나 환난을 피해 그곳을 찾아 들어온 사람들이 만든 공간이기에 영웅소설에서 주인공의 가정이 구몰되고, 죽을 고비를 맞이하여 집을 떠나 갈 곳 없는 상황에서 산속 공간으로 인도되는 것도 이러한 사상과 무관하지 않다.

영웅소설에서 산속 공간은 다시 '사찰 공간'과 '동굴 공간'으로 나누어 살펴볼 수 있다. 산속 공간은 매우 특별한 공간으로 형상화되고 있다. 주인공의 피난처요, 구원자와 조우의 공간이자, 영웅능력을 함양하는 심신단련의 공간이며, 판타지 세계관의 공간이기도 하다. 산속 공간은 사찰이 존재하는 곳이고, 신성한 인물이 도를 닦는 공간으로 속세로부터 유리된 공간이다. 뿐만 아니라, 주인공에게 잠재능력만 있지만 발현될 수 없는 능력치를 도사나 승려 등 신이한 보조인물에 의해 적극적으로 개발시켜주는 공간이 된다. 그리고 주인공이 가정 공간에서 이탈해서 새로운 공간으로의 이동을 통해 거듭남의 분리공간이자 이동공간이기도 한다.

그래서 우리의 설화나 영웅소설 작품 중에는 산을 공간으로 활용하고 있다. 인간은 본래 산을 천계와 통로, 모든 영혼의 귀숙지(歸宿地)요, 신들이 사는 곳이며 인간이 이상화하는 낙원으로 보아왔다.[13] 조선조인에게도 산은 신성한 곳이며 단군신화를 비롯하여 대부분의 건국신화의 장소적 배경이 산상이 되어 있는 것을 보아 산속 공간은 신성계를 상징하는 공간으로 영웅소설에서도 신선이나 도사가 사는 곳으로 설정되어있다. 영웅소설에서 주인공의 영웅성을 강조하기 위해 어떻게 해서든 천상

---

13 정재서, 「〈山海經〉 신화와 신선설화」, 『도교와 한국사상』, 범양출판사, 1987, 256쪽.

계와 관련성을 맺게 하는데 전통적인 불교관과 밀접하게 관련을 맺고 있다.[14] 특히 주인공이 고난을 겪으면서 죽을 고비에 이를 때면 어김없이 주인공을 구출하고 양육하며, 그가 능력을 배양할 수 있도록 도와주는 존재가 승려나 도사라는 신성한 인물이 개입하게 된다. 이것은 주인공이 소극적으로 고난을 극복하기에는 현실이 너무 힘들고 개연성이 없다고 본 창작자의 의도에서 비롯된 것이라 하겠다. 합리적인 주인공의 영웅성을 부여해주는 방법으로 탄생과정과 능력수학, 그리고 군담에서 승리의 과정까지 깊이 개입하는 것으로 스토리텔링되고 있다.

또한 산속 공간은 주인공 스스로의 능력함양보다는 사찰의 승려나 도사에게 재주를 수학하는 공간이며, 이곳에서 주인공은 도술과 병법 등 재주를 배우고 익히는 권토중래의 도장이라 할 수 있다. 특히 불교 설화에서 많이 볼 수 있는 승려(중, 도사)는 종이에 글을 써 하늘에 던져 학을 불러오기도 하고, 집파방석을 짜 그것으로 주인공이 간단히 선계에서 인간 세상으로 돌아가게 한다. 또 중은 집 둘레에 백포(白布)를 쳐 주인공이 오랑캐로부터 화를 당하지 않게 구해주기도 한다. 이들은 참 깨달음에 이르기 위해 정진하고 있는 중이라기 보다는 잡다한 방술을 보여주는 도사에 가깝다.[15] 영웅소설의 주인공들도 이처럼 산속 공간에서 도사로부터 게임에서 아이템으로 명명되는 보조도구를 얻게 되는 공간이며, 캐릭터를 성장시키는 공간으로 형상화하고 있다.

---

14 주인공이 영웅성을 선천적으로 타고났음을 보여주는 방법으로 탄생담을 수용하고 있는바, 부모가 선행을 한 보답으로 천상계로부터 보답을 받은 점, 산천에 발원하고 있다는 점, 〈소대성전〉처럼 불전에 발원하거나 〈이대봉전〉에서 사찰에 시주한 결과 탄생한 점, 〈현수문전〉처럼 사찰 중수에 큰돈을 내고 점지 받은 점 등은 불교관과 관련성이 깊다.

15 장양수, 「한국 이상향 설화에 나타난 도교사상」, 『인문연구논집』 4, 동의대 인문과학연구소, 1999, 23쪽.

세 번째는 군담 공간을 통한 주인공의 활동을 들 수 있다. '군담 공간'을 가장 많이 수용한 창작 영웅소설로 가장 대중성이 강한 〈유충렬전〉과 〈조웅전〉, 〈장백전〉 등이 많이 스토리텔링되어 있다. 〈유충렬전〉을 통해서 보면, 유충렬은 필마단창으로 십만의 적군을 몰살시켜서 적대자를 굴복시키는 장면을 볼 수 있다.

> "이 밤 삼경의 한담이 선봉장 극한을 불러 군사 십만 명을 주어 금산성을 치라 하니 극한이 명을 받고 금산성으로 달려들어 호통 일성의 십만병을 나열하여 군문을 밧비 헛쳐 군중의 들어 좌우를 충돌하며 군사를 지쳐들어 가니…원수 대경하야 금산성 십이 뜰의 나는 듯이 달려들어 병역갓치 소래하며 적진을 헛쳐 중균우ㅏ 들어거셔 조정만을 구원하야 장대에 안치고 필마단창으로 성화갓치 달려들어 장성검 지닌곳에 천극한의 머리를 베히고 천사마닷는 곳에 십만군병이 팔공산 초목이 구시월만난 듯이 다시 순식간에 업서지니…"[16]

한편 〈장백전〉에서도 원황제는 풍악으로 세월을 보내 정사를 돌보지 않으므로 천하 인심이 흉흉하다가 장원수의 침입을 받고 이백만 군사로 친히 대결한다. 장원수는 이정과 더불어 제 장군으로 원의 군사를 무찌르고 원황제에게 항복을 받는다. 원황제는 옥쇄를 목에 걸고 항복하고, 장원수는 원황제를 꾸짖어 안평공을 봉하고 장안으로 향한다.[17] 또한 주원수는 군 30만으로 제성을 항복받고 예주에 있다가 황성이 비었다는 말을 듣고 급히 군사를 몰아 장안으로 향한다. 궁중에 들어가 황후와 비빙을 원참하고 주원수는 황제제위에 올라 국호를 대명이라

---

16 〈유충렬전〉, 완판본.

17 〈장백전〉, 『전집』 5, 763쪽.

칭하고 제신의 벼슬을 도도와 국정을 이끌어 간다.[18]

스토리텔러는 이러한 공간설정과 이동을 통하여 천상계에 속한 주인공은 전통적인 영웅이요, 지상계에서 적대자는 영웅같지 않는 인물로 서로 대조적으로 배치시킴으로서 고귀한 사람과 소박한 사람의 상호관계를 상징한다고 할 수 있다. 또한 이러한 공간이동을 통해서 다른 능력을 소유한 다양한 캐릭터끼리 모여 동료가 되어 임무를 수행하기도 하고 이를 통해 능력을 상승시키는 것은 물론 영웅 캐릭터를 중심으로 한 주변의 보조인물의 관계를 공고히 하는 것이다. 특히 공간이동에서 조력자의 역할론이 중요한데 주인공에게 무술, 병법, 도술 등을 가르쳐 주는 신선이나 도승과 같은 존재들을 말한다. 그들은 주인공의 삶에 정당성을 부여해주는 역할을 담당하게 되고 영웅이 활동을 통해 입공을 할 수 있도록 도와주는 존재이다.

이와 같이 주인공이 작품 내에서 활동하는 군담 공간은 일반적인 전쟁을 중요하게 다룬다기보다는 사회적 차원에서 빚어진 문제를 더 심도 있게 다루고 있다. 즉 군담 공간은 사회적 문제해결을 위한 하나의 도구로 활용되고 있으며, 자아실현과 가문회복을 위한 명분과 매개의 역할로 활용되고 있다고 하겠다. 따라서 군담 공간에서 어떤 왕조와 중국을 배경으로 한 어느 나라이든 크게 문제되지 않고, 오직 주인공이 영웅적인 능력을 탁월한 활약으로 보여주는 공간으로서만 의미를 갖는다. 주인공이 활동한 군담 공간은 시공의 제약을 넘어선 보편적인 가치실현을 위한 보조적 역할을 제공하는 공간에 머문다는 점이다.

마지막으로 군담 공간을 통해 승리한 주인공의 입공 공간을 들 수 있다. 조정은 천자가 사는 공간으로 충의 중심 공간이다. 조정에 황제

---

18 〈장백전〉, 『전집』 5, 764쪽.

가 부재하거나 피난을 간다는 것은 충의 부재를 의미하며, 당시대에 충의 부재문제를 심각하게 노출시키는 공간이 되는 것이다. 나라 전체가 극심한 난세기에 처해지고 백성들은 도탄에 빠져 아우성치는 나라 곳곳은 하나의 모순으로 여러 사건의 형태로 표출되어 백성들은 영웅을 대망하고 영웅으로 하여금 이러한 모순의 공간 안에서 해결해나가야 하는 과제를 안고 현실을 경험해야 하는 것이다.

영웅소설 작가는 국가적, 사회적으로 어떠한 어려운 난관이 닥친다고 해도 영웅인물이 나선다면 어떤 문제이든지 쉽게 해결할 수 있다는 시각으로 스토리텔링하고 있다. 영웅만능주의를 강요하며, 언급하고 욕망을 실현하는 방법을 활용하고 있다. 이러한 영웅주의는 충의 구현자이자 천자와 나라를 위기에서 구할 수 있는 만능자라는 사실을 주지하고 있기 때문에 영웅의 활동 공간은 영웅성이 보장되는 곳이며, 충이 실현되는 공간이라 할 수 있다.

3) 순환 구조를 통한 환상의 공간

영웅소설을 이해하는 데 있어서 가장 중요한 공간은 비현실적이며 낭만적인 환상 공간이라 하겠다. 즉 환상성[19]을 통해서 영웅소설의 서사원리를 이해할 수 있다. 이러한 서사성은 마치 반지의 제왕에서 중간계라는 환상적 공간을 통해서 온갖 신비하고 비이성적 비과학적인 영웅 캐릭터를 창조한 것이나 해리포터의 마법 학교를 통해서 보여주는 마법 같은 판타지 공간을 통해서 다양한 인물이 창조되고 개성적인 온

---

19 환상성이란 라틴어 phantastious에서 유래한 것으로 '가시화하다'는 의미를 가진다. 이렇게 볼 때 모든 상상적 활동은 환상적이며, 따라서 모든 환상작품은 환상물이 된다. 로즈메리 잭슨, 『환상성』, 서강여성문화연구회 역, 문학동네, 2001, 23쪽.

갖 캐릭터가 창조되듯이 영웅소설에서는 진정한 영웅성이 발현되는 공간이라 하겠다.

환상 공간은 인간이 경험할 수 없는 그러나 개념적으로는 설명될 수 있는 공간을 의미한다. 인간은 유한자로서 신이 아니기 때문에 약점을 극복하기 위해 신앙을 갖게 되는 것이고, 환상을 꿈꾸는 존재이다. 일반적으로 영웅소설에서 환상 공간은 천상계, 선계, 지하계, 수중계 등이 지상계와 관련하여 일어나는 신비한 비현실적 공간이라 할 수 있다. 즉 자유로운 상상력과 현실을 벗어난 특성을 가지고 있어서 환상 공간은 가장 현실적이지 않는 세계를 표현하지만 아이러니하게도 가장 절실한 현실이 드러나는 이중적인 속성을 가지고 있다.[20] 영웅소설은 영웅탄생의 당위성을 부여한 천상계와 구원의 장소라 할 수 있는 선계, 용왕이 실존한다는 수중세계, 요괴와 대적들이 살아가는 지하 동굴세계 등으로 스토리텔링 되고 있다.

이러한 환상 공간은 주인공의 노정과 직접 관련되어 있으며, 그곳에 가기 위해 각 인물들이 찾는 특별한 장소들이 서로 연결되어 있다. 이러한 환상 공간은 인간이 범접할 수 없는 절대자의 은신처이자, 피난자의 안전한 도피처가 되며, 영험한 장소를 말한다. 즉 영웅소설의 환상 공간은 신화적 질서가 주인공의 생애에 걸쳐 영향력을 미치는 질서의 공간이라 하겠다. 그리하여 조선시대의 영웅은 이 판타지의 공간 안에서 충효의 인간, 도덕과 윤리를 바로잡아가는 인간, 가문과 신분을 회복하는 인간, 국법질서를 재정립하는 영웅상의 구현되는 공간으로 스토리텔링 되는 이상적인 공간으로 설정된다. 이처럼 환상 공간을 통한 현실계를

---

20 임영호, 「환상성과 서사구조 특성에 관한 연구」, 『예술과 미디어』 11(2), 한국영상미디어협회, 2012, 113쪽.

비현실계로 순환하게 하면서 주인공에게는 고난과 행운의 순환을 현실과 이상을 꿈꾸게 하는 선순환적인 스토리텔링에 의미를 가지고 있다. 먼저, 천상계는 지상계가 인간의 경험세계이자 향유층이 경험하는 현실공간 세계이며, 천상계는 이상공간이라 할 수 있다. 여기에서 이상공간은 현실공간과는 전혀 다르지만 주인공의 생을 이원적으로 연결시켜주는 주인공만이 도달할 수 있는 공간이 되며, 지상계에 항상 명령과 조정을 할 수 있는 공간이 되는 것이다. 즉 천상계라는 환상의 공간에서는 항상 천상의 선인이 등장해서 주인공을 수동적으로 이끌어가는 기법을 활용하고 있다. 태몽에서도 주인공이 죽을 위기에 처해서도 전쟁터의 싸움에서도 방황하고 혼돈할 때에도 꿈을 통해 어김없이 아바타를 조정하듯이 주인공에게 메시지를 전달하게 된다.

영웅소설의 각 작품의 주인공은 비록 꿈이라는 매개를 통해서 이야기하고 있지만 이상공간에서 예지와 해몽을 통해 현실공간에서 구체적인 활동이 전개된다. 이상공간은 항상 주인공에게만 열려있으며, 주인공이 위기에 처하거나 죽을 고비에 이르러서도 탁월한 능력을 부어주는 해결방법을 가르쳐주는 지혜의 공간이기도 하다. 때로는 신선의 가르침이나 영특한 꿈을 통해서, 때로는 신비로운 보조도구를 받으면서 예전과 다른 영웅성이 키워지는 것이다.

이처럼 환상 공간은 이원론적인 신화의 공간을 의미한다. 현실세계가 아닌 상상의 세계, 초월적 세계를 의미하며, 주인공이 활동하는 영웅의 영역공간이다. 단군신화의 신시, 가락국기의 구지봉은 단순한 장소가 아니라 영웅이 탄생하고 그 영웅이 역사를 창조하는 엄숙하고도 장엄한 공간이다. 영웅의 영역에서 인간의 영역으로 바뀌면 전설의 공간이 된다. 전설의 공간은 절대적이기보다는 상대적이고 초경험적이기보다 경험적인데 상대적이고 경험적인 공간에서 인간의 사고, 행동, 운명이 전개된다, 신화는 주인공이 탁월한 능력을 가지고 과업을 완수하지만 전설은 그렇지 못한다[21]는 점에서 신화나 영웅소설의 주인공은 올라서기를 위한 욕망의 공간창조라 할 수 있다.

현대사회에서 이러한 환상성은 문학의 범위를 뛰어넘어 다양한 매체에 매력적인 주제로 활용되어지고 있다. 환상성의 가치는 자유로운 상상력과 현실의 구속에서 벗어난 성격을 가진다. 이러한 특징은 연대기적 서술과 삼차원성을 제거하고, 생명이 있는 대상과 생명이 없는 대상, 자아와 타자, 삶과 죽음 사이의 엄격한 구별을 무화시키면서 시간, 공간, 인물 간의 통일성을 따르는 것을 거부해 왔다.[22] 그렇다고 해서, 환상성이 현실도피나 단순한 쾌락원칙으로만 인지되는 것은 아니다.

영웅소설의 환상공간은 일반적인 영웅서사에서 수용하고 있는 천상계에 대한 스토리텔링을 들 수 있다. 영웅서사에서 천상계는 지상계가 인간의 경험세계이자 향유층이 경험하는 현실공간 세계이며, 천상계는 이상공간이라 할 수 있다. 여기에서 이상공간은 현실공간과 전혀 다르지만 주인공의 생을 이원적으로 연결시켜주는 주인공만이 도달할 수 있는 공간이 되며, 지상계에 항상 명령과 조정을 할 수 있는 공간이 되는 것이다. 즉 천상계라는 환상 공간에서는 항상 천상 선인이 등장해서 주인공을 수동적으로 이끌어가는 기법을 활용하고 있다.

영웅서사의 환상 공간을 창조하는 방법으로 도술을 활용한 공간 창조를 들 수 있다.[23] 도술 자체가 인간의 환상적 산물이고 시련극복이나

---

21 신태수, 「고소설의 공간에 대하여」, 『한민족어문학』 28, 한민족어문학회, 1995, 253쪽.

22 로즈메리 잭슨, 『환상성』, 서강여성문화연구회 역, 문학동네, 2001, 10쪽.

23 영웅소설에서 도술은 초월적 인간상을 보여주는 상징적 언어로써 도술, 환술, 둔갑술을 이용하고 있다.

욕구실현의 방편 내지 수단에서 비롯된 것이기 때문에 현실적으로는 불가능한 환상공간이나 공간이동을 도술이라는 방법을 통하여 자유자재로 공간을 만들고 이동하는 방법을 활용한 것이다. 도교적 사유의 시각적 재현을 통하여 이미지 스토리텔링을 구현해내고 있다. 그리고 변신은 현실과 비현실을 순환하면서 고난과 행운의 순환과 맞물려 나타나면서[24] 욕망을 성취하는 것으로 스토리텔링되고 있다. 이러한 기법은 당시대에 도교사상에 영향을 받아 향유층에게 개연성을 줄 수 있었기에 가능한 것이다. 마치 현대의 문화콘텐츠에서 활용하고 있는 판타지를 컴퓨터그래픽을 이용하여 구현하는 것과 같은 기법으로 이해할 수 있다. 이러한 도술로 죽은 사람이 환생하기도 하고, 선인이 되기도 하며, 꽃이나 짐승 또는 물건이 사람으로 형태를 바꾸기도 한다. 이러한 기법은 당시대에 도교사상에 영향을 받아 향유층에게 개연성을 줄 수 있었기에 가능한 것이다. 마치 현대의 문화콘텐츠에서 활용하고 있는 판타지물을 컴퓨터그래픽을 이용하여 구현하는 것과 같은 기법으로 이해할 수 있다.

환상은 우리가 경험하는 사실과 반대된 조건을 사실 자체로 변형시키는 서사적 결과물이기 때문에 당대의 현실이 어떠한가에 대한 역동적인 개념으로 이해될 수 있다. 환상의 세계 중에서 인간 삶의 이야기를 허구서사를 통해 구현한 환상이 서사적 환상이라 할 수 있다.

도술을 통한 환상 공간의 실례를 〈홍길동전〉에서 보면, 길동이 가정에서 자신을 죽이려는 특재와 관상녀를 도술을 통해서 죽이는 장면이

---

24 〈금방울전〉은 사건이 진행되면서 그 배경이 비현실계에서 현실계로, 현실계에서 다시 비현실계로 바뀐다. 그리고 주인공에게는 고난과 행운이 바뀌어 나타난다. 용녀가 금방울 태어나고, 금방울이 다시 여인으로 변신을 한다. 이처럼 하나의 현상이 있는 그대로의 상태로 지속되지 않고 그것이 다른 상태로 변해 돌아가는 순화의 과정을 통해서 욕망이 성취되는 것으로 스토리텔링되고 있다.

도술에 의한 환상의 공간이라 하겠다. 길동은 진언을 념하여 주위환경을 변화시켜 상대자로 정신을 어지럽혀서 이 상황을 이용하여 자객인 특재와 관상녀를 죽인다. 위기에서 벗어난 길동은 부모를 하직하고 집을 나와 도적의 우두머리가 되는 합천 해인사로 향한다.

> "비슈를 들고 완완히 방문을 열고 드러오는지라 길동이 급히 몸을 감추고 진언을 념하니 홀연 일진 진동이 니러나며 집은 간데업고 첩첩한 산중의 풍경이... 네 무삼일노 나를 죽이려한다... 진언을 념하니 홀연 일진 흑운이 니러나며 큰 비 붓드시오고... 특재의 머리 방중의 나려지난지라 길동이 분긔를 이기지 못하여 이밤의 박긔상녀를 잡아 특재 죽은 방의 드리치고..."[25]
>
> "그대 등은 나의 재조를 보라하고 즉시 초인 일곱을 맨드러 진언을 념하고 혼백을 붓치니 일곱 길동이 일시의 팔을 뽐내며 크게 소래하고... 슈작하니 어늬거시 정길동인지 아지 못한지라... 여덥 길동이 팔도에 다니며 효풍환우하난 술법을 행하니... 셔울 오는 봉물을 의심업시 탈취하나 팔도 각읍이 쇼오하여...[26]

이러한 길동의 변화무쌍한 모습과 행동은 활동영역의 확대와 그들에게 우월성을 보여주기 위한 환상의 공간 스토리텔링이라 하겠다. 그러므로 환상 공간에서 신이한 능력을 낭만적으로 발휘하여 욕망을 성취할 수 있게 설계하는 의도된 공간창조라 하겠다. 천상에서 지상으로 다시 천상으로 회귀하는 순환구조를 판타지 기법으로 스토리텔링하면서 향유자들에게는 흥미와 몰입을 제공하게 된다.

---

25 〈홍길동전〉, 한남본, 6-7장.

26 〈홍길동전〉, 한남본, 11장.

3. 결론

지금까지 조선조 영웅소설의 창작기법에 수용된 공간 스토리텔링의 양상과 의미를 세 가지로 살펴보았다. 조선조 영웅소설 작품에 설정된 공간은 다양한 관점에서 논의될 수 있지만 본고는 관념적인 담론 공간, 지리적 공간, 환상 공간으로 설정하여 살펴보았다.

첫째는 담론을 통한 이념의 공간을 들 수 있다. 영웅소설의 작가, 독자, 향유자들의 취향을 종합해 보면 크게 충, 효, 선, 악의 이념과 가문, 애정, 출세 등의 욕망의 결합체로 이루어졌다. 이에 영웅소설의 주요 담론도 당시대의 윤리관과 밀접한 이념 공간이 세계관으로 표출되어 있다. 따라서 영웅소설에서 인물의 공식은 보편성을 지녀야 하기 때문에 전형적인 인물의 기본형은 선과 악으로 양극화된다. 선한 인물과 악한 인물의 뚜렷한 양극화는 도덕적인 보상과 연결되어 있고 소설 향유자들은 자신과의 동일시를 통해서 대리만족을 느끼게 되고, 선이 결말에서 반드시 악을 이기고 승리한다는 것을 알기 때문에 현실적인 낙관을 갖게 된다. 영웅소설의 담론 공간도 이러한 인물을 이야기판에 올려놓고 도덕지향적 욕망을 맛보는 서사의 장이라 하겠다.

둘째는 영웅의 활동을 통한 입공 공간을 들 수 있다. 충효의 담론은 영웅소설의 주인공이 활동하는 작품내적인 활동공간으로 스토리텔링이 될 수밖에 없으므로 그것을 실현하기 위해서는 보다 큰 전쟁의 판이 필요했던 것이고, 이것이 인공공간이라 할 수 있는 가정, 사찰, 군담이며, 자연공간으로서는 산, 강, 바다, 섬 등의 공간이동을 통하여 작가는 이러한 모티프를 적절하고 다양하게 수용하면서 주인공의 영웅적인 활동이 전개되는 입공에 합리성을 부여하기 위해 싸움의 군담 공간이 필요했다고 볼 수 있다.

셋째는 순환 구조를 통한 환상 공간을 들 수 있다. 환상 공간은 인간이 경험할 수 없는 그러나 개념적으로는 설명할 수 있는 공간을 의미한다. 인간은 유한자로서 신이 아니기 때문에 약점을 극복하기 위해 신앙을 갖게 되는 것이고, 환상을 꿈꾸는 존재이다. 일반적으로 영웅소설에서 환상 공간은 천상계, 선계, 지하계, 수중계 등이 지상계와 관련하여 일어나는 신비한 비현실적 공간이라 할 수 있다. 즉 자유로운 상상력과 현실을 벗어난 특성을 가지고 있어서 환상 공간은 가장 현실적이지 않은 세계를 표현하지만 아이러니하게도 가장 절실한 현실이 드러나는 이중적인 속성을 가지고 있다. 영웅소설에서는 영웅탄생의 당위성을 부여한 천상계와 구원의 장소라 할 수 있는 선계, 수중세계, 지하세계 등으로 스토리텔링되고 있다. 이러한 환상 공간은 주인공의 노정과 직접 관련되어 있으며, 그곳에 가기 위해 각 인물들이 찾는 특별한 장소들이 서로 연결되어 있다. 이러한 환상 공간은 인간이 범접할 수 없는 절대자의 은신처이자, 피난자의 안전한 도피처가 되며, 영험한 장소를 말한다. 즉 영웅소설의 환상공간은 신화적 질서가 주인공의 생애에 걸쳐 영향력을 미치는 질서의 공간이라 하겠다.

제4부

영웅소설과 치유 스토리텔링

영웅소설의 치유 스토리텔링과 의미

1. 서론

이 글은 대중에게 큰 인기를 끌었던 조선조 시대의 창작 영웅소설[1]을 대상으로 하여 이 소설을 치유 스토리텔링의 관점에서 당시대 치유[2]의 성격과 스토리텔링의 의미를 살펴보는 데 목적이 있다. 그동안 영웅소설은 신화의 세계관에 바탕을 두고 주인공의 탁월한 일대기 과정에 주목해 왔고, 주인공의 낭만적인 영웅상을 환상성과 도식성에 결부시켜 연구해 왔다.

특히 창작 영웅소설은 비록 작가가 밝혀져 있지 않지만 당시대의 사회

---

1 본고가 참고자료로 사용한 창작 영웅소설의 작품으로는 김동욱 편, 『영인 고소설 판각본전집』 1-5권, 연세대 인문과학연구소, 1973에 수록된 것으로 〈소대성전〉 경판 36장 『전집』 4, 〈장풍운전〉 경판27장, 『전집』 2, 〈백학선전〉 경판24장본, 『전집』 1, 〈조웅전〉 완판 104장, 『전집』 3, 〈유충렬전〉, 완판 86장, 『전집』 2를 참고하였다. 이하 창작 영웅소설은 영웅소설과 혼용해서 사용하고자 한다.

2 본고는 '치유'라는 용어를 사용하고자 한다. 치유는 치료보다도 더 적극적인 개념이다. 치료가 뭔가를 낫게 하려는 행위의 자체를 의미한다면, 치유는 그 행위를 통해 상처를 아물게 한다는 의미까지 포함되고 있다. 아울러 치유는 정신적인 위로와도 관련이 깊다. 최근 화두가 되었던 '힐링'은 정신적 위안을 통해 마음의 상처를 낫게 한다는 의미이며, 가장 적합한 용어가 '치유'일 것이다. 치유의 일차적인 대상은 개인이겠지만, 사실 그 대상은 개인에 국한되지 않는다. 상처받거나 병든 가족, 집단, 사회, 국가까지 그 범위가 확장될 수 있다는 측면에서 치유의 용어를 사용하고자 한다.

상을 정확히 통찰하고 있으며, 일반적으로 애정, 가문, 사회적 혼란과 같은 난세기의 시대상을 문학으로 잘 형상화하고 있다. 영웅소설은 외형으로만 보면 탁월한 영웅 능력을 가진 주인공이 어려서 온갖 고난을 극복하고, 탁월한 능력을 수학한다. 때마침 국가는 전란을 맞게 되고, 주인공이 적극적으로 전쟁터에 참가하여 적군을 무찌르고 위기로부터 국가를 수호하여 그 공로를 인정받아 높은 벼슬에 오르게 된다. 주인공은 상승된 자신의 신분을 이용하여 헤어진 부모와 재회하여 잃었던 가문 몰락을 회복하며, 혼사 장애를 겪으면서 상처받은 옛 연인을 다시 만나 행복하게 살게 된다. 이러한 서사의 틀을 하나로 도식화하여 일정한 패턴으로 수많은 창작 영웅소설을 스토리텔링함으로써 문학의 창작 관습이 통속화됨을 보여주고 있다. 작가는 이러한 창작 영웅소설에서 볼 수 있는 주인공의 일생 과정에 형상화된 당시대인의 영웅에 대한 대망 의식을 다양한 패턴으로 사건화하여 이것을 풀어가면서 작가와 독자는 물론, 당시대인을 치유해가는 스토리텔링 방법을 사용하고 있다.

본고는 이러한 창작 영웅소설이 보여주는 자기 서사의 글쓰기 방식이 당시대인에게 유사한 상처를 공유하거나 작품을 통하여 대리체험을 통한 힐링의 도구로 치유를 위한 자기 글쓰기와 일맥상통한다는 점에 주목하여 그동안 창작 영웅소설이 놓친 부분을 확대 조명하여 새롭게 이해하고자 한다. 실지로 창작 영웅소설에서 작가는 주인공과 주변 인물을 통하여 당시대인의 아픔을 그대로 리얼하게 묘사한 작품이 많다. 이러한 아픔을 극복해서 해결해가고 있는데, 모두가 애정, 가정, 사회 치유의 현상으로 볼 수 있다. 본고는 이러한 부분에서 영웅소설의 주인공이 보여주는 탁월한 영웅담이 당시대인의 내적 치유의 수단이 될 수 있다고 보는 것이다. 문학 작품은 인간의 감정을 연습할 수 있는 가장 적합한 장르이므로 작품 속에 존재하는 갈등 양상을 다양하게 간접 체험할 수 있기에 책 속의 인물을 통해 우선 나를 알아갈 수 있고, 더 나아가 사람과 소통할 수 있는 경로를 예감[3]할 수 있는 것으로 유용하다.[4]

세상에는 보편적인 원형 서사가 있다. 전쟁과 평화, 삶과 죽음, 사랑과 증오, 배신과 복수 등의 이야기는 전 세계의 설화 속에 그대로 형상화되어 유구한 세월 동안 인류의 공감과 감동을 일으키는 보편적인 원형 서사가 되었다. 국가와 민족마다 원형 서사는 강한 생명력을 가지고 전해오고 있다. 그 원형 서사는 그 민족이 지키려고 했던 중요한 가치 체계와 영웅담의 매혹적인 이야기 구조가 내장되기 마련이다.[5] 따라서 당시대인은 대중소설을 읽으면서 자신이 살아온 가정과 국가와 세계의 이야기와 조우하게 된다. 이러한 자기 동일시 현상을 통해 위로 받고 상황을 통찰하며 현실을 직시하게 되고, 그 세계를 극복하기 위한 힘을 얻기도 한다. 나아가 타인을 이해하고 용서하며 평안을 추구하기도 한다. 이는 곧 창작 영웅소설과 같은 낭만적인 이야기가 오히려 사람들에게 위대한 치유의 힘을 가져다 준 것이라 하겠다.

지금까지 문학을 치유와 관련지어 연구한 것은 현대문학을 중심으로 진행해 왔다. 1970년대 초기 연구는 비행 청소년을 대상으로 독서치료가 주를 이루었으며, 문학치료[6]가 학문연구로 정착된 것은 문학 작품

---

3 여기에서의 예감은 타인에 대한 공감능력으로 향상되고, 곧 자신을 객관화하여 이해하는 방식으로 이어진다. 자신과 타인의 삶을 예감할 수 있는 것은 이야기의 특성으로 잘 설명된다. 선선미, 『문학, 치유로 살아나다』, 푸른사상, 2017, 16쪽.

4 선선미, 앞의 책(2017), 16쪽.

5 방현석, 『이야기를 완성하는 서사패턴 959』, 아시아, 2013, 284쪽.

6 문학치료에서는 시, 소설, 수필, 동화 등 문학뿐만 아니라 개인의 내면을 이끌어내는 데 도움을 주는 영화, 애니메이션, 다큐멘터리, 사진, 그림, 음악 등의 시청각적인 매체까지 활용하고 있으며, 유형별로는 크게 독서치료, 학습치료, 자기서사치료, 시치료, 자기 서사식 글쓰기 치료 등이 진행된다. 성상희, 「소설의 치유적 기능 고찰」, 중앙대 석사학위논문, 2013, 3쪽.

감상을 활용한 연구단체로서 2002년 한국독서치료학회가 창립되고, 그 다음 해에 서사문학을 활용한 연구단체로서 한국문학치료학회가 창립되면서부터이다.[7] 그러나 이러한 연구 성향은 문학 작품을 활용하여 치유자에게 임상적으로 적용하여 치료하는 수단으로서 의미를 둔 것이 대부분이다.

한편, 고전문학의 경우는 정광훈의 연구를 들 수 있다. 그는 이야기를 통한 중국 고대인의 내적 치유를 고찰하면서 서사를 통한 치유를 개인적 치유와 사회적 치유로 살펴본 바 있다.[8] 개인적 치유로는 발분저서(發憤著書)로서 저자 스스로가 감정을 글로 토로함으로써 내적 위로를 얻고 응어리를 푸는 것이라고 하였으며, 가담항어(街談巷語)로써 거리의 이야기를 통한 사회의 치유를 고찰하였다. 특히 사람들 사이에서 유행하는 다양한 이야기나 담론은 그 사회의 모습을 직접 전달해준다는 점에서 나름의 존재 가치가 있다고 보았다.[9]

치유의 과정은 곧 창작의 과정이 되고, 극적 치유를 위해 이야기뿐만 아니라 환상의 효과가 더해지기도 하였다. 따라서 창작 영웅소설의 서사가 조선시대의 작가와 독자 및 향유자 사이에 어떤 방식으로 치유의 작용이 이루어지고 있는지를 살펴보는 것은 창작 영웅소설을 새롭게 이해하는 데 중요한 의미가 있다고 하겠다.

---

7 권성훈, 『시치료의 이론과 실제』, 시그마프레스, 2011, 23쪽.

8 정광훈, 「서사와 치유」, 『중국연구』 62, 한국외대 중국연구소, 2014, 24쪽.

9 본고에서는 정광훈이 고찰한 중국고전 작품 〈사마천의 사기〉, 〈중국의 가담항어〉를 통한 고대인의 내적치유의 연구방법을 우리의 창작 영웅소설에 접목하여 치유 스토리텔링의 성격과 의미를 고찰하고자 한다.

2. 영웅소설의 성격과 치유 스토리텔링의 의미

창작 영웅소설은 18세기를 중심으로 하여 창작 애독된 조선시대의 대중소설이다. 특히 이 시기는 조선시대의 사회상이 여러모로 큰 변화를 가져온 때라고 할 수 있다. 예컨대 이 시기가 창작 영웅소설이라는 문학적 환경변화와 밀접하게 관련이 있다는 의미이다. 특히 조선 후기는 임진왜란과 병자호란이라는 미증유의 두 개 전란이 있었던 뒤로써 조선조인은 이러한 양란을 겪으면서 양반 중심의 굳건한 지배 세력에 급격한 변화를 촉발시킨 계기가 되었다. 그동안 지켜왔던 왕권은 물론 양반 중심의 사회체제가 두 전란을 중심으로 명분과 권위가 급격하게 땅에 떨어져 버린 큰 계기가 된 중요한 사건이다.[10]

전란을 치르고 난 후, 조선 후기 사회적 변화의 가장 큰 특징은 신분제의 변동과 사회경제의 변화를 들 수 있다. 예컨대 몰락 양반의 증가와 화폐경제의 발달을 통해 이러한 소재나 사건을 작품의 중요한 소재로 삼았던 창작 영웅소설과 같은 대중소설이 등장하게 되었다.[11] 일찍이 임성래는 전란을 계기로 하여 한국 서사문학의 구조를 둘로 나누어 그 변천 과정을 살펴보았다. 하나는 신화구조를 계승한 일대기 구조의 소설과 또 하나는 지배층의 날조된 권위에 대한 비판과 풍자, 희화화의 민담구조로 전개되었다고 보았다.[12] 이러한 두 가지 서사는 조선조 인에게 주었던 엄청난 정신적 충격과 배신감, 사랑하는 연인과의 이별,

---

10 강만길, 『한국근대사』, 창작과 비평사, 1984, 369쪽.

11 일찍이 임성래는 방각본 대중소설의 창작과 유통을 두 전란을 겪고난 이후 조선시대 사회상의 변화에 따른 주제별 성격과 소설적 의의를 살펴본 바 있다. 임성래, 『조선후기의 대중소설』, 태학사, 1995.

12 임성래, 앞의 책(1995), 11쪽.

가문의 몰락, 사회적 피폐상, 권세자에 대한 갑질과 배신 등 헤아릴 수 없을 정도로 대중은 상처를 받게 되었으며, 시간이 지나면서 민중은 이러한 상처가 부정적인 트라우마로 기억 속에 내재될 수밖에 없었다.

이러한 상황 속에서 조선조인은 현실을 극복할 수 있는 환상적인 치유의 도구가 필요했으며, 정서적으로 문학을 통한 창작과 탐독을 들 수 있다. 창작 영웅소설 속 인물이나 작가의 삶, 또는 언어를 통해서 당시대인의 슬픔이나 우울의 문제를 살펴볼 수 있고, 이러한 감정을 치유하는 수단으로 환상성이 강한 창작 영웅소설류의 작품이 적합하다고 판단되었으며 민중을 치유하는 중요한 도구가 되었을 것으로 판단된다. 특히 이러한 창작 영웅소설과 같은 인간의 무의식 속에 자리한 분노, 불안, 고립감 등을 대체할 이야기로 적합한 환상이라는 문학창작 기법이 필요했으며, 영웅출현에 대한 기대와 열망으로 강하게 표출되었다.

따라서 군담을 소재로 한 창작 영웅소설은 서민들의 영웅 출현에 대한 기대와 열망을 충족시키는 데 적절한 소설 장르가 될 수 있었고, 창작 영웅소설마다 전쟁을 소재로 한 군담이 반복적으로 형상화되고 있다는 것은 그 상처의 흔적이 그만큼 강렬하다는 의미다. 이것이 상업주의와 결합하면서 창작 영웅소설과 같은 환상적인 문학 작품이 당시대인의 마음을 치유해 주는 문학적 도구로 사용하게 된 것이라고 할 수 있다. 이와 같이 무의식은 충족되지 못한 욕망이 거처하는 공간이라는 정신분석학의 이론을 받아들인다면 창작 영웅소설이야말로 조선시대의 정신적 아픔을 공유하고 치유하는 방어기제였다고 하겠다.

개인이나 사회구성원은 정신적인 아픔을 어떤 기호로든 표현하는 법이다. 불편한 마음은 어떻게든 표현된다는 점에서 무의식층에 가라앉은 억압된 것은 어떤 행위나 부정성을 띤 생각으로 나타난다. 창작 영웅소설과 같은 서사문학은 작가와 작품 사이에 서술자를 개입시킴으로써 이야기를 진행해 나간다는 점에서 상담자를 통한 치유와 일정한 공통점을 공유한다. 이때 서술자는 작가가 구성한 스토리를 이끌어가는 나레이터이자 치료사가 되는 것이다.

구술 서사를 통해 청자의 심신이 치료된 대표적인 사례를 보면 6세기경 페르시아에 전해지는 『천일야화(千一夜話)』[13]를 들 수 있다. 왕비가 스토리텔링을 통해 정신병에 걸린 왕을 치유하는 구성과 소설이 흡사하다는 것이다.[14] 이처럼 『천일야화』는 액자 형식으로 외부의 틀을 마련하고 한 여인이 서술자가 되어 액자 속 이야기를 풀어내는 형식을 취한다. 그녀가 그렇게 오랜 시간을 이야기할 수 있었던 결정적인 이유는 실제로 왕이 이야기에 흥미를 가졌기 때문이다.

이처럼 문학이 가지고 있는 치유적 가치는 이미 증명되었고, 고대 그리스 철학자 플라톤이 언급한 문학과 건강의 연관성을 언급한 데에서 비롯되었다고 할 수 있다. 건강하려면 우선 정신부터 치료해야 하며 치료할 때는 어떤 매력적인 것을 사용해야 하는데 그것은 아름다운 문자라고 하였다. 예컨대 정신적 영역의 치료 방법으로 읽기, 쓰기와 같은 심리

---

13 『千一夜話』는 6세기경 페르시아에서 전해지는 천일일동안의 이야기를 아랍어로 기술한 설화이며 아라비안나이트라고 불린다. 주요 이야기 180편과 짧은 이야기 108편이 존재하는 데 작가는 한 명도 알려져 있지 않다. 사산왕조 때 페르시아에서 모은 이야기로 15세기에 완성된 것이다.

14 주지하다시피, 『千一夜話』는 매우 총명하고 이야기를 잘하는 한 여인이 정신분열적 증세를 보이고 있는 사산왕조의 샤푸리 야르왕을 치유하는 과정이 형상화되어 있다. 샤리야르 왕은 동생을 통해 아내의 불륜을 알게 된 후 극도의 분노로 정신분열적 증세를 보이고, 그 때부터 나라의 처녀들을 하나하나 신부로 맞아 동침한 후 다음날 죽인다. 나라 안의 젊은 여자가 한 명도 남지 않을 때까지 이 잔인한 정신병적 행동이 계속될 것을 걱정한 상황에서 대신의 딸인 셰헤라자드가 자청하여 왕의 아내가 되고, 그녀는 1001일 동안 우화, 유머, 환상 등의 여러 요소들이 복합된 이야기를 들려주면서 자신의 목숨을 이어가는 동시에 상처받은 왕의 내면을 치유한다는 이야기이다.

적 요법을 사용하였고, 신앙고백, 잠언, 명상록, 훌륭한 문서, 좋은 연설 등을 읽고 듣는 것이 영혼을 정화시켜 준다고 하였다.[15] 문학 치유의 목적은 한 마디로 문학을 통해서 삶을 어떻게든 살아가는 것임을 알게 하는 것이다. 문학 치유는 이야기를 듣는 것에서 시작된다. 삶은 행복, 슬픔, 기쁨, 노여움, 불안함, 우울함 등이 존재한다는 것을 알고 자신에게 처해진 어떤 상황이라도 그것을 하나의 스토리로 받아들일 수 있도록 다양한 이야기를 기억하는 것이다. 이렇게 저장된 이야기를 상황에 맞게 스토리텔링하는 습관이 문학 치유의 시작이라 하겠다.[16]

그렇다면, 조선시대의 창작 영웅소설의 치유 성격을 이해하기 위해서는 작품을 중심으로 한 작가와 독자 및 수용자를 살펴볼 필요가 있다. 창작 영웅소설의 진정한 치유자는 누구였을까의 문제가 대두된다. 여기에는 사대부의 여성, 몰락양반과 중인, 전기수와 강담사 등 세 가지 부류의 작가층을 상정해 볼 수 있다.

먼저 사대부가의 여성 작가층을 들 수 있다. 17세기까지 소설 독자는 주로 사대부 계층을 중심으로 한 귀족계층의 여성들이 주류를 이루면서 중인층까지 확대된 점과 17세기의 소설 작품이 귀족층의 취향에 부합된 내용이었다는 점을 들 수 있다.[17] 여기에서 양반 부녀자들이 적극적인 소설의 향유자(작가, 독자)로 등장한다. 그들은 유폐된 현실의 공간을 벗어나고 싶은 그들의 일탈에 대한 욕망을 독서를 통해서 치유하고 싶었으며, 자연스럽게 그들이 관심을 가지고 있는 남녀의 사랑 이야기를 흥미있게 스토리텔링하였을 가능성이 가장 크다. 사대부가의 남성뿐만 아니

---

15 권성훈, 『시치료의 이론과 실제』, 시그마프레스, 2011, 21-22쪽.

16 선선미, 앞의 책(2017), 36쪽.

17 임형택, 「18·19세기의 이야기꾼과 소설의 발달」, 김열규 외 3인 편, 『고전문학을 찾아서』, 문학과 지성사, 1976, 320쪽.

라 여성들은 소설책을 구입하거나 필사를 통하여 소설을 탐독해 낼 수 있는 지식인이었으며, 또는 판소리 창자나 전기수와 같은 낭독자를 집으로 불러들여서 이야기를 들었던 향유자들이다. 특히 사대부가의 여성들에게는 마땅한 소일거리가 없었으며, 자연히 소설 탐독이 이들에게 재밋거리였으며, 이들이 택한 소설류로는 〈백학선전〉, 〈홍계월전〉과 애정적 치유 영웅소설이 인기 있게 탐독되었을 것으로 판단된다.

다음으로 상업주의의 발달과 함께 성행한 방각본의 출현과 이를 낭독해 주는 전기수를 들 수 있다. 전기수의 출현은 문맹으로 인해 당시 소설 감상에서 소외되어 있던 계층에게 소설을 접할 수 있는 계기를 마련해 줌으로써 소설의 대중화에 획기적인 기여를 하였으며, 상처받은 서민들의 마음을 치유해 줄 수 있는 이야기꾼이었다고 하겠다. 특히 밝혀지지 않은 무명의 창작 영웅소설의 작가가 일차적인 치유의 작가라고 한다면 조선조 후기에 문학적 치유에 앞장섰던 치유자는 전기수[18]라고 볼 수 있다. 당시에 인기있는 이야기꾼인 전기수의 활약은 대단하였다.

전기수는 단순히 읽어주는 이야기 주머니를 넘어 독자와 같이 호흡하고 감정을 이입하며, 다양한 기법을 통하여 재미와 긴장감 넘치는 이야기의 전달자였다. 예컨대 "한 남자가 종로의 담배 가게에서 어떤 사람이 소설을 읽는 것을 듣다가 영웅이 극도로 실의에 빠진 대목에 이르러 문득 눈을 부릅뜨고 입 거품을 내품더니 담배 써는 칼을 들어 소설을 읽던 사람을 찔러 즉사시킨 일이 있었다"[19]는 기록을 통해 볼 때 전기수는 독자들과 깊은 감정을 교류하고 있음을 증명하는 것이다. 이 대목은

---

18 기록을 통해 볼 때 조선조 후기에 인기 있는 전기수로는 오가 성을 가진 인물, 이업복, 이자상, 이름이 밝혀지지 않는 상놈 등이 대표적이다. 임형택, 앞의 책(1976), 317-318쪽.

19 임형택, 앞의 책(1976), 323쪽.

비록 비극적인 사건을 다루고 있지만 전기수를 통한 영웅소설 결말구조의 해피엔딩은 극도의 스트레스를 해소시켜 주면서 듣는 소설 청자들에게 일탈의 욕망을 맛보게 함으로써 정서적인 치유를 하게 된 것으로 볼 수 있다.

한편으로, 영웅소설을 통해 치유를 받는 부류로는 중인을 들 수 있다. 중인은 경제적 부를 축적한 사람을 중심으로 여가를 즐길 수 있었다. 이들이 여가를 즐길 수 있는 방법은 여러 가지가 있었지만 문예와 관련된 시사와 판소리, 소설 따위도 포함되어 있었는데 상당수의 중인계층 중에서 소설 창작자와 독자가 많았다. 이들은 경제력을 이용하여 적극적으로 놀이판에 개입한 것은 물론 판소리 사설이나 소설에 개입하여 지배계층에 대한 비판은 물론 자신의 신분 상승에 대한 욕망을 작품에 투영함으로써 신분 상승의 욕망에 대한 치유의식을 반영하였다고 하겠다.

소설 향유층이 소외된 몰락 양반층일 경우 이들의 서술 시각은 비판적 지식인층의 낭만적인 현실비판의식을 바탕으로 한 것이다. 〈조웅전〉과 〈유충렬전〉을 중심으로 한 창작 영웅소설의 대부분이 이러한 의식을 토대로 한 작품으로 볼 수 있다. 몰락한 양반층이 소설을 쓴 이유는 신분 상승 의식과 경제적인 원인에서 찾을 수 있다. 특히 소설을 쓴 이유를 경제적인 동인에서 찾는 것은 소설의 상품화와 유통에 관련된다. 특히 몰락 양반층은 세책가나 방각본의 영업과 관련되면서 보수를 받고 할 수 있는 일 중에서는 소설 창작이 큰 비중을 차지한다고 할 수 있다. 몰락 양반은 글을 알고 있으니 소설을 쓸 수 있고, 몰락한 자기의 처지와 몰락하면서 겪게 되는 세계와의 대결, 그리고 이와 관련된 세상의 형편에 관해서 할 말이 있었을 것이고, 이러한 소설 창작을 통하여 자신들의 내면에 잠재되어 있는 신분 차별에 대한 상처를 치유하기 위한 방법으로 소설의 주제를 쉽사리 마련할 수 있었을 것이다.

뿐만 아니라, 그들이 소설을 쓰는 데에는 또 하나의 유리한 점이 있다. 소설을 쓰는 일은 자기를 드러내지 않고 할 수 있다. 자기 이름을 밝히지 않고 보수만 받으면 된다. 화폐 경제적인 활동을 한다고 알려지면 양반의 신분을 상실할 염려가 있으나, 소설을 쓰고 돈을 받은 행위는 은밀히 진행될 수 있으므로 이러한 위험을 갖지 않는다.[20] 이는 몰락양반의 소설 창작을 경제적인 동인에서 찾고 있지만 창작 영웅소설의 상품화를 통하여 중인 또는 몰락양반은 힐링을 맛볼 수 있는 좋은 문학 도구가 된 것이다.

3. 영웅소설의 유형과 치유 스토리텔링의 성격

1) 애정 파괴의 치유

남녀가 애정을 통해 서로 결합을 이루는 것은 인간의 원초적 본능 및 감정의 충족으로서 가장 기본적이자 인간적 삶의 원초적인 욕구를 성취하는 것이라 할 수 있다. 그러므로 이러한 인간의 애정담은 동서고금을 막론하고 문학 작품에 보편적인 주제로 형상화되었다.

이러한 애정담이 비중을 차지하는 영웅소설 작품은 대체로 후대에 나타난 〈백학선전〉, 〈홍계월전〉과 같은 창작 여성 영웅소설류에서 볼 수 있다. 이는 남성 영웅 인물의 목표가 입신양명으로 가문의 명예를 회복시키며 동시에 자아의 사회적 확대를 실현하는 데 있는 것과 달리 여성 인물에게는 미완의 혼인으로 인하여 상처받은 자신의 혼사 장애를

20 조동일, 『한국소설의 이론』, 지식산업사, 1977, 432쪽.

치유해 나가는 데 있다. 남성중심적 문화에 의하면 여성의 존재 가치는 남성에 의하여 결정되기 때문에 여성의 삶에서 가장 큰 모험은 구애와 결혼이다. 그래서 여성이 중심인물인 대개의 작품은 애정담이 비중을 차지하며 어떻게 주인공이 사랑해서 혼인하게 되는가에 관심이 모아지게 되는 것이다.

따라서 이러한 혼사 장애로 인한 상처는 당대의 도덕적 규범과 관련짓지 않을 수 없게 되어있다. 애정소설에서 주인공과 주변세계와 갈등 속에서 줄곧 문제시 되는 것 중의 하나는 도덕적 규범과 관련된 윤리문제이다. 한 사회의 윤리도덕은 시대에 따라 합리적인 방향으로 바뀌어 가기 마련이다. 조선조는 유교의 이념을 생활규범으로 지켜진지 오래된 철학이 되어 정치, 경제, 사회 등 모든 방면에 충효가 가장 근간을 이루고 있었다. 그러나 인간의 원초적인 본능인 애정의 성취 문제를 일정한 도덕적 규범으로 통제하는 것은 인간의 감정까지 규제하려는 낡은 사상이 될 수 있다. 따라서 〈백학선전〉에서도 효를 바탕으로 한 당대의 윤리관과 자유로운 인간해방을 부르짖는 새로운 윤리관과의 갈등이 빚어지면서 나타난 혼사 장애의 상처가 주를 이룬다.

이처럼 남녀의 자유로운 만남을 엄격하게 규제한 중세사회의 규범과 질서는 인간의 자유로운 애정욕구 및 개성의 발현이라는 시각에서 볼 때 인간적인 삶을 얽어매는 질곡이자 치유하기 어려운 상처이다. 그런데도 남녀가 군담을 통한 사회적인 공인을 얻은 다음 애정에 대한 치유가 성취된다는 것은 중세 사회의 현실과 괴리되는 환상적인 귀결방식으로서 오히려 그러한 환상적인 귀결방식을 통해 현실의 질곡을 호도하는 통속적인 효과를 불러일으키는 원인이 되기도 한다.[21] 이러한 낭만적인

21 박일용, 「조선후기 애정소설의 서술시각과 서사세계」, 서울대 박사학위논문, 1988,

해결방식은 곧 여성을 남성들 못지않게 영웅화하는 당대인의 의식에서 찾아볼 수 있다. 〈백학선전〉을 중심으로 한 여성이 주도적인 인물로 등장하는 〈홍계월전〉에서도 여성이 입공하여 상처를 치유하게 된다. 이러한 방법은 남성이 무능해서가 아니라 여성 의식의 성장으로 볼 수 있다.

인간의 가장 본능적이고 관심의 대상인 애정문제는 남녀의 큰 관심거리이며, 어느 것으로도 침범할 수 없는 성스럽고 아름다운 감성이다. 그런데 현실 속에서든 문학작품 속에서든 남녀 간의 만남과 사랑에 큰 장애가 생긴다는 것은 두 사람에게 가장 큰 상처가 될 수 있는 것이다. 그런데 아이러니하게도 상처가 있는 곳에 언제나 치유가 있다. 아픈 부위를 드러내 공감을 얻는 방법으로 치유할 수도 있고, 상처를 직접 아물게 하는 방법으로 치유가 가능하다. 치유가 인간의 상처받은 감정을 회복하는 과정이라면, 문학의 창작과 감상이야말로 치유에 가장 적합한 활동으로 볼 수 있다. 작가는 글을 씀으로써 상처받은 마음을 달래고 독자는 그것을 읽음으로써 치유를 공유한다.[22]

창작 영웅소설에서 남녀의 사랑 이야기가 초기에는 단순한 삽화의 형태로 삽입되었다가 후대로 내려오면 사랑담이 중요한 사건이 되며, 이를 해결하고자 하는 남녀의 고난과 시련이 극적으로 스토리텔링되고 있다.

〈백학선전〉, 〈홍계월전〉 등은 국문으로 된 대표적인 여성 영웅소설이다. 이 작품들에서 남녀애정의 실현은 철저하게 천상의 개입으로 주도되고 있는 이원론적 구조의 천정혼이다. 이들 애정혼의 진행 과정은 신물, 백학선, 선녀 등 천상의 존재가 주도하는 결정적인 요소로 작용

126-127쪽.

22 정광훈, 「서사와 치유」, 『중국연구』 62, 한국외대 중국연구소, 2014, 24쪽.

하여 환상의 결연방식을 취하고 있어 남녀의 만남과 사랑은 예견되어 있다. 이러한 남녀의 사랑 이야기가 초기 단편류에서는 단순히 개인적인 차원이라고 한다면 후기로 올수록 남녀애정은 외부세계와의 관계 특히 가문과의 관계 속에서 그것이 갖는 의미를 보다 중요하게 다루고 있다. 초기 단편에서는 갈등의 해결국면에서 현실적인 해결방안을 모색하지 못하고 주인공의 고난을 부각시키다가 천상적인 방법으로 해결하여 애정 장애를 치유해가는 한계를 드러낸다.

반면 양반 가문의 애정혼은 애정으로 야기된 다양한 인간관계 속에서 극한의 고난을 체험하는 주인공의 삶을 형상화함으로써 애정 문제를 현실적인 삶의 문제로 제시하며 마침내 고난을 극복하고 애정을 성취하여 현실성을 확보하며 치유해 나가는 스토리텔링으로 형상화하고 있어 대조를 보이고 있다. 이처럼 조선조 시대의 윤리 규범과 사회제도는 인간의 본능인 애정문제를 차단시키는 많은 부작용을 가지고 있다. 비록 일부 유학자에 국한되기는 하나 그 부작용에 대한 문제의식이 당시에도 이미 제기되었다.[23] 임병 양난을 거치면서 지배 질서가 동요하고 실학적 기풍이 확산되자 인간성에 대한 자각이 일어남과 함께 의식화된 유교적 규범에 대한 회의적 인식이 일기 시작했는데 애욕을 금하는 윤리규범에 대한 인식도 민중들에게는 애정 장애에 대한 상처를 가질 수밖에 없다.

특히 조선 후기의 사회 실상이 생생하게 반영된 것으로 간주되는 한문 단편과 연암소설과 같은 문학적 자료를 통해서 간접적이나마 충분히 확인할 수 있다.[24] 이런 문학 자료들은 곧 조선조 초기부터 강조된 유교적 윤리 규범이 조선 후기에 이르러 점차 그 절대적인 권위를 잃어

---

23 이능화, 『朝鮮女俗考』, 한남서림, 1926, 73쪽.

24 〈계서야담〉, 〈청구야담〉, 〈동야휘집〉, 〈연암집〉 등을 통해서 볼 수 있다.

가고 있음을 반증하는 것이다. 이러한 조선후기의 사회기풍이 곧 애정 문제에 대한 사회 저변의 관심을 불러일으키게 되었으며, 나아가 애정 문제가 양반 문학에서도 좀 더 구체적이고 사실적인 주제로 다루어지는 문학적 공간에 출현하는 계기가 되었다고 할 수 있다. 하지만 이러한 사회적 기풍의 변화에도 불구하고 남녀 간 애정 교류는 여전히 부자유상태였다고 볼 수 있다.[25]

따라서 조선조 유교이념 확립에 입각한 양반 가문에서 남녀의 자유로운 애정이 억압되었던 시기에는 남녀애정의 비극적 접근과 좌절이 강조되어 상처를 주입시켜주었음에 반해, 조선조 후기로 올수록 지배체제가 해체되는 조짐과 민중의 본능적 욕구를 중시하는 인간적 각성으로 신분의 차이에 얽매이지 않는 남녀애정에 대한 긍정적 시각이 부각되었다. 이러한 맥락에서 양반가문에 대해서도 남녀애정의 성취가 강조되었다. 비록 남녀애정이 일차적으로는 엄격한 사회적 관습과 인습, 제도 등에 부딪혀 방해받은 현실을 부각시키지만 이러한 장애는 결국 남녀 주인공의 애정을 위한 노력에 의해 극복된다는 긍정적이고 현실적인 세계인식으로 보상받고 있다. 나아가 남녀애정의 성취가 가문 구성원 간의 화합, 국가적, 사회적 융화를 유도하는 요인으로 발전할 뿐 아니라 남녀애정의 성취도 정욕적 차원을 벗어나 인간적 성숙의 차원으로 발전하고 있다. 신분을 초월하여 혼인이 성립되어야 하는 데도 이러한 문제가 애정장애의 요인이 되어 커다란 상처로 수용되어 작품의 주요 갈등 양상으로 스토리텔링되고 있음을 보여주고 있다.

---

25 박일용, 『조선시대 애정소설』, 집문당, 1993.

2) 가문 몰락의 치유

그동안 창작 영웅소설에서 몰락양반층의 문제는 많이 거론되어 왔다. 즉 영웅소설의 출현 동인 중의 하나로 “실각한 양반들의 호구지책과 권토중래를 기약하기 위한 것”[26]이라는 논의가 있는 후, 영웅소설의 작가가 몰락한 양반이라고까지 정론화시켰다. 그런데 영웅소설에 수용된 몰락 양반의 실상은 단순하게 수용되는 것이 아니라 다양하게 반영되고 있어서 그들의 몰락 원인과 의식의 문제가 당연히 달라질 수밖에 없으며, 그에 따른 치유의 방식도 작품에 따라 다른 세 가지 양상으로 스토리텔링이 되고 있는 점에 주목할 필요가 있다.[27]

예컨대, 부모의 구몰에 의해 가문이 몰락한 〈소대성전〉에서 몰락과정을 보면 현실사회의 제약으로 인해 빚어진 것으로 형상화하고 있다. 요컨대 부모의 자연적인 병사로 인해서 가정이 몰락하고 있다. 〈소대성전〉처럼 부모의 부재는 사회규범의 부재를 암시하며, 이것은 서사를 이끌어가는 심층적이자 근원적인 동인으로 작용한다.[28]

> ᄉᆡᆼ이 길을 ᄯᅥ나ᄆᆡ 힝탁이 필절ᄒᆞ여 비러먹ᄂᆞᆫ지라 본ᄃᆡ 긔골이 장ᄃᆡᄒᆞ여 ᄒᆞᆫ말 밥을 먹더니 빌기ᄅᆞᆯ 당ᄒᆞᄆᆡ 엇지 그양을 ᄎᆡ오리오 긔갈을 ᄎᆞᆷ지 못ᄒᆞ니 가장 곤궁ᄒᆞ되 은쥰것 조곰도 ᄉᆡᆼ각지 아니ᄒᆞ니 그 도량을 가히 알너라 이러구러 셰월이 오ᄅᆡᄆᆡ 남의 우양도 치며 나무도 뷔여 겨우 명을 이으니

---

26 서대석, 군담소설의 출현동인 반성, 『한국고전소설』, 계명대출판부, 1974, 123쪽.

27 이러한 신분몰락의 원인을 작품별로 살펴보면 다음과 같다. 〈소대성전〉은 부모가 병사로 인하여, 〈쌍주기연〉 〈장경전〉, 〈장풍운전〉은 불가항력적인 내란에 의해서, 그리고 〈유충렬전〉, 〈조웅전〉, 〈현수문전〉은 정적의 모함을 통해서 가문이 몰락한 것으로 되어 있다.

28 강용운, 「한국전후소설에 나타난 모성성 연구」, 『우리어문연구』 25, 우리어문학회, 2005, 73-74쪽.

쥬림을 견ᄃᆡ지 못ᄒᆞ여 얼골이 초쵀ᄒᆞ고 의복이 남누ᄒᆞ여 그 화려ᄒᆞᆫ 긔남ᄌᆞ 쥬린깃거시 되여 시니 뎐되 엇지 무심ᄒᆞ리오[29]

위에서 볼 수 있는 바와 같이 〈소대성전〉의 서두 부분은 가문의 몰락이 뚜렷한 이유 없이 부모의 구몰에서 비롯되었다. 주인공이 태어난 가문은 한결같이 명문거족이었으나 불가항력적으로 몰락하였다. 결국 가문의 몰락은 주인공의 커다란 상처이며 생애에 있어서 고난을 극대화해 주는 장식적 기능을 한다고 하겠다. 따라서 주인공은 비범한 능력을 타고났으나 이를 알아주는 사람도 없이 현실세계에 부딪쳐 살아가야 하는 처지가 되고 만다. 주인공은 아버지의 부재를 현실로 경험하고 그 불안전성을 깨닫게 되며, 아버지로 상징된 가문 찾기와 새로운 가문 세우기가 수행된다. 가족과의 분리는 소대성에게 닥쳐온 현실적 고난이 매우 강력하고 엄청난 것이라는 인식을 보여주는 것이라 하겠다. 이처럼 가족으로부터 철저한 분리는 곧 주인공이 현실적 고난을 스스로 극복하고 자아를 실현해야만 치유될 수 있는 과제를 안게 된다. 즉 주인공이 보호받고 의지할 수 있는 세계의 상실을 회복해 나가야 할 과제를 의미한다. 소대성은 부모와 이산하고 유랑하면서 하루를 연명하는 비참한 삶을 살아가면서 다행히 구원자를 만나 새로운 가문에 편입되어 경제적 차원의 생존문제를 해결하고 나아가 잠재된 능력을 발휘할 기회를 갖는다. 그러나 구원자의 집에 들어온 주인공은 삶의 노정이 평탄하지 못하다. 이제는 새로운 가문의 구성원들과 또 다른 갈등이 대립되어 나타나면서 치유의 과정이 순탄하지 않음을 보여주고 있다.

소대성은 부모와 우연히 사별한 후 유리걸식하는 방랑 생활을 장기간

29 〈소대성전〉, 400-401쪽.

에 걸쳐 견디게 된다. 소대성의 부친은 벼슬이 병조판서에 이르러 재주와 덕행이 온 나라에 진동하였으나 아무런 이유 없이 벼슬을 하직함으로써 사회적으로 가문이 몰락하게 되었다. 이후 소대성은 예법을 지키다가 경제적으로 몰락했다. 이처럼 소대성의 가족은 구체적인 적대자에 의해서가 아니라 뚜렷한 이유없이 정치적으로나 경제적으로 몰락하게 된다. 그 몰락의 원인이 상정되어 있지는 않았지만 소대성에게는 상실이라는 큰 상처를 갖게 된다. 상실은 소대성에게 사랑하는 사람의 부재이며 빈자리를 의미한다. 무엇보다 사랑하는 가족을 잃은 슬픔이 가장 고통스런 상처 중의 하나이다. 따라서 소대성은 가장 혹독한 시련의 세월 동안 혼자서 모든 시련을 감당해야 한다, 이에 소대성도 현실을 수동적으로 받아들이고, 이런 현실로 하루하루 연명해 나간다. 그는 부모의 상을 마치고 남은 재산을 모두 청산하여 떠돌다가 도중에서 우연히 만난 노인에게 가진 돈을 모두 주고 품팔이, 걸식, 나무 등을 하며 연명해 나간다. 이후 이진이란 구원자를 만나 정착생활을 하면서 이제 생존차원의 문제가 해결되자 문제의식을 사회적인 차원으로 확대해 나가면서 가문몰락이라는 상처의 원인을 사회문제로 확대하여 인식하고 있다.

이 단계에 이르면 그는 잠재된 탁월한 능력을 개발하기 위하여 스승을 찾아 수학하기도 전에 독학으로 능력을 배양하려는 적극성을 보인다. "쟝뷔 셰상에 처ᄒᆞᄆᆡ 문무를 겸젼ᄒᆞ야 리음양쇼 ᄉᆞ시ᄒᆞ고 츌쟝 입상함이 쟝부의 쩟쩟ᄒᆞᆫ 일이오니 엇지 녹녹히 셔칙만 일숨으리 잇고"[30] 즉 소대성은 앞일을 예견하면서 자신이 지금 서책만 읽어서 문과에 급제하는 것으로는 자신의 지향가치를 이룰 수 없다는 것을 스스로 인식하게 된다. 그러므로 文·武 양면에서 자신의 능력을 함양하여 훗날 영

---

30 〈소대성전〉, 402쪽.

웅이 될 욕망을 꿈꾸고 있음을 알 수 있다.

따라서 주인공에게 내재된 상처는 가문몰락과 가족의 이별이라 할 수 있다. 주인공이 가문을 회복한다는 것은 주인공으로 하여금 상처를 치유하는 목적이며, 뿌리 찾기라는 과제로 연결된다. 뿌리라는 것은 현재의 자신을 만든 근원으로서 방향을 설정하도록 도와주기 때문이다. 가문몰락을 중요하게 다루고 있는 창작 영웅소설은 주인공이 보았던 유년의 상처를 기억하고 있어 한시도 잊지 않고 결말까지 일관되게 지향가치를 추구하고 있다. 이는 주인공이 정신적 외상을 간직하고 있다는 것을 의미한다.

창작 영웅소설에 몰락한 양반들의 상처가 반영된 것은 조선조의 사회적 변동과 무관하지 않다고 본다. 조선조 때에 양반중심의 신분체제는 17세기 이후 점점 무너져 가기 시작했다. 이러한 결과를 가져오게 된 이유는 우선 몰락한 양반들의 수가 늘어났기 때문이다. 대체로 이들은 두 유형으로 몰락의 양상을 보여주고 있다. 즉 정권에서 소외된 양반들은 지방으로 낙향하여 향족으로 전락하게 된 몰락양반이 있었으며, 몇 대를 이어 오면서 관직을 얻지 못한 양반들 중에는 양반으로서 권위를 유지할 수 없을 정도로 몰락한 잔반을 들 수 있다.[31] 이렇게 몰락한 양반층은 정치에 참여는 물론 경제적으로도 기반이 확고하지 못했다. 따라서 이들은 대개 낙향하게 되고, 대개 경제적 파탄으로 인해 양반이면서 양반 행세를 하지 못하는 계층이 늘어나게 되는 것이다. 특히 이들은 지식층이 천업으로 여겨지던 상업에 종사하게 될 정도로 소외의 정도가 심했음으로 현실적으로는 양반의 지위에 있지 않으면서도 의식상으로는 양반이라고 느끼는 이율배반적 의식과 상처를 소유하게

---

31 이기백, 『한국사신론』, 개정판, 일조각, 1985, 299쪽.

된 계층이라 할 수 있다.

이처럼 창작 영웅소설은 가부장과의 이산으로 연유된 인위적인 신분 몰락을 형상화하여 사회문제화하고 있다. 즉 주인공의 신분이 몰락하게 된 원인을 사회 제도적 차원에 두고 있다. 그 인식정도는 다시 몇 가지 유형으로 나타난다. 즉 부모가 자연사했다고 설정한 경우가 가장 약하게 나타나고,[32] 외적의 침입과 내란과 같은 불가항력적인 세계의 횡포에 의한다고 인식한 정도가 그 다음이며,[33] 구체적인 정적을 상정하고 그와의 다툼에서 패하였거나 그의 일방적 모해로 말미암아 몰락했다고 인식하는 경우[34]가 가장 심각하게 대두된다.[35] 그러므로 주인공이 이러한 몰락의 인식정도에 따라 주인공의 치유에 대한 대응방식이 다르게 나타나며, 이를 극복하는 방법이 군담을 통한 국가적인 공을 세운 다음, 국가적인 승인을 얻는 것을 바람직한 치유의 극복방식이라 보고 있다.

따라서 가문 몰락이라는 부정적 현상을 타개하고 치유하기 위해서는 국가의 승인이 필수적이므로 영웅소설의 주인공은 국가적인 차원에서 공을 세우고 국가의 승인을 받아야만 가부장과의 이산으로 형상화한 신분의 몰락을 치유할 수 있다고 생각했던 것이다. 창작 영웅소설에서는 군담을 통한 국가적인 고난이 형상화되고 외적을 물리쳐야 신분이 상승할 수 있다는 개연성이 필요한 것이다. 이러한 의식은 조선조 사회가 철저한 신분제 사회였고 과거를 통해서만 입신이 가능한 당대의 현

---

32 〈소대성전〉, 〈이해룡전〉 등을 예로 들 수 있다.

33 〈장경전〉, 〈장풍운전〉 등을 예로 들 수 있다.

34 〈유충렬전〉, 〈조웅전〉, 〈현수문전〉 등을 예로 들 수 있다.

35 이러한 신분몰락의 원인을 작품별로 살펴보면 다음과 같다. 〈소대성전〉: 부모가 병사, 〈쌍주기연〉: 외적, 〈장경전〉, 〈장풍운전〉: 불가항력적인 내란에 의해서, 〈유충렬전〉, 〈조웅전〉, 〈현수문전〉: 정적의 모함 등을 들 수 있다.

실에 비추어 볼 때, 미천한 주인공에게 무공에 의한 입신을 형상화하는 것이 개연성이 있다고 판단한 작가의 의식에서 비롯된 것이라 하겠다. 그러므로 이와 같은 다양한 몰락양반들의 양상이 영웅소설 제 작품에 형상화되면서 이들의 가문회복에 대한 치유가 적극적으로 반영되었을 것은 당연하다.

3) 사회 혼란의 치유

일반적으로 인간에게 내재된 무의식은 충족되지 못한 욕망이 거처하는 공간이라는 정신분석학의 이론을 받아들인다면 창작 영웅소설이야말로 조선시대의 정신적 아픔을 공유하고 치유하는 방어기제였다고 하겠다. 조선조인들의 무의식 속에 자리한 분노, 불안, 고립감 등을 대체할 이야기가 창작 영웅소설과 같은 판타지 문학작품이 당시대인들이 입은 마음의 상처를 치유해 주는 가장 이상적인 수단이라 할 수 있다.

개인이든 사회구성원이든 정신적인 아픔은 어떤 기호로든 표현되는 법이다. 불편한 마음은 어떻게든 표현된다는 점에서 무의식층에 가라앉은 억압된 것들은 어떤 행위나 부정성을 띤 생각으로 나타난다. 사회가 구성되고 유지하기 위해서는 가장 공고해져야 할 것이 개인적인 도덕성과 국가윤리가 바로 세워져야 하는데 창작 영웅소설인 〈조웅전〉과 〈유충렬전〉과 같은 작품에서 볼 수 있는 조선조 시대는 그렇지 못하게 형상화되어 있다. 오히려 이들 주인공은 새로운 세계상을 추구하는 것이 아니라 기존 세계상으로의 회복을 통해 치유받기를 원하는 욕망의 구조로 스토리텔링되고 있다.

이러한 욕망의 성격은 물론 주인공의 지향가치와 어느 정도 합치되는 경우도 있으나 본고에서는 주로 주인공과 적대자의 주변에 있는 인물들의 행각을 통해서 이들이 추구하는 가치지향에 주목하여 민중층의 욕망으로 나타난다. 특히 〈조웅전〉에서 이러한 욕망의 성격이 짙게 나타나는 것은 주목할 필요가 있다. 당파와 정쟁으로 인해 한 가족이 겪는 상처와 그것의 치유과정을 스토리텔링하는 데 집중하고 있다. 조정의 정쟁으로 인해 나타난 상처와 치유가 어떻게 나타나고 있는지를 〈조웅전〉을 통해 살펴보기로 한다.

〈조웅전〉에서는 현실의 상처를 해결하기 위해 전대의 영웅소설에서처럼 초현실세계에 의지하지 않고 현실적으로는 미약한 존재이지만 폭넓은 기층을 기반으로 하여 지속적인 노력으로 현실의 상처를 극복할 수 있다는 욕망이 표출되어 있다. 우선 〈조웅전〉 서두에 나타난 세계상을 통해 민중층의 욕망과 그 지향을 이해할 필요가 있다. "이 ᄊᆡ 시졀이 ᄐᆡ평ᄒᆞ여 ᄉᆞ방에 일이업고 ᄇᆡᆨ셩이 평안ᄒᆞ여 격앙가를 일삼더니"[36]라고 당대의 현실을 요순처럼 태평한 시대로 형상화하고 있음을 볼 수 있다. 그러나 이러한 시대상과 맞서 주인공이 접한 당대의 현실에 타나난 세계상은 정치적으로 황제, 조정인, 이두병 등의 지배층이 기득권 싸움에 휩싸여 서로 죽이고 모략하는 당쟁의 치열한 현실이 묘사되고 있다. 사회적 혼란상을 장안에 두루 돌아다니는 민중이 부르는 민요를 통해 살펴보면 다음과 같다.

> 국파군망ᄒᆞ니 무부지ᄌᆞ 나시도다 문제가 순제되고 ᄐᆡ평이 난셰로다 쳔지ᄀᆞ 불변ᄒᆞᆫ 산천을 곳칠손야 삼강이 불퇴ᄒᆞ니 오륜을 곳칠손야 청천빈일 우소소난 충신원루 안ᄒᆞ시면 소인의 화ᄉᆡ로다 슬푸다 창싱들아 오호의 편주타고 ᄉᆞ히에 노니다가 시절을 기다려라.[37]

36 〈조웅전〉, 147쪽.

이처럼 이두병과 같은 간신이 기존에 태평했던 국가의 위계질서를 무너뜨리고 사회적 환란이 도래했음을 민중이 스스로 인식하고 있으며, 이두병 일당이 이 나라를 이끌어 나가는 시대를 부정하고 있는 것이다. 그러나 한 시대를 온전히 상처로 간직하면서 현실을 거부하면서도 삶을 포기하지 않고 새로운 시대가 도래 할 것을 염원하고 있음을 볼 수 있다. 곧 민중이 상처를 치유받고 싶은 욕망은 기존의 태평한 세계상으로의 회복인 것이다. 즉 삼강오륜이 바로 서는 외적현실을 희구하고 있는 것이라 하겠다. 이러한 민중층의 현실인식은 경화문에 백호가 들어와 혼란했던 사건에서도 잘 알 수 있다.

> 이날 진시에 경화문으로 난디없는 빅호 드러와 궐닉에 횡힝ᄒᆞ거ᄂᆞᆯ 만조빅관과 삼천 궁졸이 황겁ᄒᆞ야 아모리 ᄒᆞᆯ줄 모로더니 이윽고 궁녀 ᄒᆞ나을 물고 후원으로 쒸여 다라나더니 인ᄒᆞ야 간디 업거ᄂᆞᆯ 상이 디경ᄒᆞ야 졔신다려 무르시니 조신이 ᄯᅩᄒᆞᆫ 아지못ᄒᆞ고 궁중과 장안이 요동ᄒᆞ야 닉 두 길흉을 아지 못ᄒᆞ더라.[38]

이 사건은 곧 닥쳐올 환란에 대한 민중들의 인식이며 또한 지배층에 대한 반항의 산물이라고 볼 수 있다. 내적 현실로 볼 때 국가를 혼란으로 빠뜨리는 적대세력이 황제의 지위까지 찬탈하고 시퍼런 권력의 칼날을 휘두르고 있는 데도 지배층에 있는 어느 누구 한 명도 이러한 역모의 행위에 대하여 비판하지 않는다. 오히려 그들의 세력에 동조해 버리는 지배층에 대한 민중의 반항의식이 비유적으로 표현되고 있다. 만약

---

37 〈조웅전〉, 149쪽.

38 〈조웅전〉, 148쪽.

에 민중의 욕망이 현체제의 개조에 있었다면 적대세력의 찬탈행위도 정당화 될 수 있겠지만 철저하게 이들에 대한 반항과 기존세계의 희구가 표출되고 있음을 볼 때 조웅과 민중이 추구하는 치유의 욕망은 정의로운 사회, 질서 있는 사회와 같은 기본적이고 감정들이 바탕이 되어 표출하게 되는데 민중들은 옛 황실을 회복하고 태평성대만 구가하면 그만인 것이다. 기존세계상의 회복에 대한 상처받은 민중들의 욕망표출은 조웅이 이두병을 처단하려고 할 때 더욱 고조되어 나타난다.

> 니적위 왕셩 ᄇᆡᆨ셩들이 죠원슈 오단 말을 듯고 즐거ᄒᆞ여 마죠 나오니 그 슈을 가니 셰지 못ᄒᆞᆯ네라 ᄯᅩ 니두병을 잡바온단 말을 듯고 장안 ᄇᆡᆨ셩들니 노소업시 다 즐거 왈 극악ᄒᆞᆫ 이두병니 정세만 밋고 ᄌᆞ칭 천ᄌᆞᄒᆞ여 천지무궁 발ᄅᆡ던니 닐시 보죤치 못ᄒᆞ고 어니 글니 담명ᄒᆞ고 황쳔니 명감ᄒᆞᄉᆞ 네죄를 알으시ᄉᆞ 무지ᄒᆞᆫ ᄇᆡᆨ셩들도 네 고기를 원ᄒᆞ견니 ᄎᆡᆨᄒᆞ고 빗나도다 일월갓ᄐᆞᆫ 죠원슈를 돗ᄐᆞᆫ즁의 ᄇᆡᆨ셩들니 빗발을 만나도다 산 지ᄉᆞ방 흣티진 중신들ᄯᅩ 소식을 아르신가 ᄇᆡᆨ발노쇼 장안ᄇᆡᆨ셩들아 구경가ᄌᆞ셔라.[39]

이렇듯 민중들은 악으로 표상되는 이두병을 제거하고 옛 송실을 회복하려는 조웅의 행위에 동감하고 절대적 지지를 보이고 있다. 특히 악으로 표상되는 이두병과 충효로 표상되는 조웅의 대립을 통해 민중은 조웅의 도덕적 당위에 지지를 하고 있음을 볼 수 있다.

이러한 민중의 의식은 충과 효라는 도덕적 당위성에 입각한 사회의 위계질서가 곧 태평한 시대임을 잘 알고 있다. 이것은 곧 조웅이 인식하고 있는 시대와 백성이 인식하는 시대가 일치하고 있음을 의미한다.

---

39 〈조웅전〉, 197쪽.

그러므로 민중들은 조웅과 이두병이 대결하는 명분론적 근거를 제시해 주고 있다고 하겠다. 충과 효의 실현으로 유교적 도덕율을 실천하여 기존세계로의 회복이 곧 상처의 치유이자 이들의 궁극적인 욕망인 셈이다. 따라서 조웅이 추구하는 행위는 민중들에게 천상의 진리로 받아들여지고 가치로 표상되는 것이다. 조웅이 충과 효로 포장되는 것도 작가의 의식이 민중이 욕망하는 인물상과 맞물리고 있음을 의미한다.

이러한 기존 세계상의 욕망은 비단 민중들만이 추구하는 이상은 아니다. 작품 내에서 보면 주인공의 주변인물, 민중을 포함한 초월적 인물로 나타난 선동, 월경대사, 조웅에게 검을 준 강호노인, 조웅의 능력 변신을 위해 도와준 철관도사, 조웅에게 황금갑주와 칼을 준 관서장군 황달, 조웅의 몽중에 나타난 충신과 송문제, 난세를 피해 은둔한 왕렬과 충신들, 조웅의 처인 왕소저 등등의 모든 인물들이 조웅의 치유행위에 타당성을 부여해 주는 인물들이다. 그리고 왕소저를 제외한 여타의 인물들은 모두 지상의 인물이 아닌 천상계의 인물인 점을 보면 이들의 행위가 전통적 가치의 수호이거나 현실개입을 통해 천상적 질서를 지상에 구현시키는 역할로 등장하는 것이다.

물론 이러한 모순된 세계상은 조웅을 중심으로 한 충신들에 의해 올바로 정립되지만 이를 지켜보는 민중층의 인식이 어떻게 보여지는가를 주목할 필요가 있다. 조웅이 이두병 일당을 징벌하는 장면에서 보여주는 민중들의 행위를 볼 때 그 사회가 지향해야 하는 것은 기존의 세계상, 즉 도덕적 당위가 바로 서는 기존의 세계상이 이들에게는 요순과 같은 태평한 시대임을 욕망하고 있다. 이러한 세계상을 희구하는 것이 그들이 치유받고 싶은 상처일 것이다.

4. 영웅소설의 치유 문학적 의의

치유는 창작 영웅소설이 가지고 있는 문학 활동의 중요한 목적 중 하나이다. 그리고 치유는 상처를 전제로 한다. 어쩌면 창작 영웅소설을 통한 치유는 조선조인들이 이야기를 만들어 내는 순간부터 행해져온 치유 요법이었다고 할 수 있다. 특히 현실에서 해결하기 어려운 문제를 무의식과 창작 영웅소설의 환상을 통해서라도 만날 수 있도록 그와 관련된 이야기를 많이 창작하여 애독하였다고 볼 수 있다. 그러므로 창작 영웅소설을 통한 치유는 겉으로는 이야기를 나누고 속으로는 상대의 아픔을 공감하는 것에서 비롯된다. 궁극적으로 문학을 통한 치유가 지향하는 것은 단순히 카타르시스를 경험하는 차원을 넘어 인지적 통찰과 정서적 이해에 두어야 한다. 즉 자신의 고통을 당하는 상황과 그 원인, 그로 인해 왜곡된 감정과 행동에 대한 통찰, 지금껏 가져온 감정과 행동에 대한 이해를 목표로 하는 것이다.

상처받은 다양한 사람들에게 온전한 치유는 어렵다. 몸과 마음이 하나가 될 수는 없지만 마음의 병이 몸의 병으로 이어지고, 마음의 치유는 몸의 치유로도 직결될 수 있는 것이다. 사랑으로 인한 상처, 가문몰락의 상처, 사회적 혼란으로 인한 상처로 상한 몸이 이야기와 글쓰기가 주는 감동, 극적 공연이 주는 환상, 그림과 음악이 주는 평온함을 통해 치유된다. 〈시학〉에서 말하는 비극의 카타르시스가 정신분석학에서는 곧 치유의 의미이며, 실제 정신의학에서 카타르시스는 중요한 치료법으로 활용되고 있다.

다양한 문화 중에서 특히 조선시대의 창작 영웅소설은 인간의 이야기를 개별화하여 유기적 구성이라는 기법을 통해 보여주는 것이므로 인간이 겪는 상처와 고통의 원인을 함께 다룬다. 한 개인으로서 주인공의 고통이 사실은 대다수의 사람들이 보편적으로 겪는 집단의 아픔이라는 자각을 깨닫게 해준다. 이로써 독자에게 공감과 카타르시스와 같은 자기 동일시 경험을 선사하고 자신의 문제 상황에 대한 거시적 통찰력을 키워줌으로써 수긍과 극복, 그리고 이해와 용서의 힘을 통해 깊숙이 내재된 상처를 치유해주며, 일탈의 욕망을 성취해 준다.

비록 창작 영웅소설이 조선조시대를 배경으로 하여 스토리텔링이 되었고, 당시대 향유층들의 감성에 공감할 수 있는 흥미있는 군담의 소재나 주제를 형상화함으로써 상처받은 당시대인의 절절한 아픔을 묘사한 만큼 치유의 기능도 분명하다. 전란과 정치적 소용돌이, 권력층의 부패와 백성들의 고통, 어쩔 수 없는 이별, 잘못 흘러가는 역사 등을 경험하면서 창작 영웅소설의 작가들은 함께 괴로워했고 창작을 통해 이를 치유하려고 했다. 이야기가 사람의 심금을 울릴 수 있도록 전개되면서 그들의 상처를 어루만져 줄뿐 아니라, 이야기를 풀어나가는 구연의 방식과 극적 효과를 통해서도 조선시대의 민중들은 카타르시스를 느끼고 치유를 받았다.

말이나 글은 전하는 무리들을 통해 사람들에게 일깨움을 주는 역할을 하는 것이다. 거리에서 이런 저런 말을 듣고 말하는 이들이 서로 이야기를 전했다는 의미이다. 이처럼 거리나 골목에서 들리는 말과 이야기를 통해 그 사회의 면모와 민심을 보여주는 것이다. 창작 영웅소설이 전기수를 통해 민중들에게 읽혀주고, 글을 아는 몰락양반이나 부녀자들이 자신의 상처받은 치유의식을 소설 작품에 표현하는 것이다. 조선조 창작 영웅소설의 향유자는 치유라는 용어를 직접 쓰지는 않았지만 이처럼 민간에 떠도는 이야기를 통해 사회의 실상을 보여주고 나아가 그 병폐를 치유하는 데 나름의 역할을 할 수 있음을 시사한다는 점에서 자기 서사를 통한 창작 영웅소설이 '사회 치유'의 큰 역할을 담당했다고 할 수 있다.

다른 고소설과 달리 창작 영웅소설에서는 군담을 소재로 수용하면서 혼란스런 당시대의 세계상을 잘 보여주고 있다. 난세기의 전쟁은 국민 전체의 아픔이자 집단적 파열을 의미한다. 이로써 주인공이 겪은 개인적 아픔을 집단적 아픔으로 공감 승화시키면서 문학적으로 치유하고 있다. 창작 영웅소설 장르 자체가 지닌 보편성과 도식성, 그리고 환상성에 바탕을 두고 있고, 오랜 세월동안 소멸되지 않고 강한 생명력을 지닌 이야기의 원형 서사에 형상화되어 있다는 점에서 조선조인 뿐만 아니라, 현대를 살아가는 우리들의 상처에 대한 치유를 읽어낼 수 있다고 본다.

조선시대의 창작 영웅소설은 참여자들에게 그들이 가지고 있는 상처의 느낌을 드러내고 그들의 정서적 이해의 폭을 넓게 하도록 동기유발을 제공한 것이라 하겠다. 다른 매체와는 달리 창작 영웅소설과 같은 문학 작품은 무의식이나 억압된 감정에 접근하게 하고, 여러 가지 감정을 쉽게 드러내서 의미를 형상화할 수 있는 좋은 치유의 도구가 될 수 있다. 문학은 시공간을 초월한 공통의 언어라고 할 수 있다. 현대, 고대, 동양, 서양의 문학은 시대배경, 작가와 독자의 문화, 정서의 차이는 있을 수 있으나 보편적인 인간의 내적 상처와 그것의 치유방식은 크게 다를 바 없다. 그렇기 때문에 조선시대에나 지금이나 인간의 내적 상처와 그것의 치유방식은 크게 다를 바 없으며, 인간의 치유수단으로서 고금을 막론하고 문학에 수용된 작가나 독자의 지향의식이 무엇이며, 그것을 통한 치유의 방식과 현상을 오늘날 우리들에게도 창작 영웅소설과 같은 문학 작품이 치유의 현장에서 직접적으로 활용될 수 있는 실용적인 방법이 될 수 있을 것이다.

5. 결론

본고에서는 가장 환상적이고 도식성이 강한 조선조시대의 창작 영웅소설이 당시대인들에게 치유의 기능을 많이 가지고 있다고 보고, 창작 영웅소설의 치유 스토리텔링을 세 가지로 나누어 유형에 따라 치유 스토리텔링의 성격이 어떻게 나타나는가를 살펴보았다.

이러한 창작 영웅소설의 서사적 글쓰기 방식은 당시대인에게 유사한 상처를 공유하거나 작품을 통하여 대리체험을 통한 힐링의 일환으로 치유를 위한 자기 글쓰기와 상통한다는 점에 주목하여 그동안 창작 영웅소설이 놓친 부분을 확대 조명하여 새롭게 이해하고자 하였다. 실지로 창작 영웅소설에서 작가는 주인공과 주변인물을 통하여 당시대인의 아픔을 그대로 리얼하게 묘사한 작품이 많으며, 이러한 아픔을 극복하여 해결해가는데, 애정, 가정, 사회 치유의 세 가지 현상으로 살펴볼 수 있었다. 본고는 이러한 부분에서 창작 영웅소설의 주인공이 보여주는 탁월한 영웅담이 당시대인의 내적 치유의 수단이 될 수 있다고 보는 것이다.

먼저, 애정파괴의 치유 스토리텔링으로는 〈백학선전〉, 〈홍계월전〉을 예로 들어 살펴보았다. 이 작품은 양반가문의 애정혼을 형상화하여 혼사장애로 야기된 다양한 인간관계성을 다루고 있다. 여기에 극한의 고난을 체험하는 주인공의 삶을 형상화함으로써 애정문제를 현실적인 삶의 문제로 제시하여 마침내 고난을 극복하고 애정을 성취한다는 서사전개를 보여주고 있다. 당시대의 사회규범 속에 혼사장애라는 현실성을 확보하면서 상처를 치유해 나가는 스토리텔링 방식을 사용하고 있다.

또한 가문몰락의 치유 스토리텔링으로는 〈소대성전〉, 〈장풍운전〉을 들 수 있으며, 이들 작품에서는 가문의 몰락이 뚜렷한 이유 없이 부모의 구몰에서 비롯되었다. 주인공이 태어난 가문은 한결같이 명문거족이었으나 불가항력적으로 몰락하였다. 결국 가문의 몰락은 주인공의 커다란 상처이며 생애에 있어서 고난을 극대화해 주는 기능을 하게 되는데 주인공은 비범한 능력을 타고났으나 이를 알아주는 사람도 없이 현실세계에 부딪쳐 살아가야 하는 처지가 되고 만다. 주인공은 아버지의 부재를 현실로 경험하고 그 불안전성을 깨닫게 되며, 아버지로 상징된 가문 찾기와 새로운 가문 세우기가 수행되면서 가문 몰락의 상처를 치유해가는 스토리텔링을 활용하고 있다.

마지막으로, 사회 혼란의 치유 스토리텔링으로는 〈조웅전〉과 〈유충렬전〉을 들 수 있다. 이 주인공들은 국가를 혼란으로 빠뜨리는 적대세력이 황제의 지위까지 찬탈하고 시퍼런 권력의 칼날을 휘두르고 있는데도 지배층이 역모의 행위에 대하여 비판하지 않음을 보고 실망하여 지배층에 대한 민중의 반항의식이 비유적으로 표현되고 있다. 이들에 대한 반항과 기존세계의 희구가 표출되고 있음을 볼 때 영웅과 민중이 추구하는 치유의 욕망은 정의로운 사회, 질서 있는 사회로의 치유를 원하고 있다. 이러한 작품에서는 기존세계상의 회복에 대한 상처받은 민중들의 치유욕망이 표출되었다고 보았다.

이와 같이, 조선조 때의 창작 영웅소설은 당시대인들이 겪는 현실을 잠시나마 일탈하여 상처를 치유받고 욕망을 성취해 나갈 수 있는 이상적인 문학작품으로서의 의의가 있다고 하겠다. 조선조인들의 삶의 과정에서 억압된 무의식적인 치유의 욕망이 창작 영웅소설에 꿈과 소망으로 재현되고, 그 상징들과 문제해결이 다른 유형의 소설보다는 창작 영웅소설이 적합하다고 보았기 때문으로 해석할 수 있다.

명문거족의 치유 스토리텔링 양상과 의미

1. 서론

이 글은 조선시대에 독자에게 많은 인기를 끌었던 영웅소설을 대상으로 하여 작품에 수용한 '명문거족(名門巨族)'의 치유 스토리텔링 양상과 그 의미를 고찰하는 데 목적을 두었다. 조선시대 명문거족은 전통적으로 과거시험을 통하여 고위직의 벼슬에 올라 국록(國祿)을 받으면서 높은 신분과 명가(名家)의 가정을 굳건하게 만들어 권문세족(權門勢族)을 대대로 유지해가는 집안을 의미한다. 일반적으로 창작 영웅소설에 수용된 주인공도 명문거족의 집안에서 출생하였으나 적대자에 의하여 또는 이유를 알 수 없이 가문이 몰락하는 것으로 형상화되어 있다. 이미 몰락한 가문은 소설의 결말에서 다시 명문거족이 회복되는 일련의 사건 전개가 낭만적으로 형상화되고 있다는 점에 주목하여 본고는 그 의미를 치유 스토리텔링의 관점에서 조명해보고자 한다.

지금까지 영웅소설 연구에서 '가문'의 몰락 문제는 당시대의 몰락양반층의 의식을 반영한 소설로 많이 거론되어 왔다. 즉 영웅소설의 출현 동인 중의 하나로 '실각한 양반들의 호구지책과 권토중래를 기약하기 위한 것'[1]이라는 논의가 있는 후, 많은 연구자는 영웅소설의 작가층이 몰락한 양반층일 것으로 보고, 몰락한 양반이 호구지책의 일환으로 영웅소설을 창작하고 애독했을 것이라는 추정을 내린 바 있다. 이처럼 영웅소설 연구자는 작가층을 논의할 때 몰락 양반의 실상을 수용하고 그들의 의식을 다양하게 적극적으로 반영한 것은 당시대의 사회적 변화와 뚜렷한 신분 의식을 투영한 것으로만 살폈으며, 보다 폭넓은 영웅소설의 미의식을 논의하지는 못했다.

본고에서는 기존의 연구결과를 일정 부분 수용하면서 각 작품에 따른 명문거족의 몰락 양상과 그에 따른 다양한 의식 문제를 검토하여 그들의 의식을 영웅소설에 반영한 궁극적인 목적은 영웅소설 담당층이 바라는 좌절과 상처를 치유하기 위한 의도적인 스토리텔링의 방법에서 비롯되었음을 밝히고자 한다. 그리하여 영웅소설이 가문을 중시하는 당시대인의 의식과 꿈을 반영하기 위하여 작가든 독자든 독서의 현장에서 적극적인 치유 도구로 활용했을 것으로 의미를 두고자 한다. 이러한 낭만적인 영웅소설을 통하여 향유자는 자신의 가문과 족보를 통시적으로 탐색하고 삶의 전체적 맥락에서 현재의 어려움을 이해하고 수용함으로써 한 단계 성장하도록 돕는 치유문학의 도구로 조선시대 대중소설인 영웅소설을 효과적으로 활용하였을 것으로 보인다.

본고는 영웅소설이 보여주는 자기 서사의 글쓰기 방식이 당시대인에게 유사한 상처를 공유하거나 작품을 통하여 대리체험을 통한 힐링의 일환으로 치유를 위한 자기 글쓰기와 일맥상통한다는 점에 주목하여 그동안 창작 영웅소설이 놓친 부분을 확대 조명하여 새롭게 이해하고자 한다. 실지로 창작 영웅소설에서 작가는 주인공과 주변 인물을 통하여 당시대인의 아픔을 그대로 리얼하게 묘사한 작품이 많으며, 이러한 아픔을 극복해서 해결해가고 있는데, 모두가 애정, 가문, 사회 치유의 현상으

1 서대석, 「군담소설의 출현동인 반성」, 『한국고전소설』, 계명대출판부, 1974, 3쪽.

로 볼 수 있다.[2] 본고는 이러한 부분에서 영웅소설의 주인공이 보여주는 탁월한 영웅담이 당시대인의 내적 치유의 수단이 될 수 있다고 보는 것이다. 문학 작품은 인간의 감정을 연습할 수 있는 가장 적합한 장르이므로 작품 속에 존재하는 갈등 양상을 다양하게 간접 체험할 수 있기에 책 속의 인물을 통해 우선 나를 알아갈 수 있고, 더 나아가 사람과 소통할 수 있는 경로를 예감[3]할 수 있는 것으로 유용하기에[4] 영웅소설을 통한 치유적 성격을 탐색하는 것은 매우 의미 있는 작업이라 하겠다.

지금까지 우리 문학을 치유와 관련지어 연구한 것은 현대문학을 중심으로 진행해 왔다. 1970년대 초기 연구에서는 비행 청소년을 대상으로 독서 치료가 주를 이루었으며, 문학치료[5]가 학문연구로 정착된 것은 문학 작품 감상을 활용한 연구단체로서 2002년 한국독서치료학회가 창립되고, 다음 해에 서사문학을 활용한 연구단체로서 한국문학치료학회가 창립되면서부터 시작되었다.[6] 그러나 이러한 연구는 문학 작품을 활용하여 치유자에게 임상적으로 적용하여 치료하는 수단으로서 의미

2 안기수는 창작 영웅소설을 포괄적으로 검토하여 유형화한 다음 치유 스토리텔링의 성격을 애정, 가정, 도덕적 유형으로 나누어 치유문학적 의의를 살펴본 바 있다. 이 연구는 선행 연구를 세분화하여 살펴본 것임을 밝힌다. 졸고, 「창작 영웅소설의 치유 스토리텔링과 의미」, 『우리문학연구』 61, 우리문학회, 2019. 7-38쪽.

3 여기에서의 예감은 타인에 대한 공감능력으로 향상되고, 곧 자신을 객관화하여 이해하는 방식으로 이어진다. 자신과 타인의 삶을 예감할 수 있는 것은 이야기의 특성으로 잘 설명된다. 선선미, 『문학, 치유로 살아나다』, 푸른사상, 2017, 16쪽.

4 선선미, 앞의 책(2017), 16쪽.

5 문학치료에서는 시, 소설, 수필, 동화 등 문학뿐만 아니라 개인의 내면을 이끌어내는 데 도움을 주는 영화, 애니메이션, 다큐멘터리, 사진, 그림, 음악 등의 시청각적인 매체까지 활용하고 있으며, 유형별로는 크게 독서치료, 학습치료, 자기서사치료, 시치료, 자기 서사식 글쓰기 치료 등이 진행된다. 성상희, 「소설의 치유적 기능 고찰」, 중앙대 석사학위논문, 2013, 3쪽.

6 권성훈, 『시 치료의 이론과 실제』, 시그마프레스, 2011, 23쪽.

를 둔 것이 대부분이었고, 자기 글쓰기를 통한 내적 치유의 방법으로 문학 작품에는 주목하지 못했다. 한편, 고전문학의 경우에는 정광훈의 연구를 들 수 있다. 그는 이야기를 통한 중국 고대인의 내적 치유를 고찰하면서 서사를 통한 치유를 개인적 치유와 사회적 치유로 살펴본 바 있다.[7] 개인적 치유는 발분저서(發憤著書)로서 저자 스스로가 감정을 글로 토로함으로써 내적 위로를 얻고 응어리를 푸는 것이라고 하였으며, 가담항어(街談巷語)로써 거리의 이야기를 통한 사회적 치유를 고찰하였다. 특히 사람들 사이에서 유행하는 다양한 이야기나 담론는 그 사회의 모습을 직접 전달해준다는 점에서 나름의 존재 가치가 있다고 보았다.[8] 또한 필자는 문학 치유가 조선시대의 대중소설인 영웅소설의 주제의식과 맥을 같이 한다고 보고, 영웅소설이 당시대인의 치유적 성격이 강한 보편성과 대중성을 가진 문학 관습임을 고찰한 바 있다.[9]

이러한 연구 결과물을 토대로 본고는 조선시대 영웅소설은 일정한 문학관습의 도식성을 활용하여 치유를 위한 창작의 과정이 되고, 극적 치유를 위해 이야기 뿐만 아니라 환상의 효과를 더하여 스토리텔링함으로써 수많은 영웅소설이 창작되었을 것으로 본다. 따라서 창작 영웅소설의 다양한 서사가 조선시대의 향유자 사이에 어떤 방식으로 치유 작용이 이루어지고 있는지를 살펴보는 것은 조선조 영웅소설을 새롭게 이해하는데 중요한 의미가 있다고 하겠다. 본고는 대중에게 큰 인기를 끌었던 조선조 시대의 창작 영웅소설[10]중에서도 가문의 몰락과 재건을

---

7 정광훈, 「서사와 치유」, 『중국연구』 62, 한국외대 중국연구소, 2014, 24쪽.

8 본고는 정광훈이 고찰한 중국고전 작품 〈사마천의 사기〉, 〈중국의 가담항어〉를 통한 고대인의 내적치유의 연구방법을 우리의 창작 영웅소설에 접목하여 치유 스토리텔링의 성격과 의미를 고찰하고자 한다.

9 안기수, 앞의 논문(2019), 참고.

형상화한 작품을 대상으로 하여 이 소설을 당시대의 치유양상과 스토리텔링의 의미를 살펴보고자 한다.

2. '명문거족'을 수용한 영웅소설의 치유적(治癒的) 성격

그동안 조선시대 영웅소설 연구는 신화의 세계관에 바탕을 두고 주인공의 탁월한 일대기 과정에만 주목해 왔고, 주인공의 낭만적인 영웅상을 환상성과 도식성에 결부시켜 주인공의 욕망구조에 관심을 가지고 연구해 왔다. 특히 창작 영웅소설은 비록 작가가 밝혀져 있지는 않지만 당시대의 사회상을 정확히 통찰하고 있으며, 명문거족의 가문과 가정 그리고 신분의 파괴와 치유 회복의 문제를 문학적으로 형상화하고 있다는 점에 주목할 필요가 있다.

영웅소설은 외형적으로 영웅의 일대기 서사구조의 틀로만 보면 탁월한 영웅 능력을 가진 주인공이 어려서 온갖 고난을 극복하고, 초능력을 배양한 다음 때마침 국가적 전란을 맞게 되고, 주인공이 적극적으로 전쟁터에 참가하여 적군을 무찌르고 위기로부터 국가를 수호하여 그 공로를 인정받아 높은 벼슬에 오르게 된다. 주인공은 상승된 자신의 신분을 이용하여 헤어진 부모와 재회하여 잃었던 명문거족의 몰락을 회복하며, 배필과의 결연을 통하여 새로운 가정을 만들어 행복하게 살게 된다는

10 본고에서 참고자료로 사용한 창작 영웅소설의 작품으로는 김동욱 편, 『영인 고소설 판각본전집』 1-5권, 연세대 인문과학연구소, 1973에 수록된 것으로 〈소대성전〉 경판36장 『전집』 4, 〈장풍운전〉 경판27장, 『전집』 2, 〈금령전〉(경판20장본), 〈장풍운전〉(경판31장본), 〈현수문전〉(경판65장본)을 연구대상으로 삼았다. 이하 작품명과 페이지만을 표기하기로 한다.

일정한 문학관습의 틀을 가지고 있다.

이러한 서사적 틀을 하나로 도식화하여 일정한 패턴으로 수많은 창작 영웅소설을 스토리텔링하여 문학의 창작 관습이 대중화되고 통속화됨을 보여주고 있다. 작가는 이러한 창작 영웅소설에서 볼 수 있는 주인공의 일생 과정에 형상화된 당시대인의 영웅에 대한 대망의식을 다양한 패턴으로 사건을 스토리텔링하여 이것을 풀어가면서 작가와 독자는 물론, 당시대인이 명문거족의 몰락에 따른 깊은 상처를 치유해가는 스토리텔링 방법을 사용하고 있다.

창작 영웅소설은 주인공이 영웅화되어 가는 과정을 통하여 당시대인이 지향하는 가치의 유형을 일정하게 형상화하고 있다. 일반적인 창작 영웅소설은 주인공의 상승적인 삶을 살아가는 '英雄의 一生'[11] 구조로 스토리텔링하고 있다. 따라서 주인공 자신이 태어나서 죽음에 이르기까지의 과정을 보면 다음과 같은 도식으로 정리할 수 있다.

ⓐ 고귀한 혈통(名門巨族)을 가지고 태어난다.
ⓑ 어려서 죽을 위기의 고난을 겪는다.
ⓒ 구원자를 만나 영웅 능력을 획득한다.
ⓓ 다시 고난을 겪는다.
ⓔ 탁월한 능력으로 고난을 극복한다.
ⓕ 고난을 극복하고 전쟁터에 출전하여 승리자가 된다.
ⓖ 명문거족을 회복하고 부귀영화를 누리며 승천한다.

11 영웅의 일생에 대해서는 일찍이 조동일에 의하여 검토된 바 있다. 본고에서는 이러한 견해를 수용하면서 영웅소설의 서사구조 상에서 결핍부분을 추출하고자 한다. 조동일, 「영웅의 일생 그 문학사적 전개」, 『동아문화』 10, 서울대 동아문화연구소, 1971.

이와 같은 서사구조 상에서 주인공이 겪게 되는 고난 부분에서 신분이 상실되고, 가정이 파괴되며, 명문거족이 몰락되면서 주인공에게 충족되어야 할 결핍[12]된 부분이 상세하게 형상화된다. 주인공이 무엇인가 결핍된 부분이 있었기에 그것으로 인한 고난을 겪게 되고, 영웅이 된 후 그 결핍된 부분을 해결함으로써 주인공의 욕망이 실현된다. 영웅소설에서 주인공에게 나타난 가치실현 양상은 명문거족의 쇠락에 따른 가치실현, 고아가 된 이후에 방황하면서 천한 신분으로 걸인행세를 할 수밖에 없는 신분 상실과 새로운 가정으로의 편입과정에서 새로운 배필과의 결연을 맺는 과정에서 결연 장애에 따른 가치실현이 형상화된다.

당시대인은 고통스런 현실의 억압에서 벗어나고자 특별한 능력을 가진 영웅 인물이 나타나 항거할 힘이 없는 자신을 대신하여 사회의 모순을 타개해 주길 원했고, 이러한 대망 의식이 정신적으로 치유받을 수 있다고 위로했다. 이러한 측면에서 영웅소설의 출현은 무력한 자아에서 해방감을 느끼게 해주고 영웅이 처한 극적이고도 흥미진진한 상황에서 자기 동일시를 가능케 해 주었다. 이를 통해 독자는 주인공의 낭만적인 운명에 참여할 뿐만 아니라 그의 특권을 자신의 것으로 상상함으로써 자신의 초라한 삶을 위로하게 된다.[13] 이처럼 당시대의 영웅소

---

12 일찍이 Propp는 민담을 구조화하는 작업에서 민담은 주인공이 상실한 가치를 어떻게 다시 획득해 나가는가를 보여주는 구조를 갖는다고 하였다. 또한 A. Dundes는 북미 인디언의 민담구조를 결핍과 충족으로 살핀 바 있다. 따라서 본고에서는 영웅소설에서 주인공의 삶의 과정도 결핍과 충족의 구조로 보고, 결핍의 용어를 사용하고자 한다. Propp, 『Morphology of Folktales』, Bloomington, Indiana University Press, 1958. A. Dundes, 『The Morphology of North American Indian Folktales』, [FF Communication], No.195(Helsinki, Soumalainnem Tiedeakatmia Acadeaia Scientiarum Fennica, 1980, p.62.

13 진경환, 「영웅소설의 통속성 재론」, 『민족문학사연구』 3, 민족문학사연구소, 1993. 108쪽.

설 독자들은 억압된 현실을 회피하고 싶은 심리와 그러한 현실이 극복되기를 바라는 정신적 치유의 염원을 영웅소설에서 찾고 적극적으로 향유하였다.

영웅소설은 서사의 주인공이 보여주는 낭만적인 영웅담과 대조적으로 개인적인 힘만으로 극복할 수 없는 현실의 벽에 부딪혀 고뇌하고 갈등하는 독자와 주인공이 서로 연민과 동질감을 느끼게 된다. 작품과 독자의 일상적인 동일시는 영웅이 나와 같은 시련을 겪는 존재라는 것을 느끼게 함으로써 그들의 염원과 현실적 고통도 언젠가는 치유될 수 있을 것이라는 전망을 스토리텔링하고 있다. 따라서 '명문거족'을 소재로 한 영웅소설은 영웅의 일대기적인 삶을 통하여 향유층에게 현실에서의 위안과 이상적 세계로의 도피를 제공함으로써 향유층들의 좌절과 원망, 그리고 억압된 불만을 위안과 대리만족으로 치유해 주는 성격의 치유적 성격의 대중소설이라 하겠다.

3. 치유 스토리텔링 양상과 의미

1) 가문쇠락의 치유 스토리텔링

영웅소설에서 주인공은 비록 명문거족의 고귀한 혈통을 가지고 태어나지만, 출생담부터 이미 가문이 몰락한 것으로 시작된다. 대부분의 주인공은 출생담의 스토리텔링을 통하여 가문 쇠락을 상세하게 형상화하고 있다.[14] 〈소대성전(蘇大成傳)〉과 〈이해룡전(李海龍傳)〉은 명문거족을

---

14 영웅소설 〈유충렬전〉, 〈조웅전〉과 같은 작품에서는 그 쇠락의 원인이 정적에 의하여 부친이 희생되면서 가문이 인위적으로 몰락한 경우도 있지만 본고에서는 자연적인

유지해 왔으나 오랫동안 자식 없음에 대한 근심에서 낙향하여 가문이 쇠락한 경우로 스토리텔링하고 있다. 비록 영웅소설은 이러한 가문 쇠락이 주인공의 태몽을 통해 해결의 실마리가 풀리는 형상화 방법을 취하고는 있으나 이미 가문은 쇠락되고 만다. 가문 쇠락의 양상은 두 가지로 나누어 살펴볼 수 있는데 〈유충렬전(劉忠烈傳)〉과 〈조웅전(趙雄傳)〉처럼 정적에 의해서 가문이 몰락한 경우와 〈소대성전〉과 〈장풍운전(張風雲傳)〉처럼 자연적인 가문 몰락을 들 수 있다. 본고는 정적이 아닌, 자연적인 가문 몰락을 통해 구체적으로 치유 스토리텔링의 의미를 살펴보기로 한다.[15]

〈소대성전〉에서 소대성은 정적이나 외부적인 횡포에 의하여 가문이 쇠락한 것이 아니라 자연발생적으로 몰락했다. 소대성은 가문의 몰락으로 인하여 명문거족의 자손이라는 긍지와 자부심도 지킬 수 없게 되었고, 삶을 살아가기 위해서 어떤 일이든지 혼자서 감수해야만 했다. 남의 집 외양간도 쳐주어야 했으며, 담도 쌓아주는 등 닥치는 대로 품을 팔아 생계를 유지하며, 끝내는 품팔이 일까지 막혀 걸식을 하면서 목숨을 연명한 비참한 신세가 되고 만다. 또한 〈장풍운전〉에서는 부친인 장희 부부가 가산은 부유하되 일찍 자식이 없으므로 슬퍼한 것으로 보아 문제가 되는 것은 정치적 몰락이나 신분상승 의욕이 절대적인 것이 아니라 후사(後嗣)가 없다는 점, 곧 가족관계에서 수직적 위치에 해당하는 후사의 생산이 없다는 것에서 가문 몰락의 원인이 형상화된다.

가문 몰락의 문제를 다루고 있는 영웅소설을 대상으로 한정하기로 한다.

15 여기에서는 국가적인 난세기와 함께 가문이 쇠락해버린 〈유충렬전〉, 〈조웅전〉은 또 다른 창작의식과 치유의 의미를 살펴볼 필요가 있기에 한정된 지면상 논외로 하였다. 따라서 자연적인 가문쇠락을 형상화하고 있는 〈소대성전〉과 〈장풍운전〉을 대상으로 하여 가문쇠락의 형상화와 명문거족의 의미를 살펴보고자 한다.

우선적으로 영웅소설에서 가문 쇠락의 가장 큰 요인은 가문을 이어줄 후사가 없다는 데에 문제가 있다. 영웅소설은 비록 기자치성에 의한 만득자를 얻게 됨으로써 해결의 실마리가 풀리지만 적어도 가문 쇠락의 가장 큰 문제는 자식이 없다는 점이다. 실제로 가문에 대를 이을 자식이 없다는 것은 가문의 단절을 의미하므로 가문을 중요시하는 조선조 때는 가장 큰 위기일 수밖에 없다. 특히 조선조 사회는 가치관의 기준을 효에 두었던 까닭에 부모가 사망한 후에 장례와 제례를 예법에 맞게 지내야 했다. 그러므로 아들을 반드시 낳아서 가계를 이어야 했으므로 아들을 낳으려는 갈망은 단순한 씨족 본능의 차원을 넘어섰다. 이러한 무자 근심을 해결하기 위하여 사대부의 여인들은 절에 가서 7일 기도, 백일 기도 등을 올리며 점지를 기원하는 부녀상사가 생겨나기도 했다. 이러한 부녀상사의 기원은 『경국대전(經國大典)』의 형전금제(刑典禁制)에 "유생, 부녀로서 절에 올라가는 자는 杖 一白에 처한다"[16]라고 금하고 있지만, 아무리 법으로 막아도 민심에 뿌리박은 신앙은 근절시킬 수 없었다. 더욱이 조선조 후기 사회에 들어서서 강화되고 강조되던 풍조인 종손을 중시하던 가문 의식을 고려할 때[17] 절손의 위기야말로 심각한 것이었다.

조선시대의 조상향화(祖上香火)에 대한 당시대인의 의지는 바로 창작 영웅소설에 수용되고, 무자 근심과 기자 모티프는 적강 구조와 결합하여 형상화되고 있다. 즉 자식이 없다는 것은 명문가의 단절을 의미하며, 이러한 명문거족의 쇠락은 천상계에서 하강한 신이한 존재, 즉 만득자로 해소되는 것이다. 만득자로 태어난 영웅소설 주인공은 자기 개인적인 삶보다 가문의 운명에 따른 삶을 살고 있다. 〈소대성전〉의 소대

16 한우근 외, 『譯註 經國大典』, 번역 편, 한국정신문화연구원, 1985, 439쪽.

17 최재석, 『한국가족제도사연구』, 일지사, 1983, 670쪽.

성과 〈장풍운전〉에서 장풍운은 새로운 가문의 형성 내지 가문의 번성과 관련된 만득자로 태어났다.

이렇게 태어난 주인공은 작품 내에서 가문 구성원의 하나로서 가문의 이익과 영화를 위해 모든 행위를 하며, 항상 가문의 존재 의미를 의식하고 있다. 이러한 의식은 세대가 교체되어도 변함없이 유전된다. 가문은 인물의 단순한 총합 그 이상의 의미를 갖는 초개인적인 실체이며, 그것을 지탱하고 있는 이데올로기가 가문주의인 것이다. 뿐만 아니라 가문주의는 개별적으로 행동하는 것처럼 보이는 구성원들의 사고와 행위를 지배하고 통제하는 초개인적인 의식인 것이다.[18]

특히 조선조는 가문이 곧 국가의 유일한 단위라는 것과 치국의 원리는 제가원리의 연장이라는 의미를 내포하고 있다.[19] 제가의 원리가 치국에까지 확장되는 것을 오륜에서 볼 수가 있는데 군신(君臣), 부자(父子), 형제(兄弟), 부부(夫婦), 붕우(朋友)의 5개 항 중 3개 항이 가족관계의 용어이고 나머지 둘도 가족관계의 용어는 아니지만 가족 관념으로 생각해도 무방하다. 그래서 군신관계는 부자관계의 확대변용으로 붕우관계는 형제관계의 확대변용으로 볼 수 있다.[20]

이와 같이 가문의 중요성을 지향하는 불가항력적인 영웅소설을 보면 〈소대성전〉, 〈장풍운전〉, 〈현수문전〉 등을 들 수 있다. 이들 소설이 갖는 공통적 서사 전개는 수직·수평적 가족관계를 문제 삼는 것으로 고난의 구조가 유사하다는 점이다. 주인공이 겪는 고난이 3차에 걸쳐서 발생되는 점과 가문 쇠락을 형상화한 작품에서 주인공이 겪는 고난의

18 조용호, 「삼대록 소설의 인물연구」, 『고소설연구』 2, 한국고소설학회, 1996, 205-206쪽.

19 최재석, 『한국가족 연구』, 일지사, 1982, 219쪽.

20 마우란 저, 『중국사상사』, 강재윤 역, 일신사, 1981, 21쪽.

성격은 철저하게 가정내적인 데에서 비롯된다. 주인공이 어려서 불가항력적으로 부모와 헤어진 후 구원자를 만나 그 집의 사위로 발탁된다. 그러나 구원자가 죽자 처 가족은 주인공의 미천한 신분을 들어 학대를 하거나 죽이고자 온갖 모함을 하게 된다. 이에 주인공은 가정을 떠나 자신의 몰락한 신분을 상승시킬 필요를 인식하고, 국가적인 고난을 영웅적인 행위로 해결하고 영웅이 된 다음 가정으로 돌아와 가정의 평화를 이루게 된다. 특히 가정 내에서 부모가 존재하지 않는다는 것은 결국 가문의 쇠락을 의미하며, 가부장제의 사회에서의 가문은 곧 가족의 형성과 질서를 유지해 주는 중요한 방법인 것이다.

이처럼 조선시대 가족제도는 철저한 유교적 가부장제였다. 수직적 가치관을 근간으로 하는 가부장적인 가족제도에서 부모는 효를 내세워 자식에게 복종을 강요하였으며, 자식은 어쩔 수 없이 부모의 모든 명을 거역할 수가 없었다. '가부장은 사법적·도의적 권리를 가지고 가족원을 엄격하게 통제했으며, 가족원은 가부장에 대하여 절대 복종의 의무를 지니고 있었기'[21] 때문에 부모의 존재가 중요한 역할을 담당했던 것이다. 따라서 부모가 존재하지 않는다는 것은 곧 가문의 와해를 의미하며, 부모의 구몰상태에서 주인공 혼자서 경험 세계를 살아갈 수밖에 없다는 것은 가문이 결핍된 주인공에게 가문 형성이라는 큰 과제와 욕망이 존재하게 된다. 즉 주인공에게는 가문의 형성과 번영이 큰 지향가치라 할 수 있다.

이러한 가문의 중요성은 조선조라는 한 왕조사회에서 가장 중요하게 여겼기에 일찍부터 소위 가문소설이라는 소설 유형이 많이 쓰이고 읽혔다. 이수봉에 의하면 이미 1676년에 〈한강현전〉과 같은 가문소설이

21 최재석, 『한국가족연구』, 민중서관, 1970, 250쪽.

등장하였으며,[22] 영웅소설에 가까운 구성 방식을 가지고 있다. 이렇게 본다면 가문소설의 주인공은 가문창달주로서 영웅의 군담화소가 뒤에 나타난 영웅소설에 이행되었다고 볼 수 있을 것이다. 대중소설의 주류를 이루고 있는 영웅소설에 이러한 가문의식의 문제를 중요하게 다루고 있다는 것은 조선조 때 가문의 중요성이 일반 서민이나 몰락 양반에 이르기까지 두루 인식되고 있음을 의미한다. 결국 영웅소설에 가문의 쇠락과 회복을 다루고 있다는 것은 서사문학의 흐름 위에 당시대의 가문을 중요시하는 시대인식과 이를 반영하는 작가의식이 결합되면서 결핍된 자에게는 영웅소설이 명문거족이나 일반 가문의 회복을 위한 상처를 치유하여 회복시켜주는 문학적 수단이 되었다고 볼 수 있다.

2) 가정파괴의 치유 스토리텔링

이 유형의 주인공에게 주어진 고난은 수직적 관계의 파괴에서 시작해서 가정의 파괴로 연결된다. 가정을 떠난 주인공은 냉혹한 현실 세계에 부딪치면서 적응하지 못하고 유랑생활을 하거나 남의 집 외양을 치우면서 끼니를 이어가기도 하고, 관청의 사환으로 고용되어 하루를 연명해가는 비참한 생활을 이어나간다. 그러나 천행으로 구원자를 만나 그 집에서 살면서 이제는 끼니를 걱정하지 않아도 되는 안정된 삶을 살아가게 된다. 이렇게 구출된 주인공은 구원자의 집에 택서로 되어 사회제도적 차원에서 문제를 일으키게 된다. 지인에 의한 이러한 택서의 의미는 지인의 입장으로서 뛰어난 재능이 숨겨져 있는 사위를 맞이함으로서 계속적으로 가문의 번영을 보장하려는 것과 택서를 통한 신분

22 이수봉, 『한국가문소설연구논총』, 경인문화사, 1992, 17쪽.

상승을 꾀하려는 의도가 내포되어 있기 때문이다.

〈소대성전〉의 주인공은 파괴된 가정을 세우기 위해서 구원자의 딸과 정혼을 거리낌 없이 수용하고 나아가 혼인을 통한 새로운 수평적 가정을 형성하려는 욕망이 자리 잡게 된다. 주인공이 겪어야 할 시련은 여기에서 비롯된다. 설상가상으로 자신을 믿었던 구원자는 죽게 되고, 처가족은 주인공이 처가의 가정으로 편입하기를 반대하는 시련을 맞게 된다. 새로운 가정으로 편입을 주장하는 주인공과 이를 파괴하려는 처가족과의 갈등이 첨예하게 대립됨으로써 문제는 확대된다.

> 왕시 ᄉᆞᆷᄌᆞ다려 왈 쇼ᄉᆡᆼ은 본ᄃᆡ 걸인이라 승샹이 망령되어 ᄃᆞ려ᄃᆞ가 치봉의 혼ᄉᆞᄅᆞᆯ 정ᄒᆞ여 문호의 욕이되니 ᄂᆞ의 ᄒᆞᆫᄒᆞᄂᆞᆫ ᄇᆡ라 녀등은 쇼ᄉᆡᆼ ᄂᆡ칠계교ᄅᆞᆯ ᄉᆡᆼ각ᄒᆞ라 쟝ᄌᆞ ᄐᆡ경이 ᄃᆡ왈 쇼ᄌᆞ 등도 불합ᄒᆞ오나 ᄆᆡ졔 열졀을 ᄋᆞᄂᆞ니 쇼ᄉᆡᆼ을 보ᄂᆡᆫ후의 뉘우침이 잇을가ᄒᆞᄂᆞ이다. 부인왈 츈광이 ᄎᆞ면 회심ᄒᆞ리니 녀등은 다만 쇼ᄉᆡᆼ ᄂᆡ칠 계교만 ᄉᆡᆼ각ᄒᆞ라[23]

> 호시 청ᄑᆞ의 풍운을 자시보니 짐짓 긔남ᄌᆞ라 가마니 헤오ᄃᆡ 경ᄑᆡ의 ᄇᆡ우를 ᄉᆞᆷ으면 졔지식의게 무식홀가ᄒᆞ여 ᄒᆡ홀 뜻을 두더라... 호시는 몬져 경ᄑᆡᄅᆞᆯ 업시ᄒᆞ리라ᄒᆞ고 극약을 쥭의 너허 소져를 쥬니 소져 밧다가 노쳐 나리치거ᄂᆞᆯ 호시 ᄶᅳ게 ᄭᅮ짓고 계교 이지못ᄒᆞ믈 ᄒᆞᆫᄐᆞᆫ ᄒᆞ더니[24]

〈소대성전〉의 소대성은 구원자인 이승상을 만나 구출되고 이승상은 소대성을 사윗감으로 발탁하나 이승상이 죽자 장모인 왕부인이 자객을 시켜 소대성을 살해하려는 음모로 인해 소대성은 가출할 수밖에 없게

---

23 〈소대성전〉, 『전집』 4, 405쪽.

24 〈장풍운전〉, 『전집』 2, 533쪽.

된다. 소대성은 채봉과 혼인, 장모와 사위라는 수직적·수평적 가족관계의 혈연관계로써 가족적 의미에서 볼 때 가정의 형성과 파괴라는 중요한 의미를 갖는 것이다.

특히 소대성의 고난을 당대의 신분구조의 측면에서 본다면 사회구조의 변동이나 무질서한 당대의 필연적인 결과로 보는 것[25]보다는 오히려 확고한 중세의 신분제를 고수하는 데 따른 고난, 즉 가정내적인 위계질서의 혼효에서 파생된 고난이 아닌가 한다. 소대성의 부모의 몰락은 후대에 나타난 〈유충렬전〉 유형과는 달리 부모를 죽음으로 이끈 적대자의 등장도 없으며 소대성이 처가의 학대를 받는 장면도 박해자인 왕부인의 처지에서 보면 당대의 관념으로 볼 때 당연한 결과인지도 모른다. 즉 왕부인의 사위가 되는 것은 죽은 이승상의 지인지감에 따른 강압적인 결혼이었으며, 유리걸식하던 소대성의 신분은 미천한 신분이었기에 소대성을 고귀한 가정 내의 수직적 관계 형성은 용납할 수 없었을 것이기 때문이다. 자신이 이루지 못한 꿈을 사위를 통해 충족하려 했던 이승상의 욕망과 탁월한 능력자가 가정을 형성하는 과정에서의 두려움과 걸인을 사위로 맞이할 수 없다는 왕부인의 강한 거부감이 대립되어 나타난다.

이러한 상황은 처가의 부모와 주인공의 욕망이 중첩되어 나타난다. 처가의 부모는 가문의 계통을 이어가는 것이고, 주인공은 결혼을 통한 가정 형성에 방점이 있게 된다. 이처럼 처가의 부모 입장은 더 이상 명문거족을 유지할 수 없는 현실인식일 수 있으며, 소대성이 비록 사위로서

---

25 조동일은 소대성의 수난과 몰락을 두고 당대의 통치질서의 변모나 사회구조의 변동에 따른 필연적인 결과로 보고 있다. 조동일, 『한국소설의 이론』, 지식산업사, 1977. 303-315쪽.

가문에 편입되는 일이지만 이렇게 해서라도 이씨 가문의 명맥을 유지하고 싶은 치유의 욕망일 수 있다. 이러한 의식은 곧 당시대에 이와 비슷한 상황에 처할 수 있는 다수의 몰락해 가는 가문의 상처를 치유하는 방법일 수 있는 것이다. 또한 이승상의 입장에서 보면 가문의 유지에 방점이 있지만 소대성의 입장에서 보면 새로운 가정의 회복일 수 있다.

〈장풍운전〉의 경우도 〈소대성전〉과 대동소이하게 전개되고 있다.[26] 장풍운의 일차적인 고난은 불가항력적인 외적의 침입에 의해 부모와 헤어지는 데서 시작된다. 즉 당쟁이나 간신의 모함에 의한 가문의 몰락이 아니라 고향에 돌아와 안분자족하고 있다가 뜻하지 않는 전란이나 또는 서서히 빈곤해지면서 가문이 몰락해 가는 가문으로 설정되어 있다. 따라서 장풍운이 겪는 세계와 갈등은 곧 가문에서 비롯된 것이다. 따라서 주인공이 최하층민의 생활을 통해 생계를 유지해 나가는 이른바 빈곤의 문제가 현실적인 고난인 셈이다.

가정이 파괴되고 없는 장풍운은 이통판이라는 양반에 의해 구출되어 빈곤은 극복할 수 있었으나 이제는 사위로 발탁하는 과정에서 가정내적인 혼사 장애로 이어진다. 장풍운의 고난은 그를 구출하여 양육해 준 이통판의 집안에서 벌어지는 혼사 장애문제가 중심을 이룬다. 전임통판 이운경과 최씨 사이에서 출생한 이경패는 생모인 최씨가 일찍 죽자 동생 경운을 데리고 후실 호씨와 그의 소생들과 함께 한 가정에서 살아

26 〈장풍운전〉이 〈소대성전〉과 비슷한 유형을 이룬다는 것은 이미 지적된 바 있다. 박일용은 이 두 작품의 유사성을 들어 둘 다 특권상실의 이유가 모호하고 소설의 전반부에서는 가문의 몰락과 함께 하층민의 생활을 하고 원조자에 의해 양육되며 원조자 집안과 주인공의 갈등이 나타나는 것 등을 들었다. 그러나 갈등의 궁극적인 의미는 밝히지 않았다. 박일용, 「영웅소설의 유형변이와 그 소설사적 의의」, 『국문학연구』 66, 서울대, 1983, 42-63쪽.

가면서 갈등이 싹트리라는 것은 당연한 예견이라 하겠다. 특히 이경패와 호씨는 전실 소생과 계모라는 대립적인 관계에 있으며, 풍운이 경패와 혼인하여 가정내로 끌어 들인다는 것은 결코 용납할 수 없는 심각한 사건임에 틀림없다. 결국 계모 호씨는 자식들과 함께 풍운을 없애려는 온갖 음모를 꾸밈으로써 풍운의 시련을 한층 가중시켜 주고 있다.

즉 혼사 장애는 장풍운이 꿈꾸고 있는 가정의 회복의 치유를 어렵게 하는 것이며, 그 이유가 신분갈등과 맞물려 처가족의 학대로 확대되면서 문제는 심각해진다. 비록 이통판의 지인지감에 의해 미천한 자를 가정 내로 끌어들이기는 했으나 이통판이 죽자 호씨의 입장에서는 결코 용납할 수 없는 문제로 인식한다. 즉 풍운을 수직적 관계로 끌어들임으로써 가문에 해가 될지도 모르기 때문이다. 그러므로 처가족의 음모와 박해로 풍운은 집을 나올 수밖에 없었던 것이다. 주인공은 이러한 현실을 탓하지도 않았으며 신분제의 질곡에서 파생된 필연적인 결과라고 인식한 것 같다. 이는 자신을 학대한 처 가족을 적대자로 인식하지 않고 자신의 신분이 상승된 후에 다시 가정회복을 위하여 처갓집을 찾았을 때는 모든 것을 관대하게 용서하는 장면에서 잘 알 수 있다.

이처럼 〈소대성전〉과 〈장풍운전〉의 주인공은 가부장과의 이산으로 인해 명문거족의 몰락이 장기화되면서 주인공은 가정형성이 순탄하지는 않음을 보여주고 있다. 가부장과의 상봉이전에 새로운 가정을 형성하여 사회에 편입하려고 하는 주인공의 욕망과 이를 거부하는 처 가족과의 갈등 대립이 첨예하게 형상화되어 나타난다. 즉 가정의 형성과 파괴, 그리고 회복의 차원을 장기적으로 스토리텔링하고 있는 것이다. 이미 가정이 파괴되어버린 주인공이 구원자의 지인지감에 의한 다소 낭만적인 방법에 의해 타 가정에 의탁하게 되고, 그 가정으로 편입과정에서 고난을 겪는 과정이 다루어진다. 특히 지인지감에 의한 구원자의 구출은 주인공의 신분보다 내면적인 능력을 중요하게 인식하고 있으나 주변 인물의 인식은 능력보다 신분을 중요하게 인식하고 있어 서로 갈등과 대립을 보이고 있다.

이러한 인식은 능력을 중요시하는 구원자가 죽고 처가족의 학대에 의해 쫓겨나는 주인공의 입장에서 보면 가정의 파과와 현실인식 그리고 가정회복을 위한 치유의 형상화라 하겠다.

3) 신분 상실의 치유 스토리텔링

영웅소설의 서두에 나타난 주인공의 출생담을 보면 신분은 한결같이 혈통이 좋은 명문거족의 상류계층에서 태어나고 자란 인물로 신분이 꽤 높은 인물이란 점을 부각시켜 주고 있다. 그러나 문제는 지고한 신분이 하루 아침에 천한 신분으로 전락해 버린 주인공의 신분 상실이란 점에 있다. 신분 상실 후 처지가 척박한 인물로 형상화되면서 주인공은 수많은 고난에 직면하게 된다. 한번 상실한 신분을 회복한다는 것은 실지로 어려운 일이며, 스스로 노력에 의해서 과거를 통해 혹은 군담에서 활약한 무공을 통해서만 신분 상승을 꾀할 수 있다.

이러한 면에서 보면, 〈소대성전〉, 〈장경전〉, 〈이해룡전〉과 같은 창작 영웅소설은 신분 변동이 급박하게 돌아가고 있는 긴박한 당시대의 세태를 반영하고 있는 듯 보인다. 대대로 유지해 왔던 높은 신분은 하루아침에 상실해 버리고, 후손인 주인공과 같은 사람에 의해 나라에 충성을 다하고, 고난을 보상받으며, 신분 상승을 실현하고 있음을 볼 때, 신분 상승이라는 중세의 질서와 가치관이 옹호되고 이를 적극적으로 치유하는 스토리텔링 기법을 활용하고 있다.

이 유형은 다른 영웅소설과 달리 주인공의 신분 상실에 따른 결핍부분이 확대 스토리텔링되어 있다. 즉 우연히 가족과 이산으로 인해 신분이 상실된 경우와 처가살이에서 벌어지는 고난과정이 방증해 준다. 이러한 특성 때문에 이 유형의 영웅소설에서 상반된 주제 의식이 제기되기도 했다. 조동일은 몰락 양반의 시대인식이 반영된 작품이라 해석하여 그 결말을 내적인 적이 아닌 외적과 군담으로 처리함으로써 몰락을 강요하는 세계의 부당한 질서 자체를 인식하지 못하는 것으로 보았으며,[27] 서대석은 정치적 갈등 관계의 표현이라기보다는 평민 이하 계층의 가정 몰락과 재건을 다루면서 신분 상승의 꿈을 드러낸 것이라고 보았다.[28]

이러한 두 가지의 견해는 관점의 차이를 보이면서도 이 작품이 신분 상승의 욕망차원에서 창작되었다는 공통적인 견해를 보이고 있으며, 결말구조에서 볼 때 신분 몰락에 따른 치유 스토리텔링 기법을 활용하고 있다. 주인공은 신분은 몰락하였으나 잠재능력을 생래적으로 타고난 것으로 스토리텔링하여 언젠가는 잃었던 신분이 상승될 수 있음을 암시해 주고 있다.

이처럼 가족으로부터 철저한 분리는 주인공의 신분 상실이며, 곧 현실적 고난을 스스로 극복하고 자아를 실현해야 하는 과제를 안게 된다. 이 유형의 주인공은 부모와 이산하고 유랑하면서 하루를 연명하며 비참한 삶을 살아가면서 다행히 구원자를 만나 새로운 처 가족에 편입되어 경제적 차원의 생존 문제를 해결하고 나아가 잠재된 능력을 발휘할 기회를 가지며 자신의 신분도 긍정적으로 상승할 수 있다는 치유의 욕망을 갖게 되는 것이다. 그러나 구원자의 집에 들어온 주인공은 삶의 노정이 평탄하지 않다. 이제는 새로운 처가족의 구성원들과 갈등이 대립되어

---

27 조동일, 앞의 책(1977), 327-328쪽.

28 서대석, 앞의 책(1985), 219쪽.

나타나는데, 구체적으로 개별 작품에 나타난 지향가치의 확대와 그 의미를 통해서 그 의식이 어떻게 표출되는지를 살펴보기로 한다.

〈장경전(張景傳)〉에서 장경은 부친 장취가 가난한 집안 환경으로 늦게 결혼하였기 때문에 자식을 얻는다는 소망은 더욱 절실했다. 천축사 오관대사에게 기자정성(祈子精誠)하여 출생한 장경은 유간의 난을 만나 부친이 도적에게 잡혀감으로써, 전혀 의식하지 못한 불가항력적인 고난이 시작된다. 장경의 고난이 이러한 외재적인 사건에 의해 겪는다는 것은 임·병 양란 이후 조선 후기 잦은 민란 등이 발생했던 사회적 상황이라는 점에서 그리고 이러한 환경이 일반 서민들의 삶과 궤를 같이하고 있다는 점에서 의미가 있다. 또한 이러한 고난은 주인공이 전혀 의식하지 못한 세계의 일방적인 횡포라는 점에서 그 성격을 찾아볼 수 있겠다. 장경의 모자(母子)는 도적에게 쫓기다가 서로 헤어져 8년간이나 거지, 관노, 광대 등 미천한 자로 전락하여 유리걸식하며 생계를 유지하게 된다. 운주에 이르러서는 관비 차영의 도움으로 관가에서 방자 노릇을 하며 정착하게 된다.

이와 같이 〈장경전〉에서 장경은 적대자도 없이 신분이 자연적으로 상실하였음으로 적대자에 대한 복수나 자신이 해결해야 할 절대 과제가 부여되지 않는다. 장경은 우연하게 의외의 사건으로 신분 상실이 되었음으로 세계의 일방적인 횡포나 구체적인 해결 방법도 가질 수 없는 막연한 상태로 살아간다. 즉 헤어진 부모와의 재회나 생활기반의 회복 방법도 알지 못하며 의지조차도 보이지 않는다. 다만 현실의 생활을 정상적으로 유지할 수 없는 고통스러운 삶을 해결하고자 하는 경제적인 고난이 우선적으로 해결해야 할 과제였다. 이러한 장경의 현실인식은 관비 차영이 자식의 대입 방자로 들여도 이를 환영하면서 정착 생활을 현실적으로 원하는 장면에서 잘 알 수 있다.

또한 〈장풍운전(張風雲傳)〉에서 장풍운은 충효 정직한 부친 장희가 벼슬을 버리고 고향에서 기거하던 중 선상옥제의 점지를 받아 태어난다. 이때 가달이 변방을 침입하자 부친이 출전하고 모친과 피난하던 중 도적을 만나 잡혀간다. 노중에서 도적에게 버려진 풍운은 거리로 떠돌며 방황하면서 신분 상실을 겪게 된다. 장풍운도 불가항력적인 고난으로 인해 부모와 헤어지게 되어 〈장경전〉의 장경처럼 같은 형태의 하층체험을 하게 된다. 장풍운은 거리에서 방황하던 중 통판 이운경의 구출을 받아 그 집에 정착하게 되는 행운을 갖게 됨으로써 풍운은 가정형성의 기회를 맞는다.

이상의 두 개별 작품에 나타난 주인공의 신분 상실에 따른 고난과정을 살펴보았거니와 한결같이 주인공들은 가족과 이산하여 어린 나이에 신분이 최하층민으로 전락하여 온갖 고난을 겪으며 수년간을 방황하다가 구원자를 만나 그 집에 정착하면서 고난이 확대된다. 이들 작품에서는 구원자가 현실적인 인물이라는 점과 이들에 의해 적극적인 방법으로 주인공이 신분 상승을 얻는다는 점에서 리얼리티를 확보하고 있다는 점이 특징이다. 따라서 주인공의 신분 상실에 따른 고난의 과정도 길게 확대되어 스토리텔링되어 있다.

주인공은 어릴 때의 고난에서 가족과 헤어지는 슬픔을 맛보았기 때문에 구원자의 집에 머물면서도 자신의 처지와 신분을 향상시킬 수 있는 계기가 필요했던 것을 인식하게 된다. 다행스럽게도 주인공은 지인지감의 능력이 있는 구원자의 사위로 발탁되면서 새로운 가정형성을 꿈꾸게 된다. 그리하여 새로운 가정을 형성하려는 주인공과 이를 반대하려는 처 가족과 갈등이 가정 문제로 비화되면서 주인공은 현실적인 자신의 처지를 인식하고 훗날을 기약하고 처가를 떠난다. 주인공이 처가를 떠난다는 것은 가정 내의 횡포를 다스릴 수 있는 힘을 배양할 필요성이 있었으며, 이것은 타 가문에 의탁하여 상실된 신분을 회복하고자 했던 몰락 양반층의 의도가 한계에 부딪치고 있음을 의미한다. 이것은 주인공으로 하여금 높은 관직에 올라 신분을 향상해야 하는 과제가 되는 것이다.

주인공에게는 본질적으로 적대자를 설정하지 않고 일상 가정생활에서 고난을 겪는 삽화를 넣음으로써 주인공의 지향 가치가 신분 회복과 상승의 의지가 내재되어 있음을 보여준다. 즉 이 유형의 소설들은 주인공이 지향가치를 성취하기 위하여 보다 큰 힘을 획득할 필요가 있음으로 가정을 떠나 새로운 구원자를 만나 능력을 배양하는 과정을 형상화한다. 따라서 주인공은 가정을 떠나 지향 가치를 획득하기 위한 능력배양의 노력이 계속된다. 〈소대성전〉, 〈현수문전〉처럼 곧 바로 무공을 세우는 영웅이 되거나 〈장풍운전〉, 〈장경전〉처럼 과거를 통해 입신을 하게 된다.

이들이 획득한 지향 가치는 확고히 보장받는 것이 아니기에 고난을 확대시켜 국가적인 고난으로 스토리텔링을 하고 있다. 과거를 통한 입신이 아직 권문세족과 같은 일부 특권 계층에게만 주어지는 벌열 양반으로의 진입을 의미하는 것과는 달리 무공(武功)은 주인공이 곧바로 입신을 확고히 해 주는 장치가 되므로 영웅적인 장수가 되어 국난을 해결하고 그것을 기반으로 가문과 가정과 신분을 치유하는 방식을 취하게 된다. 이것은 결국 불가항력적으로 몰락해버린 신분이 어렵게나마 치유되었음을 의미한다.

이와 같이 신분 상실을 형상화한 작품에서 주인공의 의지는 보다 소극적인 자세를 보여주고 있으며, 주변 인물들의 적극적인 도움에 의해 신분 상승의 욕망이 성취되고 있으며, 한 가정을 형성함으로써 마침내 자아실현이라는 치유 회복을 가져오게 된다.

4. 영웅소설의 치유 문학적 의의

문학적으로 인간의 욕망을 치유한다는 것은 현실적인 삶에 비하면 매우 쉽고 가능한 스토리텔링의 방법이 될 수 있다. 과학적인 사고와 이성적인 사고방식을 가진 현대인에게 옛이야기인 신화에서나 볼 수 있는 판타지 기법의 스토리텔링이 현대인이 추구하는 일탈의 욕망을 치유해 주고 있다는 점에서 보면 이상할 것도 없다. 이와 같이 주인공의 낭만적인 행동과 거침없는 질주는 당시대인이 갈망하는 문제를 쉽게 해결해줄 수 있는 대리자가 될 수 있으며, 영웅을 향한 대망의식을 갖게 함으로써 주인공이 자신들의 결핍을 해결해주는 진정한 치유의 도구가 될 수 있다고 하겠다.

조선시대를 배경으로 창작하고 유통되었던 모든 영웅소설은 유형별로 조금씩 성격은 다르지만, 향유층 모두에게 치유문학적 성격을 가지고 있다. 주인공의 지향 가치가 신분 상승이든 가정회복과 명문거족의 회복이든 결말에서는 이러한 모든 것을 치유하고 회복시켜준다는 점에서 공통점을 가진다.

치유는 창작 영웅소설이 가지고 있는 문학 활동의 중요한 목적 중 하나이다. 치유는 상처를 전제로 한다는 점에서 조선시대 영웅소설을 통한 치유는 조선조인이 이야기를 만들어 내는 순간부터 행해져 온 치유 방법이었다고 할 수 있다. 특히 현실에서 해결하기 어려운 문제를 무의식과 영웅소설의 창작과 같은 문학적 환상기법을 통해서라도 만날 수 있도록 그와 관련된 이야기를 스토리텔링하여 많이 애독하였다고 볼 수 있다. 창작 영웅소설을 통한 치유는 겉으로는 이야기를 나누고 속으로는 상대의 아픔을 공감하는 것에서 비롯된 것이며, 궁극적으로 영웅소설과 같은 대중문학을 통한 향유자들의 치유가 지향하는 것은 궁극적으로 단순히 카타르시스를 경험하는 차원을 넘어 인지적 통찰과 정서적 이해에 두어야 한다. 즉 자신이 고통을 당하는 상황과 그 원인, 그로 인해 왜곡된 감정과 행동에 대한 통찰, 지금껏 가져온 감정과 행동에 대한 이해를 목표로 하는 것이다.

불가항력적인 가문 몰락을 형상화하고 있는 주인공은 1,2차적인 고난을 극복하지 못하고 가정을 떠나는 과정이 현실적인 경험 세계가 극복되기 어렵다는 것을 암시해주는 것이며, 주인공은 몰락해 버린 자신의 신분이 처가 쪽의 신분과는 일탈해 있음을 인식하고 가정을 떠나는 장면에서도 잘 알 수 있다. 이는 곧 자신을 중심으로 한 모든 가족관계의 파괴라는 큰 상처를 의미하는데 다시 가족관계를 유지하고 치유하기 위해서는 본인의 신분을 향상시켜야 가능했던 것이다. 즉 주인공은 국가적 차원에서 공을 세우고 국가적 승인을 받아야만 신분이 상승되고 상처가 치유된다는 것을 깨닫게 된다.

이러한 서사 유형의 주인공들은 고난을 감수하고 이후 적극적인 극복 의지를 보여줌으로써 현실을 극복할 수 있었다. 이러한 주인공의 적극성은 처가를 떠나 산사의 도사를 찾아 무예를 스스로 닦는 과정에서 볼 수 있는 바와 같이 주인공은 능력배양을 통한 신분 상승을 가장 중요한 과제로 추구하게 된다. 특히 주인공과 구원자의 만남이 가진 의미는 이러한 계기를 통해 주인공의 현실적인 가치가 전환된다는 의미에서 주목된다. 즉 주인공에게 부여된 온갖 시련과 고난이 극복되는 계기이며 초월적 능력완수라는 이른바 능력이 변신되는 전환점이 되는 것이다. 이처럼 영웅적 능력을 배양한 주인공에게 무공의 획득은 당연한 결과이며 경험 세계의 모순을 해결할 수 있는 장치가 되는 것이다.

여기에 필연적으로 수용된 영웅소설의 소설적 장치가 영웅의 활약을 낭만적으로 스토리텔링한 군담인 것이다. 군담에서 적대자가 누구이든 국가적 차원의 고난을 주인공이 평정한다는 것은 곧 무공으로 인한 신분 상승이며 정상적인 입신 과정인 것이다. 영웅소설의 주인공이 군담을 통해 입신하는 것은 결국 현실적인 고난을 극복하기 위한 방법이며, 한편으로 주인공의 신분 변신을 이루기 위한 문학 담당층의 의도적인 배려라고 할 수 있다. 이처럼 영웅 인물의 욕망이 실현될 수 있도록 배려한 궁극적인 의도는 작가와 당대인의 인식된 사유에서 비롯된 것으로써 이들의 내재된 욕망과도 무관하지 않는다.

이처럼 '명문거족담'을 형상화한 영웅소설이 보여주고 있는 전개 방식은 수차에 걸친 고난을 철저히 가문의 형성 문제에 두고 있다. 즉 일개인의 가문 형성에 따른 사회제도적인 모순을 형상화하여 결핍된 문제가 사회제도적인 모순에서 비롯되었음을 인식하면서 치유회복을 이야기하고 있다. 영웅소설에서는 가정과 가문 몰락의 상처로 인하여 신분이 상실되어 버림으로써 주인공이 겪게 되는 상처와 고통의 원인을 함께 다룬다. 한 개인으로서 주인공의 고통이 사실은 대다수의 사람들이 보편적으로 겪는 집단의 아픔이라는 자각을 깨닫게 해준다. 이로써 독자에게 공감과 카타르시스와 같은 자기 동일시 경험을 선사하고 자신의 문제 상황에 대한 거시적 통찰력을 키워줌으로써 수긍과 극복, 그리고 이해와 용서의 힘을 통해 깊숙이 내재된 상처를 치유해주며, 일탈의 욕망을 성취해 준다.

비록 영웅소설이 조선조시대를 배경으로 하여 스토리텔링이 되었고, 당시대 향유층의 감성에 공감할 수 있는 흥미 있는 군담의 소재나 주제를 형상화함으로써 상처받은 당시대인의 절절한 아픔을 묘사한 만큼 상처에 대한 치유스토리텔링의 기능도 분명하다. 조선조 창작 영웅소설의 향유자는 이처럼 민간에 떠도는 대중담론의 영웅소설과 같은 이야기를 통해 사회의 실상을 보여주고 나아가 그 상처를 치유하는 데 나름의 역할을 하였으며, 자기 서사를 통한 영웅소설이 사회 '치유'의 큰 역할을 담당했다고 할 수 있다.

다른 고소설과 달리 영웅소설에서는 군담을 소재로 수용하면서 혼란스런 당시대의 세계상을 잘 보여주고 있다. 난세기의 전쟁은 국민 전체의 아픔이자 집단적 파열을 의미함으로써 주인공이 겪은 개인적 아픔을 집단적 아픔으로 공감하여 승화시킴으로써 문학적으로 치유하고 있는 것이다. 영웅소설 장르 자체가 지닌 보편성과 도식성, 그리고 환상성에 바탕을 두고, 오랜 세월 동안 소멸되지 않고 강한 생명력을 지닌 이야기의 원형 서사에 형상화되어 있다는 점에서 조선조인 뿐만 아니라, 현대를 살아가는 우리들의 상처에 대한 치유를 읽어낼 수 있다는 점에서 영웅소설이 가지고 있는 치유문학적 의의가 있다고 본다.

5. 결론

지금까지 조선조 영웅소설에 수용된 '명문거족'의 치유 스토리텔링 양상과 그 의미를 고찰해 보았다. 일반적으로 창작 영웅소설에 수용된 주인공은 대대로 명문거족의 집안에서 출생하였으나 적대자에 의하여 또는 이유를 알 수 없이 가문이 몰락하는 것으로 형상화되어 결말구조에서 명문거족이 회복되는 일련의 과정이 낭만적으로 형상화되고 있다는 점에 주목하여 그 의미를 치유 스토리텔링의 관점에서 조명해보았다.

'명문거족'을 소재로 한 영웅소설의 치유적 성격은 영웅소설이 가지고 있는 서사의 틀을 하나로 도식화하여 일정한 패턴으로 수많은 창작 영웅소설을 스토리텔링하여 문학의 창작 관습이 대중화되고 통속화됨을 보여주고 있다. 작가는 이러한 창작 영웅소설에서 볼 수 있는 주인공의 일생 과정에 형상화된 당시대인의 영웅에 대한 대망의식을 다양한 패턴으로 사건을 스토리텔링하여 이것을 풀어가면서 작가와 독자는 물론, 당시대인의 명문거족의 몰락에 따른 깊은 상처를 치유해가는 스토리텔링 방법을 사용하고 있음을 알 수 있다.

본고에서 다루었던 '명문거족'을 소재로 한 영웅소설의 치유 스토리텔링을 지향가치의 양상으로 세 가지로 분류하여 살펴보았다.

첫째는 주인공의 명문거족이 자연적인 쇠락과정을 통하여 나타나고 있으며, 자식이든 사위이든 이들을 통하여 몰락해가는 명문거족의 치유 스토리텔링을 살펴볼 수 있었다. 가문의 몰락을 예견하고 지인지감으로 탁월한 능력의 사위를 가정 내로 흡수하려던 부친과 이질적인 가문의 혈통이 들어와서 겪게 되는 가족 구성원들과 가정내적 갈등을 첨예하게 다룸으로써 온갖 고생과 역경을 딛고 명문거족의 뿌리를 이어가려고 몸부림치는 유교이데올로기의 가문의식을 엿볼 수 있으며, 결국은 사위를 통해서나마 명문거족으로 단절되지 않고 연결해 갈 수 있다는 점에서 양반들의 가문지속의 걱정과 상처를 치유하고 있음을 볼 수 있다.

둘째는 가정파괴와 회복의 치유 스토리텔링을 들 수 있다. 〈소대성전〉과 〈장풍운전〉의 주인공들은 수평적 가족관계의 형성과 파괴, 그리고 회복의 차원을 장기적으로 형상화한다. 이미 수직적 관계가 파괴되어버린 주인공이 구원자의 지인지감에 의한 다소 낭만적인 방법에 의해 타 가정에 의탁하게 되고, 그 가정의 편입과정에서 고난을 겪는 과정이 장황하게 다루어지면서 아직까지 능력이 신분사회의 깊은 골을 메우기에는 역부족한 사회적 현실임을 볼 수 있다. 결국은 능력을 중요시하는 구원자가 죽고 처가족의 학대에 의해 쫓겨나는 주인공의 인식에서 보면 신분제를 고수하는 당대인의 인식이 압도적으로 사회에 배태되어 있음을 알 수 있다. 이렇게 구출된 주인공들은 구원자의 집에 택서로 되면서 파괴되었던 가정도 회복되며, 수평적 가정을 형상화하면서 가정회복의 치유를 경험하게 된다.

셋째는 신분상실과 자아실현의 치유 스토리텔링을 들 수 있다. 이 유형의 창작 영웅소설에서 주인공에게 주어진 1차적인 고난은 수직적 관계의 파괴이지만 2차적인 고난은 가정의 파괴로 연결되면서 마침내 한 개인의 존재 의미도 없어지고 만다. 가문은 몰락해 버리고, 가정조차 파탄되어 집을 떠난 주인공들은 냉혹한 현실세계에 부딪치면서 적응하지 못하고 거지가 되어 유랑생활을 하거나 남의 집 외양을 치우면서 끼니를 이어가기도 한다. 또한 관청의 사환으로 고용되어 하루를 연명해가는 최하층민의 비참한 생활을 이어나간 것으로 형상화함으로써 주인공이 겪어야만 했던 현실이 씻기 어려운 깊은 상처로 내재된 상황에서 전 현직 고관의 지인지감에 의한 발탁으로 치유되는 방법을 이용하고 있다.

이처럼 조선시대의 영웅소설은 참여자들에게 그들이 가지고 있는 상처의 느낌을 드러내고 그들의 정서적 이해의 폭을 넓게 하도록 동기유발을 제공한 것이라 하겠다. 다른 매체와 달리 창작 영웅소설과 같은 문학 작품은 무의식이나 억압된 감정에 접근하게 하고, 여러 가지 감정을 쉽게 드러내서 의미를 형상화할 수 있는 좋은 정신적 치유의 도구가 될 수 있었다고 하겠다. 조선시대에나 지금이나 인간의 내적 상처와 그것의 치유방식은 크게 다를 바 없으며, 인간의 치유수단으로서 고금을 막론하고 문학에 수용된 작가나 독자의 지향의식이 오늘날 우리들에게도 영웅소설과 같은 문학 작품이 치유의 현장에서 직접적으로 활용될 수 있는 실용적인 방법이 될 수 있을 것이다.

'애정 모티프'를 활용한 영웅소설의 치유 스토리텔링과 의미

1. 서론

이 글은 조선조 영웅소설[1]을 대상으로 '애정 모티프'를 활용한 애정 치유 스토리텔링의 양상과 의미를 살펴보는 데 목적이 있다. 특히 애정을 치유하기 위한 영웅소설의 스토리텔링에서 남녀주인공이 겪는 첨예한 애정 갈등에 따른 고난의 양상과 성격이 다양하게 형상화되고 있음에 주목하여 자유혼과 부모혼, 자유혼과 늑혼 갈등을 해결해 가는데 어떻게 치유 스토리텔링되고 있는가를 살펴보고자 한다.

일반적으로 '애정 모티프'는 애정소설에서 활용한 주요 서사 장치로써 인간의 가장 본질적인 욕구이자 소설적 흥미소이다. 그런데 이러한 애정 모티프가 애정소설에만 국한해서 수용된 것이 아니라 거의 모든 고소설에서 중요한 흥미소로 활용되고 있다. 특히 영웅과 사랑 이야기는 세계적으로 나타나는 인간의 보편적인 관심 화소이며, 조선조 영웅

---

1 본고에서 참고한 영웅소설의 '애정 모티프' 작품으로는 김동욱 편, 『영인 고소설 판각본전집』 1-5권, 연세대 인문과학연구소, 1973에 수록된 것으로 〈백학선전〉 경판 24장본, 『전집』 1, 〈양산백전〉 경판 24장, 『전집』 2를 참고하였다. 이하 『전집』이라 칭하고자 한다.

소설의 서사에서도 애정 갈등을 중요하게 형상화하고 있다. 조선시대의 창작 영웅소설이 여기에 해당된다. 영웅소설을 외형적인 서사구조로 보면 탁월한 영웅 능력을 가진 주인공의 낭만적인 영웅담에만 주목하게 된다. 일반적인 창작 영웅소설의 서사 체계는 주인공이 어려서 온갖 고난을 극복하고 탁월한 능력을 수학한 후 국가의 전란에 참가하여 적을 무찌르고 위기로부터 국가를 수호하여 그 공로를 인정받아 높은 벼슬에 오르게 된다. 그리고 주인공은 상승된 자신의 신분을 이용하여 혼사 장애를 겪으면서 상처받은 옛 연인을 다시 만나 애정을 치유하고 행복하게 사는 것으로 결말을 맺는다.

영웅소설은 이러한 전통적인 애정 서사의 원리를 하나로 일정하게 도식화하여 수많은 '애정 모티프'를 스토리텔링하면서 문학의 창작 관습이 당시대의 대중에게 이미 통속화된 것을 여실하게 보여주고 있다.[2] 작가는 이러한 영웅소설에서 볼 수 있는 주인공의 일생 과정에 형상화된 애정 모티프를 다양한 유형이나 서사 패턴으로 사건을 스토리텔링해 나간다. 작가는 이러한 애정담을 낭만적으로 풀어가면서 당시대인이 가지고 있는 사회적 애정 갈등의 상처를 치유해가고 있다.

이처럼 '애정 모티프'를 수용한 영웅소설의 공통점은 천정연분에 따라 배우자와 만나고 헤어짐에 따른 고난과 극복과정을 문제 삼아 전개해 가는 서사적 특성을 보여주고 있다. 남녀가 애정을 통해 서로 결합을 이루는 것은 인간의 본능이자 감정을 충족시켜주는 가장 인간적인 삶의 원초적인 욕구를 성취하는 것이라 할 수 있다. '애정 모티프'를 수

2 영웅소설은 허구로 만들어진 창작문학이지만 흥미와 교훈이 이야기로 전승되어 문헌화된 것이다. 당시대 사람들은 이야기를 통하여 사상과 의식을 전하면서 가치관과 세계관을 형성한다고 볼 때 이러한 문학관습이 애정에 상처 입은 독자들에게 일정한 치유의 기능을 부여해준 것이라 하겠다.

용한 영웅소설의 자기 서사 글쓰기 방식이 당시대인과 애정에 대한 유사한 상처를 공유하거나 작품을 통하여 대리체험을 통한 치유의 글쓰기와 일맥상통한다는 점에 주목하고자 한다. 이에 본고는 그동안 '애정 모티프'에 대하여 영웅소설이 간과했던 부분을 다르게 조명하여 영웅소설을 애정 치유의 문학적 관점에서 다른 방식으로 이해하고자 한다. 그 이유는 영웅소설과 같은 낭만적인 소설작품이 독서의 현장이라 할 수 있는 가정 내에서 독자에게 적극적인 치유의 도구로 활용되었다고 볼 수 있기 때문이다.

애정 치유는 독자가 자신의 발달사를 탐색하고 삶의 전체적인 맥락에서 현재의 어려움을 이해하고 수용하는 데 영웅소설을 효과적으로 활용하였다는 전제에서 찾고자 하는 것이다. 그동안 '애정 모티프'를 수용한 영웅소설의 이러한 특성으로 인하여 기존 연구자들은 영웅소설의 개별 작품을 분석할 때 애정소설로 보는 견해와[3] 애정소설과 영웅소설의 결합형으로 보는 견해[4], 그리고 여성 영웅소설로 보는 견해[5] 등 다양하게 제기한 바 있다.

이러한 기존의 연구는 영웅소설을 유형화하고 분류하는 과정에서 서사적 특성을 추출하여 작품의 소설사적 위치를 이해하고자 하였으나

---

3 〈백학선전〉을 중심으로 논의하는 과정에서 애정소설로 보는 견해를 보면 다음과 같다.
김기동, 『이조시대소설론』, 정연사, 1959.
정주동, 『고대소설론』, 형설출판사, 1983.
소재영, 『고소설통론』, 이우출판사, 1987.

4 김태준, 『조선소설사』, 학예사, 1939.
조동일, 『고전소설연구의 방향』, 한국고전문학연구회 편, 새문사, 1985 등에서는 주인공의 애정담과 군담을 중요시하여 결합형으로 보았다.

5 여세주, 「여장군 등장의 고소설연구」, 영남대 석사학위논문, 1981.
민찬, 「여성영웅소설의 출현과 후대적 변모」, 서울대 석사학위논문, 1986.
임성래, 「영웅소설의 연구」, 연세대 박사학위논문, 1986.

작품이 지닌 애정적 측면이나 혹은 여성이 영웅으로 활약하는 측면에만 주목하였다. 따라서 이 작품이 가지고 있는 애정 치유를 위한 스토리텔링이 가진 진정한 의미는 논의하지 못했다. 요컨대 전형적인 애정소설이 당대 사회의 갈등 현실을 반영하여 중세이념을 표방하려고 했다면[6] 영웅소설에 수용된 '애정 모티프'는 당대의 사회적, 문화적 요인에 따른 향유층의 의식이 다를 것이며, 애정 갈등의 현실을 반영하면서 이것을 치유하고자 한 주인공의 애정 상처를 환상적이고 비현실적인 계기를 통하여 성취시켜 나간다는 점에서 차이가 있다.[7] 이에 영웅소설이 조선조인의 애정관을 한 단계 성장하도록 계기를 부여하였다는 점에서 영웅소설을 바라보고자 한다. 즉 남녀 주인공의 낭만적인 결연담이 후반부에 군담으로 진행되면서 치유되는 이들의 애정 갈등이 어떠한 양상과 의미로 스토리텔링 되고 있는가를 살펴볼 필요가 있다.

'애정 모티프'를 수용한 영웅소설의 서사구조는 남녀 이합과 혼사 장

---

6 선행 연구에서 지적하였듯이 〈이생규장전〉, 〈만복사저포기〉, 〈운영전〉, 〈주생전〉, 〈최척전〉 등의 초기 한문소설 등의 기본적인 특징을 현실주의적인 성격에서 찾을 수 있다. 즉 소설의 내용이 현실주의적인 성격을 갖는다는 것은 소설의 서술자가 서사세계 내에 반영된 갈등적 현실을 자의적인 관념으로 재단하지 않고 사실적으로 제시하는 것을 말한다.
임형택, 「현실주의 세계관과 금오신화」, 서울대 석사학위논문, 1971.
조동일, 「초기소설의 성립과 소설의 유형」, 『한국소설의 이론』, 지식산업사, 1977.
박혜숙, 「금오신화의 사상적 성격」, 『장덕순선생 정년퇴임기념논문집』, 집문당, 1986.
박일용, 「조선후기 애정소설의 서술 시각과 서사 세계, 서울대 박사학위논문, 1988.

7 일반적으로 고소설사에서 남녀의 결연방식은 시대에 따라 변모해 왔다. 전기소설에서는 현실을 초월한 남녀 간의 결합이 나타나며, 17세기 이후 소설에서는 현실적 장애와 갈등이 부각되어 비극성이 심화되며, 이후의 소설은 애정의 모습이 낭만적인 형태로 변화하게 된다. 본고에서 다루고자 한 영웅소설은 영웅의 일대기 속에 결연장애가 삽입되면서, 군담의 입공을 통해 사회적 성취를 바탕으로 낭만적으로 결합하는 형태를 취한다는 점에서 차이가 있다.

애가 주지를 이루기 때문에 〈가정, 가문담〉 유형이나[8] 〈사회, 국가담〉 유형[9]처럼 주인공의 운명을 가문과 관련짓는다거나 주인공이 가족과 이산하여 타 가문의 사위로 발탁되면서 벌어지는 가정재건의 실상을 보여주는 것과는 구별된다. '애정 모티프'를 수용한 영웅소설은 남녀주인공의 지향 가치를 애정 성취에 두었기 때문에 당대의 독자에게 흥미를 주는 요소로 작용하였다. 그러나 애정이라는 흥미 요소를 작품에 수용하여 당대의 통속문학적 인기는 누렸다고 볼 수 있으나 이 유형의 영웅소설이 사회적 의식이나 주제를 뚜렷이 표출시키지 못했기에 그동안 크게 주목받지 못했다.

지금까지 영웅소설 연구에 대한 쟁점은 영웅소설의 발생과 변모, 구조와 유형, 작가와 독자층, 개별 작품의 가치, 융복합적 연구로 진행해왔다. 이 중에서도 가장 많은 관심의 연구 성향은 영웅소설을 전체적으로 도식화하여 외형적인 접근에 치중하였으며, 내재적인 영웅소설의 문학성은 규명 작업이 부족했다. 따라서 본고에서 다루고자 한 치유문학으로써의 영웅소설의 미학은 아직 다루지 못했다.[10] 그동안 문학을 치유와

---

8 이 유형은 주인공 일 개인이 가정적 탄압이라는 고난에 맞서서 영웅적 능력을 발휘하여 이를 극복하는 서사구조를 반복하면서 주인공의 역량과 신분이 상승하고, 결국 가정으로 돌아와 문제를 해결하여 새로운 가문을 형성하는 것으로 되어있어 가정소설적 성향으로 볼 수 있다. 이 유형의 소설에서는 〈소대성전〉, 〈장경전〉, 〈장풍운전〉, 〈현수문전〉 등을 들 수 있다.

9 이 유형에서 주인공이 겪는 고난은 충신이었던 부친과 간신 일당의 정치적 대립이라는 구체적이고도 내재적인 원인이 설정되어 있고, 주인공의 가치지향이 사회문제로 확산되어 당대의 도덕적 혼용에서 빚어지는 인륜 도덕의 무너진 현실을 비판하는 도덕 소설적 성향이 짙은 영웅소설이라 할 수 있다. 이 유형의 소설에는 〈조웅전〉, 〈유충렬전〉, 〈이대봉전〉, 〈황운전〉 등을 들 수 있다.

10 영웅소설을 치유문학으로서 매우 가치가 있다고 보고, 창작 영웅소설의 치유 스토리텔링과 의미를 고찰한 바 있다. 안기수, 「창작 영웅소설의 치유 스토리텔링과 의미」, 『우리문학연구』 61, 우리문학회, 2019; 「영웅소설에 수용된 명문거족의 치유 스토리

관련하여 인문학적 고찰을 연구해온 몇몇 연구물은 문학 치료학회가 창립되면서부터 현대문학을 중심으로 진행해 왔다.[11] 고전문학의 경우에는 중국 고대인의 내적치유를 사마천의 『사기』와 가담항어(街談巷語)를 중심으로 사회치유를 고찰하였으며[12], 필자는 창작 영웅소설을 중심으로 사회적 치유 스토리텔링을 포괄적으로 고찰한 바 있다.[13]

본고는 선행 연구를 세밀화하여 '애정 모티프'가 영웅소설에 수용되면서 남녀의 결연과 갈등 그리고 해결 과정을 어떻게 스토리텔링하여 치유하고 있는가에 주목하고자 한다. 따라서 이들이 겪는 갈등의 양상을 자유혼과 부모혼의 애정갈등, 자유혼과 늑혼의 애정갈등과 극복의 의미를 치유 스토리텔링의 관점에서 살펴보고자 한다.

2. 영웅소설의 애정 치유적 성격

영웅소설에 형상화한 보편적인 모티프는 출생담, 고난담, 애정담, 군담, 입공담 등을 들 수 있다. 이러한 모티프의 구성은 영웅소설이 가지고 있는 서사 구성 방식의 전반적인 특성이라 할 수 있다. 이러한 서

텔링 양상과 의미」, 『語文論集』 78, 민족어문학회, 2019.

11 문학치료에서는 시, 소설, 수필, 동화 등 문학뿐만 아니라 개인의 내면을 이끌어내는데 도움을 주는 영화, 애니메이션, 다큐멘터리, 사진, 그림, 음악 등의 시청각적인 매체까지 활용하고 있으며, 유형별로는 크게 독서치료, 학습치료, 자기서사치료, 시치료, 자기 서사 글쓰기 치료 등이 진행된다. 성상희, 「소설의 치유적 기능 고찰」, 중앙대 석사논문, 2013, 3쪽.

12 권성훈, 『시 치료의 이론과 실제』, 시그마프레스, 2011, 23쪽.

13 안기수, 「창작 영웅소설의 치유 스토리텔링과 의미」, 『우리문학』 61, 우리문학회, 2019.

사의 틀은 상대의 지향 가치를 효과적으로 수용하여 독자와 의사소통을 이루어 내고 대중소설의 긍정적 기능을 수행하고 있다. 이것은 이른바 주인공의 일대기를 다루는 문학관습에 따라 전개해 가는 데에서 비롯된 것이라 하겠다.

본고는 '애정 모티프'를 다루고 있는 영웅소설이 남녀 주인공의 결연과 장애를 중요하게 형상화하고 있다는 점에서 다른 영웅소설과 구별된다.[14] 이러한 작품은 구성상 남녀 이합과 혼사 장애가 서사적으로 중요한 사건이 되는데 군담을 통한 강렬한 치유의 해결책을 활용한다는 점에서 큰 의미를 갖는다. 결혼은 한 개인 뿐만 아니라 사회적 측면에서도 중요한 문제이기에 '애정 모티프'가 영웅소설의 치유 스토리텔링으로 형상화되는 것은 당대인의 본능적인 애정에 대한 욕망이자 이상인 것이다.

영웅소설은 주인공이 겪고 있는 영웅의 일대기를 서사화하는 거시적 개념이지만 작품 내에서 주인공이 추구하는 궁극적인 욕망의 지향 가치가 어떻게 스토리텔링되고 있느냐에 따라 다양한 소설적 성향을 갖는다. 특히 '애정 모티프'를 가진 영웅소설의 고난은 애정의 주체와 객체와 결연과정에서 빚어지는 갈등에서 그 지향 가치가 무엇인지를 고찰할 수 있다. 즉 작품에서 남녀 간의 애정문제를 표출시킨다는 점에서 애정 소설적 성향이 짙은 작품이라 할 수 있으나 〈군담〉이라는 소재가 반드시 형상화된다는 점에서 보면 또 성격이 다르다. 여기에서 '애정 모티프'를 가지고 있는 영웅소설마다 전쟁을 소재로 한 군담이 반복적

---

14 일반적으로 영웅소설에서 애정 모티프는 서사 원리에 자연적인 흐름으로 수용되는 경우가 많다. 〈유충렬전〉, 〈조웅전〉과 같은 작품에서는 애정담이 중요하게 작용되지 않으며, 〈소대성전〉, 〈장경전〉과 같은 작품에서는 가문 재건을 위한 과정으로 남녀의 결연담이 단순하게 작용되기에 본고는 애정담을 비중 있게 다루고 있는 작품으로 한정한다.

으로 형상화되고 있다는 것은 애정에 대한 상처의 흔적이 그만큼 당시대에 크고 강렬했다는 의미이다. 이것이 상업주의와 결합하면서 '애정 모티프'을 수용한 창작 영웅소설과 같은 환상적인 문학작품이 애정의 상처를 간직하고 있는 당대인들의 마음을 낭만적으로 치유해 주는 치유적 문학도구로 사용했다고 하겠다.

무의식은 충족되지 못한 욕망이 거처하는 공간이라는 정신분석학의 이론을[15] 수용한다면 '애정 모티프'로 수용한 영웅소설이야말로 조선시대의 애정 갈등에 대한 정신적 아픔을 공유하고 치유하는 방어기제였다고 볼 수 있다. 먼저 '애정 모티프' 유형이 가지고 있는 애정 치유의 스토리텔링을 분석하기 위해서는 이 유형의 소설이 유형적 차원에서 획득하고 있는 줄거리 전개 방식을 이해할 필요가 있다.

'애정 모티프'를 가진 영웅소설의 공통적인 서사구조를 보면 다음과 같다.

가) 청춘남녀가 만나 애정 관계를 맺는다.
나) 자유롭게 상합하여 혼사를 약정한다.
다) 혼사 장애로 결별 위기에 처한다.
라) 결별 위기를 군담과 입공으로 극복하고 성혼한다.
마) 애정 생활을 영위하여 복록을 누린다.[16]

'애정 모티프'를 서사구조로 갖는 영웅소설의 작품은 ①남녀 주인공의 애정교류, ②상사연정에 의한 자유 혼약, ③혼사장애와 결별위기, ④군담과 위기극복으로 성혼, ⑤애정성취 및 행복이라는 줄거리 전개방식을

15 지그문트 프로이드 저, 『예술, 문학, 정신분석』, 정장진 역, 열린책들, 2009.
16 임갑양, 「조선 후기 애정소설 연구」, 계명대 박사학위논문, 1992, 10쪽.

기본 서사원리로 하고 있다. 즉 만남→헤어짐(고난)→재회(행복)의 세부분으로 구분된다. 일반적인 '애정 모티프'의 영웅소설 구성 방식은 상품화의 원리에 의해 독자들의 기호에 영합하여 생산하도록 만들었다, 그로 인해 유사한 줄거리와 표현, 전형적인 인물을 만들어 내게 되었다. 일반적으로 '애정 모티프' 유형의 소설에서 남녀 주인공의 결연은 자유혼과 부모혼, 그리고 자유혼과 늑혼의 갈등으로 전개된다. 이러한 결연양상을 〈백학선전〉과 〈양산백전〉을 중심으로 살펴보면 다음과 같다.

먼저 〈백학선전〉의 애정결연 방식을 보면 다음과 같이 정리해볼 수 있다.

가) 남녀 주인공의 출생
나) 정혼(결연)
다) 고난
라) 고난극복
마) 만남
바) 부귀영화, 승천

이상의 6개 단락으로 나누어 볼 때, 나)의 결연과정을 보면, 두 남녀가 우연한 기회에 자유로운 정표를 통한 만남으로 결연이 이루어진다.

> 은ᄒᆞ의 나히 십세되ᄆᆡ 그 ᄌᆞᄐᆡ와 ᄌᆡ질이 긔이ᄒᆞᆫ지라 맛참 낭ᄌᆞᄅᆞᆯ 업고 외가의 갓다가 오는 길의 유ᄌᆞᄅᆞᆯ ᄡᅡ가지고 오다가 길가의셔 쉬더니 ᄎᆞ시 뉴ᄇᆡᆨ노 ᄒᆡᆼ리ᄅᆞᆯ ᄎᆞ려 셩남으로 향ᄒᆞᆯ식 ᄒᆞᆫ 곳의 이르ᄆᆡ ᄒᆡᆼ인은 업고 ᄒᆞᆫ ᄉᆞᄅᆞᆷ이 소져ᄅᆞᆯ ᄃᆞ리고 안졋거ᄂᆞᆯ 눈을 잠간 들어본즉 나이 비록 어리나 화용의 ᄌᆞᄐᆡ는 고금의 졔일이라 ᄒᆞᆫ번 뵈ᄆᆡ 마암이 황홀ᄒᆞ야 여취여광ᄒᆞᆫ지라 그윽히 말을 붓쳐 그 ᄯᅳᆺ을 시험코져 ᄒᆞ여 이의 나아가 유ᄌᆞᄅᆞᆯ 구ᄒᆞ니 조낭히

> 흔연히 뉴랑으로 ᄒᆞ여곰 두어ᄀᆡ 유ᄌᆞ를 보ᄂᆡ거ᄂᆞᆯ ᄇᆡᆨ노 마음의 고혹ᄒᆞ믈 마지아니ᄒᆞ고 유ᄌᆞᄅᆞᆯ 먹은 후의 ᄇᆡᆨ학션을 ᄂᆡ여 정표ᄒᆞᄂᆞᆫ 글 두어귀ᄅᆞᆯ 써주며 마음의 ᄇᆡᆨ년가기를 졍ᄒᆞ고 길을 ᄯᅥ나 남경고을 ᄎᆞᄌᆞ 속학ᄒᆞᆫ지 삼년의 문장이 거록ᄒᆞᆫ지라[17]

이처럼 〈백학선전〉의 결연은 처음에 남녀의 동의가 아닌 한쪽만이 신물로 인식하여 결연을 맺는 다음, 완전한 결연을 이루어가는 양상을 볼 수 있다. 이러한 결연방식은 자유로운 의사에 의해 선택한 것으로 형상화하고 있다. 비록 결연이 태몽 장치를 통해 천정연분임을 인식시켜 주지만 당대의 사회적 규범에는 위배된다고 볼 수 있다. 즉 당대의 결연방식은 철저한 부모혼에 의하여 이루어진 것이 상례이지만 이들은 자유로운 결연을 선택함으로써 애정 결합에 관한 불합리한 당시대의 횡포를 반영하고 있다. 애정과 같은 인간의 기본적인 욕구를 사회적으로 규제하는 중세사회의 모순에 대한 자각이 생기면서 현실에서 충족되지 못한 욕구를 보상받고자 하는 애정성취 의식이 낭만적으로 형상화된 사랑의 모습으로 나타난다고 하겠다.

한편 〈양산백전〉의 결연방식을 정리하면 다음과 같다.

> 가) 남녀 주인공의 출생
> 나) 정혼(결연)
> 다) 고난
> 라) 죽음
> 마) 환생하여 다시 태어남
> 바) 부귀영화, 승천

---

17 〈백학선전〉, 399-400쪽.

여기에서 나)의 결연과정을 보면 남녀 주인공이 운향사에서 우연히 만나 동거하던 중에 심중에 애정을 느껴서 이성임을 확인하고 가약을 맺는다.

> 양ᄃᆡ 마지못ᄒᆞ여 ᄒᆞᆫ가지로 가되 다른 폭포의 가 슈족만 씻는지라 산ᄇᆡᆨ이 심ᄂᆡ의 혜오ᄃᆡ 제 만일 남ᄌᆞ 갓흘진ᄃᆡ 엇지 ᄒᆞᆫ가지로 목욕ᄒᆞ기를 혐의ᄒᆞ리오 이는 가쟝 슈상ᄒᆞᆫ 일이로다 ᄒᆞ고 목욕을 파ᄒᆞᆫ 후 양인이 셔당의 도라와 글을 읽더니… 마음의 반신반인ᄒᆞ여 밤들기를 기다리더니 이윽고 양ᄃᆡ 잠을 깁히들거ᄂᆞᆯ 산ᄇᆡᆨ이 가만히 가ᄉᆞᆷ을 여러 만져본즉 셜부옥골이 과연 여ᄌᆡ 분명ᄒᆞᆫ지라 산ᄇᆡᆨ이 불승ᄃᆡ희ᄒᆞ여 마음을 진정치 못ᄒᆞ더니 이윽고 산ᄇᆡᆨ이 의복을 히탈ᄒᆞ고 금니의 나아가 양ᄃᆡ를 ᄭᆡ여 왈 일긔 심히 훈혈ᄒᆞ니 그ᄃᆡ 옷슬 벗고 날과 동침ᄒᆞ미 죠흘가 ᄒᆞ노라… ᄎᆞ라리 도라가 부모긔 이 ᄉᆞ연을 고ᄒᆞ여 인연을 ᄆᆡ즈미 가타ᄒᆞ고 이의 ᄀᆡ연의 이러니 셔ᄎᆡᆨ들물을 슈습ᄒᆞ여 심야의 집으로 돌아올ᄉᆡ 니별시를 지어 벽상의 쓰고 나오니라.[18]

양산백은 운향사에서 동거하던 중 추양대에게 애정을 느낀다. 양산백은 온갖 방법으로 여성임을 확인한 적극적인 행위를 보이면서 결연을 요구한다. 그러나 추양대는 양산백의 외모와 사람됨을 들어 애정을 느끼고 있으나 그들의 결연이 부모혼에 의한 방법이 아니라 자유혼에 의해 이루어질 것임을 걱정한 나머지 이별 시를 적어두고 집으로 돌아온다. 집으로 돌아 온 추양대는 부모혼과 갈등을 일으키면서 현실 세계에 수긍하고 만다. 추양대는 자신의 의도대로 자유로운 혼인이 이루어질 수 없는 현실을 원망하면서 죽어서 혼백이라도 양산백과 인연을 맺겠다고 다짐한다. 결국은 자유혼의 결연이 맺어질 수 없는 현실을 등지

18 〈양산백전〉, 216쪽.

고 죽음을 선택함으로써 극복할 수 없는 엄격한 애정관을 형상화하고 있으며, 양산백과 함께 함으로써 애정을 성취하는 것으로 스토리텔링하고 있다.

두 작품을 통한 자유 결연의 전개 방식에서 알 수 있듯이 자유로운 결연은 뒤에서 고난을 겪게 되고 극복하기 어려운 외부의 객관세계에 부딪혀 좌절하고 만다. 결국은 결말에서 주인공의 입공을 통해 해결하게 되지만 인간의 원초적인 욕구에 의해 서로 자유 결합을 원하는 남녀 주인공에게 결합을 방해하는 현실의 질곡을 사실적으로 부각시키고, 그것을 극복하려는 인간의 애정 성취 의지를 형상화함으로써 애정치유의 이상적인 전망이 자유로운 자유연애와 자유혼임을 제시하려고 했다.

'애정 모티프'를 수용하고 있는 영웅소설은 여타의 영웅소설과 유사한 공식을 가지고 있으면서도 애정치유라는 점에서 대중성을 확보하고 있으며, 흥미를 지속시키기 위한 다양한 서사 전략을 활용하고 있다.[19] 이와 같이 영웅소설의 서사 전략에 의해 '애정 모티프'가 이야기 전체로 확장되었다는 것은 독자로 하여금 감정이입이 강렬했다는 것이며, 남녀 주인공의 만남, 이별, 재회 부분을 통해 주인공에게 카타르시스를 느끼고, 공감하며 현실로부터 애정 갈등에 대한 치유의 욕구를 적극 반영한 것이라 하겠다.

이처럼 '애정 모티프'를 형상화한 영웅소설이 전대의 전기소설에서 보여주던 애정 모티프가 남녀의 결연을 가로막는 불합리한 현실을 비판하고 초월하고자 하였다면, 조선 후기의 영웅소설에서는 주인공이

---

19 〈애정담〉의 영웅소설에서 남녀 주인공의 만남의 과정만을 두고 보면 현실적인 만남과 재생적인 만남으로 서사 전략을 사용하고 있다. 〈백학선전〉과 〈양산백전〉이 두 가지의 만남을 스토리텔링하고 있다는 점에서 주목하고자 한다.

당대의 질서 속에서 높은 지위와 권력을 획득하여 애정을 스스로 성취하는 형태로 적극적인 치유의 방법을 선택하고 있는 것이다. 남녀 주인공이 추구하는 지향 가치는 대체로 표면적으로 보이는 신분상승이기보다는 자신의 능력을 마음껏 발휘하여 애정의 대상자를 획득하고 존재의미를 실현하는 적극적인 치유 스토리텔링으로 현실의 불합리한 질곡을 해결해 가는 것이라 하겠다.

3. 영웅소설의 치유 스토리텔링 양상과 의미

일반적으로 소설의 서사는 사람의 심리적인 치유기능과 효과가 있다. 사람은 이러한 이야기를 직접 듣거나 읽을 때나 심지어 현대의 영화나 드라마로 스토리텔링한 작품을 감상할 때 즐거움을 느끼고 감동을 받는다. 수많은 이야기 중에서 인간의 가장 보편적인 사랑 이야기는 동서고금을 막론하고 지대한 관심 사항이며, 본능적인 욕구가 강압적인 방법으로 상처를 입거나 억압받을 때, 목숨으로 저항하여 성취하려고 한다. 특히 두 남녀가 애정을 느껴 결연을 성취한다는 보편적인 이야기는 인간의 가장 원초적인 욕구에 해당된다. 이처럼 남녀의 결연 문제는 동서고금의 문학에서 가장 보편적인 주제로 형상화되어 왔으며, 조선시대 소설사에도 가장 핵심적인 문제로 다루어져 왔다.[20] 특히 설화 문학에서 고소설로 이어지면서 혼사 장애의 모티프는 다양한 양상으로 전개되고, 또한 고난의 주체자도 남성에서 복합으로 그리고 여성 고난으로 발전되는 양상을 보인다.[21]

---

20 박일용, 『조선시대의 애정소설』, 집문당, 1993, 13쪽.

'애정 모티프'를 소재로 수용한 작품은 남녀 이합 구조에 따른 결연담을 공통적으로 가지고 있다. 이러한 결연담은 애정소설 뿐만 아니라 주인공의 일대기 구조로 되어 있는 거의 모든 고소설에서 나타나는 현상이다. 지금까지 영웅소설 연구는 주인공의 일대기를 통한 신분 상승에만 주목하였으며, 결연은 통과의례로 걸쳐가는 과정으로 의미만을 부여하여 남녀 간 결연의 의미가 소홀히 다루어져 온 것이 사실이다. 즉 영웅소설은 주인공의 자아실현 과정에서 필연적으로 겪는 당연한 삽화로만 인식하였지 남녀 이합이 갖는 궁극적인 의미가 무엇인지 조차 변별해 내지 못했다. 다만 '혼사장애 주지'라는 개념으로 하나의 범주 속에 파악되어 그 공통적인 성격이 밝혀지기도 하였다.[22]

일반적으로 조선시대의 혼인은 철저한 격식에 맞추어 이루어지고 있으나 영웅소설에 나타난 작품 중에는 오히려 정상적인 혼인이 이루어지지 못한 작품이 상당 부분 존재하고 있다. 대체로 조선시대 혼인제도를 보면, 혼인의 기본적인 요소라 할 수 있는 매파, 주혼자, 동일 신분, 혼인 연령, 혈족외혼제, 그리고 혼인에 임하는 여성들의 수동적인 태도 중에서 어느 한 가지라도 결핍되어 있는 경우에는 당사자들이 예외 없이 시련을 겪게 된다. 이러한 현상을 결연 장애로 명명하여 살펴보기로 한다.

영웅소설에 나타난 결연 장애 양상은 매파 결핍혼[23], 신분 장벽혼,

21 김석배, 「야래자형 성화와 혼사장애의 문학사적 전개」, 『문학과 언어』 4, 문학과 언어연구회, 1983, 108-110쪽.

22 이상택, 「낙선재본소설연구」, 『한국고소설연구』, 이우출판사, 1983.

23 일반적으로 조선조의 혼인 과정에서는 매파혼을 정상적인 방법으로 선호하고 있다. 매파혼을 하는 장점으로는 첫째, 서로 상대방의 가문을 자세히 알 수 있으며, 둘째, 의혼할 수 있는 충분한 시간적, 심리적 여유를 가질 수 있고, 셋째, 혼처로서 부적합하다고 생각할 경우는 단호하게 거절할 수 있다. 넷째로는 매파를 통한 광고의 효과

조혼 등으로 볼 수 있다. 매파 결핍혼은 〈소대성전〉을 들 수 있으며, 신분 장벽혼은 〈소대성전〉과 〈장경전〉, 〈장풍운전〉 그리고, 조혼은 〈백학선전〉을 들 수 있다. 계급적 내혼을 추종하던 사회에서 계급을 초월한 혼인은 파격적인 행위일 수밖에 없다. 그럼에도 불구하고 많은 작품에서 신분이 각기 다른 남녀 주인공이 혼인을 하고 있다. 이러한 신분의 결핍 요인을 지닌 혼인에서 신분상 상대적으로 하위에 있는 주인공들은 서로에게 신분 격차를 해소하고 혼인을 이루기 위해 그에 상응하는 시련을 겪을 수밖에 없다. 이것은 남녀주인공이 서로의 사랑을 확인하고 제도적, 관습적 허용 여부를 떠나 결합을 시도하려고 하나 그것의 성취가 여의치 못하게 되는 상황 개입에 따라 나타나는 결핍을 의미한다.

특히 〈백학선전〉과 〈양산백전〉은 남녀의 애정 문제를 유기적으로 다루어 작품 전체의 서사적 핵심을 이루고 있음을 알 수 있다. 주인공이 겪는 고난도 애정에서 비롯된 것이며, 입공 이후에 주인공이 궁극적으로 추구하고자 하는 욕망이 사랑하는 연인을 만나 애정을 성취하여 애정을 치유한 것으로 형상화된다.[24] 본고는 〈백학선전〉, 〈양산백전〉에 나타난 애정장애의 요인이 자매혼과 부모혼의 갈등, 그리고 자매혼과 늑혼과 갈등에서 비롯된다는 점에 주목하여 그 극복의 의미를 살펴

가 있어, 대부분의 결혼은 매파혼을 했다. 따라서 당시대의 혼습에 비추어 볼 때, 자유연애를 통해서 결혼하는 혼인 양상은 결핍혼으로 볼 수 있다.

24 〈애정담〉을 모티프로 하는 영웅소설에서 가장 빈번하게 등장하는 것은 혼사장애에 의한 대립구조라 하겠는데 혼인을 성사시키려는 자와 그것을 부정하려는 자 사이의 대립이라 하겠다. 혼사를 방해하는 인물로는 〈소대성전〉, 〈장경전〉, 〈신유복전〉과 같이 주로 신부의 부모이거나, 〈장풍운전〉, 〈현수문전〉과 같은 계모인 경우, 그리고 〈이대봉전〉, 〈유문성전〉과 같은 간신에 의한 방해자가 등장하는 경우처럼 다양한 양상으로 나타난다. 본고에서는 단순한 결연과정에만 등장하는 영웅소설의 결연은 논외로 하고 이야기의 전체를 지배하고 있는 남녀의 결연서사를 모두 포괄하고 있는 〈백학선전〉과 〈양산백전〉만을 다루기로 한다.

서 애정 치유의 스토리텔링을 고찰해 보기로 한다.

1) 부모혼과 갈등 치유 스토리텔링

〈백학선전〉의 결연은 자유혼의 성격이 강함으로 당시대의 현실 세계와 상반될 수밖에 없다. 자유혼은 천정이 혼인 당사자에게 예시되는 하늘이 정해준 자유혼과 천정이 없거나 있더라도 혼인 당사자가 이를 알지 못하는 자의적 자유혼의 두 유형이 있다.[25] 이러한 당시대의 사회적 성격을 지니고 있음에도 불구하고 〈백학선전〉 소설은 부모혼으로 이루어지지 않는다. 이러한 현상은 자신의 의사를 무시한 부모혼에 대한 거부를 의미하지만 이미 천정연분의 설정이 이를 극복할 수 있는 소설 장치로 설정되어 아무런 윤리적 문제를 유발하지 않는다.

〈백학선전〉의 유백노와 조은하는 부모가 대대 명문거족이나 슬하에 자식이 없어 슬퍼하다가 기자치성하여 같은 날 서로 다른 남경과 서남 땅에서 태어나게 된다. 이 둘은 태어날 때 이미 선녀로부터 배필이 살고 있는 지역과 성씨를 구체적으로 밝힘으로써 천정이 암시된다.

> 션네 하놀로셔 나려와 부인을 위로왈 이 아ᄒᆡ ᄇᆡᆨ필은 셔남 짜히셔 ᄉᆞᄂᆞᆫ 조시니 인연을 일치마르쇼셔 ᄒᆞ고...[26] …… 우리는 샹졔 시녜러니 칠월칠셕의 은하수 오작교를 그릇 노흔 죄로 인간의 ᄂᆡ치시ᄆᆡ 일월셩신이 이리로 지시ᄒᆞ여 이르러시니 부인을 어엿비 여기소셔 이 낭ᄌᆞ의 ᄇᆡᆨ필은 남경 짜 뉴시오니 쳔졍 ᄇᆡ우를 일치말나 ᄒᆞ고 말을 마치며...[27]

---

25 임철호, 「고전소설에 나타난 일부일처의 혼인 유형」, 『도암 유풍연 박사 화갑기념논문집』, 1993, 86쪽.

26 〈백학선전〉, 399쪽.

이 둘은 태몽을 통해 천정연분이 있으나 당사자가 서로 알지는 못한다. 조은하는 점점 장성하여 15세가 되어 백학선을 내어보니 "窈窕淑女君子好逑"라 쓰여 있어 비로소 그것이 정표임을 깨닫는다. 여기서는 남주인공인 유백노가 여주인공 조은하에게 백학선을 신물로 준 후, 자매의 결연을 인식한 두 사람이 숱한 시련을 겪게 되고 나아가 완전한 결합을 성취시킨 과정으로 되어 있다.

이들 남녀의 결연에 내재된 문제는 자의적 결연 의지와 세계와의 대립이다. 자유혼에 의해서 결연을 맺음으로써 겪게 되는 것 중에서 부모혼과의 대립 갈등이 가장 많이 나타난다. 〈백학선전〉에서 보면, 조은하는 10세 때에 유백노로부터 받은 백학선이 신물이었음을 깨닫게 되면서 부모혼으로 맺어진 최국양과 결연을 거부한다. 조상서는 자신의 딸을 문벌이 좋은 최국양의 가문에 출가시키는 것은 주혼자로서의 욕망이기에 곧바로 허혼하게 된다. 그러나 조은하는 유교적 덕목인 열절을 내세워 유백노와 결연 사실을 말하고, 자매에 의한 결연이 이루어질 수 있도록 부친을 설득하게 된다. 그러나 우유부단한 조상서는 당대의 혼습을 무시하고 딸의 열절에 응하여 최국양과의 허혼을 다시 반복하게 된다.

이 둘의 관계는 결국 구부(舅父)의 갈등이 되겠지만 아직은 유백노와 결연관계가 노출되지 않았음으로 혼사에 장애를 일으키는 인물로 보아야 한다. 기주에서 조은하의 부모는 독질로 모두 병사하고 조은하는 기주자사 유태종의 백학선을 가지고 있다는 이유로 하옥된다.

> 화셜 긔쥬ᄌᆞᄉᆡ 빅학션을 ᄎᆞ즈려ᄒᆞ여 낭ᄌᆞ를 옥즁의 가두고 ᄉᆞ람으로 ᄒᆞ여곰 흑우르 져히며 혹 쳔은으로 달ᄂᆡ되 구든 마음을 두루 칠길이 업는지

27 〈백학선전〉, 399쪽.

> 라 ᄌᆞ식 ᄒᆡ오ᄃᆡ ᄇᆡᆨ학션은 뇽궁의 지극ᄒᆞᆫ 보ᄇᆡ니 ᄉᆞᄅᆞᆷ마다 가질ᄇᆡ 아니여ᄂᆞᆯ 쳔만의외 그 ᄉᆞᄅᆞᆷ이 가져스니 이는 ᄒᆞᄂᆞᆯ이 임ᄌᆞ의 개쳔ᄒᆞ신 ᄇᆡᄆᆡ 인역으로 찻지 못ᄒᆞ리니 ᄒᆞ고 드듸여 낭ᄌᆞ를 방송ᄒᆞ라 ᄒᆞ니...[28]

조은하는 백학선 때문에 부모와 사별하는 결과를 낳았고 부모와 헤어졌다는 것은 장차 모든 일을 본인의 의지로 해결해야 할 책임이 가중된다. 부모의 죽음은 곧 조은하가 백학선에 마음을 의지하는 계기가 될 것임으로 조은하는 온갖 화해와 유혹에도 백학선을 돌려주지 않는다. 한편 유태종은 대대로 전해온 가장 소중한 가보가 남에게 있다는 현실은 용납할 수 없는 일이지만 결국 아무나 가질 수 없는 것으로서 조은하의 소유는 하늘의 뜻임을 자각하고 풀어줌으로 장애는 일차적으로 끝난다. 그러므로 유태종과 조은하의 관계는 자유로운 결연관계를 허용하지 않은 측과 결연을 열절로 공인받으려는 조은하와 대립이라고 할 수 있으며, 결국 백학선을 끝까지 지킨 조은하의 열절이 인정됨으로써 자유혼이 사회적인 공인을 받은 것으로 형상화된다.

한편 〈양산백전〉은 두 사람의 애정을 깨뜨리는 요인으로 외재적인 힘이 작용한다. 딸의 의견을 무시한 부친 추상서의 결혼 강요가 곧 장애 요인이 되는데 추양대는 부모혼에 의해 명문거족의 아들인 심의랑과 혼인을 앞두고 부친에게 자매에 의한 결연 사실을 말한다.

> 쇼졔 운향ᄉᆞ의 갓슬 ᄯᆡ의 남양 ᄶᅡ히 잇는 양샹셔의 아들 산ᄇᆡᆨ을 만나 삼년동거ᄒᆞ오ᄆᆡ 다만 죵적을 쇽엿삽더니 양생은 본ᄃᆡ 춍명이 과인ᄒᆞᆫ고로 쇼녀의 본적을 ᄉᆞᆲ피옵고 충졍을 금치 못ᄒᆞ오ᄆᆡ 쇼져 급히 도망ᄒᆞ여 집으로

28 〈백학선전〉, 404쪽.

> 올 ᄯᆡ의 벽상의 니별시를 기록ᄒᆞ여 언약을 잇지마자 ᄒᆞ옵고 왓ᄉᆞ온즉 비록 예힝치 아니ᄒᆞ왓ᄉᆞ오나 쳔지일월이 임에 증참이 되신지라 조만간엇 양싱이 ᄎᆞᄌᆞ올거시 오니 복망ᄃᆡ인은 소녀의 졍지를 살피쇼셔 ᄒᆞ거늘...[29]

이러한 부권에 대해서 추양대는 자신의 자유로운 결연행위가 잘못이라는 것을 인지하면서도 부친의 마음을 돌릴 수가 없자 집으로 찾아온 양산백에게 타 가문에 혼인하여 백년동락을 하라고 설득하고 자신은 죽어서 양산백의 뒤를 따를 것이라고 말한다. 이러한 추양대의 현실 수긍은 곧 자유혼에 대한 당시대의 사회적인 인식과 자유혼이 성취될 수 없는 당대의 혼습을 형상화한 것이다. 따라서 이들은 현실의 횡포를 이겨낼 수 없는 경험 세계를 부정하고 죽음을 선택할 수밖에 없게 된다.

> 비록 밍약이 잇ᄉᆞ오나 즁도의 비반ᄒᆞ오면 ᄯᅩᄒᆞᆫ 실절이오니 복망부모는 숙찰지ᄒᆞ소서 ᄒᆞ고 침소의 도라가 심즁의 헤오ᄃᆡ 부명을 승순ᄒᆞᆫ즉 실절지인이 될 거시오 만일 역명즉 불효되오리니 ᄎᆞᄅᆞ리 ᄂᆡ몸이 죽어 혼빅이라도 양싱을 좃츠리라 ᄒᆞ고 베ᄀᆡ에 의지ᄒᆞ여 누엇더니[30]

추양대는 부모에 대한 불효와 양산백을 사이에 두고 어떻게 행동해야 할지 고민하다가 결국은 죽음을 선택함으로써 열절을 내세운다. 그리고 부모에게 불효를 감수하면서까지 자유혼에 의한 결연을 추구하는 추양대의 행위는 혼습에 있어서 가부장권에 대한 반발이라 할 수 있다. 이러한 추양대의 행위는 곧 사랑을 위해 목숨까지 버리는 사랑의 극치를 보여준다고 하겠다. 이처럼 죽음을 통한 자기방기(自己放棄)는 궁극

---

29 〈양산백전〉, 217쪽.

30 〈양산백전〉, 217쪽.

적으로 삶의 갱신과 상실한 낙원의 회복을 약속한다는 초월 미학의 발로라 할 수 있다.[31]

이와 같이 추양대의 가부장적 권위에 대한 반발이라는 스토리텔링은 봉건 말기의 부패나 타락한 정치 현상과 맞물려있기에 단순한 개인적 차원이 아니고 사회적인 의미로까지 확대된다. 사회적인 갈등이 객관적인 형태로 형상화되기 힘들었던 강압적인 중세사회에서 특히 혼사의 문제는 대사회적인 문제를 제기하고 있다. 이는 곧 혼사의 문제가 당대의 사회를 가장 현실적으로 반영될 수 있음을 의미한다. 두 주인공에게 최후의 선택은 당대 사회의 구조에 기인한다고 볼 수 있는데 당시에 남녀 애정에 관한 사회적 제약이 개인의 힘으로 뛰어넘을 수 없을 만큼 골이 깊다는 데에 사회적인 문제가 있다.

당시 조선조 사회는 유교를 국시로 한 국가로서 남녀 간의 애정 문제를 절제와 극기를 통해 교화시켜야 할 것으로 인식하였다. 그러므로 양산백과 언약을 지켜야 할 추양대는 이 사회와 갈등을 자신의 힘으로 해결하지 못하고 초월적 질서의 힘을 빌릴 수밖에 없다. 이들이 의존하는 힘은 강력한 현실 세계를 이겨낼 수 있는 초월적 힘이며 지상적 세계가 아닌 천상적 세계에 의해 부여된 강력한 힘인 것이다. 즉 이들은 죽음을 통해서 남녀 간의 애정을 옹호하는 상제의 배려로 재생하여 인간으로 환생하며 부모혼에 대한 잘못된 혼습을 비판하게 된다. 이러한 부모혼에 대한 비판은 추양대 부모가 스스로 후회한 단락에서 찾을 수 있다.

> 쥬야 슬허ᄒᆞ며 왈 당초의 여ᄋᆞ의 말을 조ᄎᆞ 심가를 거절ᄒᆞ고 양산ᄇᆡᆨ을 ᄎᆞᄌᆞ 결혼ᄒᆞ엿던들 저의 평ᄉᆡᆼ을 즐길거시오 우리 ᄯᅩᄒᆞᆫ 의탁할 곳이 이스

31 이상택, 앞의 논문(1983), 304쪽.

거시여놀 너 싱각이 미욱ᄒᆞ여 이 지경을 당ᄒᆞ미 엇지 후회ᄒᆞ믈 밋즈리 ᄒᆞ더라[32]

이러한 부모의 행위는 추양대가 죽고 난 이후에 양산백과 자유혼을 거부한 데에 대한 후회이다. 이것은 곧 천정연분은 인위적으로 어떻게 할 수 없다는 운명론적인 사고방식이겠지만 결국 자유혼에 대한 인정이자 부모혼의 비판이라 하겠다. 그러므로 〈양산백전〉의 두 주인공이 실현해야 할 과제는 애정을 실현해야 하는 일이며, 이를 극복하기 위한 방법은 정상적인 방법에 의해서는 불가능한 것으로 주체자의 영웅담이 수용되는 것이다. 이처럼 〈양산백전〉이 지향하는 최고의 가치는 물론 양산백과 추양대의 사랑으로 당대에 남녀의 애정을 억압하는 유교 질서에 대해 죽음으로써 항거하여 남녀의 자유로운 연애 및 결혼을 주장하고 있다.

이처럼 〈백학선전〉과 〈양산백전〉의 주인공은 천정연분에 따른 자유로운 결연을 방해하는 외부세계와 애정갈등을 문제 삼는 영웅소설이라 할 수 있다. 특히 주인공의 자유혼이 허용되지 않는 조선조 사회의 유교 이데올로기의 엄격한 규범 속에서 애정을 성취하고자 하는 욕망의 실현을 문제 삼고 있다는 점에서 당대의 혼인제도의 불합리성을 비판하고, 자유혼의 당위성을 작품에 수용한 것이라 볼 수 있다. 이 소설은 천정연분이라는 운명론적인 장치를 통하여 남녀의 애정 문제를 인위적인 방법으로 해결하려는 것에 대한 비판적 치유 스토리텔링이라 할 수 있다. 무엇보다도 애정은 인간의 가장 원초적인 본능 및 감정의 충족으로서 가장 기본적인 인간적 삶의 욕구를 성취하고자 하는 욕망이기 때문이다. 그러므로 이 유형에서 주인공이 겪는 고난은 철저하게 애정에

---

32 〈양산백전〉, 221쪽.

바탕을 둔 외부 세계로부터 온 시련이자 이를 극복하기 위해서는 너무도 벽이 높은 당대의 현실 속에서 군담을 통한 주인공이 사회적인 공인을 얻은 뒤에 애정을 성취하는 것을 지상의 목표로 삼는 애정 갈등의 치유소설이라 할 수 있다.

철저한 유교 이데올로기가 생활철학이었던 조선조 때에 가정이란 넓은 의미에서 사회의 기초적인 장이므로 가부장을 축으로 한 위계질서를 중요하게 인식하고 있었다. 조선조의 혼인제도는 단순히 남녀 결합이라는 차원을 넘어서서 가문과 가문의 결혼이란 사회적 의미를 지녔기 때문에 유백노와 조은하처럼 자매혼에 따른 결혼은 음행이었고 부모가 혼인을 주관하였다. 본디 결혼은 예부터 의식이 수반하였으며 의식이 없는 결혼은 사회적으로 보장을 받지 못했다.[33] 인간의 통과의례의 절차는 모두 가부장의 권한이자 그 구성원들은 가부장의 명에 따라 복종해야 하는 엄격한 사회였다. 이와 같은 엄격한 당대의 현실에서 자녀의 중대한 혼인문제를 부모의 주관으로 행하여지는 것은 극히 당연한 것이라 할 수 있다.

이 유형은 무엇보다 애정 성취에 있어 자유혼과 부모혼의 갈등이 대립되어 나타난다. 부모혼은 혼인 당사자의 의사가 전혀 반영되지 않은 채 오직 부모의 뜻에 따라 이루어지는 것이 특징이다. 즉 친자의 갈등이 혼사 장애로 형상화된다. 친자의 갈등은 자유의지에 의해 연인과의 애정

---

33 禮記 內則에도 聘娶爲妻 奔娶爲妾이라하여 聘娶, 즉 의식을 갖추어 취한 자만을 妻로 인정하는 것을 정당한 결혼이라 하였다. 中國의 婚禮에는 納采, 問名, 納吉, 納徵, 請期, 親迎의 六禮가 있었으며, 明 以後에는 朱子家禮에 의하여 議婚, 納采, 納幣, 親迎의 四禮가 되어 納徵 혹은 納幣의 예로서 婚書의 교환 聘財의 收受절차가 끝나면 定婚이 되는데 定婚한 후 다시 타인과 결혼하면 처벌을 받았다. 김정자, 『한국결혼풍속사』, 민속원, 1974, 49쪽.

혼을 이루려는 부친 사이에 유발된 것이라 하겠다. 실지로 〈황장군전〉, 〈박씨부인전〉 등에서는 주인공의 결연이 부모에 의해 이루어짐으로써 남녀 주인공의 천정연분이 부각되지 않는다. 이러한 방식은 부모혼이 곧 천정연분이라는 의식으로 효를 최고의 가치로 인식하고 있는 조선조의 윤리 규범과 무관하지 않는다고 하겠다. 이러한 혼인제도가 당시대에는 가장 이상적으로 인식되었으며, 부모의 혼인권을 무시하는 것이 오히려 효에 어긋나는 것으로 인식된 것은 당연하다고 하겠다.

2) 늑혼(勒婚)과 갈등 치유 스토리텔링

〈백학선전〉에 나타난 또 다른 애정 갈등의 한 요인은 자유혼과 늑혼의 갈등에서 빚어진 강압적인 애정 성취 욕망을 스토리텔링함으로써 자유혼을 치유해 간다는 점이다. 늑혼은 대체로 당대의 왕이나 그와 버금가는 권력자들에 의한 강압적인 애정 성취를 의미하는 것으로 결국은 천정연분이 아닌 자를 의미한다. 그러므로 이들의 애정관은 질투나 모함으로 얼룩진 갈등을 초래한다. 그리하여 늑혼은 모두 주인공의 거부로써 그 갈등이 심화되는 요인이 된다. 일반적으로 영웅소설에서 볼 수 있는 늑혼의 형태는 〈소대성전〉이나 〈조웅전〉의 남주인공이 입공한 이후에 부마로 택서하여 왕녀인 군주와 국혼을 강권하고 부부지정까지 강요하는 데에서 빚어진 갈등이 많이 나타난다. 이 유형에서는 늑혼의 주체자가 왕으로 나타나며 국가적인 공을 세운 영웅 인물에게 보상적인 차원에서 일어나기 때문에 별다른 갈등을 보이지 않으며 주인공 역시 허혼하는 경우가 많다.

〈백학선전〉에서는 황제혼에 의한 늑혼형이 아니라, 국권을 잡은 간신에 의한 강압된 정혼에서 늑혼갈등이 일어난다. 〈백학선전〉의 조은하는 백학선이 신물임을 인식하고 천정연분이라 믿고 있던 중 최국양의 택부 사건이 발생한다.

> ᄎᆞ시 남촌에서 ᄉᆞ는 최국양은 당금에 상춍이 웃듬이오 인물과 ᄌᆡ학이 ᄲᅵ여낫스니 명ᄉᆞ지상의 ᄯᆞᆯ 둔지 구혼ᄒᆞ니가 무슈ᄒᆞᄂᆞ 맛참ᄂᆡ 허치아니ᄒᆞ고 죠성노의 녀ᄌᆞ 쳔ᄒᆞ 경국지ᄉᆡᆨ이란 말을 듯고 ᄆᆡ파를 보ᄂᆡ여 구혼ᄒᆞᆫᄃᆡ 죠성노가 직시 허락ᄒᆞᆫ지라 낭ᄌᆡ 이 말을 듯고 크게 놀라 이 날로붓터 식음을 젼폐ᄒᆞ고 ᄌᆡ의 누어 이지 못ᄒᆞ니 명ᄌᆡ경각이라[34]

최국양은 조은하의 경국지색을 듣고 자기 아들의 배필로 삼고자 하여 매파를 보내 구혼한다. 아버지 조성노는 즉시 허혼함으로써 부모혼의 주체자로 행동하지만 조은하가 자유혼을 했다는 사실을 알고 다시 퇴혼한다. 그러나 최국양은 조은하를 음행으로 다스려 관비 정속하라는 명을 내림으로써 조은하의 가족에게 고난을 주게 된다. 이에 최국양은 청주자사 이관현에게 조성노의 일가를 잡아 투옥시키라고 명한다. 그 이유는 합법적인 청혼절차를 무시하고 당대사회 규범으로는 인정하기 어려운 자유혼을 인정함으로써 그 행위가 음행이라고 보는 것이다. 이러한 최국양의 행위는 당대의 혼습에서 본다면 잘못된 행위라고 볼 수 없다.

최국양의 경우 조성노의 집에 매파를 보내 의혼이라는 혼인 절차를 밟아 정혼을 청했던 것이다. 이렇게 본다면 오히려 조은하의 부친인 조성노의 허혼과 퇴혼의 반복은 혼인 절차에 있어 부당한 일이라 하겠다. 최국양은 이러한 음행을 다스려 조은하를 관비에 정속시키려한 것이다. 그러나 최국양의 행위는 이루지 못한 정혼에 대한 음모라는 점에 늑혼의

---

34 〈백학선전〉, 400쪽.

부당성이 제기된다. 최국양은 유백노가 조은하를 찾기 위해 목숨을 걸고 자원 출전하지만 혼사를 거절당한 보복으로 이들의 결연을 좌절시키기 위해 유백노를 포로로 잡히게 한다.

> 차셜 일일은 뉴ᄉᆞ되 최국양을 ᄎᆞᄌᆞ보고 ᄒᆞ오ᄃᆡ 이미 가달이 남경의 웅거ᄒᆞ엿거놀 송상은 엇지 장슈롤 보ᄂᆡ여 파멸치 아니ᄒᆞᄂᆞ뇨 ᄂᆡ 비록 ᄌᆡ죄업스나 ᄒᆞᆫ번 나아가 도적을 물리쳐 나라 근심을 덜고져 ᄒᆞᄂᆞ이다 ᄒᆞ니 최국양이 심즁의 음ᄋᆡ코져ᄒᆞ여 ᄃᆡ희왈 나도 쥬야 근심ᄒᆞ되 가합ᄒᆞᆫ ᄉᆞ롬을 얻지 못ᄒᆞ더니[35]
>
> ᄒᆡᆼ군ᄒᆞ여 삼삭만의 남경의 득달ᄒᆞ여 위슈를 격ᄒᆞ여 어진을 치고 가달로 더불어 상지ᄒᆞᆫ지 장근 반년의 마침ᄂᆡ 승부를 결치 못ᄒᆞ엿더니 최국양이 황졔긔 참소ᄒᆞ여 밧비 ᄊᆞ회 승부를 결ᄒᆞ라 ᄌᆡ촉ᄒᆞ며 짐ᄒᆞ여 군위의 망최 핍진ᄒᆞ여 긔갈이 심ᄒᆞᄆᆡ 뉴장군이 헐일업셔 칼을 쎄히여 흘쳐 갈오ᄃᆡ 흉적 최국양이 국권을 잡아 ᄉᆞ람을 이럿틋 모히ᄒᆞ고 ᄂᆡ 시절을 만나지 못ᄒᆞ엿스니 누를 인ᄒᆞ미 ᄒᆞᆫᄒᆞ리오[36]

나라를 위태롭게 하는 적을 무찌르기 위해 자원 출전한 유백노를 음해하고자 하여 전쟁터로 보낸다. 최국양은 자신이 늑혼을 이루지 못했다는 이유로 연적을 죽음으로 유도한다. 이처럼 최국양은 나라의 국권을 잡아 온갖 모해를 서슴지 않는 인물이자 자매혼의 결연을 음해하는 인물로 형상화되어 있다. 최국양은 기갈이 심하여 회군하려던 연적 유백노에게 싸움을 재촉하여 포로가 되게 함으로써 결국 조은하와 자유혼을 끊어 놓고자 하는 의도적인 모략이라 하겠다. 그러나 최국양의 온

---

35 〈백학선전〉, 405쪽.

36 〈백학선전〉, 405쪽.

갖 모략에도 불구하고 유백노는 죽지 않고 적군의 포로가 되어 훗날 조은하와 만남이 이루어질 수 있는 가능성을 남기고 있다. 이와 같이 사랑하는 조은하를 찾아 자원 출전했던 유백노는 실패로 끝났지만 오히려 자유 결연의 의지는 조은하에게 더욱 강렬하게 나타난다. 조은하는 유백노가 포로로 잡혔다는 사실을 알고 여자의 몸으로 자원 출전한다. 아무런 능력이 없는 조은하는 추월계의 도움으로 변신이 이루어지면서 노승에게 환약을 얻어먹고 배우지 않는 병법과 검술을 자연히 알게 되는 탁월한 능력의 소유자로 변한다.

> 노인이 두어낫 환약을 쥬어 왈 그ᄃᆡ 지금 낭군을 ᄎᆞᄌᆞ가는 길이ᄆᆡ 기간 ᄉᆞ길이 만흘지라 이 약을 먹은 즉 ᄇᆡ호지 아니ᄒᆞᆫ 병법과 익히지 아니ᄒᆞᆫ 검슐을 자연히 알거시오 용녀이 ᄯᅩᄒᆞᆫ ᄇᆡ증ᄒᆞ리니 부ᄃᆡ 삼가 낭군을 구ᄒᆞ라[37]

조은하는 탁월한 능력과 백학선의 신비한 도술로 전쟁에 참여하여 유백노를 구하고, 늑혼으로 인해 애정의 고난을 부여했던 최국양을 처단함으로써 자유혼을 성취한다. 이렇게 본다면 이 유형에서 영웅담은 당대의 불합리한 혼습을 비판하고 자유로운 결연이 성취되는 것을 합리화하고 있으며, 애정 갈등을 해소시켜 주는 애정 치유의 서사적 기능으로 작용한 것이다. 〈백학선전〉 유형에서 군담을 통한 입공 방식을 선택한 것은 당대의 문학 관습과 철저한 윤리 규범에 따른 강력한 세계와의 갈등에서 필연적으로 수용할 수밖에 없는 작가의식의 소산으로 보아야 할 것이다.

---

37 〈백학선전〉, 404-405쪽.

〈백학선전〉에서 볼 수 있는 남녀의 헤어짐과 만남의 의미는 다분히 당대의 문학 관습과 사회적인 윤리 규범이 맞물려있다고 할 수 있다. 유백노와 조은하의 자유혼이 남녀의 자유로운 의지로 이루어진 것이지만 당대의 사회적 승인을 얻는 과정에서 혼사의 장애가 일어나는 과정을 형상화하고 있는 것이다. 즉 남녀 주인공의 자유혼이 최국양의 입장에서는 음행으로 규정짓고 있으며 당시의 혼습에 의해 이루어져야 할 당위성을 제기한다. 그러나 초월계의 개입을 통해 음행이 다시 열절로 전이되어 결국은 자유혼의 혼습이 정당화되어 자유혼에 의한 애정 갈등이 치유되는 것으로 형상화된다.

이러한 행위를 통해 사회적인 공인을 받음으로써 부모혼이나 늑혼의 혼습을 타파하고 자유혼의 합리성을 주장하고 있다. 이러한 남녀 주인공의 행위는 비록 천정연분이라는 징표가 이들의 행위에 합리성을 부여하지만 당대의 사회적 규범을 비판한 의도가 자리 잡고 있다고 볼 수 있다. 이 두 소설에 나타난 자유혼과 늑혼 갈등을 통해 알 수 있듯이 조선조의 혼사 관행에서 늑혼 갈등은 엄격한 사회규범이 존속하던 시기에 인간의 자유 결연의지를 무시한 강압된 혼사 관행이 있었음을 반영하고 있다고 하겠다. 즉 자유로운 의사에 따라서 자유혼이 인정되어야 할 당위성을 스토리텔링함으로써 보여준 비판적인 애정치유 영웅소설이라 하겠다.

4. 영웅소설 애정 치유의 소설적 의의

일반적으로 설화문학에 나타난 혼사 장애는 그 요인이 주인공의 신이한 능력 여부에 있었다. 주인공의 혼사 장애의 극복은 아무런 도움

없이 적극적인 노력에 의해 극복되면서 아무런 사회적 의미를 띠지 않았던 것이다. 그러나 조선조에 나타난 〈백학선전〉과 〈양산백전〉의 혼사 장애 갈등은 주인공을 둘러싼 세계의 모해와 남녀의 애정을 치유하는 문제가 제기된다. 이것은 설화문학에서 남녀 주인공의 결혼이 단순히 개인적인 욕망을 추구하는데 머문 반면에 〈백학선전〉과 〈양산백전〉의 영웅소설에서는 애정의 성취과정에서 갈등의 문제를 사회적인 차원에서 찾고 있다는 것을 의미한다.

이러한 '애정 모티프'가 비중을 차지하는 작품은 대체로 후대에 나타난 여성 영웅소설류에서 볼 수 있다. 이는 남성 영웅 인물의 목표가 입신양명으로 가문의 명예를 회복시키며 동시에 자아의 사회적 확대를 실현하는 데 있는 것과 달리 여성 인물에게는 미완의 혼인을 완성시키는데 있다. 남성 중심의 문화에 의하면 여성의 존재가치는 남성에 의하여 결정되기 때문에 여성의 삶에서 가장 큰 모험은 구애와 결혼이다. 그래서 여성이 중심 인물인 대개의 작품은 '애정 모티프'가 비중을 차지하며 어떻게 주인공이 사랑하며 어떻게 혼인하게 되는가에 관심이 모아지게 되는 것이다. 따라서 당대의 도덕적 규범과 관련짓지 않을 수 없게 되어 있다. 애정소설에서 주인공과 주변 세계의 갈등 관계 속에서 줄곧 문제가 되는 것 중의 하나는 도덕적 규범과 관련된 윤리문제이다.

이처럼 남녀의 자유로운 만남을 엄격하게 규제한 중세사회의 규범과 질서는 인간의 자유스러운 애정욕구 및 개성의 발현이라는 시각에서 볼 때 인간적인 삶을 얽어매는 질곡이라 할 수 있다. 그런데도 남녀가 군담을 통한 사회적인 공인을 받은 다음 애정이 성취된다는 것은 중세사회의 현실과 괴리되는 환상적인 귀결 방식으로서 오히려 그러한 환상적인 귀결 방식을 통해 현실의 질곡을 호도하는 통속적인 효과를 불러일으키는 원인이 되기도 한다.[38] 이러한 남녀결연의 낭만적인 해결방식은 곧 여성을 남성 못지않게 영웅화하는 당대인의 의식에서 찾아볼 수 있다. 〈백학선전〉 유형을 중심으로 한 여성이 주도적인 인물로 등장하는 소설에서는 여성이 여화위남으로 입공하여 애정을 적극적으로 성취하게 된다.[39]

애정 치유를 위한 여화위남은 여성 인물이 가정으로부터 유리되었을 때 이 방법을 사용하여 공적영역으로 진입하는 양상을 말하는 것으로 그 궁극적인 의미를 '유폐된 생활을 강요당하던 조선조 사회에서 여성의 삶의 방식과 그것을 거부하는 조선조 사회 여성의 욕구'[40]에서 찾을 수 있다. 이렇게 본다면 애정 치유를 위한 여화위남의 사회적 의미는 공적영역에서의 능력발현이 남성에 국한되어있다는 성역할 분담의 역설적 확인이다. 따라서 여성의 영웅적 자질은 가부장적 권위를 위해 봉사할 때만 사회적 승인을 얻는다. 요컨대 여성이 남성의 통제를 받지 않는 경우 여성의 지혜, 힘, 주도권, 독립성 등은 부정적으로 평가된다.[41] 여성의 능력이 절대적 우위인데도 잠재된 힘으로 숨어서 남성의 사회적 역할을 돕는 음성적 존재로 나타나는 현상은 가부장적 사회여건상 남성을 제친 여성의 활약이 더 이상 설득력을 얻기가 힘들었기 때문으로 해석될 수도 있으나[42] 여성이 자신의 잠재되어 있는 비범성을

38 박일용, 앞의 논문(1988), 126-127쪽.

39 이러한 방법은 남성이 무능해서가 아니라 여성의식의 성장으로 볼 수 있다. 이러한 여성의식의 성장은 여성이 입공하는 과정에서 볼 수 있다. 즉 전형적인 영웅소설로 지칭하고 있는 〈황운전〉, 〈이대봉전〉, 〈정수정전〉과 같은 소설에서는 남녀 주인공의 활약이 대동소이하게 전개되면서 여주인공의 출장입공하는 장면이 한결같이 여화위남의 방식으로 전개되고 있음에 비하여 〈백학선전〉의 여 주인공은 여화위남하지 않는다.

40 이상택, 「고대소설의 세속화과정 시론」, 『한국고전소설연구』, 새문사, 1983, 76쪽.

41 민찬, 앞의 논문(1986), 95쪽.

42 천혜숙, 전설의 신화적 성격에 관한 연구, 계명대 박사학위논문, 1988, 112쪽.

의식하지 못한 채 평범하게 일상적인 삶을 영위하던 중 정혼자의 부재 중에 발생하는 혼사장애나 가정 내의 갈등을 계기로 중대한 전환을 경험하게 된다. 여성 인물은 곤란한 구혼자를 피해서거나 가족의 핍박에서 벗어나기 위하여 가정을 떠나게 되는데 이는 성역할에 위배됨으로 스스로를 보호하기 위하여 행하는 방법으로 영역을 확대하는 의미로 볼 수 있다.

그러나 〈백학선전〉의 여주인공은 남성으로 위장하지 않으며 자신의 뛰어난 능력을 발휘하여 사회적 공인을 얻고 있음을 볼 때 이 유형의 소설에서 애정 치유를 위한 여성의 의식이 더욱 표출되고 있음을 알 수 있다. 이같이 '애정 모티프'의 영웅소설은 철저하게 신분제를 고수했던 조선조 사회에서 자유롭고 자의적인 결연이 허용될 수 없는 현실을 배경으로 창작 애독되었다고 하겠다. 조선조의 사회규범은 어느 누구도 거부할 수 없는 제도화된 규범이었기에 조선조인의 애정성취 욕망을 이해할 수 있겠다. 이러한 당대의 현실적 질곡을 수용과 비판이라는 대립적인 관점에서 애정성취에 따른 갈등은 다양하게 형상화할 수 밖에 없는 것이다. 특히 자유혼은 부모혼과 늑혼의 혼습이 성행할 수밖에 없는 엄격한 사회적인 현실과 너무 요원한 것이기에 독자들에게 관심의 대상이 될 수밖에 없으며, 애정성취에 따른 고난의 정도가 확대될 수밖에 없다고 하겠다.

이러한 관점에서 본다면 〈백학선전〉과 〈양산백전〉은 당대의 자유롭게 허용되지 않았던 남녀애정의 성취와 치유를 고양하고 있지만 그 이면에는 조선시대 유교 질서에 대한 저항과 비판의식이 자리하고 있다. 이 작품에서 남녀애정을 방해하는 요소는 부권의 강요인데 넓은 의미의 유교 질서라 할 수 있다. 유교의 효를 강요하는 부권과 남녀의 애정을 고수하려는 자녀의 대립이 심각하게 대립된다. 그러나 남녀의 애정을 가로막는 요소들이 극복되고 남녀 애정이 성취됨으로써 유교 질서가 부정되고 비판되어 진다. 부권의 강요는 유교의 효를 강요함으로써 부녀간의 갈등이 극한 대립을 보여준다. 여기에 대항하는 주인공의 논리는 개인의 자유의지를 존중하는 것이라 하겠다. 이를 무시한 가부장적 권위에 대한 도전이며 봉건체제에 대한 거부의 의미가 있다고 하겠다. 여기에서 반봉건적 애정관을 볼 수 있다. 가부장제 전통사회는 남성의 권위를 높이기 위하여 상대적으로 여성을 비하시켰는데 유가적 관념은 마침내 여성에 대하여 "無專制之義 有三從之道"하고 "陰卑不得自專 就陽而成之"라는 식의 주체성마저 가질 수 없는 종속적인 존재에 불과했다.[43]

이러한 당대의 현실적인 질곡 속에서 여성의 영웅성이 강조되는 경우, 남녀평등이란 의식과 인격존중의 시각이 증가되고 있음을 보여주는 획기적인 것이라 하겠다. 즉 남녀 결연에 있어서 여주인공의 적극적인 결연 의지가 애정과 신뢰를 바탕으로 나타난다는 것은 점차 여성의 인격에 대한 자각이 성숙해 가던 조선 후기의 시대상을 반영하고 있다. 이것은 남녀의 애정문제가 당대인의 현실적인 삶과 깊이 관여되어 있음을 의미한다.

이상으로 살펴본 바와 같이 '애정 모티프'의 영웅소설은 엄격한 유교 이데올로기의 규범이 철저하게 지켜지던 시기에 당대의 문학 관습인 영웅의 일대기를 작품에 수용하면서 인간의 자유로운 애정의 성취를 통하여 애정 갈등을 치유해 주는 영웅소설이라 할 수 있다. 특히 지배층 중심의 유교적 윤리 규범의 틀 속에서 인간의 본능적인 욕구를 속박하는 당시대의 강압적인 혼습을 비판하고 혼인 당사자가 주체적으로 선택한 자유로운 결연이 바람직한 방법임을 주장하고 있다. 이러한 의식은 곧

43 육완성, 「중국근원설화에 나타난 집단무의식」, 성균관대 박사학위논문, 1988, 2쪽.

의식화된 유교적 윤리 규범에 대한 회의적인 인식이며 이를 비판하고 새로운 인간성의 자각과 아울러 남성들에 의해 주도되었던 애정에 대한 관심이 여성 쪽으로 전이되는 변모양상도 찾을 수 있다. 이러한 현상은 여성영웅소설에서 많이 볼 수 있으며 애정의 전개방식이 다양한 유형으로 형상화 되면서 소설 독자층의 애정에 대한 관심의 영역이 사회 저변으로 확산된다. 이 유형의 영웅소설군이 독자층의 애정갈등에 따른 자매혼의 상처를 치유해주는 역할을 하였다고 볼 수 있다.

5. 결론

본고는 조선시대 애정 모티프를 소재로 하는 영웅소설의 두 작품을 대상으로 하여 이들 소설이 애정 갈등을 치유해 주는 영웅소설임을 살펴보았다. 특히 작품에 나타난 애정 갈등의 양상과 의미에 주목하여 남녀 주인공이 지향하는 진정한 가치가 자유로운 결연방식을 통한 애정 성취에 있음을 알 수 있었다. 즉 자유혼과 부모혼의 갈등, 그리고 자유혼과 늑혼의 갈등을 첨예하게 스토리텔링함으로써 여성독자에게 흥미와 공감을 주는 창작기법을 활용한 것이라 하겠다. 애정갈등에 따른 고난을 이들의 자유로운 결연을 방해하는 두 결혼 방식이 갈등으로 첨예하게 대립됨으로써 극복하기 어려운 당대의 현실을 형상화하여 이상적인 남녀결연이 무엇인지를 제시해 주고 있다.

본고에서 논의한 내용을 간추려 보면 다음과 같이 정리될 수 있다.

두 작품에서 주인공이 맺는 결연방식은 현실적인 방법과 재생적인 방법의 두 가지로 나타난다. 즉 일상생활에서 일어날 수 있는 우연히 혹은 인간적인 어떤 사실을 계기로 해서 결연이 맺어지는 방법과 남녀 주인공이 전생의 천상에서 지은 죄과로 말미암아 인간으로 적강하여 그 죄과를 치르며 결연을 맺는 방식이다. 이 두 방식은 방법에 있어서 차이를 보일 뿐 남녀 주인공이 천정연분으로 맺어질 수밖에 없음을 시사해 주는 장치라는 점에서 공통점을 갖는다. 따라서 천정으로 맺어진 이들의 결연이 외부세계의 방해를 받음으로써 일어나는 사회적인 문제가 비판을 받게 되고 인간의 인력에 의해서 깨뜨릴 수 없는 운명론적인 사고를 긍정하게 된다. 그러면서 이 유형에서는 혼사에 대한 당대의 이데올로기를 비판하여 혼습의 유형 중에서 부모혼과 늑혼에 대한 모순과 당사자들의 상처를 사회문제화하여 치유하고 있음을 볼 수 있다.

먼저 부모혼에 대한 갈등 치유를 보면 자녀의 혼사에 있어서 본인의 의사와 상관없이 부친의 주혼권에 의해 혼사가 이루어지는 것에 대한 반발을 들 수 있다. 무엇보다도 유교 윤리적 규범에 의해 가부장의 절대적 권위가 철저하게 지켜지던 조선조 때에 부모혼을 부정하는 것은 있을 수 없는 현실이지만 당사자들의 자유로운 결연은 방해받을 수 없으며 죽어서 혼백이라도 사랑하는 사람을 따르겠다는 강한 결연 의지를 보여주고 있다. 특히 죽음을 선택하는 것은 부모의 주혼을 거부할 수 없는 현실과의 투쟁이라 할 수 있으며, 자유혼이 이루어질 수 없는 당대의 혼습을 극복할 수 없다는 것을 문학적으로 형상화하고 있다.

이러한 강력한 외부세계는 자유혼과 늑혼과 갈등을 통해서도 나타나는데 강력한 권력을 소유하고 있는 집권층의 강압된 혼인이 자유로운 결연과 갈등을 일으키는 경우를 말한다. 따라서 남녀 주인공의 자매에 의한 결연은 숫한 고난을 겪을 수밖에 없으며 이러한 고난의 극복은 현실적으로 불가능한 일인 것이다. 여기에 주인공의 탁월한 능력이 요구되고, 능력을 발휘하여 자매에 의한 결연이 사회인 공인을 받은 서사의 해결 과정이 필요했던 것이다. 따라서 남녀 주인공에게 신비하고 탁월한 능력을 부여하여 군담을 통한 국가적인 공을 세운 다음 결연을 맺은 것으로 이야기를 전개해 나간다. 이 유형에 나타난 군담은 결연을 위한 강력한 치유의 수단이 되는 것이며, 상처받은 독자들은 소설을 통해서나마 낭만적인 일탈의 욕망을 맛보면서 상처를 치유하고 있다고 하겠다.

이처럼 〈백학선전〉과 〈양산백전〉의 소설은 사회규범이 엄격했던 조선시대의 모순된 혼습을 비판하고 남녀의 자유로운 결연을 이상적인 것으로 형상화한 애정 치유의 소설이라 하겠다. 특히 설화에서 볼 수 있는 혼사의 장애를 다양하게 수용하여 조선시대 지배층 중심의 유교윤리적 규범의 틀 속에서 당대의 사회문화와 결부시켜서 인간의 본능적인 욕구를 속박하는 혼습을 비판하고 있다. 그리고 혼인 당사자가 주체적으로 선택한 결연이 바람직한 결연임을 주장한 소설이라 하겠다.

이러한 결연에 대한 인간성의 회복은 여성 영웅소설로 이어지면서 여성이 적극적인 결연의지를 표출하여 남성중심의 혼습을 비판하는 전형적인 여성소설적 성향의 작품으로 이어진다. 따라서 이러한 애정갈등의 영웅소설은 인간의 가장 기본적인 욕구로 인식된 애정을 낭만적으로 형상화하고 있다는 점에서 소설적 의의를 찾을 수 있다. 이러한 영웅소설 창작과 향유를 통해서 독자들은 애정에 대한 관심과 애정 장애의 모순을 사회적 문제로 인지함으로써 남녀의 자유로운 만남과 혼인을 희구하는 애정 치유의 소설로 활용하였다고 할 수 있다.

제5부

영웅소설 작품별 게임 스토리텔링

〈금령전〉의 게임 스토리텔링

1. 서론

이 글은 영웅소설 〈금령전〉[1]을 대상으로 하여, 매체가 다른 게임스토리텔링으로 전환할 수 있는가를 고찰하는 데 목적을 두었다. 일반적으로 게임스토리텔링은 이미 존재하는 이야기나 창작된 이야기를 가지고 사용자의 엔터테인먼트를 충족시켜주기 위한 담화형식으로 전환할 수 있다. 따라서 〈금령전〉에 수용된 다양한 모티프를 게임에서 흥미를 주는 사건으로 전환시킬 수 있다. 특히 요괴를 퇴치하는 지하 동굴에서 일어나는 이야기를 게임으로 전환시키는 방안을 살펴보는 것은 소설서사와 게임서사의 상호 융합적인 관련성을 살펴볼 수 있다는 데 의미가 있다.

〈금령전〉은 금방울의 모습으로 태어난 여자 주인공인 금령과 그가 가지는 신통력의 도움을 받으면서 영웅적인 활약을 하는 남자 주인공 해룡의 일대기가 양립된 영웅소설이다. 〈금령전〉은 그동안 판본의 출간 횟수가 많은 것으로 보아 조선후기에 비교적 인기를 끌었던 소설이라 할 수 있다.[2] 그 후에도 방각본 4차례, 활판본 5차례의 출간 횟수가

---

1 본고에서 대상으로 삼는 〈금령전〉은 김동욱 소장 경판본 1책 20장본, 『고소설판각본전집』 제1책에 수록된 〈금방울전〉, 연세대 인문과학연구소, 1973을 선택하였다.

2 〈금령전〉은 필사본, 방각본, 활자본이 널리 전하고 있다. 방각본은 5종의 경판이

기록된 것을 볼 때 비교적 많은 독자를 가졌던 소설이다. 특히 이 작품은 다른 고소설과 비교할 때 유난히 설화적 요소가 강하다는 특징을 보인다.[3] 그동안 〈금령전〉의 인기로 보아 여성영웅소설로 보거나 양성영웅소설 혹은 금령의 성장소설로 보는 등 남녀주인공의 일대기를 축으로 한 〈금령전〉의 작품 분석이 다양하게 이루어져 왔다.[4] 이러한 설화적 요소 중에서도 〈금령전〉에서 가장 주목할 부분은 주인공이 겪는 성장과정에서 부각된 요괴퇴치 사건을 들 수 있다. 요괴퇴치는 세계적으로 분포된 '지하국대적퇴치설화' 유형이 이 작품에 수용된 것이다.

〈금령전〉에서 요괴를 퇴치하는 사건은 해룡이 상층계급으로 올라가는 중요한 계기가 되는 모티프이므로 주인공에게 있어서 중요한 통과제의적 의미를 가진다는 점에서 주목할 필요가 있다. 먼저, 〈금령전〉의 주인공은 동굴만 다녀오면 엄청난 위력을 발휘하여 욕망을 성취하는 탁월성을 확보한다는 점에서 지하공간이 가진 판타지의 의미와 형상화 방법을 고찰할 필요가 있다. 또한 작중에서 영웅인물이 지하공간인 동굴을 탐색하고 돌아와서 성격과 신분까지 변화를 가져온다는 점에서 매우 궁금증을 유발하고 있다. 나아가 동굴은 상황에 대한 극적인 반전

있는데 김동욱 소장 20장본 1종, 대영박물관 소장 28장본 2종, 하동호 소장 16장본 1종, 이화여대에 1종이 있다. 활판본으로는 신구서림판 〈금령전〉과 세창서관본 〈能見難事〉의 이름으로 출간된 이본이 있다.
김미란, 「고대소설에 나타난 여성변신의 의미-금방울전과 박씨전을 중심으로」, 『文湖』 8, 1983, 166쪽.

3 성기열은 〈금방울전〉에 나타난 설화적 요소 12가지를 들어 각 요소가 지니는 의미를 고찰한 바 있다. 12가지의 요소를 보면, ①몽조 ②도교적 ③효부 ④이물교구 ⑤난생 ⑥욕심꾸러기 ⑦보은 ⑧괴물 ⑨계모 ⑩시련극복 ⑪탈곡 ⑫신표 등이다. 성기열, 『한국구비전승의 연구』, 일조각, 1976, 95-115쪽.

4 김미란, 앞의 논문(1983).
최기숙, 「성장소설로 본 〈금방울전〉, 〈김원전〉」, 『연민학지』 7, 연민학회, 1999.

을 첨예한 갈등과 탁월한 능력으로 극복해 간다는 점에서 매우 역동적인 행위가 펼쳐지는 무대이기도 하다. 동굴은 탐색자인 주인공에게 영웅적 능력을 부여하고 입사식을 거행하는 신성한 공간으로 인지되지만 작품의 내적 측면을 중요시해, 주인공이 동굴을 다녀온 뒤에 엄청난 모습으로 변한다는 점에서 볼 때, 동굴 내에서의 활동이 지상에서의 삶과 확연하게 구별되고 있다. 이는 게임이 지향하는 통쾌한 스릴과 성취감을 맛볼 수 있다는 공통점을 갖는다.

이러한 〈금령전〉의 흥미와 인기는 많은 연구자에게 관심의 대상이 되었다. 〈금령전〉은 작가 연구[5]를 통해 〈금원전〉의 모방을 추론하였으며, 영웅소설의 성격 연구[6]에서는 몰락의 폭에 주목하여 평민의 작품일 수 있다는 작가층과 영웅의식을 추론한 바 있다. 한편 〈금령전〉이 금령과 해룡의 영웅적 인생을 온전히 그리고 있다는 측면에 주목하기도 하였다. 서대석은 〈금령전〉의 남자주인공 해룡의 일대기가 군담소설에 등장하는 영웅의 조건을 갖추고 있다는 사실을 세밀한 서사단락 분석을 통해 밝혔다.[7] 그리고 해룡의 영웅적 성공이 모두 금방울의 힘을 빌려서야 가능했다는 점에서 〈금령전〉을 여성 영웅소설로 보거나 양성 영웅소설 혹은 금령의 성장소설로 보는 등 남녀주인공의 일대기를 축으로 한 〈금령전〉의 작품분석과 다양한 연구방법을 통한 서사성, 그리고 작품연구가 이루어져 왔다.[8]

---

5 김열규, 『한국고대소설개설』, 대창문화사, 1956.
김열규, 『한국민속과 문학연구』, 일조각, 1975,

6 조동일, 『한국소설의 이론』, 지식산업사, 1977.

7 서대석, 『군담소설의 구조와 배경』, 이화여자대학교 출판부, 1985.

8 김미란, 앞의 논문(1983).
최기숙, 앞의 논문(1999).
김균홍, 「〈금방울전〉의 구조와 의미」, 경북대 석사학위논문, 2004.

본고에서는 기존의 연구 성과를 통해서 〈금령전〉의 게임스토리텔링으로 전환 가능성을 새롭게 조명하고자 한다. 〈금령전〉이 가지고 있는 유희적 요소와 판타지 요소들은 왕성한 게임스토리텔링을 유도할 수 있는 거대한 힘을 가지고 있다. 지금까지의 고소설연구는 대체로 작품 중심의 고찰을 위해 민속학적, 사회학적, 심리학적인 다양한 방법을 적용하는 경우가 많았으나 본고는 게임으로의 전환에 따른 스토리텔링을 다르게 할 수 있으며, 매체제작에 탑재하여 즐길 수 있는 게임으로 전환 가능성을 탐색하고자 한다.[9]

게임 산업의 비중이 커지면서 질적으로나 양적으로 콘텐츠를 생산해 내는 기술력은 급속도로 발전하고 있다. 그러나 콘텐츠를 구성하는 이야기는 상대적으로 점차 고갈되어 가고 있다. 따라서 문화콘텐츠 산업을 뒷받침할 수 있는 자료를 발굴하여 다양한 매체에 활용할 수 있는 스토리텔링 작업이 시급한 과제로 부상하고 있다. 여기서 중요한 사실은 기술적인 요소로써 공학적인 기술과 서사적인 요소로써 인문학적 상상력을 융·복합하는 문제에 대하여 심도있는 고찰이 필요하다.

주지하다시피, 우리는 고전작품의 원천자료를 활용하여 다양한 문화콘텐츠로 새롭게 가공하거나, 영상세대의 취향에 맞게 각색 스토리텔링을 하는데 부족한 점이 많다. 따라서 게임의 원천자료를 우리의 고전 이야기에서 찾아 그것을 다양한 방법과 유형을 가진 게임 콘텐츠로 전환시켜보는 일련의 작업은 학문의 융·복합 연구라는 점에서 의미가 있다고 생각한다.

---

9 본고에서는 〈금령전〉의 작품명에서 알 수 있듯이 금방울로 태어나 남주인공 해룡을 도와주고, 여성으로 변하여 해룡과 결혼한다는 금령을 중심으로 한 스토리의 맥을 전환하여 주인공을 해룡으로 하고, 해룡의 영웅성을 돋보이게 해주는 금방울의 탁월한 캐릭터와 초능력을 게임의 도구로 스토리텔링하고자 한다.

2. 〈금령전〉의 서사구조와 게임 가능성

〈금령전〉은 금령의 일대기를 다룬 낭만적인 영웅소설이다. 즉 중세의 로망스문학과 일맥상통한 것으로 게임으로 전환 가능성이 매우 강한 문학적 성격을 가지고 있다. 일찍이 노드롭 프라이(Northrop Frye)는 이러한 로망스 문학이 모든 문학의 형식 중에서 욕구 충족의 꿈에 가장 가까운 것이며 탐색과 해결의 구조를 가진다고 말하였다.[10] 또한 도정일은 20세기의 대표적 마법담인 『반지의 제왕』, 『해리포터』 등에서 주인공들은 무언가를 추구하기 위해 모험의 길에 오르고, 적대 세력들과 싸워서 이기고 목표를 달성하게 된다. 이것은 로망스 문학에 기반한 추구서사(quest narrative)의 구조라고 하였다. 그리고 추구서사는 대체로 목표설정, 모험과 투쟁, 목표달성으로 이어지는 3단계구조를 가지고 있다는 것이다.[11] 이러한 소망충족의 서사에서 욕망은 성취되고, 악당은 응징되고, 평범한 자는 비범한 인물로 올라서고, 주인공은 성공함으로써 일상으로부터 구원된다. 성공은 동시에 구원이며 복수이다. 이러한 서사구조는 서양문학의 마스터 플롯이고, 거기에는 마법담과 같은 판타지가 가진 모든 극적인 요소들, 선과 악의 갈등과 대립, 선의 궁극적인 승리와 선한 세력의 구원 등 대중적 상상력을 휘어잡을 메뉴들이 모두 들어있다.

이러한 퀘스트 스토리는 로망서사의 3단계 구조를 충실히 따르고 있어 추구서사의 3단계 구조인 '목표설정→모험과 투쟁→목표달성'과 일치한다. 〈금령전〉에서도 '공주를 구조해야 함 → 동굴의 요괴와 투쟁→ 공주를 구함'이란 3단계의 구조를 갖는다는 점에서 게임의 구조와 상통

---

10 Northrop Frye, 『비평의 해부』, 임철규 역, 한길사, 2000.

11 도정일, 「신화와 판타지 열풍에 관한 몇 가지 질문들」, 비평, 2002년 가을호, 2002.

한다고 하겠다.

영웅소설 〈금령전〉의 내러티브를 보면, 해룡은 동해 용왕의 아들인데 신행길에 요괴를 만나 신부가 죽자 필사적으로 도망쳐 인간 세상에 내려온다. 그러나 전쟁 중에 친부모에게 버림받고, 양부에 의해 양육되나 양부의 죽음으로 계모에게 시련을 당해 집을 떠난다. 지하 요괴가 사는 굴속으로 가서 공주를 구하여 공주와 결혼하게 되고, 적군과 싸워 죽을 고비를 넘기지만 금령의 도움으로 승리하여 친부모를 만나고, 미인이 된 금령과 결혼하여 함께 승천한 것으로 되어있다. 이러한 이야기의 서사전개는 게임으로의 전환과정에서 소설적 구조와 게임의 구조가 서로 상통하고 있음을 확인할 수 있다.

이러한 요괴퇴치 스토리는 개연성과 보편성을 확보한 세계적인 게임 내러티브가 될 수 있다. 여기에서 개연성은 콘텐츠의 리얼리티를 획득하기 위한 호소력이며, 보편성은 동서고금을 막론하고 콘텐츠를 신뢰할 수 있는 설득력이다. 그리고 재미 요소가 깃든 흥미성과 다른 이야기와의 차별화가 돋보이는 독창성이 확보된 이야기로 구성될 때 비로소 상품가치가 높게 탄생할 수 있다.[12] 이처럼 영웅소설과 같은 낭만적인 스토리를 가지고 창의적인 게임 내러티브로 만들 때, 게임 플레이어들의 만족도를 극대화할 수 있다고 하겠다.

따라서 여기에서는 먼저 〈금령전〉이 가지고 있는 영웅적 서사구조를 살펴보고 그것을 게임으로 전환할 수 있는가를 살펴보는 것이다. 〈금령전〉의 영웅적 서사구조는 영웅으로서 살아가기 전, 세계적인 영웅인물이 겪으며 살아간 노정과 도식을 함께한다. 예컨대 한 영웅인물

12 이재홍, 「문화원형을 활용한 게임스토리텔링 사례 연구」, 『한국문학과 예술』 7, 한국문학과예술연구소, 2011, 264쪽.

의 통과의례를 그대로 밟아가는 서사구조를 보여주고 있다.

일찍이 크리스토퍼 보글러는 영웅의 여행구조[13]를 다음과 같이 12단계로 제시하고 있다.

① 영웅은 일상생활에서 소개된다.
② 그곳에서 영웅은 모험에의 소명을 받는다.
③ 영웅은 처음에 결단을 내리지 못하고 주저하다가 소명을 거부한다.
④ 그러나 정신적 스승의 격려와 도움을 받는다.
⑤ 첫 관문을 통과하고 특별한 세계로 진입한다.
⑥ 영웅은 시험에 들고, 협력자와 적대자를 만나게 된다.
⑦ 영웅은 동굴 가장 깊은 곳으로 접근한다.
⑧ 그곳에서 영웅은 다시 시련을 겪는다.
⑨ 영웅은 이의 대가로 보상을 받는다.
⑩ 일상생활로 귀환의 길에 오른다.
⑪ 영웅은 세 번째 관문을 건너며 부활을 경험하고, 그 체험한 바에 의해 인격적으로 변모한다.
⑫ 영웅은 일상생활에 널리 이로움을 줄 은혜로운 혜택과 보물의 영약을 가지고 귀환한다.

이처럼 〈금령전〉에서 영웅의 여행구조는 ①부터 ⑫까지의 서사전개를 축으로 하여 낭만적으로 진행되고 있음을 알 수 있다. 요괴를 퇴치하는 삽입 모티프가 작품 전체를 관통하는 축과 관련이 깊다는 사실에서 주인공과 금령, 그리고 요괴퇴치의 이야기를 분석하여 게임스토리

---

13 크리스토퍼 보글러, 『신화, 영웅, 그리고 시나리오 쓰기』, 함춘성 옮김, 무수, 2005에서 할리우드 영화의 고전적 서사양식으로 '영웅의 여행구조'를 제시하였다. 본고에서는 그 내용을 재인용하기로 한다.

텔링으로 전환할 수 있을 것으로 본다.

여기에서 영웅은 우리나라 동굴 모티프에서 발생하는 요괴퇴치 이야기와 유사한 구조를 가지고 있음을 볼 수 있다. ⑦번과 ⑧번에 해당되는 구조인데, 이를 토대로 스토리텔링을 확대해보면, 영웅은 동굴의 가장 깊은 곳으로 접근하여 도중에 관문 수호자, 피할 수 없는 여러 사건, 시험 등이 있는 정체불명의 영역을 만나게 된다. 이것이 동굴의 가장 깊은 곳으로 접근한 것이며, 이곳에서 그들은 가장 경이롭고 무서운 요괴와의 싸움이 펼쳐진다.

영웅의 여행구조와 비교하기 위하여 〈금령전〉의 서사구조를 사건의 흐름에 따라 살펴보면 다음과 같다.

① 해룡의 탄생
② 난리 중에 버려지나 도적에게 구출된다.
③ 신통한 재주로 살아나 모친께 효도하고 사라진다.
④ 금선공주가 탄생한다.
⑤ 10세 때에 요괴에게 납치당한다.
⑥ 해룡이 양부모 밑에서 자라나 13살 때 양부가 죽고 양모의 괴롭힘을 당하자 집을 떠난다.
⑦ 집을 떠나 동굴 속에 들어가 요괴와 싸워 승리하고 공주를 구출하고 결혼한다.
⑧ 전쟁에 나가 금령의 도움으로 승리한 다음 금령이 사라진다.
⑨ 금령이 사람으로 변한다.
⑩ 해룡이 친부모를 만나고 금령과 결혼하고 잘 살다가 셋이서 승천한다.

〈금령전〉의 스토리를 기본 공식으로 하여 도표로 제시해 보면 다음과 같다.

<table>
<tr><th>구분</th><th>게임</th><th colspan="2">단락</th><th>내용</th></tr>
<tr><td>배경</td><td>에필로그</td><td colspan="2">이원론적인 세계 설정(천상)</td><td>현세와 구분된 비인간세계</td></tr>
<tr><td rowspan="7">해룡의 여행</td><td rowspan="7">사건전개 (사건 N)</td><td>일상세계</td><td rowspan="7">창조적인 사건을 다양한 게임의 스테이지로 전환</td><td>탄생전후의 세계</td></tr>
<tr><td>모험의 소명</td><td>해결해야 할 과제부여</td></tr>
<tr><td>영웅의 탄생</td><td>주인공의 비정상적인 탄생</td></tr>
<tr><td>영웅의 모험</td><td>금선공주를 구해야 하는 과제</td></tr>
<tr><td>시련극복</td><td>금방울의 도움으로 대적 퇴치</td></tr>
<tr><td>소명완수</td><td>금선공주를 구출</td></tr>
<tr><td>귀환</td><td>지상세계로 귀환</td></tr>
<tr><td>결말</td><td>대단원</td><td colspan="2">행복</td><td>금선공주와 결혼</td></tr>
</table>

서사구조로 보면, 〈금령전〉의 등장인물은 해룡과 금령, 그리고 금선공주 등 세 인물에 얽힌 이야기이다. 전생에서 이별과 현생에서 만남과 이별, 그리고 고난과 만남을 통해 행복하게 살다가 승천하기까지 과정을 상승적이며, 판타지로 다루고 있는 소설이다. 이처럼 〈금령전〉은 초자연적인 가공세계인 지하세계에서 일어난 대적과의 다양한 사건이나 있을 수 없는 사건을 소재로 하여 판타지로 형상화하고 있다.[14]

〈금령전〉은 금선공주가 요괴에 의해서 지하계로 납치당하면서 사건이 시작된다. 인간이 어려서는 부모의 슬하에서 태어나 성장하면서 성년이 되면 입사식을 거쳐 성년이 되면서 새롭게 가정을 이루게 된다. 그런데 지하국에서는 대적이나 괴물에 의해 인간의 삶이 파괴되는 것으로 결핍된 이야기가 시작된다.

결핍상황의 설정은 금선공주를 잃은 경우, 요괴가 공주를 납치하여

14 이러한 판타지의 구조나 소재를 활용한 외국의 예를 보면, 〈해리포터〉 시리즈, 〈반지의 제왕〉 시리즈, 〈아바타〉 등과 같은 판타지물이다.

흔적도 없이 사라져버린다는 점이고, 따라서 용사는 막연히 공주를 찾아 정처 없이 떠돌아다닐 수밖에 없고, 의기투합하는 동무를 만나거나 그들과 결의형제하여 길을 가다가 우연히 도둑의 소굴로 들어가 괴물과 대면하게 된다. 이렇게 막연하게 불확실한 출발을 통하여 암울한 상황이 전개되다가 원조자나 우연에 의하여 실마리를 찾게 된다.

특히 〈금령전〉은 원조자가 사람이 아닌 구슬 모양의 금령에 의해 사건이 해결된다는 점이 여타의 소설과 다른 부분이라 하겠다. 이는 고소설에 빈번히 등장하는 황당무계한 변신담을 수용한 것인데 이를 단지 황당함 그 자체로 치부할 것이 아니라 오히려 한계상황을 돌파하려는 원형적 모습 그 자체 일 수 있다.[15] 나아가 이러한 소설의 변신담은 오늘날 게임의 판타지를 더욱 풍성하게 해줄 수 있는 중요한 재료가 될 수 있다고 하겠다.

〈금령전〉의 서사구조를 게임의 구조로 전환하기 위한 전제는 해룡의 영웅성과 금령의 도움으로 지하계인 동굴에서 대적 요괴와 싸움을 통해 잃어버린 공주를 찾아 지상으로 돌아오는 회기의 과정을 다양한 스테이지로 만들고, 여기에 흥미있는 사건들을 창조하여 단계적으로 각색 스토리텔링이 가능하다고 하겠다. 이처럼 〈금령전〉은 프롤로그와 영웅의 모험담, 그리고 에필로그의 완전한 스토리를 가지고 있음을 알 수 있다. 그리고 서사구조에 있어서 전형적인 영웅서사구조를 취하고 있음을 보여주고 있다. 그리고 금방울이라는 괴이하고 신통력이 있는 무기가 있음으로 주인공과 금방울을 통한 신이한 능력의 발현은 어떠한 대적을 만날지라도 승리한다는 전제가 성립이 된다.

---

15 박용식, 「금령전 연구」, 『중원인문논총』 17, 건국대학교 동화와번역연구소, 1998, 1-2쪽.

3. 게임의 요소와 스토리텔링

일반적으로 소설과 게임의 서로 다른 매체상의 유사성을 검토하기 위해서는 작품을 수평적으로 비교분석해서 얻어지는 유사성과 전형성을 도출해 내는 것이 바람직하다고 본다. 매체별로 상이한 스토리텔링의 요소가 있는바, 공통점이라 할 수 있는 스토리의 구조, 캐릭터, 공간, 도구 등이 비교의 대상이 될 수 있다.

특히 스토리는 게임의 요소를 스토리텔링하는 과정에서 전체적인 뼈대만이 아니라, 장면전개는 물론, 장면묘사, 대사사용 등 세부적인 부분까지 잘 창조해 내야 한다. 우선 게임의 스토리는 캐릭터와 사건, 그리고 배경이 꼬리에 꼬리를 물고, 상승적으로 전개되어야 하는데 마치 영화 시나리오처럼 배경설정, 사건전개, 장면이나 캐릭터로의 이동 등이 반복해서 빠르게 이동하는 것으로 스토리텔링이 되어야 한다.

이를 〈금령전〉에 적용하여 게임적인 요소를 몇 가지로 나누어 살펴보기로 한다.

1) 캐릭터

영웅소설 〈금령전〉 속에 등장하는 인물 중에서 주목해 볼 수 있는 캐릭터는 해룡과 금령, 그리고 요괴로 한정된다. 특히 이들이 가지고 있는 캐릭터의 성격과 활약, 그리고 인물 형상화 방법을 통해 볼 때, 게임으로 전환가능성을 탐색하고자 한다.

일반적으로 캐릭터를 분석하는 데 우선적으로 살펴보아야 할 것은 이야기의 가장 중심에 서 있는 영웅인물이다. 영웅소설의 주인공은 현대소설의 주인공과 달리 탄생의 과정에서부터 비범성을 부여받고 있

다. 이러한 성격창조의 형상화는 고소설이 지니고 있는 로망스적인 속성에 기인한다.[16]

영웅은 보통 사람과 달리 신명의 의지에 따라 천부적으로 타고 나고, 그러한 영웅의 일생은 미래가 예견되어 있다고 하는 운명론이 인정되었다.[17] 그러므로 영웅인물의 활동공간은 초자연적인 세계로서 영웅뿐만 아니라 마법사, 마녀, 현자, 신성한 동자 등의 매체를 통해서 목적에 도달할 수 있고, 적대자와 싸움에서 무난히 승리할 수 있다. 이러한 주인공을 중심으로 한 캐릭터들은 판타지의 공간을 더욱더 환상적으로 만드는데 일조하고 있다.

〈금령전〉에서 가장 주목해야 할 부분은 해룡의 영웅화 과정이라 할 수 있다. 그리고 영웅화 과정 속에 빈번히 구원자로 등장하여 도와주고 있는 금방울의 존재이다. 금령은 집을 떠나온 해룡을 지하굴로 인도하다가 요괴에게 잡혀 먹히나 다시 뱃속에서 나와 계속 해룡을 돕다가 드디어 16세 때에 사람으로 변하여 해룡과 결혼하게 된다. 특히 재생 이후 혼인과 부귀영화, 장남 출산, 승천으로 이어지는 일련의 이야기는 영웅의 일생과정을 그대로 보여주고 있다.

먼저, 금령의 캐릭터는 탄생부터 알로 태어난 괴물로 형상화하고 있다. 비정상적으로 태어난 금령을 버려서 죽이려는 여러 가지의 과정 속에서도 살아남은 탁월한 존재이다. 금령의 탄생에서부터 시련과 능력의 형상화 방법은 다양하게 묘사하고 있다.

---

16 김용범, 『도교사상과 영웅소설』, 문학아카데미, 1991, 76쪽.

17 박종익, 「삼국유사 설화의 인물 소고」, 『한국언어문학』 33, 한국언어문학회, 1994, 147쪽.

> "불을 때며 방울을 아궁이에 넣고 있었더니 조금도 기미가 없으매… 빛이 더욱 생생하고 향취도 진동하거늘…… 그 속의 실 같은 것으로 온갖 것을 다 묻혀 오거늘 그 털이 단단하여 무시하지 못할만 하더라… 방울이 점점 자라매 산에 오르기를 평지같이 하고 마른 데 진 데 없이 굴러다니되 흙이 몸에 묻지 아니하더라."[18]

금령은 방울로써 빛이 생생하게 빛나고, 실 같은 철을 가진 존재로 매일 매일 조금씩 성장하는 생물로 그려지고 있다. 또한 금방울의 능력은 산을 자유롭게 오르내릴 수 있으며, 굴러다녀도 흙이 묻지 않은 신비스러운 요물로 형상화하고 있다. 뿐만 아니라 자신을 해치는 존재와는 맞서 싸우는데 도저히 이겨낼 수 없는 괴물로 그려지고 있다.

> "나졸로 하여금 철퇴를 가지고 깨치라 명하니 군사가 힘을 다하여 치는 것이더라. 방울이 망 속으로 들어 가다가 도로 뛰어나오는데 할 수 없어 이번에는 다시 도로 집어다가 돌에다 놓고 도끼로 찍으니 방울이 점점 자라. 크기가 길이 넘는 것이 되더라"[19]

오히려 금방울을 해치려고 할 때마다 크기와 힘이 더 세지는 존재로 형상화하고 있다. 나아가 금령은 해룡이 추운 겨울에 양모인 변 씨에게 학대를 받자, 금방울이 나타나 여름과 같이 덥게 해주며, 방앗간에 가서 못다 찧은 곡식을 다 찧어 주는 협력자이며, 눈도 대신 쓸어주며, 변씨의 흉계로 해룡이 깊은 산속으로 들어갈 때, 날은 저물고 호랑이가 달려들어 위태로울 때마다 홀연 금령이 나타나 한 번씩 받아 달아나게

---

18 〈금령전〉, 286쪽.

19 〈금령전〉, 287쪽.

하고 연이어 받아 거꾸러지게 하면서 해룡을 인근에서 도와준 조력자로서 기능을 담당하기도 한다.

이렇게 본다면, 주인공을 도운 금령의 캐릭터는 요물이며, 모든 것과 상대해서 반드시 이길 수 있다는 몬스터이자 훌륭한 보조도구가 되는 것이다. 범과 싸워 이길 수 있는 존재요. 용과의 싸움에서도 이길 수 있고, 화광을 극복할 수 있는 전천후 캐릭터로 스토리텔링 되고 있다.

이에 반해서 주인공 해룡은 수동적인 영웅상으로 형상화하고 있다. 해룡이 가는 곳에는 언제가 금방울이 곁에 있으며, 위기에 처할 때에도 금방울의 도움으로 해결해 나감으로써 금방울에 의한 영웅의 탁월한 능력이 상승적으로 펼쳐지고 있다. 다만 해룡은 전생의 신분이 동해 용왕의 셋째 아들로서 신이한 혈통을 가지고 태어난 영웅으로 형상화하고 있어 탁월한 영웅인물이 될 수 있는 개연성을 확보하고 있는 것으로 그리고 있다.

> "소자는 동해용왕의 셋째 아들이러니 남해 용왕의 부마가 되어 보부척영하여 오다가"[20]
>
> "또 이 아이를 보니 후일 반드시 귀히 될 기상이라"[21]
>
> "아이는 등에 붉은 사마귀 칠성이 있음에 그것으로 신물이 될 것이니 부인은 염려마소"[22]
>
> "해룡이 점점 자라 열세 살이 되매 그 영매하고 준걸(俊傑)한 모습은 태양이 빛을 잃을 만하며 현혁(顯赫)한 도량은 창해를 뒤치는 듯하고 맑고

---

20 〈금령전〉, 경판 20장본, 김동욱 소장본, 『고소설판각본전집』 제1책, 연세대 인문과학연구소, 1973, 283쪽.

21 〈금령전〉, 283쪽.

22 〈금령전〉, 위와 같은 쪽.

빼어남이 어찌 범용한 아이와 비교하리오"[23]

뿐만 아니라, 〈금령전〉에서 주목해야 할 캐릭터는 요괴라 할 수 있다. 작품에서 요괴는 영웅인물과 대적할 수 있는 캐릭터이자 엄청난 힘과 괴력을 가진 존재로 형상화되고 있다.

> "본디 여러 천년을 산중에 오래있어 득도하였기로 사람의 형용을 쓰고 변화무궁한 요괴"[24]
>
> "이름을 알 수 없으나 장이 십 척이 넘고 머리가 아홉이 되는 요괴"[25]
>
> "문득 고이한 금같은 터럭 돋친 짐승이 주홍같은 입을 벌리고 달라들어 자가를 해하려 하는지라. …… 금령이 고을로 내달아 막으니 그 짐승이 몸을 흔들어 변하여 아홉 머리가진 것이 되어 금령을 집어 삼키고 드러가거늘…"[26]
>
> "그 요괴의 가슴을 무수히 지르고 보니, 금터럭 돋친 염이 돋고 흉락한 돗치거늘, 이 짐승은 본대 여러 천년을 산중에 오래 있어 득도하였기로 사람의 형용을 쓰고 변화무궁한 지라"[27]

〈금방울전〉에 등장한 요괴인 금돼지가 금령을 삼키기 직전에 갑자기 '아홉 머리를 가진 것'으로 변신하였다는 사실이 요괴의 정체를 이해할 수 있다. 여기에서 요괴가 아홉 머리를 가진 캐릭터라는 사실은 단순한 숫자만을 의미하는 것이 아니라 '용'과의 관련성을 생각해 볼 수

23 〈금령전〉, 284쪽.
24 〈금령전〉, 287쪽.
25 〈금령전〉, 287쪽.
26 〈금령전〉, 288쪽.
27 〈금령전〉, 290쪽.

있다. 우리의 설화 곳곳에 '구룡연'이나, '구룡골'과 같이 용과 아홉을 연결하는 지명 및 관련 설화들이 전승되고 있는 점을 고려해 볼 때 요괴는 '용'을 암시한다고 하겠다.

2) 사건

〈금령전〉에서 주인공인 해룡은 수동적인 영웅으로 형상화하고 있다. 해룡이 가는 곳에는 언제가 금방울이 곁에 있으며, 위기에 처할 때에도 금방울의 도움으로 해결해 나감으로써 금방울에 의한 영웅의 탁월한 능력이 상승적으로 펼쳐지고 있다. 따라서 〈금령전〉의 사건전개는 해룡의 고난과 위기, 그리고 승리의 과정에서 금방울의 협조와 구원의 연속과정으로 스토리텔링이 필요하다.

소설 〈금령전〉은 해룡과 그 부모를 중심으로 한 귀족적 계층의 영웅설화와 금령과 막씨 길삼랑을 중심으로 한 서민적 계층의 기담(異物交媾)에다 장삼과 변씨 일가의 계모 학대 설화가 덧붙인 복합구조로 구성되어 있다. 금령은 해룡이 겪는 세 가지 고난 즉 계모학대, 지하국대적퇴치, 변방토벌을 초인간적인 능력으로 도와준다. 그러므로 세 가지 고난을 단계적인 사건으로 스토리텔링할 경우에 소설적 개연성과 게임의 흥미와 유희성을 동시에 공유할 수 있을 것으로 보인다.

이러한 측면이 〈금령전〉이 게임화에 적합한 소설임을 알 수 있다. 게임은 플레이어에게 즐거운 휴식을 제공하기 위한 놀이의 속성이 강하기 때문에, 무엇보다도 플레이어들을 감동시킬 수 있는 유희성이 필수적으로 스토리텔링되어야 한다.[28] 따라서 철저하게 디지털화된 인터렉티

---

28 이재홍, 앞의 논문(2011), 266쪽.

브 서사를 만들어가야 하는데 〈금령전〉이 가지고 있는 사건의 창의적인 개발과 흥미 있는 사건의 창의적 내러티브가 가능하다고 하겠다.

따라서 게임으로 전환과정에서 무엇보다 〈금령전〉에 수용된 사건을 다양하게 설정해야 하며, 대중들에게 익숙한 모티프를 판타지적 요소와 미스터리적 요소와 결합하여 흥미를 배가시켜주는 스토리텔링이 되어야 할 것이다. 특히 〈금령전〉의 요괴 퇴치는 해룡이 상층계급으로 올라가서 출세하기 위한 큰 계기이며, 통과제의로서 성격을 지닌다고 할 수 있다. 예컨대 〈금령전〉의 요괴 퇴치가 단순히 삽입된 모티프가 아니라 작품 전체를 흐르는 욕망의 축과 긴밀한 관련이 있다는 점에서 사건의 진행과정에서 사건의 긴장과 스테이지의 확장을 통해 캐릭터의 성장을 스토리텔링할 때 게임의 흥미요소를 창조해 낼 수 있다고 하겠다.

〈금령전〉과 같은 판타지 소설이나 게임 속의 판타지는 '비현실적인' 그리고 '현실 참여적인' 두 가지 요소를 가지고 있다. 특히 게임에서는 담당 플레이어가 직접 참여하기 때문에 우선적으로 재미있어야 한다. 참여자가 현실을 잊게 하거나 이야기에 감명을 받아야 하기 때문에 사건의 흥미와 스테이지 별 사건의 난이도를 극대화하여 몰입하게 해야 하는데 일반적으로 〈금령전〉은 RPG 게임[29]이 부합하다고 할 수 있다.

따라서 〈금령전〉은 금방울의 탈출과 활약상을 단계적인 사건전개로 스토리텔링할 수 있다. 〈금령전〉에 형상화된 인간세상 이전의 사건을

29 '반지의 제왕'을 응용한 롤플레잉게임은 전 세계적으로 발흥하게 되었는데, 롤플레잉 게임은 기본적으로 독자가 직접 참가하는 판타지의 응용판이라고 할 수 있다. 또한 치밀하고 장대한 역사관, 논리적이면서 합리적인 설명, 다양한 관점을 보이는 세계관, 현실과 전혀 연결되지 않는 이차세계의 창조 등 '반지의 제왕'을 경험한 게임자들은 이러한 게임방식에 대하여 이해할 수 있다. 조해진 외, 「판타지 장르의 원천 콘텐츠로서의 고전설화 연구」, 『한국디자인문화학회지』 16(3), 한국디자인문화학회, 2010, 575쪽.

인간세상에서 펼쳐지는 판타지의 사건으로 수용하여, 금령이 방울로 태어나 어머니 막씨로부터 온갖 시련을 겪으면서 캐릭터를 키워가는 과정을 상승적으로 전개하여 사건을 탐색과 응징으로 각색할 수 있다.

〈금령전〉은 주인공인 해룡과 동굴 속 괴물이 전투게임으로 진행하며, 금방울은 해룡을 도와주는 도구(몬스터)로 활용하면서 게임을 펼쳐 나가는 방법으로 각색할 수 있다. 영웅소설에서 〈금령전〉의 사건은 금령이 겪는 고난과 해룡이 겪는 고난으로 나누어지는데 양부가 죽은 후부터 해룡은 시련에 처할 때마다 금령이 나타나 시련을 헤쳐 나가는 것으로 진행된다. 〈금령전〉을 작품 내용으로만 보면 해룡 위주로 서술하고 있고, 실제적인 주요 행동은 금령에 의해 이루어진다는 점에서 사건전개를 구성해 볼 수 있다.

〈금령전〉의 사건전개를 주인공인 해룡의 관점에서 보면 다음과 같은 서사가 진행된다.

① 주인공의 등장
② 공주가 요괴에게 납치
③ 주인공이 공주를 찾아 나선다.
④ 주인공은 어려움을 무릅쓰고 공주를 찾는다.
⑤ 금령의 도움으로 주인공이 지하국에 도착한다.
⑥ 주인공이 대적(요괴)과 투쟁한다.
⑦ 주인공이 공주를 구하고 귀환한다.
⑧ 주인공과 공주가 결혼한다.

이상의 사건전개에서 볼 수 있듯이 가정에서 고난과 ②→⑦까지 지하국에서 과정이 게임으로 전환할 수 있는 부분이다. 사건의 순서는 가정에서 고난을 통해 캐릭터의 성장, 요괴에게 납치→요괴와 결투 N1,

N2, N3, N4…→요괴를 무찌르고 승리자가 된다는 일련의 과정을 게임으로 스토리텔링이 가능하다고 할 수 있다. 여기에서 공주와 함께 납치당한 20여 명의 시녀를 구출하는 과정을 단계적으로 스토리텔링하면서 공주의 구출과정을 극대화하는 방법도 고려해 볼 수 있다.

〈금령전〉의 사건을 단계적으로 설정하여 사건을 스토리텔링해 보면 다음과 같이 정리될 수 있다.

단계적인 사건			적대자	사용도구
가정에서 해룡이 계모와의 싸움	사건1	발단	계모와의 싸움	칼, 나무, 금방울
	사건2		이웃과의 싸움	
	사건3		자객과의 싸움	
산속에서 우연히 요괴를 만남 싸움	사건4	전개1 전개2 전개3 ↓ 전개n	구원자를 만남	갑주,홍선, 책, 일척검, 병서, 금방울
	사건5		도적과의 싸움	
	사건6		힘센 도적과의 싸움	
동굴입구로 쫓겨 죽을 위기에 처함	사건7		지하계 졸병	옥주, 갑주, 천리마, 금방울
	사건8		지하계의 여러 적수와 만남	
	사건9		지하계 괴수와의 전투	
요괴굴에서 여러 요괴를 만나 무찌르고, 대적을 만나 죽을 위기에 처함	사건10		곰과의 전투	보검, 청룡도 장성검, 공주에게 받은 칼(자룡검), 금방울
	사건11		뿔이 둘인 괴물과 전투	
	사건12		힘센 대적 요괴 금돼지와의 전투	
지상으로 귀환			공주를 구하고 육지로 돌아와 부마도위가 됨	

3) 공간

〈금령전〉의 서사구조는 금령과 해룡, 그리고 금선공주의 세 이야기가 존재하는 공간이 다르기에 이야기 순서가 시간의 순서를 따르는 것이 아니라, 시간이 다시 되돌아가는 역전현상이 나타나는 구조로 되어 있다. 즉 시간의 순서에 따라 공간의 이동도 같이 나타나는 순환구조를 가지고 있다.

〈금령전〉의 공간은 사건전개에서 볼 수 있는 바와 같이 가정, 산속, 수중, 동굴 등으로 확대되어 나타난다. 가정에서는 계모의 온갖 모략과 학대 등으로 괴롭힘을 당하고 있으며, 가정을 나와 산속을 헤맬 때에 호랑이와 같은 야수와 싸움을 통해 죽을 고비에 처하자 금령의 도움으로 극복하게 된다. 또한 공주가 잡혀간 동굴에서는 금령의 도움으로 요괴를 퇴치하고 금선공주를 구출하여 뭍으로 돌아오는 과정까지 게임 스토리텔링이 필요하다. 나아가 해룡의 영웅성과 보조도구로서의 금령의 탁월한 능력을 상승적으로 창조해 낼 수 있다.

공간	〈금령전〉	게임 〈금령〉	게임도구
천상	해룡과 금령의 이별	시련과 고통의 내침	잠재된 능력
가정	계모와의 싸움	도술	금방울
산	산속 야생동물들과의 싸움	전투	금방울
수중	수중성곽에서의 싸움	위기, 전투 극복	
동굴(지하국)	동굴 입구에서 싸움	위기, 전투 극복	금방울
	소적 요괴와의 싸움	위기, 도술 극복	금방울
	대적 요괴와의 싸움	위기, 신위능력 국가건국	금방울

지상세계에서 해룡은 가정 공간과 산속 공간을 순차적으로 이동하고 있다. 특히 요괴를 퇴치하기 위한 임무수행을 위해 해룡이 산을 헤매다가 요괴가 거처하는 곳에 도달하는 장면은 수중 공간으로 형상화하고 있음을 볼 수 있다.

> "점점 들어가니 아문을 크게 열고 동중에 주궁패궐이 응천상지상광이오, 내성 외곽이 은은히 보이거늘 자세히 본즉 위에 금자로 크게 썼으되 금선수부라 하였거늘"[30]

해룡은 금방울을 구하러 깊은 산속을 헤매다가 어떤 궁궐에 도달하였는데 그 문에 '금선수부'란 이름이 글자로 쓰여 있었다. 여기에서 수부는 물 세계를 이르는 말로 요괴의 거처공간은 물세계이며, 여기에서는 용궁에서 살아가는 용이라고 하겠다.

따라서 〈금령전〉의 공간은 지하계가 판타지의 공간이며, 지하계에서도 동굴이 있는 수중계의 공간이 첫 번째 판타지 공간이 된다. 그 공간 안에서 대적과 납치된 자와 구원자가 사건의 갈등 속에서 치열한 투쟁을 통해 승리자와 패자가 결정되는 공간이 되는 것이다.

지하계 세계는 일단 천상계나 지상계 세계와 변별되는 특징을 지녔다고 할 수 있다. 거기에는 인위적으로 조성하거나 결집한 구중궁궐, 문지기, 수많은 여인들과 군병 등이 파노라마처럼 펼쳐지는 공간이기에, 동굴 속의 공간이 어느 정도인지 가늠해 볼 수 있다. 가령 구중궁궐이 있다면, 수많은 민가도 생각해 볼 수 있고, 수많은 군병이 있다면 각 군병이 거느리는 가족을 생각해 볼 수 있다.

동굴 속의 세계는 일단 지상세계와 변별되는 판타지 공간이다. 지상세계는 대적, 납치된 자, 별천지가 서로 어우러지기가 어려우나 동굴 속의 세계는 대적과 납치된 자와 별천지가 잘 어우러진 곳이니 지상계와 다르다. 따라서 대적과 납치된 자와 별천지가 어우러진 공간을 다양하게 스테이지별로 창조해 낼 수 있다. 대적은 흉측하면서도 강력하고

---

30 〈금령전〉, 291쪽.

인간적인 욕망을 지녀야 하고, 납치된 여성이 이해득실을 따지며 주어진 상황에 민감하게 대처하는 적극성을 지녀야 하고, 별천지는 극도로 화려해야 한다. 실지로 소설에서 요괴가 사는 궁궐 문에는 "천하 제일 강산 九頭將軍 衙門"이라 쓰여 있는 것을 볼 때 게임의 판타지 공간으로 전환하여 새로운 공간 창조가 가능하다고 하겠다.

4) 게임도구

〈금령전〉에 나타난 금방울의 기능은 다양하게 작용한다. 자신을 보호하는 데는 물론, 적대자에게 위협을 가해야 할 때나 위기를 벗어나고자 할 때도 초월적 능력을 발휘하기도 하고, 속임수를 부리기도 한다. 인간도 아닌 존재가 이처럼 신비한 존재로 행동할 수 있는 것은 인간이상의 초인적 능력을 지닌 개체이기 때문이다. 이러한 금방울의 영험함과 신이함은 설화에 나타난 '신묘한 구슬' 이야기를 연상하게 하는데 금방울은 여우구슬이나 보석과 같은 것, 용이 갖고 싶어한 여의주와 같은 신이한 존재인 것이다.

〈금령전〉에서 서사의 흐름은 다양한 사건에 등장하여 해결해주는 금방울이 몬스터로 활용되어 서사의 많은 부분을 차지한다.

금방울을 중심으로 한 서사의 단락을 보면 다음과 같이 정리될 수 있다.

① 막씨가 금방울을 낳았으나 잃어버린다.
② 금방울이 장공부인을 살리고 사라진다.
③ 금방울이 해룡을 도와 변씨의 해악에서 벗어난다.
④ 해룡이 금방울의 도움으로 요괴에 잡혀있던 금선공주를 구해내고 부마가 된다.

⑤ 외적의 침입에 맞서는 해룡을 금방울의 도움으로 목숨을 살리고 전쟁에서 승리한다.
⑥ 금방울이 막씨에게 돌아와 인간의 모습을 얻고, 그 곁에서 잠시도 떨어지지 않는다.

〈금방울〉이 활약하는 판타지 세계는 현실세계의 법칙을 깨뜨리는 이야기라는 것이다. 초현실적이며, 비현실적이며, 기적적이며, 마술적인 요소가 가득한 도구이다. 금방울은 과학적으로 증명할 수도 없으며, 논리로 설명할 수도 없다. 금방울은 신물로 등장하여 해룡의 곁에서 위기로부터 구해주는 신비스러운 게임도구가 되는 것이다. 뿐만 아니라 금방울은 해룡을 지하세계로 인도하는 안내의 역할을 하는 존재이자 마술적인 힘을 지닌 비인간적인 존재에 대항하여 승리하게 된다.

〈금령전〉에서 금방울이 활약하고 있는 서사적인 틀이 서사단락에서 볼 수 있는 ⑥가지의 양상으로 나누어 볼 수 있다. 이것은 다시 게임으로 전환할 때에 사건 12단계마다 캐릭터의 성장을 통해서 금방울의 크기와 능력을 확장하여 흥미적인 요소를 더욱 크게 확대할 수 있을 것이다. 금방울이 성장해 온 과정을 이야기 과정을 통해서 보면 다음과 같다.

"불을 때며 방울을 아궁이에 넣고 있었더니 조금도 기미가 없으매, 막씨는 크게 기뻐하여 아궁이를 닷새 후에 헤쳐 보니 방울이 상하기는 고사하고 빛이 더욱 생생하고 향취도 진동하거늘 막씨는 할 수 없어 두고 보니 밤이면 품속에서도 자고 낮이면 굴러다니며, 혹 내려앉은 새도 잡고 혹은 나무에 올라 실과도 따다가 앞에 놓으니, 막씨가 자세히 보니 그 속의 실같은 것으로 온갖 것을 다 묻혀 오거늘 그 털이 단단하여 무시하지 못할만 하더라. 이 때 막씨가 추위를 당하매, 방울이 품석에 들면 춥지 아니하더라. 하루는 막씨가 한데서 방아질을 하여 주고 저녁에 돌아오매, 방울이 굴러

막씨께로 내달아 반기는 듯하니, 막씨가 추위를 견디지 못하여 방속으로 들어가니 그 속이 덥고 방울이 빛을 내니 밝기가 흡사하더라. 막씨가 기이히 여겨 남이 알까 걱정하여 낮이면 여막 속에 두고 밤이면 품속에서 재우더니 방울이 점점 자라매 산에 오르기를 평지같이 하고 마른 데 진 데 없이 굴러 다니되 흙이 몸에 묻지 아니하더라."[31]

"나졸로 하여금 철퇴를 가지고 깨치라 명하니. 군사가 힘을 다하여 치는 것이더라. 방울이 망 속으로 들어 가다가 도로 뛰어나오는데 할 수 없어 이번에는 다시 도로 집어다가 돌에다 놓고 도끼로 짓찌니 방울이 점점 자라. 크기가 길이 넘는 것이 되더라"[32]

금령은 방울로 태어나 주변을 크게 놀라게 하고, 사람들은 이것을 괴이히 여겨 없애 버리려고 한다. 손으로 누르고, 돌로 쳐보고, 멀리 버리고, 깊은 물에 던지고, 불 아궁이에 집어넣기도 한다. 방울인데도 대단한 신통력으로 어머니를 극진히 모시는데 이번에는 관아에서 방울의 괴이함을 듣고 없애버리라고 한다. 철퇴로 깨고, 도끼로 찍고, 보검으로 두 조각도 내보고, 끓는 기름에 넣어도 없어지지 않고 견디어 살아남는다.

"이에 부하 포졸들이 일제히 들고 일어나 기름가마에 불을 지펴 방울을 집어 넣으니 과연 방울이 차차 작아지는 것이더라. 이에 여러 사람이며 장공들이 대단히 기꺼워하였음은 다시 말할 것도 없었으며, 방울은 더욱더욱 작아지며 대추씨만 하여지더니 기름 위에 둥둥 떠다니다가 가라앉거늘 건지려고 나아가서 보니 그렇게 끓던 기름이 엉기어 쇠와 같이 되었으매..."[33]

---

31 〈금령전〉, 286쪽.

32 〈금령전〉, 287쪽.

이러한 금방울은 인간의 형상이 아닌 금빛이 나는 방울로 태어남으로써 신비함과 탁월한 능력을 발휘해주는 주요한 판타지 도구가 되는 셈이다. 금방울은 열등하고 비정상적인 외모를 오방(五方)의 선인들로 부여받은 초인간적 능력을 상쇄시키며, 인간사회에 적응하는 것으로 보아서 이를 게임으로 전환하는 과정에서 사물이 아닌 생명을 가진 금방울을 도구화함으로써 흥미 있는 성장 캐릭터로 활용할 수 있을 것으로 보인다.

즉 인간의 형상을 지니지 못한 채 방울로 태어났으나 인간의 인식체계를 지니고 그 능력의 신이함으로 인해 금방울은 사물-인간-신의 경계에 처한 변신의 존재가 된다. 그리고 주인공은 위기에 처할 때마다 금령의 도움으로 한 번도 실패하지 않고 성공했다는 사실에서 금령의 신비한 도구로써의 능력을 찾을 수 있다.[34] 이처럼 금령의 존재인 금방울의 신비한 능력과 탁월한 도구는 게임에서 주인공의 상승적인 삶의 궤적과 같이하여 욕망을 성취하도록 도와주는 게임도구로서 매우 흥미있는 스토리텔링이 될 수 있다.

5. 결론

지금까지 영웅소설 〈금령전〉을 대상으로 하여, 매체가 다른 게임스토리텔링으로 전환 가능성을 고찰하였다. 〈금령전〉에 수용된 다양한

---

33 〈금령전〉, 287쪽.

34 박용식은 금령을 비인격적인 방울로 설정한 것은 강한 남존여비사상, 즉 여성을 항상 남성의 내조의 위치에 두어야 한다는 고착된 의식에서 기인한다고 보았다. 따라서 방울-여성-내조의 이미지로 파악하였다. 박용식, 앞의 논문(1998), 7쪽.

모티프를 중심으로 요괴를 퇴치하는 이야기를 게임으로 전환시키는 방안을 몇 가지 게임의 요소별로 살펴보았다.

먼저 〈금령전〉이 가지고 있는 영웅의 서사구조를 살펴보고 그것을 게임으로 전환할 수 있는가를 살펴보았다. 〈금령전〉의 서사구조는 영웅으로서 살아가기 전, 세계적인 영웅인물이 겪으며 살아간 고난의 노정과 도식을 함께한다고 보고, 한 영웅인물의 통과의례를 그대로 밟아가는 구조로 형상화 하고 있다.

〈금령전〉 속에 등장하는 캐릭터는 해룡, 금령, 요괴의 캐릭터를 살펴보는 것이다. 이들 캐릭터의 형상화 방법과 성격, 그리고 활약 등을 통해 볼 때, 게임으로의 전환가능성이 많이 있다고 보았다. 캐릭터를 분석하는 데 우선적으로 살펴보아야 할 것은 이야기의 가장 중심에 서 있는 영웅인물이다. 영웅소설의 주인공은 현대소설의 주인공과는 달리 탄생의 과정에서부터 비범성을 부여받고 있고, 이러한 성격창조의 형상화는 고소설이 지니고 있는 로망스의 속성에 기인하기 때문에 게임으로 전환 시에 흥미와 일탈의 욕망을 맛볼 수 있다고 보았다.

또한 〈금령전〉에서 해룡을 도와주는 금방울의 탈출과 활약상을 단계적인 사건전개로 스토리텔링할 수 있다고 보았다. 〈금령전〉에서 형상화된 인간세상 이전의 사건을 인간세상에서 펼쳐지는 판타지의 사건으로 수용하여, 금령이 방울로 태어나 어머니 막씨로부터 온갖 시련을 겪게 되면서 캐릭터를 키워가는 과정을 상승적으로 전개하면서 사건을 탐색과 응징으로 각색할 수 있다. 〈금령전〉에서는 주인공인 해룡과 동굴 속의 괴물과 전투게임으로 진행하며, 금방울은 해룡을 도와주는 게임도구로 활용하면서 게임을 흥미있게 펼쳐나가는 방법으로 각색할 수 있다.

나아가 게임공간의 스토리텔링은 〈금령전〉의 서사구조가 금령과 해룡, 그리고 금선공주의 세 이야기가 존재하는 공간으로 펼쳐지기 때문에 이야기 순서가 시간의 순서를 따르는 것이 아니라 시간이 다시 되돌아가는 역전현상이 나타나는 구조로 되어 있다. 시간의 순서에 따라 공간의 이동도 같이 나타나는 순환구조를 가지고 있다. 〈금령전〉의 게임 공간은 사건전개에서 볼 수 있는 바와 같이 천상, 가정, 산속, 수중, 동굴 등으로 확대되어 스토리텔링할 수 있으며, 특히 지하공간을 더욱 확장하여 다양한 스테이지로 창조할 수 있다.

〈금령전〉에서 서사의 흐름은 다양한 사건에 등장하여 해결해주는 금방울이 몬스터로 활용되어 서사의 많은 부분을 차지한다는 점에 착안해 보면, 주인공이 위기에 처할 때마다 금령의 도움으로 한 번도 실패하지 않고 성공했다는 사실에서 금령의 신비한 도구가 훌륭한 게임의 도구로 활용할 수 있다고 하겠다.

〈유충렬전〉의 게임 스토리텔링

1. 서론

이 글은 영웅소설 중에서 가장 역동적인 사건전개를 보여주고 있는 〈유충렬전〉을 대상으로 하여, 매체가 다른 게임으로 스토리텔링을 할 수 있는 방안을 고찰하는 데 목적을 두었다. 특히 〈유충렬전〉을 게임 콘텐츠로 만드는 데 있어서 캐릭터, 신화적 시공간, 단계적 사건의 스토리텔링을 살펴서 게임화 방안을 살펴보고자 한다.

주지하다시피, 21세기는 감성이 문화산업의 중요한 키워드가 되기 때문에 필연적으로 인문학적 상상력, 예술적 심미안, 공학적 기술, 경영학적 마인드 등이 통합적으로 융합될 수밖에 없다. 따라서 우리의 전통적인 이야기에서 원천자료를 찾아 이를 디지털매체에 담을 수 있도록 새롭게 가공하고 재배열할 수 있는 기획과 방법이 필요하다. 매체에 따른 다양한 스토리텔링[1] 연구도 이러한 방법의 하나라고 할 수 있다.

---

1 스토리텔링은 이야기를 매체에 맞게 표현하는 것으로 스토리, 담화, 이야기가 담화로 변하는 과정의 세 가지 의미를 포괄하는 개념이다. 형식적으로 스토리텔링은 사건과 인물과 배경이라는 구성요소를 가지고, 시작과 중간과 끝이라는 시간적 연쇄로 기술된다는 점에서 논증, 설명, 묘사와 같은 다른 담화양식과 구별된다. 또한 내용적으로 스토리텔링은 사건에 대한 순수한 지식이 아니라 화자와 주인공 같은 인물의 형상을 통해 사건을 겪는 사람의 경험을 전달한다는 점에서 단순한 정보와 변별된다.

그동안 문화콘텐츠에서 옛이야기가 새롭게 향유될 수 있는 방식을 모색하는 연구는 많지 않았다.[2] 이제 매체환경의 변화에 따른 고소설연구도 발상의 전환이 필요하며, 다양한 매체로의 스토리텔링이 필요하다. 이에 본고는 영웅소설 〈유충렬전〉의 서사를 활용하여 게임으로 변환시킬 수 있는 가능성으로 게임에 필요한 스토리텔링의 몇 가지 요소별로 유형을 살펴보고자 한다.

그동안 영웅소설을 바라보는 시각은 대체로 부정적인 요소가 많았다. 그것은 우리 영웅소설이 가진 판타지적인 특성에서 비롯된다.[3] 영웅소설 작품에 흔히 설정되는 천상계나 도술의 등장은 대표적인 판타지 요소로 간주하고 있다. 그동안 서구의 판타지 소설이 유행하고, 또

전경란, 「디지털 내러티브에 관한 연구」, 이화여대 박사학위논문, 2003, 24쪽.
이인화, 「디지털 스토리텔링 창작론」, 『디지털 스토리텔링』, 도서출판 황금가지, 2003, 13쪽.

2 2000년 이후의 고소설연구자들은 다매체 환경 속에서 고소설을 어떻게 활용하고 읽게 할 것인가에 초점을 두고 다방면으로 연구가 진행되었으나 만족할만한 성과를 이루지 못했다.
김용범, 「문화콘텐츠 창작소재로서의 고전문학의 가치에 대한 연구」, 『한국언어문화연구』 22, 한국언어문학회, 2002; 「문화콘텐츠 산업의 창작소재로서의 고소설의 활용 가능성에 대한 연구」, 『민족학연구』 4, 한국민족학회, 2000; 「고전소설 심청전과 대비를 통해 본 애니메이션 황후 심청 내러티브분석」, 『한국언어문화연구』 27, 한국언어문학회, 2005.
김탁환, 「고소설과 이야기문학의 미래」, 『고소설연구』 17, 한국고소설학회, 2004.
신선희, 「고전서사문학과 게임 시나리오」, 『고소설연구』 17, 한국고소설학회, 2004.
조혜란, 「다매체 환경 속에서의 고소설 연구전략」, 『고소설연구』 17, 한국고소설학회, 2004.

3 판타지는 경험적 현실 속에서 만나게 되는 모든 역사적 사실이나, 물리적인 대상이나 또 그러한 것들의 근거라고 할 수 있는 경험적 현실세계의 물리법칙을 초월하여 벗어나고 있으며, 오히려 이것을 역전시키거나 왜곡시키고 있는 그런 상상적인 것이다. 판타지는 개인이 설정하고 있는 특징에 따라서 창조되는 걷잡을 수 없고 종잡을 수 없는 자유분방한 세계라는 점에서 사실주의 문학과는 전혀 다른 미학을 가지고 있다고 말할 수 있다.

그것이 영화나 게임 스토리텔링으로 전환되면서 오히려 우리 영웅소설이 판타지 요소들과 맞닿을 수 있는 가능성이 충분히 있다고 하겠다.

특히 영웅소설 중에서 〈유충렬전〉이 전달하는 스토리텔링의 메시지는 '영웅으로 형상화된 주인공의 뛰어난 활약상'이다. 영웅소설 〈유충렬전〉은 주인공이 어려서부터 죽도록 온갖 고생을 겪고난 뒤에 탁월한 능력을 발휘하여 적대자를 물리치고 영웅인물이 되어가는 상승적인 이야기를 형상화하고 있다. 따라서 〈유충렬전〉은 작품 내에서 펼쳐지는 주인공의 뛰어난 활약상과 전투장면을 활용한 재미있는 게임 스토리텔링을 만들 수 있다.[4] 나아가 〈유충렬전〉의 게임화를 통해 현대인들에게 우리 옛이야기를 쉽고 재미있게 감상할 수 있게 해주는 것은 물론, 외세와의 치열한 싸움을 통해 최후의 승리자로 형상화되면서 민족의 자긍심을 고취시키고, 게임을 통한 교육 콘텐츠로 활용가치를 높일 수 있다고 하겠다.[5]

정보화시대에 영웅소설 〈유충렬전〉의 텍스트는 연구자에게만 향유될 뿐이지 더 이상 일반 독자에게는 관심이 없다. 이제는 매체환경에

---

4 전통적인 서사구조와 디지털매체에서 서사구조는 본질적으로 성격이 다르다. 그것은 전통적인 서사에서의 스토리텔링은 고정되고 시간적인 순서에 따라 사건의 갈등과 해결이 이루어지는 반면에 디지털 매체에서 사서구조는 상호작용성에 의해 해체되고 확장되기 때문이다. 그러나 영웅소설과 디지털매체에서 벌어지는 주인공의 욕망을 향한 상승적인 서사구조, 캐릭터, 사건, 시공간의 요소들이 가지고 있는 동질성에서 그 가능성을 찾아보고자 한다.

5 영웅소설은 우리의 역사적 인물도 있지만, 가상의 영웅인물이 대부분이다. '임경업'과 같은 안타깝게 죽은 불운의 영웅이야기도 있다. 그러나 이들 이야기는 행운의 주인공, 출세한 영웅으로 치환하여 다시 재창조할 수 있는 것도 게임이 주는 매력이다. 플레이어들이 놀이의 흥미만이 아니라 민족에 대한 자긍심, 승리한 역사를 플레이어 자신이 만들어 낼 수 있다는 쾌감까지 느낄 수 있게 한다. 이 점은 영웅군담소설에서 패배한 전쟁을 승리한 전쟁으로 허구화했던 일군의 작품에서 보여준 민중의 보상심리를 더욱 적극적으로 이끌어 낼 수 있다.

맞추어 다양한 게임콘텐츠로 재가공하여 유통하고, 〈유충렬전〉의 가치를 다양하게 탐색하여 현대인에게 영상매체를 통해 새롭게 향유될 수 있게 만들어야 한다. 더욱이 디지털기술이 발달할수록 전통문화의 계승과 보존이 어려운 현실을 감안해 볼 때, 우리 이야기 문화를 원천자료로 한 다양한 콘텐츠를 개발하는 것이 절실히 필요하다. 이러한 필요성을 바탕으로 본고는 〈유충렬전〉의 서사를 게임 서사로 바꾸는 데 따른 서사 요소별 스토리텔링의 가능성을 염두해 두고 그 방안을 모색하고자 한다.

2. 스토리의 요소와 게임의 구조

〈유충렬전〉은 탁월하고 신이한 능력을 가지고 태어난 주인공 유충렬이 가문의 멸망과 죽음의 위기를 탁월한 능력으로 극복하고, 간신의 반란에 의한 국가적 난세기에 싸움에 출전하여 적대자를 물리쳐 왕을 구하고 부귀공명을 누린다는 이야기다. 전체의 이야기가 순차적인 시간의 흐름에 따라 스토리가 되고 있음을 알 수 있다. 인물, 사건, 배경이 하나의 주제를 향해 시간의 흐름에 따라 구조화된 이야기다.

서사구조는 지식과 정보를 단순히 나열한다거나 논증, 설명 혹은 묘사의 양식을 취하는 것이 아니라, 사건과 등장인물, 배경이라는 구성요소를 지니고 시작과 중간과 끝이라는 시간적 흐름에 따라 기술해 가는 이야기인데[6] 특히 게임에서도 스토리텔링이란 용어를 사용하고 있다.[7]

---

6 최예정·김성룡, 『스토리텔링과 내러티브』, 도서출판 글누림, 2005, 14-15쪽.

7 여기에서 스토리란 작가가 일정한 소재를 통하여 표현하고자 한 내용을 독창적으로 풀어나간 서사구조, 즉 내러티브를 말한다. 일반적으로 내러티브는 시간과 공간에서 발생하는 인과관계로 엮어진 실제 혹은 허구적인 사건들의 연결을 의미한다. 소설에

이처럼 스토리텔링은 모든 사건의 종합체이며 모든 문화콘텐츠 산업의 근원을 형성한다고 할 수 있다. 그러므로 영웅소설에서 다양한 소재를 찾고, 또 가공하며, 이를 게임으로 재가공할 때에 원천 서사를 게임콘텐츠 매체에 맞는 시나리오로 각색하는 것이라 할 수 있다.[8] 게임은 다양하고 재미있는 스토리텔링을 통해 재탄생할 수 있는 것이다.

그러나 게임이 가지고 있는 구조적 특성은 그것이 전통적인 텍스트 스토리텔링과 근본적으로 다르다. 특히 게임 스토리텔링은 애니메이션이나 드라마, 그리고 영화 같은 전개방식과 달리 개방형 스토리 전개방식(open ended design)이기 때문에 무한개의 스토리를 만들어 낼 수 있다. 본고는 게임[9] 중에서 가장 스토리 중심적인 RPG 게임에서 영웅소설 〈유충렬전〉의 스토리 밸류(story value)를 찾아 게임 스토리텔링의

서는 문자만으로 이루어지지만 영상분야에서는 이미지, 대사, 문자, 음향, 그리고 음악 등으로 이루진 것을 포함한다. 흔히 이를 '스토리텔링'이라고 하는데 본고에서도 이 용어를 사용하고자 한다.

8 매체에 따라 스토리텔링의 특성이 다를 수 있다. 그러나 영웅소설과 게임의 유사한 패턴은 몇 가지 면에서 찾을 수 있다.
첫째, 영웅소설 중심의 선악대립이 분명한 스토리텔링이란 점
둘째, 성장서사가 중심인 인물중심의 스토리텔링이란 점
셋째, 모험중심의 스토리텔링이라는 점에서 영웅소설의 게임화 방안을 가능케 해준다.

9 일반적으로 게임에는 〈스타크래프트〉와 〈디아블로〉가 있다. 스타크래프트는 전략 시뮬레이션이고, 디아블로는 롤플레잉 게임이다. 스타크래프트는 워크래프트를 바탕으로 새롭게 구성한 게임인데, 다른 사람과 게임을 할 때마다 게이머의 스타일과 전략에 따라 게임이 전혀 다르게 진행됨으로 고도의 기술과 전략이 필요한 게임이다. 반면에 디아블로는 롤플레잉 게임(Role Playing Game) 즉 RPG 게임으로 역할분담 게임을 말한다. 모든 RPG 게이머의 캐릭터는 처음에는 형편없이 약하기 때문에 단숨에 목적을 달성할 수 없게 되어있다. 이 게임은 스토리의 단계적 구성을 따르게 되어 있다. 즉 캐릭터는 스토리의 단계를 따라 지나면서 성장을 하게 된다. 〈유충렬전〉이 RPG 게임에 매우 적합한 이유가 여기에 있다.

구조화가 가능하다고 본다.

〈유충렬전〉을 스토리텔링하는 데 있어 중요한 것은 서사성에 있다. 예컨대 〈유충렬전〉에는 영웅의 일생이란 구조[10]에 인물, 사건, 배경이 갈등구조로 얽혀있으며, 유기적인 순서에 따라 이야기가 진행된다. 이러한 〈유충렬전〉의 서사구조는 우리나라 영웅소설이 가진 큰 근간이라 할 수 있다. 〈유충렬전〉의 서사구조를 보면 다음과 같다.

① 대명시절에 유심이라는 사람이 기자치성한 후 청룡선관이 나타나 익성과 싸운 후로 상제에 득죄하여 갈 곳을 모르다가 남악신령의 지시로 왔다는 태몽을 얻고 기이한 아이를 낳았다.
② 충렬은 팔뚝에 북두칠성이 박히고, 가슴에는 대장성이라는 글이 써있으며, 칠세에 당하여 손오병서, 천문지리, 용검술, 말달리기 등에 능통한 영웅기질을 타고 난다.
③ 이때 간신 최일귀와 정한담의 참소를 입어 유심은 연북으로 정배가고, 정한담은 옥관도사의 말을 듣고 충렬을 죽이려 한다.
④ 충렬은 노인의 현몽으로 정한담의 화를 피하여 모친과 함께 피난하다가 회수에서 붙잡혀 물어 던져진다.
⑤ 충렬은 강희주란 재상의 구함을 받아 자미원 대장성과 연분이 있다는 태몽을 얻고 태어나 강희주의 딸과 혼인한다.
⑥ 강희주가 상소했다가 정한담의 참소를 입어 귀향가게 되자 충렬은 다시 도망간다.

---

10 영웅의 일생은 ①고귀한 혈통으로 출생 ②잉태와 출생이 비정상 ③범인과는 다른 탁월한 능력 ④어려서 기아가 되어 죽을 고비를 맞음 ⑤구출양육자를 만나 위기에서 벗어남 ⑥자라서 다시 위기를 맞음 ⑦위기를 투쟁으로 극복하여 승리자가 된다는 구조방식이다. 조동일, 「영웅의 일생 그 문학사적 전개」, 『동아문화』 10, 서울대동아문화연구소, 1971.

⑦ 충렬은 서해 광덕산 백용사에서 노승에게 병서를 익히며 능력을 함양한다.
⑧ 정한담과 최일귀가 반역하자 천자가 위기에 빠진다. 정한담이 용상에 앉고 천자는 자결하려 한다.
⑨ 충렬이 천자를 구하고 대원수가 되어 정한담을 사로잡는다.
⑩ 그 후 사로잡혀간 태자와 부친을 구하여 돌아온다.
⑪ 충렬은 정한담과 최일귀를 장안시에서 효수하고 삼족을 멸한다.
⑫ 충렬은 모친을 만나고 강소저와 재회한다.
⑬ 충렬은 위국공이 되어 부귀를 누린다.

이와 같은 〈유충렬전〉의 서사구조를 "영웅의 일생구조"에 따라 나누어보면 다음과 같이 7가지로 정리할 수 있다.

A. 유충렬은 고귀한 혈통을 지니고 태어났다.
B. 간신들의 참소로 부친은 유배를 가고 고아가 된다.
C. 간신들이 역모하여 천자를 정배시키고 왕위에 오르려한다.
D. 유충렬은 간신들에 의해 죽을 위기에 처한다.
E. 초월적 능력자에 의해 구출되어 능력을 배가 한다.
F. 간신의 찬탈로 천자가 죽을 위기에 처한다.
G. 유충렬이 치열한 전투를 통해 간신을 죽이고 천자를 구한 다음 높은 지위에 오른다.

그러나 이러한 영웅소설의 단순한 서사구조와 달리 게임 서사는 다를 수 있다. 즉 게임은 다선형 서사구조를 가진다는 점이 특징이다. 이미 짜여진 시간의 흐름에 따라 진행되는 것이 아니라 이용자가 공간을 자유롭게 배회하며 사건을 만들어 낼 수 있는 것이다. 게임에서 스토리텔링은 기존 문자 텍스트라 할 수 있는 〈유충렬전〉과 분명히 구분되고 공고한 틀을 지니고 있던 영웅의 일생 같은 스토리의 관습이 완전히 해체될 수 있다는 가능성을 가지고 있다. 즉 A, B, C, D, E, F, G의 서사 플롯이 바뀔 수도 있고, 각 단계 안에 하부의 서브 플롯이 창조되어 개입될 수 있다. 특히 전투 장면에서 사건의 단계적 진행이 흥미를 더해 점진적으로 격해지면서 싸움의 난이도가 강해질 수 있는 것이다. 특히 D와 E의 전개부분이 무한대로 확장될 수 있다.

소설과 달리 게임 속의 등장인물, 소품, 사건, 장소 등 하나하나의 요소들이 하이퍼텍스트적인 연결구조를 가지고 있기 때문에 게임에서 스토리텔링은 비선형구조를 지니며, 이러한 끝없이 보이는 가지치기 구조 속에 무엇이 원래의 주된 플롯인지 본디 무슨 이야기를 하려고 했던 것인지를 잊게 해줄 수도 있다.[11] 그러므로 게임에서의 스토리텔링은 차원을 달리하는 새로운 종류의 다중적 상상력을 필요로 한다. 게임 구조는 문자서사에서 불가능했던 표현방식과 매우 다를 수 있음으로 문자서사에서 생각할 수 없는 다선형 서사구조를 통하여 게이머들에 의하여 얼마든지 선택이 가능하게 되었다. 이것은 다른 방식의 서사적 상상력을 촉발하고 나아가 새로운 서사가 또 다른 서사에 영향을 주게 된다는 것을 의미한다.

이처럼 게임구조를 통해 볼 수 있는 바와 같이 이용자는 게임 공간을

---

11 컴퓨터 게임에서는 텍스트 자체가 이용자에게 공간으로 제공된다. 그 공간에서 이용자가 직접 움직이고 돌아다니면서 사건을 유발하고, 다양한 존재물들을 선택, 조작하기 때문에 공간성의 경험이 필수적이다. 예컨대, 〈디아블로2〉나 〈워크래프트3〉에서 이야기의 진행은 시간의 흐름이 아니라 공간의 연결에 의한 것이다. 게임의 저자는 이야기의 한 조각이라 할 수 있는 다양한 장소들로 이루어진 방대한 체계를 조직하여 이용자로 하여금 그 이야기를 탐색할 수 있도록 이야기를 확장해 가는 것이 컴퓨터 게임구조의 독특한 스토리텔링 방식이라 하겠다.
이인화 외, 『디지털스토리텔링』, 황금가지, 2008, 70-71쪽.

자유롭게 탐험할 수 있기 때문에 〈유충렬전〉에 형상화된 세부 사건의 발생순서는 매번 달라질 수 있다. 시퀀스할 수 있고, 그 사건 간의 연결을 임의대로 조정함으로써 다양한 하부 이야기를 만들어 낼 수 있다. 다양한 서브플롯의 가능성을 열어두어 이용자의 선택을 반영할 수 있다는 점에서 〈유충렬전〉의 사건구조와 차이를 보인다. 그러나 전체 이야기의 하부 게임은 이야기를 이용자가 조절할 수 있지만, 전체적인 이야기 구성은 미리 구조화된 틀을 따라 진행한다면 〈유충렬전〉도 게임으로 만들 수 있는 가능성이 열린 셈이다.

3. 서사요소별 게임 스토리텔링 방안

1) 캐릭터의 스토리텔링

〈유충렬전〉과 게임에서 캐릭터는 가장 중요한 역할을 담당한다. 특히 허구적 공간 안에 강력한 서사잠재력을 가진 캐릭터를 새롭게 창조하는 일은 매우 중요한 요소라고 할 수 있다. 주인공 캐릭터는 게임의 최후 승자이기 때문에 다른 인물에 비해 탁월성과 우월성을 더욱 돋보이게 창조해야만 한다. 특히 게임에서 주인공 캐릭터를 어떻게 창조하느냐가 게임의 승패를 좌우하는 중요한 요소로 작용한다. 더욱이 여러 가지 게임 장르 중 스토리 중심적인 RPG 게임의 캐릭터는 다양한 종족과 직업군별로 나누어지고, 게이머가 선택한 캐릭터에 따른 인터랙션에 의해 서로 다른 이야기 흐름을 전개하는 주체이므로 게임 스토리텔링의 중심요소라고 할 수 있다.

게임 스토리는 캐릭터 중심으로 진행되기 때문에 어떤 캐릭터가 선택되었는가에 따라 세부적인 스토리가 다르게 진행될 수 있어서 다양한 결과를 얻을 수 있다. 상세하고 다양한 캐릭터를 제공함으로써 선택의 폭을 크게 하고 캐릭터를 중심으로 사건이 연결되어 전개의 속도에 맞추어 캐릭터가 변화하며 성장할 때 풍성한 스토리를 구성할 수 있게 되고 몰입의 효과가 뛰어나게 된다.[12] 무엇보다 〈유충렬전〉에서 캐릭터 형상화는 스토리 밸류와 그것의 의미 있는 변화를 자기 안에 구현해야 한다. 즉 캐릭터는 사건의 변화과정에서 예측불허의 사건이 발생할 수 있는 신비로운 가능성을 가져야 하기 때문이다. 그러므로 게임에서는 레벨에 따라 캐릭터의 다양한 행동과 변용을 어떻게 만들어 낼 것인가를 중요시해야 한다. 이러한 작업이 진행되어야 게임시나리오를 만들 수 있기 때문이다, 여기에서는 〈유충렬전〉의 등장인물을 대상으로 캐릭터를 만드는 문제를 다루어 보기로 한다.

〈유충렬전〉의 등장인물은 여타의 영웅소설에 형상화된 인물처럼 전형적인 인물이다. 〈유충렬전〉의 작품에 형상화된 인물의 외형과 성격묘사는 서로 다르며 작품 내에 형상화된 인물을 통해 캐릭터를 데이터베이스화하면 캐릭터 창조에 좋은 자료가 될 수 있다.

먼저 〈유충렬전〉 작품에 수용된 캐릭터의 유형과 캐릭터의 명칭, 보조도구를 통한 캐릭터의 성격을 나누어 정리해 보면 다음과 같다.

12 김미진·윤선정, 『추계종합학술대회논문집』 3(2), 한국콘텐츠학회, 2005, 418쪽.

캐릭터의 유형	캐릭터의 명칭	캐릭터의 성격 (보조도구)
선한 인물	도덕의 구세주, 정의의 전사자 영웅 유충렬	청룡의 꿈과 신령한 서기가 있어 태어남, 자미원 장성이 유심의 집에 환생, 왕희지 필법, 이태백 문장, 병서무예에 특출, 병법, 둔갑, 장신술, 승천입지책, 변화위신법, 백반무예를 척척해냄, 황금투구, 백금투구, 용인갑, 장성검, 용마(천서마)를 얻음, 신령한 과일 2개를 받음, 전투적 영웅 검사로 등장, 민첩성과 마법력이 뛰어남
	충신 유심	유충렬의 부친으로 높은 벼슬, 충신, 성격이 곧음
	백발노인	홍선부채로 위기를 넘게 해줌, 신비한 부채, 용왕의 배를 장씨에게 줌, 신출귀몰, 신성적 존재
	어머니 장씨	유심의 아내로서 지혜가 많고, 현모양처, 신비로운 옥함을 가지고 있음
	선녀	하얀 옷을 입음, 남해 용왕의 장녀, 위기 때마다 나타나 계시를 줌
	이처사	유심의 종숙모, 위기에 처한 충렬의 가족을 보호해 줌
	강희주	유심의 장인, 유충렬을 도움, 성격이 직선적이며, 불의를 용서하지 못함
	소부인	충렬의 아내 강희주의 딸
	노승	백룡사에 거주, 충렬에게 병사와 불교진리를 가르쳐줌, 신법을 전수해 줌
악한 인물	도총대장 정한담 병부상서 최일귀	천상의 익성, 명나라 황제의 신하, 지략과 술법이 뛰어남, 천사마, 구척장검을 가짐, 황금투구, 흑운포, 삼천근 철퇴, 구척장검을 소유하고 강력한 주인공과의 대결, 물리적 공격력만을 사용, 욕심이 많고, 혁명적인 과격한 인물
	옥관도사	정한담에게 술법을 가르쳐줌
	사공의 아들 마철 3형제	용맹이 과용하고, 검술이 신묘함, 사욕이 많음
	늙은 할멈	마철과 관련된 인물로 마철을 도움
	사공	도적의 장수, 짐승같은 사나이
	예의도사	천기를 누설하여 정한담에게 천자를 도모하게 함
	이행, 주선우, 최상정, 왕공렬, 척극한, 정문걸	악한 인물을 도움 엑스트라

〈유충렬전〉에 형상화된 선인과 악인형의 인물에 나타난 주변인물, 보조자, 태몽, 다양한 아이템 등은 게임으로 만들 때에 캐릭터를 개발하는 중요한 도구가 된다. 주인공으로 하여금 공격력과 적대자로부터 방어력을 향상할 수 있는 아이템이나 또한 체력과 마법력 향상에 따른 아이템으로 탁월한 능력을 위해 보강해 주는 상승된 캐릭터의 전형을 창조하는데 활용할 수 있다.[13] 게임 캐릭터를 만드는 좋은 방법은 우선적으로 〈유충렬전〉의 각 작품에 나타난 인물을 변별적으로 수치화할 수 있도록 이른바 인물 데이터를 만드는 일이 중요하다. 이러한 방법은 영웅소설 전체로 확대하여 가장 이상적인 영웅 캐릭터를 만들고, 다양하고 개성있는 캐릭터를 스토리텔링하면서 게임구조를 유형화하여 만들 수 있다.

〈유충렬전〉에서 찾아볼 수 있는 영웅창조의 부수적인 요소들은 문자적으로 인물상을 형상화해 줌으로써 캐릭터를 독자들의 상상력에만 의존하게 하였다. 그런데 영상으로 표현해주어야 하는 게임에서 캐릭터 창조는 방식이 조금 다르다. 소설처럼 서술과 묘사를 통해서 성격을 창조하고, 영화처럼 배우의 연기를 통해서, 만화처럼 그림으로 이루어지는 것이 아니다. 컴퓨터그래픽 디자이너, 프로그래머와 애니메이터, 패션, 헤어스타일리스트까지 합동으로 캐릭터의 역할과 성격을 창조하여 생명력을 불어넣어 주어야 하며, 게임의 종류에 따라 게임의 특성에 맞는 시나리오 작성 방법에 따라야 한다.[14] 게임에서 스토리텔링을 진

---

13 〈스타크래프트〉나 〈리니지Ⅱ〉 게임에서 외계인 종족을 창조하기 위해서 캐릭터와 아이템을 환상적으로 활용하고 있는 것처럼 〈유충렬전〉을 게임화 하는 데 있어서도 한국적인 아이템을 충분히 활용할 수 있다. 신비한 마력을 지닌 철퇴, 반지, 부채, 용검, 신비한 사과 등을 사실적인 그림으로 제시하며 캐릭터의 능력치를 배가시켜 줄 수 있다.

14 신선희, 「고전서사문학과 게임 시나리오」, 『고소설연구』 17, 한국고소설학회, 2004, 77쪽.

행해 가는 과정에서 캐릭터 간의 긴박한 대화나 레벨업에 따라 성장해 가는 캐릭터의 변화된 모습, 스토리의 핵심이라 할 수 있는 치열한 전투를 함으로써 스토리의 목적을 찾아 나서게 된다[15]는 점에서 고정된 캐릭터의 영웅상에서 변화된 캐릭터 영웅상을 레벨업에 따라 창조해야 나가야 한다. 캐릭터 창조는 게임 기획자에 따라 다를 수 있지만 몇 가지 방법으로 가능하다. 즉 인물과 성격, 외모, 행동, 환경, 언어 등에 의해 다양한 형태의 캐릭터를 창조할 수 있다. 이러한 인물들은 현실 속의 군상들과 달리 각각의 요소에 절묘하게 부합되도록 작가에 의해 선택된 것이므로 인물의 행동은 사건과 사건의 전후 과정에 개연성을 부여할 수 있도록 한다.

게임이 아닌 〈유충렬전〉에서 캐릭터와 관련된 부분은 등장인물에 대한 연구라고 해도 과언이 아니다. 영웅소설의 등장인물에 대한 접근은 주로 주인공과 주변인물, 혹은 악인형 인물, 선인형 인물 및 매개자 등의 몇 가지 방향에서 이루어진다. 그러나 이러한 몇 가지 인물 유형을 가지고도 유형을 세분화 및 단계화가 필요하다.[16] 같은 선인형 인물이라 하더라도 선의 단계를 세분화하여 제시하거나 각 인물군이나 인물을 구성하는 요소들을 추출하여 변별성이 부각될 수 있도록 구체적

---

15 스타크래프트와 같은 유형의 전략 시뮬레이션은 다원적 캐릭터 설정을 기본으로 한다. 롤플레잉 게임의 경우, 게이머가 마음에 든 단 하나의 캐릭터를 설정해 게임으로 진행하는 것과는 다르다. 따라서 본고에서는 롤플레잉 게임의 경우와 같이 이용자가 캐릭터를 스스로 성장시켜나가면서 벌이는 게임을 의미한다.

16 영웅소설의 등장인물들은 차별화된 캐릭터의 이미지를 창출할 수 있다. 선과 악이라는 단순화된 주제를 가지고 권선징악이라는 가장 보편적인 결말을 보여주고 있는 영웅소설의 서사전개에서 캐릭터의 설정은 의외로 쉽게 설정할 수 있다. 영웅소설의 해당 작품에 등장하는 인물이 지니는 능력, 성격, 약점 등을 수치화 할 수 있을 정도로 DB화를 해 놓는다면 다양한 정보를 활용하여 게임의 성격에 맞는 캐릭터를 설정할 수 있을 것이다.

으로 다양한 정보를 제시할 필요가 있다. 〈유충렬전〉에 등장한 인물도 성별, 나이, 신체, 복식, 소지물, 성격, 능력 등을 분석하여 캐릭터 작성의 자료로 확보해 두면 유용한 게임 콘텐츠 개발이 가능하다.[17] 특히 아무것도 없는 불완전한 주인공이 세상에 태어나서 수련을 통해 힘을 얻어간다는 설정은 게임 속의 캐릭터가 불완전한 단계에서 하나하나 완전한 단계를 거쳐 레벨을 올려간다는 설정으로 〈유충렬전〉의 게임화를 가능케 하는 중심축이 될 수 있다.

이렇게 만들어진 캐릭터는 유저들에게 재미있는 레벨을 올리거나 게임을 하는 시간에 따라 얻게 되는 결과들에 대한 보상을 해준다는 점에서 캐릭터의 중요성이 있다. 게이머들은 점점 자신의 캐릭터가 다른 사람의 캐릭터보다 힘을 얻게 되거나 우위에 점하게 될 때 느끼는 기쁨의 코드를 획득하기 위해 온 힘을 다해 게임에 집중하기 마련이다.[18] 〈유충렬전〉이 이러한 게임의 오락적 장치에 잘 들어맞는 서사구조를 가지고 있다.[19]

이와 같이 각각의 캐릭터는 작은 수준의 레벨에서 출발하여 한 단계의 레벨을 올려가면서 일정량의 탁월성이 높아지게 만든다. 레벨이 오를 때마다 체력과 마법력과 민첩성을 올릴 수 있는 기회를 주어지게 하고, 마법능력을 향상시킬 기회도 아울러 부여해주면 게이머에게 긴장감과 흥미를 유발시켜줄 수 있다. 결국 게임에서 가장 중요한 요소인 캐릭터의 창조와 게임 유형에 따른 적절한 스토리텔링의 유형을 만드

---

17 함복희, 「설화의 문화콘텐츠화 방안 연구」, 『어문연구』 134, 어문연구학회, 2007, 147쪽.

18 백승국, 『문화기호학과 문화콘텐츠』, 다할미디어, 2004, 50쪽.

19 게임에서 캐릭터 창조는 능력, 역할, 외양 등을 통하여 인물의 성격을 결정하게 된다. 최근 인기 게임의 하나인 〈리니지Ⅱ〉에 등장한 캐릭터들은 근력, 지능, 체력, 민첩성, 정신력, 재치 등의 6가지 능력치를 가지고 있는 것으로 창조되었다. 게이머들은 이들의 다양한 캐릭터를 비교한 후 자신의 캐릭터를 선택하여 게임을 하게 되는 것이다.

는 것이 중요하다.

한편 〈유충렬전〉의 인물 캐릭터를 스토리텔링하는 데 절대적으로 필요한 것이 아이템(보조도구)인데 선한 인물과 악한 인물에게 부여된 아이템의 유형과 사용빈도에 따라 캐릭터의 능력치를 판단할 수 있는 단서로 사용할 수 있다. 비록 주인공은 적강한 인물이지만 인간의 모습으로 태어나 살아가는 인물이기에 천상의 뜻대로 호락하게 세상을 통합하기란 어려운 일이다. 그것은 영웅소설의 주인공이 신화시대의 주인공처럼 완전한 천상인이 아니기 때문이다. 즉 신화에서의 영웅이 세계와 완전히 통합되어 있었다면 소설시대의 주인공은 세계와 분리되어 있기 때문이다.[20] 그리하여 자연히 주인공의 능력도 불완전할 수밖에 없는 것이다. 따라서 영웅소설은 신화의 세계에 대한 새로운 인식과 함께 당대인들의 인식과 체험도 함께 표현하기 마련인데 바로 꿈과 구원자, 그리고 보조도구를 통해서 드러난다.

영웅소설에서 다양한 아이템은 작품에서 모든 인물에게 절대적인 힘을 제공하게 된다. 탁월한 주인공에게는 천사마, 갑옷, 창, 구척검, 병서 등을 들 수 있다. 이것들은 하늘이 부여한 영기를 받은 영물이다. 주인공은 천마를 얻음으로써 공간적 거리가 문제될 것이 없고, 위기에서 쉽게 탈출할 수 있다. 갑옷, 창, 검 등을 확보함으로써 위험없이 전쟁에 참여할 수 있다. 그리고 이러한 아이템은 영구적 혹은 일시적으로 캐릭터의 능력을 끌어주려는 아이템으로 능력치를 올리고, 공격력을 올리고, 방어력을 올려주는 역할을 함으로 결국은 게임을 성공적으로 실현하기 위한 캐릭터의 중요한 스토리텔링의 방법이 된다.

---

20 N. Frye, 『신화문학론』, 을유문화사, 1981, 60쪽.

2) 신화적 시공간의 스토리텔링

〈유충렬전〉과 게임에서 볼 수 있는 서사적 시공간은 한결같이 허구적인 신화 공간이며 환상의 세계 공간이다. 다만 어떤 부분이 콘텐츠에 따라 선행하느냐에 차이를 보일 뿐이다. 그러므로 상상의 객관화 과정에서 소설과 영화 같은 디지털 스토리텔링은 시간이 선행하며, 게임과 같은 스토리텔링은 우연성을 증대시키는 공간 스토리텔링이 선행한다. 디지털 스토리텔링은 선택 가능한 이야기 요소를 횡적으로 병렬시켜 공간 축으로 구성한다. 소설이나 영화에서는 시간 축이 실재하며 공간 축은 가상적으로 존재한다. 반대로 게임 같은 디지털 스토리텔링에서는 선택 가능한 존재물이 만드는 공간 축이 실재하며 시간 축은 사용자에 따라 제각기 달라질 가능성을 안고 가상적으로만 존재하는 것이다.[21]

〈유충렬전〉의 서사공간은 영상매체 안에서 볼 수 있는 게임 공간과 별로 다를 것이 없다. 이러한 동질적 현상은 영웅소설이나 게임 세계가 총체적인 세계를 제시하고 있다는 의미다. 즉 이성적인 글쓰기 세계가 아닌 비일상적인 세계, 반이성적인 세계를 의미한다. 이러한 세계는 곧 게임을 공간별로 나누어 펼쳐지게 함으로써 공간이동에 따른 캐릭터의 능력치를 상승시켜 나가고, 플레어가 자유롭게 공간을 선택하여 이동할 수 있도록 만들어 준다.

신화적 시공간은 판타지의 세계를 말하는데 인간이 세속에서 살면서 신성세계를 꿈꾸는 신화적 상상력의 결과물이다. 그 상상력의 대표적인 특징을 보면, 하나는 현실과 비현실을 넘나드는 총체적인 세계의 구현이며, 하나는 공간의 필연에 따른 이야기 만들기이다.[22] 신화적 시공간은

---

21 전경란, 「디지털 내러티브에 관한 연구」, 이화여대 박사학위논문, 2003, 87-88쪽.

22 김탁환, 「고소설과 이야기문학의 미래」, 『고소설연구』 17, 한국고소설학회, 2004,

단순히 과거의 시공간이 아니다. 그것은 본질적으로 완전한 상상적 시공간에 해당된다. 신화적 시공간은 실재 공간이 아니라 환상적 공간이라 할 수 있다. 이러한 환상의 공간적 구도는 〈유충렬전〉의 서사기법에서 자주 사용하고 있는 꿈과 마법의 스토리텔링을 활용하면 현실과 환상의 통로를 자연스럽게 연결해 줄 수 있는 방법이 될 수 있다. 또한 신화적 환상성은 단순한 미래 세계나 우리가 알 수 없는 설화세계의 판타지만은 아니다. 합리적인 것, 그리고 실재적인 세계에서 이룰 수 없어 보이는, 또는 이루고 싶은 그 모든 것을 넓게 보면 환상의 세계라고 할 수 있다.[23]

게임, 영화, 소설을 아우르는 거대한 서사물은 대부분 경전이나 신화에 기댄다. 영화 〈스타워즈〉는 아더왕 이야기를 바탕으로 했고, 영화 〈매트릭스〉는 성경, 불경을 비롯한 다양한 경전을 근거로 사건을 전개시켰다. 오히려 인간의 상상력은 근대 이전으로 나아가고 있는 것이다.[24] 영화 〈반지의 제왕〉 3편에 등장하는 수십 만 명의 전투장면이나 심형래 감독의 〈D, War〉, 그리고 제임스 카메론 감독의 〈아바타〉 등에서 설정하고 있는 첨단의 영상기법을 현대사회의 가상공간에서 볼 수 있듯이 이제 디지털 스토리텔링은 현실에 존재하는 세계뿐만 아니라 가상의 세계까지도 충실히 담아낼 수 있기에 신화적 시공간을 창조하는 것은 그리 어려운 방법이 아니다. 컴퓨터그래픽에 의한 어떠한 상상의 공간도 스토리텔링의 방법을 통해 얼마든지 쉽게 묘사해 낼 수 있다.

5-6쪽.

23 환상성이란 기본적으로 인간의 충족되지 못한 욕망이 움직이는 몽상이고, 이 몽상은 인간이 가지지 못한 것을 채워주는 힘을 가지고 있다. 즉 환상이란 인간의 잠재의식에 바탕을 두고 일어난 것이므로 인간의 본질과 연관이 되어 있는 것이다.
캐스린 흄, 『환상과 미메시스』, 한창연 옮김, 푸른나무, 2000, 258쪽.

24 김탁환, 앞의 책(2004), 15쪽.

〈유충렬전〉을 게임화 할 경우, 유충렬의 영웅담은 신화적 시공간에서 전쟁으로 형상화된다. 이때 신화적 시공간은 신화적 세계를 가지고 있는 판타지의 세계라 할 수 있다. 이 공간에서 펼쳐지는 전쟁은 현실보다 더 실감나는 전투의 장면으로 스토리텔링을 만들 수 있다. 즉 신화적 시공간에서 전쟁은 인간의 본성에 대한 궁극적인 의문을 불러일으키는 극적인 스토리텔링을 만들어낼 수 있다.

천상계의 개입이 가능하도록 고안되어 있는 〈유충렬전〉의 시공간은 애초부터 황당한 임팩트 요소로 개연성 있게 느껴질 수 있게 설정되어 있다. 천상계의 의지에 따라 서사 공간은 단지 환상적 사건이 한두 번 불쑥 등장하는 것이 아니라 서사질서 자체가 공간의 우연성이 매우 높을 수 있도록 고안되어 있다. 고소설 서사와 디지털 매체는 바로 이 공간의 우연성이라는 점에서 접점을 찾을 수 있다.[25] 그러므로 〈유충렬전〉에서 주인공이 펼치는 수개의 전투단계의 싸움공간은 다양한 공간스테이지, 사건스테이지로 이동과 반복을 통해 극대화시킬 수 있다.[26]

〈유충렬전〉에서 보여주는 신화적 시공간의 스토리텔링은 지상과 천상, 그리고 지하, 수중까지 널리 아우를 수 있다. 유충렬과 부친인 유심, 그리고 부인과 모친이 서로 뿔뿔이 흩어진 공간도 육지와 바다와 수중이며, 유충렬이 적을 대상으로 싸우는 전투의 공간도 모두를 아우르는 공간이다. 심지어 역사의 시공간에 존재하는 등장인물들도 천상

---

25 조혜란, 「다매체 환경 속에서의 고소설 연구전략」, 『고소설연구』 17, 한국고소설학회, 2004, 36쪽.

26 예컨대 〈리니지Ⅱ〉에서 보면 '노래하는 섬', '말하는 섬', '글루디오영지', '캔트영지', '오크요새영지', '윈다우드영지', '용의 계곡', '기란영지', '하이네영지', '화룡의 둥지', '오렌영지' 등으로 명명된 공간이 있고, 다섯 개의 종족이 있어 사건의 전개가 종족과 공간별로 진행된다는 점에서 볼 때 게임공간의 설정에 따라 사건의 중요성과 능력치가 극대화되면서 게임 스토리텔링은 더욱 흥미롭게 진행된다.

과 지상을 자유롭게 오가며, 어느 쪽도 합리적이지 않다는 이유로 배제되지 않는다. 지상 사건은 자연스럽게 천상 사건과 연결되고 지상에서 어려움을 겪고 있는 주인공이 수중세계를 지나면서 새로운 전기를 마련하기도 한다. 이미 죽은 인물들을 천상에서 만난다거나 인간이 아닌 괴물과 지하에서 맞서는 것도 영웅소설의 상상력에서는 얼마든지 가능하다. 천상-지상-지하를 아우르는 3차원의 세계에서 인간과 비인간이 등장하여 박진감 넘치는 사건을 전개시켜 나간다면 〈반지의 제왕〉이나 〈스타워즈〉, 〈해리포터〉, 〈아바타〉 등을 능가하는 한국적인 새로운 영웅 이야기도 만들 수 있다.

〈유충렬전〉에서도 광활한 명나라(중국)의 중원을 배경으로 하여 낯선 공간으로 이동이 자주 눈에 띈다. 결혼 약속을 맺는 후에도 당사자들은 사방으로 흩어져 다양한 공간에서 다양한 사건들이 병치되어 전개된다. 이때에 많은 우연들이 개입하게 되는데, 그것은 각 공간이 지닌 특징을 등장인물들이 지나면서 우연히 접하게 되기 때문이다.

〈유충렬전〉에서 등장하는 명나라, 남흉노, 선우, 북적, 남만, 가달, 토번, 오국 등은 서사공간도 벌써 어떤 상상의 산물이다. 중국이라는 공간 위에 천상계라는 공간을 덧붙이면 공간의 확장은 더욱 거대해진다. 이처럼 허구적 공간은 현실적으로 발생할 개연성이 사건을 통하여 가치 있고 풍부한 게임스토리텔링으로 창조되는 것이다. 게임세계에서 이야기는 시간의 순차적인 전개에서 벗어나 공간의 응집과 확산을 통해 얼마든지 확대하게 된다. 이처럼 게임에서 가상공간은 무한대로 확대 가능한 것이다.

수많은 컴퓨터 게임들의 배경공간은 판타지적인 〈유충렬전〉과 같이 창작자의 상상과정에서 탄생하고 게이머의 인터랙션에 따라 변형되어 가는 특성을 가지고 있다. 특히 〈유충렬전〉의 중요 장면들을 주제별로 묶어서 각 작품에 따른 다양한 경우를 구체적인 정보와 함께 제시한다면 이는 디지털 스토리텔링에서 경우의 수를 확장시키면서 이야기를 풍성하게 하는데 기여할 것으로 보인다.[27]

무엇보다 게이머의 흥미를 유발하기 위해서는 유저들에게 레벨이 높은 더욱 탄탄한 게임을 원하게 된다. 유저들에게 긴장감을 줄 수 있는 게임 장치는 서사구조 속의 스토리텔링이 담당하고 있다.[28] 격렬하게 게임이 진행되고 있는 상황에서 대규모의 인파가 공간의 여기저기로 이동하며 움직이고, 이에 따른 사물의 변화가 끊임없이 역동적으로 펼쳐지는 상황에서 서사는 단조로우면서도 핵심적인 메시지만 전달해야 게임을 효과적으로 진행해 나갈 수 있기 때문이다.

이처럼 게임에서 시간과 공간은 스토리텔링에 의해 새롭게 상상의 판타지 세계로 창조된다. 게임은 직접적인 참여자의 행위에 의해 진행됨으로 게이머가 시작에서부터 선택과 판단에 의해 이루어짐으로 영웅소설의 서사가 컴퓨터게임의 환경에 스토리텔링 기법으로 바꿀 수 있게 되는 것이다.

3) 사건의 단계적 스토리텔링

캐릭터가 만들어지면 다음 단계는 캐릭터의 행동이 구현되고 행동에 따라 의미가 부여되는 시공간이 만들어진다. 또한 의미심장한 우연성이 창출될 수 있는 허구적 공간구축이 이루어지면 사건을 스테이지별로 구축하여 단계적인 욕망의 성취단계로 나아가야 한다. 이 때에 사건

27 조혜란, 앞의 논문(2004), 44쪽.

28 백승국, 앞의 책(2004), 50쪽.

의 스토리텔링은 사용자에게 흥미를 유발시켜주는 중요한 단계라고 할 수 있다.[29]

〈유충렬전〉의 단계적 사건을 살펴보기 위해 먼저 서사적 플롯의 단계를 살펴보면 다음과 정리될 수 있다.

플롯	내용
발단	1) 대명시절에 유심이라는 사람이 기자치성한 후 청룡선관이 나타나 익성과 싸운 후로 상제에 득죄하여 갈 곳을 모르다가 남악신령의 지시로 왔다는 태몽을 얻고 기이한 아이를 낳았다. 2) 충렬은 팔뚝에 북두칠성이 박히고, 가슴에는 대장성이라는 글이 써있으며, 칠세에 당하여 손오병서, 천문지리, 용검지술, 말달리기 등에 능통한 영웅기질을 타고 난다. 3) 이때 간신 최일귀와 정한담의 참소를 입어 유심은 연북으로 정배가고, 정한담은 옥관도사의 말을 듣고 충렬을 죽이려 한다.
전개-1	4) 충렬은 노인의 현몽으로 정한담의 화를 피하여 모친과 함께 피난하다가 회수에서 붙잡혀 물어 던져진다. 5) 충렬은 강희주란 재상의 구함을 받아 자미원 대장성과 연분이 있다는 태몽을 얻고 태어나 강희주의 딸과 혼인한다. 6) 강희주가 상소했다가 정한담의 참소를 입어 귀향가게 되자 충렬은 다시 도망간다. 7) 충렬은 서해 광덕산 백용사에서 노승에게 병서를 익히며 능력을 함양한다.
전개-n1	사건1- 남흉노와의 전투: 정문걸과의 치열한 싸움, 정문걸의 목을 벰
전개-n2	사건2- 선우와의 전투: 3군대장 최일귀와의 전투
전개-n3	사건3- 북적과의 전투: 적군 마룡과의 싸움, 죽임
전개-n4	사건4- 남만가달과의 전투: 마룡과의 전투
전개-n5	사건5- 토번과의 전투: 최일귀와 다시 싸움

29 실지로 〈리니지Ⅱ〉에서는 '노래하는 섬', '말하는 섬', '글루디오영지', '캔트영지', '오크요새영지', '윈다우드영지', '용의 계곡', '기란영지', '하이네영지', '화룡의 둥지', '오렌영지' 등의 스테이지에 다섯 개의 종족이 있어 사건의 전개가 종족과 공간별로 진행된다는 점에서 볼 때 사건의 중요성과 능력치가 극대화되면서 게임 스토리텔링은 더욱 흥미롭게 진행하고 있다.

전개-n6	사건6- 남만, 서번, 호국, 오국 등의 군대 80만과 전투
전개-n7	사건7- 정한담과 최후의 일전을 벌임
위기	8) 정한담과 최일귀가 반역하자 천자가 위기에 빠진다. 정한담이 용상에 앉고 천자는 자결하려 한다.
절정	9) 충렬이 천자를 구하고 대원수가 되어 정한담을 사로 잡는다. 10) 그 후 사로잡혀간 태자와 부친을 구하여 돌아온다. 11) 충렬은 정한담과 최일귀를 장안시에서 효수하고 삼족을 멸한다.
대단원	12) 충렬은 모친을 만나고 강소저와 재회한다. 13) 충렬은 위국공이 되어 부귀를 누린다.

사건은 〈유충렬전〉의 서사방식과 게임이 조우할 수 있는 가능성을 가장 많이 가지고 있다. 〈유충렬전〉에는 텍스톤[30]으로 전환이 쉽게 일어날 수 있는 서사적 요건들이 많이 있기 때문이다. 특히 〈유충렬전〉에는 주인공이 해결해야 할 과제가 늘 사건을 통해 등장한다. 어린 시절 힘든 성장과정을 거친 주인공은 일정한 임무를 수행해야 가족도 재회하고 출세도 가능하게 된다. 이 또한 유충렬에게 부여된 과제의 연장이기도 하다. 〈유충렬전〉에서 주인공에게 부여되는 문제 즉, 나라를 구하고 가족이나 연인을 찾는 임무는 게임에서 줄곧 등장하는 임무(퀘스트: quest 혹은 미션: mission)로 치환이 가능하다. 서양의 판타지나 중국의 무협이 수많은 임무를 부여하듯 영웅소설에도 해결해야 할 임무들이 전개된다. 이 사건 전개는 반드시 선후관계나 인과관계에 필연적으로 묶이지 않는 서술방식을 택하고 있다.[31] 게임에는 소설에서 형상화된 하나의 사건이

30 텍스톤이란 서사의 어떤 국면에서 선택 가능한 다양한 경우의 수를 예상하여 마련된 각 선택 요소들이다. 예를 들면, 게임의 경우 장면마다 게이머가 선택해야 하는 다양한 경우의 수들이 텍스톤이다. 그리고 그중 한 가지를 선택하여 게임을 지속시켜 나갈 때 게이머가 경험하게 되는 그 선택의 경로들이 스크립톤이다.

31 조혜란, 앞의 책(2004), 37쪽.

가지고 있는 스토리 밸류가 있다면 서브플롯을 통해 사건을 세부화하거나 스테이지를 확장시켜 더욱 흥미를 배가시킬 수 있다.

〈유충렬전〉에는 사건을 게임으로 치환할 수 있는 요소로 극적인 상황이나 강한 서사성을 가지면서 잠재력을 가진 가상의 사건들이 많다. 〈유충렬전〉의 사건은 충·효·열 등 윤리적인 주제성이 강하게 제시되는 작품인데, 주인공의 영웅적 활약상을 상승적으로 형상화하고 있는 것이 돋보인다. 위 도표에서 볼 수 있는 바와 같이, 중국 내의 수많은 외적들이 호시탐탐 침범을 해 오는 사건의 전개 과정이 무한대로 사건-n으로 만들 수 있다. 이러한 사건은 순차적으로 만들 수도 있겠으나, 여러 개로 해체되어 유저들의 취향과 관심에 따라 다양한 게임을 즐길 수 있는 부분의 독자성을 갖춘 퀘스트 게임으로 가능한 것이다.

반면, 게임 스토리텔링에서 사건은 순차적인 스토리가 아닌 사건 발생에 따른 이야기 전개방식을 가진다. 소설이나 영화 애니메이션에는 캐릭터가 스토리를 이끌어 가면서 시간의 흐름에 맞게 일관되게 진행해 나가지만 게임은 일관된 스토리가 있다할지라도 다양한 캐릭터가 게임상에 존재하면서 각각의 캐릭터마다 고유의 이야기로 전개해 가면서 사건발생에 따라 에피소드식 이야기를 구성한다. 게임에서 스토리텔링은 〈유충렬전〉의 서사와 다른 배경이야기, 공간, 독립되면서 이질적인 인상을 주는 사건과 그에 따른 아이템 등의 이야기가 큰 비중을 나타낸다. 이러한 이야기 요소들은 큰 주제의 틀 안에서 조합을 통해 생성되는 편파적인 사건들을 연결하고 조합함으로써 다양한 이야기를 구성해 낼 수 있는 가능성을 가지고 있다.

게임은 사건의 조합과 확장이 무한대로 가능하다. 이는 게임이 가지고 있는 하이퍼텍스트의 성격 때문이다. 하이퍼텍스트는 소설의 서사구조처럼 순차적인 서사구조나 인과관계를 고려하지 않고, 유저들의 관심이나 필요에 따라 선택이 가능하도록 사건이 여러 개로 해체되어 유형별, 단위별로 구성될 수 있다. 사용 목적에 따라 사건 항목의 선택과 자유로운 조합이 가능하며, 이에 따라 새로운 사건을 가진 시나리오가 가능해진다는 점이다. 이것은 디지털 매체가 보여주는 상호 작용성 때문이다. 상호 작용성은 서사의 변화를 가능케 하고 나아가 서사의 범위를 확장함은 물론 새로운 유형의 표현물을 창출해 낸다.

따라서 게임은 유충렬이 펼치는 전투가 반드시 어떤 싸움 뒤에 배치되어야 하는 것은 아니다. 즉 〈유충렬전〉에서 중요 등장인물이 해결해야 하는 임무가 반드시 필연적인 인과관계 혹은 사건의 선후관계 속에서 필수적인 것이 아닐 수도 있다는 것이다. 〈유충렬전〉의 이러한 서술방식이 게임으로 변환시킬 때 텍스톤적으로 변용될 가능성이 높다고 하겠다.

게임은 〈유충렬전〉에서 소재를 취합하여 원천자료로 활용할지라도 성격에 따라 원천서사인 사건을 달리 각색하여 스토리텔링할 수 있다. 다시 말하면, 게임은 모티프별, 또는 한 가지 사건만으로도 게임으로서의 흥미를 가져올 수 있다. 이처럼 디지털 미디어에 가장 알맞은 표현양식을 개발하고 활용하는 스토리텔링 방식은 게임에서 상상을 초월할 수 있는 말하기 방식이 될 수 있다. 게임에서 사건이 발생하면 주인공 캐릭터는 목표를 설정하고 움직이기 시작하며 캐릭터의 인터랙션에 따라 게임이 전개되는 과정이나 결과가 다르게 스토리를 구성하게 된다. 게임에서는 강한 스토리 라인을 구성하게 되는데 종족별로 각각 다른 능력치를 가진 주인공 캐릭터에게 일어나는 극적인 사건이나 난관들을 극복해 가는 과정이 전체적인 게임의 목적이 되고 스토리가 된다.[32]

---

32 김미진·윤선정, 앞의 논문(2005), 419쪽.

특히 〈유충렬전〉은 사건을 해결하는 과정에서 잔인한 전투장면을 많이 형상화하고 있는데 이를 게임에서 다양한 유형의 스테이지로 만들 수 있는 여지가 있다. 〈유충렬전〉에서 유난히 전투장면을 많이 형상화한 목적은 작품 내적으로 보면, 한 평범한 인물이 탁월한 영웅으로 성장해 가는 과정에서 겪어야 할 통과의례이자 영웅으로 반전되는 소설적 개연성을 제공해 주는 유용한 방법이 될 수 있다. 또한 작품 외적으로 보면, 전란과 내란을 많이 겼었던 우리의 역사를 바탕으로 영웅소설이 창작되었기 때문이라 하겠다.

〈유충렬전〉이든 게임이든 벌어지는 사건은 이용자의 보편적인 정서에 부합해야 한다. 그러므로 사건은 의미있는 변화가 발생할 가능성이 있는 은유적이며 복합적이고 신비적인 것으로 형상화해야 더욱 가치가 있다. 게임에 등장하는 각각의 캐릭터마다 보편적인 성격이 존재하고 관심을 가질만한 스토리 밸류가 있으므로 어떤 사건을 단계별로 탁월하게 만들 것인가, 얼마나 흥미있고, 주제에 잘 맞는 사건으로 형상화할 것인가에 따라 강한 스토리 밸류를 가진 게임으로 만들 수 있게 되는 것이다.

4. 결론

본고는 한국 영웅소설 중에서 〈유충렬전〉을 선택하여 멀티미디어 환경 속에서 게임으로 새롭게 향유될 수 있는 스토리텔링 방안을 살펴보았다. 그 내용을 세 가지로 정리하면 다음과 같다.

〈유충렬전〉의 서사는 게임과 달리 서사 흐름에 따라 진행되는 반면에 게임 서사는 이용자가 공간을 자유롭게 배회하며 사건을 만들어 내는 구조로 되어 있어 근본적인 차이를 보인다. 따라서 게임에서 스토리텔링은 〈유충렬전〉과 같은 기존의 문자시대의 텍스트 속에서 분명히 구분되어지고 공고한 틀을 지니고 있던 영웅의 일생과 같은 스토리의 관습이 RPG 게임처럼 스토리의 단계적 구성에 따라 역할분담으로 게임을 할 수도 있고, 반대로 완전히 해체하여 스토리텔링할 수 있다. 예컨대 〈유충렬전〉에 형상화된 세부 사건의 발생순서가 게임에서는 매번 달라질 수 있으며, 시퀀스할 수 있고, 그 사건들 간의 연결을 임의대로 조정함으로써 다양한 하부 이야기를 만들어 낼 수 있다. 다양한 서브플롯의 가능성을 열어두어 이용자의 선택을 반영할 수 있다는 점에서 〈유충렬전〉의 사건구조와는 차이를 보인다.

〈유충렬전〉을 게임콘텐츠로 바꾸는데 있어서 캐릭터의 스토리텔링 방법으로는 〈유충렬전〉에 형상화된 주인공의 외형과 성격묘사를 다른 영웅소설의 주인공 캐릭터와 비교하여 유형화하여 데이터베이스화하면 가장 훌륭하고 이상적인 영웅 캐릭터를 창출해 낼 수 있다. 그리고 인물 캐릭터를 형상화하는 데 필요한 아이템의 활용이 게임 캐릭터를 만드는 중요한 방법이 되고 있음을 살펴보았다.

또한 〈유충렬전〉과 게임에서 볼 수 있는 서사공간은 허구적인 신화공간이며 환상의 세계 공간이란 공통점이 있다. 다만 〈유충렬전〉은 최초의 극적인 상황에서 필연성을 증대시키는 시간의 스토리텔링을 진행하지만 게임에서는 우연성을 증대시키는 공간 스토리텔링이 중요시된다. 이러한 공간 스토리텔링은 시간 스토리텔링보다 더 많은 우연성이 개입되기 때문에 오히려 더 핍진한 재미와 절박한 실감과 강한 감동을 창출할 수 있다. 그러므로 게임의 스토리텔링이 요구하는 신화적 시공간은 많은 우연성이 창출될 수 있어야 한다. 게임의 공간은 이동에 따라 만나는 새롭고 신비한 경험을 바탕으로 할 때 다양한 게임이 펼쳐질 수 있는 것이다. 디지털 스토리텔링은 신화적 시공간을 설계하는 과정에서 텍스톤을 포함한 하이퍼텍스트방식의 공간설계가 중요한 특징이므로 작품에서 서사단락의 제시 외에 다양한 에피소드의 제시 같은 시도를 통해 신화적 공간을 다양하고 신비하게 창조해 나갈 수가 있다.

마지막으로 사건의 스토리텔링방법에는 극적인 상황이나 강한 서사성을 가지면서 잠재력을 가진 가상의 사건을 많이 창조하는 것이 중요하다. 〈유충렬전〉의 사건은 주인공이 도덕, 가정, 애정의 지향가치에 따라 성격과 유형이 다양하게 나타난다. 게임에서는 사건의 조합과 확장이 무한하게 가능하므로 영웅소설 같은 소재를 원천자료로 하여 스토리텔링을 만들 수가 있다. 게임에서 하이퍼텍스트는 순차적인 서사구조나 인과관계를 고려하지 않고 사용자의 관심이나 필요에 따라 선택이 가능하도록 사건이 여러 개로 해체되어 유형별, 단위별로 구성될 수 있음으로 사건이 다양화 세분화하여 창조할 수 있다고 하겠다.

〈조웅전〉의 게임 스토리텔링

1. 서론

이 글은 조선시대의 대표적인 대중소설인 영웅소설 중에서 〈조웅전〉을 대상으로 하여 현대의 디지털매체상에서 게임으로 전환시킬 수 있는 가능성을 검토하는 것을 목적으로 하였다. 본고에서는 〈조웅전〉의 서사를 게임의 서사로 스토리텔링하는 방안을 구성요소별로 살펴보고자 한다. 〈조웅전〉은 전투 장면을 많이 형상화한 대표적인 영웅소설로써 서사 곳곳에 군담이 많이 형상화되어 독자들에게 역동적인 재미와 흥미로운 사건이 많이 있음에 주목하여 현대의 게임콘텐츠로 변환시킬 수 있는 가능성이 클 것으로 판단된다.

우선적으로 요즘 새롭게 등장한 게임소설[1]이 조선조의 대표적인 대중소설로 지칭되는 영웅소설의 서사구조와 공통점이 많이 있음은 이미 논의되어 온 바[2] 있기에 기존의 연구결과를 바탕으로 하여 〈조웅전〉의

---

1 게임소설이란 온라인 게임과 판타지, 무협소설이 결합된 장르로 주인공이 가상현실 게임에 접속해서 게임을 즐기는 내용이 주를 이룬다. 최초의 게임소설은 〈옥스타칼리스의 아이들〉로 인터넷이 발달하고 온라인 게임이 발전한 우리나라만의 독특한 문학 장르라고 할 수 있다. 김민영, 『옥스타칼리스의 아이들』, 황금가지, 1999. 후에 『팔란티어-게임중독 살인사건』이라는 이름으로 2006년에 재출간함.

2 고훈은 영웅소설 18종과 게임소설 3편의 서사구조를 비교하여 영웅소설의 〈탄생-고

서사구조가 게임소설과 유사한 구조단락을 보여줌으로써 소설과 게임 간의 두 매체가 융합가능성을 충분히 가지고 있다고 볼 수 있다. 따라서 본고에서 선택한 〈조웅전〉 작품의 서사가 멀티미디어 환경 속에서 게임의 서사로 새롭게 향유될 수 있다는 가능성을 전제로 캐릭터, 사건, 신화적 시공간의 배경, 아이템의 구성과 스토리텔링 방안을 중심으로 살펴보고자 한다.

주지하다시피, 21세기는 정보화시대이며 문화콘텐츠가 중요한 문화 산업으로 발전하고 있기 때문에 필연적으로 인문학적 상상력과 공학적 기술, 그리고 예술적 심미안이 융합할 수밖에 없다. 그러므로 우리의 전통적인 이야기에서 원소스(원형)를 찾아 이를 디지털매체에 담을 수 있도록 새롭게 가공하고 재배열할 수 있는 기획과 방법이 필요하다. 스토리텔링[3]연구도 이러한 방법의 하나라고 할 수 있다.

난-수학-입공-혼인-부귀영화〉 단락과 게임소설의 〈탄생-고난-수학-입공〉의 단락이 유사한 구조를 가지고 있음을 고찰하였다. 여기에서 『영인고소설판각본전집』(나손 서옥, 1975)에 수록된 영웅소설 18종과 게임소설 남희성, 『달빛조각사』, 로크미디어, 2007; 강찬, 『대장장이 지그』, 파피루스, 2008; 유성, 『아크』, 로크미디어, 2008. 등을 대상으로 하였다. 고훈, 「게임소설과 영웅소설의 서사구조 연구」, 『연민학지』 14, 연민학회, 2010.

3 스토리텔링의 사전적인 의미는 이야기하기이다. 스토리텔링은 모든 이야기의 형식을 지칭하는 용어로서 스토리, 담화, 이야기가 담화로 변하는 과정의 세 가지 의미를 포괄하는 개념이다. 형식적으로 스토리텔링은 인물, 사건, 배경이라는 구성요소를 가지고, 시작과 중간과 끝이라는 시간적 연쇄로 기술된다는 점에서 논증, 설명, 묘사와 같은 다른 담화양식과 구별된다. 또한 내용적으로 스토리텔링은 사건에 대한 순수한 지식이 아니라 화자와 주인공 같은 인물의 형상을 통해 사건을 겪는 사람의 경험을 전달한다는 점에서 단순한 정보와 변별된다. 문화콘텐츠의 개발이 성행하는 시기의 스토리텔링은 스토리만 존재하는 문화적인 산물에 창의적인 발상을 부여하여 새로운 상품으로서의 문화콘텐츠를 만드는 행위라고 할 수 있다.
전경란, 「디지털 내러티브에 관한 연구」, 이화여대 박사학위논문, 2003, 24쪽.
이인화, 「디지털 스토리텔링 창작론」, 『디지털 스토리텔링』, 도서출판 황금가지, 2003, 13쪽.

그동안 고소설이 멀티미디어 환경 속에서 재미있는 콘텐츠로 새롭게 향유될 수 있는 방식을 모색하는 연구가 꾸준히 진행되어 왔지만 주목할 만한 성과를 얻지 못했다.[4] 이제 매체환경의 변화에 따른 영웅소설 연구도 발상의 전환이 필요하며, 정보화시대에 다양한 장르의 문화콘텐츠로 재가공하여 향유자들에게 제공할 필요가 있다.

그동안 영웅소설을 바라보는 시각은 대체로 부정적인 요소가 많았다. 그것은 우리 영웅소설이 가진 판타지적인 특성에서 비롯된다.[5] 영웅소설 작품에 흔히 설정된 천상계나 도술 등은 대표적인 판타지 요소라 할 수 있다. 최근에는 서구의 판타지 소설이 유행하고, 또 그것이 영화나 게임 스토리텔링으로 전환되면서 오히려 우리 영웅소설이 판타지 요소들과 맞닿을 수 있는 가능성이 제기되어 왔다. 특히 영웅소설

이재홍, 「게임스토리텔링 연구」, 숭실대 박사학위논문, 2009.

4 2000년 이후의 고소설연구자들은 다매체 환경 속에서 고소설을 어떻게 활용하고 읽게 할 것인가에 초점을 두고 다방면으로 연구가 진행되었으나 만족할만한 성과를 이루지 못했다.
김용범, 「문화콘텐츠 창작소재로서의 고전문학의 가치에 대한 연구」, 『한국언어문화연구』 22, 한국언어문학회, 2002; 「문화콘텐츠 산업의 창작소재로서의 고소설의 활용 가능성에 대한 연구」, 『민족학연구』 4, 한국민족학회, 2000; 「고전소설 심청전과 대비를 통해 본 애니메이션 황후 심청 내러티브분석」, 『한국언어문화연구』 27, 한국언어문학회, 2005.
김탁환, 「고소설과 이야기문학의 미래」, 『고소설연구』 17, 한국고소설학회, 2004.
신선희, 「고전서사문학과 게임 시나리오」, 『고소설연구』 17, 한국고소설학회, 2004.
조혜란, 「다매체 환경 속에서의 고소설 연구전략」, 『고소설연구』 17, 한국고소설학회, 2004.

5 판타지는 경험적 현실 속에서 만나게 되는 모든 역사적 사실이나, 물리적인 대상이나 또 그러한 것들의 근거라고 할 수 있는 경험적 현실세계의 물리법칙을 초월하여 벗어나고 있으며, 오히려 이것을 역전시키거나 왜곡시키고 있는 그런 상상적인 것이다. 판타지는 개인이 설정하고 있는 특징에 따라서 창조되는 걷잡을 수 없고 종잡을 수 없는 자유분방한 세계라는 점에서 사실주의 문학과는 전혀 다른 미학을 가지고 있다고 말할 수 있다.

중에서 〈조웅전〉이 전달하는 스토리텔링의 메시지는 '영웅으로 형상화된 조웅의 뛰어난 활약상'이다. 영웅소설은 주인공이 비정상적으로 태어나서 온갖 죽을 고생을 겪고난 뒤에 탁월한 능력을 발휘하여 영웅인물이 되어가는 상승적인 이야기를 서사구조의 핵심으로 하고 있다.

따라서 〈조웅전〉은 작품 내에서 펼쳐지는 주인공의 뛰어난 활약상과 전투장면을 활용한 게임 스토리텔링을 콘텐츠로 만들 수 있다.[6] 나아가 〈조웅전〉의 게임화를 통해 현대인에게 우리 옛이야기를 쉽고 재미있게 감상할 수 있게 해주는 것은 물론, 외세와의 치열한 싸움을 통해 최후의 승리자로 형상화되면서 민족의 자긍심을 고취시키고, 게임을 통한 교육 콘텐츠로 활용가치를 높일 수 있다고 하겠다.[7] 문제는 〈조웅전〉을 게임으로 만드는 데 있어서 상호작용성이 강한 게임 환경에 맞게 게임 스토리텔링[8]을 창작할 수 있느냐가 문제다.

---

6 비록 전통적인 서사구조와 디지털매체에서의 서사구조가 본질적으로는 성격이 다르지만 영웅소설과 디지털매체에서 벌어지는 주인공의 욕망을 향한 상승적인 서사구조, 캐릭터, 사건, 시공간의 요소들이 가지고 있는 동질성에서 그 가능성을 찾아보고자 한다.

7 영웅소설에는 우리의 역사적 인물도 있지만, 가상의 영웅인물이 대부분이다. 〈임경업〉과 같은 안타깝게 죽은 불운의 영웅이야기도 있다. 그러나 이들 이야기는 행운의 주인공, 출세한 영웅으로 치환하여 다시 재창조할 수 있는 것도 게임이 주는 매력이다. 플레이어들이 놀이의 흥미만이 아니라 민족에 대한 자긍심, 승리한 역사를 플레이어 자신이 만들어 낼 수 있다는 쾌감까지 느낄 수 있게 한다. 이 점은 영웅군담소설에서 패배한 전쟁을 승리한 전쟁으로 허구화했던 일군의 작품에서 보여준 민중의 보상심리를 더욱 적극적으로 이끌어 낼 수 있다.

8 게임 스토리텔링은 컴퓨터 시스템에서 인터랙티브한 내러티브를 형성하는 이야기 형식이며, 각 장르별로 시나리오를 만들어 내는 창작기술을 말한다. 최근에 일부 학자들에 의해 게임 스토리텔링에 대한 연구가 시작된 이래 연구가 진행되고 있지만 게임 스토리텔링에 대한 종합적인 창작원리, 창작된 스토리를 평가하는 분석방법론은 아직 미약한 편이다. 최근에는 이 분야에서 박사학위논문이 나오면서 게임 스토리텔링에 대한 이론적인 근거와 창작원리를 이론화하는 데 크게 기여한 바 있다. 이재

디지털미디어의 상호작용성이 가진 특성은 그것이 전통적인 텍스트 스토리텔링과 근본적으로 다르다. 특히 게임 스토리텔링은 애니메이션이나 드라마, 그리고 영화 같은 전개방식과 달리 개방형 스토리 전개방식(open ended design)이기 때문에 무한개의 스토리를 만들어 낼 수 있다. 그러므로 〈조웅전〉의 서사구조나 서사요소를 원천자료로 하여 어떠한 방법과 유형으로 게임 스토리텔링을 할 것인가를 모색해야 한다.

정보화시대에 〈조웅전〉의 텍스트는 더 이상 일반 독자에게 관심을 줄 수 없다. 이제는 매체환경에 맞추어 다양한 게임콘텐츠로 재가공하여 유통하고, 〈조웅전〉의 가치를 다양하게 탐색하여 현대인에게 새롭게 향유될 수 있게 만들어야 한다. 더욱이 디지털기술이 발달할수록 전통문화의 계승과 보존이 어려운 현실을 감안해 볼 때, 우리 이야기 문화를 원천자료로 한 다양한 콘텐츠를 개발하는 것이 절실히 필요하다. 이러한 필요성을 바탕으로 본고는 〈조웅전〉의 서사를 게임의 서사로 바꾸는데 따른 스토리텔링의 가능성을 찾고자 한다.

2. 〈조웅전〉의 게임 성향과 스토리텔링 구조

스토리텔링이란 사실에 의거한 기록, 혹은 기록문학적인 논픽션이나 픽션 등 모두 그것을 전달하는 과정에서 이야기하기를 말한다. 즉 지식과 정보를 단순히 나열한다거나 논증, 설명 혹은 묘사의 양식을 취하는 것이 아니라, 사건과 등장인물, 배경이라는 구성요소를 지니고 시작과 중간과 끝이라는 시간적 흐름에 따라 기술해 가는 이야기이다.[9] 특히

홍, 앞의 논문(2009).

문화 콘텐츠 소재개발에서 가장 중요한 요소 중의 하나는 이야기, 즉 서사(Story)이며, 스토리텔링이란 용어를 사용하고 있다.[10] 이처럼 스토리텔링은 모든 사건의 종합체이며 모든 문화콘텐츠 산업의 근원을 형성한다고 할 수 있다. 즉 스토리텔링이야말로 각종 콘텐츠를 창조하는 기본 틀이자 텍스트가 되는 것이다. 그러므로 영웅소설 〈조웅전〉에서 다양한 소재를 찾고, 또 가공하여 이를 게임으로 재가공할 때 원천 서사를 게임콘텐츠 매체에 맞는 시나리오로 각색하는 것이라 할 수 있다.[11] 게임은 다양하고 재미있는 스토리텔링을 통해 재탄생할 수 있는 것이다.

〈조웅전〉을 스토리텔링하는 데 있어 중요한 것은 이 소설이 가지고 있는 대중문학적인 서사성에 있다.[12] 예컨대 〈조웅전〉에는 '영웅의 일생

---

9 최예정·김성룡, 『스토리텔링과 내러티브』, 도서출판 글누림, 2005, 14-15쪽.

10 여기에서 스토리란 작가가 일정한 소재를 통하여 표현하고자 한 내용을 독창적으로 풀어나간 서사구조, 즉 내러티브를 말한다. 일반적으로 내러티브는 시간과 공간에서 발생하는 인과관계로 엮어진 실제 혹은 허구적인 사건들의 연결을 의미한다. 소설에서는 문자만으로 이루어지지만 영상분야에서는 이미지, 대사, 문자, 음향, 그리고 음악 등으로 이루진 것을 포함한다. 흔히 이를 '스토리텔링'이라고 하는데 본고는 이 용어를 사용하고자 한다.

11 매체에 따라 스토리텔링의 특성이 다를 수 있다. 그러나 영웅소설과 게임의 유사한 패턴은 몇 가지 면에서 찾을 수 있다.
첫째, 영웅소설 중심의 선악대립이 분명한 스토리텔링이란 점
둘째, 성장서사가 중심인 인물중심의 스토리텔링이란 점
셋째, 모험중심의 스토리텔링이라는 점에서 영웅소설의 게임화 방안을 가능케 해준다.

12 사회적인 색채가 강하거나 대중을 대상으로 하는 목적성을 띤 문학을 대중문학이라 할 수 있는 데 대중문학의 중심을 이루었던 추리소설, SF소설, 괴기소설, 과학소설, 모험소설, 시대소설, 연애소설, 역사소설, 판타지소설 등은 디지털 문화가 활성화되기 전까지 문학계에서 변방의 문학으로 치부되었다. 따라서 이러한 다양한 대중문학에서 파생된 서사적 자료와 환상적 요소들은 게임이 지니는 인터랙티브한 내러티브 요소들을 충족시키기에 안성맞춤이다.
이재홍, 앞의 논문(2009), 29쪽 참고.

구조'[13]에 인물, 사건, 배경이 갈등구조로 얽혀있으며, 유기적인 순서에 따라 순차구조로 이야기가 진행된다. 뿐만 아니라 〈조웅전〉이 가지고 있는 게임의 성향은 여러 가지로 나타난다.[14] 이러한 〈조웅전〉의 스토리텔링 구조는 우리나라 영웅소설이 가진 큰 근간이라 할 수 있다. 특히 〈조웅전〉은 내러티브의 개입이 강한 서사물이며, 구스타프 프라이타크(Gustav Freytag)가 제시한 '발단-전개-위기-절정-대단원'과 같은 5단계의 서술구조를 갖는다.[15] 여기에서 전개부분은 등장인물들이 갈등과 분규가 복잡하게 얽혀있는 과정이며, 사건들이 많아질수록 (전개1, 전개2, 전개3....전개n) 식으로 무한대로 늘려갈 수 있다. 특히 전투장면을 난이도가 다른 다양한 스테이지로 만들어서 능력치를 차별적으로 부여하는 공간으로 스토리텔링할 수 있으며, 사건이 중요시 되어 일자형으로 전개되는 롤플레잉게임에 알맞은 구조이다. 〈조웅전〉도 여기에 해당된다고 할 수 있다.

따라서 〈조웅전〉의 플롯을 이러한 도식에 맞추어 적용해 보면 다음과 같다.

---

13 영웅의 일생은 ①고귀한 혈통으로 출생 ②잉태와 출생이 비정상 ③범인과는 다른 탁월한 능력 ④어려서 기아가 되어 죽을 고비를 맞음 ⑤구출양육자를 만나 위기에서 벗어남 ⑥자라서 다시 위기를 맞음 ⑦위기를 투쟁으로 극복하여 승리자가 된다는 구조방식이다. 조동일, 「영웅의 일생 그 문학사적 전개」, 『동아문화』 10, 서울대동아문화연구소, 1971.

14 〈조웅전〉이 게임화할 가능성으로는 첫째, 비교적 영웅소설 중에서도 분량이 많으며 여러 곳에 배경이 많아 게임에서 필요한 공간의 이동을 용이하게 확보할 수 있다. 둘째는 소설에서 다양한 소재를 찾을 수 있다. 셋째는 소설에서는 많은 인물들이 형상화되어 있고 이는 게임을 구성할 때 다양한 캐릭터를 필요한데 등장하는 인물만으로도 가능하다. 넷째는 게임에서 아이템으로 사용할 수 있는 무기나 여러 가지의 전쟁기구들이 등장한다는 점을 들 수 있다.

15 한국현대소설연구회, 『현대소설론』, 평민사, 1994, 79쪽.

플롯	내용
발단	① 송시절에 조웅은 개국공신 좌승상 조정인의 유복자로 태어난다. ② 조정인은 남만을 평정한 충신이나 간신 이두병 일당이 참소하자, 자결하여 죽는다. ③ 송문제가 충렬묘에 거동하던 중 어린 조웅을 만난다. 나이 비록 7세에 불과하나 영웅기상이라 입신하여 현알하리라 한다. 그러나 이두병은 이를 근심한다. ④ 조정에 이변이 일어나고 왕부인의 충언으로 왕렬이 벼슬을 하직하고 고향으로 돌아온다. ⑤ 송문제가 죽자 이두병이 역모하여 자칭 황제라 하고 태자를 정배시킨다.
전개1-위기	⑥ 조웅이 이두병을 징계하는 글을 경화문에 붙이고 돌아온다. ⑦ 부친의 혼령으로 모자가 이두병의 화를 피한다. ⑧ 계량섬 백자촌에 유숙하는데 왕부인에 대한 개가 권유로 그곳을 떠난다.
전개2-위기	⑨ 조웅은 월경대사에게 글과 술법을 배운 후 다시 하산하여 화산도사에게 검을 받고, 철관도사에게 가서 수학하고 신마를 얻는다. ⑩ 위국 장진사의 집에 머물다가 월장하여, 장소저와 연분을 맺는다. ⑪ 조웅이 월경대사에게 돌아와 모친에게 장소저와의 연분을 이야기 한다. ⑫ 철관도사의 지시로 하산하여 위국으로 향한다.
전개3-위기	⑬ 조웅은 서번과의 싸움에서 승리하여 위국을 구한다. ⑭ 조웅은 장소저에게 강혼을 요구한 강호자사의 난정을 다스리고 상봉한다.
전개4-위기	⑮ 위국으로 가던 중 서번왕의 변심으로 조웅은 위태해지나 역대 충신과 송문제가 현몽하여 위기를 알린다. 천명도사의 일봉으로 위기를 모면하고 위국에 도착한다. ⑯ 위왕이 자녀와 차녀를 각각 태자와 조웅에게 맡겨 결혼한다. ⑰ 조웅이 대국으로 향하던 중 태자 적소로 가던 사신을 만나 죽인다.
절정	⑱ 학산에서 과거의 충신과 왕렬을 만나 이두병에게 대적할 무리를 규합한다. ⑲ 이두병이 사신 죽음을 알고 군사를 일으켜, 일, 이 삼대의 삼형제가 진을 치고 조웅과 대적하려던 것을 삼형제의 스승인 도사가 만류하나 거절한다. ⑳ 조웅에게 도사가 가서 천기가 적힌 봉서를 줌으로써 조웅이 승리한다. ㉑ 조웅의 격서를 받은 조정의 제신들이 이두병과 오인의 아들을 포박하고 조웅을 맞아들인다. ㉒ 태자가 황성에 들어가 이들을 처벌한다.
대단원	㉓ 조웅이 번왕에 봉해지고 태평성대를 이룬다.

이와 같이 〈조웅전〉의 플롯구조에서 볼 수 있는 공통적인 서사요소는 조웅의 "탄생, 고난, 수학, 입공, 혼인, 부귀영화" 등으로 정리할 수 있다. 주지하다시피, 〈조웅전〉의 서사를 관통하는 주제의식은 권선징악[16]이며, 이는 변함없이 과거나 현재의 대중들에게 관심의 대상이기에 게임의 소재로 매우 적절한 자료가 될 수 있다. 〈조웅전〉의 플롯구조가 순차적인 사건의 진행으로 권선징악의 대립구도를 통해 영웅담을 이끌어가고 있음을 알 수 있다. 그러면 이러한 〈조웅전〉의 이야기 구조가 게임스토리텔링으로 전환시킬 경우 어떠한 게임 유형에 적합하느냐가 먼저 고려되어야 한다.

일반적으로 게임에는 〈스타크래프트〉와 〈디아블로〉가 있다. 스타크래프는 전략시뮬레이션이고, 디아블로는 롤플레잉 게임이다. 스타크래프트는 워크래프트를 바탕으로 새롭게 구성한 게임인데, 다른 사람과 게임을 할 때마다 게이머의 스타일과 전략에 따라 게임이 전혀 다르게 진행됨으로 고도의 기술과 전략이 필요한 게임이다.[17] 반면에 디아블로는 롤플레잉 게임(Role Playing Game) 즉 RPG 게임으로 역할분담 게임을 말한다. 모든 RPG 게이머의 캐릭터는 처음에는 형편없이 약하기 때문에 단숨에 목적을 달성할 수 없게 되어 있다. 이 게임은 스토리의 단계적

---

16 인간의 내면세계에 있는 선·악의 대립은 언제나 우리들의 관심의 대상이며, 재미있게 지켜보는 호기심의 대상이다. 특히 영웅소설에서 결과가 극명하게 드러나는 권선징악적인 설정은 확고한 목표를 설정해야 하는 게임의 소재로 적합하다고 하겠다.

17 전략시뮬레이션 게임이 기존의 선형적 플롯전개가 가지고 있는 기본적 틀을 배제할 수는 없지만 디지털을 매체로 한 게임은 상호작용을 기본적인 특징으로 하고 있는 만큼 그 진행과정과 결말이 개방되어 있다. 게임속의 등장인물, 소품, 사건, 장소 등 하나하나의 요소들이 하이퍼텍스트적인 연결구조를 가지고 있다. 게임에서는 스토리텔링이 비선형구조를 지니며, 이러한 끝없이 보이는 가지치기 구조 속에 무엇이 원래의 주된 플롯인지 원래 무슨 이야기를 하려고 했던 것인지를 잊게 해줄 수도 있다.

구성을 따르게 되어 있다. 즉 캐릭터는 스토리의 단계를 따라 지나면서 성장을 하게 된다. 〈조웅전〉이 RPG 게임에 매우 적합한 이유가 여기에 있다. 따라서 게임 중에서 가장 스토리 중심적인 RPG 게임에서 영웅소설의 스토리 밸류(story value)를 찾아 게임 스토리텔링을 구조화하고, 설계하는 것이 우선적으로 필요하다. 〈조웅전〉의 서사는 RPG 게임의 서사에서 시간의 순차적인 흐름에 따라 흥미진진하게 사건을 진행해 갈 수 있다.

〈조웅전〉을 게임으로 각색 스토리텔링할 경우, 원작을 단지 게임으로 바꾸어 놓은 것도 가능하겠지만 오히려 게임 서사에 맞게 독창적이고 개성적인 "새로운" 스토리텔링으로 만들 수도 있다. 이런 경우에 〈조웅전〉을 게임으로 전환하는 데 있어서 중요한 것은 향유자들이 전환 전후의 작품으로부터 동일한 정체성을 느낄 수 있어야 하며, 동시에 서로 독립적인 스토리텔링을 구사함으로써 그 개별성을 인지할 수 있어야 한다. 이것 외에도 디지털 매체는 문자서사에서 불가능했던 표현방식이 다양하다. 예를 들면, 카메라와 다채널 입체음향 장치가 전쟁터의 어지럽고 급박하며 정신을 차릴 수 없을 정도로 혼란스러운 상황을 표현하는 데에 대단한 효과를 발휘하게 된다.[18]

게임구조를 통해 볼 수 있는 바와 같이 이용자는 게임 공간을 자유롭게 탐험할 수 있기 때문에 앞에서 배열해 본 〈조웅전〉의 세부 사건이 비록 순차적인 서사로 진행되어 있지만 게임에서 발생순서는 매번 달라질 수 있다. 예컨대, 〈전개1〉부터 〈전개n〉에 이르기까지 게임유형, 사회의식, 보편적 가치를 위한 전투장면, 주인공의 궁극적인 욕망에 따

---

18 강현구 외 2인 공저, 『문화콘텐츠와 인문학적 상상력』, 글누림 문화콘텐츠 총서2, 2005, 118-119쪽.

라 다양한 스테이지로 스토리텔링할 수 있다. 그러므로 스토리텔러나 게임 유저는 무한대로 사건을 연결하여 스토리텔링할 수 있으며, 사건 간의 연결을 임의대로 조정함으로써 다양한 하부 서브플롯을 만들어 낼 수도 있다. 그리고 세부 사건에는 다양한 서브플롯이 삽입될 가능성을 열어두어 이용자의 선택을 반영할 수 있다는 점에서 〈조웅전〉의 순차적인 사건구조는 다양하게 스토리텔링할 수 있다. 이처럼 전체 이야기의 서브플롯은 이야기를 이용자가 조절할 수 있지만, 전체적인 이야기 구성은 미리 구조화된 틀을 따라 진행한다면 〈조웅전〉도 얼마든지 게임으로 만들 수 있다.

3. 〈조웅전〉의 서사요소와 게임 스토리텔링 방안

1) 캐릭터의 설정과 스토리텔링 방안

〈조웅전〉이나 게임에서 캐릭터는 가장 중요한 역할을 담당한다. 특히 허구적인 공간 안에 강력한 서사잠재력을 가진 캐릭터를 새롭게 창조하는 일은 매우 중요한 요소라고 할 수 있다. 주인공 캐릭터는 게임의 최후 승자이기 때문에 다른 인물에 비해 탁월성과 우월성을 더욱 돋보이게 창조해야만 한다. 특히 게임에서 주인공 캐릭터를 어떻게 창조하느냐가 게임의 승패를 좌우하는 중요한 요소로 작용한다. 더욱이 여러가지 게임 장르 중 스토리 중심적인 RPG 게임의 캐릭터는 다양한 종족과 직업군별로 나누어지고, 게이머가 선택한 캐릭터에 따른 인터랙션에 의해 서로 다른 이야기 흐름을 전개하는 주체이므로 게임 스토리텔링의 중심요소라고 할 수 있다.

특히 게임을 하는 과정에서 개인은 하나의 캐릭터를 만들어 그 안에 자신의 정체성을 투영시키면서 게임에 참여한다. 자신의 아이디와 패스워드를 통해 캐릭터를 사용하면서 사용자는 캐릭터의 성장과 더불어 자신도 성장하고, 캐릭터의 죽음과 자신의 죽음을 동일시하게 되는 현상을 경험하게 된다. 즉 사이버 세계에 자신을 동화시켜 사회화하게 된다. 이는 고차원적으로 나아가고자 하는 인간의 선천적인 욕구에 의해 추구된다.[19]

따라서 게임 스토리는 캐릭터 중심으로 진행되기 때문에 어떤 캐릭터가 선택되었는가에 따라 세부적인 스토리가 다르게 진행될 수 있어서 다양한 결과를 얻을 수 있다. 상세하고 다양한 캐릭터를 제공함으로써 선택의 폭을 크게 하고 캐릭터를 중심으로 사건이 연결되어 전개의 속도에 맞추어 캐릭터가 변화하며 성장할 때 풍성한 스토리를 구성할 수 있게 되고 몰입의 효과가 뛰어나게 된다.[20] 특히 교훈적인 측면이 강한 영웅소설보다 게임은 유희적인 면이 강하다고 할 수 있다. 이러한 현상은 인간의 본능적인 대결의식과 성취욕에서 비롯되는 원초적인 쾌감이 게임에서 중요시되기 때문이다.[21]

무엇보다 〈조웅전〉에서 캐릭터 형상화는 스토리 밸류와 그것의 의미 있는 변화를 자기 안에 구현해야 한다. 즉 캐릭터는 사건의 변화과정에서 예측불허의 사건이 발생할 수 있는 신비로운 가능성, 즉 은유적 복합성을 가져야 하기 때문이다. 그러므로 게임에서는 레벨에 따라 캐릭터의 다양한 행동과 변용을 어떻게 만들어 낼 것인가를 중요시해야 한다. 이

---

19 크리스 브래디·타다 브레디, 『게임의 법칙』, 안희정 옮김, 북라인, 2001, 41쪽.
20 김미진·윤선정, 『추계종합학술대회논문집』 3(2), 한국콘텐츠학회, 2005, 418쪽.
21 이재홍, 앞의 논문(2009), 42쪽.

러한 작업이 진행되어야 게임시나리오를 만들 수 있기 때문이다.

여기에서는 우선적으로 〈조웅전〉의 등장인물을 대상으로 캐릭터의 유형과 성격을 살펴보기로 한다. 〈조웅전〉의 등장인물은 여타의 영웅소설에 형상화된 전형적인 인물과 가깝다. 〈조웅전〉의 작품에 형상화된 인물의 외형과 성격묘사는 서로 다르며, 작품 내에 형상화된 인물을 통해 캐릭터를 데이터베이스화하면 캐릭터 창조에 좋은 자료가 될 수 있다.

먼저 〈조웅전〉 작품에 수용된 인물군상들의 캐릭터를 정리해 보면 [표1]과 같다.

[표1]

캐릭터의 유형	캐릭터의 명칭	캐릭터의 성격
영웅 인물	정의의 전사 〈조웅〉	전투적 영웅인 검사로 등장, 체력이 강하고, 능력이 탁월하며, 민첩성과 마법력이 강한 인물.
	사랑의 전사 〈장소저〉	유일한 여성 캐릭터로 파초선을 사용하며, 체력이 약한 것이 단점이나 마법을 사용하며, 조웅과 사랑의 관계인물, 여성 영웅으로 형상화.
	미타찰의 전사 〈월경대사〉	조웅과 장소저의 캐릭터가 가진 강한 능력을 절반씩 가진자로 자신이 가진 레벨이나 물리력이 소모되면 사라져버림. 〈조웅〉이 능력을 배가하는데 도움을 주는 인물임, 도선적인 인물이며, 신비스러운 인물로 형상화.
적대적 인물	도적 병사	'도적의 난'에 등장하는 적 캐릭터. 물리적 공격력만을 사용함.
	도적 두목	'도적의 난'에 등장하는 적 캐릭터. 물리적 공격력만을 사용. 병사보다는 강함.
	황진의 병사	'강호'라는 단계에 나오는 적 캐릭터. 물리적 공격을 하며 도적 병사보다 높은 레벨을 가짐.
	황장	'강호'라는 단계에 나오는 적 캐릭터. 물리적 공격을 하며 황진의 병사보다 높은 단계에 있음.

적대적 인물	미녀귀신	'귀신의 집'이라는 단계에서 등장함. 마법을 사용하는 처녀 귀신이다. 도깨비불로 공격하여 체력을 빼앗음.
	장군귀신	'귀신의 집'이라는 단계에서 등장함. 억울하게 죽은 장군의 혼으로 '증오의 빛'이라는 검은 빛을 쏘아 체력을 빼앗음.
	번국병사	'번국과의 전투'라는 단계에서 나오는 캐릭터. 황진의 병사와 비슷한 레벨. 물리적 공격만 사용함.
	번장	'번국과의 전투'라는 단계에서 나오는 캐릭터. 황장보다 강한 캐릭터. 물리적 공격만을 사용함.
	미녀 마법사	'번국과의 두 번째 전투'에서 나오는 캐릭터. 사람을 홀리는 마법을 사용하여 체력을 빼앗음.
	강호자사	'관산'이라는 단계에서 등장하는 캐릭터. '미움의 광선'이란 마법을 사용. 적의 체력과 마법력을 모두 빼앗음. 물리적 공격과 마법 공격에 대한 보호능력이 강함.
	번왕	'번국과의 두 번째 전투'에서 나오는 캐릭터. 물리적 공격력과 마법 공격력 모두 강함. 물론 이들에 대한 방어력도 강함. 단거리·장거리 공격이 모두 가능함.
	장덕	'서주·관산 전투'에서 나오는 캐릭터. 물리적 공격력이 강함. 민첩성을 둔화시키는 광선을 발사하여 캐릭터의 움직임과 공격을 둔화시킴.
	서주자사 위길대	'서주·관산 전투'에서 나오는 캐릭터. 번왕과 비슷한 수준이며 같은 기술을 사용하며 성격도 비슷함.
	삼대	'삼대와의 전투'에서 나오는 세 명의 캐릭터. 물리적 공격력은 별로 강하지 않지만 마법 공격력이 강함. 일대는 순간 이동이 가능하여 여러 곳에서 공격할 수 있으며, 이대는 죽은 자신의 장수를 불러내는 기술을 사용함. 삼대는 강한 빛을 사방으로 뿜어 체력과 마법력을 동시에 빼앗음. 이들 셋은 동시에 공격함.
	이두병	물리적 공격과 마법력을 동시에 사용함. 물리적 공격과 마법 공격에 대한 보호력이 강함. 그러나 민첩함이 둔하고 공격에 끊김이 있음. 파장을 발사하여 상대의 체력을 계속해서 빼앗음.
	간신 무리	18명의 간신으로 구성되어 각기 다른 마법을 씀. 비교적 강한 캐릭터가 마법에 대한 보호력이 약함.

이처럼 〈조웅전〉에서 찾아볼 수 있는 캐릭터 창조는 부수적인 요소들을 문자적으로만 묘사하여 인물상을 형상화해 줌으로써 캐릭터를 독자들의 상상력에만 의존케 하였다. 그런데 이러한 캐릭터는 영상으로 표현해주어야 하는 게임은 방식이 조금 다르다. 소설처럼 서술과 묘사를 통해서 성격을 창조하고, 영화처럼 배우의 연기를 통해서, 만화처럼 그림으로 이루어지는 것이 아니다. 컴퓨터그래픽 디자이너, 프로그래머와 애니메이터, 패션, 헤어스타일리스트까지 합동으로 캐릭터의 역할과 성격을 창조하여 생명력을 불어넣어 주어야 하며, 게임의 종류에 따라 게임의 특성에 맞는 시나리오 작성 방법에 따라야 한다.[22] 게임에서 스토리텔링을 진행해 가는 과정에서 캐릭터 간의 긴박한 대화나 레벨업에 따라 성장해 가는 캐릭터의 변화된 모습, 스토리의 핵심이라 할 수 있는 치열한 전투를 함으로써 스토리의 목적을 찾아 나서게 된다[23]는 점에서 고정된 캐릭터의 영웅상에서 변화된 캐릭터 영웅상을 레벨업에 따라 창조해야 나가야 한다.

〈조웅전〉에 등장하는 외형적인 다양한 캐릭터는 내면적으로 보면 더욱 디테일한 부분까지 확대할 수 있으며 몇 가지 방법으로 창조할 수 있다. 즉 인물과 성격, 외모, 행동, 환경, 언어 등에 의해 다양한 형태의 캐릭터를 창조할 수 있다. 우리는 이야기 속에서 다양한 형태의 인물을 만나게 된다. 그 속에서 만나게 되는 인물은 우리가 경험적 현실에서 만날 수 있는 인물과 다르다. 이러한 인물들은 현실 속의 군상들과 달리

---

22 신선희, 앞의 논문(2004), 77쪽.

23 스타크래프트와 같은 유형의 전략 시뮬레이션은 다원적 캐릭터 설정을 기본으로 한다. 롤 플레잉 게임의 경우, 게이머가 마음에 든 단 하나의 캐릭터를 설정해 게임으로 진행하는 것과는 다르다. 따라서 본고에서는 롤플레잉 게임의 경우와 같이 이용자가 캐릭터를 스스로 성장시켜나가면서 벌이는 게임을 의미한다.

각각의 요소에 절묘하게 부합되도록 작가에 의해 선택된 것이므로 인물의 출생지나 성품 등은 말씨를 통해 캐릭터의 성격이 드러나게 되고, 인물의 행동은 사건과 사건의 전후과정에 개연성을 부여할 수 있도록 한다. 특히 인물의 습관적인 행동을 잘 만들어 주어야 한다. 캐릭터의 행동은 일종의 버릇과 같은 반복적인 행위를 하게 되고, 행동은 반복, 대조, 유사를 통해서 인물의 특성을 드러내기도 하기 때문이다.

영웅소설의 등장인물에 대한 접근은 주로 주인공과 주변 인물, 혹은 악인형 인물, 선인형 인물 및 매개자 등의 몇 가지 방향에서 이루어진다. 그러나 이러한 몇 가지 인물 유형을 가지고도 유형을 세분화 및 단계화가 필요하다.[24] 나아가 같은 선(악)인형 인물이라 하더라도 선(악)의 단계를 세분화하여 제시하거나 각 인물군이나 인물을 구성하는 요소들을 추출하여 변별성이 부각될 수 있도록 구체적으로 다양한 정보를 제시할 필요가 있다.

게임 캐릭터를 만드는 좋은 방법은 우선적으로 앞에서 도표로 정리한 바와 같이 〈조웅전〉의 각 작품에 나타난 인물을 변별적으로 수치화할 수 있도록 이른바 인물 사전과 같은 인물프로필을 만들고, 캐릭터에 따른 스토리텔링을 만들면서 구조를 유형화할 수 있다.

또한 각 인물도 성별, 나이, 신체, 복식, 소지물, 성격, 능력 등을 분석하여 캐릭터를 작성하는 자료로 확보해 두면 유용한 게임 콘텐츠

24 영웅소설의 등장인물은 차별화된 캐릭터의 이미지를 창출할 수 있다. 선과 악이라는 단순화된 주제를 가지고 권선징악이라는 가장 보편적인 결말을 보여주고 있는 영웅소설의 서사전개에서 캐릭터의 설정은 의외로 쉽게 설정할 수 있다. 영웅소설의 해당 작품에 등장하는 인물이 지니는 능력, 성격, 약점 등을 수치화 할 수 있을 정도로 DB화를 해 놓는다면 다양한 정보를 활용하여 게임의 성격에 맞는 캐릭터를 설정할 수 있을 것이다.

개발이 가능하다.[25] 이러한 방법과 규정을 통해 영웅소설 전편에 등장하는 영웅 인물의 포트폴리오를 작성해 두는 것이 중요하다. 인물별 프로필 구축과 포트폴리오 작성을 통한 캐릭터 개발은 문화콘텐츠에서 매우 중요하다. 특히 아무것도 없는 불완전한 주인공이 세상에 태어나서 수련을 통해 힘을 얻어간다는 설정은 게임 속의 캐릭터가 불완전한 단계에서 하나하나 완전한 단계를 거쳐 레벨을 올려간다는 설정으로 〈조웅전〉의 게임화를 가능케 하는 중심축이 될 수 있다.

게임의 가장 기본적인 재미는 레벨을 올리거나 게임을 하는 시간에 따라 얻게 되는 결과들에 대한 보상이라 할 수 있다. 게이머들은 점점 자신의 캐릭터가 다른 사람의 캐릭터보다 힘을 얻게 되거나 우위에 점하게 될 때 느끼는 기쁨의 코드를 획득하기 위해 온 힘을 다해 게임에 집중하기 마련이다.[26] 〈조웅전〉이 이러한 게임의 오락적 장치에 잘 들어맞는 서사구조를 가지고 있다. 게임에서 캐릭터 창조는 능력, 역할, 외양 등을 통하여 인물의 성격을 결정하게 된다. 한때, 인기 게임 중의 하나였던 〈리니지Ⅱ〉에 등장한 캐릭터들은 근력, 지능, 체력, 민첩성, 정신력, 재치 등의 6가지 능력치를 가지고 있는 것으로 창조되었다. 게이머들은 이들의 다양한 캐릭터를 비교한 후 자신의 캐릭터를 선택하여 게임을 하게 되는 것이다.

〈조웅전〉의 캐릭터는 〈리니지Ⅱ〉처럼 능력치를 중심으로 나눌 수도 있겠지만 [표1]에서 분류한 바와 같이 이야기에서 역할과 부여된 임무에 따라 네 가지 인물 유형으로 나누어 볼 수 있다. 나아가 같은 인물

25 함복희, 「설화의 문화콘텐츠화 방안 연구」, 『어문연구』 134, 어문연구학회, 2007, 147쪽.

26 백승국, 『문화기호학과 문화콘텐츠』, 다할미디어, 2004, 50쪽.

유형 내에서도 능력치를 중심으로 세분화하면 다양한 캐릭터를 창조해 낼 수 있다.

첫째는 탁월한 영웅능력을 가진 정의의 전사자인 조웅
둘째는 조웅의 배필인 사랑의 전사자 여인 또는 여성영웅
셋째는 조웅의 능력을 배가시켜주는 탁월한 신성성을 소유한 도사나 승려
넷째는 조웅과 끊임없이 대적하다 패배하는 적대자와 그 악의 무리들

여기에서 첫 번째 조웅은 게임에서 가장 중요한 인물 캐릭터이다. 주인공인 조웅의 외모와 옷차림은 물론 표정과 능력을 배가시켜 줄 수 있는 최고 성능의 캐릭터로 만들어야 한다. 당연히 체력과 지략이 탁월한 인물로 선정될 수 있다. 아주 많은 수의 적과 싸워서 이길 수 있는 탁월한 싸움능력을 단계별 능력치를 통해 부여해주면서 탁월한 능력자로 상승할 수 있도록 스토리텔링해야 한다.

두 번째의 캐릭터인 조웅의 아내인 장소저는 영웅소설이 보여주는 로맨스의 확장과 주인공의 영웅담을 최적화시켜주는 역할을 부여해 준다. 여주인공은 애정을 성취하기 위해 주체적으로 사건을 해결할 수 있는 이미지를 부각시켜 준다.

세 번째의 캐릭터는 게임에서 검술과 마법에 뛰어난 인물로 '도사나 승려'를 들 수 있다. 도사의 캐릭터는 주인공의 영웅성을 키워주기 위해서 훈련을 통해 길러주고, 싸움에서 주인공의 위기를 단번에 극복할 수 있도록 도와주는 인물이기에 물리적 공격력과 마법 공격력을 비교적 강하게 설정해 주고, 주인공의 영웅성을 위하여 소멸의 능력을 부여해 준다. 이 경우 캐릭터는 신비함과 탁월함을 겸비한 인물과 성격을

가진 캐릭터로 형상화하면 된다.

네 번째의 적장 캐릭터는 조웅의 캐릭터와 크게 차이가 나지 않을 정도로 설정해 준다. 이들은 물리적인 공격력만 사용할 수 있도록 한다. 그렇기 때문에 체력이 강하고 민첩한 인물로 설정하되 싸움에서 뛰어난 능력을 가진 인물로 묘사하면서 마법에 쉽게 빠져들 수 있도록 지혜롭지 못한 인물로 형상화한다. 따라서 주인공의 탁월한 능력에 결국은 적장이 패배하는 인물로 설정한다.

이와 같이 각각의 캐릭터는 작은 수준의 레벨에서 출발하여 한 단계의 레벨을 올려가면서 일정량의 탁월성이 높아지게 만든다. 레벨이 오를 때마다 체력과 마법력과 민첩성을 올릴 수 있는 기회를 주어지게 하고, 마법능력을 향상시킬 기회도 아울러 부여해주면 게이머에게 긴장감과 흥미를 유발시켜줄 수 있다. 결국 〈조웅전〉을 게임으로 만드는데 있어서 가장 중요한 요소인 캐릭터의 창조와 게임 유형에 따른 적절한 스토리텔링의 유형을 만드는 것이 중요하다.

2) 사건의 구성과 스토리텔링

상황이 창안되고 캐릭터가 만들어지면 다음 단계는 캐릭터의 행동이 구현되고 행동에 따라 의미가 부여되는 사건이 만들어진다. 그리고 의미심장한 우연성이 창출될 수 있는 허구적 공간구축이 이루어지면 사건을 스테이지별로 구축하여 단계적인 욕망의 성취단계로 나아가야 한다. 이때에 사건의 스토리텔링은 사용자에게 흥미를 유발시켜주는 중요한 단계라고 할 수 있다.

사건은 〈조웅전〉의 서사방식과 디지털 게임 스토리텔링이 조우할 수 있는 가능성을 가장 많이 가지고 있다. 〈조웅전〉은 텍스톤[27]으로 전환이 쉽게 일어날 수 있는 서사적 요건들이 많이 있기 때문이다. 특히 〈조웅전〉에는 주인공이 해결해야 할 과제가 늘 사건을 통해 등장한다. 어린 시절 힘든 성장과정을 거친 주인공은 일정한 임무를 수행해야 가족도 재회하고 출세도 가능하게 된다. 이 또한 조웅에게 부여된 과제의 연장이기도 하다. 〈조웅전〉에서 주인공에게 부여되는 문제 즉, 나라를 구하고 가족이나 연인을 찾는 임무는 게임에서 줄곧 등장하는 임무(퀘스트: quest 혹은 미션: mission)로 치환이 가능하다. 서양의 판타지나 중국의 무협이 수많은 임무를 부여하듯 〈조웅전〉도 해결해야 할 임무들이 전개된다. 이 사건 전개는 반드시 선후관계에만 묶이거나 인과관계에 필연적으로 묶이지 않는 서술방식을 택하고 있다.[28] 게임에는 소설에서 형상화된 하나의 사건이 가지고 있는 스토리 밸류가 있다면 서브 플롯을 통해 사건을 세분화하거나 스테이지를 확장시켜 더욱 흥미를 배가시킬 수 있다.

이 외에도 〈조웅전〉은 사건을 게임으로 치환할 수 있는 요소로 극적인 상황이나 강한 서사성을 가지면서 잠재력을 가진 가상의 사건들이 많다. 〈조웅전〉의 사건은 주인공이 지향하는 가치가 무엇인가에 따라 사건의 성격과 유형으로 나누어 스테이지를 창조할 수도 있고 하나의 스테이지에는 다양한 서브 스테이지가 다선형으로 배치될 수 있다. 그리고 스테이지의 내용에는 주인공과 당시대의 사회적 가치관이 형상화될 수 있다.

---

27 텍스톤이란 서사의 어떤 국면에서 선택 가능한 다양한 경우의 수를 예상하여 마련된 각 선택 요소들이다. 예를 들어 설명하자면, 게임의 경우 장면 장면에서 게이머가 선택해야하는 다양한 경우의 수들이 텍스톤이다. 그리고 그 중 한 가지를 선택하여 게임을 지속시켜 나갈 때 게이머가 경험하게 되는 그 선택의 경로들이 스크립톤이다.

28 조혜란, 앞의 논문(2004), 37쪽.

게임 스토리텔링에서 사건은 〈조웅전〉처럼 순차적인 스토리가 아닌 사건 발생에 따른 이야기 전개방식을 스토리텔링 할 수 있다. 비록 소설이나 영화 애니메이션에는 캐릭터가 스토리를 이끌어 가면서 시간의 흐름에 맞게 일관되게 진행해 나가지만, 게임은 일관된 스토리가 있을지라도 다양한 캐릭터가 게임상에 존재하면서 각각의 캐릭터마다 고유의 이야기로 전개해 가면서 사건발생에 따라 에피소드식 이야기를 구성할 수 있음을 의미한다. 게임에서 스토리텔링은 〈조웅전〉의 서사와 다른 배경이야기, 공간, 독립되면서 이질적인 인상을 주는 사건과 그에 따른 아이템 등의 이야기가 큰 비중을 나타낸다. 이러한 이야기 요소들은 큰 주제의 틀 안에서 조합을 통해 생성되는 편파적인 사건들을 연결하고 조합함으로써 다양한 이야기를 구성해 낼 수 있는 가능성을 가지고 있다.[29]

따라서 게임은 조웅이 펼치는 전투가 반드시 어떤 싸움 뒤에 배치되어야 하는 것은 아니다. 즉 〈조웅전〉에서 중요 등장인물이 해결해야 하는 임무가 반드시 필연적인 인과관계 혹은 사건의 선후관계 속에서 필수적인 것이 아닐 수도 있다는 것이다.

게임은 〈조웅전〉에서 소재를 취합하여 원천자료로 활용할지라도 성격에 따라 원천서사인 사건을 달리 각색하여 스토리텔링을 만들 수 있

---

29 게임에는 사건의 조합과 확장이 무한하게 가능하다. 이는 게임이 가지고 있는 하이퍼텍스트의 성격 때문이다. 하이퍼텍스트는 순차적인 서사구조나 인과관계를 고려하지 않고 사용자의 관심이나 필요에 따라 선택이 가능하도록 사건이 여러 개로 해체되어 유형별, 단위별로 구성될 수 있다. 사용목적에 따라 사건 항목의 선택과 자유로운 조합이 가능하며, 이에 따라 새로운 사건을 가진 시나리오가 가능해진다는 점이다. 이것은 디지털 매체가 보여주는 상호작용성 때문이다. 상호작용성은 서사의 변화를 가능케 하고 나아가 서사의 범위를 확장함은 물론 새로운 유형의 표현물을 창출해 낸다.

다. 다시 말하면, 게임은 모티프별, 또는 한 가지 사건만으로 게임으로서의 흥미를 가져올 수 있다. 이처럼 디지털 미디어에 가장 알맞은 표현양식을 개발하고 활용하는 스토리텔링 방식은 게임에서 상상을 초월할 수 있는 말하기 방식이 될 수 있다. 게임에서 사건이 발생하면 주인공 캐릭터는 목표를 설정하고 움직이기 시작하며 캐릭터의 인터랙션에 따라 게임이 전개되는 과정이나 결과가 다르게 스토리를 구성하게 된다. 게임은 강한 스토리 라인을 구성하게 되는데 종족별로 각각 다른 능력치를 가진 주인공 캐릭터에게 일어나는 극적인 사건이나 난관들을 극복해 가는 과정이 전체적인 게임의 목적이 되고 스토리가 된다.[30]

특히 〈조웅전〉은 스테이지별로 사건을 해결하는 과정에서 잔인한 전투장면을 많이 형상화하고 있다. 〈조웅전〉에 유난히 전투장면을 많이 형상화한 목적은 작품 내적으로 보면, 한 평범한 인물이 탁월한 영웅으로 성장해 가는 과정에서 겪어야 할 통과의례이자 영웅으로 반전되는 소설적 개연성을 제공해 주는 유용한 방법이 될 수 있다.

그리고 소설적 사건은 게임 이용자의 보편적인 정서에 부합해야 하므로 의미 있는 변화가 발생할 가능성이 있는 은유적이며 복합적이고 신비적인 것으로 형상화해야 더욱 가치가 있다. 게임에 등장하는 각각의 캐릭터마다 보편적인 성격이 존재하고 관심을 가질만한 스토리 밸류가 있으므로 어떤 사건을 대중들의 취향과 관심에 맞게 단계별로 탁월하게 형상화할 것인가, 얼마나 흥미 있고, 주제에 걸맞은 사건으로 형상화할 것인가에 따라 〈조웅전〉을 강한 스토리 밸류를 가진 게임으로 만들 수 있다.

---

30 김미진·윤선정, 앞의 논문(2005), 419쪽.

3) 배경의 신화적 시·공간과 스토리텔링

〈조웅전〉과 게임에서 볼 수 있는 서사적 시공간은 한결같이 허구적인 신화 공간이며 환상의 세계 공간이다. 다만 어떤 부분이 콘텐츠에 따라 선행하느냐에 차이를 보일 뿐이다. 그러므로 상상의 객관화 과정에서 소설과 영화 같은 디지털 스토리텔링은 시간이 선행하며, 게임과 같은 스토리텔링은 우연성을 증대시키는 공간 스토리텔링이 선행한다. 디지털 스토리텔링은 선택 가능한 이야기 요소들을 횡적으로 병렬시켜 공간 축으로 구성한다. 소설이나 영화에서는 시간 축이 실재하며 공간 축은 가상적으로 존재한다. 반대로 게임 같은 디지털 스토리텔링에서는 선택 가능한 존재물들이 만드는 공간 축이 실재하며, 시간 축은 사용자에 따라 제 각기 달라질 가능성을 안고 가상적으로만 존재하는 것이다.[31]

〈조웅전〉은 최초의 극적인 상황에서 필연성을 증대시키는 시간 스토리텔링으로 진행하지만 게임은 우연성을 증대시키는 공간 스토리텔링을 증대시킨다. 이러한 공간 스토리텔링은 시간 스토리텔링보다 더 많은 우연성이 개입되기 때문에 오히려 더 핍진한 재미와 절박한 실감과 강한 감동을 창출할 수 있다. 게임 스토리텔링이 요구하는 허구적 시공간은 많은 우연성이 창출될 수 있어야만 사용자가 게임의 재미와 스릴을 맛볼 수 있다.

즉 〈조웅전〉의 서사공간은 영상매체 안에서 볼 수 있는 게임 공간과 별로 다를 것이 없다. 이러한 동질적 현상은 영웅소설이나 게임 세계가 총체적인 세계를 제시하고 있다는 의미다. 즉 이성적인 글쓰기 세계가 아닌 비일상적인 세계, 반이성적인 세계를 추구하고 있음을 의미한다.

---

31 전경란, 「디지털 내러티브에 관한 연구」, 이화여대 박사학위논문, 2003, 87-88쪽.

이러한 세계는 곧 게임을 공간별로 나누어 펼쳐지게 함으로써 공간이동에 따른 캐릭터의 능력치를 상승시켜 나가고, 플레이어가 자유롭게 공간을 선택하여 이동할 수 있도록 만들어 준다. 그 상상력의 대표적인 특징을 보면, 하나는 현실과 비현실을 넘나드는 총체적인 세계의 구현이며, 하나는 공간의 필연에 따른 이야기 만들기라 할 수 있다.

신화적 시공간은 단순히 과거의 시공간이 아니다. 그것은 본질적으로 완전한 상상적 시공간에 해당된다. 신화적 시공간은 실재 공간이 아니라 환상적 공간이라 할 수 있다. 이러한 환상의 공간적 구도는 〈조웅전〉의 서사기법에서 자주 사용하고 있는 꿈과 마법의 스토리텔링을 활용하면 현실과 환상의 통로를 자연스럽게 연결해 줄 수 있는 방법이 될 수 있다. 또한 신화적 환상성은 단순한 미래 세계나 우리가 알 수 없는 설화 세계의 판타지만은 아니다. 합리적인 것, 그리고 실재적인 세계에서 이룰 수 없어 보이는, 또는 이루고 싶은 그 모든 것을 넓게 보면 환상의 세계라고 할 수 있다.[32]

디지털 매체의 발달로 세상은 점점 속도 경쟁의 시대로 접어들고 있다. 그러나 역설적이게도 창조적인 상상력과 그 상상력에 기초한 이야기는 점점 더 고갈되고 있다. 오히려 〈반지의 제왕〉에서 볼 수 있는 바와 같이 최근의 상업화된 환상적인 판타지 문학이나 영상물이 저급하고 통속적이란 일부의 비판에도 불구하고 대중화되어 상업적으로 크게 성공한 예를 볼 때, 마치 우리의 사고가 옛날로 회귀하고 있는 것 같은 느낌을 지울 수 없다.[33]

---

32 환상성이란 기본적으로 인간의 충족되지 못한 욕망이 움직이는 몽상이고, 이 몽상은 인간이 가지지 못한 것을 채워주는 힘을 가지고 있다. 즉 환상이란 인간의 잠재의식에 바탕을 두고 일어난 것이므로 인간의 본질과 연관이 되어 있는 것이다.
캐스린 흄, 『환상과 미메시스』, 한창연 옮김, 푸른나무, 2000, 258쪽.

이처럼 게임, 영화, 소설을 아우르는 거대한 서사물은 대부분 경전이나 신화에 기댄다. 영화 〈스타워즈〉는 아더왕 이야기를 바탕으로 했고, 영화 〈매트릭스〉는 성경, 불경을 비롯한 다양한 경전을 근거로 사건을 전개시켰다. 오히려 인간의 상상력은 근대이전으로 나아가고 있는 것이다.[34] 영화 〈반지의 제왕〉 3편에 등장하는 수십 만 명의 전투장면이나 심형래 감독의 〈D, War〉, 그리고 제임스 카메론 감독의 〈아바타〉 등에서 설정하고 있는 첨단의 현대사회의 가상공간에서 볼 수 있듯이 이제 디지털 스토리텔링은 현실에 존재하는 세계뿐만 아니라 가상의 세계까지도 충실히 담아낼 수 있기에 신화적 시공간을 창조하는 것은 그리 어려운 방법이 아니다. 컴퓨터그래픽에 의한 어떠한 상상의 공간도 스토리텔링의 방법을 통해 얼마든지 쉽게 묘사해 낼 수 있다.

〈조웅전〉을 게임화할 경우, 조웅의 영웅담은 한결같이 신화적 시공간에서 전쟁으로 형상화된다. 이때 신화적 시공간은 신화적 세계를 가지고 있는 환상의 세계라 할 수 있다. 이 공간에서 펼쳐지는 전쟁은 현실보다 더 실감 나는 전투의 장면으로 스토리텔링을 만들 수 있다. 즉 신화적 시공간에서 전쟁은 인간의 본성에 대한 궁극적인 의문을 불러일으키는 극적인 스토리텔링을 만들어 낼 수 있다.

---

33 캐스린 흄은 환상과 관련하여 환상 충동은 권태로부터의 탈출, 놀이, 환영, 결핍된 것에 대한 갈망, 독자의 언어습관을 깨뜨리는 은유적 심상 등을 통해 주어진 것을 변화시키고 리얼리티를 바꾸려는 욕구이며, 환상이란 사실적이고 정상적인 것들이 갖는 제약에 대한 의도적인 일탈이라고 하였다. 〈반지의 제왕〉이 북유럽의 신화와 기독교의 신화를 나름대로 재해석하여 환상적인 모티프를 중심으로 창작을 하여 크게 인기를 끌었다는 점이 현대적 회귀와 맥을 같이한다고 하겠다.
최기숙, 『환상』, 연세대학교출판부, 2003, 22쪽.

34 김탁환, 「고소설과 이야기문학의 미래」, 『고소설연구』 17, 한국고소설학회, 2004, 15쪽.

천상계의 개입이 가능하도록 고안되어 있는 〈조웅전〉의 시공간은 애초부터 황당한 임팩트요소로 개연성 있게 느껴질 수 있게 설정되어 있다. 천상계의 의지에 따라 서사 공간은 단지 환상적 사건이 한두 번 불쑥 등장하는 것이 아니라 서사질서 자체가 공간의 우연성이 매우 높을 수 있도록 고안되어 있다. 고소설 서사와 디지털 매체는 바로 이 공간의 우연성이라는 점에서 접점을 찾을 수 있다.[35] 그러므로 〈조웅전〉에서 주인공이 펼치는 싸움 공간은 다양한 공간스테이지, 사건스테이지로 이동과 반복을 통해 극대화시킬 수 있다.

〈조웅전〉에서 보여주는 신화적 시공간의 스토리텔링은 지상과 천상과 지하, 수중까지 4차원의 세계를 널리 아우른다. 역사의 시공간에 존재하는 등장인물들도 천상과 지상을 자유롭게 오가며, 어느 쪽도 합리적이지 않다는 이유로 배제되지 않는다. 지상 사건은 자연스럽게 천상 사건과 연결되고 지상에서 어려움을 겪고 있는 주인공이 수중세계를 지나면서 새로운 전기를 마련하기도 한다. 이미 죽은 인물들을 천상에서 만난다거나 인간이 아닌 괴물과 지하에서 맞서는 것도 〈조웅전〉의 상상력에서는 얼마든지 가능하다. 천상-지상-지하를 아우르는 3차원의 세계에서 인간 / 비인간이 등장하여 박진감 넘치는 사건을 전개시켜 나간다.

그러므로 〈조웅전〉에서는 광활한 중국의 중원을 배경으로 하여 낯선 공간으로 이동이 자주 눈에 띈다. 결혼 약속을 맺는 후에도 당사자들은 사방으로 흩어져 다양한 공간에서 다양한 사건들이 병치되어 전개된다. 이 때에 많은 우연들이 개입하게 되는데, 그것은 각 공간이 지닌 특징을 등장인물들이 지나면서 우연히 접하게 되기 때문이다. 〈조웅전〉에 등장하는 중국이라는 서사 공간도 벌써 어떤 상상의 산물이다.

---

35 조혜란, 앞의 논문(2004), 36쪽.

중국이라는 공간 위에 천상계라는 공간을 덧붙이면 공간의 확장은 더욱 거대해진다. 이처럼 허구적 공간은 현실적으로 발생할 개연성이 사건을 통하여 가치 있고 풍부한 게임 스토리텔링으로 창조되는 것이다.

게임 세계에서 이야기는 시간의 순차적인 전개에서 벗어나 공간의 응집과 확산을 통해 얼마든지 확대하게 된다. 이처럼 게임에서 가상공간은 무한대로 확대 가능한 것이다. 이처럼 게임에서 시간과 공간은 스토리텔링에 의해 새롭게 창조된다. 게임은 직접적인 참여자의 행위에 의해 진행됨으로 게이머가 시작에서부터 선택과 판단에 의해 이루어짐으로 영웅소설의 서사가 컴퓨터게임의 환경에 스토리텔링 기법으로 바꿀 수 있게 되는 것이다.

4) 아이템의 구성과 스토리텔링

게임에서 캐릭터의 능력치를 키워줄 수 있는 유일한 수단이 아이템에 대한 스토리텔링이다. 아이템이란 게임에서 캐릭터가 사용하는 도구나 필요로 하는 모든 것을 말하는데 칼이나 갑옷 같은 것들이 단적인 예라고 할 수 있다. 〈조웅전〉에서는 다양하고 신비한 보조도구가 아이템으로 활용되고 있다. 게임에서 아이템은 캐릭터의 능력을 더해주거나 체력을 보호해 주는 일을 하는데 얼마나 좋은 아이템을 가지느냐에 따라서 캐릭터의 능력이 얼마나 좋아지느냐가 달라진다. 또한 게임의 진행을 원활하게 해주는 아이템도 있는데 이것은 게임을 하는 시간을 단축시켜준다.

영웅소설 〈조웅전〉에서 볼 수 있는 아이템을 정리해보면 [표2]와 같다.

[표2]

아이템의 유형	아이템의 종류	아이템의 능력치
공격력과 방어력 향상에 관한 아이템 선정	삼척 장검	조웅이 사용하는 검, 물리적 공격력과 방어력를 향상시킴. 소모성 아이템으로 많이 사용하면 수리 해 주어야 함.
	파초선	장소저가 사용하는 부채, 마법 공격력, 방어력을 향상시켜줌. 소모성 아이템으로 많이 사용하면 수리를 해주어야 함.
	여의봉	월경대사가 사용하는 무기, 물리적 공격력과 마법 공격력을 향상시키고 방어력을 향상시켜줌.
	황금 갑주	황금으로 된 갑옷, 공격력, 방어력을 향상시켜줌. 소모성 아이템이며, 주인공에게만 착용이 가능함.
	철갑투구	조웅이 사용하는 것, 방어력을 증가시킴.
	두건	장소저가 사용하는 것, 방어력을 증가시킴.
	모자	월경대사가 사용하는 것, 방어력을 증가시킴.
	정의석(파란색)	보석 아이템이며 이것을 박으면 공격력, 방어력을 향상시켜줌. 두개의 보석을 합쳐서 사용하면 공격력과 방어력이 늘어남.
	사랑석(붉은색)	보석 아이템이며 이것을 박으면 공격력과 방어력을 향상시켜줌. 두개의 보석을 합치면 공격력, 방어력을 배가시켜줌.
	다이아몬드	보석 아이템이며 이것을 박으면 공격력과 방어력을 향상시켜줌. 두개의 보석을 합치면 물리적 공격력, 물리적 방어력 향상, 마법 방어력 향상시킴.
민첩성 향상에 관한 아이템	신의 신발	민첩성을 향상시켜줌.
	천금 준마석	보석으로 민첩성을 향상시키며 4개까지 합칠 수 있음. 4개를 합칠 경우 민첩성이 몇 배로 향상됨.
약물에 관한 아이템	힘의 물약	체력을 채워 줌.
	마법의 물약	마법력을 보강시켜줌.
	환약	체력과 마법력을 보강시켜줌.

마법력에 관한 아이템	조웅검	조웅이 사용하는 신비의 검이며 공격력을 향상시켜 줌. 주인공이 다음 단계로 넘어가기 위한 열쇠로 사용함.
	화상	전사들에게 힘의 근원이며 다음 단계로의 열쇠가 됨. 이것을 지니고 다니면 방어력이 향상됨.
	병서(육도삼략)	싸우는 기술을 사용하게 해 주는 것으로 일정 수준에 도달해야 읽을 수 있음.
	천문도(마법서)	각종 마법 기술이 적혀 있는 책으로 이것을 읽을 때마다 마법의 기술이 늘어남. 이것은 일정한 레벨 이상이 되어야만 읽을 수 있음.

〈조웅전〉에 형상화된 이러한 신이한 인물, 보조자, 태몽, 다양한 아이템의 스토리텔링은 게임으로 만들 때 캐릭터를 개발하고 스토리텔링하는 중요한 단서가 된다. 주인공으로 하여금 공격력과 적대자로부터 방어력을 향상할 수 있는 아이템이나 또한 체력과 마법력 향상에 따른 아이템으로 탁월한 능력을 위해 보강해 주는 상승된 캐릭터의 전형을 창조하는 데 활용할 수 있다.

〈스타크래프트〉나 〈리니지Ⅱ〉 게임에서 외계인 종족을 창조하기 위해서 캐릭터와 아이템을 환상적으로 스토리텔링하고 있는 것처럼 〈조웅전〉을 게임화하는 데 있어 한국적인 아이템을 충분히 스토리텔링할 수 있다. [표2]에서 볼 수 있는 바와 같이 신비한 마력을 지닌 철퇴, 반지, 부채, 용검 등은 게임에서 사실적인 그림으로 제시하며 캐릭터의 능력치를 배가시켜 줄 수 있다.

무엇보다 게이머에게 흥미를 유발하기 위해서는 아이템을 잘 구성하고 흥미와 긴장을 주는 스토리텔링이 중요하다. 왜냐하면 레벨이 올라갈수록 유저들은 더욱 탄탄한 게임을 원하게 된다. 유저들에게 긴장감을 줄 수 있는 게임 장치는 앞에서 논의한 인물, 사건, 배경 외에 서사구조 속의 풍부한 아이템에 대한 스토리텔링이 담당하고 있다. 아이템은 격렬하게 게임이 진행되고 있는 상황에서 신비하고 마력이 있는 첨단의 아이템이 등장할수록 더욱 게임에 재미를 더해주고, 이에 따른 사건의 변화가 끊임없이 역동적으로 펼쳐지는 상황에서 단조로움은 긴장과 집중을 줘서 게임을 효과적으로 스릴있게 진행해 나갈 수 있기 때문이다.

4. 〈조웅전〉의 단계적 게임스토리텔링 구성

캐릭터, 사건, 배경, 아이템이 설정되고 이에 따른 게임 스토리텔링이 이루어지면 이제 〈조웅전〉을 단계적인 게임으로 구성해 나가는 것이 중요하다. 게임의 진행은 앞에서 설명한 바와 같이 소설적 서사구조대로 역할분담화하여 스토리텔링하는 RPG 게임의 경우와 그렇지 않는 전략시뮬레이션 게임의 경우가 있다. 그러나 두 가지의 게임에서 얼마든지 사건의 흥미요소에 따라 서사의 큰 틀을 벗어나지 않는 범위 내에서 시나리오의 재구성이 가능하다고 하겠다.

〈조웅전〉의 게임소설적 성향은 1장에서 살펴본 바와 같이 전투를 소재로 한 군담의 요소에 큰 비중이 있으므로 사건에 따른 전투 장면을 하나의 스테이지로 만들어 구성할 수 있다. 그리고 첫 번째 전투에서 일곱 번째 전투로 진행하면서[36] 스테이지별로 크고 작은 서브 스테이지가 첨부되어 전투의 난이도가 점점 더 강하게 설정되고, 이에 따른 캐릭터의 능력치가 배가되는 상승적인 삶으로 형상화할 수 있다.

---

36 한 작품의 스테이지는 게임의 기획자에 따라서 다양하게 만들 수 있다. 본고에서는 작품에 등장하는 전투의 종류를 일곱 가지로 나누어서 스테이지한 경우를 상정해 본 것이다.

따라서 〈조웅전〉 전편에 등장하는 전투장면을 크게 나누어 보면 [표3]과 같이 7가지로 스테이지를 구성할 수 있다.

[표3]

단계	전투명	등장인물	능력치 (레벨)
1	도적의 난과 전투	도적의 침입과 소수 마을	20
2	위국의 전투	위국의 병사와 장수 등장	30
3	번국의 전투	번국의 병사와 장수 장수 그 외 번졸, 번장, 미녀 마법사	40
4	서주의 전투	황진의 병사, 황진의 장수, 서주자사 위길대	50
5	관산의 전투	뛰어난 영웅 장덕의 등장 마법에 영웅능력치를 부과하여 더욱 강한 전투력을 부여함	60
6	삼대와의 전투	황진의 장수 삼대(일대, 이대, 삼대)가 등장. 삼대는 마법력이 강함	80
7	최후의 혈전	황진 병사, 황진 장수, 마력을 쓰는 간신 이두병이 등장, 이두병을 따르는 간신의 무리들이 수없이 등장하며, 조웅이 등장하여 최후의 혈전을 벌이며 승리함	100

여기에서 구성한 게임은 온라인 네트워크 방식을 이용한 액션 롤플레잉 게임방식임으로 처음과 중간 단계는 비교적 수준이 낮은 반면 마지막 단계로 갈수록 수준이 높고 능력치가 높은 것이 요구된다.

그러나 게임 스토리텔링에서 사건은 [표3]에서처럼 순차적인 스토리가 아닌 사건 발생에 따른 이야기 전개방식을 가진 경우가 많기 때문에 위에서 제시한 순차적인 스테이지별로 진행되지 않을 수도 있다. 또한 스테이지별로 독립적인 사건이나 능력치의 양상에 따른 수준별 스테이지를 만들에 놓으면 게이머에 따라 능력치가 높은 스테이지를 직접 클릭하여 게임할 수 있다. 소설이나 영화 애니메이션에는 캐릭터가 스토리를 이끌어 가면서 시간의 흐름에 맞게 일관되게 진행해 나가지만 게임에는 일관된 스토리가 있다 할지라도 다양한 캐릭터가 게임상에 존재하면서 각각의 캐릭터마다 고유의 이야기로 전개해 가면서 사건발생에 따라 에피소드식 이야기를 구성할 수 있기 때문이다.

게임에서 스토리텔링은 〈조웅전〉의 서사와 다른 배경이야기, 공간, 독립되면서 이질적인 인상을 주는 사건과 그에 따른 아이템 등의 이야기가 큰 비중을 나타낸다. 이러한 이야기 요소들은 큰 주제의 틀 안에서 조합을 통해 생성되는 편파적인 사건들을 연결하고 조합함으로써 다양한 이야기를 구성해 낼 수 있는 가능성을 가지고 있다.[37] 게임에는 조웅이 펼치는 전투가 반드시 어떤 싸움 뒤에 배치되어야 하는 것은 아니지만 〈조웅전〉의 서사진행의 단계별 스테이지가 게임의 능력치를 배가시켜주는 게임장치로 활용할 수 있다. 다만 중요 등장인물이 해결해야 하는 임무가 반드시 필연적인 인과관계 혹은 사건의 선후관계 속에서 필수적인 것이 아닐 수도 있다는 것이다.

---

37 〈조웅전〉의 순차구조가 게임에서는 조합과 확장으로 무한하게 펼칠 수 있다. 이는 게임이 가지고 있는 하이퍼텍스트의 성격 때문이다. 하이퍼텍스트는 순차적인 서사구조나 인과관계를 고려하지 않고 사용자의 관심이나 필요에 따라 선택이 가능하도록 사건이 여러 개로 해체되어 유형별, 단위별로 구성될 수 있다. 사용목적에 따라 사건 항목의 선택과 자유로운 조합이 가능하며, 이에 따라 새로운 사건을 가진 시나리오가 가능해 진다는 점이다. 이것은 디지털 매체가 보여주는 상호작용성 때문이다. 상호 작용성은 서사의 변화를 가능케 하고 나아가 서사의 범위를 확장함은 물론 새로운 유형의 표현물을 창출해 낸다.

5. 결론

본고는 한국 영웅소설 중에서 〈조웅전〉을 선택하여 멀티미디어 환경 속에서 게임으로 새롭게 향유될 수 있는 스토리텔링 방안을 살펴보았다. 살펴본 내용을 정리하면 다음과 같다.

〈조웅전〉의 서사는 게임 소설의 서사와 같은 유사한 단계의 구조를 보여준다는 전제하에 〈조웅전〉이 게임으로 만들 수 있음을 살펴보았다. 게임에서 스토리텔링은 〈조웅전〉과 같은 기존의 문자 시대의 텍스트 속에서 분명히 구분되고 공고한 틀을 지니고 있던 영웅의 일생과 같은 스토리의 관습이 RPG 게임에는 순차적인 서사구조가 게임으로 스토리텔링할 수 있음을 보여주고 있다.

또한 〈조웅전〉에 형상화된 세부 서사구조가 게임에서는 달라질 수 있으며, 그 사건들 간의 연결을 임의대로 조정함으로써 다양한 하부 이야기를 만들어 낼 수 있다. 다양한 서브플롯의 가능성을 열어두어 이용자의 선택을 반영할 수 있다는 점에서 〈조웅전〉의 사건구조와는 차이를 보일 수 있다.

캐릭터의 스토리텔링 방법으로 〈조웅전〉에 형상화된 주인공의 외형과 성격묘사를 다른 영웅소설의 주인공 캐릭터와 비교하여 유형화하여 데이터베이스화하면 가장 훌륭하고 이상적인 영웅 캐릭터를 창출해 낼 수 있다. 인물의 출생지나 학력, 성품 등은 말씨를 통해 캐릭터의 성격이 드러나게 되고, 인물의 행동 등은 사건과 사건의 전후과정의 개연성을 부여할 수 있다. 나아가 〈조웅전〉에 형상화된 인물의 포트폴리오를 작성해 두면 향후 게임 캐릭터를 만드는 데 유용하게 활용될 수 있다.

사건의 스토리텔링방법에는 극적인 상황이나 강한 서사성을 가지면서 잠재력을 가진 가상의 사건을 많이 창조하는 것이 중요하다. 〈조웅전〉의 사건은 주인공의 지향가치에 따라 성격과 유형이 다양하게 나타난다. 게임에서는 사건의 조합과 확장이 무한하게 가능하므로 영웅소설 같은 소재를 원천자료로 하여 스토리텔링을 만들 수가 있다.

한편 〈조웅전〉과 게임에서 볼 수 있는 서사공간은 한결같이 허구적인 신화공간이며 환상의 세계 공간이다. 〈조웅전〉은 최초의 극적인 상황에서 필연성을 증대시키는 시간의 스토리텔링을 진행하지만 게임은 우연성을 증대시키는 공간의 스토리텔링이 중요시된다. 이러한 공간 스토리텔링은 시간 스토리텔링보다 더 많은 우연성이 개입되기 때문에 오히려 더 핍진한 재미와 절박한 실감과 강한 감동을 창출할 수 있다. 그러므로 게임의 스토리텔링이 요구하는 허구적 시공간은 많은 우연성이 창출될 수 있어야 한다. 게임 공간은 이동에 따라 만나는 새롭고 신비한 경험을 바탕으로 할 때 다양한 게임이 펼쳐질 수 있는 것이다.

〈조웅전〉에 형상화된 다양한 아이템의 스토리텔링은 게임으로 만들 때에 캐릭터를 개발하고 스토리텔링하는 중요한 단서가 된다. 주인공으로 하여금 공격력과 적대자로부터 방어력을 향상할 수 있는 아이템이나 또한 체력과 마법력 향상에 따른 아이템으로 탁월한 능력을 위해 보강해 주는 상승된 캐릭터의 전형을 창조하는 데 활용할 수 있다.

〈조웅전〉의 게임소설적 성향은 군담의 요소에 큰 비중이 있음으로 사건에 따른 전투장면을 하나의 스테이지로 만들어 구성할 수 있다. 그리고 첫 번째 전투에서 일곱 번째 전투로 진행하면서 전투의 난이도가 강하게 설정되며 이에 따른 캐릭터의 능력치가 배가되는 상승적인 삶으로 형상화하면 된다.

〈전우치전〉의 게임 스토리텔링

1. 서론

이 글은 고소설 중에서 주인공의 탁월한 능력을 형상화한 〈전우치전〉을 대상으로 하여 게임으로의 전환 가능성을 살펴보는 데 목적이 있다. 특히 소설의 3요소인 인물, 사건, 배경이 일정한 서사구조를 가지며, 주인공이 탁월한 영웅성을 지향하고, 서사적 갈등과 대립이 첨예하게 형상화된 것은 물론, 소설적 서사가 게임의 서사구조와 유사하다는 점에[1] 착안하여 게임으로의 가능성을 살펴보고자 한다.

문학은 매체의 존재양식에 따라 다양하게 현대적으로 변용되어 왔다.[2] 고소설이 현대소설은 물론, 만화, 애니메이션, 영화, 드라마 등 다양한 문화콘텐츠 유형으로 전환 스토리텔링되고 있다는 사실이 이를 증명한다. 고소설과 게임은 시대가 다르고 매체가 다르며, 존재 양식도

---

1 고소설 〈전우치전〉과 게임은 상당부분 유사성을 보여주는 반면에 역시 상이한 차이점도 보여주고 있다는 점을 간과하지는 않는다. 이러한 차이점을 고려하지 않고 게임화에만 집착한다면, 원작을 게임에 충분히 반영했다기보다 원작의 특정 요소, 사건, 이미지 등을 이용한 것이 되고 결과적으로 게임 운영의 독특한 시스템 내지 전개요소가 기존의 게임의 변용에 별다를 것이 없는 것으로 머물 가능성이 많다. 그럼에도 불구하고 본고에서는 유사성을 더욱 중요시하여 게임의 가능성을 고찰하고자 한다.

2 월터 J. 옹, 『구술문화와 문자문화』, 이기우·임명진 역, 문예출판사, 2003.

다르다. 그러나 수용자의 입장에서 보면 당대 독자의 성향과 현대 향유자들의 성향이 서로 동일한 측면이 있다. 조선조 시대의 대중문화를 향유하는 보편적인 양식이 소설에 국한되어 있었다면, 오늘날은 문화콘텐츠라는 영상매체를 통해 다양하게 변환되어 향유되고 있다.

본래 〈전우치전〉은 설화로 출현하고 난 이후에 소설로 정착된 것으로 알려져 있다.[3] 특히 16세기 실존 인물로 평가받고 있는 전우치가 등장하는 설화와 소설은 전우치가 생존했을 당시인 16세기부터 20세기에 이르기까지 다양한 양상으로 전승되고 있다. 〈전우치전〉의 경판본과 활자본의 경우에는 상당히 많은 독자층을 확보하였고, 경판본의 경우에는 1847년에 37장본이 간행되기 시작하여, 22장본, 17장본이 지속적으로 출간되었다.[4] 또한 활자본은 1914년 신문관에서 출간되기 시작하여 회동서관과 영창서관을 비롯하여, 세창서관에서는 1962년까지 출간되었기 때문이다. 특히 영창서관에서 3판까지 간행된 활자본이 확인된다, 이는 대중이라는 독자층의 수요가 많이 있었다는 것을 방증하는 것이다. 이처럼 〈전우치전〉은 오랜 기간 동안 독자층에게 상당한 인기를 받았던 소설로서 대중성을 확보한 작품이었다고 할 수 있다.[5]

그동안 〈전우치전〉이 시대와 공간을 뛰어넘어 오랫동안 인기 있는

---

3 이현국, 「〈전우치전〉의 형성과정과 이본간의 변모양상」, 『문학과 언어』 7, 문학과 언어학회, 1986.
문범두, 「〈전우치전〉의 이본 연구-형성과정과 의미를 중심으로」, 『한민족어문학』 18, 한민족어문학회, 1990.

4 이창헌, 『경판방각소설연구』, 태학사, 2000, 298쪽.

5 본고에서는 지금까지 선행연구에서 조사해서 계열화시키고, 분류한 이본들의 특성을 수용하면서 각 이본에 서사화된 〈전우치전〉의 도술이야기에 한정하고자 한다. 따라서 각 이본에 존재하는 흥미있는 도술화소를 선택하여 이를 게임의 사건과 공간적 배경으로 전환시키는 데 유용한 자료가 될 것으로 본다.

소설로 지속될 수 있었던 것은 많은 사람들이 공감할 수 있는 보편적인 가치를 가진 내용을 대중의 성향에 맞추어 흥미롭게 표현했기 때문이다. 즉 텍스트가 지금까지 이어질 수 있었던 원인은 〈전우치전〉이 가지고 있는 보편적인 가치와 주제가 후대로 내려오면서 계속적으로 민중들의 흥미에 맞게 재창작되고 있기 때문이다.[6] 특히 〈전우치전〉은 〈홍길동전〉과 유사한 영웅의 일대기라는 서사구조를 가지고 있으며, 소설 내적 세계에 당시대의 사회문제를 많이 수용하여 도술을 통해 해결해 나가고, 독자들은 이러한 환상성에서 일탈의 욕망을 얻게 되는 통속적인 면모를 보인다. 이것은 19세기 방각본 소설의 출판과정에서 볼 수 있는 일반적인 특징이자 독자의 흥미를 적극적으로 반영한 작가의 의도된 서술적 표현이라 하겠다.

일반적으로 조선조 시대에 방각본 소설의 대표적인 주류는 영웅소설이라 할 수 있다. 그러므로 21세기 게임콘텐츠에 문학적 상상력을 부여해 주는 가장 대표적인 문학 장르는 당시대에 창작되고 향유된 영웅소설과 같은 통속적인 대중문학이라 할 수 있다. 특히 조선조의 사회성이 강하게 형상화되고 대중을 상대로 신분상승과 군담을 통한 환상적인 일탈의 욕망을 맛보게 한다는 점에서 목적성이 강하게 투영된 영웅소설이 현대에 있어서 가장 좋은 게임의 원천자료가 될 수 있다고 하겠다.

그동안 〈전우치전〉이 게임의 원천자료로서의 많은 가치를 가지고

6 지금까지 〈전우치전〉에 대한 선행연구들의 이본연구에 의하면, 국한문 필사본, 경판본, 활자본을 포함하여 13종의 이본이 존재한 것으로 확인된다. 이처럼 이본계열을 분류할 수 있을 정도로 자료의 형태에 따른 내용의 차이를 발견할 수 있다. 따라서 〈전우치전〉은 형태와 내용의 변모과정을 거치면서 점증적으로 대중성을 확보해 나간 것이라 하겠다. 서혜은, 「〈전우치전〉의 대중화 양상과 그 소설사적 의의」, 『어문학』 115, 한국어문학회, 2012.

있으나 여타의 영웅이야기에 비해서 주목받지 못하였다. 그 이유로는 지금까지의 게임연구가 기술적인 측면에서의 연구와 스토리 측면에서의 연구로 분리되어 연구됨으로써 실제로 게임스토리텔링에 대한 구체적인 연구와 성과를 이루지 못한 것도 기술과 스토리의 분리라는 측면 때문으로 지적된 바 있다.[7]

게임이 예술의 범주에 속하고, 게임스토리텔링 자체가 문학적인 관점에서 이해되며,[8] 게임의 서사적 사고[9]가 인간의 삶을 배경으로 그려지는 허구적인 세계인만큼 문학과 게임은 일정한 공유점이 있다. 주인공과 주변인물, 테마, 내러티브, 가상공간, 초월적 시간, 몬스터와 보조도구 등이 영웅소설과 게임의 중요한 요소라고 한다면 두 장르 간의 습합점이 존재한다는 의미다. 비록 게임에서 플레이어가 무한한 상호작용에 의해서 이야기에서 이야기를 또 다른 이야기를 무한하게 작용한다고 해도 소설과 게임의 주제를 향한 서사적 맥락은 공유된다고 할

---

7 인문학과 공학의 융합적인 관점에서 관심을 가지고 살펴본 기존 연구에서 영웅스토리텔링에 기반한 게임스토리텔링의 확장 가능한 모델을 찾고자 한 연구의 시도가 있었다. 고소설에 등장한 영웅인물을 조사 분류하여 모델화로 연결하는 일련의 연구에서 영웅인물을 스토리텔링하여 게임으로의 활용가능성을 살펴보았다는 점에서 연구의 의의가 있었으나 보다 구현 가능한 모델을 만드는 데까지 나아가지는 못했다. 배주영·최영미, 「게임에서의 '영웅 스토리텔링' 모델화 연구」, 『한국콘텐츠학회 논문지』 6(4), 한국콘텐츠학회, 2006.

8 현대에서 게임은 하나의 놀이의 차원을 넘어서 하나의 문화 영역으로 발전하였다고 해도 과언이 아니다. 간단한 놀이에서부터 시작해서 복잡한 시스템과 다양한 인물의 등장에 이르기까지 텍스트인 게임에서 게임음악, 게임 동영상, 게임 원작 소설, 만화라는 출판물에 이르기까지 매우 방대한 영역으로 거대화되었다. 그리고 그에 따라 문학작품의 게임화 역시 긍정적인 방향으로 시도되고 있는 상황이다.

9 게임의 서사적 사고는 인물의 문제, 사건의 문제, 정서의 문제, 상황과 환경의 문제 등과 같이 플레이어가 경험할 수 있는 게임의 모든 것을 통합시켜주고, 특정한 경험을 쌓아 나가는 맥락 속의 인식의 틀을 의미한다. 이재홍, 「게임스토리텔링 연구」, 숭실대 박사학위논문, 2009, 41쪽.

수 있다.

지금까지 고소설을 문화콘텐츠로 전환하는 연구 작업은 지속적으로 진행되어 왔다.[10] 나아가 영웅소설만을 대상으로 게임으로 전환 가능성을 검토한 바 있다.[11] 또한 본고에서 연구 대상으로 삼은 〈전우치전〉도 다양한 문화콘텐츠 유형으로 전환스토리텔링된 바 있으며, 그 의미를 연구한 몇몇 결과물이 발표되었다. 예컨대 〈전우치전〉에 관한 현대적 변용에 관한 연구로는 정다정, 구민경의 연구를 들 수 있다.[12] 이러한 연구의 결과물은 현대적 문화콘텐츠로의 전환 가능성과 활용 가능성을 제시하였으나 구체적인 게임으로의 스토리텔링은 논의하지 못했다.

---

10 지금까지의 고소설연구가 고소설 자체의 내적 연구와 미의식을 천착하는 데에 연구의 동향을 보여주었다면 2000년 이후의 고소설연구자들은 다매체 환경 속에서 고소설을 어떻게 활용하고 읽게 할 것인가에 초점을 두고 연구가 진행되었으나 만족할만한 성과를 이루지 못했다.
김용범, 「문화콘텐츠 창작소재로서의 고전문학의 가치에 대한 연구」, 『한국언어문화연구』 22, 한국언어문학회, 2002; 「문화콘텐츠 산업의 창작소재로서의 고소설의 활용 가능성에 대한 연구」, 『민족학연구』 4, 한국민족학회, 2000; 「고전소설 심청전과 대비를 통해 본 애니메이션 황후 심청 내러티브분석」, 『한국언어문화연구』 27, 한국언어문학회, 2005.
김탁환, 「고소설과 이야기문학의 미래」, 『고소설연구』 17, 한국고소설학회, 2004.
송성욱, 「고전소설과 TV드라마」, 『국어국문학』 137, 국어국문학회. 2004.
신선희, 「고전서사문학과 게임 시나리오」, 『고소설연구』 17, 한국고소설학회, 2004.
조혜란, 「다매체 환경 속에서의 고소설 연구전략」, 『고소설연구』 17, 한국고소설학회, 2004.
김현정, 「〈홍길동전〉의 현대적 변용양상 연구」, 성균관대 박사학위논문, 2012.

11 안기수, 「한국 영웅소설의 게임 스토리텔링 방안 연구」, 『우리문학연구』 29, 우리문학회, 2010; 「영웅소설 〈조웅전〉의 게임 스토리텔링 연구」, 『어문논집』 46, 중앙어문학회, 2011; 「영웅소설 〈유충렬전〉의 게임 스토리텔링 연구」, 『어문논집』 5, 중앙어문학회, 2012.

12 정다정, 「영화 〈전우치〉의 소설 〈전우치전〉 수용양상 연구」, 숙명여대 교육대학원, 2011.
구민경, 「고전소설의 매체 변용 양상 연구」, 아주대 교육대학원, 2015.

한편, 〈전우치전〉의 이본은 필사본계, 경판본계, 활자본계로 나눌 수 있는데, 필사본계에는 나손본, 박순호본, 사재동본이 있다. 필사본은 경판본이나 활자본과 주인공의 이름이나 부분적인 삽화의 유사성만 보일 뿐 구조 및 주제에서 큰 차이를 보인다. 본고는 이본에 따른 차이점이나 특성을 연구하기보다는 〈전우치전〉이 가지고 있는 영웅성과 게임으로의 전환 가능성을 탐색하기로 한다.

2. 〈전우치전〉의 서사구조와 게임의 가능성

〈전우치전〉의 이야기가 지향하는 궁극적인 미션은 미천한 인물이 죽을 고비를 수없이 극복하고 영웅이 되어서 정의를 구현하고 이상적인 새로운 세계를 만들어가는 것이다. 그러므로 전우치가 본래는 명망 있는 집안이었으나 세조의 왕위찬탈에 협조하지 않았다는 이유로 낙향하여 집안이 대대로 가난하였고 초야에 묻혀 살아가는 불우하게 태어나 도술을 익혀서 벼슬아치들을 응징해주고 빈민을 구제하는 일에 앞장 선 인물로서 보여준 영웅성을 단계적으로 설정해야 하며, 이러한 상승적인 영웅 캐릭터의 형상화 방안은 전문가에 의한 전략적인 게임기획과 연출에 의해 새롭게 만들어질 수 있는 가능성을 많이 가지고 있다. 또 두 장르 간에는 향유자들의 심리적 욕구의 형상화와 그 해결의 도구로서 공통점을 갖는다는 점에서 〈전우치전〉의 게임화 가능성을 충분히 고려해 볼 수 있다.[13]

---

13 게임과 〈전우치전〉은 차이점이라기보다는 유사점이 많이 존재하고 있다. 〈전우치전〉을 중심으로 한 고소설 장르가 현실의 불만족, 부조리 등에 의한 반영이었다고

여기에서는 문학작품으로서 〈전우치전〉을 게임으로 전환하기 위한 방안으로 〈전우치전〉의 서사구조를 우선적으로 이해하는 것이 필요하다. 먼저, 여러 이본 중에서 서사적 성격의 차이를 많이 보여주는 나손본 〈전우치전〉의 서사구조를 살펴보고, 도술화소가 가장 많이 수용된 일사본, 경판 37장본의 도술삽화를 차례로 살펴보기로 한다.

먼저 나손본 〈전우치전〉의 서사구조를 살펴보면 다음과 같다.

① 강원도 감영의 관노 전중보는 흉년에 기민을 구휼하여 부산 첨사에 제수된다.
② 전우치는 팔만대장경을 가지러 가던 선동인데, 득죄하여 전중보의 만득자로 태어난다.
③ 7세 때 송월암에서 공부하던 중, 백발노승을 만나 측은한 마음으로 극진히 보살핀다.
④ 백발노승은 전우치에게 천하의 명당자리를 가르쳐 준다.
⑤ 전우치는 부친과 상의하여 중들을 속이고 조부의 묘를 이장한다.
⑥ 12세 때 집을 떠나 술법을 배운다.
⑦ 15세 때 집으로 돌아와 부친은 과거를 보라고 권유하고 전우치는 이를 거절한다. 부친은 전우치의 비범함에 근심하다 사주를 보았는데 제왕이 될 사주를 가졌다고 하자 자식을 죽이려고 한다. 모친이 일러주어 전우치는 달아난다.
⑧ 도적들의 상장군이 되어 영천사의 제출을 탈취한다.

볼 때, 게임의 매체도 맥락을 같이 한다고 하겠다. 게임에도 사회성을 담은 것들이 존재하고, 사회를 담아내는 충실한 거울이라고 볼 수 있기에 그 생성배경 자체가 비슷하다고 볼 수 있고, 과거에 고소설의 주 독자층을 생각해 보아도, 국문소설의 도입으로 하층민과 여성들을 중심으로 퍼져나갔다는 것을 보면, 현실에 대한 불만족을 대리만족시켜주는 일종의 욕망의 분출구로 작용했음을 알 수 있다. 게임 역시 욕망의 분출구이고, 당시대인이 스트레스를 해소하기 위한 수단으로 쓰이고 있다.

⑨ 대국의 대궐에 들어가 황제를 속이고 황금들보를 탈취한다.
⑩ 전우치에게 속은 것을 깨달은 황제는 조선에 사신을 보내어 전우치를 잡고자 한다.
⑪ 조선에서는 전우치를 잡기 위해 그의 부친을 가두고, 전우치는 중국에 자수한다.
⑫ 황제는 전우치에게 일각으로의 벼슬을 제수한다. 하지만 전우치는 다시 죽을 위기에 처하고, 도술을 부리어 활인동으로 돌아간다.
⑬ 연나라 공주와 혼인을 하기 위해 도술대결을 한다.
⑭ 연나라 부마가 되어 조선에서 부모를 모시고 온다.
⑮ 연왕이 죽고 전우치가 연왕에 즉위한다.

	일사본 〈전우치전〉	경판 37장본 〈전운치전〉
1	도술로 선관이 되어 궐내에 들어가 황금들보를 바치게 한다.	전운치가 여우에게 천서를 얻어 술법을 통달한다.
2	간통사건에 살인죄를 쓰고 갇힌 백발 노인의 아들을 구해준다.	임금에게 황금들보를 만들라 하고 붙잡힐 위기에 병으로 들어가 조화를 부린다.
3	남의 돼지 머리를 빼앗아 가려는 관리를 혼내준다.	왕가로 변신하여 누명을 쓴 이가 구해준다.
4	잔치에서 교만한 자와 창기를 혼내준다.	제두를 빼앗아가려는 관리를 진언으로 놀래준다.
5	어질고 효행있는 호조 고직이 장계창을 구출한다.	진언을 염해 소생과 설생의 성기를 없앤다.
6	가난한 한자경에게 신비한 족자를 주어서 구제한다.	돈을 갚지 못해 위기에 처한 장계창을 도와준다.
7	허참연에서 선전관들의 부인을 수청케 함으로써 선전관들을 망신시킨다.	선전관들의 아내를 데려와 수청을 들게 한다.
8	국가에 공을 세우고 벌레로 변하게 했던 호조의 은과 돈을 원상태로 복귀시킨다.	강도 염준을 양민으로 만든다.
9	호서땅 역모사건에 연루되어 잡히자 그림 속의 나귀를 타고 도주한다.	선전관들에게 꿈에 신장을 불러 호통친다.

10	수절과부를 훼절한 중을 현상 걸린 자기 모습과 같이 만들어 붙잡히게 한다.	모해를 받은 전운치가 그림 속으로 들어간다.
11	도승지 왕연회를 구미호가 되게 하여 혼내준다.	수절과부를 훼절한 중을 현상 걸린 자기 모습과 같이 만들어 붙잡히게 한다.
12	시기심 많은 오생의 부인을 구렁이로 변하게 하여 혼내준다.	자기를 죽이려는 왕연회로 변신하여 그의 부인과 수작하고 왕연희를 구미호가 되게 하여 혼내준다.
13	상사병 앓은 친구에게 모습이 같은 다른 여자를 데려다 주어 친구의 병을 구한다.	미인도를 찢은 오생의 부인 민씨를 대망으로 변하게 한다.
14		양봉안의 상사병을 고쳐준다.
15		서화담이 전운치를 불러 서로 술법을 행한다.
16		서화담의 동생 용담과 전운치가 대결한다.
17		서화담과 전운치가 대결한다.
18		서화담과 전운치가 영주산으로 간다.

이상에서 살펴본 세 이본의 화소를 종합해 보면, 경판 37장본에서 가장 많은 도술화소가 삽입되어 있음을 알 수 있다. 특히 경판 37장본은 전우치의 영웅적인 능력이 상대적으로 부각되는데, 전우치가 위기에 빠진 사람들을 도와주기도 하고, 집권 세력을 조롱하기도 하며 비판하기도 하는 내용이 포함된 삽화들은 전우치의 영웅적인 능력을 부각시키는 역할을 하게 된다. 이러한 전우치의 도술행각은 경판 37장의 경우 ②에서 ⑭에 이르기까지 산중에서 구름을 타고 노니는 가운데 발생한 일들을 나열하고 있다.

기존의 영웅소설이 고귀한 혈통을 가진 주인공으로 설정한 것처럼 전우치도 양반 집안 관노의 자식으로 태어난다. 이는 당대 이미 익숙한 영웅의 일대기 구조를 적절히 활용하면서 그 안에서 새로운 이야기가 펼쳐지고 있음을 알 수 있다. 여기에서 주목할 필요가 있는 것은 주인공 전우치가 도술이라는 뛰어난 능력을 가졌다는 사실과 그래서 성공을 거둘 수 있었다는 결말에 주목할 필요가 있다.

전우치의 첫 번째 결핍은 현실세계의 모순이다. 특히 몰락한 가정에서 관노의 아들로 태어난 전우치는 당시대의 혼란한 사회에서 흉년과 질병으로 민심이 흉흉하고 벼슬아치들이 사화를 일으켜 서로 죽이던 판이라 현실사회가 결핍된 모순이다. 그러나 전우치는 비록 관노의 아들로 태어났으나 훗날 총명한 영웅이 될 것임을 출생담을 통해 암시받는다. 태어나면서 치아가 나고, 점점 자라 수개월 만에 걷게 되자, 후에 국가와 가정에 큰 재앙적인 존재가 될 것을 염려한 부친에 의해 전우치를 죽이려고 하였으나 어머니의 도움으로 집을 나가게 된다.[14]

더 이상 가정에 머물 수 없었던 전우치는 자신을 죽이려고 했던 주변 사람을 떠나 위기에서 벗어난다. 그리고는 가정이라는 공간을 떠나 탁월한 능력을 기르게 된다. 전우치의 두 번째 활동공간은 도술을 습득하는 과정이자 산속의 공간이다. 여기에서는 소년으로 둔갑한 여우에게 천서를 얻어 술법을 통달하게 되는 영웅화 과정이 펼쳐지고 있다. 전우치는 도술습득을 통해 부조리한 세계와 투쟁할 힘을 얻은 거듭남의 공간으로 설정된다. 따라서 〈전우치〉는 가정, 산속, 중국으로 세 가지의 커다란 서사 공간으로 이동하면서 활동을 하는 것으로 형상화하고 있다. 이러한 소설 속에서 전우치의 활동공간은 7개의 공간창조를 통하여 사건이 크게 확대되면서 게임으로 스토리텔링을 할 수 있다.

---

14 이러한 서사는 일찍이 〈아기장수 설화〉와 유사한 부분이 있으며, 여러모로 〈홍길동전〉과 흡사한 점이 많다. 또한 〈최고운전〉이나 창작 군담소설의 영향을 많이 받은 흔적이 두드러지게 나타나고 있다. 나손본은 〈홍길동전〉에서처럼 도술영웅의 일대기를 그리고 있다. 최삼룡은 이러한 측면에서 〈전우치전〉도 도술이라는 환상의 무기로 인간의 부귀영화를 얻고자 하는 세속적 욕망의 표현을 형상화하고 있다고 하였다. 최삼룡, 「〈전우치전〉의 도교사상 연구」, 『도교와 한국문화』, 아세아문화사, 1991, 340쪽.

〈전우치전〉의 이러한 서사의 진폭은 확장되어서 지금까지 20여 종의 문헌에 전해 내려온 설화의 화소를 종합해 보면, 도술, 이단적인 사상, 반역행위, 옥사 등의 민중 영웅의 모습으로 형상화하고 있으며, 또한 전우치가 도술로 병을 고친 행위, 밥알을 품어 나비로 변하게 한 행위, 귀신을 잡는 행위, 도술로 남의 참외를 빼앗아 먹는 행위, 분명히 죽었는데 다시 살아난 행위 등은 대중들에게 충분히 환상적인 흥밋거리가 될 수 있는 서사를 가지고 있다.

1) 게임서사의 특성과 〈전우치전〉의 게임 가능성

고소설은 서사구조와 장면의 특질을 모두 가지지만 게임은 서사구조보다 장면의 전개에 더욱 비중을 둔다는 점에서 차이점을 보인다. 이는 물론 고소설뿐만 아니라 문학이라는 장르가 가지는 일반적인 특질이라고 보아야 할 것이다. 문학, 특히 소설은 사건, 갈등의 개별적 장면이나 상황에 머물지 않고 그 의미의 확대 영역과 연결이라는 서사의 연결고리를 가지고 있기 때문이다. 특히 시간의 연속성에 의한 구성은 고소설에서 일관된 특질로 나타난다. 게임의 경우도 마찬가지여서 시간의 역전 현상은 잘 나타나지 않고 대부분의 경우 게임의 장면 혹은 이벤트의 진행이 시간의 흐름에 따른 순차적인 진행을 따른다. 결국 고소설과 게임은 시간의 전개방식에서 나름대로 유사성을 가진다고 할 수 있다.

예를 들어, 게임의 여러 장르를 보면, 시뮬레이션이나 R.P.G 게임, 액션 게임, 어드벤쳐 게임, 스포츠 게임 등 대부분의 게임이 시간의 흐름에 따른 사건이나 갈등, 문제해결의 진행을 그대로 타고 흐르는 구성을 하고 있다. 대부분의 고소설이 시간의 역전을 허용하지 않고 사건전개의 유사성을 지니고 있다. 물론 게임에서의 타임머신, 고소설에서 꿈으로의 전환은 새로운 시간성을 가지지만 이 역시 그 전환된 부분에서 시간의 흐름을 따르며 꿈, 비현실의 세계에서 빠져나온 이후는 다시 시간적 흐름의 순차적 구성에 따르고 있어 전체적으로 시간의 흐름에 따르고 있다.

따라서 〈전우치전〉의 통시적 서사구조에서 인물, 사건, 배경의 흥미 있는 소재를 선택하는 것이 우선적으로 중요하다고 하겠다. 전우치라는 특정 인물에 대한 서사가 오랜 기간 동안 다양한 양상으로 전승되었다는 것은 전승된 인물에 대한 향유자들의 견해가 다양하고 적극적으로 표출되었다는 것을 의미한다. 오랜 시간 동안 다양한 신분과 계급층의 대중들이 관심을 가졌던 인물이라는 점이 다양한 서사적 스토리텔링에도 일정하게 관여했을 것이라는 추정을 할 수 있다.[15]

〈전우치전〉에 형상화된 시공간적인 배경은 이원론적인 세계관에 바탕을 두고 있다는 점에서 어느 정도 신화적 배경 속에서 획득되는 스토리텔링을 고려해 볼 수 있다. 이에 따른 주인공에게 부여된 다양한 퀘스트를 창조하여 게임으로 활용하는 일과 전우치의 영웅적인 활약상, 조정과 제도권에 속한 인물과의 대립과 반목을 거듭하는 다양한 캐릭터, 그들이 사용한 화려한 도술적인 마법과 독특한 아이템 같은 구성요소들을 게임으로 전환하는데 흥미 있는 이야기의 소재가 될 수 있다고 할 수 있다.

〈전우치전〉이 가지고 있는 흥미있는 서사구조의 축은 선과 악의 대립구조로 도술을 활용하고 있다는 점으로 귀결된다. 조선조의 모든 영웅소설이 선과 악의 대립이라는 거대한 서사적 축을 중심으로 갈등과

---

15 정환국, 「전우치 전승의 굴절과 반향」, 『민족문학사연구』 41, 민족문학사학회, 2009, 215쪽.

대립의 치열한 투쟁이 형상화된다는 점에서 맥을 같이한다. 인간의 내면세계에 내재되어 있는 선과 악의 대립은 언제나 우리들의 관심의 대상이며, 재미있게 지켜보는 호기심의 대상이 되기 때문에 영웅소설에서 결과가 뻔하게 드러나는 권선징악적인 설정은 확고한 목표를 설정해야 하는 게임의 소재로 매우 적합한 흥미 있는 콘텐츠의 원천자료가 될 수 있다.

일반적으로 디지털게임에서 볼 수 있는 게임서사의 지배적인 소재는 영웅 모험담(hero's odysseys)이다. 모험담은 앤드류 롤링스나 앤드류 글랜서(Andrew Glanssner)의 지적대로, 조셉 켐벨(Joseph Cambell)이 다양한 문화권의 신화를 집대성해 도출한 '원질신화(monomyth)'와 과정상으로 일치한다. 앤드류 롤링스나 어니스트 아담스, 앤드류 글랜서와 같은 게임 디자이너들이 지적한 바와 같이, 게임에서의 영웅이란 '천의 얼굴(a thousand faces)'을 가지고 있더라도 결국 그 흥망성쇠나 특징들은 조셉 켐벨의 따르면 12개의 단계로 진행된다.

첫째, 일상 세계(The Ordinary World)에서부터 시작된다.

두 번째, 모험에의 소명(The Call to Adventure) 단계에 이르면 일상 세계의 단조로움에 금이 가고 변화의 징조가 싹트기 시작한다.

세 번째, 이제 예비 영웅은 이 소명을 어떻게 받아들일 것인가에 대해서 고민하게 된다.

네 번째, 이때 예비 영웅에게 용기를 주고 심신을 단련시킬 조력자가 등장하게 된다.

다섯 번째, 이제 영웅은 특별한 세계에서 첫 발을 내딛고 첫 관문을 통과한다.

여섯 번째, 영웅은 거듭되는 시련을 이겨내고 진정한 영웅으로 거듭나는 것에 필요한 세 가지 요소인 시험(Tests), 협력자(Allies), 적대자

(Enemies)를 만나게 된다.

일곱 번째, 영웅은 드디어 여정의 핵심을 이루는 동굴의 가장 깊은 곳으로 접근하게 된다.

여덟 번째, 영웅은 드디어 동굴의 가장 중앙에서 최강의 적을 마주하게 된다.

아홉 번째, 시련을 이겨낸 영웅은 마침내 검이나 보물, 영약을 보상으로 받고(The Reward), 주변 인물로부터 축하를 받고 축제를 벌이게 된다.

열 번째, 이제 미션을 모두 수행한 영웅은 그 보상을 거머쥔 채 다시 일상의 세계로 돌아갈 것인가, 아니면 또 다른 모험의 세계로 떠날 것인가 하는 선택의 기로에 놓이게 된다.

열한 번째, 영웅은 집으로 귀환한다.

열두 번째, 마지막 단계는 불로불사의 영약을 지니고 귀환하는 것이다.[16]

이러한 영웅의 모험담은 우리의 영웅소설이 가지고 있는 서사구조와 유사하며, 〈전우치전〉의 주인공인 전우치도 이와 같은 영웅의 모험담에서 볼 수 있는 축을 유사하게 따라가고 있음을 알 수 있다.

〈전우치전〉에서 독자의 흥미와 욕망에 부합하는 대표적인 요소는 도술을 들 수 있다. 특히 경판 37장본 계열은 고소설은 보기 드문 쾌속한 사건 전환을 통해서 독자들이 숨 고를 사이 없이 다양한 사건을 경험하도록 하고, 이는 독서 과정에서 독자들이 지속적으로 몰입과 긴장을 유지하게 하는 원동력으로 작용한다.[17] 이 계열에서는 전우치의 도술행

---

16 한혜원, 『디지털 게임 스토리텔링』, 살림지식총서 199, 2005.

위가 어떤 인과성이나 개연성도 없이 병렬적으로 서술한 것은 방각본이나 활자본의 지향이 바로 독자들의 흥미를 끌기 위한 것이며, 전우치가 마음껏 도술을 부리는 모습은 그 시대 독자들의 흥미를 자극하고, 자신들이 해결하지 못했던 문제를 해결하는 방법이 될 수 있다.

3. 〈전우치전〉의 게임요소와 스토리텔링

1) 캐릭터의 형상화

주인공 전우치가 가지고 있는 캐릭터의 특성을 살펴보기 위해서는 소설적 서사에서 먼저 찾아볼 필요가 있다. 전우치의 출생담과 수학, 도술습득의 경위를 통한 주인공의 인물형상화가 어떻게 제시되고 있으며, 도술행각에서 야기되는 주인공의 행위가 어떻게 수렴되어 가는가를 살펴볼 필요가 있다.

먼저 전우치의 출생과 탄생장면을 보면 다음과 같다.

> "과연 그날부터 태기가 있었다. 그러나 열 달이 지나도 해산 기미가 없어서 첨사 부부는 매일 염려를 하였다. 그렇게 열다섯 달이 차매 하루는 부인이 몸이 불편하여 침석에 의지하고 있다가 혼미 중에 아기를 낳았다. 첨사를 청하니 첨사가 들어와 본즉 과연 사내아이여서 너무나 기뻤다. 아이를 살펴보니 골격이 비범하고, 이가 바로 나되 다 각각 나지 않고 울타리 두른 듯 이어져 있기에 첨사가 기특히 여겨 이름을 우치라 하고 자는 뇌공

17 조혜란, 「민중적 환상성의 한 유형-일사본 전우치전을 중심으로」, 『고소설연구』 15, 한국고소설학회, 2003, 72쪽.

> 이라 하였다. 우치 나은지 제 일 삭 만에 행보를 능히 하고 오십일만의 언어를 능통하니 첨사 보고 너무 영민 숙성함을 염려하더라"[18]

이와 같이 전우치는 태몽을 통해볼 때 전생의 선계에서 살았던 영주산 선동임을 알 수 있다. 전우치는 정상적으로 열 달 만에 태어나야 할 아이가 다섯 달을 더해 열다섯 달 만에 태어났으며, 갓 태어난 아이에게 이(齒)가 나 있다고 하니 평범한 출생은 아니다. 나아가 한 달 만에 걷고, 오십 일 만에 언어에 능통했다고 하는 것으로 보아 영웅이 될 만한 기본적인 자질을 갖춘듯하다.

또한 전우치가 호정(狐精)을 얻고 나서 다시 세금사라는 절로 공부하러 갔다가 과부로 둔갑한 구미호를 만난 점, 구미호에게 천서를 세 권 얻고 놓아줬다는 점, 부적을 붙여준 한 권을 통해서 도술을 익혔다는 점 등은 전우치가 장차 환술로 세상을 떠들썩하게 하여 자신의 능력을 세상에 과시할 수 있다는 점을 암시해주고 있다.

디지털 스토리텔링의 기술 중에 많은 사람에게 주목받은 인물은 영웅인물의 캐릭터일 것이다. 디지털 콘텐츠에서 영웅의 일생에 대한 스토리텔링은 서사의 전체적인 흐름에 재미있는 사건을 동반한 긴장과 이완의 반복을 통해서 영웅들의 이야기는 역동적인 인물로 다양하게 형상화되고 있다. 고소설 〈전우치전〉과 게임의 경우 모두 주인공 캐릭터가 서사의 중심으로 부각된다. 〈전우치전〉에서 인물의 성격이나 특징은 작가, 시대, 계층, 사상과 많은 연관을 가지고 있지만 전형화된 영웅형 인물의 형태로 나타난다. 주로 선악의 인물로 형상화되는 것이 일반적인데 〈전우치전〉은 義에 죽고 참에 살고자 한 영웅형 인물 창조

---

18 〈전우치전〉, 나손본, 『한국고전문학전집』 25, 김일렬 역주, 201쪽.

를 하고 있다.

전우치는 영웅이자 선인(善人)으로서 서사공간에서 여러 사건을 도술로 해결하는 과정에 선악의 이미지를 그대로 가지고 결말에 이른다. 즉 일관된 인물의 유형성을 보여준다. 〈전우치전〉은 주인공이 평면적 성격의 인물, 단편적 성격의 인물로 등장함에 따라 오히려 게임과 가까운 면모를 보이고 있다. 이는 게임에서 일반적으로 선인(善人)과 악인(惡人)의 대결 내지 충돌하는 인물과 이를 저지하는 인물의 형태 등으로 그 캐릭터의 이미지는 굳어져 있다. 또 각각의 특질을 가지고 조력자는 후반부에 가서도 조력자로 남지 전면에 나서지 않는다. 예컨대, 주인공 시점으로 풀어가는 어드벤처나 R.P.G와 같은 게임들의 전개는 주인공의 기본 성격을 어느 정도 굳혀놓고 전개해 나가는 것이 일반적이다.

전통적인 서사문학 속의 영웅적인 캐릭터를 찾는다면 신화적 주인공에서부터 고소설의 주인공에 이르기까지 무수히 많다. 그중에서도 가장 먼저 영웅캐릭터를 뽑으라고 하면 홍길동을 떠올리게 된다. 홍길동은 최초의 국문소설에 등장한 대중적인 의적 영웅이라는 점, 최근까지 다양한 문화콘텐츠로 활용되면서 홍길동의 캐릭터는 어떠한 영웅상보다 뛰어난 인물로 각인되고 있다.

그러나 이러한 영웅 홍길동이 단시간에 창조되는 것이 아니며, 오랜 문학적 전통과 창작기법이 후대로 전승되면서 자연스럽게 만들어진 인물이라 할 수 있다. 중세로 넘어오면서 〈삼국사기〉의 온달, 〈삼국유사〉의 조신, 〈수이전〉의 최치원과 같은 인물도 뛰어난 영웅 캐릭터였으며, 작품 내에서도 판타지적인 영웅인물로 활동한 캐릭터들이다. 이러한 전통적인 영웅 캐릭터들과 수많은 고소설 속의 영웅인물은 게임 스토리텔링을 유도할 수 있는 거대한 힘을 가지고 있다는 점에 주목할 필요가 있다. 고소설 〈전우치전〉에서 전우치는 스스로 터득한 도술과 문무지략에 의해 모든 일을 혼자서 해결하는 초인적인 도술능력을 발휘한 캐릭터로 형상화되고 있다.

따라서 〈전우치전〉의 도술화소는 전우치라는 영웅 캐릭터의 초월적인 능력을 표현하는 부분에서 많이 나타난다. 영웅은 보통 사람들과 다른 탁월한 능력을 가진 인물이다. 〈전우치전〉에서 영웅 전우치의 특별한 능력은 도술로 나타난다. 본래 전우치의 집안은 松京에서 양반계급에 속하는 선비 집안으로 대대로 공후 자손이었다. 또한 출생담에서 전우치가 선비임을 명시하고 있으며, 신화적 흔적이 나타난다.

> "소자는 일광노 제자옵더니 삼장법사를 모시고, 서천 서역국에 가서 팔만대장경을 배우다가 중노의 장난한 죄로 옥황상제께 고하여 인간으로 적거하라 하옵기로 갈바를 모르다가 차 부인은 어엿삐 여기소서"(경판본)

> "첨사 드러와 본즉 과연 남자이거늘 대희하여 그 아해의 거동을 보니, 골격이 비범하고 이가 바로 나되 다 각각 나지않고 갈 바 자 두른 닷 낫거늘 참사 기특이 여겨 이름을 우치라 하고 자는 뇌공이라 하다. 우치 나은제 일삭만의 행보를 능히 하고, 오십일만에 언어를능통하니 첨사보도 너무 영민숙성함을 염녀하더라"(경판본)

여기서 일광노는 신선의 이름이며, 삼장법사는 당나라 때의 중이다. 〈나손본〉의 해역에서는 손오공이 전우치로 태어났다고 보았다. 이는 전우치가 세속의 능력을 뛰어 넘은 초월적 인간이라는 상징이자 초월적 인간상을 예고하는 대목이기도 하다. 이러한 영웅성은 여타의 영웅소설의 주인공과 다를 바가 없는 형상화 방법이지만, 전우치는 과거시험과는 너무나 거리가 먼 신선의 도를 배우기 위해 길을 나서게 된 인물로 형상화된다.

> "운치 집으로 돌아와 천서를 보아 못할 술법이 없으되 과업에 뜻이 없어 수시로 생각하되 내 벼슬하여 모친을 봉양하려면 자연히 더디리라 하고 이에 한 계교를 생각하여 몸을 흔들어 변하여 선관이 되어"(일사본)

이렇게 도술을 습득하게 된 전우치는 비현실적, 초월적 도술력을 이용하여, 나라의 뿌리인 백성들의 존재는 외면한채 사리사욕에만 집착한 위정자와 그 주변 인물들을 응징하고 징치한다. 즉 전우치는 도술형 캐릭터로서 둔갑술에 의지하여 그의 지향가치를 구현하게 된다.

영웅 캐릭터의 형상화 방법 중에서 〈전우치전〉은 도술을 빼놓고는 설명하기 어렵다. 따라서 전우치가 도술을 어떻게 습득하게 되었으며, 그 과정과 도술을 통해서 얻어지는 전우치의 영웅적인 행각들이 제대로 밝혀질 때 게임으로서의 영웅인물과 소설 속에서 영웅인물의 상관성이 설득력을 얻게 될 것이다.

전우치가 개인의 도술습득과정을 보면, 활자본에서는 높은 스승을 만나 신선도를 배웠다고 하였으며, 목판본에서는 여자로 둔갑한 여우를 만나 호정(狐精)을 얻고, 여우 굴에 들어가 천서 세권을 얻어 공부한 연후에 도술을 터득하게 되었다고 했다.

따라서 이를 게임으로 전환스토리텔링을 해보면, 천서 세권을 읽으면서 능력치의 성장을 상승적으로 형상화하는 방법을 활용할 필요가 있다. 예컨대 여우에게 호정을 빼앗아 먹고, 천서 세 권을 빼앗아 그중 한권을 읽는 것으로, 또한 두 권은 여우에게 빼앗겨서 여우와의 싸움을 통해 나머지 천서 두 권을 얻어 도술을 상승적으로 터득해 가는 방법과 그에 따른 욕망의 축도 상승시켜 나가는 방법을 활용할 수 있다.

이처럼 도술을 터득한 후에 영웅화된 전우치의 행동은 초월적인 역할을 곳곳에서 수행하게 되는데, 전우치는 둔갑법과 같은 법술에 능통한 인물이기에 까마귀가 우는 소리를 듣고 점을 처서 자신의 위험을 예견하고 도술을 행하여 자객을 처치한다. 뒤에서 서술할 사건의 단계적 스토리텔링 부분에서 보여주고 있는 다양한 사건과 해결과정을 통해서 자세히 살펴볼 수 있다.

이러한 주인공의 영웅적인 캐릭터는 신화를 기본으로 하는 영웅스토리텔링이라 할 수 있으며, 신화적 영웅상이 영웅스토리의 원형이라 할 수 있다. 그 원형이 인간에게 공통적인 상징으로 남아 영웅 이미지 체계를 형성하여 일종의 영웅의 모델화가 가능할 수 있고, 이는 게임의 영웅 캐릭터로 형상화하는 데 원천자료를 제공해 줄 수 있다고 하겠다.

2) 사건의 단계적 스토리텔링

〈전우치전〉에서 가장 먼저 주목할 부분은 황금들보 사건이라 할 수 있다. 이 부분은 중국 천자를 대상으로 황금들보를 탈취한다는 점에서 충분히 흥미를 더해 주고 있다. 소설 속에서 보여주고 있는 단순한 황금들보 사건을 서사적 흐름으로만 볼 것이 아니라, 황금들보를 탈취하기 전에서부터 후에 이르기까지 흥미와 공감과 소설과 게이머들에게 감동을 줄 수 있도록 다양한 미세하고 다양한 이벤트들을 창조해 낼 수 있을 것이다.

소설 〈전우치전〉에 나타난 특정 사건의 등장과 게임에서 창조적인 이벤트의 등장은 기본적으로 차이점은 있으나 인과관계라는 점에서는 유사한 부분이 많이 있다. 〈전우치전〉에서 사건이나 문제의 발생은 인과관계가 분명한 경우가 대부분이다. 관노의 자식으로 태어났으나 과거에는 관심이 없고, 도술을 익혀서 출세를 하고자 했던 전우치는 정상적인 출세과정이 아니기에 뒤에 그 대가를 치러야만 굴레를 벗어날 수 있기 때문이다. 게임의 경우도 이는 마찬가지이다. 사건이나 이벤트는 시스템 내지 후행 사건의 전사건, 이벤트에 의해 이어지고 그 이벤트, 사건의 원인 또한 전적으로 인과관계에 의한 것이지 결코 우연에 의한 것이 아니다. 사건에 철저한 인과관계를 갖는 방식에 있어서도 게임은 고소설과 다소의 유사성을 보여준다. 여기에서 인과관계란 사건의 우연적 발생, 우연적 만남과 이별 등의 구성적 인과관계가 아니라 전 단계에서 보여주었던 사건, 복선, 암시 등이 이후의 사건, 갈등, 만남, 이별 등의 요소에 영향을 미치게 되어 나타난다는 것이다.

〈전우치전〉과 게임에서 볼 수 있는 사건은 영웅의 모험담이라 할 수 있는 주인공의 상승적인 능력함양에서 절정을 이룬다. 즉 〈전우치전〉과 게임스토리텔링의 지배적인 요소는 영웅의 모험담에 있다. 게임 플레이어는 미지의 공간을 모험하면서 목적지를 찾아가고, 미지의 보물을 얻고자 한다. 게임은 늘 유저들에게 환상의 공간을 펼쳐놓고, 그 공간 속을 탐험하도록 만든다. 게이머가 게임을 통해서 얻은 경험이란 허구적 공간과 그 공간에서의 탐험이라는 경험이다. 따라서 게임이 사람들에게 주는 것은 영웅 스토리의 경험이라 할 수 있다. 영웅스토리가 재미와 즐거움을 주기 위해서는 다양한 사건담과 영웅서사를 얼마나 치밀하고 다양하게 창조하느냐가 중요하다. 영웅의 모험담이 극적이지 못하거나 매우 평범해서는 유저들에게 인기를 끌지 못한 것은 당연하다. 매 사건마다 긴장과 이완을 반복하면서 끊임없이 모험을 떠나는 영웅의 일생과정은 전통적인 영웅서사와 게임의 서사가 공유점을 가지고 있다.

고귀한 탄생, 그리고 버림받음, 시련과 고난의 연속, 수학과 성숙, 적과의 대결을 통한 영웅성 획득 등은 충분한 재미와 흥미를 주는 중요한 통속적 요소이자 보편적인 대중성을 가진 스토리의 전개라고 할 수 있다. 이러한 영웅서사는 후대로 내려오면서 혹은 다른 유사한 작품을 창조하면서 주인공이 누구와 싸우는가, 무엇을 찾기 위해 싸우는가를 변용하면서 유사한 시리즈를 만들 수 있는 개연성이 있다. 이것은 영웅 스토리의 변형과 확대가 얼마든지 가능하다는 의미이다. 똑같은 구조이지만 단계에 따른 변화 가능성이 스토리의 풍부함을 낳을 수 있는 것이다. 여기에 다양하고 긴장을 극대화해가는 흥미있는 사건 설정이 게임에서의 중요한 요소로 대두된다.

여기에서 사건을 형상화하는 데 있어서 중요한 점은 스토리 속에 내재된 주인공의 행위구조와 욕망의 축을 같이하고 있다는 점이다. 즉 주인공이 목표를 향해 나아가는 인과적인 플롯이라 할 수 있다. 이때에 유기적인 사건의 형상화와 거미망처럼 얽혀있는 사건들은 스토리 전체에서 볼 때 큰 주제를 향해 나열된 인과적인 의미망이며 앞과 뒤에 의미가 연결되는 계기성을 중요시해야 한다. 그러므로 고소설이 가지고 있는 서사적 특성 중에 우연성보다는 필연성의 스토리전개가 이루어져야 한다. 너무 우연성에 치우친 스토리텔링이 이루어지면 게임의 신뢰성에 큰 문제가 대두되기 때문에 사건의 흐름이 정교하게 만들어지고 진행될 수 있도록 탄탄한 사건구조가 만들어져야 한다.

대체로 하나의 게임에는 단순한 한 가지의 사건을 해결하는 것으로 끝나는 것이 아니라 수십 개 단위의 사건이 발단, 진행, 결과단계로 만들어져 퀘스트 형식으로 이어진다.[19] 반면에 서사의 사건이 많고 갈등구조가 많이 반복되어 나타나도록 형상화된 이야기 구조에서는 본고에서 활용한 발단-전개(전개1-전개2-전개3---전개n)-위기-절정-결말식으

19 이재홍은 내러티브의 개입이 약한 보드게임, 슈팅게임, 액션게임 등의 경우에는 대개 '기-승-전-결'의 4단계 서술구조를 갖게 된다고 보았다. 이재홍, 「World of Warcraft」의 서사 연구, 『한국 게임학회 논문집』 8(4), 한국게임학회, 2008, 49쪽.

로 진행된다. 이러한 서사구조 속에 주인공이 겪게 되는 사건의 난이도는 초급에서 단계별로 최고의 전투로 연결되는 상승적인 궤도를 따라가게 되며, 이러한 5단 구조는 본고에서 설정한 7개의 공간 이동을 통하여 다양한 사건들이 창조적으로 끼어들어갈 여지가 있다. 롤플레잉 게임의 서사구조에서 이러한 형태의 순차적인 사건이 많이 나타난다.

일찍이 포스터(Edward Morgan Forster)에 의하면 스토리는 사건 서술의 계기성을 의미하고 플롯은 사건 서술의 인과성을 의미한다고 말하며, 플롯이 인과성에 의해 서술되는 사건의 구조라는 것을 밝히고 있다.[20] 그러므로 〈전우치전〉을 게임으로 전환할 때에 전우치가 살아간 일대기의 구조 속에서 펼쳐지는 영웅적인 의적의 활약상이 일정한 사건의 흐름에 따라 배치되고, 사건의 연속성을 통해 보편적인 주제를 이끌어가야 한다.

〈전우치전〉의 경우를 보면, 앞에서 상술한 바와 같이 전우치를 중심으로 벌어지는 단계적인 사건을 유희적으로 창조하면 된다. 특히 〈전우치전〉의 갈등구조가 창조되어 시퀀스가 늘어날 경우에는 아래와 같이 전개부분의 사건을 스테이지의 전개형식으로 나누어 도술을 확장시켜 전개할 수 있다.

〈전우치전〉에서는 무엇보다 도술이 게임의 성격을 가장 많이 가지고 있으므로 도술삽화를 순서대로 나열하고 종합하면 주인공의 도술행각에 대한 전략과 모험의 과정이 상승적으로 전개될 것이다. 〈전우치전〉에는 많은 도술삽화가 있어 도술의 양이나 유형에서도 〈홍길동전〉보다 훨씬 다양하다. 따라서 〈전우치전〉의 도술[21]의 정도에 따라 무한

---

20 Edward Morgan Forster, 『Aspects of the Novel』, London, 1927; 한국현대소설연구회, 『현대소설론』, 평민사, 1994, 74쪽.

대로 확장시켜나갈 수 있다.

단계적인 사건			도술 행각
가정 위기 관노의 아들로 태어남	사건1	발단	천서를 보며, 몸을 흔들어 선관이 됨
황금들보 사건	사건2	전개1 전개2 전개3 ↓ 전개n (7개의 공간이동 활용)	도술로 선관이 됨
누명쓴 이가를 구출	사건3		선관이 되어 도술을 벌임
제두를 빼앗는 관리를 놀램	사건4		선관이 되어 도술을 벌임
소생과 설생의 성기를 없앰	사건5		선관이 되어 도술을 벌임
돈을 갚지 못한 장계창을 도와줌	사건6		선관이 되어 도술을 벌임
선전관들과의 싸움	사건7		선관이 되어 도술을 벌임
반역한 강도와의 싸움	사건8		벌레로 변함
모해를 받아 싸움	사건9		그림 속으로 들어감, 그림 속의 나귀를 타고 도망
왕연희와 의 싸움	사건10		구미호로 변함
오생의 부인과 싸움	사건11		구렁이로 변하게 함
양봉안의 상사병을 고쳐줌	사건12		모습이 같은 다른 여인을 데려다 주어 치료함
서화담과의 싸움	사건13	결말	

이러한 사건 13개의 항목을 통해서 도술삽화의 사건과 의도를 보면, 전우치가 도술을 과시하고 싶어하는 의도로 초능력을 가지고 있는 자신의 모습을 은연중에 휘두르고 있음을 볼 수 있으며, 자신에게 피해를 주는 자에게 복수의 수단으로 도술을 행하고 있다는 점, 의협심에서 가

21 일찍이 임철호는 〈전우치전〉의 도술유형을 자체변신도술, 타인변신도술, 登雲도술, 分身도술 등으로 나누고 이를 〈서유기〉의 도술과 비교한 바 있다. 임철호, 「전운치전 연구1.2」, 『연세어문학』 9.10합집, 연세대 국어국문학회 간, 1977.

난한 자를 돕기 위해서 도술을 사용한다는 점, 지배층의 부정적인 행위와 관료층을 도술로써 응징하려는 사회의식을 나타내고 있다.

이러한 〈전우치전〉의 사회의식을 오늘날 게임으로 전환할 경우에는 현대인의 욕구와 사회의식을 현대적으로 수용하여 게임으로의 전환스토리텔링을 할 수 있을 것으로 본다.

3) 판타지 공간의 설정

〈전우치전〉의 서사공간은 전체가 도술의 공간이자, 판타지의 공간이라 해도 과언이 아니다. 즉 〈전우치전〉의 공간구성은 몇 개의 도술적 일화로 엮어져 도술가의 에피소드를 한군데 모아놓은 느낌을 준다.[22] 이러한 서사공간은 주인공인 전우치에 관한 일화들이 소설 삽화에 수용되면서 얼마든지 확장될 수 있다는 것을 의미하며, 이는 게임으로 전환할 경우에 다양한 사건공간을 창조적으로 만들어낼 수 있음을 의미한다.

도술공간은 인간의 환상적 산물이며, 시련극복이나 욕구실현의 방편 내지 수단에서 비롯된 것이라는 점에서 게임으로 전환할 경우에 판타지 설정은 매우 중요한 요소가 될 수 있다. 서사의 시작에서 끝까지 여러 가지 도술, 환술, 둔갑술을 펼쳐 보이면서 작품을 보다 흥미진지하게 만들고 있다는 점에서 〈전우치전〉의 게임공간은 일관되게 진행하지 않아도 되며, 개개인의 공간들이 독립된 의미를 지니고 전개되는 '삽화편집적' 공간구성으로 되어 있으므로, 시공간의 이동이 잦아 사건을 보다 다양하게 펼쳐 보일 수 있다.

〈전우치전〉의 판타지 공간을 크게 설정해 보면 위 도표에서 제시한

---

22 김일렬, 「〈홍길동전〉과 〈전우치전〉의 비교 고찰」, 『어문학』 30, 한국어문학회, 1974.

사건 13공간으로 설정할 수 있으나 이러한 사건을 뭉치로 묶어 보면 7개의 공간으로 설정할 수 있다.

	공간	싸움의 성격
1	가정	* 집을 나와 도술을 익혀가는 수학의 공간
2	황금들보	* 도술로 궐내에 들어가 권력자의 실정을 비판하고 탈취하는 공간
3	도적	* 반역한 강도와의 싸움
4	시장	* 간통사건에 살인죄를 받은 백발노인의 아들을 구해줌 * 남의 돼지머리를 빼앗아 가려는 관리를 혼내줌 * 잔치에서 교만한 서생들과 창기를 혼내줌 * 상사병을 치유하는 도술담 * 가난한 한자경에게 신비한 족자를 주어 구제해 줌 * 선전관들을 망신시킴
5	관아	* 억울하게 살인누명을 쓴 백성의 죄를 벗겨주는 싸움 * 시기하던 도승지 왕연회를 구미호가 되게 하여 혼내줌 * 해적이 난무하고 고을마다 흉년이 들어 도적이 많아짐
6	활인동	* 빈민을 구제하는 곳
7	해안	* 해적들이 난무하여 이들을 퇴치하는 공간

〈전우치전〉이 펼치는 7개의 공간은 신이성, 환상성이 특질이라면 게임의 경우 비현실성, 초월계, 상상계가 그 특징이라고 할 것이다. 〈전우치전〉의 꿈, 비현실적 도술, 능력 등은 모두 서사구조상에 등장하는 요소이다. 이는 현실과 거리를 두고 있다는 것과 비현실계에 대한 반영의 하나이다. 눈에 보이는 현상의 세계만이 존재하는 것이 아니라 현상과 질료의 세계를 넘어선 또 다른 차원의 세계를 인정하고 있다는 것이다. 게임의 경우도 마찬가지여서 굳이 꿈이라는 것이 아니더라도 공간이나 시간의 이동, 환생 등의 장치를 통해 용, 신, 천계, 영혼의 세상 등의 시공간의 신이적 공간을 가지고 있다.

〈전우치전〉의 서사공간은 가정에서 궐내로, 시장에서 관아로, 활인동, 해안으로 이동하는 다양한 공간 이동경로를 보여주고 있다. 이는 파노라마처럼 장면을 순차적으로 넘기면서 볼 수 있는 순차공간으로 형상화하고 있다.

전우치의 활동지역은 주로 일반 서민지역이었으며, 활인동이라는 빈민을 구제하는 집단을 구성하여 대낮에도 도술을 부리면서 반역한 강도와 싸우기도 하며, 마음대로 관부를 드나들면서 기탄없는 행동을 자행하였다. 전우치가 다양한 공간이동을 통해서 보여준 활동을 통해 위정자를 벌하고 백성을 구휼한다는 것은 탐관오리를 응징하는 동시에 그들보다 뛰어난 능력을 가지고 있음을 의미한다.

이처럼 〈전우치전〉은 7개의 공간적인 이동에 따라 사건을 전개해 낼 수 있는 장점이 있다. 주인공인 전우치의 영웅적인 이야기 뒤에는 당시대의 사회적인 문제의식이 오늘날의 독자에게 흥미소로 작용할 수 있는 여건이 되기 때문이다. 먼저 주인공 전우치를 중심으로 벌어진 갈등구조를 살펴보면 ①가정에서의 갈등 ②황금들보 탈취 사건 ③도적과 갈등 ④시장 ⑤관아 ⑥활인동 ⑦해안에서의 갈등으로 나누어 공간 스토리텔링을 창조할 수 있다. 이는 게임에서도 공간창조는 동일하거나 더욱 확대하여 창조할 수 있는 원형 자료가 될 수 있다.

4. 결론

한 시대는 전통적인 문화양식을 일정하게 수용하면서 또 다른 양식의 문화가 창조되기 마련이다. 정보화 시대를 살아가는 요즘에는 소비자의 문화향유 방식이 예전과 차원이 다르게 변모하여 다양한 매체가 존재하고, 그것을 향유하는 방식도 다양하다. 즉 예전과는 문화의 패러다임이 완전히 다른 것이다. 소비자의 기대치가 높아지고 다양해졌으며, 일탈의 욕망이 강해지고 있다. 이러한 문화의 한 복판에 엉뚱하게도 게임이라는 공통의 분모가 존재하고 있다. 불과 몇 년 전만해도 게임은 특정한 사람들의 전유물로만 치부하고 말았다. 그러나 이제는 우리의 옛 것을 재창도하여 새로운 영상 콘텐츠로 전환시켜야 한다.

따라서 본고에서 도술이라는 환상의 무기로 인간의 부귀영화를 얻고자 하는 세속적인 〈전우치전〉을 오늘날의 게임콘텐츠로 창작하여 다른 매체를 통해 향유할 필요성이 있다는 의도에서 출발하였으며, 그 가능성 있는 방안으로 〈전우치전〉과 게임의 서사구조를 살펴보았다. 본고에서는 소설의 3요소인 인물, 사건, 배경을 게임의 요소와 비교하여 전환 가능성을 세 가지로 살펴보았다.

첫째, 주인공 전우치의 영웅적인 캐릭터는 신화를 기본으로 하는 영웅스토리텔링이라 할 수 있으며, 신화적 영웅상이 영웅스토리의 원형이라 할 수 있다. 그 원형이 인간에게 공통적인 상징으로 남아 영웅 이미지 체계를 형성하여 일종의 소설과 게임에 등장하는 영웅의 모델화가 가능할 수 있다고 하겠다.

둘째, 〈전우치전〉의 시공간은 도술이 펼쳐지는 공간이기에 눈에 보이는 현상의 세계만이 존재하는 것이 아니라 현상과 질료의 세계를 넘어선 또 다른 차원의 세계를 형상화하고 있다. 게임의 경우도 이는 마찬가지여서 굳이 꿈이라는 것이 아니더라도 공간이나 시간의 이동 등의 장치를 통해 시공간의 신이적 공간을 가지고 있어 유사점을 보여주고 있다.

셋째, 대체로 하나의 게임에는 단순한 한 가지의 사건을 해결하는 것으로 끝나는 것이 아니라 수십 개 단위의 사건이 발단, 진행, 결과단계로 만들어져 퀘스트 형식으로 이어진다. 반면에 서사의 사건이 많고 갈등구조가 많이 반복되어 나타나도록 형상화된 이야기 구조에서는 발단-전개(전개1-전개2-전개3---전개n)-위기-절정-결말식으로 진행되며 주인공이 겪게 되는 사건의 난이도는 초급에서 단계별로 최고의 전투로 연결되는 상승적인 궤도를 따라 7개의 공간을 창조하여 다양한 사건들이 창조적으로 끼워들어 갈 여지가 있다는 점에서 게임화의 가능성을 살펴보았다.

〈홍길동전〉의 게임 스토리텔링

1. 서론

이 글의 목적은 고소설 중에서 주인공의 탁월한 능력을 형상화한 〈홍길동전〉을 대상으로 하여 게임으로 전환 가능성을 살펴보는 데 있다. 특히 소설의 3요소인 인물, 사건, 배경이 일정한 서사구조를 가지고 탁월한 영웅성으로 새로운 국가를 창건한다는 주제를 지향하고, 갈등과 대립을 첨예하게 보여주는 것은 물론, 소설적 서사가 게임의 서사구조와 유사하다는 점에[1] 착안하여 그 가능성을 살펴보고자 한다.

문학은 매체의 존재양식에 따라 다양한 형태로 변용되어 왔다.[2] 고소설이 현대소설은 물론, 만화, 영화, 드라마 등으로 전환 스토리텔링되고 있다는 사실이 이를 증명한다. 고소설과 게임은 시대가 다르고 매체가 다르며, 존재 양식도 다르다. 그러나 수용자의 입장에서 보면 당대

---

1 고소설 〈홍길동전〉과 게임은 상당부분 유사성을 보여주는 반면에 역시 상이한 차이점도 보여주고 있다는 점을 간과하지는 않는다. 이러한 차이점을 고려하지 않고 게임화에만 집착한다면, 원작을 게임에 충분히 반영했다기보다 원작의 특정 요소, 사건, 이미지 등을 이용한 것이 되고 결과적으로 게임 운영의 독특한 시스템 내지 전개요소가 기존의 게임의 변용에 별다를 것이 없는 것으로 머물 가능성이 많다. 그럼에도 불구하고 본고에서는 유사성을 더욱 중요시하여 게임의 가능성을 고찰하고자 한다.

2 월터 J. 옹, 『구술문화와 문자문화』, 이기우·임명진 역, 문예출판사, 2003.

독자의 성향과 현대 향유자들의 성향이 서로 동일한 측면이 있다. 조선조 시대의 대중문화를 향유하는 보편적인 양식이 소설이라고 한다면 오늘날은 문화콘텐츠라는 영상매체를 통해 다양하게 변환되어 향유되고 있다.

그동안 〈홍길동전〉이 시대와 공간을 뛰어넘어 오랫동안 인기있는 소설로 지속될 수 있었던 것은 많은 사람이 공감할 수 있는 보편적인 가치를 가진 내용을 대중의 성향에 맞추어 흥미롭게 표현했기 때문이다.[3] 즉 텍스트가 지금까지 이어질 수 있었던 원인은 〈홍길동전〉이 가지고 있는 보편적인 가치와 주제가 후대로 내려오면서 계속적으로 민중들의 흥미에 맞게 재창작되고 있기 때문이다. 특히 〈홍길동전〉은 영웅의 일대기 구조 속에서 당시 유행했던 쟁총형 화소, 도술 화소, 요괴퇴치 화소 등이 복합적으로 나타나면서 통속적인 변모를 보인다. 이것은 19세기 방각본 소설의 출판과정에서 볼 수 있는 특징이자 독자의 흥미를 반영한 서술적 표현이라 하겠다.

게임에 문학적 상상력을 부여해 주는 가장 대표적인 문학 장르는 조선조시대에 창작되고 향유된 영웅소설과 같은 대중문학이라 할 수 있다.

---

3 〈홍길동전〉을 가장 많이 재창조한 것은 영화였다. 즉 〈홍길동전〉이 인기 있는 영화의 소재였다는 것을 의미한다. 〈홍길동전〉은 36년 〈홍길동-후편(이명우 감독)〉등 꾸준히 영화의 소재로 사용되었다. 67년 국내 최초의 극장 애니메이션 〈홍길동〉이 신동헌 감독에 의해 영화화되어 폭발적인 흥행성적을 올렸고, 이후 67년 그 속편인 〈호피와 차돌바위〉, 69년 용유수 감독의 〈홍길동 장군〉등으로 제작되었다. 69년에는 임원식 감독에 의해 〈의적 홍길동〉이란 제목으로 다시 실사 영화화된다. 이후 김청기 감독의 〈슈퍼 홍길동〉 등 어린이용 작품으로 꾸준히 제작되었고, 95년 〈돌아온 영웅 홍길동〉이란 제목으로 다시 극장 애니메이션화 되었으나 뛰어난 캐릭터와 완성도에도 불구하고 이야기의 치명적인 약점을 지닌 채, 소설의 영상화에는 실패한 경우로 인식되고 있다. 〈홍길동전〉은 다양한 매체로 현대적 창조를 하였으나 아직 게임으로의 전환 스토리텔링은 이루어지지 않았다.

특히 조선조의 사회성이 강하게 형상화되고 대중을 상대로 신분상승과 군담을 통한 환상적인 일탈의 욕망을 맛보게 한다는 점에서 목적성이 강하게 투영된 소설이야말로 가장 좋은 게임의 원천자료가 될 수 있다.

그러나 〈홍길동전〉이 게임의 원천자료로서 많은 가치를 가지고 있으나 여타의 영웅이야기에 비해서 주목받지 못하였다. 그 이유는 그동안 게임연구가 기술적인 측면에서의 연구와 스토리 측면에서의 연구로 분리되어 연구됨으로써 실제로 게임스토리텔링에 대한 구체적인 연구와 성과를 이루지 못한 것도 기술과 스토리의 분리라는 측면 때문이라고 지적된 바 있다.[4]

게임이 예술의 범주에 속하고, 게임스토리텔링 자체가 문학적인 관점에서 이해되며, 게임의 서사적 사고가 인간의 삶을 배경으로 그려지는 허구적인 세계인만큼 문학과 게임은 일정한 공유점이 있다. 주인공과 주변인물, 테마, 내러티브, 가상공간, 초월적 시간, 몬스터와 보조도구 등이 영웅소설과 게임의 중요한 요소라고 한다면 두 장르 간의 습합점이 존재한다는 의미다. 비록 게임에서의 플레이어가 무한한 상호작용에 의해서 이야기에서 이야기를 또 다른 이야기를 무한하게 작용한다고 해도 소설과 게임의 주제를 향한 서사적 맥락은 공유된다고 할 수 있다.

지금까지 고소설을 문화콘텐츠로 전환하는 연구 작업은 지속적으로 진행되어 왔다. 나아가 영웅소설만을 대상으로 게임으로 전환 가능성을 검토한 바 있다.[5] 또한 본고에서 연구 대상으로 삼은 〈홍길동전〉도

---

4 배주영·최영미, 「게임에서의 '영웅 스토리텔링' 모델화 연구」, 『한국콘텐츠학회논문지』 6(4), 한국콘텐츠학회, 2006. 이 논문에서는 인문학과 공학을 연구하는 연구자의 공동연구를 통해 기존의 문제점을 지적하고 영웅스토리텔링에 기반한 게임스토리텔링의 확장 가능한 모델을 찾고자 하였다. 그러나 보다 구현 가능한 모델을 만드는 데까지 나아가지는 못했다.

다양한 문화콘텐츠 유형으로 전환스토리텔링된 바 있으며, 그 의미를 연구한 몇몇 결과물이 발표되었다.

〈홍길동전〉에 관한 현대적 변용에 관한 연구로는 김미진, 홍정균, 김지혜의 연구를 들 수 있다. 2008년 KBS드라마 〈쾌도 홍길동〉의 분석을 통해서 고소설의 콘텐츠 활용방안과 전망을 제시한 바 있으며, 김현정은 〈홍길동전〉을 소설과 드라마를 통해 재창작된 〈홍길동전〉을 중심으로 현대적 변용양상을 연구한 바 있다.[6] 이러한 연구의 결과물은 현대적 문화콘텐츠로의 전환 가능성과 활용가능성을 제시하였으나 구체적인 게임으로의 스토리텔링은 논의하지 못했다.

따라서 본고는 기존 연구의 결과를 수용하면서 게임으로의 가능성을 살펴보고자 한다.

2. 〈홍길동전〉의 서사구조와 영웅스토리텔링

고소설은 서사구조와 장면의 특질을 모두 가지지만 게임은 서사구조

---

5 안기수, 「한국 영웅소설의 게임 스토리텔링 방안 연구」, 『우리문학연구』 29, 우리문학회, 2010; 「영웅소설 〈조웅전〉의 게임 스토리텔링 연구」, 『어문논집』 46, 중앙어문학회, 2011; 「영웅소설 〈유충렬전〉의 게임 스토리텔링 연구」, 『어문논집』 51, 중앙어문학회, 2012.

6 김미진, 「고전문학을 활용한 텔레비전 드라마의 스토리텔링 사례 연구」, 단국대 석사학위논문, 2008.
홍정균, 「고전소설을 활용한 방송 콘텐츠 활성화 방안연구」, 한국외대 석사학위 논문, 2009.
김지혜, 「고전소스를 활용한 드라마 콘텐츠의 캐릭터 변용 양상 연구」, 한성대 석사학위논문, 2009.
김현정, 「홍길동전의 현대적 변용양상 연구」, 성균관대 박사학위논문, 2012.

보다는 장면의 전개에 더욱 비중을 둔다는 점에서 차이점을 보인다. 이는 물론 고소설뿐만 아니라 문학이라는 장르가 가지는 일반적인 특질이라고 보아야 할 것이다. 문학, 특히 소설은 사건, 갈등의 개별적 장면, 상황에 머물지 않고 그 의미의 확대 영역과 연결이라는 서사의 연결고리를 가지고 있기 때문이다. 특히 시간의 연속성에 의한 구성은 고소설에서 일관된 특질로 나타난다. 게임의 경우도 마찬가지여서 시간의 역전 현상은 잘 나타나지 않고 대부분의 경우 게임의 장면 혹은 이벤트의 진행이 시간의 흐름에 따른 순차적인 진행을 따른다. 결국 고소설과 게임은 시간의 전개방식에서 나름대로의 유사성을 가진다고 할 수 있다.

예를 들어, 게임의 여러 장르를 보면, 시뮬레이션이나 RPG 게임, 액션 게임, 어드벤처 게임, 스포츠 게임 등의 대부분의 게임이 시간의 흐름에 따른 사건이나 갈등, 문제해결의 진행을 그대로 타고 흐르는 구성을 하고 있다. 대부분의 고소설이 시간의 역전을 허용하지 않고 사건전개의 유사성을 지니고 있다. 물론 게임에서의 타임머신, 고소설에서 꿈으로의 전환은 새로운 시간성을 가지지만 이 역시 그 전환된 부분에서 시간의 흐름을 따르며 꿈, 비현실의 세계에서 빠져나온 이후는 다시 시간적 흐름의 순차적 구성에 따르고 있어 전체적으로 시간의 흐름에 따르고 있다.

따라서 〈홍길동전〉의 통시적 서사구조에서 인물, 사건, 배경의 흥미있는 소재를 선택하는 것이 우선적으로 중요하다고 하겠다. 〈홍길동전〉에 형상화된 시공간적인 배경은 이원론적인 세계관에 바탕을 두고 있다는 점에서 어느 정도 신화적 배경 속에서 획득되는 스토리텔링을 고려해 볼 수 있다. 이에 따른 주인공에게 부여된 다양한 퀘스트를 창조하여 게임으로 활용하는 일과 홍길동의 영웅적인 활약상, 조정과 제도권에 속한 인물과의 대립과 반목을 거듭하는 다양한 캐릭터, 그들이 사용한 화려한 도술적인 마법과 독특한 아이템 같은 구성요소들을 게임으로 전환하는데 흥미 있는 이야기의 소재가 될 수 있다고 할 수 있다.

〈홍길동전〉이 가지고 있는 흥미있는 서사구조의 축은 선과 악의 대립구조로 귀결된다. 조선조의 모든 영웅소설이 선과 악의 대립이라는 거대한 서사적 축을 중심으로 갈등과 대립의 치열한 투쟁이 형상화된다는 점에서 맥을 같이한다. 인간의 내면세계에 내재되어 있는 선과 악의 대립은 언제나 우리들의 관심의 대상이며, 재미있게 지켜보는 호기심의 대상이 되기 때문에 영웅소설에서 결과가 뻔하게 드러나는 권선징악적인 설정은 확고한 목표를 설정해야 하는 게임의 소재로 매우 적합한 흥미 있는 콘텐츠의 원천자료가 될 수 있다.

〈홍길동전〉의 이야기가 지향하는 궁극적인 미션은 미천한 인물이 죽을 고비를 수없이 극복하고 영웅이 되어서 정의를 구현하고 이상적인 새로운 왕국을 창건하는 것이다. 그러므로 홍길동이 불우하게 서자로 태어나서 차례로 자객과 요괴를 퇴치하면서 보여준 영웅성을 단계적으로 설정해야 하며, 이러한 상승적인 영웅 캐릭터의 형상화 방안은 전문가에 의한 전략적인 게임기획과 연출에 의해 새롭게 만들어질 수 있는 가능성을 많이 가지고 있다. 또 두 장르 간에는 향유자들의 심리적 욕구의 형상화와 그 해결의 도구로써 공통점을 갖는다는 점에서 〈홍길동전〉의 게임화 가능성을 충분히 고려해 볼 수 있다.[7]

---

7 게임과 〈홍길동전〉은 차이점이라기보다는 유사점이 많이 존재하고 있다. 〈홍길동전〉을 중심으로 한 고소설이라는 장르가 현실의 불만족, 부조리 등에 의한 반영의 발로였다고 볼 때, 게임이라는 매체도 그 맥락을 같이 한다고 하겠다. 게임에도 사회성을 담은 것들이 존재하고, 사회를 담아내는 충실한 거울이라고 볼 수 있기에 그 생성배경 자체가 비슷하다고 볼 수 있고, 과거에 고소설의 주 독자층을 생각해 보아도, 국문소설의 도입으로 하층민과 여성들을 중심으로 퍼져나갔다는 것을 보면, 현실에 대한 불만족을 대리만족시켜주는 하나의 욕망의 분출구로 작용했음을 알 수 있다. 게임 역시

여기에서는 문학작품으로서 〈홍길동전〉을 게임으로 전환하기 위한 방안을 살펴보는 것이기에 우선적으로 〈홍길동전〉의 서사구조를 이해하는 것이 필요하다.

〈홍길동전〉의 서사구조를 정리해 보면 다음과 같다.

① 대대명문거족에서 시비 춘섬을 어머니로 하여 서자로 태어났다.
② 태몽에 용이 나타났으며, 점점 자라 8세가 되어 총명이 과인하였다.
③ 재주가 비범하여 나라와 가문이 위태로울까 자객을 시켜 죽이려 했다.
④ 자객과의 싸움을 통해 승리하였다.
⑤ 집을 떠나 도적의 무리를 이끌고 탐관오리와 싸웠으며, 나라에서 보낸 포도대장과 싸워 이긴다.
⑥ 아버지와 형이 잡혀가고 길동은 조선을 떠날 수밖에 없게 된다.
⑦ 백룡의 딸을 납치해간 요괴와 싸워 승리한다.
⑧ 율도국 왕과도 싸워 이기고 승리자가 된다.
⑨ 요괴를 죽이고 백룡의 딸과 혼인한다.
⑩ 헤어졌던 가족과 다시 만나 부귀영화를 누리며 살다가 죽었다.

홍길동의 첫 번째 결핍은 현실세계의 모순이다. 특히 가정에서 서자로 태어난 홍길동은 호부호형을 할 수 없는 당시대의 신분제도가 결핍된 모순이다. 그러나 홍길동은 비록 서자로 태어나지만 용꿈을 통해 훗날 총명한 영웅이 될 것임을 암시받는다. 점점 자라 8세가 되자, 후에 국가와 가정에 큰 재앙적인 존재가 될 것을 염려한 주변 사람들이 홍길

욕망의 분출구이고, 당시대인이 스트레스를 해소하기 위한 수단으로 쓰이고 있다.

동을 죽이려고 음모하게 된다.

더 이상 가정에 머물 수 없었던 홍길동은 자신을 죽이려했던 주변 사람과 자객을 물리치고 위기에서 벗어난다. 그리고는 가정이라는 공간을 떠나 산사로 들어가 탁월한 능력을 길러서 무리를 모아 괴수가 되기로 한다. 활빈당은 곧 홍길동이 두 번째 활동하는 공간이자 부조리한 세계와 투쟁할 힘을 규합하는 거듭남의 공간으로 설정된다. 또한 백룡의 딸을 납치해간 지하국 요괴들과 싸워 승리하고 율도국의 국왕과 싸워 승리하여 마침내 왕이 된다. 따라서 〈홍길동전〉은 가정, 활빈당, 율도국 등 세 가지의 서사 공간으로 이동하며, 사건이 크게 확대되면서 전개된다.

〈홍길동전〉에 형상화된 주인공의 인물이 영웅이냐 아니냐의 가치를 따져보기 이전에 홍길동의 활동은 전 세계에 널리 퍼져있는 영웅의 여행구조와 많이 닮아 있음을 알 수 있다. 〈홍길동전〉의 이야기를 게임 스토리텔링하기 위해서는 주어진 미션을 찾아 떠나는 주인공의 탐색과정과 영웅화되는 과정에서 겪게 되는 활약상을 얼마만큼 흥미와 감동을 주는 이야기로 각색하느냐에 달려있다.

이러한 영웅이야기는 동서양이 큰 차이가 없다. 우리나라의 영웅소설이 가지고 있는 서사구조와 유사한 틀을 가지고 있는 서구의 영웅서사를 이해하고, 게임으로의 스토리텔링을 확장시키는 데 참고자료로 활용할 수 있는 서양 영웅의 여행구조를 살펴보기로 한다.

일찍이 크리스토퍼 보글러는 서구 영웅의 여행구조[8]를 다음과 같이 제시하고 있다.

---

8 크리스토퍼 보글러, 『신화, 영웅, 그리고 시나리오 쓰기』, 함춘성 옮김, 무수우, 2005에서 할리우드 영화의 고전적 서사양식으로 "영웅의 여행구조"를 제시하였다. 이러한 도식은 또한 조셉 캠벨의 12가지 영웅신화 단계와도 같다. 조셉 캠벨, 『신화의 힘』, 고려원, 1992. 본고에서는 크리스토퍼의 내용을 그대로 재인용하기로 한다.

이러한 서사를 도표로 제시해 보면 다음과 같은 순환구조로 정리할 수 있다.

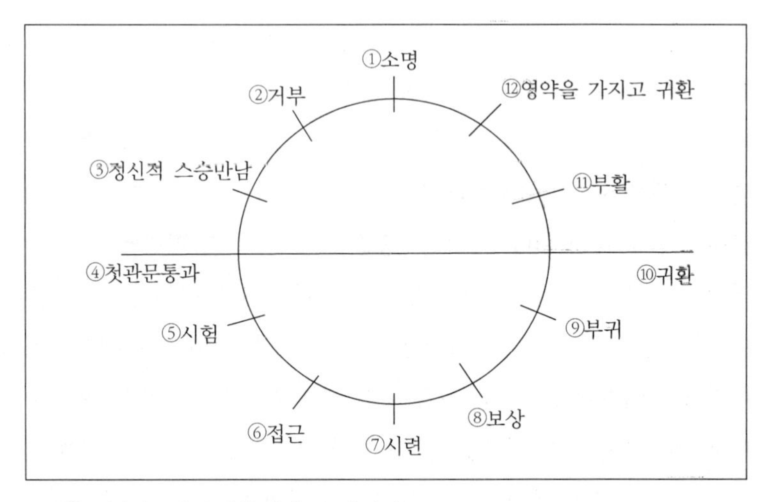

① 영웅은 일상생활에서 소개된다.
② 그곳에서 영웅은 모험에의 소명을 받는다.
③ 영웅은 처음에 결단을 내리지 못하고 주저하다가 소명을 거부한다.
④ 그러나 정신적 스승의 격려와 도움을 받는다.
⑤ 첫 관문을 통과하고 특별한 세계로 진입한다.
⑥ 영웅은 시험에 들고, 협력자와 적대자를 만나게 된다.
⑦ 영웅은 동굴 가장 깊은 곳으로 접근한다.
⑧ 그곳에서 영웅은 다시 시련을 겪는다.
⑨ 영웅은 이의 대가로 보상을 받는다.
⑩ 일상생활로 귀환의 길에 오른다.
⑪ 영웅은 세 번째 관문을 건너며 부활을 경험하고, 그 체험한 바에 의해 인격적으로 변모한다.
⑫ 영웅은 일상생활에 널리 이로움을 줄 은혜로운 혜택과 보물의 영약을 가지고 귀환한다.

크리스토퍼의 영웅스토리텔링은 인간 주체의 심리적 성장과정을 반영하고 있다는 점에서 영웅이야기는 그들만의 이야기가 아니라, 나의, 우리의 보편적인 성장스토리의 일부이며, 인간의 무의식을 사로잡는 이야기라는 점에서 주목할 필요가 있다. 특히 주인공의 고난과정을 통한 입사관문은 시련과 보상이라는 명확한 목표를 향해가는 주인공의 성장과 보상이 관문통과의 핵심으로 스토리텔링 되고 있다. 따라서 이를 게임으로 활용할 경우에 게임스토리의 선형구조 탐색에 유용하게 활용할 수 있다.

여기에서 서구의 영웅도 〈홍길동전〉의 홍길동과 다르지 않는 유사한 순환구조를 가지고 있음을 알 수 있다. 영웅은 본인에게 주어진 모든 시련을 이겨내고, 죽음을 극복해 살아남는다. 이 때 영웅은 특별한 세계에서 획득한 영약(입공)을 가지고 귀환한다. 그 약(입공)은 타인과 함께 나눌 수 있으며, 또 폐허화된 땅을 치유할 수 있는 힘을 가진다. 영약(입공)은 곧 얽혀있는 이야기의 매듭을 풀어주는 매체인 것이다. 〈홍길동전〉에서 주인공은 서자로 태어난 자신의 부족한 자아의 발견과 부조리한 차별에서 오는 불행에 대한 인지이며, 가정을 떠나 더 큰 주어진 소명을 이루기 위해 길을 떠나고 그 소명을 이룬 뒤에 다시 가정으로 돌아와 모든 갈등을 해결하는 순환구조를 가지고 있다.

3. 〈홍길동전〉의 게임화 가능성

사건을 어떻게 창조하고 구현하는가는 각각의 인물을 택해서 힘과 능력을 겨루어보는 단순한 액션게임도 있고, FPS 방식의 게임과 RPG가 결합된 형식의 게임도 가능하다. 즉 주인공이 펼치는 다양한 대결과 사건의 변형이 가능하다는 스토리텔링의 방식이 구현될 수 있다. 여기에서 홍길동이 펼치는 '시련' 단계의 다양화와 '경쟁'의 구체화가 재미있는 게임으로 전환시킬 수 있는 중요한 요소라고 할 수 있다. 또한 〈홍길동전〉은 선악의 이분법적인 구성으로 이야기를 구성하고, 도술과 액션 등이 많아서 게이머의 눈에 띄는 장면을 쉽게 만들 수 있다.

따라서 〈홍길동전〉을 게임화하기 위해서는 홍길동이 보여주는 영웅담의 사건들을 단계별로 창조하고, 그것의 게임적 성향과 맥을 같이 할 수 있도록 재창조를 할 수 있어야 한다. 예컨대 게임의 전 단계와 본격적인 게임단계, 결말단계 등을 창조하여 소설적 서사를 사건으로 각색하여 배치하는 것이 게임으로의 중요한 가능성이라 하겠다.

여기에서 전 단계로는 크리스토퍼가 영웅의 순환구조에서 제시한 바와 같이 ①–⑤단계가 여기에 해당된다. 홍길동의 캐릭터를 보여주고, 왜 홍길동이 싸움에 나서야 하는가, 적과의 전투의 계기, 왜 이와 같은 캐릭터들이 모였는가, 홍길동이 집을 떠나는 것을 결단하지 못하고 주저하거나 소명을 거부하는 부분, 홍길동이 집을 떠나 스승을 만나 도움을 청하고 능력을 습득하는 부분, 첫 관문을 통과하여 자신감을 얻어가는 부분이 여기에 해당된다.

본격적인 게임부분은 ⑥–⑨단계라고 할 수 있다. 주인공이 시험에 들고, 적대자와 협력자를 만나고, 관문을 통과하고, 시련을 이겨내는 과정이 게임의 기본적인 플레이 과정이다. 이는 곧 주인공이 관문을 통과하여 승리하게 되는데, 주인공은 관문을 통과하면서 상위 단계로 올라가는 영웅으로서의 성숙단계에 접어드는 것이다. 이 부분은 무한 변수로 사건이 상승적으로 반복될 수 있으며, 반복되면서 사건의 성격이 변형될 가능성이 많다. 이러한 다양한 사건 창조는 플레이어들의 몰입감을 높여준다는 점에서 또한 지루함을 없게 해 준다는 점에서 유용하게 된다. 사건을 상승적으로 창조하면서 레벨을 상승해주며, 어려운 갈등구조를 야기하도록 만들어주는 구조라 하겠다.

〈홍길동전〉은 숱한 적대적인 캐릭터들과 치열하게 싸우며, 통쾌한 쾌감을 준다는 점에서 게임의 유희성과 관련이 깊다. 이러한 유희적인 기준을 가장 잘 이용한 게임에는 스토리의 완성도가 강한 롤플레잉 게임이나 어드벤처 게임이 잘 어울린다.[9] 게임의 플레어들은 스스로 주인공이 되거나 그 입장에 서서 오직 목표를 성취하는 데 몰입하여 게임을 진행하기 때문에 사건의 단계적인 설정과 스테이지를 설정하여 역할분담 게임으로 진행하면 유희적이며 교훈적인 목표를 모두 성취할 수 있는 게임으로 만들 수 있다.

〈홍길동전〉은 서사를 중심으로 하는 게임의 좋은 소재가 될 수 있다. 일반적으로 소설이라는 텍스트에서 소재를 획득할 경우, 인물만을 차용할 수도 있고, 사건만을 차용할 수도 있으며, 배경만을 차용할 수도 있다. 또한 차용한 소설의 세계관을 표출하기도 한다. 문학적 상상력만 획득할 수 있다면 게임으로 내러티브에 중요하게 활용될 수 있는 자료가 되는 것이다.

따라서 소설을 원천자료로 활용한다는 전제하에서 소설을 구성하고 있는 중요한 세 가지의 요소를 게임스토리텔링으로 전환시킬 수 있는 가능성을 찾아가는 것이 본 논문의 핵심이다.

1) 캐릭터의 형상화

디지털 스토리텔링의 기술 중에 많은 사람들에게 주목받은 인물은

---

9 이재홍, 「게임스토리텔링 연구」, 숭실대 박사학위논문, 2009, 43쪽.

영웅인물의 캐릭터일 것이다. 디지털 콘텐츠에서 영웅의 일생에 대한 스토리텔링은 서사의 전체적인 흐름에 재미있는 사건을 동반한 긴장과 이완의 반복을 통해서 영웅들의 이야기는 역동적인 인물로 다양하게 형상화되고 있다. 고소설 〈홍길동전〉과 게임의 경우 모두 주인공 캐릭터가 서사의 중심으로 부각된다. 〈홍길동전〉에서 인물의 성격이나 특징은 작가, 시대, 계층, 사상과 많은 연관을 가지고 있지만 전형화된 영웅형 인물의 형태로 나타난다. 주로 선악의 인물로 형상화되는 것이 일반적인데 〈홍길동전〉에서는 의(義)에 죽고 참에 살고자 한 영웅형 인물 창조를 하고 있다.

홍길동은 영웅이자 선인(善人)으로서 서사공간에서 여러 사건을 해결하는 과정에 선악의 이미지를 그대로 가지고 결말에 이른다. 즉 일관된 인물의 유형성을 보여준다. 〈홍길동전〉에서는 주인공이 평면적 성격의 인물, 단편적 성격의 인물로 등장함에 따라 오히려 게임과 가까운 면모를 보이고 있다. 이는 게임에서 일반적으로 선인(善人)과 악인(惡人)의 대결 내지 충돌하는 인물과 이를 저지하는 인물의 형태 등으로 그 캐릭터의 이미지는 굳어져 있다. 또 각각의 특질을 가지고 조력자는 후반부에 가서도 조력자로 남지 전면에 나서지 않는다.

예컨대, 주인공 시점으로 풀어가는 어드벤처나 RPG와 같은 게임들의 전개는 주인공의 기본 성격을 어느 정도 굳혀놓고 전개해 나간다.

서사문학 속의 영웅적인 캐릭터를 찾는다면 신화적 주인공에서부터 고소설의 주인공에 이르기까지 무수히 많다. 그중에서도 가장 먼저 영웅캐릭터를 뽑으라고 하면 홍길동을 떠올리게 된다. 홍길동은 최초의 국문소설에 등장한 대중적인 의적 영웅이라는 점, 최근까지 다양한 문화콘텐츠로 활용되면서 홍길동의 캐릭터는 어떠한 영웅상보다 뛰어난 인물로 각인되고 있다.

그러나 이러한 영웅 홍길동이 단 시간에 창조되는 것이 아니며, 오랜 문학적 전통과 창작기법이 후대로 전승되면서 자연스럽게 만들어진 인물이라 할 수 있다. 중세로 넘어오면서 〈삼국사기〉의 온달, 〈삼국유사〉의 조신, 〈수이전〉의 최치원과 같은 인물도 뛰어난 영웅 캐릭터였으며, 작품 내에서도 판타지적인 영웅인물로 활동한 캐릭터들이다. 이러한 전통적인 영웅 캐릭터들과 수많은 고소설 속의 영웅인물은 게임스토리텔링을 유도할 수 있는 거대한 힘을 가지고 있다는 점에 주목할 필요가 있다. 고소설 〈홍길동전〉에서 홍길동은 스스로 터득한 도술과 문무지략에 의해 모든 일을 혼자서 해결하는 초인적인 능력을 발휘한다.

〈홍길동전〉의 도술화소는 길동의 영웅적 능력을 표현하는 부분에서 많이 나타난다. 영웅은 보통 사람들과 다른 탁월한 능력을 가진 인물이다. 〈홍길동전〉에서 영웅 홍길동의 특별한 능력은 도술로 나타난다. 홍길동은 초란이 보낸 특재라는 자객의 습격을 받는다. 그러나 길동은 둔갑법과 같은 법술에 능통한 인물이기에 까마귀가 우는 소리를 듣고 점을 처서 자신의 위험을 예견하고 도술을 행하여 자객을 처치한다.

이러한 주인공의 영웅적인 캐릭터는 신화를 기본으로 하는 영웅스토리텔링이라 할 수 있으며, 신화적 영웅상이 영웅스토리의 원형이라 할 수 있다. 그 원형이 인간에게 공통적인 상징으로 남아 영웅 이미지 체계를 형성하여 일종의 영웅의 모델화가 가능할 수 있고, 이는 게임의 영웅 캐릭터로 형상화하는데 원천자료를 제공해 줄 수 있다고 하겠다.

2) 공간의 스테이지

〈홍길동전〉이 펼치는 시공간은 신이성, 환상성이 특징이라면 게임의 경우 비현실성, 초월계, 상상계가 그 특징이라고 할 것이다. 〈홍길동전〉의 꿈, 비현실적 도술, 능력 등은 모두 서사구조상에 등장하는 요소이다. 이는 현실과의 거리를 두고 있다는 것과 비현실계에 대한 반영의 하나이다. 눈에 보이는 현상의 세계만이 존재하는 것이 아니라 현상과 질료의 세계를 넘어선 또 다른 차원의 세계를 인정하고 있다는 것이다. 게임의 경우도 이는 마찬가지여서 굳이 꿈이라는 것이 아니더라도 공간이나 시간의 이동, 환생 등의 장치를 통해 용, 신, 천계, 영혼의 세상 등의 시공간의 신이적 공간을 가지고 있다.

이외에도 텍스트의 내적 공간에 등장하는 도구나 아이템의 신이적 특성, 인물, 캐릭터의 이미지 등을 찾을 수 있다. 도구 역시 특정한 의미를 가지고 사용되며 사건이나 인물의 갈등, 문제의 해결이나 연결에서 열쇠의 기능을 가지기 때문이다.

〈홍길동전〉의 서사공간은 가정에서 지하굴로, 지하굴에서 활빈당으로, 활빈당에서 율도국이라는 국가로 이동하는 공간의 이동경로를 보여주고 있다. 이는 파노라마처럼 장면을 순차적으로 넘기면서 볼 수 있는 순차공간으로 형상화하고 있다.

홍길동의 활동지역은 주로 충청도였으며, 당시 활약하던 군도(群盜) 가운데 가장 큰 집단이었다.[10] 홍길동은 엄귀손을 와주(窩主)로 삼아 옥정자(玉頂子)와 홍대 차림으로 첨지(僉知)신분으로 자칭하며, 대낮에도 무기를 가지고 관부를 드나들면서 기탄없는 행동을 자행하였다. 길동이 활빈당의 활동을 통해 위정자를 벌하고 백성을 구휼한다는 것은 탐관오리를 응징하는 동시에 그들보다 뛰어난 능력을 가지고 있음을 의미한다. 활빈당은 재물을 빼앗지 않는다. 그들은 각 읍의 탐관오리의 부정한 재물을 탈취하고, 무죄한 사람을 방면하여 불쌍한 백성을 구휼

---

10 임형택, 「홍길동전의 신고찰 上」, 『창작과 비평』 42, 창작과 비평사, 1976, 78–82쪽.

하는 것을 목적으로 한다. 따라서 이들은 단순한 도적이 아닌 의적으로서 기성체제에 저항하는 집단이 활동하는 공간으로 묘사되고 있다.

〈홍길동전〉은 몇 가지의 공간적인 이동에 따라 사건을 전개해 낼 수 있는 장점이 있다. 주인공인 홍길동의 영웅적인 이야기 뒤에는 당시대의 사회적인 문제의식이 오늘날의 독자에게 흥미소로 작용할 수 있는 여건이 되기 때문이다. 먼저 주인공 홍길동을 중심으로 벌어진 갈등 구조를 살펴보면 ①가정에서의 갈등 ②지하국 요괴퇴치 ③활빈당에서의 갈등 ④율도국 건설과정에서의 갈등으로 나누어 공간 스토리텔링을 창조할 수 있다. 〈홍길동전〉의 공간과 게임으로의 공간설정을 살펴보면 다음과 같이 정리될 수 있다.

순서	〈홍길동전〉	게임 〈홍길동〉	보조도구
① 가정	자객과의 싸움	위기	칼
		도술 극복	
② 지하국	요괴와의 싸움	위기	철퇴
		전투 극복	
③ 활빈당	괴수와의 싸움	위기	삼척보검
		영웅능력 극복	
④ 율도국	국가가의 싸움	위기	도술
		신위능력 국가건국	

다시 ① 가정에서의 갈등은 길동의 살해음모 사건과 길동의 구명과정, 그리고 출가의 내용을 가정 공간에서 게임화할 수 있다. 또한 ② 지하국에서의 갈등은 요괴와의 치열한 싸움을 통해 승리하고, 인질을 구하는 과정을 게임으로 각색할 수 있다. ③ 활빈당에서의 사건은 해인사를 중심으로 한 전국 각지를 돌아다니며 빈민을 구휼하는 다양한 사건을 재미있

게 스토리텔링해 낼 수 있다. 예컨대 초인 일곱을 팔도의 도적패로 바꾸어 표현한다든지, 이러한 도적들이 길동의 무예와 위용에 이끌려 단합하여 활동을 한다는 설정은 오늘날 게임을 즐기는 사람들에게 흥미적인 사건전개가 될 수 있다. 적굴에 들어가 수괴가 되는 과정에서 치열한 투쟁과 승리과정을 단계적인 사건으로 만들어낼 수 있다.

한편 ④ 이상국가인 율도국을 건설하는 과정에서는 길동이 제도권의 인물들과 투쟁하는 장면을 게임화할 수 있다. 소설에서는 율도국의 공간이 홍길동이 신분에 대한 불만을 품고 도적의 괴수가 된 후 도적들과 함께 조선을 떠나 정벌한 해외공간이며, 조선 군사와의 치열한 전투장면을 묘사해 낼 수 있다. 예컨대 포도대장 이흡과의 대결, 왕이 길동의 부친과 형을 위협하는 장면과 생포과정 다시 계략과 위기를 극복하고 탈출하는 장면들을 게임의 서사로 스토리텔링할 수 있다. 그리고 제도권에서 병조판서를 지낸 사건과 벼슬을 버리고 세력을 규합하여 율도국에 들어가 현지 거주민들과 싸움 등을 통해 이상국가를 건설해 나가는 일련의 과정을 흥미있게 게임 공간으로 창출해 낼 수 있다. 〈홍길동전〉에 등장하는 도적굴에 대한 생생한 공간 묘사를 보면 다음과 같다.

> "ᄒᆞᆫ 곳에 다다르니 경개절승한지라 인가를 차자 점점 들어가니 큰 바위 밑에 석문이 닫혔거늘 ᄀᆞ만이 그 문을 열고 들어가니 평원광야의 수백호 인가 즐비하고 여러 사람이 모다 잔치하여 즐기니 이곳은 도적의 굴혈이라"[11]

한편 율도국 공간은 홍길동이 앞으로 정벌하여 왕이 되고자 하여 조

11 〈홍길동전〉, 14장.

선왕과 본격적으로 대항하기 위한 계책과 분비를 하는 공간으로 형상화되고 있다.

> "내 임의 됴션을 하직ᄒᆞ직 ᄒᆞ여스니 이곳의 와 아직 은거ᄒᆞ여다가 대ᄉᆞ를 도모ᄒᆞ리라"[12]
>
> "길동이 매양 니곳을 유의ᄒᆞ여 왕위를 앗고져 ᄒᆞ더니 이제 삼년샹을 지내고 귀운이 활발ᄒᆞ려 셰상의 두릴 ᄉᆞ롬이 업ᄂᆞᆫ지라 일일은 길동이 제인을 불너 의논왈 내 당쵸의 ᄉᆞ방으로 단닐제 율도국을 유의ᄒᆞ고 이곳의 머무더니 이제 마음이 자연 대발ᄒᆞ여 운싊 녈니물 알지라 그대등은 나를 위ᄒᆞ여 일군을 죠발ᄒᆞ면 쵹히 율도국 치기는 두리지 아니리니 엇지 대ᄉᆞ를 도모치 못ᄒᆞ리오"[13]

여기에서 고려해야 할 것은 게임에서 공간스테이지가 소설의 서사공간과 다르게 창조될 수 있는 가능성을 고려해야 한다. 각 공간에서의 전투가 끝나갈 무렵에 가장 강력한 적을 만나게 되고, 강력한 적과의 전투에서 승리는 캐릭터에게 강력한 힘을 심어주거나 다음 단계로의 진입을 허용하여 또 다른 공간에서 전투를 예견해 준다. 여기에서 한 스테이지를 통과할 때마다 아이템을 획득하게 하여 플레이의 즐거움을 더해준다. 특히 아이템을 획득하지 못하면 다음 단계에 진입하지 못하며, 아울러 캐릭터의 능력을 증폭시켜주지 못하여 게임을 끝나게 할 수 있다. 기본적으로 아이템의 획득과 그로 인한 캐릭터의 변신은 게임 플레이의 지속성 유무를 만들어 준다.

중요한 것은 플레이어가 영웅이 되는가가 아니라, 플레이어가 플레

---

12 경판 30장본 〈홍길동전 권지단〉, 『고소설판각본전집』 5, 연세대학교, 1975, 1012쪽.
13 경판 30장본, 앞의 책, 1015쪽.

이를 계속하는가이다. 따라서 플레이를 지속 가능하게 만들어 주는 아이템을 창출하는 일이 중요시된다.[14]

게임의 특성은 플랫폼이나 장르에 따라 달라질 수 있기 때문에 가상세계의 공간성과 그래픽적인 표현성과 인터랙티브한 서사성[15]에서 게임의 특성을 고려하여 공간을 창조해야 한다. 평면적이면서 순차적인 소설공간과 달리 게임 공간은 가상세계의 공간이자 공용의 공간에서 수많은 플레이어들이 참여하여 게임에 참여하기 때문에 소설공간보다 월등한 역동성과 입체성, 예측하기 어려운 게임의 서사가 펼쳐진다. 게임에서는 피동적인 플레이어는 배제되고 능동적으로 게임을 조작하는 플레이어의 테크놀로지적인 정보력에 의해 게임이 끌려가기 마련이다. 그러므로 게임에서 최후의 승자는 곧 소설 속에서 주인공의 영웅성을 체험하면서 스스로 승리자가 되는 이야기 만들기가 필요하다.

3) 사건의 단계적 설정

〈홍길동전〉에 나타난 특정 사건의 등장과 게임에서 이벤트의 등장은 기본적으로 차이점이 있다. 〈홍길동전〉에서 사건이나 문제의 발생은 인과관계가 분명한 경우가 대부분이다. 서자의 자식으로 태어났기에 신분상승을 할 수 없고, 천한 대접을 받아야만 했고, 이러한 적서차별로 인해 뒤에 그 대가를 치러야만 굴레를 벗어날 수 있기 때문이다. 게임의 경우도 마찬가지이다. 사건이나 이벤트는 시스템 내지 후행 사

---

14 배주영·최영미, 앞의 논문(2006), 115쪽.

15 이재홍은 게임의 특성을 공용공간, 그래픽 사용자 인터페이스, 즉시성, 상호작용성, 영속성, 사회화 등 여섯 가지로 특성을 살펴본 바 있다. 이재홍, 앞의 논문(2009), 44-52쪽.

건의 전사건, 이벤트에 의해 이어지고 그 이벤트, 사건의 원인 또한 전적으로 인과관계에 의한 것이지 결코 우연에 의한 것이 아니다. 사건에 철저한 인과관계를 갖는 방식에 있어서도 게임은 고소설과 다소의 유사성을 보여준다. 여기에서 인과관계란 사건의 우연적 발생, 우연적 만남과 이별 등의 구성적 인과관계가 아니라 전단계에서 보여주었던 사건, 복선, 암시 등이 이후의 사건, 갈등, 만남, 이별 등의 요소에 영향을 미치게 되어 나타난다는 것이다.

여기에서 〈홍길동전〉과 게임에서 볼 수 있는 사건은 주인공의 상승적인 능력함양에 있다. 즉 〈홍길동전〉과 게임스토리텔링의 지배적인 요소는 영웅의 모험담에 있다. 게임 플레이어는 미지의 공간을 모험하면서 목적지를 찾아가고, 미지의 보물을 얻고자 한다. 게임은 늘 유저들에게 환상의 공간을 펼쳐놓고, 그 공간 속을 탐험하도록 만든다. 게이머가 게임을 통해서 얻은 경험이란 허구적 공간과 그 공간에서 탐험이라는 경험이다. 따라서 게임이 사람들에게 주는 것은 영웅스토리의 경험이라 할 수 있다. 영웅스토리가 재미와 즐거움을 주기 위해서는 다양한 사건담과 영웅서사를 얼마나 치밀하고 다양하게 창조하느냐가 중요하다. 영웅의 모험담이 극적이지 못하거나 매우 평범해서는 유저들에게 인기를 끌지 못한 것은 당연하다. 매 사건마다 긴장과 이완을 반복하면서 끊임없이 모험을 떠나는 영웅의 일생과정은 전통적인 영웅서사를 답습하고 있다고 하겠다.

고귀한 탄생, 그리고 버림받음, 시련과 고난의 연속, 수학과 성숙, 적과의 대결을 통한 영웅성 획득 등은 충분한 재미와 흥미를 주는 중요한 통속적 요소이자 보편적인 대중성을 가진 스토리의 전개라고 할 수 있다. 이러한 영웅서사는 후대로 내려오면서 혹은 다른 유사한 작품을 창조하면서 주인공이 누구와 싸우는가, 무엇을 찾기 위해 싸우는가를 변용하면서 유사한 시리즈를 만들 수 있는 개연성이 있다. 영웅 스토리의 변형과 확대가 가능하다는 의미이다. 똑같은 구조이지만 단계에 따른 변화 가능성이 스토리의 풍부함을 낳을 수 있는 것이다. 여기에 사건의 설정이 게임에서의 중요한 요소로 대두된다.

사건은 스토리 속에 내재된 주인공의 행위구조라고 할 수 있다. 즉 주인공이 목표를 향해 나아가는 인과적인 플롯이다. 이때에 사건은 스토리 전체에서 볼 때 큰 주제를 향해 나열된 인과적인 의미망이며 앞과 뒤에 의미가 연결되는 계기성을 중요시해야 한다. 그러므로 고소설이 가지고 있는 서사적 특성 중에 우연성보다는 필연성의 스토리전개가 이루어져야 한다. 너무 우연성에 치우친 스토리텔링이 이루어지면 게임의 신뢰성에 큰 문제가 대두되기 때문에 사건의 흐름이 정교하게 만들어지고 진행될 수 있도록 탄탄한 사건구조가 만들어져야 한다.

대체로 하나의 게임에는 단순한 한 가지의 사건을 해결하는 것으로 끝나는 것이 아니라 수십 개 단위의 사건이 발단, 진행, 결과단계로 만들어져 퀘스트 형식으로 이어진다. 반면에 서사의 사건이 많고 갈등구조가 많이 반복되어 나타나도록 형상화된 이야기 구조는 본고에서 활용한 발단-전개(전개1-전개2-전개3---전개n)-위기-절정-결말식으로 진행된다. 이러한 서사구조 속에 주인공이 겪게 되는 사건의 난이도는 초급에서 단계별로 최고의 전투로 연결되는 상승적인 궤도를 따라 가게 된다. 이러한 5단 구조는 다양한 사건들이 창조적으로 끼어들어갈 여지가 있다. 롤플레잉 게임의 서사구조에서 이러한 형태의 순차적인 사건이 많이 나타난다.

일찍이 포스터(Edward Morgan Forster)에 의하면 스토리는 사건 서술의 계기성을 의미하고 플롯은 사건 서술의 인과성을 의미한다고 말하며, 플롯이 인과성에 의해 서술되는 사건의 구조라는 것을 밝히고 있다. 그러므로 〈홍길동전〉을 게임으로 전환할 때에 홍길동이 살아간 일대기의 구조 속에서 펼쳐지는 영웅적인 의적의 활약상이 일정한 사건의 흐름에 따라 배치되고, 사건의 연속성을 통해 보편적인 주제를 이끌어가야 한다.

〈홍길동전〉의 경우를 보면 앞에서 상술한 바와 같이 홍길동을 중심으로 벌어지는 단계적인 사건을 유희적으로 창조하면 된다. 특히 〈홍길동전〉의 갈등구조가 창조되어 시퀀스가 늘어날 경우에는 아래와 같이 전개부분의 사건4에서 사건15까지의 부분을 스테이지의 전개형식으로 나누어 사건을 확장시켜 전개할 수 있다.

단계적인 사건			적대자	사용도구
가정 사건	사건1	발단	계모와의 싸움	몸
	사건2		이웃과의 싸움	나무
	사건3		자객과의 싸움	칼
산속 사건	사건4	전개1 전개2 전개3 ↓ 전개n	구원자를 만남	진법, 검술습득, 병서터득
	사건5		도적과의 싸움	갑주, 홍선
	사건6		힘센 도적과의 싸움	책, 일척검, 병서
활빈당 사건	사건7		활빈당 졸병	손오병서, 궁마지, 옥지환
	사건8		활빈당의 여러 적수와 만남	손오병서, 육도삼략
	사건9		활빈당 괴수와의 전투	옥주, 갑주, 천리마
요괴굴 사건	사건10		곰과의 전투	보검, 청룡도
	사건11		뿔이 둘인 괴물과 전투	장성검, 신화경
	사건12		힘센 요괴와의 전투	자룡검
해인사 사건	사건13		해인사의 탐관오리1과 전투	환약, 용마
	사건14		해인사의 탐관오리 2와 전투	갑주, 운무갑
	사건15		해인사의 탐관오리 대장과 전투	일광주, 천사마

단계적인 사건			적대자	사용도구
포도대장과의 전투 사건	사건16	위기	병사들과의 전투	철갑투구, 청룡도, 오초마
	사건17		팔도대장과의 전투	갑옷투구, 삼척보검
	사건18		포도대장과의 전투	황금갑주, 쌍용마구, 용천검
왕실의 최고 군사와의 전투 사건	사건19	절정	왕궁병사들과의 전투	삼척신검, 보검
	사건20		병조판서 무리와의 전투	옥함, 둔갑술
	사건21		왕과의 담판	용천검, 풍운경
율도국 정벌전투 사건	사건22	결말	율도국 괴수와 전투 승리	천리총마획득, 천리토산마, 전쟁기계

4. 결론

한 시대는 전통적인 문화양식을 일정하게 수용하면서 또 다른 양식의 문화가 창조되기 마련이다. 정보화 시대를 살아가는 요즘에는 소비자의 문화향유 방식이 예전과 차원이 다르게 변모하여 다양한 매체가 존재하고, 그것을 향유하는 방식도 다양하다. 즉 예전과 문화의 패러다임이 완전히 다른 것이다. 소비자의 기대치가 높아지고 다양해졌으며, 일탈의 욕망이 강해지고 있다. 이러한 문화의 한 복판에 엉뚱하게도 게임이라는 공통분모가 존재하고 있다. 불과 몇 년 전만해도 게임은 특정한 사람들의 전유물로만 치부하고 말았다. 그러나 이제는 우리의 옛 것을 재창조하여 새로운 영상 콘텐츠로 전환시켜야 한다.

따라서 본고에서 〈홍길동전〉을 게임으로 창작하여 다른 매체를 통해 향유할 필요성이 있다는 의도에서 출발하였다. 그 가능성 있는 방안으로 〈홍길동전〉과 게임의 서사구조를 살펴보았다. 본고에서는 소설의

3요소인 인물, 사건, 배경을 게임의 요소와 비교하여 전환 가능성을 세 가지로 살펴보았다.

첫째, 주인공의 영웅적인 캐릭터는 신화를 기본으로 하는 영웅스토리텔링이라 할 수 있으며, 신화적 영웅상이 영웅스토리의 원형이라 할 수 있다. 그 원형이 인간에게 공통적인 상징으로 남아 영웅 이미지 체계를 형성하여 일종의 소설과 게임에 등장하는 영웅의 모델화가 가능할 수 있다고 하겠다.

둘째, 〈홍길동전〉의 시공간은 눈에 보이는 현상의 세계만이 존재하는 것이 아니라 현상과 질료의 세계를 넘어선 또 다른 차원의 세계를 인정하고 있다는 것이다. 게임의 경우도 이는 마찬가지여서 굳이 꿈이라는 것이 아니더라도 공간이나 시간의 이동, 환생 등의 장치를 통해 용, 신, 천계, 영혼의 세상 등 시공간의 신이적 공간을 가지고 있어 유사점을 보여주고 있다.

셋째, 대체로 하나의 게임에는 단순한 한 가지의 사건을 해결하는 것으로 끝나는 것이 아니라 수십 개 단위의 사건이 발단, 진행, 결과단계로 만들어져 퀘스트 형식으로 이어진다. 반면에 서사의 사건이 많고 갈등구조가 많이 반복되어 나타나도록 형상화된 이야기 구조에서는 발단-전개(전개1-전개2-전개3---전개n)-위기-절정-결말식으로 진행되며 주인공이 겪게 되는 사건의 난이도는 초급에서 단계별로 최고의 전투로 연결되는 상승적인 궤도를 따라 다양한 사건들이 창조적으로 끼워들어갈 여지가 있다는 점에서 게임화의 가능성을 살펴보았다.

〈아기장수 전설〉의 게임 스토리텔링

1. 서론

이 연구는 전국적인 광포전설로서 신화적 성격을 내포하고 있는 〈아기장수 전설〉을 대상으로 게임콘텐츠로의 전환 가능성을 살펴보려는데 목적이 있다. 특히 고전의 현대적 변용과 인문학적 상상력[1]의 융복합적 활용이라는 측면에서 게임의 원천자료로서 설화의 활용 가능성을 제시하고[2] 게임으로의 전환스토리텔링이 가능한지의 여부를 살펴보게 될 것이다.

주지하다시피, 〈아기장수 전설〉은 한 가난한 집안에 비범한 아이로 태어났으나 부모와 친지, 이웃들의 살해나 실수로 비극적인 죽음을 맞

---

1 최근의 게임산업은 스토리텔링의 부실에서 오는 서사의 결핍현상을 문제 삼고 있다. 결핍된 게임은 당위성이나 목표성이 빈약하여 과몰입성, 폭력성, 사행성 등의 요소들로 이어지고 있어서 게이머들에게 감동을 주지 못하며, 이에 대안으로 인문학적 상상력과 원천자료로서 구비문학의 중요성을 연구한 바 있다. 이재홍, 「구비문학을 활용한 게임의 인문학적 상상력에 관한 고찰」, 『디지털정책연구』 10(2), 한국디지털정책학회, 2012.

2 디지털미디어시대에 콘텐츠는 즐거움을 창출해낼 수 있는 이야기여야 한다. 이때에 즐거움을 창출해낼 수 있는 원천적인 유희 요소는 민족 고유의 전통과 가치관과 정서가 진하게 내재되어 있는 설화적인 원형에서 획득될 때 가장 극대화된다. 이재홍, 앞의 논문, 281쪽.

이한다. 부모가 자신이 낳은 자식을 신이한 능력을 가지고 위대한 성취가 약속된 아들을 자기 손으로 죽인다는 내용은 매우 충격적인 이야기이며, 비극적인 민중영웅 이야기와 맥을 같이한다고 볼 수 있다.

이러한 전설은 전승의 지역범위가 한정되어 있지 않고 전국적인 범위에 걸쳐있을 만큼 광범위하게 전승되어 왔고, 오늘날까지 지속적으로 민중들에게 회자될 만큼 생명력이 강해서 16~17세기에 이미 문헌으로 기록될 정도로 오랜 연원을 가지고 있다.[3] 뿐만 아니라, 우리나라의 〈아기장수 전설〉과 유사한 동아시아의 아기장수에 대한 상상과 인식이 유사하다는 점도 밝혀졌다.[4] 이러한 성격 때문에 〈아기장수 전설〉에 대한 다양한 연구가 그동안 많이 축적되어 온 것도 사실이다.[5] 특히 전국적으로 광범위하게 분포되어 전해오고 있는 〈아기장수 전설〉은 다양한 형태

---

3 천혜숙, 「아기장수 전설의 유형과 의미」, 『한국학논집』 13, 한국학연구소, 1986, 134쪽.

4 강은해, 「동아시아 아기장수 설화의 전승과 그 사회교육적 의미-한국·일본·베트남 설화를 중심으로」, 『동북아문화연구』 20, 동북아시아문화학회, 2009, 145~163쪽.

5 〈아기장수 설화〉에 대한 기존 연구의 동향은 두 가지 방향으로 논의되어 왔는데, 장르 문제와 사회문제, 그리고 유형문제 등에 대한 시각으로 진행되어 있다.
심정섭, 「전설의 문학적 구조」, 『문학과 지성』 27, 문학과지성사, 1977; 조동일, 『한국소설이론』, 지식산업사, 1977.
최래옥, 「아기장사 전설의 연구, 한국설화의 비극성을 중심으로」, 『한국민속학』 11, 한국민속학회, 1979, 117~161쪽.
현길언, 「전설의 변이와 그 의미」, 『한국언어문학』 17, 한국언어문학회, 1979, 288~306쪽.
강진옥, 「한국전설에 나타난 전승집단의 의식구조 연구」, 이화여대 석사학위논문, 1980.
이혜화, 「아기장수 전설의 신고찰」, 『한국민속학』 16, 한국민속학회, 1983, 265~285쪽.
장장식, 「아기장수전설의 의미와 기능」, 『국제어문』 5, 국제어문학회, 1984, 37~54쪽.
천혜숙, 「아기장수 전설의 형성과 의미」, 『한국학논집』 13, 계명대학교 한국학연구소, 1986, 133~151쪽.

로 유형이 변형되어있다는 점이다.[6] 지역에 따라서는 구조와 내용이 조금씩 차이를 보여주고 있기 때문에 다양하게 연구의 쟁점이 되어 왔다.

그동안 〈아기장수 전설〉의 유형에 대한 대표적인 연구로는 천혜숙의 연구[7]를 들 수 있는데 본고에서는 천혜숙이 제시한 '날개형'과 '곡물형'의 구조를 살펴서 이를 별개의 구조로 보지 않고, 두 유형을 융합하여 〈아기장수 전설〉을 새롭게 이해하고자 한다. 따라서 다양한 기존 연구의 성과를 수용하면서 〈아기장수 전설〉의 현대적 변용을 통한 게임 콘텐츠 스토리텔링을 살펴보고자 한다.

〈아기장수 전설〉 이야기가 비록 현실적으로는 실패한 이야기로 결말을 맺고 있어서 좌절과 실의에 빠진 민중들의 욕망을 담고 있지만, 이 이야기는 봉건시대 우리 사회 신분차별의 불합리를 폭로하고, 그 차별에 짓눌려 고통 받고 신음하던 백성들 스스로 자신들의 왜곡된 삶을 보여주고, 왕조 사회에서 신분차별을 당하던 백성들이 자신의 삶을 개선하기 위해서 고뇌할 뿐만 아니라 목숨을 걸고 행동하던 사회적 동향의 일환으로 볼 수도 있다.[8] 나아가 〈아기장수 전설〉이 민중영웅의 좌절로만 볼 수 없으며, 아기장수의 죽음 이후에 나타나는 용마의 그림자에 의해 희망적인 전망으로 회귀함으로써 아기장수 이야기가 문학치료의 유용한 자료로 활용될 가능성도 배제할 수 없다.[9] 이러한 〈아기장수 전설〉은

---

6 〈아기장수 전설〉은 전국적인 분포를 보이는 대표적인 광포전설이기 때문에 지역에 따라 그 구조와 내용이 조금씩 다르다. 제주도에 전승된 이야기조차도 제1유형에서 2유형, 3유형의 변이과정을 겪는다. 따라서 본고에서는 『한국구비문학대계』에 수록된 것을 대상으로 살펴보고자 한다.

7 천혜숙, 앞의 논문(1986), 133~151쪽.

8 김수업, 「아기장수 이야기 연구」, 경북대 박사학위논문, 1994, 205쪽.

9 손석춘, 「〈아기장수〉 설화의 '내적 소통'에 관한 시론」, 『문학치료 연구』, 한국문학치료학회, 2014, 43~69쪽.

민중들의 영웅에 대한 대망의식을 분노와 좌절로 보여주고 있다는 점[10]과 이 이야기를 승리와 욕망의 성취로 전환시켜 스토리텔링을 할 때, 게임으로서 흥미와 감동을 줄 수 있는 게임콘텐츠라고 할 수 있다.

따라서 본고에서는 〈아기장수 전설〉의 이야기 구조를 변용하여 게임의 요소를 개발하고, 이야기의 캐릭터, 배경, 사건의 소재를 활용하여 게임으로 전환할 수 있는 가능성을 살펴보고자 한다.

2. 〈아기장수 전설〉의 게임콘텐츠 가능성

〈아기장수 전설〉은 비범한 아기로 태어났으나 부모와 친지, 또는 이웃들의 살해나 실수로 인해 비극적인 죽음을 맞이한다는 슬픈 이야기이다. 특히 아기장수의 부모는 자기가 낳은 자식이 신이한 능력을 지녀서 위대한 성취가 약속되었음에도 아들을 자기 손으로 죽인다는 내용이어서 충격을 더해준다. 〈아기장수 전설〉에서 주인공은 미천한 신분으로 탁월한 능력을 구비했기에 아기 영웅은 목숨을 잃게 된다. 한국의 아기영웅담은 이렇게 비극적인 좌절의 이야기이다. 그러나 일본과 베트남의 경우에 아기장수들은 성공담으로 나타난다.[11]

---

10 〈아기장수 전설〉이 역사적으로 실패한 민중항거의 경험들을 되새김질케 하는 민중영웅에 대한 작품으로 분석한 연구들도 많이 축적되었다. 하창수, 「아기장수 전설의 형성과 기능」, 부산대 석사학위논문, 1981; 윤재근, 「조선시대 저항적 인물전승 연구」, 고려대 박사학위논문, 1988; 유영대, 「설화와 역사인식」, 고려대 석사학위논문, 1981; 김수업, 「아기장수 이야기 연구」, 경북대 박사학위논문, 1995.

11 강은해, 앞의 논문(2009) 참고. 여기에서 세 나라의 아기 영웅이야기가 결과적으로는 서로 다르게 나타나지만 세 가지의 공통적인 모티프를 가지고 있다. 예컨대, 아기장수들이 모두 미천한 출신이며, 생래적으로 탁월한 능력을 지녔고, 모두 어린 아기

한국의 〈아기장수 전설〉도 두 나라의 아기 영웅처럼 고아와 같은 어린이가 초월적 원조자의 도움을 받아 성공적인 스토리로 전환될 수 있다. 〈아기장수 전설〉가 게임으로 전환되기 위해서는 먼저 〈아기장수 전설〉의 서사구조를 이해할 필요가 있다. 일반적으로 〈아기장수 전설〉에서 두드러지게 나타나는 모티프를 중심으로 구분해 보면, '날개형'과 '곡물형'을 들 수 있다. 이 중에서 가장 많이 나타나는 이야기 형태는 '날개형'이라 할 수 있다.

'날개형' 〈아기장수 전설〉의 예문을 보면 다음과 같다.

> "아기장수는 난 지 사흘 만에 방 안을 날아다니다가 겨드랑이에 날개가 있어서 신이한 조짐을 보이기 시작한다. 그 외 사흘 만에 말을 했다든가, 밤에 뒷산으로 나가 군사놀이를 했다는 전승도 있다. 아이가 지닌 신이한 능력에 두려움을 느낀 부모나 집안사람들이 아이를 돌이나 쌀가마니 등으로 눌러 죽이게 된다. 쉽사리 죽지 않아서 낙심한 부모에게 아기는 스스로 자기 겨드랑이에 붙은 날개를 떼도록 하여 죽이는 방법을 가르쳐주기도 한다. 아기장수의 죽음 이후 용마가 출현하고 용마마저 못에 잠겨 죽게 된다."[12]

이와 같은 '날개형' 이야기의 서사구조를 단락별로 살펴보면 다음과 같다.

① 일정 장소에 용 연못이 있다.
② 가난한 부모가 살고 있었다.

장수라는 점에서 유사성을 찾을 수 있다.

12 『한국구비문학대계』 7-1, 경북 월성군 산내면3 편, 한국정신문화연구원, 1980.

③ 날개를 타고난 아기를 낳았는데, 신이한 조짐이 있었다.(아기장수의 출생)
④ 어머니가 아이의 능력을 발견한다.(부모에 의한 신이한 능력 발견)
⑤ 가족에게 큰 화가 미칠 것이 두려워 아이를 죽였다.(부모가 아기장수를 죽임)
⑥ 아이가 죽자 뒷산에서 용마가 나와 울다가 죽었다.(용마의 출현과 죽음)
⑦ 지금 현재 그 용 연못이 남아 있다.

한편 '곡물형' 〈아기장수 전설〉의 구조를 보면 다음과 같다.

① 가난한 부모가 살고 있었다. (가난한 집에서 태어난 아기장수)
② 날개를 타고난 아이가 났는데, 신이한 조짐이 있었다. (신이한 능력의 발견)
③ 아이가 어머니에게 곡류(팥, 콩, 좁쌀)를 청하여 뒷산 바위 밑 산에 땅속으로(못 속) 간다.
④ 어머니가 아들이 간 곳을 안다.
⑤ 관군이 다그치자 어머니가 발설한다.
⑥ 관군이 바위 밑을 헤치고 곡물군사들과 아기장수를 죽인다.
⑦ 날개 달린 말이 울다가 물속으로 들어간다.

'곡물형' 이야기는 아기장수가 곡물 일정량을 가지고 땅 속으로 들어가 군사를 만들어 거사를 도모한다는 모티프의 설정에 있다. '날개형'이 바로 죽음에 이르는 것과는 달리 '곡물형'은 대결의 장이 새롭게 첨가 되었다는 점이 다르다. 이는 '곡물형'이 '날개형'에 비해 이야기의 논리와 갈등을 더욱 구체화시키고 있음을 의미한다. 이는 실제적인 〈아기장수 전설〉에서 아기 영웅의 좌절과 죽음을 대결의 장으로 확장시켜서 흥미 있는 게임스토리텔링으로 전환할 수 있는 가능성을 충분히 보여주는 예라 할 수 있다.

3. 〈아기장수 전설〉의 게임콘텐츠 스토리텔링과 의미

3.1. 〈아기장수 전설〉의 각색 스토리텔링

〈아기장수 전설〉은 원조자의 모습이 없어서 주인공에게 실질적인 도움을 줄 수는 없지만 여러 유형의 곡물군사들과 용마를 통해서 주인공을 죽음으로부터 구출하여 승리로 이끌어간다는 스토리로 각색할 수 있다.

앞에서 살펴본 바와 같이, '날개형'과 '곡물형'의 두 유형구조를 융합하여, 아기장수를 죽음으로부터 극복해서 영웅성을 발휘하는 스토리텔링의 전환으로 재해석할 수 있다. 〈아기장수 전설〉의 서사구조를 일반적인 영웅의 여행 구조에 따라 사건의 흐름을 살펴보면 다음과 같다.

① 가난한 부모가 살고 있었다.
② 날개를 달고 태어난 아이를 났는데, 신이한 조짐이 있었다.
③ 아이가 어머니에게 곡류(팥, 콩, 좁쌀)를 청하여 뒷산 바위 밑 땅속으로 간다.
④ 관군이 다그치자 땅속으로 간 아이를 알고 있는 어머니가 발설한다.
⑤ 관군이 바위 밑을 헤치고 들어간다.
⑥ 곡물군사인 팥과 콩과 좁쌀과 차례로 싸운다.
⑦ 날개 달린 말과 싸운다.
⑧ 아기장수가 싸워 이긴다.

본디, 〈아기장수 전설〉의 '날개형' 스토리는 전반부에서 아기장수가 죽음으로써 비극적인 이야기로 끝나면서 세상에 순응하는 나약한 아기 영웅의 형태지만, '곡물형'의 스토리는 곡물이 군사로 변하여 관군과 치열한 투쟁을 이끌어 가는 것으로 사건이 확장되어 있다. 여기에서 두 유형을 융합하여 결말을 아기장수의 승리로 전환하면, 나약하고 순응적인 아기 영웅을 곡물군사의 원조자를 만나 힘을 규합하여 관군과 맞서 싸워서 승리한다는 구조로 바꿀 수 있다.

이러한 영웅성을 가진 아기 영웅과 적대자의 투쟁 스토리는 개연성과 보편성을 확보한 세계적인 게임 내러티브가 될 수 있다. 여기에서 개연성은 콘텐츠의 리얼리티를 획득하기 위한 호소력이며, 보편성은 동서고금을 막론하고 콘텐츠를 신뢰할 수 있는 설득력이다. 그리고 재미요소가 깃든 흥미성과 다른 이야기와의 차별화가 돋보이는 독창성이 확보된 이야기로 구성될 때 비로소 상품가치가 높다고 할 수 있다.[13] 이처럼 낭만적인 스토리를 가지고 창의적인 게임 스토리로 만들 때, 게임 플레이어들의 만족도를 극대화할 수 있다고 하겠다.

이 장에서는 먼저 〈아기장수 전설〉이 가지고 있는 영웅적 서사구조를 살펴보고 그것을 게임으로 전환할 수 있는가를 살펴보는 것이다. 〈아기장수 전설〉의 영웅적 서사구조는 영웅으로서 살아가기 전에 세계적인 영웅인물이 겪으며 살아간 노정과 도식을 함께한다. 예컨대 한 영웅 인물의 통과의례를 그대로 밟아가는 통시적 서사구조를 보여주고 있다.

〈아기장수 전설〉에서 영웅의 여행 구조는 앞에서 살펴본 바와 같이 ①부터 ⑧까지의 서사전개를 축으로 하여 낭만적으로 진행되고 있음을 알 수 있다. 곡물들이 관군을 퇴치하는 삽입 모티프가 작품의 전개에

13 이재홍, 「문화원형을 활용한 게임스토리텔링 사례 연구」, 『한국문학과 예술』 7, 한국문학과예술연구소, 2011, 264쪽.

중요 흥미요소가 되며, 주인공과 곡물, 그리고 관군퇴치의 이야기를 분석하여 게임스토리텔링으로 전환할 수 있을 것으로 본다.

아기 영웅은 우리나라 동굴 모티프에서 발생하는 요괴퇴치 이야기와 유사한 구조를 가지고 있음을 볼 수 있다. ⑤·⑥·⑦번에 해당되는 이야기인데, 이를 토대로 스토리텔링을 확대해보면, 영웅은 땅속으로 접근하여 도중에 관문 수호자, 피할 수 없는 여러 사건, 시험 등이 있는 정체불명의 영역을 만나게 된다. 이것이 가정에서 숲속으로 다시 땅속의 깊은 공간으로 접근한 것이며, 이곳에서 영웅은 가장 경이롭고 무서운 관원들과 치열한 싸움이 펼쳐진다.

〈아기장수 전설〉을 기본 공식으로 게임의 형식에 따라 도표를 제시해 보면 다음과 같다.

<table>
<tr><th>구분</th><th>게임</th><th colspan="2">단락</th><th>내용</th></tr>
<tr><td>배경</td><td>에필로그</td><td colspan="2">날개달린 신이한 인물 탄생</td><td>비인간의 모습으로 결핍설정</td></tr>
<tr><td rowspan="7">아기장수의 여행</td><td rowspan="7">사건전개
(사건 N)
가정공간,
숲속공간,
땅속공간,
연못공간</td><td>일상세계</td><td rowspan="7">창조적인 사건을 다양한 게임의 스테이지로 전환</td><td>탄생전후의 세계</td></tr>
<tr><td>모험의 소명</td><td>해결해야할 과제부여</td></tr>
<tr><td>영웅의 탄생</td><td>주인공의 비정상적인 탄생</td></tr>
<tr><td>영웅의 모험</td><td>현실세계를 구해야 하는 과제</td></tr>
<tr><td>시련극복</td><td>보조도구(팥, 콩, 좁쌀)의 도움으로 관군(대적) 퇴치</td></tr>
<tr><td>소명완수</td><td>죽음의 위기로부터 승리</td></tr>
<tr><td>귀환</td><td>승리 후에 지상세계로 복귀</td></tr>
<tr><td>결말</td><td>대단원</td><td colspan="2">행복</td><td>부모와의 만남</td></tr>
</table>

서사구조로 보면, 〈아기장수 전설〉의 등장인물은 아기장수와 어머니, 그리고 관원인물에 얽힌 이야기이다. 현생에서의 영웅적인 탄생과 이별, 그리고 고난과 만남을 통해 행복하게 살다가 승천하기까지의 과정

을 상승적이며, 판타지로 다루고 있는 구조이다. 이처럼 〈아기장수 전설〉은 초자연적인 땅속세계에서 일어난 관원들과 곡물군사의 체계적인 전투와 아기장수가 펼치는 다양한 사건을 소재로 하여 판타지로 형상화하고 있다.[14] 즉 아기장수가 관군에 의해서 땅속으로 피신하면서 사건이 시작된다. 인간이 어려서는 부모의 슬하에서 태어나 성장하면서 성년이 되면 입사식을 거쳐 새롭게 가정을 이루게 된다. 그런데 아기장수에게는 자신을 죽이려는 부모나 관군에 의해 인간의 삶이 파괴되는 결핍된 이야기로 시작된다.

이러한 결핍된 상황 설정은 미천한 집안에서의 영웅탄생과 아기장수의 뛰어난 영웅성의 발견, 그로 인해 훗날 가정에 큰 화가 미칠 수 있다는 경우의 수이다. 더욱이 어린 아기장수가 날개를 가지고 태어나 범인과는 다른 탁월성을 생래적으로 가지고 있는 것이 현실세계의 위협자로 대두된 것이다. 따라서 부모는 미래에 닥칠지도 모를 재앙을 미리 잘라버려야 한다는 근심과 걱정 때문에 자신이 낳은 자식을 죽일 수밖에 없으며, 마지못해 아기 영웅의 간절한 부탁을 들어줄 수밖에 없는 것으로 설정된다. 아기장수가 지하의 땅속으로 피신하기 위해서는 일정량의 식량이 필요했으며, 어머니는 팥, 콩, 좁쌀과 같은 극히 일상적인 음식재료를 구하여 아기장수와 함께 땅속에 보관하도록 사건을 설정하고 있다. 이때 곡물로 땅속에 넣어주었던 팥, 콩, 좁쌀 등이 군사로 돌변하여 아기장수를 도와주는 원조자로 변신한 부분은 판타지의 설정이며, 이들은 뒤에 아기장수를 죽이려고 땅속까지 찾아온 관군들과의 싸움을 통해 승리로 이끌어 가도록 설정된 캐릭터들이다.

---

14 이러한 판타지의 구조나 소재를 활용한 외국의 예를 보면, 〈해리포터〉 시리즈, 〈반지의 제왕〉 시리즈, 〈아바타〉 등과 같은 판타지물이다.

한편, 관군이 집으로 찾아와 어머니에게 아기장수의 실체를 다그치자 마지못해 아기장수가 피해있는 땅속을 가르쳐준다. 어머니는 관군과 아기장수가 치열하게 싸움을 전개하는 공간을 제공해 준 것이다. 여기에서 관군은 막연히 아기장수를 찾아 땅속을 떠돌아다닐 수밖에 없고, 의기투합하는 곡물들과 만나거나 그들에게 유혹되어 소굴로 들어가 대면하게 된다. 이렇게 막연하게 불확실한 출발을 통하여 암울한 상황이 전개되다가 원조자에 의하여 실마리를 찾게 된다.

특히 〈아기장수 전설〉에서 원조자는 사람이 아닌 곡물이며, 이들에 의해 사건이 해결된다는 점이 여타의 이야기와 다른 부분이라 하겠다. 이는 서사문학에 빈번히 등장하는 황당무계한 변신담을 수용한 것인데 이를 단지 황당함 그 자체로 치부할 것이 아니라 오히려 한계상황을 돌파하려는 욕망의 원형적 모습일 수 있다. 나아가 이러한 변신담은 오늘날 게임의 판타지를 더욱 풍성하게 해줄 수 있는 중요한 재료가 되는 것이다. 따라서 〈아기장수 전설〉의 서사구조를 게임구조로 전환하기 위한 전제는 아기장수의 영웅성과 곡물의 도움으로 땅속에서 관군들과 싸움을 통해 승리하여 지상으로 돌아오는 회기의 과정을 다양한 스테이지로 만들고, 여기에 흥미 있는 사건들을 창조하여 단계적으로 각색 스토리텔링을 할 수 있다.

이처럼 〈아기장수 전설〉은 프롤로그와 영웅의 모험담, 그리고 에필로그의 완전한 스토리를 가지고 있음을 알 수 있다. 서사구조에 있어서도 전형적인 영웅의 일대기 구조를 취하고 있음을 보여주고 있다. 특히 날개 달린 아기장수의 괴이하고 신통력이 있는 무기는 어떠한 대적을 만날지라도 승리한다는 전제가 게임으로 성립된다.

3.2. 캐릭터의 창조와 스토리텔링

〈아기장수 전설〉에 등장하는 캐릭터는 생래적으로 날개달린 아기 영웅과 원조자인 팥, 콩, 좁쌀 등의 곡물군사, 그리고 어머니와 관군들을 들 수 있다. 따라서 이들 캐릭터의 형상화와 영웅성을 스토리텔링하여 게임으로 전환시킬 수 있다. 영웅에서 메인 캐릭터는 무엇보다 영웅성을 발휘하는 주인공에 주목할 필요가 있다. 게임에서도 영웅 캐릭터는 게이머가 가장 먼저 만난 대상이며, 게이머에 의해 선택된 캐릭터는 허구적 공간들을 횡적으로 탐색하고 목표를 향해 나아가기 때문에 스토리를 구성해 나가는 중요한 존재이기도 하다.

주인공에 한정하여 캐릭터의 창조와 스토리텔링을 살펴보면, 영웅서사에서 주인공은 스토리의 중심에 놓임으로 메인 캐릭터가 되며, 자신의 역할을 수행하면서 게임 플레이를 이끌어 나가는 것이 연결되어 스토리 라인을 구성하게 된다. 또한 메인 캐릭터는 목표를 위해 배경 스토리에서 정해진 행동의 제한을 받으며 주어진 사건을 해결해 나가며, 메인 캐릭터의 행동을 방해하는 적대자에 의해 대립구도가 구성되면 메인 캐릭터가 목표의식을 갖고 더 강렬하게 움직이게 하는 요소가 된다.[15]

〈아기장수 전설〉에서 주인공은 아직 세계와의 대결을 준비하지 못한 상태의 연약한 신체의 모습으로 형상화되어 단지 죽음을 피하기 위한 목적으로 땅속(지하국)으로 내려가 생존을 연명해야 하는 신세에 불과하다. 그러나 아기장수는 생명을 보존하기 위한 식량의 요소들이 싸움을 할 수 있는 장수들로 돌변하여 관군을 퇴치한 후에 지상으로 보내게 된다.

---

15 김미진 외, 「캐릭터 중심 관점에서 본 게임 스토리텔링 시스템」, 『한국콘텐츠학회 추계종합학술대회 논문집』 3(2), 2005, 417쪽.

그러나 텍스트로 존재하는 영웅이야기와는 달리 게임에서는 창조적인 캐릭터가 필요하다. 풍부한 스토리를 가지거나 멀티미디어 기술의 한계를 뛰어 넘은 상세하고 현실감 있게 묘사된 캐릭터들은 게임에 몰입하게 해주는 큰 역할을 하기 때문이다. 여러 가지 게임 장르 중 가장 스토리 중심적인 RPG 게임에서 캐릭터는 다양한 종족과 직업군 별로 나누어지고 게이머가 선택한 캐릭터에 따른 인터랙션에 의해 서로 다른 이야기 흐름을 전개하는 주체이므로 게임 스토리텔링의 중심 요소라 할 수 있다. 온라인 게임의 캐릭터는 레벨이 높아짐에 따라 게임 세계에서 신분이 점점 상승하며, 최고 레벨이 되었을 경우 '영웅', '최고의 기사' 등의 칭호를 받게 된다. 그동안 전통적인 영웅이야기에서 볼 수 있는 인물의 형상화는 인체의 부위별로 외형을 묘사해 줌으로써 캐릭터를 통한 영웅상을 상상할 수 있게 하였다.

따라서 〈아기장수 전설〉의 캐릭터를 만드는 것은 기존 영웅인물의 외형 묘사를 창조하여 다양한 성격과 외모를 창조해 낼 수 있을 것으로 본다. 영웅이야기에 형상화된 영웅 캐릭터의 부위별 외형묘사를 살펴보면 다음과 같다.

부위별	외형 묘사
골격	날개 달린 형상의 비상함, 웅위함/ 비범함 굵음, 비상함, 영풍쇄락, 준수함, 학, 용/풍영함
얼굴	용의 얼굴, 용마형 인물, 용안, 제비턱, 지각이 방원함, 범의 머리, 표범
몸통	날개, 수염은 흰털이 임, 이리허리, 잔납의 팔, 북두칠성 박힘, 잔납의 팔, 기골장대, 팔척, 구척, 칠척, 여덟 검은 점, 곰의 등, 삼태성 박힘, 이십팔수 흑점, 용안
기상	웅장함, 엄숙함, 두목지, 태을선관, 상설같은, 영웅호걸, 용, 봉, 태각대신, 총혜영민, 비범함이 과인함, 만고영웅상, 용의 기상

음성	웅장함, 종고울림, 북소리, 뇌성, 쇠북소리, 낭낭함, 단산봉황, 뇌성같음
풍채	한림풍채, 선풍도골, 초패왕 항적, 적선의 풍채, 선풍옥골, 천하기남자

위의 분석[16]에 나타난 캐릭터의 부위별 특징을 종합해 보면 다음과 같다.

얼굴은 용의 얼굴, 봉의 눈과 범의 머리 그리고 일월정기를 품수한 미간과 제비턱을 가진 관옥같이 잘생긴 얼굴이다. 몸매는 곰의 등과 이리의 허리 그리고 잔나비의 팔을 가진 장대하고 웅위한 골격을 지녔을 뿐만 아니라 백설 같은 피부와 쇠북을 울리는 듯 웅장한 목소리 그리고 천지조화와 산천정기 등을 품수한 가슴마저 지닌 모습이다. 머리는 표두이고, 눈은 봉의 눈, 팔은 잔나비의 팔, 팔은 팔 구척, 음성은 종고를 울리는 인물로서 상당히 험악하고 위엄이 넘치며 우락부락한 모습을 연상케 된다.

이러한 모습에서 풍기는 전반적인 인상은 준수한 만고영웅의 기상과 선풍도골(仙風道骨)의 아름다운 풍채를 지닌 천신이 하강한듯한 모습, 즉 남주인공은 헌칠한 키와 당당한 몸매를 지닌 아주 잘 생긴 미남자이자 천하 기남자의 모습을 지녔다고 할 수 있다. 집중적인 묘사의 순위는 전반적인 인상을 보여주는 종합적인 평가－풍채－기상, 그리고 부위별로는 얼굴－눈－음성－기골－머리－허리－팔－등－미간－골격－가슴－턱－귀－미우(이마)－어깨－배－수염－눈썹－이빨－몸 등의 순서로 묘사되어 있다. 외형묘사에 주로 사용된 비유의 대상에서 인물은 두목지, 이적선, 적송자, 반악, 옥당선관, 관장, 초왕이며, 동물로는 봉, 용, 학,

16 김수봉, 「영웅소설 남주인공의 외형묘사 연구」, 『우암어문논집』 5, 부산외대, 1995, 88~91쪽.

백호, 기린, 제비이고, 기타 천 신, 형산백옥, 명월, 태산 등으로 다양하게 형상화하고 있다.

이러한 영웅상을 통해서 〈아기장수 전설〉에 수용된 영웅 캐릭터의 묘사 현황을 살펴보면 다음과 같다.

	캐릭터	캐릭터 묘사
〈아기장수 전설〉	아기장수	* 몸에 날개가 달린 아기 * 키가 작고, 몸이 작으며, 영웅적인 기상 * 태어난 지 사흘 만에 방안을 날아다님 * 사흘 만에 말을 함 * 밤마다 뒷산으로 가서 군사놀이를 함
	관원	* 집채만한 거물 * 용사, 신물을 먹고 탁월한 힘을 발휘한 인물
	팥군사	* 머리가 아홉 개가 달린 군사
	콩군사	* 팔방으로 굴러서 강한 힘을 발휘하는 군사
	좁쌀군사	* 작지만 수많은 싸움군으로 둔갑한 군사
	용마	* 도술에 의해 둔갑술에 능한 동물 * 천리를 달리는 천리마

〈아기장수 전설〉에서 관군은 자세하게 외모가 묘사되진 않았지만 준엄하고 무서운 모습을 하고 변화무궁한 인물로 형상화하여 수많은 곡물 군사와 싸워 대적할 수 있는 인물로 형상화할 수 있다. 즉 관원은 도술과 무술에 가장 능한 인물로 온갖 법과 형벌을 집행하는 무시무시한 인물로 형상화하여 결말에서 아기장수와 치열한 대결을 할 수 있도록 설정할 수 있다.

한편, 아기장수는 몸에 날개가 달린 비범한 아기로 형상화되어 있다. 몸에 날개가 달렸다는 것은 그의 비범함을 의미하며, 하늘이 낸 징표이다. 천장에 붙었다가 시렁에 올라 앉아 있음으로 인해서 날개의 존재를 알린다. 이 아기는 장차 큰 인물이 될 사람임을 암시해 준다. 따라서 날개를 가진 동물을 연상하여 볼 때, 사흘 만에 방 안을 마음대로 날아다니는 것으로 보아 하늘을 자유롭게 날 수 있는 영웅성이 많은 인물임을 추정 가능하며, 마치 도술을 닦는 도사와 같은 모습을 지니게 된 영웅으로 묘사할 수 있다. 그러나 결국 아기장수는 돌이나 쌀가마니에 눌러서 죽임을 당하고 말지만 새롭게 창조된 아기 영웅상에 의해 탁월한 캐릭터로 창조될 수 있다. 어린 아이의 몸에 날개가 있고, 사흘 만에 말을 하며, 방 안을 날아다닌다는 설정은 아이를 신이하고 괴이하게 여긴 다는 것이며 아이가 괴이한 행동과 군사놀이를 매일 하는 것을 볼 때 영웅성을 많이 가진 캐릭터로 형상화할 수 있다.

뿐만 아니라, 날개가 달린 어린 아기가 대단한 신통력으로 어머니를 놀라게 하는 것은 물론, 땅속 지하굴로 피신하여 그곳에서 살아가면서 곡물들을 변신시켜 곡물 장수로 둔갑시킨다는 것은 도술에도 능한 영웅이며, 특히, 아기장수는 어린 나이에 부모로부터 버림을 받고, 땅속으로 피신을 하면서 스스로 연명을 해간다는 점과 가정이 아닌 산속, 땅속이라는 점에서 온갖 산짐승과 땅속 벌레들로부터 침입을 받을 수 있는 상황에서도 홀연히 살아가는 아기장수는 곡물군사들과의 의기투합을 꿈꾸며 어떠한 위험 속에서도 꿋꿋하게 살아나가는 캐릭터로 형상화할 수 있다. 이처럼 아기장수의 외형적 영웅성은 부위별 외형묘사의 형상화 방법을 수용하여 탁월한 영웅 캐릭터로 창조해 낼 수 있다.

3.3. 화소의 활용과 사건의 설정

소설과 게임의 서사에서 스토리는 사건을 연속적이면서 인과적 관계로 엮어나간다. 그러므로 사건은 독자나 게이머들의 보편적인 정서에 부합해야 하며, 복합적이고 신비스러운 것이어야 한다. 일반적으로 서사문학의 특성은 '문제 → 해결 → 문제 → 해결'의 형태인 문제발생과 이의 해결이 반복되는 순환구조의 형태를 가진다. 사건단락을 통한 서사구조는 작품 속에서 사건 진행방향으로서 독자의 관심을 집중시키고 긴장과 이완의 반복을 통해 정서적 반응을 끌어내는 것이라 한다. 이러한 서사적 사건을 온라인 게임의 서사로 전환하면 선과 악의 대립, 영웅의 등장과 임무, 합당한 보상 등 중세의 신화적 성격[17]을 내포하고 있다. 개성적인 캐릭터를 선택하고 갈등을 축으로 시간적·공간적 배경설정, 사건발생, 등장인물 간의 갈등을 통해 스토리를 엮어나간다.

반면에 게임에서는 소설적 서사의 주인공이 성취해가는 목표점은 같지만 서사의 진행방향은 극적인 방법을 사용하고 있다. 사건이 발생하면 캐릭터는 목표를 설정하고 움직이기 시작하며, 캐릭터의 인터랙션에 따라 게임이 전개되는 과정과 결과가 다르게 나타나 다양한 스토리를 구성하게 된다. 캐릭터는 자신에게 부과된 어려운 난관들을 하나하나 극복해 가면서 능력치는 커지고, 결말에는 문제를 해결해나간다.

이렇게 보면, 〈아기장수 전설〉과 게임의 서사구조가 연장선상에서 비슷한 이론을 정립할 수 있을 것으로 본다. 이처럼 유사한 서사구조로 볼 때, 게임스토리텔링은 문학적 서사를 활용한 상호작용성의 내러티브에 활용될 수 있음을 의미한다. 이재홍은 사용자의 엔터테인먼트를 충족시켜주기 위해 이미 존재하는 이야기나 새롭게 창작된 이야기를 담화형식으로 창작하는 행위라고 정의하고 있다.[18] 즉, 기-승-전-결

---

17 온라인 게임에 중세 판타지가 자주 등장하는 이유에 대해 "중세는 역사상 가장 계급구조가 확실했던 사회였고, 이것은 게임의 레벨 디자인을 하는 데 있어 상당한 편리함을 제공한다"고 말한다. 이화여대 디지털스토리텔링 R&D 센터, 『한국형 스토리텔링 전략로드맵-게임, 가상세계, 에듀테인먼트』, 한국문화콘텐츠진흥원, 2008, 205쪽.

구조로 작성하여 스토리텔링을 연구도표 형식으로 작성하기도 하였다. 영웅소이야기와 게임의 흥미소는 사건의 순차적인 전개와 이에 따른 영웅의 활약상이라 할 수 있다.[19] 영웅이야기의 순차구조를 게임의 동적구조로 얼마나 다양하고 풍부하게 표현해서 유저들에게 흥미와 즐거움을 제공하느냐가 주요 과제라 하겠다.

따라서 영웅이야기에 사건의 상승적인 전개요소와 의미를 살펴볼 필요가 있다. 〈아기장수 전설〉에서 볼 수 있는 사건의 점층적인 배치는 세 공간에 따른 사건의 서술로 살펴볼 수 있다. 영웅인물의 영웅적 능력을 부여해주는 능력치의 공간으로써 〈가정에서의 싸움〉, 〈숲속에서의 싸움〉, 〈땅속에서의 싸움〉, 〈연못에서의 싸움〉 등으로 흥미적 요소를 확장시켜 스토리텔링해 나갈 수 있다. 본고에서 다루고 있는 〈아기장수 전설〉은 땅속에서 관원과 곡물군사와의 투쟁담이 대부분을 차지하고 있다. 특히 숲속 혹은 지하공간에서 대적으로 상징된 관원들과의 싸움이 가장 큰 흥미요소라고 할 수 있다. 결국 주인공과 관원들의 싸움은 통과의례적인 절차일 수 있다. 이처럼 아기장수와 적대자인 관원들과의 싸움이 통과의례의 성격을 갖는다는 것은 이러한 모티프가 등장하는 여타의 설화에 일반적으로 나타난 공통요소이므로 사건의 흥미소를 얼마나 재미있게 형상화하고 확장하느냐가 게임콘텐츠로서의 중

---

18 이재홍, 「게임스토리텔링 연구」, 숭실대 박사학위논문, 2009.

19 게임은 플레이어가 조종하는 캐릭터를 통해 만들어가는 사이버 세상이다. 드라마와 같은 스토리텔링을 가지고 있으면서 만화나 영화가 가지는 시각적인 구성을 표현하고, 적절한 효과음과 아름다운 선율을 통해 시각, 청각, 촉각을 느끼고 체험할 수 있으면서 그 속에서 갈등과 안정성을 맛보는 복잡한 동적구조를 가진다. 그러므로 틀에 짜여진 구조를 따라 진행하지 않고, 전혀 다른 공간구조를 랜덤하게 제공할 수도 있으나 캐릭터의 성장과정에서 보여주는 상승적인 욕망의 축은 영웅서사의 축과 맥을 같이 한다고 할 수 있다.

요한 스토리텔링이라 하겠다.

〈아기장수 전설〉에 나타난 사건의 흥미요소를 퀘스트별로 유형화하여 그 내용과 예를 도표화 해보면 다음과 같다.

퀘스트의 유형	내용	퀘스트의 예
가정에서 어머니의 음모와 죽을 위기	어느 날 가정에서 날개가 달린 어린 아기가 탄생함	날개 달린 아기 구출
숲 속으로 피신	숲이 우거진 산속 공간에서의 전투	능력치를 상승시키는 훈련
땅속으로 피신	아기장수의 죽음위기와 땅속에서 곡물장수들과 생활	팥, 콩, 좁쌀군사: 관원들과 만나 싸움
연못으로 피신	물속에서 용마와 관원이 싸움	감추어진 수중 용마와 싸움
지상으로 귀환	날개달린 아기장수의 탁월한 영웅성 발휘	관원들(대적)을 물리치고 귀환

아기장수와 관원의 흥미요소는 땅속으로 피신한 아기장수와 곡물군사들, 그리고 관원이라는 제도권 안에 있는 대적이 대결함으로써 결국은 아기장수 일행이 승리한다는 사건설정이다. 각 편에 따라 조금씩 변모와 차이를 보이지만 구출자가 땅속으로 들어간다는 점과 그곳에서 치열한 싸움을 통해 지상으로 돌아온다는 점은 공통적으로 나타난다. 이때에 게임에서의 사건을 스토리텔링할 경우, 인간의 다양한 현실적 욕망을 성취할 수 있는 다른 것으로 대체할 수도 있다. 대체로 하나의 게임에는 단순히 한 가지의 사건을 해결하는 것으로 끝나는 것이 아니라 수십 개 단위의 사건이 발단, 진행, 결과단계로 만들어져 퀘스트 형식으로 이어진다.[20] 반면에 서사의 사건이 많고 갈등구조가 많이 반복 되어

---

20 이재홍은 내러티브의 개입이 약한 보드게임, 슈팅게임, 액션게임 등의 경우에는 대개 '기-승-전-결'의 4단계 서술구조를 갖게 된다고 보았다. 이재홍, 「World of

나타나도록 형상화된 이야기 구조에서는 본고에서 활용한 발단-전개(전개1-전개2-전개3---전개n)-위기-절정-결말식으로 진행된다.[21]

이러한 서사구조 속에 주인공이 겪게 되는 사건의 난이도는 초급에서 단계별로 최고의 전투로 연결되는 상승적인 궤도를 따라 가게 되며, 이러한 5단 구조는 다양한 사건들이 창조적으로 끼어들어갈 여지가 있다. 롤플레잉 게임의 서사구조에서 이러한 형태의 순차적인 사건이 많이 나타난다.

일찍이 포스터(Edward Morgan Forster)에 의하면 스토리는 사건 서술의 계기성을 의미하고 플롯은 사건 서술의 인과성을 의미한다고 말하며, 플롯이 인과성에 의해 서술되는 사건의 구조라는 것을 밝히고 있듯이[22] 〈아기장수 전설〉의 사건 전개를 가정, 숲속, 땅속으로 이어지는 사건의 인과적 흐름에 따라 다양한 인물군상들을 창조할 수 있으며, 공간에 따른 주인공의 욕망양상과 개개인의 성취과정을 낭만적으로 스토리텔링할 수 있다. 주인공으로 하여금, 차례차례 싸워서 승리할 수 있는 게임으로의 전환이 가능하다고 하겠다.

3.4. 공간의 배치와 환상성

인간이 살아가는 현실세계는 시공간이 분화되어 있는 세계이다. 따라

Warcraft의 서사 연구」, 『한국 게임학회 논문집』 8(4), 한국게임학회, 2008, 49쪽.

21 소설에서 사건의 순차적인 해결과는 달리 게임에서는 레벨업에 따라 캐릭터의 능력치가 성장해 가기 때문에 사건 발생에 따른 이야기 전개방식을 가져갈 수 있다. 게임상에는 일관된 스토리가 있다할지라도 다양한 캐릭터들이 게임상에 존재하면서 각각의 캐릭터마다 고유의 이야기를 전개해 나가며, 사건 발생에 따라 에피소드식 이야기를 구성해나가기 때문에 상황에 따라 사건이 뒤바뀌거나 혼재해서 나타날 수 있다.

22 Edward Morgan Forster, *Aspects of the Novel*, London, 1927; 한국현대소설연구회, 『현대소설론』, 평민사, 1994, 74쪽.

서 현실세계를 살아가는 인간 존재들은 시간과 공간의 제약을 받으며, 현실세계가 주는 수평적 삶의 질서들에 구속받는다. 이 구속받음에 의해 인간존재는 끊임없이 욕구의 좌절을 경험하면서 초월적 세계를 꿈꾸는 환상을 갖게 된다. 이때에 환상은 작가의 상상력에 의해 의도적으로 생산되고, 비현실적인 세계에 또 하나의 리얼리티를 창출하는 심리작용이다. 따라서 환상은 현실세계의 원칙과 관련되어 생성되고 그 의미를 지닌다. 즉 환상은 현실세계의 원칙들이 갖은 한계를 보여주면 서 이를 뛰어넘고자 하는 작가의 상상력을 보여줌으로 터무니없고 무질서한 공상과는 구분된다.[23] 현실세계를 떠나 환상세계를 경험하고 싶은 인간의 욕망은 인간의 삶이 시작된 이래 지속적으로 존재해 왔다. 이 욕망은 인간으로 하여금 현실세계의 구속에서 벗어나 수직적 전망을 갖고 미래의 삶에 대한 비전을 갖게 해 준다.

〈아기장수 전설〉에서 환상의 세계를 형상화하는 방법은 다양하나 〈가정공간〉, 〈숲속공간〉, 〈땅속공간〉, 〈연못공간〉 등을 활용할 수 있다. 이와 같이 공간창조는 현실의 제약 속에서 자유롭게 살아가지 못한 인간이 그 자유함을 꿈꾸기 위해서 자연히 현실과 반대되는 상상의 세계 즉 환상의 세계를 추구하게 되고, 결국은 그 방법을 통해서 일탈의 욕망을 실현하게 되는 것이다. 환상이란 객관적 경험현실에서 일어날 수 없는 사건을 목도한 사람의 심리를 일컫는다. 환상적 사건이란 경험적 현실세계의 시공간적 제약이나 인과적 필연을 벗어나 발생한 사건이다. 환상은 가능한 것으로 받아들여지는 것에 대한 명백한 위반에 기반하고 또 그것에 의해 지배되는 이야기이다.[24] 즉 환상은 사실에 반대

23 선주원, 「서사적 환상의 내용 구현 방식과 서사교육」, 『청람어문교육』 35, 청람어문학회, 2007, 206쪽.

되는 조건을 오히려 '사실' 자체로 변형시키는 서사적 결과물이다.[25] 여기에 자연스럽게 활용되고 있는 것이 신화적 세계관이다. 신화는 새로운 가상세계를 창조하고 거기에 의미를 부여해야 하는 게임 제작에 있어 필수불가결한 판타지 요소였고, 또한 특유의 환상성으로 인해 판타지 공간을 창조하는 데 유용한 모티프라고 하겠다.

〈아기장수 전설〉에서 서사적 환상의 내용 구성방식들은 땅속과 같은 환상세계에 대한 형상화라 할 수 있다. 작가는 땅속이라는 상상적 초월 공간을 통한 욕망의 충족, 현실과 초현실적 세계의 상호교류를 통한 새로운 삶의 질서창조, 그리고 환상적 세계의 인식과 다층적 삶의 존재성 인식 등을 제공해 주고 있다. 이러한 허구서사에 구현된 환상은 현실세계를 모방하고 재생산하는 것이 아니라, 세계의 의미를 새롭게 구성하려는 적극적이고 능동적인 상상력이 표현된 것이라 할 수 있다. 이렇게 해서 낯설음과 경이로운 상상의 세계를 보여줌으로써 적극적인 의미구성을 촉진하게 된다. 대체로 디지털게임의 배경공간이 판타지 소설과 같이 창작자의 상상과정에서 탄생하고, 게이머의 인터랙션에 따라 변형되어가는 특성을 가지고 있어 허구적 공간은 게임의 스토리텔링에 중요한 요소라고 할 수 있다. 이 허구적 공간에 현실적으로 발생할 만한 개연성이 있는 사건들을 통하여 가치 있고 풍부한 게임스토리로 창조되는 것이다.[26]

설화와 같은 서사가 시간의 개념을 중심으로 전개되는 것이라면 게임은 공간의 개념을 활용하여 전개되므로 캐릭터가 선택하고 탐색한 공간

---

24 선주원, 앞의 논문, 203쪽.

25 로즈메리 잭슨, 『환상성-전복의 문학』, 서강여성문학연구회 역, 문학동네, 2001, 24쪽.

26 이재홍, 『게임시나리오 작법론』, 도서출판 정일, 2004 참고.

들이 횡적으로 전개될 때 이야기가 구성되는 것이다.[27] 이때에 공간은 합법적으로 창조한 전쟁터가 되는 곳이고, 이곳을 통해 주인공이 느끼는 쾌락의 핵심은 신성의 대리체험이라고 할 수 있다. 주인공은 신성을 가진 탁월한 능력으로 적대자를 수월하게 무찌르고 욕망을 성취하는 것으로 게이머는 일상에서 체험불가능한 절대적인 속도와 폭력의 집행자가 될 수 있음[28]에 열광하게 된다.

일반적으로 영웅이야기에 수용된 군담은 국가와 국가의 전쟁담이며, 영웅인물은 전쟁에 나아가 승리함으로써 무공을 세우고 왕으로부터 공로를 인정받아 신분이 크게 상승하는 구조로 되어 있다. 그러므로 영웅 이야기에 수용된 전쟁모티프를 게임으로 전환할 때에 중요한 것은 얼마만큼 전쟁이야기를 재미있고 다양하게 감동적으로 스토리텔링 할 수 있는가에 있다. 전쟁은 국가가 공식적으로 폭력을 사용할 수 있는 기회다. 개개인의 폭력이 행사될 수 있는 유일한 합법적인 공간이 전쟁인 것이다. 이 유사시의 전쟁을 일상적 욕망분출의 공간으로 구조화시킨 것이 바로 전쟁게임이다. 전쟁의 폭력을 멀티미디어 동영상 속에서 일상적으로 경험하는 현대인은 오히려 실제 전쟁을 바라볼 때 일종의 미학적 거리감을 느끼게 한다. 이 거리감의 양상이야말로 전쟁을 미학시키는 전쟁게임의 정서적 메커니즘이다.[29]

〈아기장수 전설〉에 수용된 환상의 내용구성도 실제로 작품 속에 형상화된 서사의 폭을 확장시킬 필요가 있으며, 땅속공간에서 싸움이야 기가 다양하게 감동적으로 스토리텔링 될 때 게이머의 체험공간이 될 수 있을

27 전경란, 「디지털내러티브에 관한 연구」, 이화여대 박사학위논문, 2003.

28 정여울, 「온라인 게임의 전쟁코드, 그 문화적 의미」, 『동양정치사상사』 5(2), 한국동양정치사상사학회, 2006, 173쪽.

29 정여울, 앞의 논문, 173쪽.

것이다. 본고에서는 환상성을 가지고 있는 다층공간을 게임스토리텔링의 네 가지 방식, 즉 〈가정공간〉, 〈숲속공간〉, 〈땅속공간〉, 〈연못공간〉으로 설정하고자 한다. 이러한 상상적 초월공간을 통한 주인공의 욕망충족은 물론, 환상적 세계의 인식과 다층적인 삶의 인식, 현실과 초현실적 세계의 상호교류를 통한 변증법적인 삶의 질서 등을 이해할 수 있다.

먼저 〈아기장수 전설〉에 등장한 〈가정공간〉은 어머니로 대변되는 가난한 집안이다. 따라서 천안 집안에 날개달린 아기가 태어났다는 것은 미래에 가문을 융성하게 일으킬 수 있다는 민중들의 의도된 설정이요, 당시대인들의 희망이 담긴 평민의식이라 할 수 있다. 또한 날개가 달렸다는 것은 그의 비범함을 의미하며 하늘이 낸 영웅의 징표라 하겠다. 이 아기는 장차 큰 인물이 될 사람이고, 가정 내에서는 축복하고 기뻐해야 할 일이다. 그런데 이야기는 그런 방향으로 흘러가는 것이 아니고 오히려 아기의 비범함이 화근으로 받아들여진다. 그 이유는 아기장수의 집안이 천한 집안이라는 이유 때문이다. 가난한 집안의 영웅출생은 역적의 집안이 되고, 피지배층의 잠재력까지 침범을 받을 수밖에 없는 상황설정이 가정 내적인 공간의 의미라 하겠다. 그러므로 날개 달린 아기를 낳아서 기른다는 것은 피지배층의 도전이요, 아기는 피지배층의 잠재력이기 때문에 가정외적 세계의 도전은 격렬할 저항이 될 수밖에 없는 것이다. 관군으로 상징된 지배계층의 위협은 곧 피지배계층의 몰락을 의미하므로 가정에서의 공간은 역적을 원천적으로 차단한다는 의미를 가지고 있다.

이러한 〈가정공간〉은 부모가 아기를 무자비하게 죽이게 되는 공간이며, 한편으로 아기장수를 가정외적 세계로 피란을 시켜주는 부모와 아기장수와의 혈연적인 갈등의 공간이라 하겠다. 부모는 당장에 가정 과 가문의 안전을 위하여 더 큰 생명의 가능성을 제거해버리거나 산속, 땅속

공간으로 축출해버리는 역할을 담당하게 된다. 따라서 이를 게임으로 전환할 경우에, 가정 내에서의 싸움을 설정할 수 있는데, 이는 어 머니와 아기장수, 그리고 관군의 집요한 요구에 할 수 없이 아기장수의 은신처를 가르쳐준 어머니와 관군의 일차적인 대결의 공간으로 가정을 설정할 수 있다.

한편, 〈아기장수 전설〉에 창조된 〈숲속공간〉은 아기장수의 영웅적 능력을 부여해주는 능력치의 공간으로써 숲속에서의 짐승이나 요괴와 같은 힘센 동물과의 싸움이나 새롭게 창조한 적대자를 설정해 볼 수 있다. 특히 중세인들에게 숲은 현실적인 공간이자 신성한 공간으로 인식하였다. 숲속공간은 환상적인 사건이 벌어지는 공간으로 인식되었고, 실질적으로 게임의 공간에서 활용된 바 있다. 〈WOW〉, 〈리니지〉 등 대부분의 MMORPG에서는 인간과 함께 엘프, 드워프, 오크 등의 다양한 종족들이 등장하며 살아 움직이는 나무, 기이한 새, 자유자재로 변신한 인간, 초현실적인 괴물들로 가득하다. 인간과 비슷한 모습을 했다고 해서 인간도 아니다. 게임 속의 인간은 칼, 화살 등과 함께 마법과 같은 초인적인 능력을 가진 존재로 그려진다. 이러한 초자연과 자연의 공존은 톨킨이 〈반지의 제왕〉에서 창조한 중간계에서 영향을 받은 것이며, 더 거슬러 올라가면 중세 로망스 문학에서 구 원류를 찾을 수 있다.[30]

이처럼 〈숲속공간〉은 현실의 공간이면서 동시에 환상적인 존재들이 살고 있고, 환상적인 사건들이 벌어지는 공간이었다. 숲은 눈앞의 현실이면서 동시에 상상의 세계였다. 숲은 사람들이 전혀 없는 공간이자 가공할 동물, 약탈적인 기사들, 도깨비와 마녀가 출현하는 공간이었다.

30 서성은, 「중세 판타지 게임의 세계관 연구」, 『한국콘텐츠학회논문지』 0(9), 2009, 117쪽.

아기장수가 밤마다 뒷산 숲속으로 나가 다양한 군사놀이를 했다는 서사와 제주도의 〈아기장수 우투리〉의 억새풀이 있는 숲속공간은 신비한 힘 있는 공간으로 형상화되고 있다. 억새풀은 탯줄을 자르고 바위를 가르는 힘이 있으며, 억새풀은 민초들이 끈질기게 숱하게 자라나는 생명력을 가진 풀이라는 점에서 의미가 있다. 아기장수와 대면하여 싸운 적대자를 설정하고 이들과의 순차적인 싸움 대결에서 승리하여 능력치를 키워나가는 것으로 〈숲속공간〉을 창조해 볼 수 있다.

이러한 중세의 신화적 세계관은 게임시나리오의 기반서사와 퀘스트 스토리, 캐릭터 설정 등 막대한 영향을 미치고 있는데, 이러한 배경에는 이원론적 세계관에 바탕을 둔 중세적 세계관에 비롯된다, 이는 현대인들의 전근대에 대한 탈출과 동경 때문이며, 현대를 살아가는 우리들은 전근대적 세계로 탈출하여 신과 인간의 혼연일체에서 오는 신비함과 집단적 안정감을 통하여 정체성을 회복하려고 했고, 이것이 낭만적인 영웅소설과 디지털게임 속에서 중세적 세계관으로 표출되고 있어 게임 서사에서 사건을 다양하게 창조할 수 있는 공간으로 유용하다.

다음으로 〈땅속공간〉은 〈아기장수 전설〉에서 가장 중요한 공간으로 주인공의 영웅적 능력이 발현되는 능력치의 공간이며, 관원을 그곳으로 유인하여 치열한 싸움을 설정할 수 있다. 그러므로 〈아기장수 전설〉의 땅속은 아기장수가 영웅의 능력치를 발휘할 수 있는 절대치의 공간이며, 다양한 곡물군사들이 활동하는 생활공간으로 영웅이 대적을 상대해야만 하는 필연적인 만남의 공간이자 싸움의 공간이다. 즉 주인공과 관원이 욕망성취를 위한 대결의 공간인 것이다.

〈아기장수 전설〉의 경우, 아기장수가 피신하여 사는 곳은 산속에 홀연 다른 세계가 있다고 서술되고 있다. 즉 직접적으로 공간이 서술되지 않았다는 것인데 돌문이 있는 것으로 보아 지상계와 지하계가 나뉘고 있음을 알 수 있다. 이러한 공간설정은 여타의 영웅소설에서 설정하고 있는 지하공간과 유사한 판타지 공간이라 하겠다.[31] 이와 같이 〈땅속공간〉은 아기장수의 영웅적 능력을 부여해주는 능력치의 공간으로써 땅속에서 수많은 관원들과 싸움을 설정할 수 있다. 아기장수의 식량에 불과했던 잡곡들이 아기장수를 위해 군사들로 변하여 싸움을 통해 승리 할 수 있다는 설정은 영웅인물의 탁월한 능력을 부각시켜주는 방법일 수 있다. 더욱이 땅속에 숨겨두었던 콩, 팥, 잡곡 등이 변신을 통해 탁월한 군사로 변하게 했다는 것은 도술과도 관련이 되며, 더 많은 농작물을 캐릭터화하여 싸움의 원군으로 만들어낼 가능성이 충분하다. 뿐만 아니라, 모든 곡물이 장수로 변할 수 있다는 것은 아기장수를 따르는 피지배계층의 민중들이 저항할 수 있다는 상징성을 가진 것이며, 아기장수의 탁월한 변신력을 돋보이게 하는 상징체계라고 할 수 있다.

이처럼 〈땅속공간〉을 통하여 흥미의 요소를 확장시켜 점진적인 승리로 전개해 나간다는 것은 게임의 전략과 능력치의 향상을 길러주는 판타지의 공간이 될 수 있다. 〈땅속공간〉은 주인공이 지상국의 관원을 만나기 위한 점층적인 단계로 설정될 수 있으며, 대표적인 대적자는 주인공인 아기장수와의 치열한 싸움을 설정할 수 있다.

또한 〈숲속공간〉은 관원들을 만나기 위한 여러 단계의 스테이지, 곧 콩, 팥, 곡물을 단계적으로 창조할 수 있고, 단계적인 전략과 능력치를

---

31 〈김원전〉의 경우, 요괴는 어떤 구멍으로부터 들어가 돌문으로 경계 지어져 있는 지하국이며, 김원은 줄을 따라 진입하게 된다. 〈홍길동전〉에서는 길동이 약을 캐러 산에 들어가니 우연히 한 곳에 불빛이 비치고 여러 사람들이 떠드는 모습을 보게 되는데 자세히 보니 그들은 모두 짐승이며, 홍길동은 그 가운데 장수로 보이는 짐승을 향해 활을 쏜 것으로 묘사되고 있다. 다음날 길동이 활로 쏜 짐승의 피를 따라가 보니 짐승들이 사는 큰 집에 도달한다. 즉 큰집이 지하공간이 되는 셈이다.

성장시켜 나가는 공간이 될 수 있다. 다양한 몬스터와 주변 인물들과의 단계적인 싸움을 창조해서 마지막으로 대결하는 주인공과 최후의 전투신을 만들어낼 수 있다. 아기장수는 모든 무기와 싸움에 필요한 탁월한 도구를 가질 수 있기 때문에 능력치를 향상시키기 위한 다양한 모험과 공간을 종횡무진하게 활동할 수 있도록 스토리텔링할 수 있다.

한편, 〈아기장수 전설〉의 반전을 위한 공간은 〈연못공간〉을 설정할 수 있다. 〈아기장수 전설〉의 실제 서사구조는 비극적으로 끝나지만 '날개형' 이야기에서 보여준 죽음 이후에 설정된 연못에서 용마가 하늘로 승천하였다는 점과 용마바위, 용마봉, 용마산, 용천 등의 콘셉트를 통해 연못에서의 다양한 게임공간을 만들어 볼 수 있다. 예컨대 연못과 용마와 연관된 생동감 있는 용마와 괴물의 전투신을 통해 끝내는 하늘로 비상하는 민중들의 꿈을 통해 일탈을 꿈꿀 수 있을 것이다. 〈연못공간〉을 통해서 출현한 용마의 등장은 곧 아기장수의 가능성을 실현시켜주는 기회가 주어지는 공간이라 할 수 있다. 용마는 아기장수가 연못이라는 신비의 공간을 통해서 힘을 갖추었다는 것이며, 용마를 타고 위세를 떨칠 수 있게 예비된 말이다. 따라서 용마는 아기장수의 원조자이자 힘의 상징이 된다. 그러나 원작의 스토리에서는 주인공이 죽자 용마도 따라서 죽음으로 인해서 비극적인 결말을 맞게 된다.

이 글에서는 〈연못공간〉을 각색하여 희망을 내포하는 공간으로 전환하여 아기장수를 상징한 용마와 적대자의 싸움을 대단원으로 설정하도록 한다. 이러한 다층적인 공간을 순차적으로 아기 영웅의 모험 과정으로 설정하고, 아기장수의 능력이 성장하는 과정을 경험하게 되면서 험난한 레벨업 과정을 견디어 내는 것으로 게임스토리텔링을 할 수 있을 것이다.

4. 결론

이 연구는 전국적으로 분포된 〈아기장수 전설〉을 모티프로 가지고 있는 설화를 대상으로 하여 게임으로 전환할 수 있는 방안을 모색한 것이다. 설화를 통해 민중의 사회적 현상이 고스란히 언어의 수단으로 전승되어 온 설화를 게임적인 상상력의 세계로 끌어들이는 작업이 필요하다는 문제의 제기에서 시작하여 게임의 가능성을 살펴보았다.

한 시대는 전통적인 문화양식을 일정하게 수용하면서 또 다른 양식의 문화가 창조되기 마련이다. 정보화 시대는 소비자의 문화향유 방식이 예전과 차원이 다르게 변모하여 다양한 매체가 존재하고, 그것을 향유하는 방식도 다양하다. 즉 예전과는 문화의 패러다임이 완전히 다른 것이다. 소비자의 기대치가 높아지고 다양해졌으며, 일탈의 욕망이 강해지고 있다. 이러한 문화의 한복판에 엉뚱하게도 게임이라는 공통의 분모가 존재하고 있다. 불과 몇 년 전만해도 게임은 특정한 사람들의 전유물로만 치부하고 말았다. 이제는 우리의 옛 것을 재창조하여 새로운 영상 콘텐츠로 트랜스미디어를 시켜야 한다.

따라서 이 글에서 〈아기장수 전설〉을 게임으로 창작하여 다른 매체를 통해 향유할 필요성이 있다는 의도에서 출발하였으며, 그 가능성 있는 방안으로 게임스토리텔링을 살펴보았다. 이 글에서는 소설의 3요소인 인물, 사건, 배경을 게임의 요소와 비교하여 전환 가능성을 세 가지로 살펴보았다.

첫째는 공간배치와 환상성을 게임스토리텔링할 수 있음을 살펴보았다. 즉, 영웅이야기에 수용된 환상서사의 이원론적 세계관을 게임으로 전환할 경우 〈가정공간〉, 〈숲속공간〉, 〈땅속공간〉, 〈연못공간〉으로 설정하여 디지털 공간에서 판타지적인 풍부한 게임스토리를 횡적으로 창조할 수 있다고 하겠다.

둘째는 캐릭터의 형상화와 영웅성을 게임스토리텔링할 수 있음을 살펴보았다. 이미 영웅이야기에 수용된 영웅인물의 부위별 외형묘사를 이야기별로 분류하여 게임의 주요 캐릭터로 활용할 수 있으며, 〈아기장수 전설〉에 한정하여 볼 때, 주인공과 관원, 여러 곡물군사, 어머니 등의 캐릭터를 스토리텔링할 수 있다고 할 수 있다.

셋째는 하나의 게임에는 단순한 한 가지의 사건을 해결하는 것으로 끝나는 것이 아니라 수십 개 단위의 사건이 발단, 진행, 결과단계로 만들어져 퀘스트 형식으로 이어진다는 점을 기반으로 하여 세 가지 공간 안에서 다양한 사건을 흥미 있게 만들어 낼 수 있다고 보았다. 영웅소설과 같은 낭만적인 서사의 사건이 많고 갈등구조가 많이 반복되어 나타나도록 형상화된 이야기 구조에서는 발단-전개(전개1-전개2-전개3---전개n)-위기-절정-결말식으로 진행되며 주인공이 겪게 되는 사건의 난이도는 초급에서 단계별로 최고의 전투로 연결되는 상승적인 궤도를 따라 다양한 사건들이 창조적으로 끼워들어 갈 여지가 있다는 점에서 게임화의 가능성을 살펴보았다.

참고문헌

1. 자료

『고소설판각본전집』 4, 연세대학교 인문학연구소, 1975.

〈금방울전〉, 『고소설판각본전집』 1, 연세대 인문과학연구소, 1973.

〈금령전〉, 〈백학선전〉, 〈이대봉전〉, 〈유충렬전〉, 〈장백전〉, 〈장풍운전〉, 〈전우치전〉, 〈조웅전〉, 〈현수문전〉, 〈홍길동전〉, 〈홍길동전 권지단〉, 『고소설판각본전집』 1-5, 연세대학교 인문학연구소, 1975.

〈금령전〉, 경판 20장본, 김동욱 소장본, 『고소설판각본전집』 제1책, 연세대 인문과학연구소, 1973.

〈소대성전〉: 경판16장, 『전집』 1, 〈백학선전〉: 경판24장, 『전집』 1, 〈쌍주기연〉: 경판32장, 『전집』 4.

〈옥주호연〉: 경판29장, 『전집』 2, 〈용문전〉: 경판33장, 『전집』 2, 〈유충렬전〉: 완판86장, 『전집』 2, 〈이대봉전〉: 완판84장, 『전집』 5, 〈장경전〉: 경판35장, 『전집』 5, 〈장백전〉: 경판28장, 『전집』 5, 〈장풍운전〉: 경판27장, 『전집』 2, 〈정수정전〉: 경판16장, 『전집』 3, 〈현수문전〉: 경판75장, 『전집』 5, 〈양산백전〉: 경판24장, 『전집』 2, 〈황운전〉: 경판30장, 『전집』 5.

〈전우치전〉, 김일렬 역주, 나손본, 『한국고전문학전집』 25.

〈조웅전〉, 『영인 고소설판각본전집』 3, 연세대 인문과학연구소, 1973.

〈홍길동전〉, 『한국고전문학전집』 25, 고려대 민족문화연구소, 1996.

『비즈니스』, 한국경제신문, 2003(4월호).

『한국구비문학대계』, 한국정신문화연구원, 1979-1988.

2. 논문

경일남, 「고소설에 나타난 사찰공간의 실상과 활용양상」, 『우리말글』 29, 우리말글학회, 2003.

구민경, 「고전소설의 매체 변용 양상 연구」, 아주대 교육대학원, 2015.
권혁래, 「문학지리학의 관점에서 본 등주」, 『국어국문학』 154, 국어국문학회, 2009.
김경남, 「한국고소설의 전쟁소재 연구」, 건국대 박사학위논문, 2000.
김대진, 「게임서사에 대한 구조주의 신화론적 고찰」, 『한국게임학회 논문지』 9(3), 한국게임학회, 2009.
김동욱, 「방각본에 대하여」, 『동방학지』 11, 연세대 국학연구원, 1970.
김동욱 편, 『影印 古小說板刻本全集』, 延世大 人文科學研究所, 1973.
김미란, 「고대소설에 나타난 여성변신의 의미」, 『문호』 8, 1983.
김미진 외, 「캐릭터 중심 관점에서 본 게임 스토리텔링 시스템」, 『한국콘텐츠학회 2005 추계종합학술대회 논문집』 3(2), 한국콘텐츠학회.
김미진·윤선정, 『추계종합학술대회논문집』 3(2), 한국콘텐츠학회, 2005.
김석배, 「야래자형 설화와 혼사장애의 문학사적 전개」, 『문학과 언어』 4, 문학과언어연구회, 1983.
김수봉, 「영웅소설 남주인공의 외형묘사 연구」, 『우암어문논집』 5, 부산외대, 1995.
김수업, 「아기장수 이야기 연구」, 경북대 박사학위논문, 1994.
김순진, 「지하국대적퇴치설화와 이조전기소설의 구조대비 분석」, 『구비문학』 3, 한국정신문화연구원, 1980.
김연호, 「영웅소설과 불교」, 『우리어문학회』 12, 우리어문학회, 1999.
김용범, 「고전소설 심청전과 대비를 통해 본 애니메이션 황후 심청 내러티브 분석」, 『한국언어문화연구』 27, 한국언어문학회. 2005.
______, 「문화콘텐츠 산업의 창작소재로서의 고소설의 활용 가능성에 대한 연구」, 『민족학연구』 4, 한국민족학회, 2000.
______, 「문화콘텐츠 창작소재로서의 고전문학의 가치에 대한 연구」, 『한국언어문화연구』 22, 한국언어문학회, 2002.
김일렬, 「〈홍길동전〉과 〈전우치전〉의 비교 고찰」, 『어문학』 30, 한국어문학회, 1974.
김탁환, 「고소설과 이야기문학의 미래」, 『고소설연구』 17, 한국고소설학회, 2004.
김현정, 「〈홍길동전〉의 현대적 변용양상 연구」, 성균관대 박사학위논문, 2012.
문범두, 「〈전우치전〉의 이본 연구-형성과정과 의미를 중심으로」, 『한민족어문학』 18, 한민족어문학회, 1990.
민 찬, 「여성영웅소설의 출현과 후대적 변모」, 서울대 석사학위논문, 1986.
박동숙, 「커뮤니케이션 현상으로서의 온라인 게임 연구를 위한 소고」, 『사회과학연구논총』 1-4, 이화여자대학교 사회과학연구소, 2000.

박명순, 「고소설에 나타난 전쟁의 구현양상」, 조선대 박사학위논문, 1998.
박용식, 「금령전 연구」, 『중원인문논총』 17, 건국대학교 동화와번역연구소, 1988.
박일용, 「영웅소설의 유형변이와 그 소설사적 의의」, 서울대 석사학위논문, 1983.
_____, 「조선후기 애정소설의 서술시각과 서사세계」, 서울대 박사학위논문, 1988.
_____, 「영웅소설의 유형변이와 그 소설사적 의의」, 『국문학연구』 66, 서울대, 1983.
박종익, 「삼국유사의 설화의 소고」, 『한국언어문학』, 한국언어문학회, 1994.
박혜숙, 「금오신화의 사상적 성격」, 『장덕순 선생 정년퇴임 기념논문집』, 집문당, 1986.
백승국, 「스토리텔링 기호학의 이론과 방법론」, 『현대문학이론 연구』 40, 현대문학이론학회, 2010.
_____, 「캐릭터 이미지 모형과 스토리텔링」, 『한국문화기술』 21, 한국문화기술연구소, 2016.
변민주, 「콘텐츠 제작을 위한 스토리텔링과 이미지텔링의 창작방법론」, 『디지털디자인학연구』 9, 한국디지털디자인협의회, 2009.
변주승, 「10세기 유민의 실태와 그 성격」, 『사총』 40, 고대사학회, 1997.
서성은, 「중세 판타지 게임의 세계관 연구」, 『한국콘텐츠학회논문지』 0(9), 한국콘텐츠학회, 2009.
서혜은, 「경판 방각소설의 대중성과 사회의식 연구」, 경북대 박사학위논문, 2007.
선주원, 「서사적 환상의 내용 구현 방식과 서사교육」, 『청람어문교육』 35, 청람어문학회, 2007.
성상희, 「소설의 치유적 기능 고찰」, 중앙대 석사학위논문, 2013.
손석춘, 「〈아기장수〉 설화의 '내적 소통'에 관한 연구」, 『문학치료 연구』 33, 한국문학치료학회, 2014.
송성욱, 「고전소설과 TV드라마」, 『국어국문학』 137, 국어국문학회. 2004.
송진한, 「한국설화의 소설화 연구, 지하국대적퇴치설화와 고전소설의 구조분석을 중심으로」, 전남대 석사학위논문, 1984.
신선희, 「고전 서사문학과 게임 시나리오」, 『고소설연구』 17, 한국고소설학회, 2004.
신태수, 「고소설의 공간에 대하여」, 『한민족어문학』 28, 한민족어문학회, 1995.
안기수, 「고소설 〈전우치전〉의 게임화 방안 연구」, 『어문논집』 67, 중앙어문학회, 2016.
_____, 「영웅소설 〈유충렬전〉의 게임 스토리텔링 연구」, 『어문논집』 51, 중앙어문학회, 2012.

안기수, 「영웅소설 연구」, 중앙대 박사학위논문, 1995.
_____, 「영웅소설의 게임콘텐츠화 방안 연구」, 『우리문학연구』 23, 우리문학회, 2008.
_____, 「영웅소설 〈조웅전〉의 게임 스토리텔링 연구」, 『어문논집』 46, 중앙어문학회, 2011.
_____, 「창작 영웅소설의 치유 스토리텔링과 의미」, 『우리문학연구』 61, 우리문학회, 2019.
_____, 「한국 영웅소설의 게임 스토리텔링 방안 연구」, 『우리문학연구』 29, 우리문학회, 2010.
양민정, 「디지털 콘텐츠 개발을 위한 고전소설의 활용방안 시론」, 『외국문학연구』 19, 한국외대 외국문학연구소, 2005.
여세주, 「여장군 등장의 고소설연구」, 영남대 석사학위논문, 1981.
오현주, 「게임 캐릭터의 조형성에 관한 연구」, 『한국콘텐츠학회 2004 추계종합학술대회논문집』 2(2), 한국콘텐츠학회.
원대현, 「고소설에 나타난 용궁, 동굴 공간의 양상과 의미 연구」, 건국대 박사학위논문, 2006.
유기영, 「홍길동전과 전우치전의 비교연구」, 명지대 대학원, 1995.
육완성, 「중국근원설화에 나타난 집단무의식」, 성균관대 박사학위논문, 1988.
이동은, 「게임과 영화의 스토리텔링 융합 요소에 대한 연구」, 『Journal of Digital Contents Society』 8(3), 디지털콘텐츠학회, 2007.
_____, 「신화적 사고의 부활과 디지털게임 스토리텔링」, 『인문콘텐츠』 27, 인문콘텐츠학회, 2012.
이민용, 「스토리텔링 인문치료와 정신분석학」, 『인문과학연구』 36, 강원대학교 인문과학연구소, 2013.
_____, 「영웅서사시와 원형적 심서, 치유의 문제」, 『인문과학연구』 53, 강원대학교 인문과학연구소, 2017.
_____, 「이야기와 스토리텔링의 치유적 기능」, 『독일언어문학』 43, 독일언어문학연구회, 2009.
이상택, 「낙선재본소설연구」, 『한국고소설연구』, 이우출판사, 1983.
이수자, 「고대서사문학에 나타난 신분인지소에 대한 연구」, 『고전문학연구』 3, 한국고전문학연구회, 1986.
이유경, 「고소설의 전쟁 소재와 여성영웅 형상」, 『여성문학연구』 10, 한국여성문학학회, 2003.

이재홍, 「게임스토리텔링 연구」, 숭실대 박사학위논문, 2009.
_____, 「World of Warcraft의 서사 연구」, 『한국 게임학회 논문집』 8(4), 한국게임학회, 2008.
_____, 「게임캐릭터 스토리텔링의 필요 요소 연구」, Journal of Game Society, 2017.
_____, 「구비문학을 활용한 게임의 인문학적 상상력에 관한 고찰」, 『디지털정책연구』 10(2), 한국디지털정책학회, 2012.
이재홍, 「문화원형을 활용한 게임스토리텔링 사례 연구」, 『한국문학과 예술』 7, 숭실대 한국문학과 예술연구소, 2011.
이정옥, 「대중소설의 시학적 연구」, 서강대 박사학위논문, 1998.
이현국, 「〈전우치전〉의 형성과정과 이본간의 변모양상」, 『문학과 언어』 7, 문학과 언어학회, 1986.
이화여대 디지털스토리텔링 R&D 센터, 〈한국형 스토리텔링 전략로드맵-게임, 가상세계, 에듀테인먼트〉, 한국문화콘텐츠진흥원, 2008.
이효진, 「현대의상의 직물문양에 나타난 초현실주의의 무의식 개념에 관한 연구」, 『한국복식학회지』 22, 한국복식학회, 1994.
임갑양, 「조선후기 애정소설연구」, 계명대 박사학위논문, 1992.
임성래, 「영웅소설의 유형 연구」, 연세대 박사학위논문, 1986.
임영호, 「환상성과 서사구조 특성에 관한 연구」, 『예술과 미디어』 11(2), 한국영상미디어협회, 2012.
임철호, 「전운치전 연구 1.2」, 『연세어문학』 9.10합집, 연세대 국어국문학회 간, 1977.
임형택, 「현실주의적 세계관과 금오신화」, 서울대 석사학위논문, 1971.
장성규, 「게임서사와 영상 매체의 결합 가능성」, 『스토리앤이미지텔링』 12, 건국대 스토리앤이미지텔링연구소 편, 2016.
장양수, 「한국 이상향 설화에 나타난 도교사상」, 『인문연구논집』 4, 동의대 인문과학연구소, 1999.
전경란, 「디지털 내러티브에 관한 연구」, 이화여대 박사학위논문, 2003.
정광훈, 「서사와 치유」, 『중국연구』 62, 한국외대 중국연구소, 2014.
정다정, 「영화 〈전우치〉의 소설 〈전우치전〉 수용양상 연구」, 숙명여대 교육대학원, 2011.
정여울, 「온라인 게임의 전쟁코드, 그 문화적 의미」, 『동양정치사상사』 5(2), 한국동양정치사상사학회, 2006.

정환국, 「전우치 전승의 굴절과 반향」, 『민족문학사연구』 41, 민족문학사학회, 2009.

_____, 「영웅소설 작품 구조의 시대적 성격」, 『한국소설의 이론』, 지식산업사, 1977.

_____, 「영웅의 일생 그 문학사적 전개」, 『동아문화』 10, 서울대 동아문화연구소, 1971.

_____, 「초기소설의 성립과 소설의 유형」, 『한국소설의 이론』, 지식산업사, 1977.

_____, 『한국소설의 이론』, 지식산업사, 1977.

조석봉, 「디지털스토리텔링 통한 게임콘텐츠 개발에 관한 고찰」, 『조형미디어학』 19, 한국일러스아트학회, 2016.

조용호, 「삼대록 소설의 인물구성」, 『고소설연구』 2, 한국고소설학회, 1996.

조혜란, 「다매체 환경 속에서의 고소설 연구전략」, 『고소설연구』 17, 한국고소설학회, 2004.

_____, 「민중적 환상성의 한 유형-일사본 전우치전을 중심으로」, 『고소설 연구』 15, 한국고소설학회, 2003.

_____, 「한국 서사문학의 공간관념」, 『고전문학연구』 1, 한국고전문학연구회, 1971.

진경환, 「영웅소설의 통속성 재론」, 『민족문학사연구』 3, 민족문학사연구소, 1993.

천혜숙, 「전설의 신화적 성격에 관한 연구」, 계명대 박사학위논문, 1988.

최기숙, 「성장소설로 본 〈금방울전〉, 〈김원전〉」, 『연민학지』 7, 연민학회, 1999.

최삼룡, 「〈전우치전〉의 도교사상 연구」, 『도교와 한국문화』, 아세아문화사, 1991.

최운식, 「〈금방울전〉의 구조와 의미」, 『고전문학연구』, 한국고전문학회, 1985.

최　철, 「이조소설의 주인공에 대한 분석적 연구」, 연세대 석사학위논문, 1965.

최현무, 「고전소설의 묘사에 대한 몇 가지 관찰」, 『한국문학 형태론』, 일조각, 1993.

최혜실, 「가상공간의 환상성 연구」, 『인문콘텐츠연구』, 인문콘텐츠학회, 2004.

_____, 「가상공간에서 새롭게 정립되는 몸의 개념」, 『인문연구』 47, 영남대 인문학연구소, 2004.

탁원정, 「17세기 가정소설의 공간연구」, 이화여대 박사학위논문, 2006.

_____, 「고소설 속 관서 관북 지역의 형상화와 그 의미」, 『한국고전연구』 24, 한국고전연구학회, 2011.

한혜원 외, 「구조주의 서사이론에 기반한 MMORPG 퀘스트 분석」, 『한국콘텐츠학회논문지』, 한국콘텐츠학회, 2009.

함복희, 「설화의 문화콘텐츠화 방안 연구」, 『어문연구』 134, 어문연구학회, 2007.

황혜숙, 「1920년대 단편소설의 묘사 연구」, 서강대 석사학위논문, 1998.

3. 단행본

강만길, 『한국근대사』, 창작과 비평사, 1984.
강현구 외 2인 공저, 『문화콘텐츠와 인문학적 상상력』, 글누림 문화콘텐츠 총서2, 2005.
권성훈, 『시치료의 이론과 실제』, 시그마프레스, 2011.
그레마스, 『의미구조론』, 1966.
김기동, 『이조시대소설론』, 정연사, 1959.
김열규, 『한국고대소설개설』, 대창문화사, 1956.
______, 「민담과 이조소설의 전기적 유형」, 『한국민속과 문학연구』, 일조각, 1975.
______, 『한국민속과 문학연구』, 일조각, 1975.
김용범, 『도교사상과 영웅소설』, 문학아카데미, 1991.
______, 「최고운전 연구」, 『한국문학의 도교적 조명』, 진성문화사, 1986.
김장환·이민숙 외 옮김, 『태평광기』, 학고방, 2000.
김정자, 『한국결혼풍속사』, 민속원, 1974.
김지현, 「도교와 술수」, 『철학사상』, 서울대 철학사상연구소, 2014.
김춘식, 「총체성의 서사와 해체의 서사」, 『문학수첩』 2003(여름호).
김태준, 『조선소설사』, 학예사, 1939.
김혜영, 「서사의 본질」, 『서사교육론』, 우한용 외, 동아시아, 2001.
노안영 외, 『성격심리학』, 학지사, 2004.
도정일, 「신화와 판타지 열풍에 관한 몇 가지 질문들」, 비평, 2002년(가을호), 2002.
마우란 저, 『중국사상사』, 강재윤 역, 일신사, 1981.
박용식, 『고소설의 원시종교사상 연구』, 고려대 민족문화연구소, 1986.
박일용, 『조선시대 애정소설』, 집문당, 1993.
방현석, 『이야기를 완성하는 서사패턴 959』, 아시아, 2013.
배영기, 『죽음에 대한 문화적 이해』, 한국학술정보, 2006.
백승국, 『문화기호학과 문화콘텐츠』, 다할미디어, 2004.
서대석, 『군담소설의 구조와 배경』, 이화여자대학교 출판부, 1985.
______, 「군담소설의 출현동인 반성」, 『한국고전소설』, 계명대출판부, 1974.
선선미, 『문학, 치유로 살아나다』, 푸른사상, 2017.
성기열, 『한국구비전승의 연구』, 일조각, 1976.
소재영, 『고소설통론』, 이우출판사, 1987.
안기수, 『문화콘텐츠와 스토리텔링의 이해』, 도서출판 보고사, 2014.

이기백, 『한국사신론』, 개정판, 일조각, 1985.
이능화, 『朝鮮女俗考』, 한남서림, 1926.
이부영, 『분석심리학』, 일조각, 1981.
이수봉, 『한국가문소설연구논총』, 경인문화사, 1992.
이용욱, 『온라인 게임 스토리텔링의 서사시학』, 글누림, 2009.
이우성·임형택, 『이조한문단편집』 상, 일조각, 1973.
이인화, 「디지털 스토리텔링 창작론」, 『디지털 스토리텔링』, 도서출판 황금가지, 2003.
이재홍, 『게임시나리오 작법론』, 도서출판 정일, 2004.
임성래, 『조선후기의 대중소설』, 태학사, 1995.
임형택, 「18·19세기의 이야기꾼과 소설의 발달」, 김열규 외 3인 편, 『고전문학을 찾아서』, 문학과 지성사, 1976.
장덕순, 『한국설화문학연구』, 서울대학교 출판부, 1970.
정재서, 「〈山海經〉 신화와 신선설화」, 『도교와 한국사상』, 범양출판사, 1987.
정종대, 『염정소설구조연구』, 계명문화사, 1990.
정주동, 『고대소설론』, 형설출판사, 1983.
조남현, 『소설신론』, 서울대학교 출판부, 2008.
조동일, 『고전소설의 연구와 방향』, 한국고전문학연구회 편, 새문사, 1985.
조수삼, 『秋齊集』 券七, "紀異".
조희웅, 『설화학강요』, 새문사, 1989.
주강현, 『유토피아의 탄생, 섬-이상향/이어도의 심성사』, 돌베개, 2012.
최기숙, 『환상』, 연세대학교출판부, 2003.
최예정·김성룡, 『스토리텔링과 내러티브』, 도서출판 글누림, 2005.
최운식, 『한국고소설연구』, 계명문화사, 1995.
최유찬, 『컴퓨터 게임의 이해』, 문학과 과학사, 2002.
최재석, 『한국가족연구』, 민중서관, 1970.
______, 『한국가족연구』, 일지사, 1982.
최 철, 「이조소설 주인공의 출생담 고」, 『고전소설연구』, 국어국문학회 편, 정음사, 1990.
한국현대소설연구회, 『현대소설론』, 평민사, 1994.
한우근 외, 『譯註 經國大典』, 한국정신문화연구원, 1985.
한혜원, 『디지털 게임 스토리텔링』(살림지식총서 199), 살림, 2005.

4. 외주서

데이비드 데이(David Day), 『톨킨백과사전』, 김보원·이시영 옮김, 해나무, 2002.
로즈메리 잭슨, 『환상성-전복의 문학』, 서강여성문학연구회 역, 문학동네, 2001.
블라드미르 프로프 저, 『민담형태론』, 유영대 역, 새문사, 1983.
앤드류 글래스너, 『인터랙티브 스토리텔링』, 커뮤니케이션북스, 2006.
앤드류 롤링스·어니스트 아담스, 『게임기획개론』, 제우미디어, 2004.
에드워드 렐프, 『장소와 장소상실』, 김덕현·김현주·심승희 옮김, 논형, 2005.
요한 호이징하, 호모 루덴스, 『놀이와 문화에 관한 연구』, 도서출판 까치, 1981.
월터 J. 옹, 『구술문화와 문자문화』, 이기우·임명진 역, 문예출판사, 2003.
자넷 머레이, 『사이버 서사의 미래: 인터렉티프 스토리텔링』, 한용환·변지연 공역, 안그라픽스, 2001.
조셉 캠벨, 『신화의 힘』, 고려원, 1992.
지그문트 프로이트, 『꿈의 해석』, 을유문화사, 1983.
________________, 『예술, 문학, 정신분석』, 정장진 역, 열린책들, 2009.
질베르 뒤랑(Gilbert Durand), 『신화비평과 신화분석』, 유평근 옮김, 살림, 2002.
캐스린 흄, 『환상과 미메시스』, 한창연 옮김, 푸른나무, 2000.
크리스 브래디·타다 브레디, 『게임의 법칙』, 안희정 옮김, 북라인, 2001.
팸 모리스, 『문학과 페미니즘』, 강희원 옮김, 문예출판사, 1999.
Andrew Darley, 『디지털 시대의 영상문화』, 김주환 옮김, 현실문화연구, 2003.
Edward Morgan Forster, 『Aspects of the Novel』, London, 1927; 한국현대소설연구회, 『현대소설론』, 평민사, 1994.
J. Campbell, The Hero with a Thousand Faces, Bollingen, 1972.
J. G 카웰티, 『도식성과 현실 도피의 문학』, 박성봉 역, 『대중예술의 이론들』, 동연, 1994.
Jeremy Tambling, 『서사학과 이데올로기』, 이호 역, 예림기획, 2000.
Northrop Frye, 『비평의 해부』, 임철규 역, 한길사, 2000.
Propp, 『Morphology of Folktales』, Bloomington, Indiana University Press, 1958.

안기수(安圻洙)

전북 남원에서 출생하였음.
중앙대학교 문학박사.
1997년부터 현재 남서울대학교 교수로 재직 중.
『영웅소설의 수용과 변화』(2004), 보고사.
『영웅소설의 활용과 게임 스토리텔링』(2023), 보고사.
「영웅소설의 구성원리」, 「영웅소설의 문화콘텐츠화 방안연구」 등
다수의 연구논문이 있음.

영웅소설의 활용과 게임 스토리텔링

2023년 12월 30일 초판 1쇄 펴냄
2025년 1월 24일 초판 2쇄 펴냄

지은이 안기수
펴낸이 김흥국
펴낸곳 도서출판 보고사

책임편집 이순민
표지디자인 김규범
주소 경기도 파주시 회동길 337-15 보고사
전화 031-955-9797(대표), 02-922-5120~1(편집), 02-922-2246(영업)
팩스 02-922-6990
메일 bogosabooks@naver.com
http://www.bogosabooks.co.kr

ISBN 979-11-6587-654-8 93810

정가 38,000원